U0910569

北史演义

【清】杜纲 著

经典书香·中国古典历史演义小说丛书

團结出版社

图书在版编目(CIP)数据

北史演义 /（清）杜纲著．—京：团结出版社，2016.9（2025.7重印）

ISBN 978－7－5126－4391－8

Ⅰ．①北… Ⅱ．①杜… Ⅲ．①章回小说－中国－清代 Ⅳ．①I242.4

中国版本图书馆 CIP 数据核字(2016)第 199069 号

出　版：团结出版社

（北京市东城区东皇城根南街 84 号　邮编：100006）

电　话：(010)65228880　65244790（传真）

网　址：www.tjpress.com

E－mail：zb65244790@vip.163.com

经　销：全国新华书店

印　刷：三河市明华印务有限公司

开　本：150mm＊217mm　1/16

印　张：30.5

字　数：329 千字

版　次：2017 年 1 月第 1 版

印　次：2025 年 7 月第 3 次印刷

书　号：ISBN 978－7－5126－4391－8

定　价：69.00 元

前　　言

《北史演义》六十四卷，有清代刊本，书署《玉山杜纲草亭氏编次》。作者杜纲（约1740—约1800），江苏昆山人，字振三，号草亭老人。据光绪《昆新两县续修合志》卷三十一，杜纲少有声望，老不得志，著书以自娱。除本书外，他还著有《近是集》《南史演义》《娱目醒心编》等，皆由许宝善作序。许宝善，号自怡轩主人，江苏青浦人，乾隆二十五年（1760）进士，累官至监察御史，丁内艰归，不复出，以诗文自娱。

《北史演义》记述了公元500年北魏宣武帝继位至公元581年隋文帝统一全国这一段历史。全书以北齐为主。如书中凡例所言，“凡正史所载，无不备录，间采稗史事迹，补缀其阙，以广见闻所未及”。

《北史演义》记述的南北朝时期，是我国古代历史上阶级关系和民族关系最为复杂，战乱最为频繁激烈的时期。也是我国北方黄河流域各民族空前大融合的时期。我国北方在西晋灭亡后，进入了十六国时期，入居中原的匈奴、鲜卑、羯、氐、羌五族的统治者不断攻杀兼并，混战了一百多年，使中原的经济和文化受到了惨重的破坏。北魏太武帝统一了北方，结束了混战局面。孝文帝迁都洛阳，加速了民族同化的过程，推动了封建文化的发展。但是，北魏王朝仍是鲜卑贵族与汉族豪强地主联合的反动政权，它们对人民实行的残酷的民族压迫和阶级压迫、迫使各地不断发生以汉族为主体的人民起义。最后在六镇起义的直接打击下，北魏分裂为东、西魏，后北齐代替了东魏，北周代替西魏，北周又灭北齐，最后为杨坚建立的隋朝所统一。这段历史时间虽不长，但其间包括东、西魏，北齐、北周、隋等五个王朝的兴衰更迭，以及它们与南方诸王朝的对峙关系，时代背景、政治事件、人物际遇等情况十分复杂。杜纲在纷繁的历史事件中，以北齐的建立至灭亡为主线，以北齐高祖高欢的出世作引线，将几十年间几个王朝的政治变故、战场烽烟穿入其间，最后终结于北齐灭亡，隋确立大统，有如线上贯珠，使得这段历史条分缕析，眉目一清。

全书基本上依据正史，凡正史所载之重大事件无不备录，同时又参以野史佚闻，加以文学性的描述点缀，使得故事情节和人物形象更为充实丰满。如写孝庄诛尔朱荣，周武诛宇文护，兰京刺高澄，每一事件的始末由来，发展经过，娓娓写来，环环紧扣。小说对战争场面的描写是比较成功的。全书写大小征战数十余起，出场将士不计其数，每战或斗智，或角勇，移形换步，各各不同。有些事件，一事涉及南北两方，如侯景之乱梁，隋师之灭陈，书中详略得宜，不嫌冗复。“每写一战，必先叙所以胜败之故。或兵强而败形已兆，或兵弱而胜势已成。结构各殊，皆曲曲传出”，使读者对于此战成败之因一目了然。

在浩瀚的历史演义小说中，《北史演义》是继《三国演义》之后成功的佳作，具有丰厚的史料感、进步的思想倾向、宏伟严密的艺术结构、曲折跌宕的情节、鲜明生动的人物形象和精练雅洁的语言，不仅真实形象地再现了战乱频仍、王朝更迭、民不聊生的南北朝的历史全貌，而且还通过艺术的再创造，反映了封建社会的某些本质和规律，达到了历史真实和艺术真实的高度统一，从而使作品不是停留在一般的写史存义的水平上，而是上升

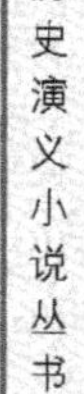

到一个较高的审美层次，产生了强烈的艺术感染力。

本书的价值在于：一是将南北朝时期头绪纷乱，更替频繁的历史写得条理清晰、脉络分明，且“皆有根据，非随意撰造者可比”；二是在本书出现之前，已有多部历史演义出现，唯缺少写南北朝时期的小说，本书正填补了这个空白；三是本书与其他讲史小说均以市人话本为基础改编演绎而成不同，作者编撰时乃无底本可依据，完全出自个人创作，故更带有文人作品的风格。

《北史演义》在清代被列入禁毁书目，而作者的另一部书《南史演义》却没有被涉及。其原因就在于本书中有不少胡夷乱华的描写，犯了清朝统治者的忌。

本书在出版时对原书中的笔误、难解字词进行了仔细校勘和译注，对古今通假的用法仍然保持原貌，以保持图书原来的风格。由于时间仓促、水平有限，其中难免有所疏失，望广大读者不吝指正。

编　者

2016 年 7 月

叙

今试语人曰：尔欲知古今之事乎？人无不踊跃求知者。又试语人曰：尔欲知古今之事，盍读史？人罕有踊跃求读者。其故何也？史之言质而奥，人不耐读，读亦罕解。故唯学士大夫或能披览，外此则望望然去之矣。假使其书一目了然，智愚共见，人孰不争先睹之为快乎！晋陈寿《三国志》结构谨严，叙次峻洁，可谓一代良史。然使执卷问人，往往有不知寿为何人，《志》属何代者。独《三国演义》虽农工商贾、妇人女子，无不争相传诵。夫岂演义之转出正史上哉，其所论说易晓耳。然则《北史演义》之书，讵可不作耶？虽然又有难焉者，夫《三国演义》一编，著忠孝之谟①，大贤奸之辨，立世系之统，而奇文异趣错出其间，演史而不诡于史，斯真善演史者耳，《两晋》、《隋唐》皆不能及。至《残唐五代》、《南北宋》，文义猥杂，更不足观，叙事之文之难如此。况自魏季迄乎隋初，东属齐，西属周，其中祸乱相寻，变故百出，较之他史头绪尤多，而欲以一笔写之，不更难乎？草亭老人潜心稽古，以为此百年事迹，不可不公诸见闻。于是宗乎正史，旁及群书，搜罗纂辑，联络分明，俾数代治乱之机，善恶之报，人才之淑慝②，妇女之贞淫，大小常变之情事，朗然如指上螺纹。作者欲歌欲泣，阅者以劝以惩，所谓善演史者非耶？余

① 谟（mó）——策略。
② 淑慝（tè）——善良与邪恶。

尝谓历朝二十二史是一部大果报书。二千年间出尔反尔，倏得倏失，祸福循环，若合符契，天道报施，分毫无爽。若此书者，非尤大彰明较著者乎？余故亟劝其梓行，而为之序。

乾隆五十八年岁在癸丑端阳日愚弟许宝善撰。

北史演义凡例

一、是书起自魏季，终于隋初。凡正史所载，无不备录，间采稗史事迹，补缀其阙，以广见闻所未及。皆有根据，非随意撰造者可比。

一、是书以北齐为主，缘始于尔朱氏，而宇文氏继之，故皆详载始末，而于北齐事则尤详。

一、叙战事最易相犯，书中大小数十余战，或斗智，或角力，移形换步，各个不同。

一、兵家胜败有由，是书每写一战，必先叙所以胜败之故。或兵强而败形已兆，或兵弱而胜势已成。结构各殊，皆曲曲传出，俾当日情事阅者了然心目。

一、书中叙梦兆，叙卜筮，似属闲文，然皆为后事埋根，此文家草蛇灰线法也。

一、叙事每于极忙中故作闲笔，使忙处不见其忙，又忙处益见其忙。

一、是书每写一番苦争恶战，死亡交迫，阅者方惊魂动魄，忽接入闺房燕昵，儿女情长琐事以间之，浓淡相配，断续无痕，总不使行文有一直笔。

一、是书头绪虽多，皆一线贯穿，事事条分缕晰，以醒阅者之目。

一、是书叙事有不使即了，而留于他事中方了之者；有略于本文，而详于旁述者，要看他用笔伸缩处。

一、书中紧要事，必前提后缴，以清眉目。

一、书中紧要人，皆用重笔提清，令阅者着眼。

一、叙书中勇将若尔朱兆、高敖曹、彭乐、贺拔胜等，同一所向无敌，而气概各别，开卷即见。

一、高氏妃嫔，娄妃以德著，桐花以才著，尔朱后、郑娥以色著，故不嫌详悉。余皆备员，可了即了，以省闲笔。

一、孝庄诛尔朱荣，周武诛宇文护，兰京刺高澄，皆猝起不意，事极忙乱，写得面面都到，笔意全学龙门。

一、书中女子以节义著者，如西魏宇文后，殉节于少帝；尔朱妃嫚娟①，殉节于陈留王元宽；岳夫人灵仙，殉节于高王；齐任城王妃卢氏，家灭不改节；周宣帝后杨氏，国亡不变志。皆用特笔表出，以示劝勉之意。

一、凡叙男女悦好，最易伤雅。此书叙魏武灵后逼幸清和，齐武成后私幸奸僧，高澄私通郑娥，永宝私通金婉，无不曲折详尽，而不涉一秽亵之语，避俗笔也。

一、齐之文宣淫暴极矣，又有武成之淫乱，周天元之淫虐继之，卷中列载其事，以见凶乱如此，终归亡灭，使人读之凛然生畏。

一、叙高氏宫室壮丽，庭院深沉，府库充实，内外上下，规矩严肃，的是王府气象，移掇士大夫家不得。非若他书形容朝庙威仪，宛似市井富户模样也。

一、欢逐君，泰弑主。欢居晋阳，遥执朝权；泰居同州，独握政柄。泰战败，几死于彭乐；欢战败，几死于贺拔胜。泰劝帝娶蠕蠕国女，欢亦自娶蠕蠕国女。欢死而洋篡位，泰死而觉窃

---

① 嫚（yuān）娟——轻柔美好的样子。

国。欢之子孙戕于一本，泰之诸子亦戕于骨肉。其事若遥遥相对。唯泰女为后殉节，欢女以帝后下嫁，则欢好色而泰不好色，故所以报之者亦殊。

一、南朝事实有与北朝相涉者，略见一二。余皆详载《南史演义》中，即行续出。

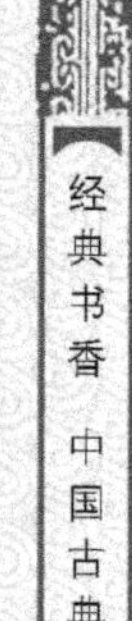

目　录

第　一　回

魏宣武听谗害贤　高领军固宠献女

粤自炎汉之末，天下三分：曹操跨有中原，孙权雄据江东，先主偏安西蜀，鼎峙者数十年。司马氏兴，篡魏、灭蜀、吞吴，四海一统。晋武帝崩，惠帝继立，庸懦昏愚，贾后乱政，诸王日寻干戈，遂成五胡之乱。刘渊称汉，李特号蜀。刘曜继汉而称前赵，石勒灭曜而称后赵。前秦则苻氏，后秦则姚氏，西秦则乞伏国仁。燕则前有慕容廆，后有慕容垂，西为慕容冲，南为慕容德。其后冯跋据昌黎，又称北燕。凉亦分四：前凉张轨，后凉吕光，南凉秃发乌孤，西凉李暠，北凉沮渠蒙逊。而赫连勃勃据朔方，国号大夏。晋之子孙在北者屠灭殆尽。唯琅琊王睿系宣帝曾孙，相传其母夏侯妃通小吏牛金而生。当日见中原大乱，遂同西阳王羕等渡江南来，众遂奉之为君。延西晋之统，而弃中州于不问，一任五胡云扰，互相吞噬。于时拓拔珪兴于代北，改代称魏。乘燕慕容氏衰，南取并州，东举幽、冀，国日以大。晋安帝隆安二年即帝位，建都平城，是为道武皇帝。道武殂①，明元帝立。明元殂，太子焘立，是为太武帝。其时诸邦皆灭，唯北凉、北燕、夏三国尚存。太武悉平之，除却东南半壁，中土皆为魏有。太武殂，延及文成、献文，国家无事。孝文即位，宽仁慈

① 殂（cú）——死亡。

爱，精勤庶务，以平城地寒，迁都洛阳，改称元氏。性好读书，善属文，诏策皆自为之。好贤乐善，百姓皆安，天下大治。魏世称为极盛。使承其后者克肖其德，则魏业之隆，再传之千世万世，何至一传而后奸雄并起，遂成高氏、宇文氏篡夺之祸哉！贾子①曰："天下，大器②也。置诸安处则安，置诸危处则危。"语云："物必先腐也，而后虫生之。"自古败亡之祸，未有不自朝廷无道始也。

话说魏自孝文帝崩，太子恪立，是为宣武帝。帝年十六，不能亲决庶务，委政左右近臣。最用事者，国丈于烈、皇舅高肇。肇又尚帝姑高平公主，与于烈并为领军，手握重兵，权重一时，群臣侧目，虽诸王亦皆畏之。时有咸阳王元禧，系献文帝子，与于烈不睦，见帝宠信他，屡加显职，而身为帝叔反遭疏忌，深怀怨望，府中蓄养丁壮，招纳四方术数之士。与御前直寝符承祖、薛魏孙，黄门侍郎李伯尚，直阁将军尹龙武结为死党，耑待朝廷有衅，从中举事。一日，帝将驾幸北邙，六军从行。禧谓承祖、魏孙曰："主上出幸，京师虚弱③。汝等为侍驾臣，朝夕在侧，图帝甚易。吾起于内，汝应于外，大事可立成。富贵共之。"二人应诺而去。次日，遂集其党数十人，在城西宅内同议起兵。尹龙武曰："主上虽出，高肇、于烈留守，必有严备，府中兵士何足以济？贸然为之，恐无成而受祸，王宜缓之。"伯尚亦以为不可。于是众皆疑惧，其谋遂寝④。

---

① 贾子——西汉贾谊。

② 大器——天道。

③ 虚弱——国力兵力薄弱。

④ 寝——停止，平息。

再说帝在邙山，因天气酷热，乃止于山之浮屠①阴处，摆设卧具，假寐帐中。直寝②薛魏孙、符承祖先预逆谋，而咸阳疑惧中止却未知之。魏孙见帝睡熟，将利刃藏于衣底，便欲行刺。走至帐下，见帝容貌如神，未敢下手。承祖从后牵其衣曰："吾闻杀天子者身当癞，汝何利乎？"魏孙持刀而退。帝开眼见二人密语，形状闪烁，忙即起身。时于烈之子于登亦司直寝，适至阶下，帝遂呼令执之。随驾者俱到，搜出利刃，将二人背剪。帝亲拷问，二人料难瞒隐，大呼曰："非臣敢反，乃咸阳王教臣如此耳！"帝大惊，遂囚二人于幕下。忽御前军士奏报，拿获一人刘小苟，系咸阳亲卒，来告咸阳反状。帝讯之得实，恐京师有变，深为疑惧。于登奏曰："臣父为领军，必无所虑。"帝乃遣登飞马入京观之。登至京，其父于烈已下令严备。使登回奏曰："臣虽朽迈，心力犹足。禧等猖狂，不足为虑。愿帝徐还，以安人心。"帝闻奏大悦，谓登曰："朕嘉卿忠款，赐卿以忠为名。"于是于登改名于忠。帝遂连夜起驾，五更即抵皇城。入宫后，即着于烈父子领兵去捉咸阳。

且说咸阳王谋叛不成，心不自安，尚不知事已败露，与两个爱姬申屠夫人、张玉妹宿于洪池别馆。夜半左右来报，有千万马嘶之声从洪池西北而来。王大惊，知事泄，急上马走。二姬及心腹二三十人亦狼狈上马，相从而逃。行未数里，两姬在后，已被捉去。从人皆散，单存尹龙武一人。因向龙武道："今投何处去好？"龙武道："不如投梁。"盖其时南朝已易四代，正值梁武开

① 浮屠——此指佛塔。
② 直寝——皇帝左右的侍卫武官。

基，故龙武劝其南奔。咸阳不应，龙武道：“我生死从王，今追兵已近，奈何?”行至柏坞岭，于烈父子追及，遂与尹龙武一同被执，解至洛阳。帝命囚之华林都亭，使军士守之。时热甚，帝敕断其水浆①，咸阳渴闷垂死，侍中崔光见而怜之，进以酪浆②升余，王始苏。

却说咸阳兄弟七人：长孝文、次咸阳、三赵郡王、四广陵王、五高阳王、六彭城王、七北海王。昆弟中唯彭城王勰最贤。当日闻咸阳反事，不胜悲悼，因在帝前与诸王大臣共议咸阳之罪，劝帝斥为庶人，幽③之内省，尽其天年。帝未决。于烈、高肇共奏道：“咸阳无父无君④，死罪难赦。”帝从之，乃命归旧邸，并其妃李氏同日赐死；幽其子女，党⑤叛者皆斩；籍没财产，以赐高、于两家；选其歌姬舞女，充入内廷。有旧宫人感咸阳之恩，作歌悲之。其歌曰：

可怜咸阳主，奈何作事误。金床玉几不能眠，夜宿霜与露。洛水湛湛弥长岸，行人那得渡。

其歌流至江表，北人之在南者闻之，无不洒泪。

再说彭城友爱异常，当日不能救咸阳之死，心甚惨戚。后又闻其长子元通逃往河内太守陆琇家，琇不念旧恩，杀之，封首入朝，心益悲痛。故不遇朝谒，终日在府闷坐。一日，有天使来召，入朝见帝。帝赐坐，启口道：“有一事劳卿，卿为朕玉成之。

---

① 水浆——食用之汤水。

② 酪浆——动物乳汁内已提取酥油的酸味酪浆。

③ 幽——把人关起来。

④ 无父无君——用以讥刺无伦常者。

⑤ 党——意见相合的人组成的团体。

朕大婚三载，尚无子嗣。今闻已故皇舅高偃有女秀娥，年十六。前日高平公主来朝，称说其女才色兼备，德貌无双。朕欲纳之，烦卿去宣朕意。”彭城知事出高肇，欲图椒房①之戚以固其宠，便奏道：“此系文昭皇后侄女，于陛下为表姊妹，不宜充作妃嫔。”帝曰：“此却何害。朕欲遣卿去者，观其色果何如②耳。”彭城不敢违，先至肇家，宣达帝意。然后与肇同至偃府，肇令秀娥出见，果然天姿国色。暗想：“此女入宫，必得帝宠。但眼俊眉丰，恐无淑德。况肇非良善，现已恃宠弄权，将来又得内援，必更横行无忌，贻祸国家。”因即起身相别，回奏道：“此女虽有颜色，但轻盈而无肌骨，恐非受福之人。”帝闻奏，遂置不问。肇知之，深怨彭城。一日，帝坐便殿，直寝于忠侍。帝偶言：“高偃女有美色，彭城言其福薄不可入宫，朕甚惜之。”忠亦与彭城不睦，因言：“彭城误我主矣，此女美丽如仙，岂无异福？”帝遂决意纳之，便命有司具礼迎入。帝见秀娥芳华淑质，光彩动人，后宫罕有其匹，不胜惊喜。是日，即册为贵嫔，宠冠六宫。于是疑彭城为欺己，益加恩高氏。

且说魏自孝文以来，崇尚佛教，大兴寺院，王侯贵家女子有入道修行者。武安伯胡国珍之妹在胡统寺为尼，号曰静华真净禅师，以家门贵显住持山门。国珍夫人皇甫氏久无生育，于太和十三载忽然怀孕，生下一女，红光紫气照曜一室，国珍奇之。有卜人赵明者，密令卜之。赵云：“此女大贵，异日当为天下母，但

---

① 椒房——后妃住的宫殿用椒和泥涂壁，温暖有香气，取多子之义，后用为后妃的代称。

② 何如——怎么样。

恐不获善终。”国珍大喜，名之曰仙真。此即武灵胡太后也。后夫人又生一女，名曰琼真。夫人早卒，二女皆幼。净师哀其无母，携仙真入寺抚养。仙真渐长，性质聪明，妙通文墨，圣经佛典一览便晓，容色更极美丽。净修初欲收之为徒，恐其不了①。年十六，送归国珍。时帝以皇嗣不生，引僧道于朔望②日在式乾殿广修善事，召集诸王、驸马、宰辅大臣，讲求佛典。又斋僧众于广阳门以求太子。后亦延召女僧，于后宫诵佛求福。国珍妹净师亦入讲经。于后见其精通佛典，甚加敬重。每入宫辄二三月不出，朝夕谈论，情意投合。一日，后语净师曰：“师在外见有良家女子才色兼备者乎?”净师道：“有。”后问：“谁家之女?”净师道：“尼兄国珍之女。年十七，名仙真，才貌德性，世无其偶。”后曰：“汝能引来一见乎?”净师道：“娘娘欲见此女，尼即带他来见。但宫禁森严，出入恐于未便。”后曰：“汝奉我命有何干碍?”净师应诺而去。遂到胡国珍家，传述于后之命欲见仙真，着他带领入宫。国珍道：“女孩儿家从未识朝廷礼数，如何见得帝后?”净师道：“侄女自幼聪慧，入宫见驾断不至于失礼。况有我在，可以无忧。”因向仙真道：“后命难违，定当从姑入见。汝心惧否?”仙真曰：“后犹母也。以女见母，何惧之有?”国珍、净师闻之皆喜。次日五更起身，遂同净师入宫。宫门上见是净师，往来惯熟，便即放入。净师先至后前奏知，然后带领仙真跪在金阶，行朝拜之礼，口呼娘娘千岁。于后便命平身，召上赐

① 不了——不明白，不明了。

② 朔望——朔日和望日，即农历每月初一和十五日。

坐。细看仙真，态度端凝①，容颜美丽。启口之间不但声音清楚，亦且应对如流，心中大喜。仙真初入大内，不敢久留，便即告退。后以明珠一粒赐之。仙真拜谢。内侍送出宫门，自有家人迎接回府。净师亦欲辞出，于后道："师且莫归，我尚有话与你说。"未识于后所言何事，且听下回细讲。

① 端凝——端庄、凝重。

第　二　回

于皇后暗中被弑　彭城王死后含冤

再说于后留住净师不放，净师只得住下，启问有何旨意。于后道："我因皇嗣未生，欲采良家之女，以充嫔御。今见汝兄之女才貌若此，正堪作嫔王家。我当奏知官家①，纳之后宫。汝意以为可否？"净师道："此女蒙娘娘不弃，便是莫大之恩了。但臣兄素爱此女，臣尼不能做主，须与臣兄言之。"于后道："汝兄胡国珍亦朝廷大臣，自当待其心肯，方可相召。卿今速回，与尔兄言之。"净师奉了于后之命，即到国珍家来。斯时仙真方归，正在堂中告诉于后相待之厚。忽报净师至，父女接见，两下坐定。净师道："方才正宫有命，以嫔嫱未备，欲选淑女，甚爱仙真德性温柔，仪容俊雅，欲奏知天子，纳于后宫。特命我来作合，未识兄意允否？"国珍道："后虽宽仁，而高妃正当宠幸。我女入宫，恐终见弃，是误她终身了。窃以为不可。"净师道："兄不忆卜者言乎？进宫以后若生太子，贵不可言矣。"因回顾仙真道："汝意云何？"仙真道："身为女子，恨不能置身通显，光耀门闾。入宫倘有遭际②，亦可荣及父母，此儿之愿也。"国珍见女已允，不好推却。净师入宫复命。

明日，即有天使聘召，国珍只得送女进宫。帝见仙真虽不及

---

① 官家——指皇帝。

② 遭际——遭遇时机，指受到达官贵人的提拔、赏识。

高妃之美，而容颜亦复不群，因即拜为充华①。后见之，愈加欢喜，拨给宫女十二名，赐居紫华宫。充华自念帝眷若此，朝夕便得承幸。哪知正值高妃得宠之时，帝无心别恋，在宫数月，不得见帝一面。于后不悦曰：“帝若无情此女，吾误之矣。”一日，充华来朝，后命之曰：“今日圣驾必来吾所，吾邀帝同至汝宫。汝速回去，设宴以候。”充华领命。未几，帝与后果至，充华接驾。帝赐座于旁，后谓充华曰：“今日驾来，汝不可不作主人。”充华设宴上来，帝与后上坐，身自陪饮。也是充华福至心灵，顾问②之际，语语合意，帝大悦。后曰：“闻汝善箫，试吹一曲佐酒。”充华承命，便取出玉箫吹弄。果然声情婉转，余韵绕梁。帝心益喜，流连至晚，不觉沉醉。后命宫女扶帝入寝，谓充华曰：“今夕承恩，小心侍驾。”言毕起身而去。是夜，充华方沾雨露。至次日，帝始知在充华宫中，追思昨日之事，笑曰：“后真世间贤妇也。”自此充华常得恩幸。六宫闻之，皆颂于后之德，愿其早生太子。未几，后果怀孕，弥月③之后，遂生一子。帝大喜。群臣入贺。下诏蠲免④粮税，尽赦轻重罪犯，虽谋逆子孙亦蒙释放。于是元禧之子元翼等亦蒙赦出。彭城哀其孤苦，收养在家。

元翼年已十七，痛遭家变，泣告彭城道：“父死五年，尚埋浅土，愿叔父怜之，如得奏知天子，许以改葬，虽死无憾。”彭城念其孝心，带领元翼入朝，将改葬咸阳之意乞恩于帝。帝怒曰：“逆

① 充华——嫔妃名，九嫔之一，位视九卿。

② 顾问——询问。

③ 弥月——足月。

④ 蠲（juān）免——免除赋税、徭役。

臣之子得蒙赦宥，已邀①宽典，何得更为渎奏!”深责彭城。元翼归，见帝怒未息，惧有后祸，遂同元昌、元晔乘间南奔，梁武纳之，封其职如父。边臣以闻，高肇因言于帝曰：“元翼之叛，彭城实纵之。”帝于是不悦彭城。肇又因于后生子，帝宠日隆；高妃无出，惧后宠衰，密使人授计于妃，令其害后母子。

一日，正遇于后诞辰，众妃嫔皆朝贺，后皆赐宴。帝与后上坐，余以次列坐。宴罢，高妃奏帝道：“妾感娘娘大恩，愧无以寿。明日妾有小酌，欲屈陛下与娘娘驾临迎仙宫，以尽一日之欢，望陛下鉴纳。”帝谓后曰：“不可负妃诚意，朕与卿须领其情。”后依帝言，高妃拜谢。明日，帝与后共宴于高妃所。宴后归宫，后胸中若有宿物，忽忽不乐。三日后，对帝泣道：“妾近有疾痛，患莫能救，恐将长别陛下。愿陛下抚视太子，使得长大，妾万幸矣。”言讫遂崩，年止十九岁。帝甚悲痛，合宫皆哭。众尽疑高妃所害，而不敢言。高妃既害后，微闻宫中人言籍籍②，因念太子日后若知，必怨高氏，贻祸不小。适太子有小疾，因密与肇谋，贿嘱御医王显下药害之，太子遂亡。众人共知高氏所为，而帝亦不究。盖自高妃擅宠于内，高肇用事于外，虽于烈父子亦不敢与抗也。

肇尤忌宗室诸王，每在帝前百端离间。北海王元祥为人放荡不节，然无大过。与肇不和，肇谮之于帝，言其党结私人，意在谋反。帝信之，收付大理寺，废为庶人。肇密使人杀之。京兆王元愉，孝文第三子，帝之弟也，性气暴急，却爱文学，招延名士，朝野称之。亦为高肇所忌，进谗于帝曰：“元愉近见陛下丧

① 邀——取得。
② 籍籍——犹众口喧喧甚嚣尘上。

了王子，喜动颜色，谓以次当授天位①。近日大散财帛，招合羽党，恐非社稷之福。”又言因瑶姬事常常怨望朝廷。先是元愉正妃于氏，即于后妹。及愉为徐州都督，纳杨氏女，名瑶姬，容貌昳丽②，歌舞绝伦，宠之专房，遂疏正妃。妃怨之，还朝诉之于后，且言瑶姬有子，将来必至夺嫡，恐为所制。后怒，立召瑶姬，责其轻慢主母，恃宠无礼之罪。命将所生子归于正妃抚养，姬不从。后大怒，乃剪其发，幽之后宫普陀寺数月，然后放归。帝因后言，亦屡责元愉。元愉深以为怨。故肇言及之，帝闻不能无疑，即下敕收勘。诸王宾客，惟京兆王门下居多，帝怒，斩其最宠者三人，余皆流徙外郡。召王入内廷，杖之五十，出为冀州刺史。左右亲王皆不敢救，唯彭城王泣谏曰：“元愉年纪尚幼，留之京中可加教训③。若委以外任，谗间易行。一旦奸人构成其罪，恐陛下不能全手足之爱。”帝曰：“王法无亲。此事叔不要管，朕有一事欲与叔议。”遂命百官尽退，独留诸王赐坐。帝曰：“朕自于后弃世，中宫久虚。今欲册立高妃为后，诸王以为可否?”彭城谏道：“私门贵盛，非国家之福。妃叔高肇身为皇舅，又尚主为驸马，尊荣极矣。居心不公，屡惑圣聪。若复立其侄女为后，于高氏又增一戚，器小易盈，必不利于王家。愿陛下别选名门以正坤位。帝勃然色变，复问诸王。诸王知帝意已定，皆唯唯④。盖高妃承宠，帝已私许为后，故彭城之言不入。正始五年七月甲午日，帝临大朝，颁诏天下，册立高妃为皇后。群臣上表

① 天位——帝位，王位。
② 昳（yì）丽——容貌美丽。
③ 教训——教导训诫。
④ 唯唯——恭敬应诺之词。

称贺。肇因彭城有谏阻之言，益怀怨怒，思有以中之。

再说京兆王元愉自以无罪被黜，心怀怨恨。又闻高肇数在帝前谗间骨肉，不胜忿激，遂据冀州反。引司马李遵同谋，诈称得清河王密启，云高肇弑逆，天子已崩，四海无主。为坛于信都之南，即皇帝位，改元延平。引兵向阙，以讨弑君之贼。长史杨灵、法曹崔伯骥不从，杀之。邻郡闻其反，飞马入京奏报。帝闻大惊，谓高肇道："汝言信不诬矣。"遂命都督李平发兵讨之。先是彭城王曾保举其母舅潘僧固为长乐郡太守。郡属冀州。元愉反，逼之从军。肇便欲借此以为彭城罪，因奏道："元愉之反，彭城王实使之。现今其舅潘僧固在元愉军中为谋主。彭城将为内应，须先除之，以绝后患。"帝未遽信，谓："彭城叔先帝尝称其忠，决不至此。"肇见其言不行，暗想欲害彭城，必得其私人首告，帝方不疑。乃密诱其手下中郎将魏偃向、防阁将军高祖珍，引入密室，谓之曰："汝知尔王反乎？与元愉通谋，令舅僧固助逆，帝已知之矣。"二人道："我大王素忠于国，必无此事。"高肇曰："汝等罪同反逆，死在目前，尚有何辩！"二人大惧，伏地求救。肇乃曰："若欲保全性命，当在中书门下首告彭城反状。不唯①免死，且蒙重赏。"二人惧而从之。明日，肇到中书省，二人果来首告。便将首词呈进，奏道："彭城善结人心，非咸阳可比。今反状已著②，若不除之，恐祸生旦夕。昔成王诛管蔡③，亦此意也。"帝尚犹豫，肇又道："陛下若不忍显加诛戮，托以赐宴，召入宫内杀之。"帝然其言，乃命设宴麒麟殿中，遍召王叔

---

① 不唯——不但，不反。

② 著——显明，显出。

③ 管蔡——管叔和蔡叔。周成王时叛乱，后被平定。

王弟同来赴宴。

是日，彭城正妃李氏正当临产，天使来召，固辞不去。帝不许，连遣二十余使，相属①于道。彭城心疑："何相召之急若此？莫非帝心有变，将不利于我？"遂进别夫人李氏道："帝命难辞。看来此行凶多吉少，只怕无复相见之日。"言之泪下。夫人道："只因吾王谏阻立后，结怨高氏，妾心常怀忧惧。今日此去倘被暗算，奈何？"正忧虑间，忽报天使又至，彭城遂出外堂。方欲登车，内使又报夫人生下一子，请王入视。彭城重复进房，细看新生之儿，相貌端好，叹道："儿虽好，恐我不及见儿成立②。"随取笔写"子攸"两字，命名而出。此子即魏孝庄帝也。于是入朝。帝问："叔来何迟？"彭城奏道："臣妻生子，故迟帝召。"帝不语，但命诸王入席，因言："今日须当畅饮，以副朕怀。"众皆遵旨饮宴。至夜，诸王皆醉。笙歌间作，灯烛辉煌，已是二更时分。华筵狼藉，乐声将歇，皆谢恩求退。帝传旨诸王都不消回府，即在宫中各就安处。帝便起驾入宫。二侍者引彭城入中常寺省，床帏衾枕无一不备。王虽有酒，却尚未醉，倚床独坐。良久，有内侍禀道："时已二鼓，大王该安寝了。"彭城宽去袍带，方欲就寝，忽见左护卫元珍领武士数十，手执利刃，持药酒而入。彭城不觉失色，忙问何事。元珍道："有诏赐王死"。彭城曰："我得何罪？"元珍道："帝以王遣潘僧固私通元愉，通同谋反。有王亲臣魏偃向、高祖珍首告，故赐王死。"王曰："愿请一见至尊③，与告者面质，虽死无怨。"元珍道："至尊那可得见。"彭

① 相属——连续不断。

② 成立——成长到可以自立。

③ 至尊——天子。

城叹道：“此非帝心，必出自高肇意。”武士见其迟疑，逼之立饮药酒。又不能即死，武士持刀刺杀之。时年三十三岁。明日有旨，彭城昨夜饮酒过多，薨于禁中。乃以锦褥裹尸，送之归府。朝臣皆为流涕。妃李氏抚尸哭曰：“高肇何仇，害我贤王？”士民闻之，莫不欷歔叹息。帝知人心哀怨，欲掩杀叔之名，诏百官临丧，厚加祭赠，谥曰武宣。以长子劭为彭城王，拜李氏为彭城国太妃，以慰其心。自此诸王贵戚莫不丧气，而政权尽归高肇矣。但未识元愉之反作何结果，且听下回分解。

第　三　回

改旧制胡妃免死　立新君高肇遭刑

且说京兆王元愉反于冀州，起兵三月，邻郡不附。招集乌合之众，屡次丧败。仅据信都一城，将士尽怀离志。忽报朝廷差都督李平领大兵数万来剿，人人丧胆，谁敢迎敌。大兵一到，把四门围住，架起火炮，日夜攻打。李平见他势已穷蹙，便招他投顺，庶①可免死。此时元愉内无良将，外无救兵，看看城破在即，追悔无及，只得纳款军门，以凭朝廷处置。李平兵不血刃，遂拔冀州。捷报到京，帝大喜，诏李平班师，解元愉入京。帝聚集朝臣，议元愉之罪。高肇奏道："逆愉之罪过于元禧，当以禧罪罪之。"帝不忍曰："朕念先皇爱愉之情，当免其死。"众臣称善。唯肇不悦，退归府中，便遣手下勇士高龙，吩咐道："汝星夜迎去，一至军中，速将元愉杀死。"嘱李平莫泄，只言怨愤身亡，主上必不见责。高龙领命，飞马而去。行至野王县界，迎着大军，将高肇害王之意，与李平说了。李平曰："恐非天子之意。"高龙笑道："彭城尚遭他害，何况元愉。将军违了高公，功劳都付流水矣。"李平从之。高龙入帐见王，王问："何人?"龙曰："臣乃高令公府中人也。奉主命，以御酒一瓶，请王自裁。"王泣下道："我志灭高肇，今为肇杀。将见先帝于地下，必不令高贼

① 庶——但愿，或许。

善终也。”遂饮药而死，年二十二。李平以病死上闻。帝不省，命以庶人礼葬之。元愉有一子一女：子曰宝炬，后为西魏文帝；女即明月公主。皆绝属籍。瑶姬因为伪后，降敕赐死。左仆射崔光奏其有孕在身，不可加诛，发入冷宫监禁。后胡后生太子，始赦出。帝以李平有功，升授工部尚书。高肇忌之，乃遣其将帅流言平在冀州盗没王府宝物，诈增首级冒功，多不法事。帝怒，斥平为民。是岁大赦，改元永平元年。

再说胡充华入宫已及三载，于后在时承幸数次。自高后职掌朝阳，阻绝帝意，妃嫔承恩者绝少。充华之宫帝亦三月不到。一日，宫娥忽报驾临，忙起迎接，见帝便衣小帽，只随内侍二人，悄然而至。帝携充华手曰：“卿为于后所荐，朕忆于后，便即想卿。奈今皇后颇怀嫉妒，绝不似前后宽宏，故今宵私行见卿。卿亦勿泄于后也。”充华拜谢。是夜，宿充华之宫，五更即去。时值八月中秋，嫔妃世妇皆往正宫朝贺。朝罢，众妃先散，充华独后。时月光皎洁，碧空如洗。充华贪看月色，缓缓而归。行至一所，内有高亭画阁，隐隐闻女子笑声。命宫人入视，出云诸夫人在亭上焚香拜祝。充华走至亭外，潜听其语。皆云：愿生诸王公主，不愿生太子。充华上亭与诸妃相见，曰：“贤姊们在此焚香祝天，肯带携小妹一祝否？”众妃笑曰：“此是帝意，命我等拜祝上苍，以广皇嗣。你来得正好，莫负帝意。”充华笑曰：“如此说来，帝意欲得太子也。而贤姊们何以愿生诸王公主乎？”众妃曰：“你尚不知朝廷法度。旧制太子立，必杀其母，以防后日乱政之渐①。我等不愿生太子者，实欲自全性命也。”充华曰：“不然，

① 渐——一点一点地。

我之祝异于是。”遂跪下祝曰：“愿得生子为太子，身虽死无憾。”众妃皆笑其愚。以后帝每临幸，充华果怀六甲①。诸夫人闻之，皆来劝曰：“近闻后亦怀孕。汝何不私去其胎，以待正宫降生太子，然后再图生育未迟。不然子虽生，命难保也。”充华曰：“皇后有德，必生太子。吾近来夜梦不吉，必生女也。诸夫人勿为吾忧。”数月，王后生女，封为建德公主。至永平七月初四日，宫人报充华将产，帝恐宫中有弊，命充华移居宣光殿。是夜，遂生肃宗孝明皇帝，名元诩。生时红光满室，异香透鼻。帝大喜，步入视之曰：“此真后代帝主也。”严斥宫人乳保②小心保护，养之别宫。自王后以下嫔妃人等，不得私入看视，即充华亦不许见面。册充华为贵嫔。六宫皆贺，惟有高后不乐。一日，亲至宣光殿，谓胡妃曰：“汝知太子长成乎？”妃曰：“妾自三日后不复相见，今不知也。”后曰：“吾欲视之，同汝一往。”妃曰：“帝有命，不敢去。”后见其不去，亦不往。未几，太子年四岁，帝幸胡妃，宫妃侍宴，帝半酣，谓妃曰：“我将立东宫，汝知之乎？”妃曰：“妾非今日知之，生太子时已知之矣。”帝曰：“朕所以迟立东宫者，为不忍杀汝也。奈势不可缓何，当与汝长别矣。”妃曰：“太子国之本也。愿陛下速立太子，以固国本。岂可惜妾一人之命，而使储位久虚。”帝见其慷慨无难色，恻然久之，叹曰：“汝既真心为国，我亦何忍杀汝。”妃叩首拜谢。于是遂立元诩为太子，大赦天下，改旧制，赦胡妃之死。

然魏自彭城枉死，高肇代居太师之职，连岁大旱，民多饿

---

① 六甲——指怀孕。

② 乳保——乳母，保姆。

死。肇擅杀囚徒，恣行不顾。帝弟清河王元怿意甚不平。一日，侍宴帝前，清河谓肇曰："昔王莽头秃卒倾汉室①，今君身曲恐终成乱阶②。"肇不答，群臣皆愕。帝亦不以为意。其时有梁国降将李苗奏帝道："西蜀一方，梁无兵将守把，乘虚可取。"帝大喜，因与高肇定取蜀之计。发兵二万，以高肇为征蜀大元帅，统领诸将而去。哪知高肇领兵去后，帝忽不豫，病未数月，崩于式乾殿，年三十三岁。遗诏立太子，高阳、清河二王，太师高肇辅政，乃延昌四年正月初六日也。时高肇未归，国事皆决于二王。商议扶立新君，中尉王显欲请娘娘懿旨，方召太子，左仆射崔光进步言曰："天子崩，太子立，国之制也，何待皇后主张?"二王以为然，遂同崔光亲到东宫，叫内侍侯纲传言宿卫，请太子起驾，到式乾殿临丧。二王欲待天明召集文武，然后即位。崔光曰："不可。天子年幼，宜即正位以安众心，不须待天明也。"二王从之，乃引太子登显阳殿。崔光摄太尉而进冠袍，侍中元昭跪上玺绶，奉太子升御座即帝位。谥帝曰宣武，尊高后为太后。诸王及大小臣僚皆北面③称贺。山呼④已毕，天子离下龙亭，换了孝服，至灵所举哀。诸臣陪哭。五更钟响，满朝文武齐到，知天子已崩，新君登位，皆先朝拜新君，后行丧礼。是日，后及嫔妃

---

① "王莽头秃"句——王莽，西汉末时权相，公元9年篡夺汉室。史书称其头秃发少。

② 乱阶——祸端，祸根。

③ 北面——古时君主面朝南坐，臣子朝见君主则面朝北，所以对人称臣称为北面。

④ 山呼——臣民对皇帝举行颂祝仪式，叩头高呼"万岁"三次，叫山呼。

皆来赴哀，新帝就于丧所，拜见太后。后见新君已立，暗想："彼尚未识所生，不如杀却胡妃，日后自然以吾为母。"便遣内侍刘腾，授以快刀一把，曰："汝到宣光殿将胡妃诛死，回有重赏。"刘腾领旨，飞奔宣光殿来。胡后赴哀才回，忽见中宫内侍刘腾手执利刃，来至宫中曰："娘娘有旨，先帝殉葬无人，欲取夫人之命。"胡妃大惊曰："你来杀我，不过为高后出力，独不思天子是我所生。你杀天子之母，日后君王知道，只怕你灭门不久。"刘腾听了，默然半晌，忙跪下道："此实奉主差遣，非干小臣之事。但小臣去了，娘娘别遣人来，夫人祸终不免，奈何？"胡妃道："你能救我无事，后必重赏。"刘腾道："夫人且紧闭宫门，休轻出入，待小臣且去商之。"遂寻着内使侯纲，说知其故。纲曰："吾与汝去见领军于忠，可以救之。"遂往见于忠，告之以故。忠曰："皇后势倾宫掖，当与崔太傅计之。"往见崔光，言高后欲杀胡后，将何以救。光曰："宫中不可居，领军可领禁军三十骑，入宣光殿，护送东宫，则后不能害矣。"于忠如其计，妃遂避入东宫。刘腾回禀高后，只言寻觅不见。高后道："彼岂预知奴意而先躲避耶？且俟太师回朝再商便了。"

话说二王奉遗诏辅政，恐怕高肇回朝仍复当国，则权势不敌，必被其害，不若先去之，乃假皇后手敕："天子幼冲①，门下万几②之事，悉听二王处分。"因问光去肇之策。崔光曰："召他回来，削去兵权，勒归私第可矣。"乃以哀诏付肇，命即班师。肇至绵竹，蜀地已下数十城。忽接诏旨，知天子已崩，太子即

① 幼冲——年幼。

② 万几——常指国家元首所处理的政务繁多。

位，大惊，恸哭良久。留偏将守绵竹，班师回朝。二王闻肇将至，欲就杀之，乃伏武士邢豹等二十余人于大行殿东序，摩利刃以待。肇至中城，高平公主使人迎之。肇曰："吾未赴哀。"尚不回府，改服麻衣，至梓宫①前伏地举哀。哀毕起身，忽见内侍数人云："二王有请。"遂引入中常寺省。肇失惊道："我何至此？"邢豹道："此彭城王死处也。彭城王在地下等太师对证，请从此死。"肇曰："汝小人何敢杀我。"邢豹喝令武士动手，遂将二丈白绫套肇颈上，立时绞死，回报二王。二王道："今再泄彭城之怨矣。"以小车一乘，命豹载归其尸。高平公主见之大哭，谓邢豹曰："二王杀之何太急？"邢豹曰："当日杀彭城亦太急。"公主默然。

是日，高太后闻肇已回，只道赴哀之后必来进谒，至晚不见入宫，便召守门内侍问曰："太师曾谒梓宫否？"内侍答道："已谒。"又问："今何在？"内侍道："想在朝堂议事未了。"后因自忖道："帝虽晏驾，大权仍归肇手，诸王断不敢有异议。等他进见时，设一良图，扶我临朝，便可任所欲为，不怕胡妃异日夺吾权去。"高后正在妄想，秉烛以待肇至。哪知起更以后杳不见到，坐在宫中等得不耐烦，吩咐内侍道："快到朝堂，宣召太师进宫相见。"内侍去不多时，慌急奔回，告后曰："娘娘不好了！太师谒过梓宫，已入中常寺省赐死矣。"后曰："谁杀之？"曰："诸王杀之。"后惊骇欲绝，大怒曰："我为帝母，宫中惟我独尊。肇即有罪，亦应禀命行诛。乃先帝骨肉未寒，诸王擅杀大臣，目中宁复有我耶？必到梓宫前哭诉先帝，究问诸王肇有何罪，而竟置之

---

① 梓宫——指棺材。帝后棺材用梓木做成，故称。

死地，看他有何理说。”忙即带了宫女数人，也不及乘辇，愤愤走出宫来。斯时内侍刘腾正在宫外，见高后欲到前殿，向前跪下道：“娘娘且请回宫，听奴婢一言。”后于是止步问之。但未识刘腾所言若何，且听下回分解。

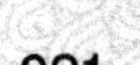

第　四　回

白道村中困俊杰　武川城上识英雄

话说太后怒高肇之死，欲临前殿与诸王争论，内侍刘腾跪止道：“娘娘息怒，听奴婢一言。窃闻诸王所以杀太师者，特为彭城报仇。彭城前日无罪而死，故太师今日亦无罪而见杀。诸王以此为罪，娘娘何说之辞？且太师一死，大权已失，娘娘虽为太后，诸王宁肯俯首听命？娘娘此时唯有高居深宫，勿与外事，庶可长保福禄也。”高后听了刘腾之言，悚然叹道：“只知威权长在，哪晓竟有此日。”于是含泪回宫。次日，忽报胡太妃来谒。盖胡妃自高肇死后，诸王迎归旧宫，尊为太妃，故来朝见太后。后见之，惊问曰：“数日何在?”太妃再拜曰：“妾前赴哀归去，忽见先帝谓妾曰：‘早归东宫，此间不可居也。’妾惧，故避祸耳。”太后默然。太妃带笑而去，去后暗嘱诸妃嫔御，皆以危言怵之，谓住在宫中必为妃所害，性命不保。高后亦知结怨已深，常怕胡妃报复，闻众人之言，心益自危。又想：“诸王大臣皆与高氏作对，将来祸生不测，决无好处。不如及早寻一退步，以保余年。”因思：“先帝所造瑶光寺极其壮丽，幽房曲院不异王宫。在寺者皆贵官女子、王侯妃妾，可以安身。”乃传谕内外，欲往瑶光寺落发为尼，择日出宫。六宫泣送，太后亦悲哀不已，唯胡太妃不出。诸王群臣遂各上表，尊太妃为太后，居崇训宫。天子率百官朝贺。

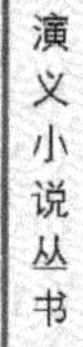

时于忠有保护太后之功，遂恃宠用事，谗害正人，百官侧目。欲杀高阳王，以夺其权，崔光苦止之。高阳惧，称疾求退，忠遂出之归第。

时群臣忧天子年幼，耳目易蔽，以太后有才识，咸请太后临朝听政。后大喜，遂升前殿，朝见百官。封其父母亲族，赏赐巨万。太后天性聪明，多才有智，亲览万几，手披笔断，事皆中理。一日，坐崇训宫，诸王大臣皆侍。问及时政得失，曰："有不便者，诸卿当一一言之，毋有所隐。"任城、清河二王奏道："娘娘听政以来，事无不当，万民悦服。唯领军于忠内托大功，招权纳贿①，恐伤圣化。"时于忠亦在殿，跪伏求辩。后即命退，出为山东冀州刺史。又诏高阳复位供职，曰："于忠谗汝，今无妨也。"满朝文武无不钦服。先是太后幼时，有术者言其极贵，但不获善终。今富贵已极，前言已验。每以后言为疑，欲大修佛事以禳之。魏自宣武奉佛，庙寺遍于都中。太后临朝，倍崇佛法。造永宁寺，建九级浮图。殿如太殿，门似端门。铸金像一尊，长一丈六尺，又如人长者十尊。珠像三尊，长一丈二尺。僧房千间，饰以金玉，光耀夺目。浮图高九十丈。超度僧尼十万余人。自佛法入中国，未有如此之盛。工费浩繁，国用日虚。于是百官停俸，军士减粮，以助佛事。廷臣贪污，纪纲渐坏，不及初政清明矣。今且按下不表。

单说当初晋代有一玄菟太守，姓高名阴，本渤海蓨城人。阴子名庆，因晋乱投于慕容燕氏。庆生寿，寿生湖，皆仕于燕。及魏灭燕，湖降魏，为右将军。湖有四子，皆仕于朝。湖卒，次子

---

① 招权纳贿——把持权柄，收受贿赂。

高谧官为治书御史，坐事①落职，黜为怀朔镇戍卒。谧至怀朔，定居于白道村。有三子：长曰优，年十八，娶妻山氏。次曰树，娶妻韩氏。幼曰徽，年七岁。一日，谧谓长子曰："今国法严重②，我虽迁谪于此，然罪臣之家，恐终不免于祸。今付汝金，以贩马为名，领妇出雁门居住。数年之后，或遇大赦，乃可归家也。"优依父命，携其妻子以去。谧自长子去后，居常忽忽不乐。又初至北地，水土不服，三年遂以病卒。树丧父后，浮荡过日，家业渐废。其弟徽志度雄伟，及长，见家道飘零，不欲婚娶。游东定城，以才艺自给，或一二年不归。树有女云莲，年十四，有容色。一日，同侍女游于后园。园有荷亭，可以外望。云莲倚窗而立，见一翩翩年少坐马而来，忙即避进，已被少年看见。你道少年何人？姓尉名景，字士真，恒州人氏。其父名尉长者，积祖富厚。景年十八，未娶，性不喜读书，工骑射。其时射猎于白道村南，经过高氏之园，见女子甚有容色，心甚慕之。差人察听，云系高侍御家，侍御已故，此女乃其次子高树所生。景回家告知父母，遣媒求娶为妇，树许之，云莲遂归尉氏。以后高树家道日衰，只得将田园产业变卖存活。村中皆笑其无能，而屋上常有赤光紫气腾绕其上。一夜，村中见其家内火光烛天，疑为失火，共往救之，而树妻韩氏房中产下一子，众以为异。树乃大喜，因名之曰欢，字贺六浑。北齐高祖献武帝也。欢生二月，母韩氏病卒。其姊云莲哀其幼而失恃③，禀父携归养之。树自妻子亡后，

---

① 坐事——因事获罪。

② 严重——严：严苛；重：程度深。

③ 恃——依赖、依靠。

益觉无聊。后乃续娶怀朔镇民赵文干之妹为室。赵氏勤于作家①，得免冻馁。后生一女，名云姬。

且说贺六浑依身尉家，日渐长大。魁伟有度，容貌端严，眉目如画。居常食不立进，言不妄发。尉景夫妇爱之如子。七岁教之从学，十岁教以武艺。膂力过人，精通骑射，遂习鲜卑之俗。年十五云莲欲为聘妇。有与六浑同学者名韩轨，其妹曰俊英，甚有颜色②。云莲遣媒求之，韩母谓媒曰："吾闻高郎贫甚，依尉家存活。其父浮荡废家，其子亦必不能成器。吾女岂可嫁之。"韩轨私向母道："母言差矣。吾观朔州富家子弟，皆不及贺六浑。此子必有食禄之日，奈何弃之?"母竟不许。媒至尉家，以韩母谢绝之言告知云莲。云莲怒道："如何轻量吾弟若此?"遂以告欢。欢亦怒道："大丈夫何患无妻，姊勿以为忧也。但吾在此被人轻薄③，今欲别姊归家，图一出头日子。"云莲闻其要归，不觉流泪道："汝虽聪俊，其如年尚幼何?"六浑亦下泪道："姊犹母也，何忍轻别。但吾意已决，不能再留矣。"时尉景已为怀朔镇队主，到家见妻子有泪容，问知其故，曰："吾扶养六浑十五年矣。今欲归去，吾亦不便强留。但年纪尚小，不能如鲜卑人杀人战斗为事。"妻曰："此子失于慈④养，日后当使经营家业，何以战斗为?"景叹曰："汝妇人不识道理。男儿生天地间，当杀贼立功，以取富贵，奈何区区求小利乎!"言罢，以弓箭宝剑赠之。六浑再拜而受。遂亲送六浑归家。树见之大喜，谓士真曰："累

① 作家——持家，过日子。
② 颜色——女子的姿色。
③ 轻薄——对人不尊重，不礼貌。
④ 慈——特指慈母。

汝多矣。”置酒相待而别。赵氏见之亦喜，爱如己出。一日，高徽从京师回，见六浑气度轩昂，大喜。相聚数月，恩义甚厚。闻朝廷以武选取人，徽欲与侄俱往。六浑以父年五十，又官司征流人甚急，不敢行。徽乃独往，其年中武举，授职羽林统骑。树闻报，合家欢喜。六浑自此游猎为生，益习骑射。

再说代郡平城本系魏之旧都，朝廷宫阙、王侯贵戚之家皆在其内。时山蛮反乱，云、朔二州常被攻掠。朔州官吏悉发流人当军，以卫平城。六浑年已二十，代父往平城应役。先是平城有富户娄提，家财百万，僮仆①千余，性慷慨，好周急②人。士大夫多称③之。太武皇帝时以功封真定侯。长子袭爵，次子随驾洛阳。幼子曰内干，亦得武职。别居于白道村南，雕梁画栋，花木园亭，拟于公侯。正室奚氏生女曰惠君，归段荣为妻。继娶杨氏生女曰昭君，男曰娄昭。又妾王氏生男名娄显，妾李氏生女曰爱君。昭君相貌端严，幼有异识，内干夫妇尤爱之。一日，欲探其兄真定侯，挈其眷属到平城来，僮仆车马无数。正值蛮寇作乱，镇将段长把守门禁甚严。内干至，日已晚，不得入。真定侯闻知，亲自上城与镇将说了，遂开关放入。内干与夫人子女只得一齐登城，与真定侯、镇将相见。因车骑尚未尽入，故在城上少坐。斯时六浑当军，执刀侍立镇将之侧。昭君顾见，不觉吃惊，自忖道：“此子身若山立，眼如曙星，鼻直口方，头上隐隐有白光笼罩，乃大贵之相。奴若嫁了此人，不枉为女一世。”然身为女子，怎好问其名姓。少顷定侯起身，内干眷属一同归府。当夜

① 僮仆——家僮与仆役，泛指仆人。
② 周急——救济他人急难。
③ 称——赞扬。

设宴管待。定侯见昭君容貌超群，谓内干曰："侄女容貌若此，须择佳婿，非王侯贵戚、富家子弟，不可轻许。"昭君此时正欲识英雄于贫贱之中，闻之默然不悦。款留数日，内干一家复归白道村。

昭君回来，一心常念执刀军士，苦无踪迹可访，怅望①之怀时形颜面。后有来议亲者，内干欲成，则昭君忧闷不食。父母知其不愿，置之。如此数次，莫测其意。侍婢兰春性伶俐，见昭君愁怀不放，私语昭君道："小姐有何心事，郁郁若此？今日无人在此，何不对小婢一说，以分主忧。"昭君见问，叹口气道："我岂不知女子终身不可自主。但所归非人，一生埋没，故誓嫁一豪杰之士方称吾怀。前到平城，汝不见一执刀军士乎？此真今之豪杰也。吾欲以身归②之，但未识其姓名居止③，故心常不乐。汝能为吾访其下落，便可分吾忧矣。"兰春笑道："小婢亦曾见之。若果④姻缘，自然访得着，小姐何必忧心。"却暗思："此子吾曾见之，容貌虽好，难道富家子弟倒不及他，小姐如何想要嫁他？且军士甚多，何从访处？"一日，偶至外厢，听见众人纷纷说道："蛮寇平了，守城军士都已回家。"兰春道："此处亦有当军的么？"众人道："怎么没有？西邻高树之子贺六浑才去当军而回。"兰春暗想道："小姐看中者莫非就是此人？我去一看便知。"遂悄悄走至高家。赵氏见之，便问："小娘子何来？"兰春道："吾是娄家使女。闻你家大官人解役而回，来问蛮寇平定消息。"六浑

① 怅望——情绪落寞而有所想望。

② 归——古代称女子出嫁。

③ 居止——居住。

④ 果——确实，真的。

正在房中走出，兰春一见，果是此人。观其相貌不凡，假问数语便辞而去。其妹云姬送出。兰春曰：“你兄有嫂否？”曰：“未娶。”问：“年几何？”曰：“二十岁。”兰春回来，忙报于昭君道：“那人吾已访着，乃是西邻之子，姓高名欢，又名贺六浑。相貌果然不凡，但家贫如洗，恐不便与小姐为耦①。”昭君闻之，喜曰：“吾事济矣。”乃命兰春通意六浑，教他央媒求娶。兰春道：“这却不可。小姐深闺秀质，保身如玉。若使小婢寄柬传书，一旦事露，不但小姐芳名有玷，小婢亦死无葬身之地。愿小姐三思。”昭君道：“吾岂私图苟合者，只恐此身埋没于庸才之手，故欲嫁之，以伸②己志。你若不遵我命，则误吾终身矣。”兰春恐拂小姐意，乃应诺。少顷，杨氏院君到房，谓昭君曰：“今有怀朔将段长，前在平城曾见汝面，今托媒到来，为其长子段宁求婚。此子年方十七，才貌佳俊。汝爹有意许之，你意下如何？”昭君不答。问之再三，终不一语。

忽一日惠君归，又言平城刘库仁富拟王侯，为其次子求婚于妹。内干夫妇曰：“豪门求婚者甚多，观汝妹之意终不欲就，汝为吾细问之。”惠君进房见妹，细叩其不欲对婚之故。昭君曰：“小妹年幼，不欲远离父母耳。”惠君信以为然。惠君走出，昭君私语兰春道：“事急矣，汝速为我图之。”兰春奉命，潜身走至高家。正值六浑独立堂上，见兰春至，问有何事到此。兰春轻语道：“吾小姐有话致意郎君，敢求借一步说话。”六浑退步而入，兰春随至僻所，细将昭君之意告之。六浑曰：“贫富相悬，难于启口。致意你主，六浑不能从命。”兰春归，以六浑之言告知昭

① 耦——同“偶”。
② 伸——舒张。

君。昭君道：“无妨，彼为贫，故不敢求婚。我以私财赠之如何?”遂取赤金十锭、珠宝一包，命兰春送去。时外堂正值宴会，家中忙乱，兰春乘便来至高家，走入书房，见欢独坐，将金宝放于桌上，曰：“此物为君纳聘之资。”言毕即去。六浑又惊又疑，恐怕人见，只得收藏箱中。盖六浑与昭君虽在平城略见其容貌，初无爱慕之意，今见昭君属意①于己，心上委决②不下。又念：“前缘分定，亦未可知。待禀知父母，央媒求合便了。”但未识两下良缘毕竟成与不成，且听下回细说。

① 属意——意念集中于一人，有归心、爱慕的意思。

② 委决——决定。

第　五　回

怒求婚兰春受责　暗行刺张仆亡身

话说贺六浑乃是一代人杰，素负经济①之才，常怀风云之志②。当此年富力强，方图功名显达，岂肯志在室家。然龙潜蠖伏，辱在泥涂③，茫茫四海，无一知己。昭君一弱女子能识之风尘之中，一见愿以身事，其知己之感为何如。况赠以金宝，使之纳聘，尤见钟情，岂能漠然置之。但儿女私情，难以告知父母，故此迟疑。隔了数日，昭君不见高家求亲，又差兰春走来催促。其时六浑不在家中，却遇见其父高树。树问："何事至此?"兰春道："欲寻你家大官人说话。"树颇疑心，便道："小儿有事，往朔州去了，三日后方归，有话不妨便说。"兰春暗料求姻之事，六浑定已告知其父，因遂以来意告之。树闻之大惊，含糊应道："待他回来，我与他说。"兰春别去。树辗转不乐。一日，六浑归家，其父责之曰："我与汝虽家道艰难，亦是仕宦后裔。汝奈何不守本分，妄行无忌。且娄氏富贵显赫，汝欲踵桑间陌上④之风，诱其兰室千金之女，一朝事败，性命不保。独不念父母年老，靠

---

① 经济——经国济民，治理国家。

② 风云之志——用来形容像风云那样雄大高远的志向。

③ 泥涂——比喻卑下的地位。

④ 桑间陌上——即"桑间濮上"。桑间在濮水之上，古卫国的地名。《汉书·地理志》："卫地有桑间濮上之阻，男女亦亟集会，声色生焉。"后用以指男女幽会。

汝一身成立，何不自爱若此。”六浑俟父怒少解，徐诉平城相见，遣婢赠金，令儿求婚之故。父曰：“此事断不可为。即求亲必不能成。后有婢来，当还其原物，以言绝之，方免无事。”六浑不敢再说，闷闷而退。

再说内干夫妇以昭君年纪渐大，数日来为之求婿益急。昭君乃托幼妹爱君之母李氏，启于二亲道：“儿非爱家中财产，不欲适人，实因年幼，不忍早离膝下。再过三年，任父母做主。”内干夫妇闻之，喜道：“此女果然孝爱过人。”哪知其心在于欢也。又过几时，恐婢传达不明，亲自修书，以金钗两股一同封固，命兰春送去。兰春见欢，致书即退。欢得书，心益切切，语其继母赵氏道：“娄氏女私事，母亲已知。但其拳拳①于儿若此，儿欲遣媒一求以遂其意。望母为父言之。”赵氏告于高树，树曰：“求之何益，徒为旁人讪笑。”赵氏道：“求之不许，则非吾家无情，便可还其金宝，以绝之矣。”树以为然。有善说媒者王妈，赵氏邀至家，谓之曰：“妈妈曾识东邻娄氏之女昭君小姐否？”王妈道：“这是老婆子主顾，素来认得。娘子问他为何？”赵氏道：“我儿六浑年二十一岁，未有妻室。闻昭君小姐年已十七，尚未许人。欲央妈妈作伐，求为六浑之妇。事成重谢，不可推托。”王妈大笑道：“二娘想错了。他家昭君小姐，多少豪门贵室央媒求婚，尚且不许，何况你家。娘子莫怪，老身不敢去说。”赵氏道：“我贫他富，本不敢启齿。但闻人说，娄家择婿，不论贫富，专取人才，看得中意的，贫亦不嫌。故央妈妈去说一声看，说得成亦未可知。倘若不成，决不抱怨于你。”王妈道：“既如此，吾且去走

① 拳拳——真挚诚恳。

一遭。”说罢，便往娄家来。当日，内干夫妇正在西厅商议昭君姻事。门公引王妈来见，内干便命她坐了，问道：“你今到此，莫非为吾家小姐说亲么？”王妈道：“正是。”内干问：“哪一家仕宦？”王妈一时惶恐，欲说又止。内干道：“凡属亲事，求不求由他，允不允由我，何妨直说。”王妈道：“既如此，老身斗胆说了。这一家乃西邻高御史之孙，二官人高树之子，名欢字贺六浑，年二十一岁。闻说府上招婿只要人才，贫富不计，再三央我来说，求娶昭君小姐为妇。未知相公、院君意下若何？”内干大怒道：“你岂因吾择婿艰难来奚落我么？我家小姐深闺秀质，何至下嫁穷军！”言毕，拂衣走开。杨氏亦埋怨王妈道：“汝在吾家往来有年，何出言不伦①若此。以后这等亲事，切莫来说。”王妈只得告退，回复高家，不唯不允，反触其怒。自是六浑求亲之事遂绝。

再说内干走至后堂，向昭君道：“西邻高家贫穷若此，今日央媒求婚，你道好笑不好笑？吾故叱而绝之。都是你不肯就婚，今日致受此辱。以后切勿逆我之命。”昭君不语。内干微窥女意，见她说起高家，绝不嗔怪；说及回绝来人，反有不悦之色，心下大疑。出谓其妻曰：“吾想高氏与我家门第相悬，何敢贸然求亲。且传言吾家不论贫富，专取人才，此言从何而来？莫非女儿别有隐情，有甚传消递息之事么？诸婢中兰春是她心腹，须唤来细问。”便即唤出兰春，喝令跪下，问道：“高家敢来求亲，莫非你这贱人有甚隐情在内么？如不直说，活活打死！”从来虚心事做不得的。兰春到高家数次，常怀疑虑，今被内干劈头一问，浑如天打一般，面孔②失色。内干见了愈疑，取一木棍便打。兰春急

① 不伦——不合道理，不像样。
② 面孔——容貌，面目。

了，只得招道："此非干小婢之事，乃是小姐主意，教我去通消息的。"内干喝道："你通消息便怎么？"兰春因述小姐前往平城看见六浑，决其相貌不凡，后必大贵，故欲以身嫁之，遣我传信于他速来求婚。内干大怒，连打数下道："今日且打死这贱人，以泄我气。"杨氏劝住道："此是女儿失智，谅非兰春引诱。且去责问女儿，看她何说。"内干住手，同杨氏走入昭君房来。兰春带哭也随进来。昭君见了，不觉失色。内干怒问道："你干得好事！我且问你，高氏子有何好处，你欲嫁他？"昭君暗想，此事已露，料难瞒隐，不如直告父母，或肯回心从我，便跪下道："儿素守闺训，焉敢越礼而行。但有衷情欲达，望爹娘恕儿之罪，遂儿之愿。儿虽女子，志在显扬①。常恐所配非人，下与草木同腐。思得嫁一豪杰之主，建功立业，名垂后代，儿身不至泯没。前见高氏子，实一未发达的英雄。现在蛟龙失水，他日勋名莫及。若嫁此人，终身有托。故舍经从权，遣婢通信。实出女儿之意，非干兰春之事。"内干听了，大喝道："胡说！"杨氏道："女子在家从父，劝你莫生妄想。今日恕你一次，后勿复然。"说罢，夫妇含怒而去。其弟娄昭闻知，亦来劝其姊曰："吾姊何故不图富贵，欲嫁六浑？"昭君道："眼前富贵哪里靠得住。六浑具非常之相，顶有白光，将来必掌大权，威制天下。吾欲嫁之者为终身计，亦为门户计也。若舍此人，誓不别嫁！"昭见姊意坚执，遂走出劝其父道："吾观六浑相貌实非凡品。吾姊识之风尘之中，亦是巨眼②。今六浑所乏者不过财产，不如以姊嫁之，厚给财产，亦足助成其志。父意以为可否？"内干道："吾家公侯世第，招他

① 显扬——称扬，表扬。

② 巨眼——敏锐的明辨是非、洞察真伪之鉴别能力。

为婿，定为人笑，断乎不可。”娄昭不敢复言。

然内干欲夺女志，计无所出。家有张姓奴，多力善谋。因以昭君之事告之，作何算计，能使回心。张奴道：“小姐以六浑后日必贵，故欲嫁之。若除却六浑，便绝小姐之心了。”内干道：“若何除之？”张仆道：“杀之可也。”内干道：“杀人非细事，如何使得。”张仆道：“奴有一计。主人请他到家，假言子弟们要习弓箭，求其指示，留在西园过宿。小人于半夜时潜往杀之，诈云为盗所杀。其父有言，只索酬以金银，便足了事。难道小姐还要嫁他不成？”内干从其计。便遣人去请六浑。六浑见请，未识何意。其父高树道：“邻右家来请，去亦何妨。”六浑遂到娄家。内干请到厅上相见，两人坐定。内干启口道：“素闻郎君善于弓箭，家有小奴数人，欲求郎君指教一二，故屈驾至此。”六浑逊谢不能，内干意甚殷勤，置酒相待。饮毕，使小奴十数人同六浑进西园演射。至夜，就在西园中一座亭子上铺设卧具，留他过宿。六浑遂不复辞，住下数日。内干便问张奴道：“你计可行么？”张奴道：“只在今夜，保为主人杀之。但须宝剑一口，以便动手。”内干即取壁上所挂之剑付之。

其夜正值八月中旬，月明如昼。六浑用过夜膳，独坐亭上，自觉无聊，对月浩叹①。坐了一回，听更楼已打二鼓，不觉倦将上来，解衣就寝。此时人声寂寂，夜色朦朦。张奴早已潜入西园，躲在假山背后，执剑以待。窥见六浑已经就睡，走至亭下，见门未闭上，内有火光透出，微闻床上酣睡之声。张奴想道：“此人该死，所以酣睡。”挨门而入，执剑走至床前，揭帐一看，不觉魂飞天外，

① 浩叹——感慨深长而大声叹息。

魄散九霄，“哎哟”一声，弃剑于地，往外飞走。你道为何？见帐中不是六浑，只见大赤蛇一条，通身如火，头若巴斗①，眼似铜铃，蟠踞床上，所以大喊而逃。六浑被他惊醒，忙即起身，见一人飞步逃去，床前遗下雪亮利剑一口，遂即拾剑在手，追出亭子来。那人因吓慌了，绊了石子，跌倒在地。遂被六浑拿住，喝问道：“你系何人，敢来杀我？”张奴跪下道：“我是娄府家奴，奉主命来杀郎君。其如郎君不见，见一大赤蛇在床，故不敢犯。”六浑道：“我与你主何仇，而欲害我？”张奴道：“只因小姐欲嫁郎君，劝他不回，故欲杀君以绝其念。”六浑听到此际，怒气勃生，随手一剑，将张奴斩了。还至亭上，执剑危坐，以待天明。

是夜，内干心怀疑惧，寝不能寐。天明不见张奴回报，忙遣小奴到园打听。小奴走到亭边，只见血淋淋一人杀死在地，吓得呆了。又见六浑满面杀气坐在亭上，转身就跑，被六浑喝住。问道：“你家主人何在？”小奴道：“在西厅。”六浑道：“你引我去。”小奴引六浑到厅。内干见之，情知事泄，不觉失色。六浑忿忿向前道：“我高欢一介武夫，不知礼义。君世食天禄，家传诗礼，如何自恃豪富，私欲杀人？且欢叨居邻右，平素不通往来者，实以贫富不同，贵贱悬殊之故。即前日求婚，并非欢意，亦因令爱欲图百岁之好，通以婢言，重以亲书，再三致嘱，欢乃不得已而从之。媒婆到府，君家发怒，欢已绝望矣。令爱别选高门，于我何涉？乃必杀一无辜之人，以绝令爱之意，是何道理？恶奴我已手戮。大丈夫死生有命，岂阴谋暗算所能害，唯君裁之。”六浑情辞慷慨，意气激昂，英爽逼人。内干自知理亏，只

① 巴斗——用柳条编织的圆斗。

得含糊逊谢道：“此皆恶奴所为，我实不知。今既杀之，已足泄君之忿。愿赠君廿金，以谢吾过。”六浑笑道：“吾高欢岂贪汝金者，此剑当留之于吾，以志昨宵之事。”说罢，仗剑而去。归至家，只言内干赠吾以剑，余俱不说。内干在家暗将张奴尸首葬过，但嘱家人勿泄，把此事丢开。

却说昭君闻知，益加愁闷，私语兰春道：“姻好不成，反成仇怨。他日此人得志，必为门户之祸，奈何？”自此饮食俱减，形容憔悴。杨氏忧之，谓其夫曰：“昭君郁郁若此，必有性命之忧。与其死之，毋宁嫁之。”内干道：“你且莫慌，我已定了一计，管教她回心转意便了。”便向杨氏耳边说了几句，杨氏点头称好。但未识其计若何，且听下回细说。

第　六　回

谐私愿六浑得妇　逼承幸元怿上蒸

话说内干因昭君欲嫁六浑，屡次劝之，执意不改，杨氏又痛惜女儿，恐其忧郁成疾，因想女儿家最贪财宝，不若以利动之。商议已定。其时正值春光明媚，天气融和。夫妇同在那西厅，摆列长几数只，几上多设金银珠翠、首饰异宝、绫罗锦绣、珍奇玩器等物，英英夺目，闪闪耀人。乃召昭君出厅，谓之曰："汝肯从亲择配，当以此相赠。"昭君目不一视。又谓之曰："汝若不从父命欲归高氏，当一物不与，孑身而往，汝心愿否？"昭君点头曰："愿。"内干大怒道："既如此，由你去。但日后莫怨父母无情。"昭君不语归房。内干将金宝一齐收起，便唤前日王妈到来，教她通知高家，聘物一些不要，竟来迎娶便了。王妈道："这又奇了。前日嫌老身多说，今日却先自许。可见姻缘原是天定的。"欣然来至高家，先在高树夫妇前称喜，备说内干之言。亲事不劳而成，夫妇大喜。即择了聘娶日子，打点娶媳。六浑悉听父母主张。昭君临行，内干不与分毫，只有兰春随往，当日成亲。两人相见，分明是一对豪杰聚首，更觉情投意合。昭君入门后，亲操井臼，克①遵妇道，不以富贵骄人，见者无不称其贤孝。

一日，六浑出其前日所赠，谓昭君曰："此卿所赠者，事若

---

①　克——能够。

不成，决当还卿，至今分毫未动。”昭君曰：“今君身居卑贱，当以此财为结纳贤豪之用，以图进步。”六浑从之，遂货①马廿匹，以结怀朔诸将，升为队主。杨氏嫁女后，怜其贫苦，日夜哭泣。内干曰：“昭君我女也，何忧贫贱。恨其不听我言，暂时受些苦楚。”娄昭亦劝其父道：“姊身已属六浑，何必嫌其贫贱。且六浑终非久居人下者，愿以财产给之。”内干乃遣人去请六浑，欢不至。复命娄昭亲往请之，欢亦不至。于是内干夫妇亲至其家，接女归宁。六浑始拜见妻之父母，遂同昭君偕来。内干见其房屋破败，出钱数千贯，为之改造门闾。又拨给田产、奴婢、牛羊、犬马等物。自此六浑亦为富室，交游日广。欢尝至平城投文，镇将段长子段宁见之，笑曰：“此娄女所嫁者耶？奚胜区区②”盖段亦曾求婚于娄氏，娄氏不就，故以为言。归而述诸父，父曰：“六浑志识深沉，气度非凡，岂汝所能及。”一日六浑来，尊之上坐，召宁出拜，曰：“儿子庸懦，君有济世之才。吾老矣，敢以此儿为托。”欢谢不敢当。宁自此敬礼六浑。六浑归，昭君语之曰：“吾前夜梦见明月入怀，主何凶吉？”欢曰：“此吉兆也。”后产一女，名端娥，即永熙帝后也。未几，镇将以欢才武，又转之为函使。今且按下不表。

再说胡太后临朝以来，乾纲③独揽，臣工无不畏服，尊荣已极，志气渐盈。以天子年幼，摄行祭礼，改令为敕，令群臣称陛下。又魏自太武以来累世强盛，东夷西越贡献不绝，府库充盈。太后尝幸绢藏，命王公大臣从行者百余人尽力取之，少者不减百

---

① 货——卖。

② 区区——此处为自称的谦词。

③ 乾纲——君权。

余匹。尚书令李崇、章武王融负绢过重，颠仆于地，李崇伤腰，章武折足。太后恶其贪，令内侍夺之。空手而出，人以为笑。侍中崔况止取二匹，太后问："所取何少？"答曰："臣止两手，只持两匹。"众皆愧焉。又差内侍宋云、僧惠生往西域取经，临行之日，太后自饯于永宁寺。百官皆集，赐金银百斤、名马廿匹。中尉元匡奏侍中侯纲掠杀羽林军士，请治罪。太后以其旧恩不问，纲益骄横。又奏冀州刺史于忠前在朝擅杀尚书裴植、郭祚，请就冀州戮之。太后亦以旧恩不问。未几，召忠入朝，录尚书事，封灵寿县公。及卒，追赠甚厚。太后父秦国公没，葬以殊礼，追号曰太上秦国公。谏议大夫张普惠以太上非臣下所得称，力争于朝。太后使人宣令于普惠曰："封太上，孝子之心。卿所争，忠臣之义。已有成议，勿夺朕怀。"普惠遂不敢言。孝明帝年九岁未尝视朝，群臣罕见其面。普惠有疏，每欲面陈之而不可得。一日，帝临前殿，群臣朝参礼毕。方欲退朝，普惠出班奏曰："臣有短章，冒渎天听。"其略曰：

慎帝业之不易，饬①君道之无亏。减禄削俸，近供无事之僧；崇饰元虚②，远邀未然③之报。皆非所以利天下而安社稷也。臣谓修朝夕之因，求祇劫之果④，未若亲郊庙之典，行朔望之礼。撤僧寺不急之务，复百官已缺之秩。收万国之欢心，以事太后，则孝弟⑤通乎神明，德教光乎四海。节用爱人，臣民俱赖。

---

① 饬（chì）——整顿，使整齐。

② 元虚——即玄虚，虚无之意。

③ 未然——还未变成现实。

④ 祇劫之果——即佛教所称来世之果报。

⑤ 孝弟——亦作"孝悌"。

其言皆深中时病。帝览之而可其奏，遂怀疏入见太后。太后口虽以为然，然念此儿才一临朝，便有朝臣向他哓哓①，日后必夺吾权。乃下诏曰："天子年幼，不堪任劳，俟加元服②，设朝未迟。"自是帝益罕视朝矣。

神龟元年九月，太史奏天文有变，应在二宫。太后惧，欲以高太后当之，乃遣内寺③杀之瑶光寺中，以尼礼葬之，命百官不许服丧。群臣皆言宜崇其礼，太后不听。时武号森列，羽林军横行都市。征西将军张彝上封事，求削铨格④，排抑武职之人，不得预于清选。武人皆怀愤怒，立榜通衢，大书张彝父子之恶，约期某日会集羽林虎贲之众，屠灭其家。张彝父子全不为意。至期，共有三千人众聚集尚书省外，大声辱骂，声言要杀张家父子，以泄众怒。官吏大惊，不敢禁止，把省门紧闭。于是众势益张，拥入张彝府中，焚其第舍⑤，曳彝堂下，捶辱交加。其子民部郎中张始均初见凶势难犯，逾垣逃走，闻父被执，走还众所，拜请父命。众就殴击，投之火中，活活烧死。次子张仲瑀，重伤走免，凶徒始散。张彝仅有余息，越宿而死。远近震骇。太后以天子侍卫之卒，惧有变乱，不敢穷诛。止收为首者八人斩之，其余不复治罪。越三日，复大赦以安之，令武职依旧入选。其时高欢在京，闻之叹曰："宿卫羽林相率⑥焚大臣之第，朝廷惧而不问，为政如此，时事可知。天下之乱不久矣！"

---

① 哓哓（xiāo）——进言。
② 元服——冠。
③ 内寺——指宦官。
④ 铨格——提拔与限制。
⑤ 第舍——宅第，住宅。
⑥ 相率——互相带引，共同。

你道高欢何以在京？欢自熙平二年转为函使，凡有表章函封上达帝都，皆函使之职。神龟元年，欢奉使入京，进过表章，不能即时批发，在京中等候。魏制：凡各镇函使未经发回者，给与贵官大臣家为使。六浑派在尚书令史麻祥门下。祥自恃贵显，待下甚严。一日，祥坐堂上，命欢侍立在旁，问其一路风景山 川形势何处最好，欢一一对答。闲谈良久，祥甚喜，因令从人取肉一盘、酒一壶，赐与高欢。祥虽命食，料欢不敢便坐。奈欢素性不肯立食，竟即坐下。祥大怒，以为慢己，叱令跪于阶下，命左右杖之。欢自杖后，郁郁不乐。一日，闷坐无聊，走出街上，观看禁城景象，见一军将坐在马上，前呼后拥，喝道而来，威仪甚肃。细观其人，好似叔父高徽。尚恐面貌相同，不敢叫应。那将军停鞭回顾，便向高欢叫道："你莫非吾侄贺六浑么？为何在此?"欢于是上前拜于马下。要知欢到京时，徽正出使在外。欢不知其已有家室，尚未去望。今日相遇，如出意外。至家，各述别后情事，皆大喜。徽曰："尔娶娄家女，足慰兄嫂之心。吾娶康氏妇，已生一子，取名归彦。以路远尚未通知兄嫂也。"领入后堂相见，设酒共饮。至晚，欢辞去。徽曰："你欲何往?"欢曰："身在麻祥家给使，此人性恶，不去恐被责。"徽道："无妨，我以书去回他便了。"欢自此耽搁徽家，不觉月余。一日，忽闻军士擅杀大臣，不禁浩叹。又欢在京尝梦身登天上，脚踏众星而行，醒来私心自喜。见时事如此，隐有澄清天下①之志。

再说胡太后年齿已长，容颜如少，颇事妆饰，数出游幸。一日，驾幸永清寺，侍中元顺当车而谏曰："《礼》，妇人未没，自

① 澄清天下——肃清祸乱，使天下归于太平。

称未亡人，首去珠玉，衣不文采。陛下母临天下，年已长矣，修饰过甚，何以仪刑①后世？”太后惭，左右皆战栗。及还宫，召顺责之曰：“前年卿贬外郡，吾千里相征，乃众中见辱耶？”顺曰：“陛下不畏天下之笑，而耻臣之一言乎？”太后默然而受，游幸稍衰。清河王元怿官太傅、侍中，贤而多才，美丰姿，风流俊雅，冠绝一时。太后每顾而爱之，苦于宫禁森严，内外悬绝，无由与之接体，而私幸之意未尝一日去怀。时值中秋，召集诸王赐宴宫中。清河王坐近太后之侧，容貌秀丽。太后顾之愈觉可爱。宴罢，乃诈称官家之意，召王入宫闲话。于是诸王皆退，清河独留，只得随了太后入宫。走至宣光殿前，王失惊曰：“至尊在南宫，何故至此？”太后曰：“天子随处皆住，不独在南宫也。”王信之。随至崇训后殿，太后下车，召王上殿曰：“天子不在此，是朕欲与王聚谈清夜②，消遣情怀，故召王至此。且有一言，朕倚卿如左右手，欲与王结为兄妹，以期终始无负。”王闻言大惊，伏地顿首③曰：“臣与陛下有臣主之分，兼叔嫂之嫌，岂宜结为兄妹。臣死不敢奉诏。”太后道：“卿且起，兄妹不结亦可。今有玉带一条、御袍一领、温凉盏一只，皆先帝服用之物。吾爱卿才器不凡，取以相酬，卿勿再负吾意。”清河见说，益添疑惧，苦辞不受。只见宫娥设宴上来，太后命王对坐。王谢不敢。太后南面，清河西面，坐下共饮。言谈语笑，太后全以眉目送情。饮至更深，犹复流连不歇。王苦辞欲出，太后不许。赐宿翠华宫中，命美女二人侍王共寝。王复顿首辞。太后曰：“是朕赐与王者。

---

① 仪刑——典范、典型。
② 清夜——寂静的夜晚。
③ 顿首——磕头，叩头下拜。

王明日出宫即带家去，何必坚却。”王不得已受命，遂入翠华宫来。宫中铺设华丽，珍奇玩器无不备列。宫人曰：“此太后将以赐王者。”王大不乐，和衣独寝，令二美人秉烛达旦。太后闻之曰：“此人果是铁石心肠。”然口虽叹服，心中割舍不下，留住清河不放出宫。是夜更余，王方就枕，只见太后随了四个宫女悄悄走入，对王道：“卿知朕相爱之意否？良缘宜就，无拂朕怀。”清河心慌意迫，伏地叩头曰：“臣该万死，愿陛下自爱。”太后亲手相扶道：“我与卿略君臣之分，叙夫妇之情何如?”哪知太后越扶，清河越不肯起，竟如死的一般伏着不动。太后见了这般模样，又好气又好笑，默然走出。宫娥报王道：“太后回宫了，王起来安寝罢。闻太后明日放王出宫了。”清河闻言大喜 。但未知太后此去果能忘情于王否，且听下回细说。

第七回

幽母后二贼专权　失民心六镇皆反

话说清河王被留在宫，太后欲幸之，当夜逼迫不从。太后去后，闻宫娥有明日放归之言，心下稍安。及到明日至于下午，不闻放出之命，只见宫女走来报道："大王祸事到了。昨夜触娘娘之怒，娘娘有旨，今夜如再不从，当如彭城故事，赐死宫中。"清河大惧，默然半晌，叹道："与其违命而死，不如从命而生罢。"宫女见王已允，忙即奏知。太后大喜，是夜遂与王成枕席之欢。王出，羞见诸官，托疾不朝者三日。然王素好文学，礼贤敬士，一心为国，政有不便者，必为太后言之。自承幸后，益见信于太后，言无不从。奸人皆深忌之。

有侍中领军元义，太后妹夫，为人奸恶异常，恃宠骄横。清河每裁之以法，义由是有怨。中常侍刘腾恃有保护之功，累迁大职。请奏其弟为郡守，清河却奏不纳，腾亦怨之。二人相与谋曰："清河有太后之宠，非诬其谋反不可去。然必如高肇之害彭城，得其私人首告帝方信。"时有朝官宋维，浮薄①无行②，在王府中为通直郎。元义密结其心，以害王之谋告之，许以事成共图富贵。宋维许之，乃首告司染都尉韩文殊父子为清河心腹，欲扶立王子为帝，日夜谋逆。封其状以闻。元义乘太后不在奏之。帝

---

① 浮薄——不诚实又轻薄。

② 无行——品行不好，行为恶劣。

览奏大惊，入见太后，为言清河王反。太后道："清河恐无此事，其中必有隐情。须召集诸臣，细问真假 。"于是帝与太后共临前殿。朝中大臣皆知其冤，力为辩雪。又按验①并无实迹，乃诏清河归府，官职如故。太后以宋维诬王，怒欲斩之。元乂曰："若斩宋维，恐后真有反者，人不敢告矣。"太后乃免其死。

元乂见清河无事，谓刘腾曰："古人有言，斩草要除根，缚虎难宽纵。既与清河结此大仇，今日我不害他，日后他必害我，奈何?"刘腾曰："我有一计，足以除之。"乂问："何计?"腾曰："有黄门内侍胡定，是帝御食者，最为帝所亲信，亦与我相好。苟以千金结之，使于帝前进言清河欲谋为帝，教他御食内下毒害帝，事成许以重报，帝必信矣。帝信则清河必死。"乂曰："太后不从奈何?"腾曰："先以微言离间其母子，劝帝独出视朝，幽太后于北宫，断其出入。那时朝权尽属尔我，虽有百清河，除之不难。"乂大喜。遂以千金送于胡定，教他依计行事。定许诺。一日，帝在南宫，定作慌急状报于帝道："人言清河反，小臣不信，今果反矣。"帝问："何以知之?"定曰："臣不敢说。"帝因问之，定曰："今早清河有命，教臣在御食内暗下毒药，以害帝命。事成许臣富贵，岂非反乎？臣虽说了，愿帝毋泄。"帝大怒，欲启太后治之。定曰："不可。太后方以清河为忠，焉肯治其反罪。不若召元乂、刘腾议之。"帝召二人至，告以胡定之言。二人曰："是帝大福，天令胡定泄其谋。不然，陛下何以得免。前日清河反状是实，只因太后曲意保全，酿成其恶。陛下欲保圣躬无事，宜独临前殿断决，无复委政太后。正清河之罪，明示国

---

① 按验——验复其事，而治其罪。

法，则诸王不敢生异心矣。”时帝年十一，以二人言为然，乃曰：“朕欲视朝久矣，卿等善为图之。”二人得计。是夜，不复出宫，就宿中常寺省。一交五更，刘腾带领心腹内侍锁闭永巷，先断太后临朝之路。乂入南宫，奉帝出御显阳殿。天黎明，诸臣齐集。清河王进朝，遇乂于含章殿后。乂厉声喝住，不许王入。王曰：“元乂反耶?”乂曰：“乂不反，正欲缚反者耳。”命武士执王衣袂，拥入含章殿东省，以兵防之。上殿奏道：“元怿已经拿下，请降明旨治罪。”刘腾遂传旨下来道：“清河王元怿欲谋弑逆，暗使主食胡定下毒。今怿已伏罪，姑念先帝亲弟，不忍显诛，从轻赐死。”诸王大臣相显惊骇，见太后不出，帝独临朝，明知朝局有变，皆惧乂、腾之势，不敢有言。是时太后方欲出朝，宫女报道：“阁门已闭，内外不通。闻说帝为清河谋反已升金殿，不用娘娘临朝了。”太后闻之，大惊失色，暗想必是刘腾、元乂之计。然大权已失，只索付之无奈。腾、乂既杀清河，乃诈作太后诏，自称有病，还政于帝。腾自执管钥，锁闭北宫。出入必禀其命，虽帝亦不得见太后之面。太后服膳俱废，乃叹曰：“古语云，养虎反噬，吾之谓矣。”朝野闻清河之死，识与不识皆为流涕。夷人为之剺面①者数百人。盖清河忠国爱民，人尽知其贤。唯翠华宫内见幸太后一节，为王遗憾耳。后人有诗惜之曰：

墙茨②何堪玉有瑕，亲贤一旦委泥沙。

早知今日身难免，何不当时死翠华。

---

① 剺（lí）面——用刀割脸。古代匈奴回鹘等民族风俗，遇大忧大丧，就用刀割脸，表示悲伤。

② 墙茨——比喻合门淫乱。典出《诗经·睟风·墙有茨》：“墙有茨，不可扫也；中冓之乱，不可道也。”

话说魏朝宗室中有中山王元英，曾立大功于国，生三子：元熙、元略、元纂，皆以忠孝为心。熙袭父爵为相州刺史，略与纂在京为官，与清河素相友爱。熙闻清河冤死，为之服孝举哀，议欲起兵报仇。元义闻此消息，也不告诉天子，便差左丞卢同提兵前往灭之。其弟元略、元纂惧及于祸，皆弃官而逃。元纂逃往相州，与兄同死。元略先避难于司马始宾家，后避难于栗法光家。有西河太守刁奴与略善，送之奔梁。梁武纳之，封为中山王。此是后话。

且说元义杀了元熙、元纂，独元略未获，下令十家为甲，到处搜捉。凡涉疑似者，皆遭诛戮。连累无辜，不可胜数。又纳美人潘氏于宫，帝宠幸之，日夜为乐，政事一无所理。又使中常侍贾粲代帝执笔，凡有诏命皆出其手，人莫辨其真伪。虽亲如高阳、臣如崔光，皆不敢相抗。纪纲①大坏，遂启六镇之乱。你道那六镇？一曰怀朔，二曰武川，三曰沃野，四曰高平，五曰寻远，六曰桑乾，皆统辖数郡人民，悉受镇将节制。前尚书令李崇行北边，其长史魏兰根说崇曰："昔缘边初置诸镇，地广人稀，或征发中原强宗子弟，或国之肺腑寄以爪牙。中年②以来，有司号为府户，役同厮养，官婚班齿③，致失清流。而本来族类各居荣显，顾瞻彼此，理当愤怨。宜改镇立州，分置郡县。凡是府户，悉免为民，入仕次叙，一准其旧。文武兼用，恩威并施。此计若行，国家庶无北顾之虑。"崇为奏闻，事寝不报。及元、刘

① 纪纲——典章法度。

② 中年——中期，中间阶段。

③ 班齿——班列，朝廷的行列，借指官吏。

二人秉政，贪爱财宝，与夺①任情。官以资进，政以贿成，甚至郡县小吏不得公选，牧守令长率皆贪污。刻剥下民脂膏，以赂权贵。百姓困穷，人人思乱，故六镇之民反者相继。正光四年，沃野镇民破六韩拔陵聚众先反，其后胡琛反于高平，莫折太提反于秦州，若乞伏莫干反于秀容，于菩提反于凉州，杜洛周反于上谷，鲜于修礼反于定州之左城，葛荣称帝，丑奴改元。朝廷虽遣临淮王彧、将军李权仁领兵去讨，尚书李崇、广安王深相继进兵，而盗贼愈炽。

今先说拔陵在沃野镇聚集人马，杀了镇将，抢州夺县，四方云集响应，兵日以强。改元真王，自称天子，引兵南侵。一日，升帐召集诸将，下令曰："吾闻怀朔、武川两处，人民富盛，钱粮广有。今遣将军卫可孤领兵二万，去攻武川；将军孔雀领兵二万，去攻怀朔。"二将领命，各自奋勇而去。那时怀朔镇将段长已死，杨钧代统其职，知拔陵造反，必来侵夺，欲求智勇之将，保护城池。闻说尖山地方有一人，双姓贺拔，名度。有子三人：长名允，字可泥；次名胜，字破胡；三名岳，字嵩英。父子四人皆有万夫不当之勇。次子破胡武艺尤高，勇过贲、育②。乃请贺家父子到镇，留在帅府，商议军事。授度以统军之职，三子皆为将军。孔雀兵到，便遣出战。破胡一马当先，杀得孔雀大败，抽兵回去。哪知孔雀败去，卫可孤领兵二万杀来。那可孤是一能征惯战之将，手下将士人人勇猛，个个精强，不比前次贼兵。连战几次，势大难敌。把城门围住，日夜攻打。幸亏贺家父子协力固守，不至遽破。杨钧乃集诸将商议曰："内无粮草，外无援兵，

① 与夺——赐予和剥夺。

② 贲、育——孟贲、夏育，古代二勇士。

何以解目下之危？近闻朝廷差临淮王为将，领兵十万来平反贼。但只在别处征剿，不来此处救援。吾欲遣将请救，求其速来，未识谁敢前往？”贺拔胜挺身出曰：“小将愿往。”钧大喜曰：“将军此去，必请得兵来。”便取文书付之。破胡结束①停当，待到黄昏时候，放开城门，匹马单枪一直冲去。惊动阵内贼兵，拦路喝道：“谁敢冲我营寨！”破胡也不回言，手提火尖枪，一个来一个死，杀得尸横马首，万人辟易②。无如③贼兵纷纷，一似浮萍浪草，才拨开时，便又裹将上来。火把齐明，如同白昼。可孤在马上喝道：“来将何人，速通名姓！”破胡道：“我名贺拔胜，欲往云中。当我者死，避我者生。”可孤见他杀得厉害，亲自提刀来战。哪知破胡越战越勇，虽可孤本事高强，争奈敌他不住，战了数合，也败将下来。破胡乘其败下，不复恋战，冲出垓心，拍马便走。晓夜赶行，直至云中，迎着临淮大军，便到辕门投进文书。临淮看了忙传进去，细问贼兵形势。破胡参见后，一一对答。临淮道：“我奉命讨拔陵，未与一战。待我破其贼帅，此围自解，未便舍此救彼。”破胡见临淮不肯发兵，便叩首禀道：“怀朔被围已久，陷在旦夕。大王按兵不救，怀朔有失，武川并危。两镇俱失，则贼之锐气百倍，胜势在彼，焉能征灭？王不若发兵先救怀朔，贼兵一败，武川亦全。韩陵之众，皆望风奔逃矣。”临淮道：“将军言是，我便发兵。”破胡道：“大王既肯往救，小将先回，报知主帅，准备接应。”王许之，赐以酒食。破胡食毕，辞别便行。

---

① 结束——装束。

② 辟易——逃避，避开。

③ 无如——无奈。

却说可孤心服破胡之勇，对诸将道：“吾得此人为将，天下不足平矣。今后再与相遇，须协力擒之。”哪知破胡回来，仍旧一人一骑，将近怀朔，望见贼兵围住城池，枪刀密密，剑戟层层，如铁桶一般。见者无不寒心。破胡全然不惧，拍马杀入，高声喊道：“我贺拔胜今日回城，敢来当我者，即死我枪上。”卫可孤闻知，传集将士，一齐围裹上来，喊杀之声，震天动地，比前番更甚。破胡使动神枪，左冲右突，好似毒龙翻海，猛虎出林。一回儿杀了无数军士，伤了几员上将。可孤见他勇猛，暗想道：“此人只可计取，难以力擒，久与他战，必至多伤将卒。”便招回军士，让他自去。破胡奔至城下，贺统军正在城上，开门放入。父子相见，略叙数语，同至帅府，把临淮已允，大兵即到报与杨钧。钧大喜，设酒慰劳，对破胡道：“将军英雄无敌，此功已是不小。但武川被围有日，未识存亡。欲烦将军去探消息，将军能复行否？”破胡道：“我去不难。但贼势浩大，此处保守匪易，我行不放心耳。”统军道：“有我们在，汝勿忧。”于是待至黄昏，破胡仍旧开门冲出。贼兵知是破胡，不来拦阻，任他径去。

却说可孤知破胡又去，绝早升帐，便唤其子卫可清，悄悄吩咐道：“你去如此如此，则贺家父子皆可收服。”可清领命上马而去。正是：

计就月中擒玉兔，谋成日里捉金乌①。

未识此去果能收服贺家父子否，且俟下回再讲。

---

① 金乌——相传日中有三足乌，后以金乌称日。

第　八　回

太后垂帘重听政　统军灭贼致亡身

话说卫可清领了父亲密计，便至城下，单要统军出战，再叫军士辱骂以激之。统军大怒，挺身出战。战了数合，可清佯败而走。统军不舍，追有里许，伏兵齐起，将绊马索曳翻马脚，统军被擒。众兵将他绑了，推至城下，招其二子道："来降免死，不来即斩你父。"贺拔允弟兄见了，吓得魂飞天外，飞马出城，高叫道："勿伤吾父，愿相从也。"众兵把统军拥入军中。贺拔允兄弟直至营前，下马求见。可孤父子忙到帐外相迎。斯时①统军已释缚上坐，见二子至，挥泪道："势已如此，只得在此投顺，但负了杨将军耳。"可孤大喜，一面款留父子在军，一面便去攻城。城中连失三将，慌乱起来。半夜城破，人民被杀，杨钧一门尽死。可孤破了怀朔，便请统军写书，以招破胡。统军许之。

哪知破胡将近武川，前一日其城已破。正是烽烟交迫②时候，破胡慌了，带转马头，忙即奔回。正行之间，望见前面一队兵来，上书"贺拔统军"旗号，心下疑道："我父亲为何在此?"勒马问之。只见一少年将军出马拱手道："统军不在这里。我是卫可清，奉主命来请将军。有统军手书在此。"便叫军士呈过。破胡看了，果是父亲手笔，叹道："父兄既在彼处，我复何往。"遂

① 斯时——此时。

② 交迫——多方面同时逼迫。

下马与可清相见，并马而回，来见可孤。可孤下座，握其手曰："他日富贵，愿与将军共之。"破胡拜谢。少顷，来见统军，兄与弟皆在帐中。相见后，各自叹息，只得权时住下，再图机会。

其时临淮王不知两处已失，领兵前来。行近朔州，遇着拔陵兵马，被他杀得大败，依旧退回云中。安北将军李叔仁领兵五万，亦来救援，屯兵于白道谷口，拔陵乘夜袭之，亦大败而退。朝廷知临淮、叔仁军败，皆削其官爵，命李崇为北讨大都督，镇恒、朔以御强寇。抚军将军崔暹皆受其节制。崇欲停军固守，且莫与贼交锋，伺其便而击之。暹不遵崇令，引兵先出。正遇贼帅卫可孤，邀截①大战，杀得官军死者死，逃者逃，崔暹单骑奔还，折了十万人马。可孤使人飞报拔陵，陵大喜。乘胜而前，又催各道贼兵并力来攻李崇。崇力战却之，遂相持于云中。崔暹兵败，李崇奏知。帝方不悦，又有雍州刺史元志上奏："莫折念生与弟天生反于秦州，攻破高平镇，杀了镇将赫连略，官兵莫敌。"帝益惧，因念："母后临朝，天下未尝有事，今反乱想继，无人为朕分忧。"屡欲往见太后，苦为刘腾所制。哪知腾恶满身死，左右防卫渐疏。乂亦不甚经意，时时出游于外，流连不返。帝后母子复得相见。

正光五年，帝年十四，颇悔从前所为得罪太后。时值中秋节近，率诸王贵臣等十余人，朝太后于嘉福殿。时元乂不在。太后设宴留饮，酒过数巡，太后对帝及群臣曰："我自还政后被幽于此，子母不听往来，虽生犹死，何用我为？我当出家修道于嵩山，闲居寺中，以了终身。"因自卸发，欲将金剪剪去。帝及群

---

① 邀截——阻截，阻拦袭击。

臣皆叩头流涕，殷勤苦请。太后声色愈厉，必欲出家。帝乃使群臣皆退，独留嘉福殿，与太后共语。太后细诉从前被幽之辱，思念之苦。太后泣，帝亦悲不自止。是夜，遂宿太后宫中，明日亦不出宫，与太后坐谈至夜。太后曰："今夕中秋佳节，可召皇后、潘妃到来，共赏良宵。"帝曰："儿与太后相疏已久，遇此良夕，当侍太后细谈衷曲①，不必召彼来也。"太后见帝意诚，乃于月下密语帝曰："自元乂专政，朝纲大坏，以致人心愁怨，盗贼四起。今若不早除之，天下必至大乱，社稷将危。帝何尚不知悟耶?"帝闻大惊，乃告于太后曰："儿近来亦不甚喜他。因其能顺朕心，稍效勤劳，故不忍弃之。前日私将先王宫女窃回，朕笑其愚，置之不问。近内侍张景嵩亦告我曰元乂将不利于我，我尚未信。太后在内，何由知之?"太后曰："满朝文武皆知其奸，何独吾知。正恐帝不相信，故皆缄口不言耳。"帝退，于是深匿形迹，待乂如故。

一日，对乂流涕，言："太后有忿恚②语，欲出家修道。不听其去，必忧郁成疾。朕欲任其往来前殿，以慰其心。"乂殊不以为疑，劝帝任其所欲。后于是数御显阳殿，二宫无复禁碍。乂尝举元法僧为徐州刺史，法僧反，乂深自愧悔，于帝前自明无他。太后谓之曰："元郎若忠于朝廷，何不解去领军，以余官辅政?"乂乃求解领军，帝从之。然乂虽解兵权，犹总任内外，殊无惧意。宦官张景嵩怨乂，言于帝之宠妃潘贵嫔曰："乂欲害嫔。"嫔泣诉于帝曰："乂非独害妾，又将不利于陛下。"帝信之。因乂出宿，解乂侍中。明旦，乂将入宫，门者不纳，乂始惧。六年夏四

① 衷曲——内心的情意

② 忿恚（fènhuì）——愤怒，怨恨。

月辛卯，太后复临朝听政，下诏追削刘腾官爵，发[1]墓散骨，籍没家资，尽杀其养子。除乂名为民。其党侯纲、贾粲等皆出之于外，寻追杀之，籍没其家。惟乂以妹夫故，尚未行诛。一日，乂妻侍太后侧，侍郎元顺指之曰："陛下奈何以一妹之故，不正元乂之罪?"太后默然。未几，有告元乂及弟元瓜通同逆反者，乃并赐死于家。朝野相庆，皆云大奸已去，太平可致。即陷在贼中者，亦思忠义自效，脱身返正矣。

话说武川镇有一人，双姓宇文，名肱。其妻王氏生三子，复怀孕。将产之前，梦抱腹中小儿系绳升天，将至天门，为绳短而止。及生子时，云气满房，如羽葆[2]飞盖之状罩于身上。肱大喜曰："此子他日必贵。"名之曰泰，字黑獭，即周朝开基主也。自卫可孤破了怀朔，又取了武川，两镇人民皆被掳掠，壮者悉点为军。于是宇文父子五人皆为可孤军士。其第三子洛生年十九，武艺绝伦。四子黑獭年十六，胆略过人，身长八尺，发垂至地，面有紫光，人望而异之。然困龙蠖伏，不得不屈在人下。一日，可孤在营中设宴，享其将士，至晚皆散。宇文洛生巡行各营，见一壮士执刀倚于营门之外，对天长叹，叹罢挥泪。洛生异之，因向前问其姓名。那壮士见洛生神情亦异，乃吐实告曰："我即贺统军之子贺拔胜是也。本怀朔尖山人。不幸我父被掳，兄与弟皆降，不得已屈身在此。有怀乡恋国之心，恨无冲天羽翼，俯首事贼，因此感伤。君乃何人，而来问我?"洛生闻言大喜，乃谓胜曰："我是武川镇宇文肱之子。不幸家属被掳，委曲图存，只得为贼军士，心实不甘。将军若有报国之心，小子岂无复仇之志。

[1] 发——打开。
[2] 羽葆——古代以鸟羽毛为装饰的仪仗。

我二人同心并力，杀可孤如反掌耳。”胜大喜，遂相密订，各去通知父兄，暗中纠合本乡豪杰，临期同发。

一日，卫可清欲往尖山打猎，可孤许之，乃曰：“须贺将军及二郎同去。”父子欣然听命。当日并皆上马，统军又命宇文肱、宇文洛生为马军，带了弓箭随后。共马步①三百，一齐前往。到了尖山，命三百军士屯在山下。可清只带随身军士数人，同贺家父子及肱与洛生上山采猎。忽可清马前跑过一鹿，可清连发三箭皆不能中，因谓胜曰：“将军为我射之，一箭而中，当以黄金十两为赏。”胜拈弓在手，一箭正中鹿背。可清赞道：“将军真神箭也。”胜微微笑道：“此何足奇。我再射一物与你看看。”可清道：“射何物?”胜拽开弓，喝道：“射你!”可清未及回答，早已一箭穿心，跌在马下。众大惊。四人动手，尽杀其亲卒数人，一齐飞马下山。宇文肱提了可清首级，高叫军士道：“卫可清已被贺将军诛死。有不从者，以此为例。”众皆慑伏，不敢动。遂命洛生先往城中，知会本乡义旅以为内应。统军与宇文肱押后，破胡为先锋，杀入城来。时可孤正坐军中，忽有军士报道：“小将军在尖山被杀。”可孤大惊而起，方欲号召诸将，却被破胡一骑冲入营中，大喝道：“逆贼看枪!”拦心一刺，顿时毕命②。手下军士素惧破胡威名，谁敢相抗，也有跪下投拜的，也有奔归拔陵的，十万贼兵一时溃散。贺统军入城，一面安抚人民、招集士卒，一面备文申报。因向胜道：“此事须申报云州刺史费穆，令其转奏朝廷。但拔陵人马处处皆有，路上恐防有失。必得汝去，我始放心。”破胡领命，备好文书，随即起身。果见贼兵满道，然闻贺

---

① 马步——马队和步兵。

② 毕命——结束生命，多指横死。

拔胜之名，皆不敢拦阻。不一日到了云州，以申文投进，见了费穆，备诉情由。穆大喜道：“此皆将军父子之功也。待我奏知朝廷，自有恩命。”留宴三日，大相敬爱，谓胜曰：“云州苦无良将，故不敢与贼交锋。如得将军助我，何惧拔陵。且武川、怀朔倘有变患，亦可缓急相救。欲屈将军在此，为朝廷出力，幸勿拒我。”胜见其言有理，又情意难却，遂留云中。

却说拔陵闻可孤父子被杀，心中大怒，乃亲提二十万众杀到武川，洗荡一方，为可孤报仇。统军闻之，与诸将计曰：“拔陵领二十万人马前来报仇。城中兵卒不满八千，半皆疲乏，何以御之?”宇文肱曰：“今当分兵屯于城外，为掎角之势。先截其来路，使贼兵不能临城，可免坐困。”统军从其计，遂命宇文父子引兵二千，屯于城西；二子允与岳引兵二千，屯于城东；自领余众在城把守。调遣方毕，报贼兵已近。贺拔岳引军五百，先来截杀，与贼将交战，不上数合，贼兵败走入山。岳即追下，又遇一将状貌狰狞，接住交战，良久未分胜败。哪知拔陵兵马分头而进，一路去战贺拔允，一路去战宇文肱，自将轻骑掩袭武川之城。两路之战胜负未分，而武川已陷，贺统军被乱箭射死。其时贺拔岳未知城破，尽显平生本事，提鞭打死贼将，方得脱身。只见贼兵大队已过尖山，如潮如海尽奔武川，心中大惊，恐怕武川有失，父亲性命不保，飞马回城。听见前面喊杀声高，冲入阵内，正值可泥困在垓心，忙高叫道：“哥哥且莫恋战，快去城中保护要紧。”二人并力杀条血路便走，奔至城下，见一执枪军士已把统军之头悬示城上，二人肝肠尽裂。可泥忙发一箭，军士应弦而倒，连头滚下城来。二人捧头大哭。然亲军已散，四面皆是贼兵，倘有疏失，一门尽死贼手。不如保全性命，以图报复。于是将头埋于城下，拍马向南而逃。其时宇文肱亦在城西与贼相持，见贼兵破城而入，贺统军死于乱军之手，两个儿子乱中失散，不知去向，看来势大难敌，徒死无益，只得带了残兵千余，望西而遁。

却说拔陵知贺拔允弟兄捧其父头而逃，去尚不远，遂命骁将赫连信、卫道安，带领三千劲卒赶上擒之。二人奉命而去。未识贺拔兄弟能逃得脱否，且听下回再续。

第　九　回

骋骑射沃野遇仙　迫危亡牛山避寇

话说贺拔允、贺拔岳弟兄二人因失了武川，拍马逃去，在路相议道："今番虽留性命，但干戈扰扰，何处可以容身?"允曰："现在广阳王镇守恒州，去此不远，不如投奔他去。"正行之间，听见后面喊声大起。岳曰："定有追兵赶来。兄请先行，弟自在后拒之。"允曰："虽有追兵，何足为惧。"言毕，山坡下冲出二将喝道："我赫连信、卫道安在此，你二人快快下马受缚，免我动手。"岳大怒道："吾贺三郎也！谁敢阻我?"赫连信挺枪便刺，岳以鞭架开，趁势一鞭，赫连信脑袋皆破，倒于马下。卫道安方欲上前助战，被贺拔允手起一刀，斩为两段。众兵见主将尽死，惊惧欲走。二人手起刀落，杀伤无数，然后住手，缓辔而去。不一日来到恒州，见了广阳王，哭诉情由。广阳大相敬重，留在军中，各授偏将之职。其时胜在云中，忽闻父亲被杀，哥弟皆逃，呼天抢地，痛哭不已，恨不得即时报仇。费穆慰之曰："老将军为国身亡，自当奏知朝廷，以旌其功。将军正当善保此躯，报效君亲。"胜强忍哀痛，安心住下。今皆按下不表。

再说贺六浑在京中遇见叔父高徽，耽搁两月，事毕回家，合家相见大喜。其时拔陵未反，乡土犹宁，六浑已有隐忧，广结四方豪杰，不惜罄囊费产。唯昭君知其意，余人不识也。内干尝谓欢曰："汝虽好客，何挥财如土若此?"欢曰："向在京师，见朝

纲颠倒，君弱臣强，宿卫擅杀大臣，而朝廷不敢问。大乱至矣，财帛岂可守耶？与其留供盗贼之用，不若用结豪杰之心，缓急可以得助。”内干然之，因出资财以助其费。于是六浑门前常多车辙马迹。云中司马子如、秀容刘贵、中山贾显智、咸阳孙腾、怀朔尉景、广宁蔡俊，皆一时豪杰，与六浑深相结纳，往来无间。其后高树夫妇相继而卒，六浑营葬于山南。有弟永宝尚幼，欢抚之如子。平城厍狄干家资巨富，身授平虏将军之职。慕六浑名，知其有妹云姬，求娶为妇，以结好于欢。既而昭君生一子，名曰高澄，字子惠。欢自葬亲后益不事家业，招集豪士以射生采猎为事。娄昭学习武艺，亦朝夕为伴。

一日，刘贵到来，从者手中擎一白鹰，毛羽如雪。六浑见之，谓贵曰：“此鹰可爱，从何得来?”贵曰：“有一外路人带来，吾以五百贯买之。明日，我们同到沃野地方打猎，以观此鹰搏击之能。”六浑欣然，便邀尉景、蔡俊、贾显智、司马子如黎明齐集，共往沃野。次日，轻弓短箭，一齐骑马而去。哪知一到沃野，过了多少山冈，并无禽兽。六浑道：“素闻沃野野兽最多，如何今日没有一个?”话犹未了，只见南边窜出一兔，身如火块，眼似流星。六浑就发一箭，弓弦响处，赤兔忽然不见。拍马赶去，却见那箭射在树上，拔之不出。正惊异间，又见赤兔在前乱跑。及搭箭在手，兔又不见。才收了箭，兔又在前。六浑怒道：“此兔莫非妖怪，敢如此戏我。”刘贵便将白鹰放起，来搏赤兔。鹰随兔往，终搏不着。六人紧紧相随，约过三四里路，来至一处。后面一带山冈，靠山几间茅屋。屋外几株合抱大树，前有石涧，水声潺潺。六浑谓众曰：“此处大有林泉景致。”停马细看，忽见白鹰起在前面，赤兔正在其下。茅屋中蹿出一只卷毛黄犬，一口将赤兔咬死。白鹰下来，亦被黄犬一口咬死。六浑大怒，搭箭在手，喝声道：“着！”黄犬应弦而倒。众人皆道：“虽杀黄犬，可惜坏了白鹰，去罢。”

回马正行，耳边忽如雷震一声，大喝道：“谁敢无礼，杀我黄犬！”回头一看，有两个大汉，身长一丈有余，眼如铜铃，面似蓝靛，赶来拿人。六浑正待迎敌，被他一手拖住，轻轻提下鞍鞒，横拖倒拽而去。一个又来拿人，众人见力大难敌，拍马而走。走得远了，勒马商议道：“六浑被他拿住，还当转去解救才好。”于是回马复来。哪知两个大汉已将六浑绑在树上，喝道：“你杀我犬，也须杀你，以偿犬命。”六浑极口分说，只是不理。一个走进屋里，取出刚刀一把，举手要杀。斯时六浑命在呼吸。众人望见凶势，个个吓得魂胆俱丧。忽见屋内走出一个年老妇人，萧萧白发，手持拄杖，连声呼道：“我儿勿伤大家，快快放了。”二人听了，急忙将刀割断绳索，放了六浑，就请六浑屋内去坐。六浑随入，见虽是茅舍，亦甚宽洁。老妇向前称谢道：“我二子空有两眼，不识大家①。误相触犯，乞恕其罪。”六浑谢道：“不敢。”但见老妇双目俱盲，口口称他大家，未识何意。

却说五人望见白发妇人救了六浑进去，同至草屋前，下马而入。老妇亦命二子接进留坐，曰：“此皆贵人也。今日蓬门何幸，大家及贵人偕来，但家贫无以待客。”呼二子道：“尚有村酒数斗、庄羊一腔，可烹以佐酒。”二子应诺而去。六人谢了，便问道：“婆婆，令郎俱有非常之勇，何为埋没山中？”婆婆道：“老身两目不明，全靠二子打猎为业，住此久矣。”六浑道：“婆婆目

---

① 大家——世家望族，巨室。

不能视，何以知吾等前程？”婆婆道：“吾善相术，一闻人言，便知贵贱。”于是六人皆起请相。婆婆用手扪摸，相六浑曰：“此大家也，贵不可言 。”相尉景位至三公。相司马子如富贵最久。相刘贵、蔡俊皆将相封侯。唯相贾显智心地不端，为人反复，虽有高官厚禄，恐不得善终。然五人虽贵，指挥总出大家也。相毕，恰好搬出酒肉。六人正在饥渴时候，一齐坐下，饱吃一回。然后起身谢了，便即告别，上马而行。行有里许，六浑道：“此妇大贤，日后倘有好处，当报此一饭之德。惜未问其姓名，当转去问之。”六人并马而回，及到旧处，茅屋全无，那有一个人影，惟有大树数株依然在望。六人大惊道：“原来三个俱非凡人，乃是神仙化来指示吾等的。”刘贵道：“若应其言，我们固有好处。高兄日后定有帝王之分，岂非大幸。”盖当时称天子曰大家，故贵以为六浑贺。一路说说笑笑，行至沃野镇。是夜，同宿刘贵家。明日，各自回去。

六浑回到家中，因对昭君诉说昨日之事。昭君且惊且喜道：“据老妇言，君必大贵。但当保身有为，不可乘危蹈险，以致不测之忧。”六浑点头称是。从此欢益自负，远近闻其事者，益倾心六浑，待之有加。正光五年，昭君又生一女，名曰端爱，即魏静帝后也。先时高澄生时，昭君梦见云中白龙一条分为两断①，虑其后虽贵，立业不终。及生端爱时，梦见明月坠于杯中，吸之立尽，知其后亦必贵。三朝后，亲友作贺饮酒。饮罢，共往白道南山采猎。

却说其时正值拔陵攻破武川，因杀了他大将卫可孤，泄怒于

---

① 两断——同“两段”。

一方，令众将各领人马四处抄掠，杀害百姓。又差大将韩楼统兵十万，自五原而来，去与广阳交战，打从白道村经过，村中搅得粉碎，房屋被烧，人民死者死，逃者逃。内千百万财产，顿时化为乌有。六浑同了娄昭等数人正在南山打围，离家约有三十里，忽见火光冲起，黑烟连云。六浑大惊，知有贼兵到了，急与众友庄兵五六十人飞奔回村，果见贼人纵兵大掠，杀人放火，喊杀之声如沸。六浑对众人道："此处已有贼兵阻住。你看重重叠叠，约有十万人马，如何过去？我们须要齐心并力，有进无退，杀人村中，或救得各家性命。不然，徒死无益也。"众皆领命。六浑当先，娄昭押后，一齐舍命冲入。贼众见是数十乡兵，不以为意，便来挡住去路。六浑舞动神枪，连伤贼兵数十，众皆辟易。于是众人随了六浑杀出垓心。及到村中，但见烟火迷目，屋宇无存，各家眷属都不知何往。六浑失色，娄昭马上大哭。二人正在凄惶，只见一人飞马前来，高叫道："二位官人勿在此耽搁了，两家人口都逃在南山树林中，专望二位官人前去救护。"其人乃娄家内丁，颇有胆勇，故此寻来通信。

二人闻知大喜，率领众人即奔往南山。哪知贼兵旌旗满路，山前山后已结满营寨。六浑谓昭曰："两家眷属男女俱在水火之中，今夜或可救之，明日皆被掳矣。"忙同娄昭奋勇而前，大叫："来军放我上山，各不相犯。"贼兵见其骁勇，且日色已昏，恐损士卒，不与争锋，乃分开一路，放他过去。二人引了庄兵，寻路上山，直至山顶之上，见无数逃难人民都避在树林中。见了六浑皆高叫道："高大官人来，可救我等性命矣。"六浑寻见家属，人人都在，单失散了高澄一人。昭君不胜悲切，六浑嗟叹几声，可惜此子丧于贼手。因语娄昭道："失去只索罢了。现在两家人口在此，总非安身之所。须当保护下山，方有生路。”娄昭见夜黑难行，犹豫不决。忽喊声大起，满山一片火光，树木皆焚。二人即忙上马。百姓强壮者及庄兵人等各执枪刀，六浑亲自约束，分为数队，在前领路，杀下山来。贼兵抵敌不住，并得逃脱。招呼众人速往牛豆山去。此山在南山之北，地僻而险。山上有菩提寺，寺极广大，可以容众，故六浑领众往避。至寺，僧皆逃窜，众遂屯聚寺中。当夜惊魂未定，过了一宵，不见贼兵到来，人心始安，共庆更生。唯有昭君不知高澄下落，思欲遣人寻觅，犹恐贼兵阻路。后有上山来者报说，贼兵虽去，村中焚掠几尽，老幼无存，房屋皆为白地，眼见高澄性命定然不保了。昭君闻之，悲哭不已。只见一个喜鹊飞向檐前，对了她喳喳的乱噪。昭君止了眼泪，便对鹊祝道：“鹊儿，你莫非知我儿子下落尚未丧命，特来报信么？如果未死，你须飞下地来，向我长噪三声。”那鹊果然飞下，长噪三声，向南飞去。昭君道：“鹊儿向南飞去，此儿必在南方。”忙即唤人往南寻觅。但未识高澄果在南路，可以寻得着否，且俟下回再看。

第　十　回

五原路破胡斩将　安亭道延伯捐躯

话说六浑失去高澄，正在寺门外指点去路寻觅，忽有数十骑人马上山。前面是段荣，后面有人抱着小厮，坐在马上，却像高澄模样，得得而来。连忙接荣入寺，高澄亦随后进来，俱各大喜。六浑忙问荣道；“此子昨夜已失，君从何处救得?”段荣道：“拔陵在武川、怀朔等处屯扎兵马。武威相去不远，因此在家备御①，不敢远出。昨早知贼将韩楼领兵十万，去与广阳交战，打从五原而往。我知此间必遭兵火，慌带家人三十骑前来看视。今早到得村中，果见尸横遍地，房屋皆毁。未卜两家凶吉，细细打听，才晓得逃在此间，故寻踪而来。行至中途，忽见老鸦向我乱鸣。取箭射之，鸦带箭飞入穴中。使人下穴探取，见一小儿卧于其内，抱出视之，乃君之子也。”欢因问高澄，何以卧在穴内。澄曰；“起初乳媪抱我逃走，赶众人不上，落在后面，被贼兵冲来，我与乳媪同落水内。忽见一夜叉模样将我提起，放在穴内。眼前但见一鸦在上飞鸣。今早有人抱我出穴，乃是段姨夫，始得同他到来。”六浑忙向段荣称谢。昭君见了儿子，如获至宝，益发感激不尽。段荣复向内干夫妇问慰一番。是夜，同宿寺内。明日，尉士真亦来探望，谓欢曰；“今幸家口无恙，但资产荡尽，

① 备御——准备防御。

将来何以谋生？”六浑道：“为此忧闷。”娄昭道：“不妨。此时家业虽废，尚有别业在平城等处。收拾各山牛羊驴马，搬往平城，督率庄丁人等再行耕种，亦可度日。六浑夫妇可无忧也。”段荣曰：“非计也。荣少习天文星纬之术，夜观天象，北方之乱未已，此间尚有兵火之灾，十年后方定。树家立产尚非其时。且平城之间遇乱尤甚，非所宜居。”娄昭道：“然则若何而可？”士真道：“大丈夫上不能为朝廷剪除暴乱，亦当退自为谋保全父母妻子。莫若各家聚集庄兵，招来乡勇，就在此菩提寺结垒立寨，依山守险。我亦同来居住。凑合粮储，以为守御之备。且俟北土稍宁，成家未迟。”段荣道：“此论最妙。我看武威兵气亦重，不可安居。家中尚有蓄积，竟连家小一齐运来，同住便了。”六浑、娄昭皆大喜。相约已定，两家便即搬来。一面安顿家小，一面将菩提寺改作营寨，修整军器，造立旗旛。四方避难者负粮挈眷而来，不可胜数。自后贼兵过往者闻六浑之名，俱不敢相犯。娄昭仍督庄兵耕种田禾，以为山寨之用。正是：虎伏深山藏牙爪，龙潜大海待风云。今且按下不表。

再讲广阳王起兵来征拔陵，闻贼兵从五原来敌，聚众将议曰：“我兵不弱于贼，特无一骁勇之将与之争锋，故不能胜。今军中谁堪作先锋者，举一人以对。”众将道：“军中实无勇将。近闻贺拔允之弟贺拔胜在云州刺史费穆麾下，此人有万夫不当之勇，天下无敌。若召以为将，足破拔陵之胆，战无不胜矣。”广阳从之，乃写书与费穆，要请破胡到军。穆不敢违，遂送破胡来见广阳。广阳见其仪表不凡，英雄无比，便封先锋之职，授以精卒三千，谓胜曰：“将军此去杀贼立功，千金赏、万户侯，不足道也。”胜亦感激，誓以灭贼自效，遂领兵前往。行未廿里，正遇拔陵前队，约有五千人马。胜勒马高叫曰：“破胡在此，谁敢出战?”贼将见是破胡，吓得魂胆俱碎，畏缩不前。破胡连喝数声，不敢答应。直冲过来，贼兵望后便退。乘势赶杀，直至拔陵军前，勒马讨战。拔陵闻知大惊，语诸将道：“今日破胡乘胜而来，谁去迎敌?”帐前走过孔雀之弟孔鸾、拔陵之弟拔兵，启口道：“我二人愿同出阵，斩破胡之首。”拔陵道：“此人未易轻敌，各要小心。”二人答应，出马，跑至阵前，与破胡交锋。战未数合，被破胡一枪一个，俱死马下。拔陵大惧。诸将畏胜之勇，都不敢出战。遂引兵退三十里下寨，与韩楼大军相为掎角之势。广阳王知前锋已胜，亦引大军至五原山扎住。破胡数往挑战，拔陵只是坚守不出。于是两军相持不下。哪知拔陵兵威稍挫，而莫折念生反于秦州，兵势大盛。一日，命其弟天生道：“我今兵多将广，分兵十万于汝，去攻岐州。岐州一破，便提兵进逼雍州，以破萧宝寅之兵。我自在后接应。”天生遂引兵而往。

却说萧宝寅乃是南齐明帝之子。梁武篡位，杀其兄弟九人。宝寅脱身降魏，孝文帝时封为齐王，尚南阳公主，甚加宠待。今因南道行台元修义染得风疾，不能征讨，故命宝寅代统其兵，以讨莫折念生。不几日，天生兵临岐州，岐州刺史裴芬与都督元志闭城拒守。被围一月，城破，裴芬、元志皆被杀。遂乘胜势进军雍州之界。宝寅闻之，慌即起兵相迎，见贼势浩大，颇怀忧惧。忽有探子来报，西路上一枝军马约有五万，打着官军旗号飞奔而来。使人问之，却是东岐州刺史崔延伯，奉天子之命，封为征西将军、西道都督，起本州人马来讨天生。延伯素骁勇，力敌万夫。宝寅大喜，请过相会。一路进发，行至马嵬。莫折天生扎营黑水之西，军容甚盛。宝寅问延伯破敌之策，延伯曰：“明晨先为公探贼勇怯，然后图之。”乃选精兵数千，西渡黑水，整阵向天生营。宝寅军于水东，遥为接应。延伯抵天生营下，扬威胁之，徐引兵还。天生见延伯众少，开营争逐①。其众多于延伯数倍，蹙②延伯于水次。宝寅望之失色。延伯自为后殿，不与之战，使其众先渡，部伍严整，天生兵不敢击，须臾渡毕。天生之众亦引还。宝寅喜曰：“崔君之勇，关、张不如。”延伯曰：“此贼非老夫敌也。明公但安坐，观老夫破之。”明日，延伯勒兵而出，宝寅之军继后，天生悉众逆战。延伯身先士卒，陷其前锋，斩贼将数员，将士乘锐竞进，大破其兵，俘斩十余万人。天生率残兵遁逃。官军追奔至小陇，收得器械粮储不可胜计。岐、雍及陇东之地皆复。只因宝寅不能戢③下，将士稽留采掠。天生得脱，复整余众，塞陇道之口，以拒官军。宝寅、延伯既破莫折念生，以为雍、岐以西不足忧，遂停军不进。

一日，接到泾州将军卢祖迁文书。因反寇胡琛据了高平，自称高平王，聚集人马数十万，手下勇将百员，扰乱幽、夏二州，势极猖獗。今又遣大将万俟丑奴、宿勒明达领兵十万，来犯泾州。祖迁不能敌，以此求救于宝寅、延伯。二人遂引兵会祖迁于安定，甲卒十二万，铁马八千，军势大振。丑奴军于安定西北七里，时以轻骑挑战。大兵未交辄委走。延伯自恃其勇，且新立大功，以为敌人畏己，欲即击之。先是军中别造大盾，内为锁柱，使壮士负之而趋，谓之排城。置辎重于中，战士在外。自安定西北整众而前，以为操必胜之势。哪知贼计百出，当两军相遇正欲

① 争逐——竞相追逐，争夺。
② 蹙——逼迫。
③ 戢（jí）——约束，制止。

交锋，忽有贼兵数百骑手持文书，诈称献上降簿，以求缓师。宝寅、延伯方共开视，宿勒明达引兵自东北至，万俟丑奴引兵自西南至，官军腹背受敌。延伯拍马奋击，奔驰逐北，径抵其营。无如贼皆轻骑，往来如飞，官军杂以步卒，战久疲乏，被贼乘间冲入排城，阵势大乱。延伯左冲右突，虽杀死贼兵无数，而士卒死伤亦近二万，于是大败。宝寅见延伯败退，军心已恐，忙即收众，退保安定。延伯自耻其败，欲与再战。宝寅劝其养锋息锐，徐观时势，以图进取。延伯以为怯，连夜缮甲治兵，招募骁勇，复自安定西进兵，去贼七里结营。明晨不告宝寅，独出袭贼，大破其垒，贼众披靡，平其数栅。既而军士乘胜采掠，离其步伍。贼见官兵散乱，复还击之。魏兵大败，延伯中流矢而卒。宝寅闻知往救，已无及矣。时大寇未平，复失骁将，远近忧恐。而宝寅自延伯死后，丧卒数万，贼势愈甚，深恐朝廷见责，心怀忧虑。

时麾下有一人，姓郑名俨，河南开封府人。生得丰神清朗，仪容秀美，向在京中为太后父司徒胡国珍参军。因随国珍得入后宫，太后悦其美，曾私幸之。宫禁严密，人未之知也。及太后见幽，不得进见。宝寅西征，俨遂从军而去，亦授参军之职。在雍州已及一载。一日赦书至，知太后重复临朝，私心大喜，欲进京而苦无由。今见宝寅有忧惧之色，因告之曰："太后复政，明公尚未进表恭贺，恐太后不悦于明公也。"宝寅失色道："君言是也。军旅匆忙，未暇计此。今当表贺，但谁可往者？"俨曰："明公如必无人，仆①愿奉命以往。且尚有一说，明公②出师以来，虽有前功，难掩后败。仆在太后前表扬明公之功，以见败非其

① 仆——旧谦称"我"。
② 明公——对有名位者的尊称。

罪，则朝廷益加宠任，可以无忧见责矣。”宝寅大喜曰：“得君如此，我复何忧。”因遂修好贺表，命俨充作贺使。郑俨别了宝寅，星夜赶行。因念太后旧情未断，日后定获重用，不胜欣喜。及至京师，将贺表呈进。太后见有郑俨之名，忙即召见。俨至金阶，朝拜毕，太后曰：“久欲召卿，未识卿在何所。今得见卿，足慰朕心。”俨伏地流涕曰：“臣料此生不获再见陛下，今日得睹圣容，如拨云见日，不胜庆幸之至。”太后曰：“朕身边正乏良辅，卿当留侍朕躬，不必西行矣。”俨拜谢。太后淫情久旷，今旧人见面，满怀春意，按纳不下，哪顾朝廷之体，遂托以欲知贼中形势，留入后宫。是夜，俨宿宫中，与太后重叙旧情。宫中皆贺。明日升殿，即拜俨为谏议大夫、中书舍人，兼领尝食典御。昼夜留在禁中，不放出外。即休沐还家，尝遣宦者随之。俨见妻子唯言家事，不敢私交一语。自此宠冠群臣，一时奸佞之徒争先趋附。

时有中书舍人徐纥，为人巧媚，专奉权要。初事清河王，王死又阿谀元乂。乂败，太后以清河故复召为中书。及郑俨用事，纥知俨有内宠，益倾身承接①，奉迎唯谨。俨亦以纥有术智，任为谋主。共相表里，势倾内外，时人号为“徐郑俨”。不数月，官至中书令、车骑将军。纥亦升至给事黄门侍郎、中书舍人，总摄中书门下事。军国诏令，皆出其手。纥素有文学，又能终日办事，刻无休息不以为劳。或有急诏，则令数吏执笔，或行或卧，指使口授，造

① 承接——承应，接待。

次[1]俱成，不失事理。故能迎合取容[2]，以窃一时之柄，然无经国[3]大体。见人则诈为恭谨，而内实叵测。又有尚书李崇之子李神轨，神采清美，官为黄门侍郎。亦私幸于太后，宠亚郑俨。又有黄门给事袁翻，亦为太后信任。徐、郑、袁、李四人互相党援[4]，蒙蔽朝廷。六镇残破，边将有告急表章，俨恐伤太后之心，匿奏不报。外臣有从北来者，皆嘱其隐匿败亡，不许言实。于是群臣争言贼衰，不久自平。太后日事淫乐，不以六镇为意。正是：

朝中已把山河弃，阃外[5]徒劳战伐深。

但未识后来变故如何，且听下回细说。

---

① 造次——仓促，紧逼。

② 取容——讨好他人以求容身。

③ 经国——治理国家。

④ 党援——结援相助的党与。

⑤ 阃（kǔn）外——指朝廷之外。

第 十 一 回

天宝求贤问刘贵　洛周设计害高欢

话说胡太后宠信郑俨、徐纥居中用事，百僚畏惮，莫敢谁何①。朝政日坏，今且按下不表。

却说魏初有两秀容城，皆在并州之北，俱有居民数万。北秀容酋帅双姓尔朱，名羽健。再传为尔朱代勒。代勒为人猛勇，御下又极宽和。一日，游猎山中，部下之人射一猛虎，误中其臂。代勒拔其箭还之，曰："此汝误中我臂也。"并不加罪。由是军民无不感悦。官至肆州刺史，封梁国公，年九十余而卒。子名新兴，代父职。坐拥成业，雄镇北土。畜牧尤蕃②，牛羊骡马千百成群，各以毛色相别，弥漫山谷，不可胜数。朝廷有事出师，新兴每以牛马刍③粮来献。孝文以为忠，进位将军，敕为秀容镇第一酋长。宫室崇大，俨如王侯之居。府库充积，富可敌国。麾下猛将如云，壮士如雨。生子荣，字天宝，聪明俊伟，才气过人，又多力善射。少时随父入朝，武帝见而爱之，以中山王元英之妹妻之，即北乡公主也。其后新兴年老，表请传爵于荣，明帝许之。荣袭父爵。新兴死，魏又除④荣游击将军。荣每到春秋二时，

① 莫敢谁何——没有谁敢怎么样。
② 蕃（fán）——繁盛。
③ 刍——喂牲口用的草。
④ 除——授予官职。

率领眷属往高山大泽之处射猎为乐，故其姊妹妻女皆善骑射。有子三人，长菩提，次义罗，三文殊，年皆幼。女二：长曰娟娟，次曰琼娟。娟娟年十四，容颜绝世，有倾城倾国之貌。伶俐多能，性刚烈如其父。后为肃宗嫔，敬宗立，荣复纳之为后，终归高氏，为献武帝妃也。当是时，荣见朝政日乱，六镇皆反，而手下士马精强，粮储广有，隐有拨乱救民、化家为国之志。又宗族强盛，弟兄叔侄皆有勇略①。从弟名世隆。族弟二人：一名度律，一名仲远。兄子二人：一名兆，字万仁；一名天光。此五人者才智兼备，武艺超群，各镇都畏之，号曰“尔朱五虎”。而五虎之中兆尤勇猛，荣爱之如子。一日，荣召五人谓曰：“四方兵起，名都大郡皆为贼据。朝廷出师累年，败亡相继，贼势益甚。我恐此间亦不得安，我欲散财发粟以招四方智勇，剪除凶暴，上为朝廷出力，下为地方保障。汝等以为何如?”众皆曰：“主公之见是也。上报国家，下安黎庶，此不世②之勋，有何不可。”荣大喜，即于秀容城上竖起招贤旗一面，上书“广招贤智，共济时艰”。于是四方才勇之士，相率来投。

时南秀容于乞真杀了太仆卿陆延，据城造反。荣遣尔朱兆引兵三千擒之，斩于城下，将首级封进京师。明帝大喜，封荣博陵郡公，长子菩提世袭，赐金三十斤、彩缎百匹以荣宠之。又桑乾镇斛律洛阳、费也头二人作乱，荣亦起兵破之于河西，斩其首级入朝。以功进封安北将军，都督恒、朔二州军事。荣自是英名四布，兵威益振，豪杰归心。六浑之友刘贵、司马子如、贾显智、尉景、窦泰等皆奔秀容，投在麾下效力。荣一一收纳，随才任

① 勇略——勇敢而有谋略。

② 不世——世上所罕见、稀有。

使。敕勒人斛律金有武干①，行兵能用匈奴之法，望尘知马步多少，嗅地知敌兵远近。初在怀朔镇杨钧手下为将，钧死归拔陵。见拔陵作事无成，脱身归于尔朱氏，荣以为别将。六浑妹夫厍狄干见北方大乱，欲携家避入京师。云州刺史费穆知其才勇，劫至云州，共守城池。其时北境州县皆没于贼，唯云州一城独存，四面阻绝，粮尽矢穷，外救不至。穆知不能守，遂与厍狄干弃城南奔，投于尔朱荣。荣送费穆归朝，留狄干为别将，甚加礼待。

一日，天光领二将来见，谓荣曰："此尖山贺拔允、贺拔岳也。"荣喜，急起握二人手曰："将军兄弟英雄盖世，想慕久矣，何幸今日得遇。但闻足下在恒州把守，未识何以至此。"允曰："允自武川失守，父被贼害，与弟岳投奔恒州，为元仆射②收录。弟胜在广阳王麾下为将，广阳奉召入京，胜亦来恒州相投，弟兄遂得相聚。不料广阳去后，众皆怨望，推鲜于修礼为主，聚众廿万，拥兵来寇。元仆射使允等出战。那知城中外连内应，城遂破。元仆射奔往冀州，允弟兄三人在乱军中相失。今胜不知何往，我二人投北而行。行了两日，无处容身，因在山前叹息。忽逢明公之侄天光，说及明公好贤礼士，劝予③来归，故倾心至此。如蒙收录，当效驰驱。"荣曰："将军此来，天作之合也。但未识令弟何往，吾当遣人觅之，使汝手足同在一处。"因皆置为将军。

荣欲观二人武艺，一日拣选人马，带允、岳同往射猎。过肆州城下，肆州刺史尉庆宾忌荣之强，闭城不出迎接。荣怒曰："竖子敢尔慢人。"以兵袭之，破关而入，执庆宾将杀之。忽报营

---

① 武干——军事才干。

② 仆射——职官名。善射的武官。至唐时相当于宰相的职任。

③ 予——同"余"，我。

门外有一少年将军，自称贺拔胜，要见主公。荣曰："破胡来耶？"即召入。破胡进至中军，低首下拜。荣扶起笑道："尔来何晚也？令兄令弟皆在此，专望将军到来同聚。"破胡道："胜自恒州战败，兄弟失散，奔往肆州，蒙尉刺史以礼相待。今闻尉公冒犯虎威，行将就诛，特来求宽其死。幸明公恕之。异日胜事明公，亦不敢忘德。"荣道："今见将军，如鱼得水，不胜大幸，何争杀此一人。"命即放之，破胡拜谢。允与岳上帐相见，悲喜交集。荣即解下腰间狮蛮带赐之，署为副将。执庆宾还秀容署。尔朱羽生为肆州刺史，荣是时目中已无魏矣。

孝昌二年八月，贼帅元洪业斩鲜于修礼，请降于魏。贼党葛荣又杀洪业，自立为主，军势浩大，进攻瀛州。章武王元融拒之，为荣所杀。时河间王深复奉太后命，领兵讨贼，闻元融死，不敢进。朝廷逼之使战，亦为荣杀。尔朱闻之，益轻朝廷，尝谓刘贵曰："今天下扰扰，世无定局。吾欲得一智勇无双之士，如当年韩信之流，与之共定天下，今有其人乎？"贵曰："吾观天下豪杰多矣，如怀朔贺六浑者，其才足以当之。"荣曰："吾亦颇闻其名，今何在？"贵曰："六浑困守风尘，现在避处牛豆山中，以待时清。明公举而用之，天下不足①平也。"荣曰："汝速为我招之。"贵承命修书一通，遣人送往牛豆山。书中深致尔朱企慕之意，劝其速来。六浑得书，谓尉士真曰："如今群雄奋起，反复无常。吾侪②投人，事亦不易。不如权住此间，徐观形势，以图机会。君以为何如？"士真曰："尔朱虽强，未识为人若何。且闻命遽往，恐为所轻。"六浑曰："君言正合吾意。"遂不去。

---

① 不足——不难。
② 吾侪——吾辈。

时孙腾在阳曲川被寇，家业尽丧，亦来牛豆山与六浑同住。一日，六浑与尉景、段荣下山探听消息，至晚方回。才到牛豆山下，忽见一人飞马而至，高叫："来者壮士莫非贺六浑么?"六浑道："只我便是。"那人道："吾主在后，等待多时，请公过去相见。"六浑道："你主何人?"那人道："我主姓杜，名洛周，柔元镇人。今见天子无道，万民愁苦，聚兵十万在上谷城中，欲图霸王之业，以救生灵之命。仰慕壮士文武双全，才勇出众，是当今第一豪杰，欲屈到幕下，同心举义。故亲自来请，先令小将致意。我乃贺拔文兴，杜洛周妻弟也。"六浑曰："你主错了。吾因智勇不足，避难居此，有何德能而敢为兴王之佐?"话犹未了，忽大炮一声，拥出无数人马，塞住山口，旌旗密布，剑戟如林。一人红袍绣甲，在马上欠身道："我杜洛周素仰威名，特来奉请同往上谷，共聚大义，富贵与君同之。如蒙慨允，即此便行。倘有见弃之心，恐刀剑无情，惊及一家。"六浑见此形势，知不可拒，私语士真、子茂曰："吾脱一身甚易，奈妻子何?"乃下马再拜，尉景、段荣从之。洛周大喜，下马答拜曰："君必与夫人子女同往，方得放心，省得身心两地也。"于是洛周上马，送三人至菩提寺门外道："吾只在此等候，君进内速整行装，便即起身。"六浑入内，告知众人。内干夫妇大惊曰："君等皆去，吾在此作何倚靠?"昭君曰："洛周反寇，君去奈何?"欢曰："吾非不知，但欲保一家性命，权且从他，以解目前之厄。快去收拾行囊。"又谓娄昭曰："如今人力已少，倘有外寇凭陵①，何以抵敌?君于此处亦不可居，且往平城可也。"于是除内干一家不去，

① 凭陵——入侵、欺凌。

余皆起身同行。昭君姊妹拜别父母，各流涕分手。

洛周自得六浑等数人，兵士云集，军马日广，遂于上谷城筑坛为天子，改元真王，署置百官。以六浑为将军，统领人马一万，进兵来夺幽州。幽州刺史常景上表奏闻。魏以常景为行台尚书，与幽州都督元潭共讨洛周。景即起兵五万，将卢龙一带关塞之处皆拨军守把。元潭引兵三万，军于居庸关以备之。洛周又引兵来取安州，常景遣将崔仲哲邀之于军都关。仲哲素不能战，一战大败，为洛周所杀。居庸关守兵闻之，一夜尽溃。元潭逃归幽州。洛周自以为无敌，志益骄傲。军无纪律，日事抄掠。用兵经年，一无所就，仍退回上谷。识者知其无成。唯六浑御军有法，赏罚必信，因此得军士心，人望咸归。洛周忌之，密与贺拔文兴谋曰："军心尽向六浑，恐后日有元洪业之事。我不能为鲜于修礼坐受其害，不如杀之，以杜后患。"文兴曰："若杀六浑，尉景、段荣等亦不可留。"遂定计于中秋夜，借赏月为名，宴于深山之中，四面伏兵，擒而杀之。有一小校平日与段荣相好，密将此事报之。荣闻报大惊。时已四鼓，恐军中惊觉，不敢往告六浑。明晨上帐参谒，诸将皆到，不见六浑。洛周道："六浑何以不至?"有人禀道："六浑昨夕饮酒过醉，不能起身，故失参见之期。"洛周曰："今宵中秋佳节不可虚度，晚间设宴于山峰高处，与诸君同玩良宵。六浑不可不至。"荣曰："六浑虽是中酒①，晚间自愈。主公先行，待小将促之，使来以赴主公之约。"洛周应允。段荣随到六浑家，密报其事。六浑大惊。时尉景同居。嘱咐昭君、云莲一同收拾行李，密约蔡、孙两家同逃。等至下午，听

① 中酒——饮酒微醺半酣时。

知洛周出城，各将家眷载在车上，悄悄而行。尉景当先，蔡俊、孙腾押后。六浑、段荣假作赴宴，行至中途，谓众将曰：“我有一小事未了，当同子茂回去。君等先行，我随后赶上也。”道罢，飞马回转，保着家眷急走。洛周至晚不见六浑等来，又差人召之。往来数里，已近黄昏，回报道：“六浑等众都已走了。”洛周大怒，谓文兴曰：“六浑去尚未远，汝引三千轻骑擒来见我，休使逃脱一人。”文兴领命，忙即带了兵众飞奔而来。正是：

蛟龙尚未翔云表，鸿鹄犹然困网中。

未识六浑此番能逃得脱否，且待下回细说。

第十二回

剪劣马英雄得路　庇幸臣宫阙成仇

话说六浑当日脱身而行，料洛周必不干休，定有追兵到来，谓众人曰：“若追兵到来，既要厮杀，又要照顾家眷，势难两顾。不如孙、蔡两兄保着车仗人口先走，我与士真、子茂在此杀退追兵，随即赶上。”尉景道：“此计甚妥。”于是家眷先行，三人勒马以待。时近更余，果见后面火把齐明，喊声大振。贺拔文兴追至，大叫：“六浑休走，我主待你不薄，奈何背主而逃？此非好男子所为。”六浑答道：“你是贺拔文兴，正要与你说明。我们住在牛豆山，原无意相从。你说洛周慷慨英雄，真心待人，故俯首相从。原来是一无知小子，妒贤嫉能。我等相随一载，虽无大功，亦无大罪，奈何设宴山中，图害我等性命？汝速回去，将吾言回复洛周，并非吾等不别而行也。”文兴无言回答。又见三人挺枪相待，自料敌他不过，只得收转人马回去。

六浑出得上谷岭，天已大明。后面又有喊声，疑追兵复至，谓众人曰：“洛周兵力精强，我们寡不敌众，急急向前，不可回马与战。”昭君与端娥、端爱、高澄乘一牛车。澄方六岁，数堕车下。欢怒其羁迟，欲弯弓射之。昭君大惊，高叫段荣曰：“段将军速救我儿！”段荣飞身下马，抱起高澄，归于马上，加鞭急走。行了一日，天色又晚，荒野中并无宿店，投一野寺权住。时天气初寒，风雨暴至。众人皆仓皇就路，衣衫单薄，不免饥寒。

昭君亲燃马矢①，作饼与六浑充饥。次日起行，六浑欲南奔葛荣。将近瀛州，闻葛荣强暴甚于洛周，谓众人曰："一误岂容再误。"尉景曰："前路茫茫，今将曷归？"段荣曰："吾闻北秀容尔朱天宝兵力强盛，大招贤士，若往投之，断无不纳。"六浑曰："吾从洛周一年，今往投之，倘以反贼视我，加我以罪，我将何逃？"蔡俊曰："有刘贵、司马子如数人在彼，必能为我先容，可无忧也。"于是六浑与五人同入并州，先借旅寓安顿家小，然后段荣去寻刘贵。

却说贵在秀容最为荣所信任，一日从城外归来，忽见一人在马上呼曰："刘君别来无恙？"视之，乃段子茂也。即忙下马相见，问道："子茂何来？阔别二年，常怀想念。未识六浑及众友近况若何？"子茂道："六浑、尉景等俱在此了，专望兄去相叙。"因把前事细诉一遍。刘贵大喜，遂并马入城来见六浑。六浑见了刘贵，握手相慰，便将来投尔朱之故细细说了，要他引进。刘贵道："尔朱慕名久矣。今日一见，必获重用，无忧不得志也。"司马子如、厍狄干、贾显智、侯景、窦泰闻得六浑到了，陆续来望，相见皆大喜。刘贵道："诸君在此叙旧，我先见讨虏，诉知六浑来意，明日便好进见。"众皆称善。刘贵起身，忙到府门。值荣在城外桃林寨着兵，便往桃林寨求见。荣召入，贵在帐前拜贺曰："主公大业将成，又有高贤来助了。"荣问："何人？"答道："高贺六浑并有亲友数人同来相投。"荣闻六浑至，大喜问："在何处？"答道："在旅店中，明日来参。"荣曰："我慕其人久矣，速来一会。"便令小校备马，同刘贵去接。六浑不敢迟延，

① 马矢——马粪。

忙来进谒。荣令别将迎之入帐，六浑见荣再拜，荣欠身请起，赐坐帐下。荣初闻刘贵之言，以六浑为人中之杰，气象①异常。今见其精神憔悴，形容枯槁，殊失所望。问劳数句，不甚深言，欢即辞退。刘贵暗忖道："天宝平日闻名起慕，今日相见何反淡然?"因留六浑到家，排酒洗尘。忽报讨虏有命，六浑有甚亲友，皆令明日来见。贵应诺。是夜，六浑宿于刘贵家，贵私语六浑曰："君才能盖世，奈与洛周同反，今唯在此立功，以盖前愆，勿生退志。"六浑以为然。次日，贵出全副衣服与六浑更换。令人请尉景、段荣、蔡儁、孙腾同至家中，齐入帅府。荣皆礼待，署为将军。六浑虽在军中，未获重用。

一日，上帐参谒，荣往厩中看马，诸将随侍。见一马甚猛，四面皆以铁栏围之。六浑曰："此马何故防卫甚严?"荣曰："此马号为毒龙，莫能御他。往往蹄啮伤人，人不敢近。"欢细视之曰："良马也。胸项间有旋毛一丛，故此作孽。若剪而去之，必足为明公用也。"荣曰："吾数使人剪之，毛不能去，反为所害。故弃而置之，锁缚厩中。"六浑曰："欢请为明公剪之。"荣曰："奈何以一马而杀②壮士。"欢固请。荣许之，就把胡床③坐下，诸将两旁侍立。命六浑往厩中牵马。毒龙一见栏开，双蹄并起，挣断铁索，奔出厩外，腾踔跳跃，势甚猛烈。六浑当前拦住，喝道："你虽畜类，亦有性灵。既受豢养，自当任人驾驭，何得蹄啮杀人?我为你改恶为良，异日立功边上，方显尔能。"毒龙听

---

① 气象——人的举止、气度。

② 杀——使……失去性命。

③ 胡床——古代从少数民族地区传进来的、类似后来沙发又可折叠的椅子。

了，顿时收威敛迹，伏地低头。六浑贴近马身，不加羁绊，剪去旋毛。众人皆为危惧，六浑神色自若，以旋毛献上。荣大喜道；“果然名不虚传，毒龙杀人多矣，卿乃独能制之。”欢曰：“御恶人亦犹是矣。”荣奇其言，便道：“此马即以赐卿，卿为我试之。”六浑腾身上马，那马放开四足，风驰电掣，团团走了几遍。六浑见有旗杆木竖在百步外，忙取随身弓箭，连发三矢皆中木上。众皆喝彩。荣亦大喜，起身归帐，屏去左右，独留六浑，赐坐帐下，以时事访之。六浑告荣曰：“闻公有马十二谷，皆以色别为群，不知明公蓄此何用。”荣曰：“试言汝意若何？”欢曰：“今天子暗弱①，太后淫乱，嬖孽②专权，宵小③乱政，朝纲不振极矣。以明公之雄武，乘时奋发，讨郑俨、徐纥之罪，以清君侧，天下孰不俯首畏服，惟命是听？如是则大功立致，霸业可成。此贺六浑志也。明公岂有意乎？”荣曰：“卿言正合我意。”两下情投意合，倾心吐胆，谈至更深，六浑始退。次日，尔朱荣移兵屯于晋阳，诸将皆从。六浑家眷住上党坊内，尉、段、蔡三家皆就傍居住。六浑从军晋阳。

当是时，洛周侵掠蓟南，势益猖獗；念生夺了岐州，官兵累败；葛荣据了信都，都督裴衍被杀。其后杜粲杀了莫折念生，占了秦州；葛荣并了洛周之众，兵势益大，横行河北。萧宝寅出师累年，靡费不资④，屡次丧败，惧朝廷见责，内不自安，定计欲

① 暗弱——不明事理，懦弱无能。
② 嬖孽——受君主宠爱的小人。
③ 宵小——奸佞、邪恶之徒。
④ 靡费不资——耗费资财无数。

反。行台郎中苏湛哭而止之曰："王本以穷鸟①投人，朝廷假王羽翼，荣宠至此。属②国步多艰之日，不竭忠报德，乃欲乘人间隙，遽行守关问鼎③之事。魏国虽衰，天命未改。且王之恩义未洽④于民，但见其败，未见其成，王若行此，我恐荆棘必生于斋阁⑤也。"宝寅不纳，遂反，自称齐帝，改元隆绪。正平薛凤贤、薛修义亦聚众河东，分据盐池，攻围蒲坂，东西连结以应宝寅。远近大震。尔朱荣谋于欢曰："关西皆反，我欲发兵讨贼，何者最先？"欢曰："平外贼易，除内贼难。公但养精蓄锐，先除朝内之贼，则外贼可指挥而定也。"荣以为是。于是日伺朝廷之隙，按兵以待。

再说孝明帝即位十二载，年已十八，朝政一无所预。太后私幸郑俨诸人，虑帝年长知其所为不谨，于宫中多树耳目，务为壅蔽⑥。凡帝亲爱⑦者，恐其传言泄漏，百计去之。时有密多道人善能胡语，帝宠之。又有鸿胪少卿谷会治、通直散骑谷士恢，皆帝所宠信，朝夕侍于禁中。太后忌之。孝昌二年二月，帝奉太后宴于御园。谷士恢侍侧，太后曰："谷卿聪明多才，必知吏事，令为晋州刺史何如？"士恢心怀帝宠，不愿出外，良久不答。太后再言之，帝曰："士恢年少，难当方面之任，母后勿遣。"次日，太后坐便殿，召士恢曰："我命卿为晋州刺史，如何违我？"

---

① 穷鸟——无处可栖的鸟，比喻处境困穷的人。
② 属——恰好遇到。
③ 问鼎——指图谋篡夺政权。
④ 洽——浸润。
⑤ 斋阁——书房。
⑥ 壅蔽——隔绝蒙蔽。
⑦ 亲爱——关系密切，情感深厚。

士恢曰："容臣入别至尊。"太后不许，士恢再四恳告。郑俨在旁奏曰："此等小臣敢违陛下之旨，不斩之无以警后。"太后即命斩之。帝在宫中不知士恢已死，命内侍召之。内侍回奏云："士恢已被太后斩讫。"帝失色，惊问："士恢何罪？"内侍言："太后欲以为晋州刺史，士恢不从，中书郑俨奏斩之。"帝怒，称疾不出。太后使宫女来问，帝不答。太后亲至显阳殿，问帝何疾。帝曰："我怒谷士恢，受朕深恩，今往晋州，不来一辞。我欲封剑斩之，取其首级来视！"太后闻帝言，已知左右奏知，谓帝曰："谷士恢一介小臣，敢违我命，抗言犯上，吾故斩之。实未至晋州也。"帝曰："士恢死乎？"太后曰："然。"帝曰："得见其首乎？"太后命左右取首进之，帝见首痛哭流涕曰："此郑俨杀汝耳，吾当报①之。"太后大惊曰："帝误矣，我自杀之，于俨何涉？帝为万乘主，岂少此等人入侍左右而为此感伤？"帝恐伤太后之意，命以厚礼葬之。

俨知帝怒及已，又奏太后道："士恢虽死，密多道人、谷会治尚在帝侧。二人仇我更深，必除之为妥。"太后曰："易耳。"命俨暗招刺客，杀密多于城南大巷。帝怒，严旨搜捉贼人，限在必得，已心疑太后所为。未几，又报谷绍达被太后赐死。帝怒甚，忿忿走入紫华宫，谓卢妃曰："朕以太后之故，郑俨、徐纥内宫不禁往来。今朕所宠信者，太后必欲置之死地，未识何意。"卢妃奏曰："陛下深居九重，朝权皆归国母，陛下所宠焉能得保性命？"帝曰："吾杀徐、郑以报之何如？"妃曰："徐、郑朝夕在宫，太后所宠，陛下焉得杀之？"帝曰："太后与郑有私②乎？"

---

① 报——回答。
② 私——私情、私心。

妃曰："妾不敢说，愿陛下留心察之。且陛下还宜加意自防，勿为奸人所算。"帝闻之，益闷闷不乐。是夜，宿紫华宫中。次日傍晚，帝密敕北宫宦侍，夜来不许锁断嘉福殿门。一更后，随了数个宫人，行至嘉福殿后骍和阁下，闻阁上有笑语声，帝问："何人在阁？"宫人悄悄奏道："太后与尚书郑俨宿于阁上。"帝知太后不谨①是实，长叹一声，忙即回步退出。明日，宫人奏知太后，言帝昨宵至此，太后之事俱已知之，长叹而去。太后大惊曰："谁为是儿言之，私来窥我？"郑俨失色，跪于太后前曰："事露，帝不能奈何陛下，臣今死矣。"太后曰："毋恐，有我在，断不令卿遭诛也。"俨拜谢曰："若得陛下作主，臣等方敢常侍左右。"因斩司宫者数人，以其失于防守，纵帝得人也。帝闻之益怒。自此母子遂成嫌隙，两宫不相往来。但未识后事如何，且听下回细述。

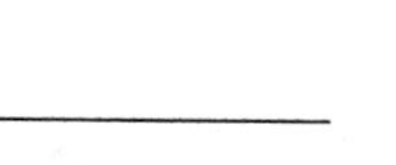

① 不谨——指行为放荡。

第 十 三 回

赐铁券欲图边帅　生公主假作储君

话说并州刺史元天穆，本魏室宗亲，因太后专政，徐、郑用事，心常不服，见尔朱士马精强，欲借其力以倾朝廷，深相结纳。荣亦喜其与己，焚香刺血结为兄弟，誓生死不相背负。事无大小，皆与商议。一日，荣同帐下诸将来至并州，与天穆议事。天穆设宴留饮。酒至半酣，问荣曰："弟来欲议何事？"荣屏去左右，唯贺拔岳在座。荣曰："今天子愚弱，太后淫乱，奸佞弄权，忠臣屏迹①。我欲举兵入洛，内除诸奸佞，外削群贼，兄以为何如？"穆与岳皆曰："讨虏②之意，实合群望，当早行之。"荣曰："事果可行，吾即表奏朝廷，以讨贼为言，庶几③师出有名。"天穆力赞其成。荣就写表一道，发使进京。太后见奏，疑荣有异志，乃付有司商议。群臣皆以荣兵强盛，不宜允其所请。太后乃下诏止之，其略云：

今念生枭戮，宝寅败逃，丑奴请降，关、陇已定。费穆大破群蛮，绛、蜀渐平。又北海王显率众二万，出镇相州。卿宜高枕秀容，兵不须出。

荣得诏大笑曰："天下乱形已成，朝廷反说太平无事，吾岂

---

① 屏迹——匿避。
② 讨虏——讨伐敌寇。
③ 庶几——或许可以。

可因诏而止。”乃请天穆到府，遍召诸将共议。众皆曰：“朝廷不准发兵，是有疑我之心，此事岂可遂已。”于是荣复上书，其略云：

今贼势虽衰，官军屡败，人情危俱，恐实难用，若不更思方略，无以万全。臣愚以为蠕蠕①主阿那瓌荷国厚恩，未应忘报，宜早发兵，东趣下口，以摄贼人之背。北海之军严加警备，以当其前。臣麾下兵将虽少，愿尽力命。自井陉以北，滏口以西，分据险要，攻其肘腋。葛荣虽并洛周之众，恩威未著，人类差异，形势可分。若允臣所请，大功可立。臣整率师旅以待，唯陛下鉴之。

一面进表，一面兴师。署高欢为都督，统领十万人马，镇守桃林寨，日夕操练，以待征调。自领马步兵三十万，结营井陉之上，旌旗映日，杀气连云。附近州县莫测其意，人人疑虑，个个惊心。

表到京中，举朝大骇。太后见其不肯罢兵，恐有变乱，召廷臣问策。中书舍人徐纥出班奏曰：“臣有一策，可制尔朱之命。”后问：“何策？”纥曰：“尔朱荣世据秀容，畜牧蕃息，兵势强盛，皆因能用人也。今其手下将士，或反贼余党，或罪臣子孙，惧祸亡命，皆被尔朱荣收纳，授以军职，赐之财帛。众人怀恩感激，无不尽心协力，故所向克捷，威振山西。臣意莫若先离其党，私行圣旨，许以高官厚禄，锡以金书铁券，密令暗图尔朱，则其党必贪朝廷之赏，群起而诛之矣。”太后大喜，如计而行。时有尔朱荣从弟世隆，在京为直阁将军，探得朝廷阴谋，密将此事报知

---

① 蠕蠕——柔然的别称。

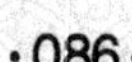

天宝。天宝大怒，乃召集诸将谓曰："今朝廷有密旨到来，命汝等图我，以取富贵。汝等若贪朝廷官爵，请从此别。若愿随我者，当留麾下。慎勿心怀两意，暗生反侧也。"众将皆曰："某等遭时不遇，穷困风尘。得遇明公拔之粪土之中，置之将士之列。执鞭坠镫，生死愿随。朝廷富贵，非所敢望也。"荣大喜道："卿等若不相负，朝廷赐来官爵，当尽留之。等我日后得志，照其所书之爵相授。"众皆拜谢而退。

且说太后听了徐纥之计，以为事必有成，不以尔朱为意，淫乱如故。时有武都人杨白花，少有勇力，容貌雄伟，太后逼而幸之。白花惧祸及，南奔梁。太后追思之，不能已，为作《杨白花歌》，使宫人昼夜连臂蹋足歌之，声甚凄婉。歌曰：

阳春二三月，杨柳齐作花。春风一夜入闺闼①，杨花飘荡落南家。含情出户脚无力，拾得杨花泪沾臆。秋去春来双燕子，愿衔杨花入窠里。

一日，郑俨进宫闻其歌，知太后思念白花而作，曰："陛下何多情也？"太后曰："情之所钟，不能自已。吾念白花，犹念卿也。"俨曰："臣蒙太后宠爱，奈帝屡欲杀臣，白花所以惧祸而逃也。"太后曰："近闻潘充华怀孕将产，若生太子，吾将幽帝南宫，立太子为帝，谁敢违我？"俨曰："倘生公主奈何？"太后曰："即生公主，吾吩咐监生人等诈言太子，竟瞒了天子大臣，吾计亦可得行。"俨曰："太后之见，果智逾良、平②。"二人计议已定，探得潘妃产期已近，太后亲临绛阳宫，帝与潘妃接见。太后告帝曰："我闻儿女出胎之时，不要父母相见，恐有妨克。官家

① 闺闼——女子居住的内室。

② 良、平——汉代张良、陈平，俱为古代著名谋臣。

与妃年少，恐未知之，故吾来告帝。于数日内，宜往别宫游幸，吾在此看视。”帝以太后言为诚，从之。太后私嘱其下曰：“妃生育时，若生太子，固不必言；倘生公主，亦必诈言太子，报知于帝，使帝心欣喜。有罪我自赦之。”众皆听命。未几，潘妃生下一女，报帝生太子。帝大喜，即乘步舆至绛阳宫。太后迎而贺之，帝亦为太后贺。帝欲见儿，太后曰：“不可。太子新生，待三日后，方可见面。”帝乃出御前殿，颁诏改元武泰，大赦天下，百僚称贺。

却说卢妃宫中有一宫女慧娘，系西番国贡来之女，年十四，心性慧巧，两耳通灵，能知合宫大小事，告卢妃曰：“潘妃所生，乃女子也。”妃曰：“汝妄言，不畏死乎？”慧娘曰：“此皆太后、郑俨之计。所以假称为男者，将不利于帝。妾不言，负夫人。夫人不言，负帝矣。如言不实，愿敢斩首阶前。”妃大惊。至晚，帝宿宫中，卢妃将慧娘之言告帝，帝立召慧娘问之。慧娘如前言以对，帝命收入永巷，谓卢妃曰：“明日朕往验之，倘其言虚，杀之以绝乱传。”次日，帝至潘妃宫见太后，曰：“朕欲观太子浴。”太后沉吟久之，曰：“太子已浴过矣。”帝疑之，因问：“太子何在？”太后曰：“在龙床上睡熟。”帝起，请太后同去一看，揭帐视之，目细口小，绝不似男子模样。帝曰：“此莫非女乎？何绝无男子相也？”不悦而出。太后知帝已识破，不好再瞒，设宴绛阳宫，召帝及胡后同饮。酒半，屏退左右，谓帝曰：“帝年十九，尚无子嗣，吾故假言生男，以悦帝心，其实女也。”胡后闻之大惊。帝忿然作色曰：“朕因母后言诞生太子，故颁大赦之诏，受廷臣之贺。今言是女，教朕有何面目居臣民之上？”拔剑而起。太后惊问曰：“帝欲何为？”帝曰：“今杀此女以泄吾忿。”

太后变色，不别而还北宫。胡后向帝再拜，曰：“此虽女子，亦是陛下骨血。奈何杀此无罪之儿，以触太后之怒?”帝收剑，顿足大恨。是夜，帝宿别殿，转辗不寐，思想：“慧娘之言句句是实，必杀徐、郑，庶杜后患。但受制太后，不敢轻动，如何设法除之?”见窗外月光如昼，起身步出阶来。忽闻碧沼池边窃窃言语，遣内监问之，回奏云：“是巡宫大使与直阁将军尔朱世隆讲话。”帝召世隆至，世隆倒身下拜。帝问：“卿为直阁几年矣?”曰：“三年。”又问：“秀容尔朱荣系卿何人?”对曰：“臣之从兄。”又问：“为人若何?”对曰：“臣兄荣智勇兼备，忠义是矢。唯有赤心为国，上报天朝，越在外臣，常以不得亲近至尊为恨。”帝曰：“卿兄若此，是社稷之臣也。朕欲召入辅政可乎?”世隆再拜曰：“此臣兄之愿也。”言毕退出。帝闻世隆言，暗想：“欲去徐、郑，碍于太后。尔朱荣兵威足以制之，不若密召向阙，以胁太后，以讨二臣之罪，吾患除矣。”次日，乃召世隆言之，授以密诏一道，令其内瞒太后，外避百官，暗暗遣人赍往。世隆大喜受命。

再说尔朱天宝扎兵井陉界口，日日扬威耀武。忽有天子密诏到来，召他引兵入都，诛除奸党。世隆亦有书至，不胜大喜。元天穆知之，亦来告曰：“以弟之威，除徐、郑之徒，如拉枯枝，乃百世之功，机不可失。”荣于是即令使者回奏曰：“臣欲扫清朝野久矣。今接帝旨，敢不星夜赴阙，制奸臣之命，报陛下之德。”使者已去，遂与天穆商议，须得一智勇之将，使为前锋先进。天穆曰：“贺六浑可当此任。”荣从之。署六浑为先锋，付精兵三万。以尉景、段荣、刘贵、贾显智、蔡俊、孙腾六将副之。六浑将行，谓妻昭君曰：“吾有军事，当即启程，不及复顾家矣。”昭君曰："大丈夫公而忘私，努力[1]王事可也，奚以家为？"六浑曰："闻汝言令人意豁。"遂行。天宝亦告其妻北乡公主曰："吾将入靖内乱，明日行矣。"公主曰："吾夫威名太盛，致朝廷疑惧。诏书到来，未识真假。莫若遣将先发，将军暂缓数日，以观人情向背。"荣于是停军不进。

且说帝自发诏后，无一人知，使者回奏尔朱荣得诏大喜，不违[2]时刻起兵，闻之颇生疑虑。长乐王子攸与帝素相爱，因召入凉风堂，密告之故。子攸大惊曰："陛下误矣！尔朱荣数世强盛，威镇北边。其人残暴不仁，屡有飞扬之志。今若召之入内，是开门揖盗。徐、郑虽除，为祸更甚。汉代董卓之事可鉴也。"帝大悟，曰："此举匆匆，悔不与卿商议。今唯发诏止之耳。"子攸道："如此幸甚。"乃复遣使谕荣曰："郑、徐之徒少削威权，卿且安守。待朕诛之，然后召卿入朝，以清外寇。"荣得诏大惊曰："此非帝意，必有人阻之者。然吾有此诏，且勿遽发。"斯时，六浑之军已过上党，闻有诏亦止。哪知事虽秘密，而两次降诏，已露风声。徐、郑二人一闻此事，吓得魂飞魄散，入告太后曰："帝怨臣等以及太后，密召尔朱荣诛戮臣等。臣等固不惜一死，但恐太后性命亦不能保，奈何？"太后怒曰："是儿欲夺吾权，结外兵为援。今先废黜，幽之南宫便了。"二人曰："非计也。帝以无罪见废，朝臣不服，尔朱转得借口兴师矣。臣等却有一计，陛下如能行之，方保无事。"太后曰："计将安出？卿且说来。"二人说出此计，管教：大逆顺成同反掌，至尊一死等鸿毛。且听下回细述。

---

① 努力——把力量尽量使出来。

② 不违——依从。

第十四回

内衅成肃宗遇毒　外难至灵后沉河

话说这徐、郑二奸献计太后，太后忙问何计，俨曰："陛下欲免大祸，除非暗行鸩毒，害了主上，以公主为太子，扶立为帝。那时权在陛下，内可杜群臣之口，外可止尔朱之兵。待人心已安，然后别选宗室，以正大位。不唯免祸，而且多福。陛下以为何如？"太后不语，既而曰："帝既不复顾母，吾亦焉能顾子。"二人见太后已允，密密退出。

且说武泰元年二月，帝御显阳后殿，卢妃侍寝。帝饮酒甚美。睡至夜半，口渴呼汤，饮汤后胸忽烦闷，觉有异，问宫人曰："顷所饮何酒？"宫人曰："是太后送来进帝饮者，命勿泄，故不敢言。"帝知中毒，惋恨良久，后不能语，至五更而崩，在位十三年，一十九岁。卢妃大哭曰："太后自杀其子，明日必归罪于我。"遂自缢。宫人飞报太后，太后佯为哀痛，明日升殿，谕廷臣曰："昨夜帝饮酒过多，五更崩于显阳后殿。"群臣相顾失色。高阳王出班哭奏曰："帝年少，初无疾病，何由遽尔晏驾？宫中定有奸人作逆，乞查侍寝何人，尚食何人，以究帝崩之由，庶大逆可除。"太后曰："昨夜卢妃侍寝，已惧罪自缢，无从究问矣。"高阳王默然。群臣皆疑帝之暴崩，必出徐、郑之谋，唯有饮恨而已，谁敢出声。旋于潘妃宫中，抱出假太子，立为新君。百官先行朝贺，然后发丧，文武莫敢违者。越三日，太后见人心已安，复下诏曰："潘妃所生，实是公主。因天子新崩，假言太子，以安物望①。今有已故临洮王宝晖之子元钊，高祖皇帝嫡孙，宜承宝祚②。"于是即日迎入，登位于太极殿，是为幼帝，年始三岁。太后欲久专国政，贪其幼而立之。大赦天下，百官文武加二级，宿卫加三级。诏到并州，尔朱荣大惊，谓天穆曰："主上年少，无疾遽崩，内中必有弑逆情弊。且帝年十九，天下犹称为幼主。今奉未能言语的小儿以临御天下，天下其谁服之？吾欲帅铁骑赴哀山陵，剪诛奸佞，更立长君，何如？"天穆曰："弟能若此，伊、霍③复见于今矣。"乃抗表称：

大行皇帝背弃万方，海内咸称鸩毒致祸。岂有天子不豫④，初不召医，贵戚大臣皆不侍侧，安得不使远近怪愕？又以皇女为嗣，虚行赦宥，上欺天地，下惑朝野。已乃选君于孩提之中，使奸竖专朝，隳乱纲纪。何异掩目捕雀，塞耳撞钟？今群盗沸腾⑤，邻敌窥伺，而欲以未言之儿镇安天下，不亦难乎？愿听臣赴阙，参预大议，问侍臣帝崩之由，访禁卫不知之状，以徐、郑之徒付之有司，雪普天之耻，谢率土⑥之怨。然后更择宗亲，以承宝祚。

发表后，下令诸将，以贺拔胜将前军，贺拔岳副之，尔朱天光将左军，司马子如将右军，尔朱兆为副元帅，窦泰为帐前都督，贺拔允为参谋，斛律金为护军，尔朱重远押后，自主中军。统精兵五万，择日起行。命先锋六浑引兵先进。

---

① 物望——人望，众望。
② 宝祚（zuò）——指帝位。
③ 伊、霍——上古的伊尹、西汉的霍光，俱为辅命大臣。
④ 不豫——天子有病的讳称。
⑤ 沸腾——喧躁动荡。
⑥ 率土——境域之内。

六浑兵过困龙冈，忽报京中尔朱世隆至，欢接见世隆，谓曰："吾奉太后命来见天宝，将军且暂停军马。俟吾见过天宝，再议进止。"欢许诺。世隆来见尔朱荣，荣问："何以至此？"世隆曰："太后见兄表章大惧，召弟入宫，谆谆慰问。命弟到来劝兄勿动干戈，若肯安守边隅，重封高爵，永享富贵。弟只得受命而来。"荣曰："此皆太后饰说，吾岂肯受其笼络，你亦不必进京了。"世隆道："弟不复命，太后必疑，反令多为之备，非计之得也。不若弟去复命，以好言慰之，令彼不疑。兄乘其懈，便可直达京师。"荣曰："你既要回，吾尚有一事相托。前日元天穆劝我废黜幼主，别立宗人。有长乐王子攸，其父武宣王有勋社稷，可册立为帝。你道其人若何？"世隆曰："若说此人，相貌不凡，果有人君之度，立之最宜。"荣曰："此人果可，汝到京中，将吾推戴之意，暗暗通知长乐。吾兵到河内①，即来奉迎。你亦早为脱身之计，勿误我事。"世隆领命，临行，谓荣曰："请弟计之行日，已到京师，然后发兵。"荣许之。于是世隆星夜至京，复命于太后曰："臣荣闻命已止兵矣，愿太后勿忧。"太后大喜，赐金帛劳之。世隆拜退，密探子攸在府，便来进谒。子攸接进，见礼毕，便问："卿往北边，能止晋阳之兵否？"世隆请屏左右，私语王曰："臣兄为先帝复仇，大兵必到。但其私诚欲奉大王为帝，以主社稷，令臣先来启知。"王曰："吾无德，不可以为君也。"世隆再三劝进②，王乃应允。

先是侍中元顺一夕梦见黑云一团，从西北角直冲东南，日月俱破，星象皆暗。俄而云散，有日出于西南，光甚明。有人言

① 河内——古称黄河以北的地区。

② 劝进——劝导鼓励，促成某事的进行。

曰："此长乐日也。"忽见鸾旗黄盖，皆是天子仪仗，去迎长乐王为帝。驾从阊阖门而入，升太极殿，百官呼万岁。身在中书省，步行廊下，见大槐树一株。脱去衣冠，坐于树下而觉。明日，遇济阴王元晖业，将梦一一告之，忧其不祥。晖业曰："长乐是彭城子，莫非此人为帝乎？然彭城有功德于天下，若其子为帝，亦积善之报，兄何以为不祥也？"顺曰："黑云，气之恶者，北方之色，必有北敌来乱京师。日者，君象。月者，后象。众星者，百官之象。今皆破暗，必有弑害二宫，残杀百僚之事。可惜长乐为帝，年亦不久。日出西南，已属未时，至酉时而没，只有三个时辰。多则三年，亦必有变。吾坐槐树之下，'槐'字木傍鬼身，并又解去冠冕，能无死乎？大约死后乃得三公赠也。"说罢惨然。后来其言皆应。

再说太后得世隆回报，心无疑虑，宠任徐、郑如故。忽有宫人启奏："卢妃在日，有宫娥慧娘年甚幼，能知未来事。前日假生太子，报知于帝者即是此女。帝怒其妄，幽之永巷。今言太后大祸临头，若宽其禁，彼能解救。"太后遂召之。慧娘至太后前，全无畏惧。太后问曰："前潘妃生女，你从何知其非男？"慧娘曰："妾得仙授，宫中事何一不知？太后欲行废黜，徐、郑唆成弑逆，瞒得众人，瞒不得我。但恐衅从内起，祸自外来，六宫粉黛尽为刀下之魂，八百军州都入他人之手。"太后听了，大怒道："无知泼贱，敢以妖言吓人！"吩咐拿下斩首。慧娘笑道："只怕你要杀我不能，人要杀你反易。"说罢，化为白鸟，冲天飞去。衣裳首饰尽卸阶下。要知妖由人兴，太后祸期已近，故有此怪诞之事。太后呆了半晌，两旁宫女惊得魂胆俱消。忽有黄门①表章呈进，称奏尔朱之兵已过太行山，直阁尔朱世隆昨夜全家逃去。太后知事急，忙召王公大臣，俱入北宫商议。诸王皆恨太后淫逆，莫肯设策。独徐纥大言曰："尔朱荣称兵向阙，文武宿卫足以制之。但守险要，以逸待劳。彼悬军②千里，士马疲弊，破之必矣。愿陛下勿以为忧。"太后信之，遂命黄门侍郎李神轨为大都督，领兵五万至河北拒之；别将郑季明、郑先护领兵屯守河桥，武卫将军费穆屯兵小平津。

却说荣自离了并州，大军浩浩荡荡一路进发，沿路州郡皆具斗酒相犒，无一敢拒。过了上党，六浑迎着，会兵一处，星夜前来。真是兵不留行③，势如破竹。将近河内，忽有探子报来："河阳城内，朝廷差大将李神轨领兵把守。"尔朱荣传令扎住人马，对诸将道："谁为我去擒此贼来？"贺拔胜应声而出，请以五百骑往擒之。荣大喜，即命胜往。是时神轨屯兵河内，日日惧荣兵之来，手下将士全无斗心。一闻破胡兵到，知其骁勇难敌，慌忙引兵渡河，退据内城。荣闻之大笑曰："此等人何足污我刀刃？"忽报世隆到来，荣备问京中情事，世隆一一告诉，言其必败。荣遂遣亲军王信，改换衣服潜入洛阳，迎长乐王子攸及彭城王元绍、霸成公子正弟兄三人同来河内。长乐谋于彭城曰："尔朱兵到，玉石俱焚，吾等生死未卜，不如权且从之。但当速去，迟则恐有间阻④。"遂乘五更时候改易服色，同了王信悄悄逃出京城，不由

① 黄门——散骑之官，因隶属门下省，称为黄门侍郎。
② 悬军——深入敌方阵地，孤立无援的军队。
③ 留行——停止前进。
④ 间阻——阻隔，从中作梗。

正路，从高渚渡河。荣闻王来，率领将士皆至河边迎接，诸将及众军皆呼万岁。荣遂结帐为行宫①，奉王即位于河阳，是为敬宗皇帝。荣与众将皆帐前朝贺。帝遂下诏，封兄元绍为无上王，弟子正为始平王。以尔朱荣为侍中、都督中外诸军事大将军、尚书令，封太原王。其余将士并皆进爵有差。

帝素有贤名，远近闻知为帝，人心悦服。郑先护谓季明曰："新君已立，太后终亡。吾侪为谁守此？不如先行投顺，以免同逆之诛。"二人遂迎拜马首，请帝入城。神轨闻北中不守，率众遁还。费穆与荣有旧，亦弃军来降。荣见之大喜，不令见帝，留为帐中心腹。徐纥知大势已去，矫诏夜开殿门，取了骅骝厩御马十四，东奔兖州。郑俨不别太后，亦逃还乡里。太后初闻长乐兄弟三人逃去，已疑宗室诸王有变；后闻长乐即位，郑先护等投降，大惊。忽报李神轨回，太后召入问之，乃知费穆亦降，益惧。忙召郑俨、徐纥，欲与商议，回报二人已逃。太后谓神轨曰："诸事皆二人为之，今反弃我而去，何昧良乃尔②。"神轨亦默然而退。其后连召大臣，无一至者。又闻新君有命，文武百官着往河桥迎接，众皆遵旨。尚宝卿来索玉玺，銮衣卫整备法驾。太后见时势大变，乃入后殿，召孝明帝妃嫔，自胡后以下共三百余人，尽出家瑶光寺，痛哭出宫。送幼主归旧府，太后亦自入寺为尼。未几，荣遣将军朱端以一千铁骑来执太后、幼主。端入京，问留守官曰："太后、幼主何在？"留守曰："太后避往瑶光寺，幼主送还旧邸。"端到寺，入见太后。太后大惊，问曰："卿系何人？"端曰："太原王将士奉旨来迎太后。"太后曰："卿且

① 行宫——帝王出行临时驻扎在外的宫室。

② 乃尔——如此。

退，吾当自往。”端不许，军士皆拔刃相向。太后失色，只得上马起行。端又执了幼主，齐至河桥见荣。荣命入帐相见。太后见荣，多所陈说。荣曰：“无多言。”喝令左右执至河边，并幼主共沉之河。可怜一代国母，如此结果。正应术士之言，尊无二上①，不得善终。后人有诗吊之曰：

昔日捐躯全为子，一朝杀子又何为？

黄河不尽东流恨，高后泉台应笑之。

荣既沉太后，费穆密说荣曰：“大王士马不出十万，长驱向洛，既无战胜之威，群情素不厌服②。以京师之众，百官之盛，知公虚实，必有轻侮之心。若不大行诛杀，更树亲党，恐大王还北之日，未度太行而内变作矣。”荣心然之。忽报慕容绍宗自晋阳来见，荣喜曰：“绍宗来，吾又添一助矣。”因谓之曰：“洛中人士繁盛，骄侈成俗，不加蔓剪，终难制驭。吾欲因百官出迎，悉诛之何如?”绍宗曰：“不可。太后荒淫失道，嬖幸③弄权，淆乱四海。大王兴义兵以清朝廷，此桓、文④之业，伊、霍之举，天下无不悦服。今无故歼夷多士，不分忠佞，恐大失天下之望，非良计也。”哪知天宝性本残忍，闻费穆言，顿起杀心。绍宗虽极口止之，荣终不听，乃请帝循河，西至陶渚，别设行宫居之。无上、始平二王随侍。荣密令心腹骁将郭罗刹、叱列刹鬼持刀立于帝侧，诈为防卫，俟外变一起，即杀无上、始平。

斯时百官皆至，求见新君。荣悉引之行宫西北河阴之野，

① 尊无二上——一个国家不能有两个皇帝。犹言国无二君。
② 厌服——信服。
③ 嬖幸——出身低贱且受宠爱的人。
④ 桓、文——春秋时期齐桓公、晋文公，俱为当时霸主。

曰："帝欲在此祭天，百官宜下马以待。"众皆下马。荣乃引胡骑四面围之，责众官曰："昔日肃宗年幼，太后临朝，全赖汝等匡辅。任刘腾之弄权，纵元义之害政。及至徐、郑用事，浊乱宫廷，四方兵起，九重[1]被弑，曾无一人以身殉国，报君父之仇，伸大义于天下。职为公卿，实皆贪污无耻之徒。今天子贤圣，不用汝等匡弼也。"言讫，以手一挥，胡骑四面纵兵，百官之头如砍瓜切菜。自丞相高阳王以下，朝臣共二千余人，尽皆杀死。只见愁云惨惨，怨气重重。肝脑涂裂，皆锦衣玉食之俦[2]；血肉飞扬，尽凤子龙孙之属。衣冠之祸，莫此为烈。但未识帝在行宫能保性命否，且听下回细剖。

---

① 九重——喻帝王居住的地方，此处代指皇帝。
② 俦（chóu）——辈。

第 十 五 回

改逆谋重扶魏主　贾余勇大破葛荣

话说河阴之役，百官皆遭杀戮。后有朝士续到者五百余人，闻之魂飞魄散，皆惊慌欲避，觅路逃生，无如四面铁骑奉了天宝之命，重重叠叠围住不放。真如鸟投罗内，鱼入网中，命在顷刻。只见前有一将高叫道：“新君即位，全是太原王大功，今王在上，还不下拜！”众官听了，人人拜伏在地。又高叫道：“魏家气数已尽，太原王合为人主。汝五百人中，有能为禅文者免死。若不能，尽杀无遗。”众臣莫敢出声。荣大怒曰：“竖子欺我乎？”言未了，只见一人起身告曰：“某为大王作禅文。”荣问：“你是何官？”对曰：“臣乃治书御史赵元则也。”荣令送入营中，吩咐道：“好为之。”又使人高唱：“元氏灭，朱氏兴。”六军齐呼万岁，声振山谷。荣大喜，便遣数十亲卒拔刀直向行宫，杀帝左右。时帝居帐中，正怀忧虑，忽闻喊声渐近，与无上、始平二王走出帐外看视。郭罗刹见兵众已到，忙将天子抱入营帐。无上王未及转身，叱烈杀鬼手起一刀，头已落地。始平忙欲退避，亦被叱烈杀死。帝见两兄被杀，看来自己性命亦不能保，暗暗流涕。荣遂迁帝于河桥，置之幕下，率诸将还营。赵元则禅文已成，荣见之大喜，乃解放文武五百余人。未几，帝使人谕旨于荣曰：

帝王迭兴，盛衰无常。吾家社稷垂及一百余年，不幸胡后失

德，先帝升遐①，四方瓦解。将军奋袂而起，所向无前，此乃天意，非人力也。我本相投，志在全生，岂敢妄希天位？将军相逼，以至于此。若天命有归，将军宜及时正号②，若推而不居，思欲存魏社稷，亦当更择亲贤，我当流避裔土③，何帝之有？

荣得诏大喜。时高欢在旁，劝其乘此称帝。荣遍问诸将，诸将多同欢言，独司马子如以为不可。贺拔岳亦谏曰："大王前举义兵，志除奸逆。大勋未立，遽有此谋，正可速祸，未见其福。"荣疑未决，乃自铸金为像，凡四铸不成。参军刘灵助善卜筮，断事多中。荣素信之，令卜为帝。灵助卜曰："不吉，大王虽有福德，今未可也。若强为之，上逆天心，下失民望，殃祸连延。便得为帝，恐亦不久。"荣曰："吾既不可，立天穆何如？"灵助曰："天穆亦无此福德。臣夜观天象，唯长乐王有天命耳。奉之为主，必获厚福。"荣不答，入帐独坐，觉精神恍惚，情绪昏迷，不自支持。良久忽悟，深自愧悔，曰："过误④，过误！惟当以死报朝廷耳。"出为诸将言之。贺拔岳请杀高欢，以谢天下。窦泰、侯渊曰："欢虽愚疏，言不思难，今四方多事，须借武勇，杀之恐失将士心。"荣曰："是吾过也，欢本无罪。"遂不问。

时交四鼓，荣命迎帝还营，身率诸将下马步行。帝在河桥，正忧愦无措，忽有人报太原王前来迎。帝心下大惊，未测何意。只见诸将已集帐前，灯火齐明。贺拔岳牵过御骑，请帝上乘。帝问："我去何为？"岳曰："帝勿忧，太原王已自悔过矣。"未数

① 升遐——称帝王之死。
② 正号——正名号，正尊号。
③ 裔土——荒远的边地。
④ 过误——过失，错误。

步，荣叩首马前，伏地请罪。帝命扶起，共入大营。帝坐，诸将皆下拜。荣亦下拜，自陈过误，愿以死谢。次日，奉驾入京，登太极殿。下诏大赦，改元建义。从太原王将士，普加五级。在京朝臣，文加二级，武加三级。百姓免租役三年。时百官荡尽，存者皆窜匿①不出，惟散骑常侍山伟一人拜赦于阙下。洛中士民草草，人怀异虑。或云荣欲纵兵大掠，或云欲迁都晋阳。富者弃宅，贫者襁负②，率皆逃窜，十分不存一二。直卫③空虚，官守旷废。荣妻北乡公主，南安王元贞女、景穆帝女孙、义阳王元略之姑，谓荣曰："欲谒南安家庙，见义阳一面。"荣曰："王已遇害矣。"公主恚曰："何为杀之？"荣曰："时势不得不尔，死者岂独义阳一人？今将请于帝，追赠以荣之。"乃上书云：

大兵交际，诸王朝贵横死者众，臣今分躯，不足塞咎④。乞追赠亡者，微申私责。请追赠无上王为无上皇帝，其子韶袭封彭城王。其余死于河阴者，诸王赠三司，三品赠令仆，五品赠刺史，七品以下赠郡镇。无后者听继，即授封爵。

又遣使者循城劳问，诏从之，于是朝臣稍出，人心稍安。

先是荣所从胡骑杀朝士既多，不敢入洛城，即欲向北为迁都之计。荣狐疑未决，武卫将军泛礼固谏乃止。后荣复欲北迁，帝不能违。尚书元谌争之，荣怒曰："何关你事，而固执乃尔？且河阴之役，君应知之。"谌曰："天下事当与天下论之，奈何以河阴之酷而恐元谌？谌，国之宗室，位居常伯，生既无益，死复何

---

① 窜匿——逃匿，躲藏。
② 襁负——指携儿背女。
③ 直卫——旧时宫中省的值宿警卫。
④ 塞咎——抵补罪过。

损？正使今日碎首流肠，亦无所惧！”荣大怒，欲抵谌罪，世隆固谏乃止。见者莫不震悚，谌颜色自若。后数日，帝与荣登高，见宫阙壮丽，列树成行，乃叹曰：“臣昨愚暗①，有北迁之意。今见皇居之盛，熟思元尚书言，深不可夺也。”由是迁都之议遂罢。未几，荣奏并州刺史元天穆立功边隅，封上党王，入朝辅政。尔朱世隆为侍中尚书，尔朱兆为骠骑将军，汾州刺史天光为肆州刺史，仲远为徐州刺史，使子弟各据一方。其余将士，贺拔弟兄、刘贵、司马子如、窦泰、侯渊、侯景、尉景、段荣、厍狄干、孙腾、蔡俊等二百余人，或居内职，或授外任，皆有禄位。高欢封同鞮伯。缘山东盗起，命即领兵往讨，欢谢恩而去。

是日，诸将到太原王府拜谢，荣设宴款待。又报朝廷旨到，荣迎接开读，乃封其长子菩提为世子，次子义罗为深郡王，三子文殊为平昌郡公，四子文畅为昌乐郡公，荣大喜。送天使去了，重复入席欢饮。忽思四子皆贵，只有长女娟娟，虽曾为肃宗嫔，终身未了。知帝尚无正宫，不若纳之为后以贵之。因谕意诸将，刘贵、司马子如起对曰：“大王若有此意，臣等启奏主上，成此良姻。”荣喜诺。明日，二人启奏帝曰：“陛下坤位②尚虚，立后宜急。今有太原王荣长女，才貌兼全，德容素著，可以上配至尊。”帝以肃宗嫔御有碍于理，犹豫不决。黄门侍郎祖莹曰：“昔晋文公在秦③，怀嬴入侍。事有反经合义者，陛下独何疑焉？”帝

① 愚暗——愚钝而不明事理。

② 坤位——代表女主人。

③ “昔晋文公在秦”句——春秋时，晋国公子重耳（即后来的晋文公）逃难到秦，秦国君派其侍妾怀嬴等去侍候他。事见《左传·僖公二十三年》。

遂从之，择日迎立为后。荣心大悦。一日，见帝于明光殿，重谢河桥之事，誓言无复贰心，帝亦为荣誓言无疑。荣喜，因求酒饮，熟醉而寐。帝欲拔剑手刃之，左右苦谏。帝乃止，命将步车载入中常侍省。荣至半夜方醒，知身在禁中，颇怀疑惧，达旦不眠。自此不复禁中宿矣。荣次女琼娟亦有秀色，嫁与陈留王元宽为妃。宽，帝之兄子也。荣久有归志，又闻葛荣横行河北，将归讨之。适天穆已至洛阳，乃加天穆侍中、录尚书事，兼领军将军。以行台郎中桑乾、朱端为黄门侍郎，兼中书舍人。朝廷要害，悉用其心腹为之，遂整旅①而归。将行，帝设宴于邙山之阳，百官皆集。后亦亲自相送，赐金帛甚厚。帝自荣去后，少解忧怀。一日，廷臣奏称："逆臣徐纥逃奔幽州，遇盗，全家被杀。郑俨逃还乡里，与兄郑仲明同谋起兵，亦被部下所杀，函首以闻。李神轨、袁翻等久已遭诛。"由是灵后之逆党始尽。帝命颁示天下。

再说葛荣引兵围邺，众号百万，游兵已过汲郡。帝加尔朱荣上柱国、大将军，命讨之。荣遂召肆州刺史天光留镇晋阳，曰："我身不得至处，非汝无以称我心。"自率精骑七千，马皆有副，倍道②兼行。东出滏口，以侯景为前驱。葛荣为盗日久，兵强且多。尔朱兵不满万，众寡非敌，议者谓无取胜之理。葛荣闻之，喜见于色，令其众曰："不必与战，诸人但办长绳缚取之耳。"荣乃潜军山谷为奇兵，分督将佐以上三人为三处，各有数百骑，令所在扬尘鼓噪，使贼不测多少。又以人马逼战，刀不如棒，乃令军士各赍短棒

① 整旅——休整部队。

② 倍道——兼程而行，指一日走二日的路程。

一根，置于马侧。至战时，虑废腾逐[1]，不听斩级，以棒棒之而已。分命壮勇所向冲突，号令严明，众力齐奋。身自陷阵，出于贼后，表里合击，贼不能支，立时溃败。遂擒葛荣，余众悉降。荣恐贼徒虽降，一时难御，若即分隶诸将，虑其疑惧，或更结聚，乃下令新降军士各从所乐，亲属相随任所居止。于是群情大喜，数十万众一朝散尽。待出百里之外，乃始分道押领，随便安置。擢其渠帅[2]，量才授任，新附者咸安。时人服其处分机速。以槛车送葛荣赴洛，由是冀定。沧、瀛、殷五州皆平。

次日，军士擒获贼将宇文洛生、宇文泰，解至军前。你道宇文弟兄何以在葛荣手下为将？盖自武川杀了卫可孤，其后城破脱逃，父子四人投在北道都督杨津军中为将。鲜于修礼反，其父肱与兄颢战死于唐河，洛生与泰后从葛荣。葛荣败，惧以贼党见诛，故逃而被获。荣皆命斩之。洛生已斩，次及于泰。泰见荣上坐，大呼曰："大王用人之际，何为斩壮士？吾等从贼，非本志也。大王赦八十万众而不赦吾兄弟二人，刑赦不均。"荣奇其言，命赦之，带归晋阳，留在麾下为将。未几，署为统军。葛荣解之京师，帝亲御阊阖门受俘，斩于东市。封天宝为大丞相、都督河北畿外诸军事，以长乐等七郡为太原王之国，四子进爵为王，今且按下慢表。

再说魏有北海王元颢，与帝为从兄弟，避尔朱之暴，逃奔梁邦，梁武封为魏王。后闻长乐即位，尔朱北归，遂启奏梁王，借兵数万，灭尔朱之众，复元魏之旧，世世称臣于梁，为国屏藩[3]。梁武见魏室日乱，本有进取之心，乃许之。遣东宫直阁将军陈庆之领

---

① 腾逐——奔驰追赶。
② 渠帅——即魁首、头目。
③ 屏藩——保护捍卫。

精兵一万，送颢还北。庆之是梁朝第一名将，智力兼全。奉了旨意，点起兵马，遂与元颢拜辞梁主，杀过江来。前面地方即魏铚城县，一鼓下之，权在城中扎住人马，号令四方。边将飞报朝廷，举朝大惊。其时恰值北海县邢杲造反，自称天统汉王，聚兵十万，攻掠州郡。元天穆将自往讨，忽闻元颢入寇，集文武议之。众皆曰："杲众强盛，宜以为先。"行台尚书薛琡曰："邢杲兵将虽多，鼠窃狗偷，非有远志。颢，帝室近亲，来称义举，其势难测，宜先拒之。"天穆以诸将多欲击杲，又以颢兵孤弱，不足为虑，欲先定齐地，还师击颢，遂不从薛琡之言，引兵而东。哪知：

强寇未能倾社稷，孤军反足夺山河。

且听下回细说。

第 十 六 回

魏元颢长驱入洛　尔朱荣救驾还京

话说天穆大军既引而东，元颢之兵正好乘虚杀入，自铚城进拔荥阳，直至大梁城下。大梁守将丘大千有众七万，分筑九城相拒。庆之自旦至申，攻拔三垒。大千惧，开门乞降。颢遂入城，与诸将议曰："吾欲正尊号，然后引兵向阙，庶人心不贰。"诸将皆劝成之，乃登坛燔燎，即帝位于睢阳城南，改元孝基。以陈庆之为卫将军、徐州刺史，引兵而西，进攻荥阳。时守荥阳者，都督杨昱。颢遣人说之使降，昱不从。元天穆闻报大惊，与骠骑将军吐没儿将大军三十万，星夜来救。梁之士卒皆恐。庆之解鞍秣马，谕将士曰："吾至此以来，屠城略地，实为不少。君等杀人父兄，掠人子女，亦无算矣。天穆之众，皆是仇雠。我辈众才七千，虏众三十余万，今日之事，唯有必死，乃可得生耳。今虏骑众多，不可与之野战。当及其兵未到齐，急取其城而据之。诸君勿怀狐疑，自取屠脍①。"乃鼓之使登，将士相率蚁附而上，遂拔荥阳。执杨昱诸将三百余人，伏颢帐前。请曰："陛下渡江以来，无遗镞②之费，昨下荥阳，一朝杀伤五百余人。愿斩杨昱，以快众意。"颢曰："昱，忠臣也。彼各为其主，奈何杀之？此外唯卿等所取。"于是斩昱将佐三十七人，皆刳其心而食之。俄而，天

① 屠脍——犹宰割。

② 遗镞——损折箭矢，借指细微的损失。

穆等引兵围城，庆之帅骑三千，背城力战，大破之。天穆、吐没儿皆走。遂乘胜势，进击虎牢，守关将尔朱世隆亦走。颢军据了虎牢关，一路无阻，游兵直指洛阳。时六军皆出，禁旅①虚弱，帝大惧欲逃，未知所之。或有劝往长安者，中书高道穆曰："关中荒残，何可复往？元颢士众不多，乘虚深入，由将帅不得其人，故尔至此。陛下若亲帅宿卫，高募重赏，背城一战，臣等竭其死力，破颢孤军必矣。或恐胜负难期，则车驾不若渡河。征大将军天穆、大丞相荣，各使引兵来会，犄角进讨，旬月之内，必见成功。此万全之策也。"帝从之。夜至河内郡北，命高道穆于灯下作诏书数十纸，布告远近，于是四方始知帝驾所在。颢知帝已遁去，长驱来前。临淮王彧、安丰王延明率百僚，封府库，备法驾迎颢。颢入洛阳宫，改元建武，大赦。以陈庆之为侍中、车骑大将军，增邑万户。颢将侯暄守睢阳，为后援。行台崔孝芬率兵攻之，城破斩暄。元天穆率众四万，攻拔大梁。又遣费穆将兵二万，攻虎牢。庆之还兵救之，天穆闻其至，惧欲北渡。郎中温子升曰："主上以虎牢失守，致此狼狈。元颢新入，人情未安，今往击之，无不克者。大王平定京邑，奉迎大驾，此桓、文之举也。舍此北渡，窃为大王惜之。"天穆不能用，引兵渡河。费穆攻虎牢将拔，闻天穆北渡，惧无后继，遂降于庆之。进击大梁，大梁亦下。盖庆之以数千之众，自发铚县至洛阳，凡取三十二城，大小四十七战，所向皆克。魏军闻其兵至，皆亡魂丧胆；小儿闻庆之名，亦惊惧不敢出声。费穆至京，颢引入，责以河阴之事而脔②斩之。人情大快。

---

① 禁旅——犹禁军。
② 脔（luán）——切成肉块。

先是敬宗之出也，仓皇北走，惟尔朱后随往，其余侍卫后宫皆安堵如故①，颢一旦得之。自河以南，州郡多附，遂自谓天授，遽有骄怠之心。宿昔宾客近习咸见宠待，干扰政事。日夜纵酒，不恤军国。所从南来军士陵暴②市里，朝野失望。朝士高子儒自洛阳逃至行在，帝问洛中事，子儒曰："颢败在旦夕，不足忧也。"尔朱荣闻帝北出，即起兵南来，见帝于长子，劝帝南还，自为前驱。旬日之间，兵众大集，资粮器仗相继而至。聚兵河上，为克复京城之计。庆之闻荣南下，谓颢曰："今远来至此，未服者尚多，倘知我虚实，连兵四合，何以御之？宜启天子，更请精兵，庶不忧荣兵之至。"哪晓得颢既得志，密与临淮、安丰二王共谋叛梁，特以事难未平，须借庆之兵力，故外同内异，言多猜忌。闻庆之言，皆曰："庆之兵不满万，已自难制，若更增其众，岂肯复为人用？大权一去，动息③由人，魏之宗室于斯④堕矣。"颢乃不用庆之计。庆之亦觉其异，密为之备。军副马佛念谓庆之曰："将军威行河、洛，声震中原，功高势重，为魏所疑。一旦变生不测，可无虑乎？不若乘其无备，杀颢据洛，此千载一时也。"庆之曰："始助之而卒杀之，不义，吾不为也。"

庆之与荣相持于河上。三日十三战，杀伤甚众，荣不能渡。有夏州义士为颢守河中渚阴，与荣通，求破桥立效，荣引兵赴之。及桥破，荣接应不及，颢悉杀之，荣大失望。又以颢军缘河固守，北境无船可渡，议欲还北，更图后举。黄门侍郎杨侃曰：

---

① 安堵如故——像原来一样相安无事。
② 陵暴——陵虐、欺负、轻侮。
③ 动息——进退。
④ 于斯——在这里。

"大王发并州之日，已知夏州义士之谋而来乎？抑欲广施经略，匡复帝室而来乎？古之用兵者，疮愈更战。况今未有所损，岂可以一事不谐而大谋顿废。今四方颙颙①，视公此举，若未有所成，遽复引归，民情失望，各怀去就②，胜负所在，未可知也。不若征发木材，多为桴筏，间以舟楫，缘河布列，数百里中皆为渡势，首尾既远，使颢不知所防。一旦得渡，必立大功。"高道穆亦曰："今乘舆飘荡，主忧臣辱。大王拥百万之众，辅天子而令诸侯。若分兵造筏，所在散渡，指掌可克③。奈何舍之北归，使颢得营聚，征兵天下？此所谓养虺④成蛇，悔无及矣。"荣尚未决，忽军士报称："有一河边居民杨櫆求见。"荣唤入，问欲何言。櫆曰："仆家族久居马渚河边，世授伏波将军之职。今闻元颢引梁军入寇，主上北巡，诸城失守。大王起兵匡复，大兵至此，无船可渡，只有造筏以济。仆有小舟数十艘，愿献军前，以为大王前驱。"荣大喜曰："卿来，天助我也。"即命櫆为向导，遂点贺拔胜、尔朱兆二将，编木为筏，领军一万，从马渚河乘夜暗渡。将士一登彼岸，呼声振地，个个奋勇争先。其时庆之守北中城，颢同安丰王延明、其子元冠受分守南岸。忽有兵至，四面杀入，黑夜中不测敌兵多少，军士先自乱窜。元冠受火急提刀上马，正遇贺拔胜，一枪刺死。尔朱兆杀入中军，欲捉元颢，颢与延明已从帐后逃去。杀到天明，守河兵散亡略尽。庆之在北中城晓得北兵偷渡，颢大败而逃，独力难支，只得收兵南走。荣闻二

---

① 颙颙（yóng）——肃敬、仰慕的样子。

② 去就——离去或留下。

③ 指掌可克——手掌里的东西随时可以拿下。

④ 虺（huǐ）——小蛇。

将告捷，便引大队人马尽渡黄河，分兵追赶。庆之七千兵士死亡过半，可怜一个南朝大将，忙忙如丧家之犬，急急如漏网之鱼。又值嵩高水涨，片甲不存，自料不能走脱，乃削去须发，诈为沙门①，逃归梁国。梁王念其前功，并不治罪，封为右卫将军、永兴侯。

且说颢已逃去，都督杨津入宿殿中，洒扫宫阙，引领禁兵，直至邙山迎驾。荣引众将亦至，面奏战胜之事，请帝归朝。驾入京城，以人多疑惧，大赦安之。封荣为天柱大将军，兆为车骑大将军，其余将士皆论功加赏有差。而颢自轘辕南出，至临颍，从骑分散。临颍军士江丰斩之，封其首以闻。元延明奔梁。临淮王彧复归于帝，帝不问。于是下诏解严。一日，接得边庭文书，报称韩楼余逆侵扰幽、蓟，丑奴称帝，以宝寅为太傅，进攻岐州。荣见帝曰："臣请归北，以讨余贼。仍留天穆、世隆在京辅政。又铜鞮伯高欢在山东二年，捉伪王七人，又斩邢果于济南，功大宜赏，合加仪同三司之职，授为晋州刺史。"帝皆依奏。次日，荣即启程，帝亲送之郊，文武百官皆集。

荣归晋阳，使大都督侯渊讨韩楼于蓟，配卒甚少，骑止七百。或以为言，荣曰："侯渊临机设变，是其所长。若总大众，未必能用。今以此众击此贼，必能取之。"渊行，广张军声，多设供具，亲帅数百骑深入楼境。去蓟百余里，值贼将陈周领马步万余，渊潜伏以乘其背，大破之，虏其卒五千余人，寻还其马仗，纵令入城。左右皆以为不可，渊曰："此兵机也，如此乃可克耳。"渊度其已至，遂率骑夜进。昧旦②，叩其城门。韩楼果疑

① 沙门——出家的佛教徒的总称。
② 昧旦——天将明未明之时。

降卒为渊内应，遂走。追兵擒之，幽州平。荣以渊为平州刺史。

贺拔岳奉命讨丑奴，谓其兄胜曰："丑奴，勍①敌也。今攻之不胜，固有罪，胜之，谗嫉②将生。必得尔朱一人为帅而佐之。"胜为之言于荣。荣大悦，以尔朱天光为元帅，以岳与代郡侯莫陈悦为左右大都督副之。天光初行，唯配军士千人，马亦不敷。时赤水蜀贼断路，军至潼关，天光不敢进。岳曰："蜀贼鼠窃③，公何惧焉？若遇大敌，将何以战？"天光曰："今日之事，一以相委。"岳遂进兵击贼于渭北，身自陷阵，贼众披靡，大破之。获马二千余匹，简其壮健以充军士。天光尚以兵少，淹留④未进。荣闻之怒，遣参军刘贵乘驿至军，责天光，杖之一百，以军士二千人助之。丑奴闻官军至，自围岐州，遣大将尉迟菩萨以兵拒于渭北。岳以轻骑数十，自渭南与菩萨隔水而语，称扬国威。菩萨令省事传语。岳怒曰："吾与菩萨语，尔何人也?"射杀之。明日，复引百余骑隔水与贼语，稍引而东，至水浅可涉之处，岳即驰马东出。贼以为走，乃弃步兵，轻骑渡水追岳。岳先设伏于横冈，贼至伏发，岳还兵击之，贼败走。乃下令："贼众下马者勿杀。"贼悉投马，俄获三千人马。遂擒菩萨，降步卒万余，并收其辎重。丑奴闻之，北走安定，置栅于平亭。岳乃停军牧马，宣言天时将热，未可行师，俟秋凉再进。获丑奴觇候者，纵遣⑤之。丑奴闻候者言，信以为实，散众耕于细川。使其将侯元进领兵五

① 勍（qíng）——强。
② 谗嫉——谗害嫉妒。
③ 鼠窃——小贼。
④ 淹留——长期逗留、羁留。
⑤ 纵遣——释放、遣发。

千，据险立栅，其余千人已下为栅者甚众。岳知其势，密分敕诸军即日俱发，攻元进大栅，拔之。所得俘囚一皆纵遣，诸栅闻之皆降。昼夜径进，直抵安平城下。丑奴弃城走，岳轻骑追之。及平凉，贼未成列，副将侯莫陈悦单骑冲入贼中，于马上生擒丑奴，因大呼曰："得丑奴矣！"众皆辟易，无敢当者。后骑益集，遂大破之。官军进逼高平，城中执萧宝寅以降，于是三秦皆复，关中悉平。二逆解至京师，宝寅赐死，斩丑奴于东市。论平贼功，加天光侍中、仪同三司，以贺拔岳为泾州刺史，侯莫陈悦为渭州刺史、步兵校尉。宇文泰从岳入关，以功迁征西将军，行原州事。时关、陇凋弊，宇文泰抚以恩信，民皆感悦，曰："早遇宇文使君，吾辈岂从乱乎？"此宇文氏得关中之本也。

再说高欢平定山东，忽得圣旨，职升仪同，迁为晋州刺史，大喜，忙别了同寅文武，赶回并州。一日，到了晋阳，天色已晚，就往上党坊来。昭君接见，向前称贺道："前为军将，今作朝臣，妾亦与有荣施。"欢大悦。斯时高澄年八岁，女端娥年十三，幼女亦渐长成。昭君抱出高洋来见，欢笑曰："吾出门时，汝尚怀于母腹，今亦二岁矣。"设酒共饮，各诉离情。昭君指着高洋道："此儿甚奇。在腹时，吾一夜坐在黑暗中，忽满房如月之明，巨细皆见。儿女共视，则云白光从我身出。又将产之夕，梦见一龙，头拄天，尾垂地，张牙舞爪，势状惊人。生下来胸旁俱有鳞形，看来必是非常之物。"欢戒勿泄。明日，进见尔朱荣，参拜毕，首贺反正①之功，次谢荐己之惠。荣大喜，谓欢曰："君往晋州，善自为之。国家以晋阳为根本，晋阳以晋州为屏障，治内御外，须小心在意。"欢俯

① 反正——由不正复归于正。

首听命，乃启曰："六浑蒙大王委托，敢不竭力。然必辅佐有人，斯克不负厥①职。请以孙腾为晋州长史，段荣为主簿，尉景、厍狄干、窦泰为副将，愿大王赐此数人同往。"荣皆许之，欢复拜谢。既退，拜望亲友，皆设宴相留。忙了数日，正要打点启程，忽刘贵奉荣之命来告曰："大王闻君有女端娥，与世子菩提年貌相当，欲娶为妇，特命下官前来作伐。"欢曰："王何以知我有女?"贵曰："王府有一相士张文理，为王所信。前从上党坊过，偶见令爱，相貌非常，额前紫气已现，不出三年定为帝后，故大王闻而求娶。"欢曰："此乃谎诞②之谈，大王何为信之？若说对亲，齐大非偶，何敢承命？况小女貌陋德薄，岂堪上配世子？愿兄好言谢③之。"刘贵见他不允，便即别去。欢进与昭君言之，昭君曰："尔朱做事凶暴，恐难长保富贵，我亦不欲将女归之。"欢曰："但恐此事刘贵未必能了，我将自往见之。"便即上马往太原府来。但未识此段姻事能回绝尔朱否，且听下回再述。

① 厥——其。

② 谎诞——犹荒诞。

③ 谢——拒绝。

北史演义

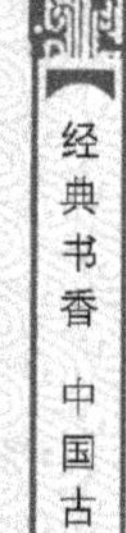

经典书香 中国古典历史演义小说丛书

第十七回

赵嫔无辜遭大戮　世隆通信泄群谋

话说六浑不欲对婚，又恐刘贵不善回复，亲自上马来见天柱。其时刘贵尚未出府，六浑禀见，荣即召入，谓六浑曰："吾子岂不堪为君婿耶？奈何拒我之命？"六浑曰："非敢拒也，窃念大王勋名盖世，四海一人。世子将承大业，非帝室名媛、皇家淑女，不足为配。六浑之女出自寒微，何敢攀鳞附凤？"荣闻言大喜道："卿既不欲，我亦不强。"遂与刘贵赐坐共谈。又谓欢曰："晋州重地，卿宜速往，亦不必再来见我了。"欢拜谢而出。贵退，语欢道："非君自来，几触其怒。"

次日，同了尉景等五人一齐起行，合府文武俱来饯送。斯时仆从如云，车马拥道。昭君坐在车中，前呼后拥，回忆逃奔并州时，气象大不相同，好不快意。将近晋州，官吏军民皆出郊远接。盖魏时刺史之任最重，兵马钱粮皆属掌管，生杀由己，俨如一路诸侯。六浑到任以后，惠爱子民，抚恤军士，刑政肃清，晋州百姓人人感悦。一日，昭君语欢曰："吾在此安乐，未识父母在家安否？欲到平城探望一次。"欢道："不必，吾遣子茂去迎接一家到此便了。"遂令子茂前去，未及一月，娄家夫妇俱已接到。父女相见，俱各大喜。内干曰："高郎有志竟成，果不负吾女。"欢曰："男儿不能建非常之业，尚居人下，何足挂齿。"说罢大笑。于是署娄昭为都督，以爱君嫁窦泰为妻，内干夫妇大悦。

话说晋州有一居民，姓穆，名思美。生一女名金娥，年十七，容色美丽。有邻人子李文兴欲娶之，思美不从，文兴画成此女形象，献于汾州刺史尔朱兆。兆悦其色，文兴为硬媒，遣人抢女而去。思美惶急，来到刺史辕门喊救。六浑唤进，问其备细，即命段荣领轻骑二十追往，拿住文兴，夺女以归，竟将文兴问罪，断女还家。思美虽已伸冤，犹惧尔朱兆不肯干休，再来劫夺，便央孙腾转达，情愿献于六浑为妾。六浑以问昭君，昭君曰："此女君已断还，而复自娶，恐招物议①，并非妾有妒心也。"六浑道："自他心愿，娶之何害？况前见此女实有倾城之色，吾不忍拒之。"遂乃择日纳之后房。尔朱兆闻之大怒。一日，来到晋阳，荣正在赐宴。兆亦共饮，言于荣曰："高晋州夺取部民之女为妾，恐干②政体。"荣曰："此细事，不足为六浑累也。"酒半酣，从容问诸将曰："一日无我，谁可主军？"众皆称兆。荣曰："兆虽勇于战斗，所将不过三千骑，多则乱矣。堪代我者，惟贺六浑耳。"因戒兆曰："尔非其匹，日后终当为伊穿鼻③。"兆愈不悦。

荣性好猎，不问寒暑，列围而进，士卒必步伐齐壹，虽遇险阻，不得违避，一鹿逸出，必数人坐死。有一卒见虎而走，荣怒曰："汝畏死耶！"即斩之。自是每猎，士卒如登战场。尝见虎在空谷中，令十余人空手搏之，毋得损坏皮毛，死者数人，卒擒得之，以此为乐。尝召天穆于朝，问以朝中动静。留数日，共猎于南山。天穆谏曰："大王勋业已盛，四方无事，惟宜修政养民，

① 物议——众人的议论，多谢非议。

② 干——触犯。

③ 穿鼻——在牛鼻间穿上绳子，比喻像牛一样受人牵引，不能自主。

顺时搜狩，何必盛夏驰逐，感伤和气。”荣攘袂①大言曰：“灵后不纲，扫除其乱，推奉天子，乃人臣常节。葛荣之徒，本皆奴才，乘时作乱，譬如奴走，擒获即已。顷来受国大恩，未能混一②海内，何得遽言勋业？如闻朝士犹多宽纵，今秋欲与兄戒勒士马，交猎嵩高，令贪污朝贵入围搏虎，不从命者斩之。乃出鲁阳，历三荆，悉拥生蛮北填六镇。回军之际，扫平汾胡。更练精兵，分出江、淮，萧衍若降，赐以万户侯；如其不降，以数千轻骑，渡江缚取以来。然后与兄奉天子巡四方，乃可称勋耳。今不频猎，兵士懈怠，安可复用哉？”天穆再拜曰：“非鄙怀所及。”

荣欲密树党援，易河南州牧、郡守，悉用北人③为之。天穆归，附奏以闻。帝览奏，疑之，谓天穆曰：“河南牧守皆克称职，况北人不谙南事，恐未可易。”天穆不悦曰：“天柱有大功于陛下，为国宰相，即请遍代天下之官，恐陛下亦不得违。如何启用数人，遂不许也？”帝正色而言曰：“天柱若不为人臣，虽朕亦可代。如其犹存臣节，无代天下百官之理。”天穆语塞而退。荣见奏不允，大怒曰：“天子由谁得立，今乃不用我言耶？”先是散骑常侍高乾邕好任侠，其弟三人：次仲密，次敖曹，次季武，皆才勇。而敖曹尤武艺绝伦，人称之为楚霸王，皆与帝有旧。河阴之乱，乾乃聚兵于河、济之间，频破尔朱军。帝使人招之，遂同入朝。帝封乾邕为黄门侍郎，敖曹为散骑常侍。荣知之，奏帝曰：“此等皆曾叛乱，不宜立于朝廷。”帝不得已，并解其职，放还乡里，由是帝怀不平。

---

① 攘袂——捋胳膊，卷衣袖。形容振奋而起。
② 混一——统一，也指一统天下。
③ 北人——北方人。

尔朱后容颜绝代，初入宫，与帝甚相欢悦，而性烈如火，又极嫉妒，六宫嫔御皆阻绝临幸，虽王府旧人，亦不得见帝一面。时三月中旬，帝见春色甚好，带了内侍数人，步入御园游玩，在千秋亭上凭栏观鱼。有宫人进前曰："紫华宫赵贵人见驾。"帝令入，妃再拜。帝问曰："卿何知朕在此而来?"妃曰："妾不知陛下在此，偶尔至园，闻帝在亭，特来朝见。"帝赐坐，与言昔日事，命宫人置酒共酌。盖妃本旧侍，帝素宠爱，以后故，阻绝旧情，故见面依依不舍。又谓妃曰："朕不到卿宫几年矣?"对曰："二年。"帝曰："朕虽至尊，动息不能自主，致令抛弃卿家。"说罢愀然。少间，赵妃拜退，帝亦回宫。那知后已密知此事，设宴对饮，见帝默默不乐，后曰："今日谁恼圣怀，对酒不饮?"帝曰："懒于饮耳，无所恼也。"后曰："陛下休瞒，千秋亭上赵妃以言语触犯，故帝不乐。明日妾为帝治之。"帝惊曰："赵妃系朕旧人，与之略谈数语，有何触犯，劳卿责治?"后道："擅出宫门，一罪也。私来见驾，二罪也。妾主中宫自有法度①，陛下何得以私爱而庇有罪之人?"帝见其言词不顺，拂衣而起，后安坐不动。帝心愈恚，遂不顾而去。次日，后御九华殿会集诸妃、贵人，下令曰："紫华宫赵贵人自恃旧宠，骄纵不法，擅入御园，私预帝宴，大干宫禁。"遂执赵妃于阶下，命即勒死，埋尸苑内。诸妃见了，大惊失色，暗暗垂泪回宫。帝闻妃死，不胜伤感，然畏尔朱权势，只得容忍。因念世隆是他叔父，或可劝谕，乃使人告于后。世隆拜见，赐坐殿上。后问："何事至内?"世隆曰："臣有一言上达。娘娘主持内政，执法过严，帝心不安，故命臣

① 法度——规矩，行为的准则。

进见，愿宏宽仁之度，毋拂圣怀。”后大怒道：“天子由我家得立，乃心爱他人而反致怨于我，何忘恩若此？但恨我父当日何薄天子不为而偏立之？”世隆曰：“天柱若自为帝，臣亦得封王矣。”世隆遂出，复命于帝曰：“臣奉陛下之旨劝谕一番，后自此改矣。”那晓尔朱后因帝不悦，凶悍愈甚，全无天子目中。

帝是时外制于荣，内迫于后，日夜怏怏，不以万乘①为乐。唯幸寇盗未息，欲使与荣相持。及关、陇既定，告捷之日乃不甚喜，谓临淮王彧曰：“即今天下，便是无贼。”彧见帝色不悦，曰：“臣恐贼平之后，正劳圣虑。”帝恐余人觉之，因言曰：“抚宁荒乱，真是不易。”时城阳王徽、侍中李彧在旁，皆觉帝意，因日毁荣于帝，劝帝除之。帝亦惩河阴之难，恐终难保，由是密有图荣之意。荣又奏称：“参军许周劝臣取九锡②，臣恶其言，已斥遣罢退。”盖荣望得殊礼，故言之以讽朝廷。帝称叹其忠心，益恶之。乃召心腹旧臣侍中杨侃、李彧、右仆射元罗、城阳王徽、胶东侯李侃唏、济阴王晖业、尚书高道穆等入宫，密议其事。杨侃曰：“臣有三策，乞陛下自裁。”帝问：“何策？”侃曰：“密勒人马，将在京逆党尽行诛绝。发兵拒守太行山，绝其进犯之路，如有兵来，与之死战。诏发四方之兵，勤王③救驾，或可扫除凶逆，侥幸成功。此上策也。”帝曰：“敌之非易。中策若何？”侃曰：“前日荣请入朝，视皇后娩娩④。密伏壮士宫中，赚之入内，刺杀之。即大赦，以安其党，其间或可获全。此中策

① 万乘——指天子。
② 九锡——古代天子赐给诸侯、大臣的九种器物，是一种最高礼遇。
③ 勤王——王室有难，起兵救援靖乱。
④ 娩娩（miǎnrǔ）——生孩子。

也。”帝问：“下策若何？”侃曰：“任其所为，且图目下之安。此下策也。”帝曰：“卿之中策乃朕上策，众卿以为然否？”济阴王晖业曰：“荣若来，必有严备，恐不可图。”议至日晚，茫无定见。帝命且退。众官出，至太极殿北，忽见红灯拥道，人从纷纷，遣人探视，乃尔朱世隆坐在殿西廊下。众皆大惊，欲避不得。世隆已遣人来请相见，众臣不敢退阻，遂来西廊向世隆施礼。世隆问曰：“殿下众官在宫议何朝政，至此方出？”城阳王曰：“天子闲暇无事，召我等闲谈消遣。又因天柱不受九锡，欲赐以殊礼。言论良久，不觉至晚。”世隆冷笑曰：“帝欲赐天柱九锡，自应先与我语。诸公与帝商议一日，此中自有别情。但祸福自召，莫谓天柱之刀不利也。”说罢，起身便行。众官闻之，皆失色而散。

你道世隆为何等候在此？盖早上探得诸臣入内与帝私议，必有图害之意，故等待出来先行喝破，以挫诸臣之气。当夜归府，便即写书到晋阳，备说城阳、杨侃等数人终日在宫，密谋图害我家，大王若入朝必须预为之备。荣得书大笑道：“世隆胆怯，彼何人斯，而敢图我耶？”其时天穆回并州，荣以书示之。天穆曰：“长乐为帝以来勤于为政，万几①皆自主张，欲使大权复归帝室。城阳王等结党树援，为帝腹心，欲不利于大王，不可不信。”荣曰：“城阳王等皆庸奴②，何敢作难？倘帝心有变，目今皇后怀孕，若生太子，我至京废黜天子，立外甥为君。若非太子，陈留王亦我女婿也，便扶他为帝。兄意以为何如？”天穆曰：“以大王之雄武，何事不可成功？且俟入朝，相机而动。仆虽不敏，愿效

① 万几——帝王日常处理的纷繁的政务。

② 庸奴——见识浅陋之人。含有鄙夷之意。

一臂之力。”荣大喜。次日，复以书示北乡公主。北乡大惊曰：“王不可不虑。昔日河阴之役，京中百官皆不自保，怀恨实深，安得不生暗算？皇后深居宫中，外事不知。世隆探听得实，故来告也。妾为王计，不若且居晋阳，徐看朝廷动静。外有万仁、仲远、天光雄兵廿万，各据一方，内有世隆、司马子如、朱元龙秉理朝政，为王腹心之佐。王虽居外，遥执朝权，可以高枕无忧，何用入朝，致防不测？”荣曰：“天下事非尔妇人所知，我岂郁郁久居此者？”于是不听北乡之言，召集诸将，安排人马，带了妃眷、世子、王府寮属①，亲拥铁骑五千，起身到京。正是先声所至，人鬼皆惊。哪知大恶既盈，显报将至。管教：

掀天事业俄成梦，盖世威权化作灰。

且待下回分剖。

① 寮属——僚属，属官。

第十八回

明光殿强臣殒命　北中城逆党屯兵

话说尔朱荣离了晋阳，一路暗想：“朝中文武虽皆畏服，未识其心真假。”因遍写书信投递百官：“同我者留，异我者去，莫待大军到京之后致有同异。”众官得书，知他入朝必有大变，尽怀疑惧，胆怯者辞官先去。中书舍人温子升献书于帝，帝初冀其不来，及见书知其必至，忧形于色。武卫将军奚毅为人刚直，当建义之初，往来通命，帝待之甚厚，犹以荣所亲信，未敢与之言情。毅一日见帝独坐，奏曰：“臣闻尔朱荣入朝将有变易，陛下知之乎？”帝佯曰：“不知。”毅曰：“荣有无君之心，臣虽隶其麾下，不肯助之为逆。若或有变，臣宁为陛下而死，不能事之也。”帝曰：“朕保天柱必无异心，亦不忘卿忠款。”毅退，召城阳诸臣，谓之曰：“天柱将至，何以待之？”众臣皆劝因其入而杀之。帝问汉末杀董卓事，温子升具陈本末。帝曰：“王允若即赦凉州人，必不至决裂如此。”沉思良久，谓子升曰：“此事死犹须为，况未必死。吾宁为高贵公①而死，不愿为常道公②而生。”诸臣见帝意已决，皆言杀荣与天穆，苟赦其党，亦不至乱。

---

① 高贵公——即曹魏时高贵乡公曹髦，不愿当司马氏傀儡，为司马昭所杀。

② 常道公——即曹魏时元帝曹奂。原为安次县常道乡公，称帝后实为司马昭傀儡，被废后为陈留王。

是时，京师人心惶惧，喧言荣入朝必有篡弑之事，又言帝必杀荣，道路籍籍①，荣在途不知也。九月朔，荣至洛阳，停军城外，帝遣众官出迎。次日入朝，见帝于太极殿，赐宴内廷，世子菩提亦入见帝，宴罢出宫，还归相府。众官皆来参谒。世隆、司马子如辈进内拜见北乡公主。明日，荣复入朝，帝又赐宴，欲即杀之，以天穆尚未召到，故迟而不发。荣举止轻脱，每入朝见，别无所为，唯戏上下于马。于西林园宴射，常请皇后出观，并召王公妃主共在一堂。每见天子射中，辄自起舞，将相卿士悉皆盘旋，乃至妃主亦不免随之举袂。及酒酣耳热，匡坐②唱歌。日暮罢归，与左右连手蹋地，唱回波乐③而出。刀槊弓矢不离于手，每有嗔嫌即行击射，左右恒有死忧。路见沙弥重骑一马，荣令以头相触，力穷不能复动，使人执其头以相撞，死而后已。狂暴之性比前更甚。常语帝曰："人言陛下欲图我。"帝曰："外人亦言王欲害我，岂可信之?"于是荣不自疑，每入，从者不过数十人，又皆不持兵杖。先是长星出中台，扫大角④。荣问之，太史令对曰："除旧布新之象。"荣以为己瑞，大悦。其麾下将士皆凌侮朝臣，李显和曰："天柱至，那无九锡，安须王自索也。亦是天子不见机!"郭罗察曰："今年真可作禅文，何但九锡!"褚光曰："人言并州城上有紫气⑤，何虑天柱不应之。"世隆自为匿名书，榜于门云："天子与城阳王等定计，欲害天柱。"取以呈荣，劝其

---

① 籍籍——声名盛大的样子。

② 匡坐——正坐。

③ 回波乐——乐府商调曲。四句六言，开头均有"回波尔时"四字，故名。

④ 长星、中台，大角——均为星名。

⑤ 紫气——紫色的云气，比喻祥瑞之气。

速发。荣曰："何匆匆，帝无能为也。俟天穆至，邀帝出猎嵩山，挟之北迁，大事定矣。"使侍郎朱瑞密从中书省，索求太和年间迁都故事①。奚毅知之，密启于帝。

九月戊子，天穆至洛阳。帝出迎之，荣与天穆从入大内，至西林园赴宴。酒至半酣，荣奏曰："近来朝臣皆不习武，今天下未宁，武备尤重。陛下宜引五百骑，出猎嵩山，简练②将士。"帝闻其言不觉失惊，乃曰："近日精神未健，且缓数日行之。"宴毕，二人辞出。帝谓同谋诸臣曰："事急矣，迟则恐无及也。"乃谋伏李侃晞等及壮士十余人于明光殿东廊，俟其入杀之。王道习曰："尔朱世隆、司马子如、朱元龙此三人者，皆荣所委任，具知天下虚实，亦不可留。"杨侃曰："若世隆不存，仲远、天光岂有来理？宜赦之。"徽曰："荣腰间尝有刀，或能狼戾伤人，临事愿陛下起避之。"安排已定，专候荣入。次日，荣与天穆并入，坐食未讫，即起而去。侃等从东阶上殿，见二人已至中庭，遂不敢发。明日壬辰，帝忌日；癸巳，荣忌日，皆不朝。甲午，荣暂入，即诣陈留王家，饮酒大醉，遂言病发，连日不入。帝谋颇泄，预谋者皆惧。城阳王言于帝曰："以生太子为辞，彼必入贺，因此毙之。"帝曰："后孕九月，可言生儿乎？"徽曰："妇人不及期而产者甚多，彼必不疑。"帝从之，宣言皇子生。诸人先于殿东埋伏，遣徽驰骑至荣第告之。荣方与天穆博，徽进曰："皇太子生，帝令吾来报知。"荣犹不起。徽以手脱荣之帽，盘旋欢舞，兼殿内文武传声趣之，荣遂止博，与天穆并马入朝。帝闻荣到，

---

① 太和年间迁都故事——指魏孝文帝太和十七（公元493）年，从平城（今山西大同）迁都洛阳之事。

② 简练——选择训练。

面色顿异，左右曰：“陛下色变。”帝连索酒饮之。子升在殿作赦文已成，执以出行，至朝门，正遇荣自外至。问：“是何文书?”子升颜不改色，曰：“赦。”荣不取视，遂入见帝。帝在东廊下西向坐，荣与天穆在御榻西北南向坐。城阳王入，始一拜，荣忽举首见光禄少卿鲁安、典御李侃晞等抽刀从东户入，觉有异，即起趋御坐。帝先横刀膝下，遂迎而手刃之，荣仆地。天穆欲走，安等持刀乱斫，同时皆死。世子菩提、骑将尔朱阳观及从者三十余人尽斩之。帝视荣手板上有数牒启，皆左右去留人名，非其腹心皆在去数，因曰：“竖子若过今日，不可复制。”于是内外喜噪，百官入贺。帝登阊阖门，下诏大赦，欢庆之声遍于洛阳。遣武卫将军奚毅、前幽州刺史崔渊将兵镇守北中城。是夜，尔朱世隆奉北乡公主，帅荣部曲，焚西阳门出，屯兵河阴。

先是卫将军贺拔胜与荣党田怡等闻变，奔赴荣第。时宫门未加严备，怡等议即杀入大内，为天柱报仇。胜止之曰：“天子既行大事，必当有备。吾等众少，何可轻动?但得出城，更为他计。”怡乃止。及世隆走，胜遂不从。朱瑞虽为荣所委任，而善处朝廷之间，帝亦善遇之，故中路逃还。荣素厚司马子如，荣死，自宫突出至荣第，弃家不顾，随荣妻子出城。世隆即欲北还，子如曰：“兵不厌诈，今天下汹汹，唯强是视。当此之际，不可以弱示人。若亟北走，恐将士离心，变生肘腋①。不若分兵守河桥，回军向京，出其不意，或可成功。假使不得所欲，走亦未迟，亦足示有余力。使天下畏吾之强，不敢畔②散。”世隆从之，收合余众来攻北中城。奚毅知有兵到，忙领人马出城迎敌。

① 肘腋——比喻非常近的地方，多用于祸患的发生。

② 畔——同“叛”。

那知京兵脆弱，怎敌世隆之兵，兵刃方接，三军败走。毅亲身搏战，见兵众散乱，心已慌怯，被田怡一刀斩于马下。崔渊拍马欲逃，亦被乱军杀死。世隆乘胜遂据北中城，令将军田怡护从府眷，屯兵城内；身率诸将屯兵城外，遥对洛阳，为进击之势。朝廷大惧。前华阳太守段育与世隆有旧，遣慰谕之。世隆怒其言直，斩首以狥①。十月癸巳朔，尔朱度律将骑一千，皆衣白衣，旗号如雪，来至郭下索太原王尸。帝升大夏门以望之。外兵遥望城上围绕龙凤旗旌，知是驾至，乃齐呼："万岁枉杀功臣！"帝遣主书牛法尚谓之曰："非朕忘恩负义，实为社稷大计。太原王立功不终，阴图篡逆，王法无亲，已正刑书。罪止荣身，余皆不问。卿等若降，官爵如故。"度律对曰："臣等从太原王入朝，忽致冤酷，今不忍空归，愿得太原王尸，生死无恨。"因涕泣，哀不自胜。群皆恸哭，声振城邑。帝亦为之怆然，又遣侍中朱瑞赍铁券赐世隆。世隆曰："太原王功格②天地，赤心为国，东平葛荣，南退梁军，西灭丑奴，北剪韩楼，功不在韩、彭③之下。长乐不顾信誓，枉加屠害。今日两行铁字，何可深信？我不杀汝，归语长乐，吾为太原王报仇，终无降理。"瑞不敢再言，归白于帝。帝乃出库中金帛，悬赏于城西门外，广募敢死之士，以讨世隆，一日得万人。以车骑将军李叔仁为大都督帅之，与度律战于郊外。无如兵未素练，日有杀伤，不能取胜。而度律亦以所将兵少，敛兵暂退。

---

① 狥（xùn）——同"殉"，埋葬。

② 功格——善行。

③ 韩、彭——西汉韩信与彭越。二人为刘邦统一中国立下了卓著功勋。

且说尔朱后连日不见帝驾入宫，夜来又梦见太原王浴血而立，心恶其不祥，因问宫使曰："天子近来议事在哪一殿？"答曰："在明光殿。"后曰："为我去请驾来。"宫使领命而去，还报曰："帝不在宫，与众官上城去看河桥军马了。"后大惊疑，暗忖道："莫非吾父生逆，致有军马临城？"遂召司殿内臣问之，内臣不敢隐瞒，将太原王被害、世隆兵屯河桥报仇情事，一一奏知。后闻之神魂飞散，放声大哭。宫女扶睡龙床，饮食不进者三日。内侍奏知，帝入宫揭帐，坐于后侧，谓之曰："尔父将行弑逆，朕迫于救死，不得不尔。卿念父女之情，亦当重夫妇之义。"劝谕再三，后涕泣不语。帝嘱宫人小心奉侍，遂起身出宫。是夜，皇子生，下诏大赦。帝复入宫看视，后已起坐，因问："河桥军马曾退否？"帝曰："未退。"后曰："妾欲致书于母，劝其退军。"帝曰："卿若劝得兵退，足见卿忠心为我。"后即写书，曲致申好之意。帝大喜，便遣后亲近内侍将书送去。先到世隆军前，世隆拆书一看，大怒道："此非后笔，乃诈为之耳。"将来人逐出营门，内侍抱头鼠窜而归。帝知世隆不肯罢兵，会集群臣共议却敌之策。众皆惶惧，不知所出。通直散骑常侍李苗奋衣起曰："今小贼唐突如此，朝廷有不测之危，正是忠臣义士效节①之日。臣虽不武②，请以一旅之师为陛下径断河桥。"城阳王高道穆皆以为善。苗乃募敢死之士五百人，安排火船在前，战船在后。一更时分，从马渚上流乘船夜下，约远河桥数里，将火船一齐点着，风吹火焰，烟透九霄，河流迅急，倏忽而至，河桥两旁皆已烧着。尔朱氏兵在南岸者望见火光烛天，河桥被烧，争桥北渡。

---

① 效节——尽忠。

② 不武——不算勇武。

俄而桥绝，溺死者甚众。苗将三百余人泊于小渚，以待南军接应。久之，全不见有援军到来。世隆兵至，见官军孤弱无援，尽力击之，杀伤殆尽。李苗亦身被数创，仰天大呼，赴水而死。世隆见河桥已断，亦不敢久留，连夜收兵北遁。次日，帝闻苗死，甚加伤惋，赠封河阳侯，谥曰忠烈。犹幸世隆兵退，心下稍安，乃诏源子恭将兵一万，出西道镇太行丹谷，筑垒以防之。司空杨津奏曰："今天宝已死，世隆虽退，然其党尚多，万仁据有汾、并，仲远雄镇徐州，皆兵强将勇。天光独占关西五路，侯莫陈悦、贺拔岳之徒辅之。一朝有变，入犯最近，尤可寒心，宜各加官爵以慰之。"朱元龙进曰："关西一路，臣愿赍敕前往，慰谕天光，就招泾、渭二州刺史使之归顺，管教陛下无忧。"帝大喜，就命元龙赍了敕书，即日登途而去。未识天光肯受命否，且听下回细说。

第十九回

战丹谷阵亡伯凤　缩黄河天破洛阳

话说孝庄帝惧尔朱余党反乱，赦罪加爵，先遣朱元龙安抚关西。又闻世隆至建州，刺史陆希质闭城拒守。世隆攻拔之，屠杀城中人民无遗，唯希质走免。乃召杨昱将募士八千，出东道讨之。先是高敖曹放归田里，复行抄掠，荣诱而执之，拘于晋阳。及入朝，带之来京，禁于驼牛署。荣死，帝引见，劳勉之。高乾闻帝诛荣，亦自东冀州驰赴洛阳。帝以乾为河北大使，敖曹为直阁将军，使归招集乡曲，纠合义勇，为表里形援。帝亲送之河桥，举酒指水曰："卿兄弟冀部豪杰，能令士卒致死。日后京城有变，可为朕河上一扬尘①也。"乾垂泪受诏，敖曹拔剑起舞，激昂慷慨，誓以死报。帝壮之，二臣辞去。

帝还朝，入见后，时太子生十八日。后体已健，与帝并坐于御榻之上。帝问曰："尔家叔侄弟兄谁强谁弱？"后曰："世隆、天光辈皆庸才，惟万仁雄武难制，又刚暴好杀，若有变动，东师诸将皆非其敌。不唯陛下不免，恐妾亦难保，窃为陛下忧之。"帝叹曰："人事如此，未识天意若何？朕闻卿素晓天象，今夜同往一观可乎？"后应曰："可。"宫中自有高台一座，以备观星望气之用。于是夜宴过后，待至三更时分，帝与后同登台上。万里

---

① 扬尘——比喻战争。

无云，星月皎洁。后指谓帝曰：“此文昌星也，色甚暗，主大臣有灾。此中台星也，其光乱，主朝纲不静。紫微星，帝座也，光尚明而位已失，奈何?”帝少时亦曾习学天文，略识星象，细视之，果然。又见东方一星，豪光烁烁，紫气腾腾，其上有云成龙虎状。后大惊曰：“此天子气也！不知谁应之。”看罢，长叹一声。帝亦知之，曰：“我不久矣!”相与欷歔泣下。明日，帝召司天太史问之，言与后合，心益不乐。今且按下不表。

且说朱元龙过了潼关，行至泾州，其时天光、侯莫陈悦皆在泾州与贺拔岳商议进退。闻元龙至，邀接入城相见。天光谓之曰：“汝事天柱不终，改事帝室，来此何干?”元龙因述朝廷赦宥之恩、招徕之意，“欲其免生疑惧，臣附王家”。天光闻之，大怒曰：“汝忘天柱大德，乃以利口诱我耶?”欲拔剑斩之。贺拔岳急起，止之曰：“将军勿性急，元龙乃君家故人，有话细商。”天光会意，遂复坐下。岳曰：“天子既加恩我等，自当拱手归顺。今夜就修文表，烦兄转达便了。”因留元龙私署住下。天光退而问计，岳曰：“吾闻汾州万仁已据晋阳，必引兵问阙。俟朝廷北御万仁，吾等暗袭京师，便可得志。若杀元龙，彼必严备西路，未可长驱入洛也。吾阳①为臣服，按兵不动，以弛朝廷之备。”天光、陈悦皆称善，于是厚待元龙。其实岳之意，不欲天光起兵，假言止之也。

再说尔朱兆闻荣死，自汾州率轻骑三千，进据晋阳，以为根本。闻北乡公主及世隆军至长子城，飞骑来见，询问天柱被害之由，切齿怒曰：“彼既酷害天柱，宁得复为之臣？不如另立新君

---

① 阳——佯装。

以令天下，然后举兵复仇。但元氏子孙不知何人可立?”世隆曰：“并州行事、太原太守长广王晔，可奉以为帝。”乃回并州，共推晔即皇帝位。改元建明，立尔朱氏为后，即兆长女也。大赦。兆与世隆俱进爵为王。于是建立义旗，传檄属郡，整率六师，为直取洛阳之计。又欲征发晋州人马，虑欢不从，乃以新主命，封欢为平阳郡公，赐帛千段，召其同来举兵。欢不欲往，遣长史孙腾诣晋阳，致书于兆曰：

欢承太原王厚恩，待我以国士①，与我以富贵，虽粉身碎骨，不足以报。辄闻大变，痛心疾首，欲兴师问罪，自惭力弱。足下风驰电掣，举兵犯难，雪不共之仇，伸家门之怨，欲以欢为前驱，肝脑涂地亦何敢辞?特山寇未平，今方攻讨，不可委去，致有后忧。寇平之后，定当亲率三军，隔河为掎角之势。

万仁见书不悦，谓孙腾曰：“远语高晋州，吾得吉梦。梦与吾先人登高丘，丘旁之地耕之已熟，独余马兰草。先人命吾拔之，随手而尽。以此观之，往无不克。今晋州不能自来，当遣一将来助，庶见同盟之义。”腾还报。欢曰：“兆狂愚如是，敢为悖逆，吾势不得久事尔朱矣。如不遣将相从，彼必觉吾有异。”谓尉士真曰：“必得君去，方免兆疑。”士真领命，即日起行，来到晋阳，见兆曰：“晋州不暇随征，特命仆居麾下，稍效奔走。”兆大悦曰：“士真来，吾无忧矣。”

于是万仁自领精骑五千为先锋，北乡公主同了世隆权主中军，度律彦伯为后队，催起人马，即日进发。行至丹谷，有都督崔伯凤领兵守把，兆攻之，关上矢石交下，不能前进。兆令军士

① 国士——国中优秀的人物。

辱骂以激之，伯凤怒，亲自出战。方排开阵势，兆大喊一声，单骑冲入，将伯凤一枪刺死，兵众乱窜。遂乘势杀进谷口，守兵尽逃。源子恭闻谷口已失，亦率众退走。兆于是倍道兼行，一日夜行七百里，直至黄河渡口。先是半月前，渡口有一居民梦人谓之曰：“尔朱兵马将到，命汝为�波津令，缩黄河之水，以利其济。”梦觉，逢人言之，人皆以为妄。不三日，其人遂死。兆至河口，正因洪流阻住，无计可施。忽有一白衣人来至军前，高叫道：“大兵欲渡，须随我去。”兆召而问之，其人曰：“漟波津河流极浅，徒步可涉。我为引路，以济①大军。”兆奇其言，便引众随至津边。其人一跃入水，俄而云雾四塞，狂风大起，良久风息，水势大退。令人试之，水不及马腹。兆大喜曰：“此天助我也。”策马竟渡，大众尽济。忽焉狂风又起，黄沙蔽地，大雾遮天，日黑如夜。兵至洛阳，城中全不及觉，遂入城，兵围大内，擂鼓呐喊。天忽开朗，宿卫人始知敌至，仓促之际，枪不及持，箭不得发。见杀伤数人，遂皆散走。

时帝在宣政殿，正忧丹谷失守，与群臣商议拒敌之策，欲自率军讨之。华阳王鸷曰：“黄河阻隔，兆安得渡？帝不必轻出。”忽闻外面喊声如沸，遣侍者出视，无一回报。帝知有变，自带内侍数人，步出云龙门观望，见城阳策马从御街过，连呼数声不应，回头一看而去。急欲退步，贼骑已至，执帝送至永宁寺，锁于楼上。帝失头巾寒甚，就人求之，人莫之与。兆入宫纵兵大掠，搜获临淮王彧、范阳王诲、青州刺史李延宾等数人，皆斩之。进至后宫，后闭门拒之。兆出坐殿上，用天子金鼓，设刻漏

① 济——渡，过河。

于庭。命尔朱智虎入见皇后，假言欲立太子为帝。智虎进内，扣宫求见，述兆之言。后信之，命乳保抱出太子，至显阳殿见兆。时太子生二月矣。兆怒目视之，即将太子扑杀阶下，并乳保杀之。是夜宿于宫中，污辱嫔御、妃主。

次日，下令百官不许一名不到，如违立斩。于是文武皆集，俯首惟命。兆素恶城阳王，知已逃去，着各处严捉。城阳走至南山，茫无所投，想起洛阳令寇祖仁，一门三刺史皆己所引拔，定念旧恩，必能庇我于难。遂往投之。尚有黄金百斤、马五十匹，祖仁利①其财，外虽容纳，私谓子弟曰："闻尔朱兆购②募城阳王，得之者封千户侯，今日富贵至矣。"乃假言怖之云："风声已露，官捕将至，王不如逃于他所，以待事平。"城阳惧，单骑而走。祖仁使人邀于路杀之，送首于兆。兆亦不加功赏。一夜梦徽谓己曰："我有黄金二百斤、马百匹在祖仁家，卿可取之。"兆既觉，以所梦为实，即掩捕祖仁，征其金、马。祖仁只道被人首告，望风款服，实供得金百斤、马五十匹。兆疑其故意匿半，依梦征之，严刑拷问。祖仁惧死，将家中旧有金三十斤，尽以输兆。兆犹不信，发怒，执祖仁悬首高树，以大石坠足，捶之至死。又抄掠其家资，并其子弟杀之，方罢。

未几，世隆及北乡公主至，意兆必远接，而兆自恃功高，竟不出迎。世隆不悦，入城安营于教场地面，乃与度律彦伯、司马子如、刘贵等一齐入朝。兆见世隆，全不加礼，责之曰："叔父在朝耳目应广，如何令天柱受祸?"按剑瞋目，声色俱厉。世隆

① 利——使顺利，得到好处。

② 购——悬赏征求。

逊辞拜谢，然后得已①，由是深恨之。尔朱后亦怨万仁行凶，闻其母已到京中，乘辇出宫私自来见，对了北乡大哭，诉兆无礼扑杀皇子，乞恩于母，欲保全帝命。北乡曰："今日万仁必来见我，看他言意若何。"俄而兆至。北乡先称其功克光前人之业，兆大悦，知后在此，请见。后出，兆再拜。见后忧愁满面，因曰："后何戚戚？帝杀天柱，我本欲杀帝，特看后面，只杀其子，幽之永宁寺中。"北乡曰："太子已死，不必言矣。但汝妹年少，况你叔父所钟爱者。今天子生死权在侄儿，切莫加害，使完夫妇之好。"兆曰："彼既负恩于前，我岂可留祸于后？后方年少，及时另招佳婿，不失终身富贵，于帝复何恋焉？"后变色曰："忝为帝后而再图他适，此玷辱家门之事，宁死不为！"后又请于兆，欲见帝一面。兆命副将二人同随行。宫女送后入永宁寺中，帝见后，失惊曰："此何时而卿来见我耶？"泪随言下。后抱帝大哭，曰："妾今日忍死以待陛下耳。"帝曰："我不得生矣。卿才勇过人，非寻常之女，异日或能一洗吾冤耳。"后且拜且泣曰："妾终不负陛下。"言未久，兆已使人催迫。后不得已，辞帝下楼，泣下沾襟，左右无不洒泪。

北乡公主知后已回宫，欲要进宫看望，又恐万仁夺去军马，更何倚赖，只得住守营中。忽报仲远、天光来见，忙即请入。你道二人何以至京？盖前此天柱死，仲远反于徐州。敬宗命郑先护为主将，贺拔胜为副将以讨之。先护疑胜党与尔朱，屏之营外，故屡战不利。及洛阳已失，先护奔梁，胜遂降于仲远，于是仲远入洛。天光从岳之计，按兵不出。后闻兆已入京，故轻骑来见，

① 得已——得以了结。

同到营中参谒北乡。北乡见后，亦令劝兆勿杀天子。二人曰："事势如此，恐言之无益。"二人辞退。未几，各还旧任。兆屡欲杀帝。一日，得高欢书，为陈祸福，不宜害天子受恶名。兆不悦，谓司马子如曰："贺六浑何反作此言语?"子如曰："六浑征天柱之难，欲大王行宽仁以结人心耳。"因亦劝兆宜从六浑之言。兆曰："汝勿言，吾思之。"但未识兆果不害帝否，且听下回分解。

第二十回

救帝驾逢妖被阻　战恒山释怨成亲

话说司马子如前本党于尔朱，弃家从行。及回洛，见妻子无恙，深感朝廷宽宥之恩，顿改初志，欲救天子于难，故与兆言如此。一日，尉景来，置宴后堂，密与商之。景曰："我来时，曾受六浑嘱咐，教我随机应变，有事来报。今君有救帝之心，不如密报晋州，令以兵来，我与尔为内应，以救圣驾。"子如曰："吾观万仁不久将还并州，俟其去，然后可图。世隆辈无能为也。"景然之。

且说河西有一贼帅，名纥豆陵步蕃，手下精兵廿万，战将千员，其妻洞真夫人又有妖术，甚是厉害。前敬宗在位，曾下诏征之，使袭秀容。及兆入洛，步蕃南下，兵势甚盛。故兆不暇久留，欲还晋阳御之，将朝中事托付子如。副将张明义与子如不睦，谗于兆曰："子如之心不可测也。前者尉景在子如家中谈论大王过恶①，至夜方散，不知谋议何事。"兆闻大怒，即召尉景问之。景性刚直，出语不逊。兆怒，仗剑下阶，欲斩之，景亦拔剑相迎。慕容绍宗急起止之，曰："大王勿怒。"喝退士真。士真出，飞马而去。绍宗私语兆曰："尉景，六浑至亲。今大王方仗六浑为助，奈何斩其亲将？若杀之，是离六浑之心，而生一敌

① 过恶——错误、罪恶。

也。”兆悟，乃召子如问之。子如曰：“士真背后并无伤犯大王一语。”兆曰：“此将军张明义言之，几误吾事。”因亦不追尉景，景奔归晋州。兆欲行，以世隆镇守洛阳，而先迁帝驾归北。时永安三年十二月十三日也。帝与侍卫等五百余人，铁骑三千，半夜起发。号令严密，人无知者。次日，朝臣方知帝去，有泣下者。欢在晋州，门吏忽报尉景至，急起接见，问：“何以仓促归来？”景备述“兆欲害帝，与之争论，将加刃于我，故单骑奔归”。欢曰：“兆已起疑，必先迁驾，然后起行。”因吩咐段韶、娄昭二将曰：“此地有恒山，地险而僻。帝驾北行，必从此过。汝二人点三千人马，伏于山下。驾至，要而截之，奉帝以归。”二将领命而去。那知此去，不惟救驾不成，反生出一件奇奇怪怪的事来。也是魏运将终，天使六浑又得一闺中良将。

再说娄昭、段韶领了三千军士，行至恒山脚下，扎着营盘。娄昭道：“此处山路崎岖，人烟绝少，恐有寇盗出没，须要小心防备。”段韶曰：“天寒地冻，兵士行路辛苦，尤不可贪睡失事。”于是坐在帐中设酒对酌，旁侍亲卒数人。一更以后，忽闻外面狂风大起，吹倒寨门，帐中灯烛尽灭，黑气罩地，咫尺莫辨。风定之后，灯烛渐明，帐中诸色①俱在，单单不见了段、娄二人。副将、头目俱声诧异，点起火把，远近追寻，杳然不见。闹到天明，只得遣人飞报晋州。

欢闻之大骇，忙点轻骑三百，带了数将，亲自前来，到得大寨，天色已晚。随命诸将各守营内，独领三百军兵，进至恒山谷口安营。当夜独坐帐中，三百军人皆执刀侍立帐外。起更以后，

---

① 诸色——各色，各种。

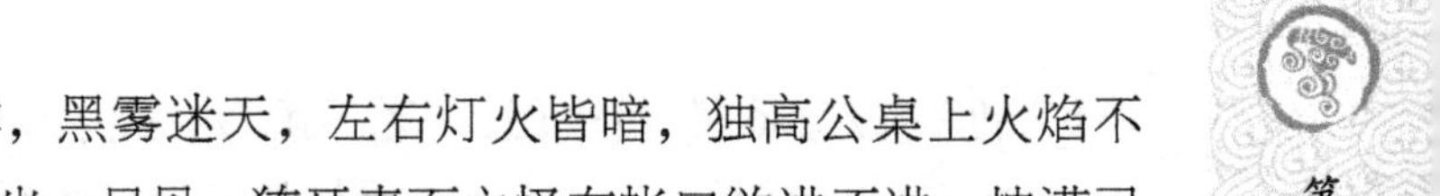

果然狂风又作，黑雾迷天，左右灯火皆暗，独高公桌上火焰不灭。欢凝神静坐，只见一獠牙青面之怪在帐口欲进不进，拽满弓弦，一箭射去，大喝道：“着!”那怪中箭而逃，欢即追出。俄而，灯火齐明，众皆无恙。欢乃知段、娄当夜果为妖精摄去，谓众曰：“鬼怪属阴，故夜间敢于横行。且俟明日进兵搜灭，以救二将。”于是坐守至晓，随即起兵前往。约走数里，全不见人。忽飞沙卷地而起，众皆迷目。又乱石如雨点打下，不能前进。独六浑马上沙石不能近身，只得弃了众军，一骑向前。又行数里，天气开朗，见一座庙宇建在山冈之上，规模壮丽，甚是显赫。行至庙前，门上悬一大额，额书：“恒山大王之庙。”下马走入殿内，坐着一尊神道，仪从整肃，炉中香烟袅袅。回头一看，娄昭、段韶俨立在旁，容貌服饰不异生平，四体皆化为石，大骇道：“是何妖邪弄人若此？但如何解救?”庙中又寂无人影，即欲一问，亦不可得。一时大怒，遂拾取黄泥一块，在粉墙上大书：

魏晋州刺史高，谕恒山王知悉：有部将二员，被汝摄来，变为石人。三日之内，将二人送还，万事全休。如若不从，定当折汝庙，毁汝像，决不轻恕！勿贻后悔。

写罢，出庙上马。听见隔林有伐木之声，循声而至，见一樵夫，呼而问之曰：“庙中是何神道？谁人供奉在此?”樵夫曰：“是山主之庙。此山有百里广大，居民无数，皆伏大王管辖。大王在日，法术高强，能呼风唤雨，走石飞沙，人在百里之外，能凭空摄来，故人人畏服。去年亡过，遗下一女，号桐花公主，掌管山中事业，为此建庙在此。凡有过客，须入庙焚香祭献，方得安静过去。如有触犯，被大王摄至庙中，变为石人，永世不得超生。”高公道：“我正为此问你。我有部将二人被他摄来，化为石人，

未知如何可以解救?”樵夫曰:“若要解救,须求女王。女王法术与大王一般。”高公曰:“女王何在?你去对她说,我是晋州刺史,叫她速来见我。”樵夫大笑道:“女王一山之尊,就是皇帝也召她不动,何况一个刺史。”说罢,奔入林中去了。

六浑又气又恼,欲去求她,心上不甘;欲竟出去,此事作何处置?又乘风沙进来,走过几个冈岭,认不出旧路。看看日色将午,腹中又饥,只得觅路下山。才转一湾,忽金鼓震地,山凹内拥出一队人马。枪刀密布,剑戟如麻,引出红旗一面,大书“桐花女帅”。青鬃马上坐着一位女子,锦袍绣甲,手执双刀,生得轻盈体态,容貌如花,高叫道:“甚么晋州刺史,敢来这里送死!”高公道:“只我便是。”女王道:“你莫非朔州贺六浑么?”高公道:“既知我名,何不下马投拜?”女王笑道:“我便肯了,只怕手中两把刀不肯。”高公便喝道:“胡说!”女王也不回言,舞刀直前,高公挺枪而迎。众将皆来助战,女王喝退,与欢战了数合,回马便走。高公追去,只见女王身边取出红绳三尺,望空一抛,顿时黄云陡起,云中一条火龙张牙舞爪,飞下拿人。六浑见了惊得神魂失据,口中大喊一声,似有一道豪光迸起,火龙落地,云影全无。女王见火龙拿他不住,便道:“将军果是英雄。但有一言,天色已晚,将军人马俱困,欲屈到小寨权住一宵,明日送还二将,将军能无惧否?”六浑暗想:“欲与力敌,孤掌难鸣,不如到她寨中以好言谕之。”便应道:“我何惧哉!”

女王收转兵马,六浑挺身随行。又行数里,望见寨门,气象甚是严整。女王已下马拱候,高公亦下马。上前施礼,请至堂上,分宾坐定。茶罢,吩咐摆酒,对坐共酌。高公见她礼意殷勤,举止温柔,启口道:“敢问女王,何以独处荒山?”女王道:

“妾祖胡承德，宣武朝曾立功勋，授武卫将军之职。为奸人谋害，挈家逃入恒山。此山素有强寇，被吾祖收服，遂为一山之主。吾祖去世，吾父胡士达继之，曾遇异人传授奇术，能驱使鬼神，变易人物。妾亦得其传授。不幸上年父死，只留妾身一人，只得据守故业。手下有兵三千，一半耕田，一半打柴，诸山各有月米进奉。吾父临终时曾言：‘当代英雄惟贺六浑一人，异日相遇汝可归附，以了终身。’方才冒犯，聊以相试。今见将军名不虚传，不忝①厚颜，愿以身事。”高公道：“观汝气度，原非寻常女子。若不改邪归正，徒然埋没一生。但我已有妻室，何屈你居下。果肯归顺朝廷，待我与你另觅良缘，庶为善策。”桐花道：“妾虽女子，亦知父母为重。况平生志气，誓非英雄不嫁。君若不弃，虽为侧室亦所心愿。”六浑初时毫无允意，今见桐花语语出自真诚，颇生怜念。况美色在前能不心动？遂允诺不辞。当夜即备花烛，忙排香案。寨中自有女乐，于是管弦齐作，箫鼓喧阗。交拜之后，送入房内，遂成夫妇之好。桐花年方十八，犹然处子，欢益大悦。次日起身，六浑请救段、娄二将。桐花曰：“君莫慌，妾已使人去请矣。”未几，二人至，见六浑同一美貌女子并坐堂上，茫然不解。六浑指桐花曰：“汝二人性命全亏女将救活。”遂与言结亲一事。二人进前拜贺，桐花忙即摆酒压惊。六浑又谓桐花曰：“诸将在山下等候已久，我先同二将回营，然后再来接汝。”桐花曰：“已是一家人，何不去召诸将同来聚会，然后一齐收拾起身？”六浑从之，遂遣喽啰数名，随了段韶去请。

其时窦泰、彭乐、孙腾等，等了一昼夜不见主帅回营，带了

① 不忝——不辱，不愧。

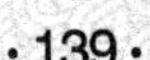

兵卒一齐赶上山来。只见三百军士整整的守在谷口，问他山中消息，说屡次进兵都被沙石打退。窦泰道：“此时主帅在内，安危未卜，虽赴汤蹈火，亦所不顾，哪里怕得沙石。”众人听了，大家鼓勇而进。行了数里，见有数十骑跑来，段韶亦在马上。众军道：“段将军有了。”韶见诸将，亦勒马相候。窦泰问道：“主帅何在？”段韶道：“亏得主帅寻着女将，方能救得性命。如今已与主帅结为夫妇，特请公等到寨饮酒。”众人皆喜，遂同到大寨，直进堂中与六浑相见，坐下细谈委曲①。俄而，桐花出见，众人看了暗暗称异。只道山野之女，哪那知风流齐整，不让闺阁名姝。皆上前施礼。少顷，排上宴来，众人依次坐定，桐花另设一席相陪。旁边女乐齐奏，欢呼畅饮。酒至半酣，众人问娄昭若何变为石人。昭曰：“被摄时茫然不觉，直至有人来请，如梦方醒。”众人又问桐花：“是何法术？”桐花笑曰：“此术小用之驱妖除怪，大用之移天换日，驾雾腾云。至于变人为石，不过如蛮中小技木换脡②豆易睛之事，无足异者。然逆天而行，亦足以亡身，故我一心归正也。”说罢，众人大笑。宴至更深，各自安寝。明日，桐花谓欢曰：“昨夜梦父来告，庙中壁上被君写下数句，将受阴责，求君洗去，可以免罪。”六浑道：“既为一家，我亦当入庙焚香，洗去字迹便了。”又谓桐花曰：“汝寨中所蓄女子太多，皆被你父别处摄来，留下数人足矣，余俱赍发银两，送还其父母。”桐花点头称善。又遍召山中兵卒，谓之曰：“愿从者编入队伍，不愿从者赏银十两，悉由自便。”众皆叩首愿从。于是检点仓廒③

① 委曲——事情的经过，底细。
② 脡（tǐng）——此处指鱼。
③ 仓廒（áo）——收藏粮食的仓库。

府库、一应什物器皿，载归晋州。临行，又将大寨拆毁，免使后人盘踞。六浑此番获一内助，兼得无数兵马钱粮，人人皆喜。同到庙中，焚香再拜，刮去壁上字迹。只见案上供着一箭，六浑取看，乃是前夜所射之箭，曰："此盖交还吾也。"命收之。桐花因知高公后必大贵，故其言神钦鬼伏如此，私心益喜。

回至大营，探听帝驾远近，报言已经过去。白白里举动了一番，只得收兵回去，未至晋州，段韶、娄昭先归报知。昭君闻之，虽喜二将得还，知有妖妇同归，心怀疑惧。及六浑至，先来见曰："君娶他人犹可，如何娶此兴妖作怪之妇？令其与奴同居，异日彼为刀锯，我为鱼肉，必致我命难保。君如娶之，愿甘退避。"六浑听了大惊。但未识两下相见作何相待，且听下回分解。

第二十一回

尔朱兆晋阳败走　桐花女秀容立功

话说娄昭君因六浑娶了桐花女，虑为己害，心甚不乐。六浑曰："汝勿忧，彼虽山寇之女，心地却良善，人亦温柔俊雅。况有我在，岂不能制一妇人？"俄而桐花至，夫妇在堂相见。昭君见桐花容颜美丽，和气迎人，绝无凶暴之相，心下稍安。桐花见昭君面如满月，体态端严，知是正室夫人，忙即跪下拜见。昭君亦下跪答礼道："女王是一方之尊，妾何敢当此大礼？"桐花道："向在山中为王，今日进府便是府中人了。夫人乃一家之主，得蒙收录已为万幸，敢不下拜。"拜罢，逊坐，昭君道："妾不敢有僭①。"桐花曰："夫人若此谦抑②，是外我也。"六浑谓昭君曰："序齿③还是你长，竟以姊妹相称便了。"二人遂遵六浑之命。又令长幼眷属尽行相见，排宴后堂，合家欢聚。桐花自进门后，小心事主，与昭君甚是相得④。尤爱高澄，澄亦以母称之。今且按下不表。

且说帝至晋阳，幽于三级佛寺。万仁归，防守甚严。时建明帝在并州，兆往见曰："今步蕃南侵，臣将讨之。陛下在此，虑

---

① 僭（jiàn）——超越本分。
② 谦抑——谦虚、退让。
③ 序齿——论年岁。
④ 相得——互相投合，相处得很好。

有惊恐，请迁驾于长子城。俟贼乱平定，然后择日还朝。”建明不敢违，即日迁去，城远晋阳五十里。一日，秀容告急，报说：“步蕃以救驾为名，夺去沿边四郡。现今兵临城下，日夜攻打，秀容危如累卵。”兆谓诸将曰：“秀容吾根本地，今被步蕃围困，须速救之。但彼以救驾为名，人心易惑。必先除了孝庄，使彼无名可托。”慕容绍宗力谏，以为不可。兆不听，遣人缢敬宗于三级佛寺。并陈留王杀之，其妃亦尔朱荣女，大骂兆，兆亦逼令自杀。

次日，起兵十万，亲御步蕃，兵至秀容。步蕃知兆来，退军十里，排开阵势，发书讨战。万仁带领兵将，奋勇而来。步蕃私语洞真夫人曰：“吾先与战，佯为败走。汝伏兵于旁，从而截击，作法破之。使他片甲不留，则秀容唾手可得。”夫妇计议已定，步蕃出阵高叫道：“欺君之贼，速来受死!”万仁大怒，拍马舞枪，直奔步蕃。步蕃举刀相迎。战了数合，步蕃本事本不及万仁，看看败下阵来。万仁赶去，众将齐上。河西兵尽皆退走。追至数里，约近南山，忽然狂风大起，沙雾四塞，天昏地暗，彼此不能相见。四面喊杀之声，如有千百万人马涌出。石块如雨，当之者头破脑裂。兵士各顾性命，四路逃窜。万仁心慌，亦望后飞马而走。将至秀容，天色渐朗。只见一员女将领了数万人马，拦路截住，大喝道：“我洞真夫人在此，败将休走!”万仁此时仅有残兵百余，又怕妖法厉害，焉敢恋战，夺路而走，急急逃入城内。其余跟随军士，被蛮兵杀得罄尽。十万兵马，存者不及三分之一。外边攻打又急，算来孤城难守，随即弃城而逃。步蕃得了城池，领军追赶。万仁且战且走，连败十三次，方到晋阳，闭城拒守。乃召诸将，问计曰：“寇强难犯，若何御之?”参军高荣祖曰："步蕃兵势甚大，兼有妖妇之助，以大王之雄武尚且失利，何况帐下诸将？唯有高晋州智勇兼备，手下良将又多，大王须召之，并力而战，则敌可破矣。"兆曰："六浑与吾有嫌，召之恐不肯来。"众将曰："六浑素受天柱厚恩，必不以小嫌弃大义。"

兆乃修书一封，遣使者二人星夜往晋州求救。欢得书，问诸将曰："步蕃兵逼晋阳，兆来求救，当救之否？"尉景曰："兆乃国贼，今败于步蕃，正宜视其灭亡，何用救之？"众将皆以为然。欢微笑道："诸君但欲泄目前之忿，不顾后日之患。步蕃负固①久矣，被他夺去并州，抚而有之，兵势益大，将来必为中国之患，是生一劲敌也。不如乘此争战方始，与兆并力灭之，可免后忧。兆乃匹夫之勇，除之甚易，不足虑也。"众皆叹服。于是使人先去回报，援兵即至，以安兆意。遂点窦泰、彭乐、尉景、段韶等，将精兵三千，往山西进发。又进谓桐花曰："闻蛮妇妖术厉害，欲带卿去，以破其术。"桐花欣然受命，领一千军为后队。欢又下令："兵行须缓，日不过三十里，或随路登玩，或停军饮酒。"诸将疑之，都督贺拔过儿曰："诸公识主帅之意乎？万仁为步蕃所困，此时犹能支持。故缓行以弊之，直待危急之甚，进兵相救，其感恩方深。"众疑始释。欢闻之曰："过儿知吾心也。"万仁得报，坚守城池，专等高家人马到来。日久不见军至，心甚焦闷。蛮兵在城下日夜辱骂，哪里耐得。此时兵众稍集，便又开兵出战。那知洞真作起妖法，又杀得大败亏输，伤了勇将数员。乃遣使络绎告急于欢，欢辞以连日天雨，山路难行，加以汾河无桥，兵不得渡。兆得报，心甚惶急。又见步蕃兵势日增，危城破

---

① 负固——依恃其地势险固。

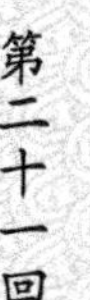

在旦夕，只得弃了晋阳，望汾河进发。探得高军已渡汾水，心中始安。迎着高军，遂与相见。兆诉以危急之状，欢曰：“大王勿忧。步蕃虽强，六浑至此，保为大王一鼓擒之。”遂进兵，兆军随后。

步蕃得了晋阳，自道无敌，命洞真镇守秀容，自领大军来捉万仁。一日，闻晋州兵马来救，大军不满五千，两军相遇，心甚轻之，下令军中曰：“今日进兵，莫放一骑得还。”欢率诸将亲至阵前观看，喜曰：“兵虽众，军阵不整，易破也。”因命彭乐讨战，须先斩将以挫其锋。彭乐一骑飞出，高叫道：“我彭乐也。有勇者来，无勇者退。”步蕃命一勇将出敌，战不数合，被斩于马下。彭乐呼呼大笑。恼了蛮将二员，双马齐出，夹攻彭乐。乐奋起神威，一刀一个，尽皆杀死。欢见对阵都有惧色，鞭梢一指，诸将枪刀齐举，冲突过来。贼兵迎住混战。彭乐乘势直奔中军。步蕃敌住，战了数合，不能招架，虚掩一刀而走。欢见步蕃欲走，忙发一箭，正中面门，步蕃翻身落马，遂擒之。高声呼曰：“步蕃已擒，余众止杀。”贼兵一闻主帅被擒，顿时溃散。大兵从后掩杀。正是：尸横遍野，流血成川。城中守兵闻败，亦相率而逃。遂复晋阳。欢与兆并马入城，大犒三军。兆谓欢曰：“晋阳已复，秀容一路尚被贼据。欲屈公前往，扫除妖孽。”欢曰：“不必吾往，吾有女将桐花足以平之。”兆大喜，便请出军。欢命桐花将后军改作前队，付以健将四员，去捉妖妇。桐花领命而往。

时洞真夫人守在秀容，忽报前军已败，夫主被擒，不胜愤怒，正欲进兵报仇，高家兵马已到。忙即设阵相迎，见对过阵上却是一美貌女子，身披绣甲，手执双刀，坐在马上，左右排列数将。洞真道："女将何名？"桐花应曰："吾乃高晋州麾下女将桐花是也。你敢是步蕃之妇洞真么？"洞真欺她柔弱，便道："今日你我相遇，不用他人助战，单是二人各显本事何如？"桐花笑答道："使得。"彼此纵马向前，一个举刀便砍，一个使剑相迎。剑来刀往，约有三十回合。洞真战桐花不下，便道："且住，停一回再战。"桐花道："由你。"只见他回至阵前，口中念念有词。桐花知他作法，便亦默念真言。哪知狂风起而即止，沙石全不走动。洞真见法不灵，愈加愤怒，拍马向前曰："来，来，来，我与你再战。"桐花不慌不忙，便与交兵。战到酣处，回马便走。洞真方欲来赶，桐花取出红绳一条，望空抛起。忽见火龙一条，身长三丈，向洞真身上扑来。洞真心慌便走，已被火龙缠住，跌下马来。众将齐上，把挠勾拖住，贼兵无主，一时大溃，遂乘势夺转秀容城。余众或降或逃。所失城池，尽行恢复，遣使并州告捷。万仁大喜，诸将入贺。

不一日，桐花回军，解到洞真夫人。欢命取出步蕃，一齐斩首。兆斯时疆土复完，深感六浑之力。桐花请于欢曰："妖寇已平，吾欲先归。"不见万仁而去。次日，万仁设宴，酬劳诸将，并请桐花相见。欢辞已去，兆遣人追送珍宝以劳之。兆感欢甚密，语欢曰："我昔日与君交情本厚，今又救我于危难之中，足见爱我良深。但将来各处一方，恐被他人离间，欲与君结为兄弟，共立盟誓，患难相扶，君意何如？"欢曰："此六浑之愿也。"遂共订盟，相得益欢。一日，兆与欢共猎南山，见饥民满道。晚而归饮，酒至半酣，欢因言："民穷宜恤，愿王少留意。"兆曰："正有一事，欲与弟商。向来六镇之人，各立一人为主，后被葛荣吞并 。天桂杀荣，乃借其军，共有四十余万，流入并、肆二州。因荒乱不能存活，大小反了二十六次。我已诛杀过半，尚谋乱不已。亡去为盗者，不可胜数。吾弟高见，若何治之？”欢曰：“此等反乱，皆由无人管领所致。大王宜选腹心①之佐，统领其众，使不失所。若有谋畔，罪归主将，则自然服矣。”兆曰：“弟言甚是，但无人可胜其任。”贺拔允曰：“大王手下诸将，统了数千人马尚不能整顿，况二十万之众，岂易言治？臣意能当此任者，非六浑不可。”欢恐兆疑，大怒曰：“天柱在时，奴辈伏处有如鹰犬。今日天下事取舍在王，允何得妄言？可斩也！”兆曰：“吾意亦然，弟当为我统之。”欢阳为逊谢。兆付箭一枝，曰：“全以相委，以此为信。”宴罢欢出，恐兆酒醒反悔，宣言于众曰：“受委统州镇兵，可集汾东，听受号令。”还营，建牙旗于阳曲川，分列部分。六镇之兵素恶万仁残暴，乐欢宽仁，一闻此令，无不毕至。居无何，欢又使刘贵请于兆曰：“并、肆频岁荒旱，降户掘田鼠而食，面无穀色，徒污境内。请令就食②山东，待温饱之后，更受处分。”兆从其议。慕容绍宗进谏曰：“闻大王以三州六镇之兵尽受六浑节制，大势去矣。今天下汹汹，四方纷扰，人怀异望。六浑雄才盖世，遽以二十万众付之，譬如蛟龙借以云雨，后不可制，王必悔之。”兆曰：“无害，有香火重誓在，六浑必不负我。”绍宗曰：“亲兄弟尚不可信，况香火兄弟耶？”时兆兄弟叔侄皆相疑忌，故绍宗以此动之。兆不语，绍宗遂退。而兆之左右平日皆受欢金，因称：“绍宗与欢有隙，故尔谗害。晋州闻之，得毋携贰其心乎？”兆怒曰：“吾与六浑盟言未干，绍宗何得便来离间？不治其罪，六浑之心不安。”遂收绍宗囚之。

---

① 腹心——比喻极亲切可深信的人。

② 就食——出外谋生。

遣人通知六浑，催其速发。六浑乃集六镇之人，各给口粮、路费，陆续起发，半月兵行始尽。然后别了万仁，一路唱凯歌而回。

斯时欢以三千人破了步蕃四十万之众，威振山西，人人悦服，沿途之民皆顶香相送。行至滏口，忽见一支人马，旌旗浩浩，剑戟森森，望北而来。相遇之际，各问来历，乃是北乡公主同了尔朱皇后回到晋阳去的。欢命停军一旁，让他过去。军兵过完，却有一群马匹，形体高大，矫健异常，约有三百余骑，在后赶着走。欢思军中正少战骑，北乡女流何用此马，便唤彭乐、段荣二将赶向北乡告借，如不许，则夺之以归。二将知北乡必不肯借。也不去通知，竟杀散管马军士，掠取以返。北乡闻之，大怒道："高欢吾家旧人，何敢强夺吾马？"欲回军追讨，奈军无良将，恐敌他不过，于是遣人飞报万仁，教他领兵前来，问罪于欢。但未识北乡何以回北，六浑夺马之后又生出甚么事来，且听下回细述。

第二十二回

立广陵建明让位 杀白鹞高乾起兵

先是北乡公主在京，终日营中闷坐，因念孝庄北去，皇后独处宫中，全无依靠，将来建明入都，更不得自主，不如同归晋阳，母女相依，后乃从之而来。哪知路遇高家军马，被他夺去马匹，即报知万仁。万仁怒道："六浑去未多时，如何便生反念?"乃释绍宗之囚，召而问之。绍宗曰："彼未出吾境中，犹是掌握中物。大王速点人马，紧紧追上，擒之以归，方免后患。"万仁听了，忙点铁骑三千，出了并州，星夜赶来。赶到漳河津边，六浑才渡浮桥过去。万仁亦欲上桥。说也奇怪，顿时河流涌下，洪波冲起，浮桥尽坏。忙即退下数十步，把马勒住，高叫："六浑且停人马，尚有话说。"欢见兆来，知为马故，便走至岸边，隔水问曰："大王何以至此?"兆指欢曰："我以尔为腹心，如何全无信义，擅夺我家之马?"六浑下拜道："欢之借马非有他故，为备山东盗耳。王信公主之言，亲自追来，欢不辞渡水而死。但恐此众便叛，反贻大王忧耳。"兆闻欢言，大悦曰："我固知尔决不相负。乍闻公主诉汝无礼，不得不怒，故来问汝。"此时河流已退，兆乃轻马渡水，与欢共坐幕下，陈谢并无疑意，拔刀授欢，引颈使欢砍之。欢大哭曰："自天柱之薨，六浑更何所仰? 但愿大家千万岁，以伸力用耳。今为旁人构间①，大家何忍复出此言？”盖大家者天子之称。欢欲愚之，故以此相称耳。兆益信欢为诚，投刀于地，复斩白马，与欢为誓。索酒酣饮至醉，就宿营中。欢闻帐外行动声，走出，见尉景执刀而来。欢拉至后帐，问欲何为。景曰：“万仁在此，是欲授首于我也。杀之为敬宗报仇，为万民除害。及今不杀，更复何待？吾已伏壮士于帐外。”说罢欲走。欢啮臂止之曰：“汝莫乱为，今杀之，其党必奔归聚结。吾兵饥马瘦，不可与敌。若英雄乘之而起，则为害滋甚。不如且置之，兆虽骁勇，凶悍无谋，可玩之股掌之上，异日除之何难？”景乃止。且日，兆归营，复来召欢，设宴以待。欢将上马往，孙腾牵欢衣曰：“兆心叵测，公奈何以天下仰赖之身，试之不测之渊？”欢笑而止。兆见欢不来，复大怒，隔水肆骂，欢不顾而去。时兆有心腹将念贤，管领降户家属，别为一营，随欢东行，凌虐降户。欢伪与亲善，解其佩刀观玩，乘间杀之。镇兵感悦，益愿附从。今且按下不表。

且说万仁驰归晋阳，北乡及后已归旧府。兆来见，说起孝庄已经缢死，并陈留王夫妇亦赐自尽。母女变色，然权在他手，只好暗暗深恨而已。兆见疆土已宁，择日送建明帝入洛，发书世隆，令率百官邙山迎驾。哪知天光在洛已与世隆密议，以建明为元英之弟，帝室疏属，又无人望，恐人心不服，欲更立亲近，以为社稷之主。有广陵王恭者，元羽之子，好学有器度，正光中为给事黄门侍郎。以元义擅权，托喑病居龙华佛寺。敬宗时有谗于帝者，言王蓄异志，阳为喑病。恭惧，逃于洛山，执之至京系

---

① 构间——挑拨离间。

治，久之以无状获免。行台郎中薛孝通与王有旧，说天光曰："广陵王高祖犹子①，夙有令望②，沉晦不言，多历年所③。若奉以为主，必天人允协。"天光言之世隆，世隆以为然。唯度律属意南阳王宝炬，乃曰："广陵口不能言，何以治天下?"世隆等亦疑其实喑，因使尔朱彦伯潜往敦谕，且胁之。王曰："天何言哉?"世隆等闻之，皆大喜，遂定迎立之议。建明帝至邙山，世隆先为之作禅文，使泰山太守窦瑗执鞭独入行宫，启建明曰："天人之望皆属广陵，愿陛下行尧舜之事。"袖中取出禅文示之。建明惧不敢违，遂自署。窦瑗回报，群臣上尊号于广陵，广陵奉表三让，然后即位。大赦，改元普泰，是为节闵帝。黄门侍郎邢子才为赦文，叙敬宗枉杀太原王荣之状，帝曰："永安手剪强臣，非为失德。直以天未厌乱，故逢成济之祸耳。"因顾左右，取笔自作赦文，直言：朕以寡德，运属乐推④，思与亿兆同兹大庆。肆眚⑤之科，一依常式⑥。帝闭口八年，至是乃言，中外欣然，以为明主，望致太平。次日，诏以三皇称皇，五帝称帝，三代称王，盖递为冲挹⑦。自秦以来，竟称皇帝，予今但称帝，亦已褒矣。加世隆仪同三司，赠尔朱荣相国、晋王，加九锡。世隆使百官议荣配飨。司直刘季明曰："人臣配飨于君，必与君一心一德，生为良辅，死得共食庙中。今太原王荣若配世宗，于时无功；若

---

① 犹子——指兄弟的儿子。
② 令望——美好的声望。
③ 年所——年数。
④ 乐推——王朝更替之时，帝王常用乐推之辞，表示得到众人拥戴。
⑤ 肆眚（shěng）——宽赦有罪之人。
⑥ 常式——通常的法式或一定的规则。
⑦ 冲挹——谦虚自抑。

配孝明，亲害其母；若配庄帝，为臣不终。以此论之，无所可配。”世隆怒曰：“汝应死！”季明曰：“下官既为议首，依礼而言，若有不合，剪戮惟命。”世隆见其言直，亦不之罪。不得已，以荣配高祖庙廷。又为荣立庙于首阳山，因周公之庙而为之，以荣功可比周公也。庙成，具太牢①往祭，百官俱集。俄而，云雾四合，雷雨大作，火焚其庙，泥像皆为齑②粉，世隆败兴而回。诏到并州，兆以不与废立之谋，怒不受诏，欲发兵讨世隆。世隆惧，遣尔朱彦伯往谕再三。兵虽罢，怒世隆不已。先是敬宗命将军史仵龙、杨文义，领兵守太行岭。万仁南向，二人帅众先降。至是欲封二人为千户侯。帝曰：“仵龙、文义于王有功，于国无勋。”竟不许。仲远镇滑台，用其下为西兖州刺史，先用后奏。诏答曰：“已能近补，何劳远闻。”人皆服帝之明敏。然是时天光专制关右，兆奄有并、汾，仲远擅命徐、兖。世隆居中用事，贪淫无忌，生杀自专，事无大小不先白，有司不敢行，天子徒拥虚位。又欲收军士之心，泛加阶级③，皆为将军，无复员限。自是勋赏之官大致猥滥④，人不复贵。仲远在外，贪虐尤甚，所部富室大族多诬以谋反，籍没其妇女、财物，投男子于河，如是者不可胜数。东南州郡，自牧守下至士民畏如豺狼。由是四方之人皆恶尔朱氏，而冀其速亡矣。

再说幽州行台刘灵助，自谓方术足以动人，推算尔朱氏将

---

① 太牢——古代祭时猪、牛、羊三牲称太牢。
② 齑（jī）粉——细碎的粉。
③ 阶级——官位薪俸的等级。
④ 猥滥——多而滥。

衰，乃起兵自称燕王，声言为敬宗复仇，且妄述图谶①云：“刘氏当王。”由是幽、瀛、沧、冀之民多从之，进取博陵、安国二城。兆使大都督侯渊讨之。又兆以高乾兄弟有雄才，现居冀州，灵助反，亦防其作乱，遣监军孙白鹞至信都，托言调发民马，民户须自送纳，欲俟高乾弟兄送马而执之。乾闻白鹞来，谓诸弟曰：“万仁无端调发民马，令民户自送，其意未必不为吾弟兄而然。”敖曹曰：“刘灵助反于幽州，祸乱四起。吾弟兄何不招集乡勇，举兵应之。”乾曰：“然，但必得此人合谋，方能成事。”敖曹问：“何人？”乾曰：“前河内太守封隆之避尔朱之势，弃职家居。为人慷慨好施，甚得众心。其父封翼素以忠义自矢②。吾当自往说之。”乾至隆之家，隆之接入，直至内堂逊坐。两下说起国家多故，互相嗟叹。隆之曰：“敬宗被弑，万仁益横，君岂忘帝河桥相送时乎？”乾见说，悲不自胜，因曰：“吾素怀复仇之念，惜无同志想助。此来特与君谋，欲同集义勇，袭据信都，以为进取之计。君能有意乎？”隆之曰：“吾有父在，须先禀命。”话犹未了，只见屏风背后走出封翼，向高乾曰：“吾有此心久矣。足下果能为国复仇，莫患吾父子不从，虽赴汤蹈火，亦不辞也。”相与订定日期，各去打点行事。隆之家素豪富，僮仆不下数百，门下多武勇之士，起事甚易。乾与敖曹素有旧旅，一呼毕集。至期，敖曹先率数十骑突入，把持城门，余众尽入。封隆之从中亦起。冀州兵将素畏敖曹骁勇，莫敢来敌。杀入府署，执下刺史元嶷，白鹞闻乱欲逃，擒而杀之，一城慑伏。乾等欲推封翼行州事，翼曰：“和集乡里，我不如皮。”乃奉隆之行州事。为敬宗举哀，将

① 图谶（chèn）——汉代宣扬符命占验的书。

② 自矢——犹自誓。立志不移。

士皆缟素，升坛誓众，移檄州郡，共讨尔朱氏。刘灵助闻冀州举义，遣使来招。乾将结为外援，劝隆之受其节度。忽报殷州刺史尔朱羽生将兵五千，来袭信都。敖曹不暇擐①甲，领十余骑进击。乾恐有失，遣五百人往救。未及赶上，敖曹已交兵，杀其勇将数员，羽生败走。盖敖曹马矟②绝世，所向无前，故能以十余骑退五千兵也。由是敖曹之勇著于四方。今且按下。

再说高欢自离漳河，往山东进发。兵至壶关，关口有大王山一座，地势阻绝，中有一寺极大。宣武时，有术士言："寺中应有天子宿其处六十日。"魏主闻之，命毁其寺，不许人入山居住。后有朔州贼兵令贵据此山为巢穴，招集兵马，掠取四方，兵精粮足，官军莫敢讨。欢兵至，此时正忧粮乏，欲取其资，以济军用。引兵攻之，贼众拒守甚严，不得进。乃以弱卒诱之，交兵辄走，贼乘胜追下。伏精骑于旁，截而击之，遂擒令贵，余众皆降。尽收其钱帛粮米。令贵有妹灵仙美而勇，欢纳之为妾。屯兵山中六十日。及闻高乾据冀州，乃引兵东出，声言欲讨信都。信都人皆惧曰："欢若来，非尔朱羽生可比。新破步蕃，兵威正盛，何以御之？"高乾谓隆之道："高晋州雄略冠世，其志不居人下。且尔朱无道，弑君虐民，正是英雄立功之会③。今日之来，必有深谋，吾当轻马迎之，密参意旨，毋庸惧也。"乃将十余骑迎欢，潜谒欢于滏口。欢见乾至，大悦，握手问曰："公山东豪俊，今来何以教欢？"乾曰："尔朱酷逆，痛结人神，凡曰有知，莫不思奋。明公威德素著，天下倾心。若兵以义立，则倔强之徒不足为

① 擐（huàn）——穿。
② 矟（shuò）——古代矛之类的兵器。
③ 会——时机。

公敌矣。鄗州虽小，户口不减十万，谷秸之税，足济军资。愿公熟思其计。”乾意气激昂，言辞慷慨，欢恨相见之晚，遂与同帐而寝。次日，乾拜别，谓欢曰：“愿公速来为主，吾与封隆之封府库以待。”欢谢曰：“诺。”乾回报隆之，人心始安。

先是河南太守赵郡李显甫喜豪侠，集族姓数千家于殷州西山，有五六十里之地。显甫卒，子元忠继之。家素富，多出贷求利，元忠悉焚契免责，乡人甚敬之。时盗贼蜂起，路梗①不能行。有经过赵郡者，投元忠求援。元忠遣奴为导，曰：“若逢贼，但道李元忠名氏，贼自退避。”行旅皆赖以无恐。及葛荣反，元忠率乡党作垒以自保。坐在槲树下，前后斩违命者三百人，众率遵其约束。贼至，辄击却之。葛荣既平，朝廷以元忠能保护一方，就拜南赵郡太守。好酒，落拓②不羁，故无政绩。及尔朱兆杀敬宗，元忠弃官归，谋举兵讨之。会欢东出，元忠谓其党曰：“吾将迎之。”众曰：“欢平日党于尔朱，今来欲复冀州，迎之何为？”元忠大笑曰：“此非诸君所知也。吾将与欢共灭尔朱。闻吾至，欢必倒屣以迎也。”于是乘露车③，载素筝、浊酒以往。但未识元忠遇欢作何言论，且俟下回再讲。

---

① 梗——阻塞。
② 落拓——豪放，不受约束。
③ 露车——无帷盖的车。

第二十三回

假遣军六镇愿反　播流言万仁失援

话说李元忠迎着欢军，便向辕门请谒。欢以元忠素有好饮之名，疑为酒客，未即接见。元忠下车独坐，酌酒擘脯，旁若无人，谓门者曰："素闻公延揽隽杰，今国士到门，不吐哺辍洗①以迎，其人可知。还吾刺②，勿通也。"门者以告，欢遽见之，引入帐中，设酒相酌。觞再行，元忠取素筝鼓之，悲歌慷慨，歌阕，谓欢曰："天下形势可见，明公犹事尔朱耶？"欢曰："富贵皆因彼所致，安敢不尽节③？"元忠曰："非英雄也。高乾邕兄弟已来否？"时乾已见欢，欢绐之曰："从叔辈粗，何肯来？"盖乾与欢同姓，故称从叔。元忠曰："虽粗，并解事。"欢曰："赵郡醉矣。"使人扶出。元忠不肯起，孙腾进曰："天遣此君来，不可违也。"欢乃复留与语。元忠慷慨流涕，欢亦悲不自胜。元忠因进策曰："殷州小，无粮仗，不足以济大事。若向冀州，高乾邕兄弟必为明公主人，殷州便以相委。冀、殷既合，沧、瀛、幽、定自然帖服。唯刘诞性黠，或当乖拒，然非明公之敌。时哉！时哉！不可失也。"欢急握其手而谢之曰："君如有意，欢之大幸

---

① 吐哺辍洗——把吃到嘴里的饭吐出来；刚要沐浴又停止。表示对来客的礼貌与隆重欢迎。典出《韩诗外传》周公旦礼贤下士故事。

② 刺——名刺，名帖。

③ 尽节——为保全节操而牺牲生命。

也，敢不如命？”元忠密约而去。

欢至山东，约勒士卒，民间丝毫无犯。时麰麦①方熟，欢过其地，恐马伤麦，亲率士卒牵马步行，百姓大悦。远近闻之，皆曰：“高晋州将兵整肃。”民得安堵，益归心焉。军乏粮，求粮于相州刺史刘诞，诞不与。有车营租米万石，欢命军士取之，诞不能拒。进至信都，封隆之、高乾等开门纳之，奉以为主。时敖曹在外掠地，闻乾与隆之以冀州相让，心大不服，曰：“大丈夫何事畏人？吾兄懦怯乃尔。”遗妇人服以辱之。欢曰：“彼未知吾心也。”欲遣人谕之未得。时欢子高澄年十岁，随军中，谓父曰：“儿请招之。”欢许之，左右曰：“公子年幼，敖曹粗勇，去恐有失。”欢曰：“敖曹虽粗，未必敢害吾子。澄虽幼，颇聪明晓事。且不遣澄去，不足以结其心也。”遂命十余骑随往。澄见敖曹，以子孙礼下之。敖曹曰：“公子来此何意？”澄曰：“敢问君家举义，为君乎？为身乎？”敖曹曰：“吾志灭尔朱，以复君仇也。”澄曰：“若然，公子志即吾父之志也。何不同心并力以靖②国家，而分彼此为？吾闻识时务者为俊杰，令兄能识之，而公反笑以为怯，何也？吾父今日不命他人来，而遣吾来者，欲申明己意耳。愿公熟思之。”敖曹见公子聪明才辩，气度从容，不觉为之心折，曰：“敬闻命矣。愿从公子同归。”便并马而回。欢大喜，谓敖曹曰：“吾方与子共济大事，子乌得自外③。”敖曹再拜，曰：“顷见公子，已知公心，敢不尽力？”欢爱其勇，署之为都督，宠任逾于旧人。尔朱兆闻欢已得冀州，兵势日盛，恐后难制，密奏帝

---

① 麰（móu）麦——大麦。

② 靖——平定，使秩序安定。

③ 自外——自视为外人。

加以重爵，召之入京，而后图之。帝乃发诏，封欢为渤海王，征其入朝。欢受王爵，不就征①。

再说侯渊进讨灵助至固城，渊畏其众，欲引兵西入，据关拒险以待其变。副将叱列延庆曰：“灵助庸人，假妖术以惑众。大兵一临，彼皆恃其符魇②，岂肯戮力致死，与吾争胜负哉？不如出营城外，诈言西归，灵助闻之，必自弛纵，然后潜军击之，往则擒成矣。”渊从之，出顿城西，声言欲还。次日，简精骑一千，夜发，直破其垒。灵助败走，斩之。初灵助起兵，自占胜负曰：“三月之末，我必入定州。尔朱氏不久当灭。”及灵助首函入定州，果以是月之末。捷闻，加兆天柱大将军。兆辞天柱之号，曰：“此叔父所终之官，我不敢受。”寻加都督十州诸军事，世袭并州刺史，兆乃悦。兆狂暴益甚，将士俱有离心。镇南将军斛律金东奔于欢，劝欢起兵以讨尔朱。欢素知其智勇，引为腹心。有尔朱都获兆疏属，为兆别将，忧兆残暴，灭亡不久，率千骑出井陉，托言巡视流民，东附于欢。欢见人心归附，乃召孙腾、娄昭、段荣、尉景于密室中，谓之曰：“今四方喁喁③，皆望吾举义，以除尔朱之虐，为百姓更生，吾不可以负天下之望。然镇户暂得安居，必先有以耸动其心，方可举事，卿等知之。”众皆会意而退。乃诈为万仁书，将以六镇人配契胡为部曲，使人辕门投递，宣布于众，众皆忧惧。又诈为并州兵符，征发迁户讨步落稽，限即日起发。欢发万人将遣，孙腾、尉景为请宽留五日。至期，又将发。孙、尉二人复请再宽五日。又五日，欢令于众曰：

---

① 就征——接受朝廷、官府征召。
② 符魇——犹言符咒。
③ 喁喁（yóng）——仰望期待。

"此行再难缓矣。"亲送之郊，雪涕执别。众皆号恸，声震郊野。欢乃谕之曰："与尔俱为失乡客，义同一家。本期终始相聚，不意在上征发乃尔！今直西向已当死，后军期又当死，配国人又当死，吾何忍见尔等之无辜而死也?"众皆叩头求救，欢曰："为之奈何?"众曰："唯有反耳!"欢曰："反乃急计，然当推一人为主。谁可主者?"众皆曰："唯大王可为我主。"欢曰："尔等皆我乡里，久后难制，不见葛荣乎？虽有百万之众，曾无法度，终自败灭。今以吾为主，当与前异，毋得凌汉人、犯军令，生死任吾则可。不然，不能为取笑天下。"众皆跪地，顿颡①曰："生死唯大王命。"乃椎牛飨士②，建义于信都，然亦未敢显言叛尔朱也。未几，李元忠起兵逼殷州。尔朱羽生闭城拒守。欢阳为之援，令高乾帅众救之，暗使人授意元忠。乾至，元忠败走。乃轻骑入见羽生，相与指画③军事。羽生信之，出城劳军，因擒杀之。元忠进据其城，乾持羽生首谒欢，欢拊膺曰："今日反决矣!"乃以元忠为殷州刺史，镇广阿。欢于是移檄州郡，抗表罪状尔朱。其略曰：

外拥强兵，虐政遍行四海；内持大柄，凶威上逼九重。豺狼结队，弑君之罪已彰；虺蜴成群，篡国之形渐兆。一门济恶，六合痛心。不加斧钺之诛，难期社稷之安。今臣兵以义举，谋由众定。旌旗所指，逆贼咸除；军旅来前，奸党尽灭 。上固天位于苞桑④，下救万民于水火。云云。

---

① 顿颡（sǎng）——额触地。

② 椎牛飨士——杀牛犒赏军士，指慰劳作战军士。

③ 指画——用手指比画，做手势。

④ 苞桑——指根基牢固。

世隆见之，大惊失色，乃匿其表不上。

且说魏司空杨津，家世孝友，缌麻同爨①。门内七郡太守，三十二州刺史，津弟兄四人，皆位居三公。孝庄帝诛荣，杨侃预其谋。尔朱兆入洛，侃惧祸，逃还乡里，居华阴旧宅。津与兄顺留洛阳。天光守雍州，忌之，杀侃，尽灭其族。致书世隆，世隆遂诬杨氏谋反，遣兵围其宅，无少长皆杀之。闻者无不痛恨。津子愔，字遵彦，年十八，好学多才，时适在外。及归，城门已闭，投宿亲戚家，得免于难。次日闻变，星夜逃走。念当世英雄，唯贺六浑可倚以报仇，遂来冀州。正遇欢出，叩首马前，哭诉家难。欢方起义，正欲收揽人望，知愔为名家子，遂留入府中。愔进讨尔朱之策，皆合欢意，甚敬待之。

尔朱兆闻羽生死，大怒，自将步骑二万，出井陉口，来攻殷州。元忠畏之，弃城奔信都。兆遂进据殷州，而未敢遽与欢战，求济于仲远、度律。初，二人闻欢起兵，皆笑曰："此子寻死耳，一鼓可以擒之。"得兆书，相会进兵。欢知兆到，谓众将曰："今日不得不与战矣。"孙腾以朝廷隔绝，劝欢另立新君，以申号令，庶将士心坚。欢从之，遂立渤海太守元朗为帝，改元中兴。封欢为侍中丞相、都督中外诸军事。高乾为侍中，敖曹为骠骑大将军，孙腾为尚书左仆射，封隆之为吏部尚书。余皆进爵有差。立澄为渤海王世子。一日，忽报仲远、度律共有十万人马来助万仁。又报世隆遣将军斛斯椿、贺拔破胡、贾显智领兵三万前来，

---

① 缌（sī）麻同爨（cuàn）——缌麻，古丧服名，服三个月，遇丧，凡疏远亲属等都服缌麻；爨，烧火做饭。此句意思是说，杨家累世都居住在一起，未曾分家。

兵势甚盛，欢乃纵反间之计。宣布①流言以疑之。言世隆与度律、仲远谋欲杀兆，又言兆与欢暗中通谋，欲杀度律等。当是时，兆军屯于广河山前，仲远、度律营于阳平县北，相去数里。闻流言，各生疑惧，徘徊不进。度律曰："万仁已与六浑相恶，岂复一心？但我疑可释，而彼疑不解，奈何？"仲远因遣贺拔胜、斛斯椿往释其疑，劝谕再三。兆疑稍解，乃领轻骑三百，与二人同至仲远营。仲远、度律接入帐中坐方定，未及交言，万仁颜色顿异，手舞马鞭，长啸凝望。忽疑仲远等有变，即起趋出，上马而去。仲远复使椿与胜追之，万仁执二人以归，仲远、度律大惧，各引兵回。万仁归营欲斩破胡，乃数其罪曰："尔杀卫可孤，罪一。天柱亡而不与世隆同来，罪二。反为朝廷出力东征仲远，罪三。吾欲杀汝久矣。"喝令推出斩之。胜曰："可孤为国大患，吾父子诛之，不以为功而反以为罪乎？天柱之死，以君诛臣，胜宁负王家不负朝廷，不以为忠而反以为罪乎？今日被执，生死唯命。但大敌在前，王家骨肉成仇，自古及今未有如是而不亡者也。胜不惧死，只恐大王失算耳。"兆见其言有理，乃舍之。二人归，见诸军皆去，遂亦还洛。

欢闻之大喜，遂进兵与万仁对垒。将战，欢谕诸将曰："今日之战，胜则进而有成，败则退亦难保。两路虽退，万仁兵众且强，未易破也，众将勉之。"段韶曰："大王勿忧。所谓众者，得天下之心。所谓强者，得人之死力。尔朱氏上弑天子，中屠公卿，下害百姓。大王以顺讨逆，如汤沃雪②，何众强之有？"欢曰："未识天意若何？"韶曰："皇天无亲，惟德是辅。万仁自矜

---

① 宣布——宣扬流布。

② 如汤沃雪——像用热水浇雪一样。比喻事情非常容易解决。

其勇，失将士心，智者不为用谋，勇者不为用力，人心已去，天意可知，又何疑焉？”三军闻之，胆气益壮。欢使韶领千骑，先犯其锋。韶便一马当先，直冲过去。正遇敌将达奚承贵，两下交锋，段韶手快，一枪刺死承贵。众兵呐喊，齐赶入阵，奋力乱杀。兆在后军知前队有失，忙催人马赶上，见一少年将甚是勇猛，大喝一声道：“何物小子①，在此横行？”段韶也不回言，提枪便刺。万仁大怒，随手架开，舞动神枪，连刺几下。段韶不能抵敌，回马便走。万仁喝道：“败将休走！”拍马赶上。只见一支兵横冲过来，当先一将乃是窦泰，接住万仁便战。韶亦回马夹攻。万仁有万夫不当之勇，岂惧二将。斯时欢率大军齐进，呼声动地，两下纷纷混战。厍狄干见二将战万仁不下，亦来助战。六镇人平日受万仁凌虐，深恨切齿，今日相遇，巴不得杀个罄尽。故人人戮力，个个致死。欢军士无不一以当百，兆兵大败。万仁见大众已溃，心慌意乱，只得夺路而走。三将不舍，追至十里外方歇。万仁逃脱，收集残兵，不及三分之 一，山东不敢久停，急急逃归晋阳。欢俘甲士五千，收资粮器械无数。诸将入贺，欢曰：“万仁虽未授首②，亦足破其胆矣。然兵以利用，今当乘此锐气，进取相州，以张形势。”诸将皆曰：“唯大王命。”盖相州即邺城，帝王建都之地，故欢急欲取之。但未识此行成败若何，且听下回再述。

① 何物小子——你是个什么样的东西。

② 授首——指投降或被杀。

第二十四回

据邺城四方响应　平洛邑百尔归诚

话说高王兵至邺都，刺史刘诞因前借粮不与，畏惧不敢降，督率兵士闭门拒守。高王引兵攻之，连日不下，遂于城下暗掘地道，承之以木，道成焚木，城遂陷。刘诞不得已，乞降，用之为军中末将。巡骑拿获逃官一人，名麻祥，解至军中。盖祥时为汤阴县令，闻高王至，惧报昔日之辱，挈妻子逃去，遂被获。见王，叩头请罪。王曰："汝前辱我，罪应诛，然汝头何足污吾刃。"纵之去。汾州行事刘贵平素归心，闻王在邺建义，弃了汾州，率兵一万前来相助。王大喜。青州大都督崔灵珍、行事耿翔皆遣归附。自是投诚者不绝。一日，有一少年将军，自称王之从弟高岳，叩辕求见。王命引入帐下，叩其所由，乃王伯父高优之子，向出雁门居住，所以不相往来。今闻王建义起兵，千里求投。岳身长七尺，容貌堂堂，武勇绝伦。王器爱之，留入内衙，令澄拜见其叔。

邺城游京之曾为朔州刺史，有女名瑞娘，容颜绝世，名播四方。王未达时闻其美，慕之，大有光武思阴丽华①之意，今闻女尚待聘，欲娶之。恐游不允，乃命封隆之、窦泰二将为媒，以铁骑二千临其门，京之大恐。先一夜，瑞娘梦见白龙一条从空下

① 阴丽华——汉光武帝刘秀皇后。刘秀年轻时曾言："仕宦当作执金吾，娶妻当得阴丽华。"

降，爪①其身入云中，大惊而醒。述诸父母，皆以为异。是日，封、窦二将奉高王命来求其女。京之知势不可拒，又感女梦，遂拜而受命，王遂娶之。瑞娘颜色既美，性又聪明，由是恩宠无比。待京之以上宾之礼。三日后，亲到游氏家拜见其父母。先是王为尔朱将，停军上党。清明日与刘贵、段荣引领军校五十骑，往深山射猎。天晚迷途，投宿于王士贵家。士贵见王有异相，又其睡处赤光满屋，知后必大贵。有女千花，年十八，有容色，愿以嫁王。王却之，士贵坚留成亲。刘贵、段荣亦劝成之，遂合卺②焉。以军旅忙迫，三夜辄别，其后不相闻问者数年。至是士贵送女来，已生子四岁矣。王迎入府中，始复相聚。士贵亦留之邺城。今皆按下不表。

再说中兴二年正月，王命刘贵迎中兴帝入邺，赠永安帝为武怀皇帝，添设文武百官。王以杨愔为行台右丞，文檄教令，皆出其手，日加信任。世隆闻欢别立天子，进据邺都，欲往讨之，念非万仁协力，不能破高氏之兵。虑其猜忌不来，因卑词厚礼，多送金宝结之。又请节闵帝纳其次女金婉为后，诏于六月下聘。兆大悦，遂与世隆相睦，许即兴师，同灭高氏。斛斯椿私语贺拔胜曰："天下怨毒③尔朱甚于仇寇，异日必为高氏所灭。吾与将军助之，必同受祸。不如改计图之，庶有以自全。"胜曰："天光与兆各据一方，欲尽去之甚难，去之不尽，必为后患。"椿曰："勿忧，吾说世隆，使并召来。六浑智虑深沉，用兵不测，必能聚而歼之。"胜以为然，乃同见世隆，曰："万仁新败于欢，恐不足

① 爪——抓。
② 合卺（jǐn）——旧时夫妇成婚的一种仪式。
③ 怨毒——仇恨，恨恶。

恃，必得天光并力，庶几有济。”世隆从之，乃以书召天光曰：“高欢在山东作乱，扶立元朗为帝，兵称义举，欲灭吾家。万仁失利于前，必得吾侄致胜于后。同会并州，克期进讨。”天光得书，不欲勤师劳众，回书于世隆曰：“高欢一竖子耳，手下又无雄兵猛将，叔与万仁破之有余，何必侄也？”辞不赴。世隆患之。斛斯椿请往劝谕，乃至关中说天光曰：“欢与王家势不两立，并州恃勇轻敌，倘再败衄①，大势瓦解，高氏兴，尔朱氏灭矣。此大王门户事，岂可坐视不救？”天光问计于贺拔岳，岳曰：“王家跨据三方，士马强盛。高氏初起，岂能相抗？但能骨肉同心，事无不捷。若互相猜疑，家祸不免，焉能制人？如下官所见，莫若且镇关中，先安根本。遣一上将，合势进讨。胜有以进，退有以守，庶万全无失。”天光不从，引兵东下。

闰三月壬寅，天光自长安，万仁自晋阳，度律自洛邑，仲远自东郡，皆会于邺城下。众号三十万，夹洹水而军。节闵帝以长孙稚为大行台，总督之。癸丑，高欢令尚书封隆之守邺，引兵出顿紫陌，大都督敖曹将乡里部曲三千人以从。欢曰：“高都督所将皆汉兵，恐不足集事②，欲割鲜卑兵一千相杂配之。”敖曹曰：“吾所将兵练习已久，前后格斗不减鲜卑劲旅。今若杂之，情不相洽，胜则争功，败则推罪。不烦更配也。”庚申，尔朱兆帅轻骑三千，夜袭邺城，攻西门，不克而退。壬戌，欢将战，马不满二千，步兵不满三万，恐众寡不敌，乃于韩陵地方结为圆阵，连系车牛于后，以塞归路，示士卒必死，无一还心。兆望见欢，遥责欢以叛己。欢曰：“本所以戮力者，共辅帝室也，今天子何

---

① 败衄（nǜ）——战败。

② 集事——成事，成功。

在？”兆曰：“永安枉害天柱，我报仇耳。”欢曰：“我昔初闻天柱讣，汝即疾据并州自大，岂得言不反耶？且以君杀臣，何报之有？今日义绝矣。”遂战。欢自将中军，敖曹将左军，高岳将右军。兆领十余骑，直奔中军。欢左右将皆出掠阵，亲自迎战，不能敌，遂败走。兆军乘之，中军失利。岳以五百骑冲其前，别将斛律金收散卒蹑其后，敖曹以三千骑自栗园出，横击之，分其军为二。岳与敖曹双战万仁，万仁退走。斛律金之子明月，年十二，手执画戟，拦住万仁不放。万仁欺他年幼，以枪挑之。哪知明月力大无穷，架开枪还戟便刺，甚是骁勇。高王以兵冲天光营，天光败。仲远、度律军亦溃。于是诸将齐攻万仁，万仁杀条血路而逃。奔溃之势若江翻潮落，声振百里。王立阵前，驱兵赶杀。见有一骑飞至马前，叩首乞降，乃贺拔胜也。王喜，下马握手劳之，乃鸣金收军。俄而，诸将齐至，皆血染征袍。王曰：“观诸将之袍，可以知勇矣。顷有一小将力敌万仁者何人？”斛律金曰：“是吾子斛律光，不在军数，私自来战。”王曰：“真虎子也。”召而劳之。兆败归，对慕容绍宗抚膺曰：“不用公言，以至于此。”即欲轻骑西走，绍宗反旗鸣角，收散卒，成军而去。于是兆还晋阳，仲远奔东都，度律劝天光且归洛阳。

斛斯椿见三路兵败，贺拔胜已降于欢，心益自危，谓都督贾显度、贾显智曰：“尔朱亡在旦夕，吾等尚为之用。欢若至京，罪吾等以逆党，将何以辩？今不先执尔朱氏，吾属死无类矣。”乃夜于桑下共相盟约，倍道先还。世隆自度律去后，不见报捷，日夜忧疑。一日，昼寝于中堂，其妻偶出，忽见一人持其首去，大声惊喊。世隆亦大呼而起，曰：“还吾头来！”盖世隆梦中亦见一人斩其首去，谓其妻曰：“吾祸不久矣。”及闻败，夫妇相对而泣。尔朱彦伯欲自将兵守河桥，世隆不从，乃使外兵参军杨叔渊驰赴北中城，简阅①败众，以次纳之。椿等夜至，门已闭，大呼求入。叔渊立城上谓椿曰：“吾奉大王命来此镇守，东来败兵不许胡乱收纳，须俟明日简阅，然后放入。”椿乃诡说叔渊曰：“天光部下皆是西人，闻欲大掠洛邑，迁驾长安。宜先纳我，以为之备。”叔渊信之，开门放入。椿手斩叔渊，引兵据河桥，尽杀尔朱氏之党。度律、天光闻椿叛，欲进攻之，会大雨昼夜不止，士马疲顿，弓矢胶解不可用，遂西走，至漇波津，兵尽散，为人所擒。椿使行台长孙稚诣洛阳奏状，别使贾显智、张欢帅轻骑一千，掩袭世隆。斯时京中因大雨连日，不知外信。二人至，遂围世隆之第，执之内寝，囚其全家。长孙稚于神虎门启陈：“高欢义功既振，请诛尔朱一族。”时彦伯在禁直，节闵帝使人报之，彦伯狼狈出，出遇兵被执，与世隆俱斩于阊阖门外。送首于欢，度律、天光一并解去。帝使中书舍人卢辩劳欢于邺。欢使之见中兴帝，辩曰：“吾奉诏劳王，不闻又有天子。中兴正位洛阳，吾当见之，今则未可也。”言辞侃侃，欢不能夺，乃听使还。前此，天光东下，欲与侯莫陈悦俱东，留其弟尔朱显智镇守关中。贺拔岳知天光必败，欲留悦，共图显智，以应高王。计未得，宇文泰谓岳曰：“今天光尚近，悦未敢贰心，以此告之，恐其惊疑。然悦虽为主将，不能制物，若先说其众，必人有留心。悦进失尔朱之期，退恐人情变动，乘此说悦，事无不遂。”岳大喜，即令泰入悦军说之。悦止不行，及天光败，岳遂与悦共袭长安。泰帅轻骑为前驱，显智弃城走，追至华阴，擒而杀之。高王得报，以岳

① 简阅——检阅军队。

为关西大行台，岳即以泰为行台左丞，事无巨细皆委之。

再说尔朱仲远败，不敢归徐州，南奔梁。帐下都督乔宁、张子期中道弃之，诣邺城降。高王责之曰："汝事仲远，擅其营利，盟契百重，许同死生。仲远徐州作逆，汝为戎首。今仲远南走，汝复叛之。事天子则不忠，事仲远则无信。犬马尚识饲之者，汝曾犬马之不若。"遂斩之。世隆有弟尔朱弼，为青州刺史，见世隆死，门户败，恐下叛之，累次与左右割臂为盟。帐下亲将冯绍隆说以割臂未足为诚，宜割心前之血以盟大众。弼从之。大集部下，披胸欲割，绍隆因刺杀之，送首高王。自是万仁、仲远虽未伏诛，而尔朱宗族已尽矣。四月辛巳，高王命尉景守邺，率诸将引兵向洛，奉中兴帝至邙山。先使仆射魏兰根慰谕洛邑，且观节闵帝之为人。盖欢以中兴帝元朗宗派疏远，欲复奉节闵，故令兰根观之。兰根回报以帝神采高明，恐后难制。高乾兄弟及黄门侍郎崔㥄亦力劝高王废之。于是召集百官，问所宜立。太仆綦母儁盛称节闵帝贤明，宜主社稷。欢尚未决，㥄作色曰："若说贤明，自可待我高王徐登大位。广陵既为逆党所立，何得犹为天子？若从儁言，王师何名义举？"欢遂遣㥄先往，幽节闵于从训佛寺。斛斯椿谓贺拔胜曰："今天下事在吾与君耳。若不先制人，将为人所制。高欢初至，图之不难。"胜曰："彼方有功，于时害之不祥。数夜在军中与欢同宿，备序往昔之怀，兼荷兄意甚厚，何可自生反复？"椿乃止。欢入洛，以汝南王悦为高祖之子，欲立之，闻其狂暴无常，乃已。时诸王皆惧祸逃匿，有平阳王修者，于宗室中近而贤，欢欲立之，但匿于田舍，莫知其处，乃使斛斯椿求之。椿知散骑侍郎王思政与王亲昵，问以王所在。思政曰："须知来意。"椿曰："欲立为天子耳。"思政乃言其处，与椿往见之。时王独坐一室，凭几看书。忽见王思政进来，未及交言，低头下拜，斛斯椿随入，亦下拜。王扶起道。“二卿何故如此?”思政陈欢迎立之意，王闻之色变，谓思政曰：“得毋卖我乎?”曰：“否。”曰：“敢保之乎?”曰：“变态百端，何可保也?”王心疑惧，不遽诺。椿曰：“王勿疑，臣先回，少顷便来迎驾也。”遂驰马而去。但未识椿回报后，高王果来迎否，且听下回分剖。

第二十五回

立新君誓图拨乱　遇旧后私逼成婚

话说斛斯椿见平阳王于田舍，驰报高王。高王大喜，便遣娄昭将四百骑迎之。王至，欢迎入毡帐，自陈诚款，泣下沾襟。平阳让以寡德，不堪承立。欢再拜，王亦拜。欢出，备服御，进汤沐，达夜严警。明旦，群臣执鞭以朝，使斛斯椿奉表劝进。椿入帷门，罄折①延首而不敢前。王令思政取表视之，曰："今不得不称朕矣。"欢于是代为中兴帝作诏策禅位焉。四月戊子，王即位于洛阳城东郭，是为孝武皇帝，年二十三岁。用代都旧制，以黑毡蒙七人，欢居其一。帝于毡上西向拜天毕，入御太极殿，群臣朝贺，升阊阖门，大赦，改元太昌。以高欢为大丞相、天柱大将军，世袭定州刺史。百官进爵有差。加高澄侍中、开府仪同三司，自置开府以下官属。澄入谢，帝悦其俊美韶秀，赐宫锦三百匹、白玉带二条、黄金百斤、珍珠无数。盖知澄为欢所爱也，故厚赐之。一日，王思政、孙腾侍侧，帝曰："高王勋在社稷，其劳大矣，恨无官可以酬之。朕闻其有女待字，意欲纳之为后，重以婚姻之好，二卿以为何如？"又顾孙腾曰："卿系王之旧人，可与思政同往，一致朕意。"二臣奉命往见高王，致帝求婚之意。欢辞曰："吾女年幼貌陋，不可以上配至尊。如欲申以姻好，帝

① 罄（qìng）折——罄同"磬"，乐器名，弯形状，屈躬如磬，表示恭敬。

有妹华山公主，与吾弟高琛年相若，可以尚主。烦二公转达于帝，未识可否？”二人辞去，复命于帝。帝曰：“其弟高琛固可尚主，朕即选为驸马。至高王之女，朕虚中宫以待。二卿还当为朕曲成。”腾曰：“欢妻娄氏助欢成业，其女娄所钟爱。乞帝加恩于娄，娄氏允则欢亦允矣。”帝曰：“高王妻妾有几？”腾曰：“一妻五妾。”因各举其姓氏以对。帝欲悦欢，遍赐封号。娄妃封渤海王正夫人。王千花封渤海左夫人，穆金娥封渤海右夫人，胡桐花封恒山夫人，岳灵仙封遂安夫人，游瑞娥封仪国夫人。恩旨颁下，高王大喜，入朝谢恩，曰：“臣无大功，陛下念臣，恩及妻孥。臣铭心刻骨，虑无以报陛下万一，但臣尚有衷情上渎，臣少失怙恃①，蒙姊云莲抚养，得以成立。即领军尉景之妻，乞陛下加封一号，以报其德。”帝依奏，封景妻为常山郡君。欢谢恩而退。先是，王有叔高徽，为河州刺史，身故，遗一子归彦，与母流落河州。王迎之入京，归彦尚幼，命高岳抚之。邺城人高隆之有才能，王以为弟，引为侍中，入侍天子。王初起兵，世隆知司马子如与王有旧，出为南岐州刺史，王入洛，召子如为大行台尚书，朝夕左右参知军国。又征贺拔岳为冀州刺史，岳畏欢，欲单马入朝。右丞薛孝通说岳曰：“高王以数千鲜卑破尔朱百万之众，诚亦难敌。然诸将或素居其上，或与之等夷，虽屈首从之，势非获已，今或在京师，或据州镇，高王除之，则失人望；留之，则为腹心之病。且万仁虽复败走，犹在并州，高王方内抚群雄，外抗劲敌，安能去其巢穴与公争关中之地乎？况关中豪杰皆属心于公，愿效智力。公以华山为城，黄河为堑，进可以兼山东，退可

① 怙恃——为父母的代称。

以封函谷，奈何束手受制于人哉？”言未毕，岳执孝通手曰：“君言是也。”乃逊辞为启，而不就征。欢览岳表，谓其使者曰：“寄语贺拔公，关西事一以相委，无贻①朝廷忧也。”

是时高王以兆在并州，思欲北征，乃留段荣父子、娄昭、孙腾、高乾、高隆之等于京师，其余将士皆以自随。入朝辞帝，帝设法驾亲送之乾脯山，群臣皆集。王再拜，帝降座扶之，握手而别。军至邺，送仲远、度律至京，斩之。澄请守邺。王分军一半付之，又虑其幼，命高岳为副。遂往晋州进发，沿途文武无不夹道迎送。将至晋州，官吏军民皆远远相接。斯时晋州官署已改为王府，仪仗已半朝銮驾，万民争迎，诸亲眷属无不啧啧称羡。王至府，先与娄妃相见，而后金娥、桐花以及子女皆来下拜。少顷，游氏、岳氏、王氏诸夫人至，彼此相见毕，高王谓娄妃曰：“相别二载，幸各无恙。今蒙帝恩，卿等皆赐封号。今当吉日，理合开读受封。”众夫人皆大喜，忙排香案谢恩。是夜，王宿娄妃房中，笑谓妃曰：“以卿意量宽宏，故在外又娶三妾。”妃曰：“愿王功业日隆，多娶奚②害？”王谢之。次日，拜见内干夫妇、姊氏云莲，唯有彼此欣喜，各相庆贺。今且按不下表。

再说孝武既登大位，唯恐高王拂意③，委心相托，言无不听。高隆之恃王势狎傲④公卿，南阳王宝炬殴之曰：“镇兵何敢乃尔？”帝以欢故，出宝炬为骠骑将军，勒归私第。壬辰，帝鸩节闵帝于门下外省，仍诏百司会丧，葬用殊礼。复杀安定王朗、东

---

① 无贻——不要留下。

② 奚——文言疑问代词，相当于“何”，“什么”。

③ 拂意——不如意。

④ 狎傲——傲慢侮狎。

海王晖，以其曾称尊号也。诏遣太尉长孙稚到晋州，迎高琛来京尚主。琛字永宝，少失母，抚于娄妃。今将结婚帝室，入辞娄妃，妃谓之曰：“小郎有此大福，非偶然也。但勿恃家门之势傲上慢下，斯保福之道。”琛再拜受命，时年十六也。秋七月庚子，高王发晋州、邺城两处人马，北取晋阳，召高澄随军，命段荣守邺。又带恒山夫人同往，以其曾征步蕃，熟于山川形势也。壬寅，王引兵入滏口，大都督厍狄干入并、陉。庚戌，帝使高隆之帅步骑十万会王于太原，屯军于武乡。斯时谋臣如雨，猛将如云，军威甚盛。尔朱兆闻之大惧。又并州兵士经过两次大败，无不望风生畏，谁敢迎敌？兆欲战不能，欲守不可，于是大掠晋阳，带了家眷北走秀容，连北乡公主、孝庄后也不顾了。及北乡晓得，高兵已临城下，只得领亲军三千，狼狈而逃。城中无主，百姓大开城门，执香跪接。高王入城，安抚军民已毕，知北乡去尚未远，随命恒山夫人领兵追往。桐花追赶一昼夜，已及北乡后队，约有一千马步，却是孝庄后押后。孝庄后武艺原不弱桐花，无如军士慌乱，心中已怯，与桐花交战数合，回马而走。桐花赶上，生擒过来。并荣妾张氏、荣幼子文殊，尽掳以归。单有北乡公主逃往秀容，此且不表。

且说这高王据有晋阳，以地势雄壮，东阻太行常山，西阨蒙山，南拥霍太山高壁岭，北控东陉、西陉两关，有金城之固，真乃福基之地。乃取白马寺基，创建渤海王府。规模制度务极壮丽，发人夫三万，不分星夜建造，刻日限竣。使高澄屯兵城外，自居尔朱旧府，暂作行署。一日，桐花回军，报说掳得尔朱至亲三口，俘甲士五百余人，孝庄后于马上擒之。王大喜，排宴堂中，为桐花赏功。两人对酌，酒半，桐花说起尔朱后年少青春，容颜绝世。可惜国破家亡，被擒于干戈之际，做了帝后一场，如此结局，真人生之大不幸也。欢闻后美，不觉心动，问曰：“后何在?”桐花曰：“软禁 在营。”欢曰：“明日召来，吾有以处之。”桐花道：“处之若何?”王曰：“此虽天柱之女，陷于逆党，实系孝庄之后，理合宽宥，使之不失富贵可耳。”桐花道：“正宜如此。”宴罢同寝。明日，欢独坐一室，召后及张氏至。后于庭中，欢遥望之，果然天姿国色，盖世无双，遂下座迎之。后见欢掩袂流涕。欢再拜，后不得已亦下拜。欢曰：“后不幸而遭国变，以至如此。此兆之过，非后过也。营中不便居住，此处本后家旧府，可居之。”命即送入内堂，一应服御器皿，着令皆如其旧。旧时宫人亦令入内服侍。张氏及后只道高王相待之厚尚在天柱面上，并不为异。桐花闻之，来谏欢曰：“妾闻大王留后在府，窃以为不可。后居内堂，王居外堂，妾处东厅，虽屋宇深远互相隔别，而同居一府，恐涉瓜田李下之嫌。何不使之另居他处，以礼待之，则王之义声振于天下。”王笑而不应。桐花觉其意，问曰：“王将纳之乎?”欢亦不应。桐花曰：“大王建义，为永安复仇，故天下响应。若纳其妻，非所以示天下也。且天下岂乏美女子，而犯此不义为?”欢曰：“汝勿多言 ，同安一室可耳。”桐花知王意不可回，叹曰：“早知美色惑人，悔不当时放之使去，吾累王矣。”王笑而出。

明日，王召张夫人出，谓之曰：“你家犯灭门之罪，汝与文殊俱当死。”张氏伏地求饶，王曰：“吾有一事托汝，若得玉成，不唯免死，而可富贵。汝能之乎?”张氏问：“何事?”王曰：“后年少终身未了，如肯从吾，当以金屋贮之，礼待逾于正妃。尔子文殊亦必复其世爵，以继天柱之后。否则，尔朱绝矣。”张氏唯唯承命，但曰：“此事王勿性急，后性烈如火，须以缓言劝之，一时未必即从也。”王曰：“汝善为之，异日必有以报。”张氏退而进内。后见张氏面有惊色，曰：“欢召汝去何意?”张氏泣曰：“尔朱绝续，全在于后矣。”后问：“云何?”张氏因述欢言：“后从之，可保富贵；不从，则全家诛绝。”后闻此言，怒气填胸，即欲拔剑自刎。张氏止之曰；“后为一身计，独不为宗门计乎?后死，文殊诛，天柱无后矣。后何不留着性命，为尔朱延一线之传也?”后放声大哭，坚欲为永安守节。高王探得事尚不谐，复召张氏谓之曰：“后不尝为肃宗嫔乎？肃宗崩，后事永安而不死，今何独誓死不从也?”张氏复言之后，后默然。张又云：“欢言待后逾于正妃，则后亦不屈人下也。”张见后有允意，遂报知高王。欢大喜，乃悄步而入。后与张俱坐堂中，见王至，不及避，遂逊王坐。欢自称下官，屈意①迎之。少顷，设宴对饮，两情渐谐，是夜遂成夫妇之好。明日，桐花进贺。后见之有惭色，桐花曰：“昔为敌国，今为一家，何幸如之?”王大笑。盖桐花性极灵巧，能随机应变，故王素宠之。

未几，新府成，王自临视。周围约有数里，制度宏敞，赛过帝阙。内有正殿、后殿，东西两殿堂，则紫云、芙蓉、仪凤、仪政、德阳等名。园有东西两座，楼台亭榭随处皆是，间以水木花石，无不曲尽高深。后院妃妾所居，深房邃室，皆画栋雕梁，朱门金壁，不下五百余间。见者以为神仙之府不过如此。高王大悦，厚赏监造人员。乃命尉景、孙腾将三千轻骑，到晋州迎取眷属，同到晋阳居住。又命在山东等处选买女子三百名，以充府中

① 屈意——委屈心意，迁就。

役使。百官庆贺新宫，日日开筵欢饮。一日，报有诏到，正使赵郡王、副使华山王、内使元士鼎，王迎入府中。开读圣旨，乃赐高王锦绣千匹、黄金千两、牙床一座、流苏帐二顶、宫娥二十名。王谢恩毕，乃与天使见礼，留入书房叙话。二王曰：“我等此来，为帝欲立正宫，必求王女，正位朝阳。且有别旨，王若不允，终身不立国母。望王善承帝意。”王曰：“帝命焉敢不遵。但欲屈留二王在此，容俟议定复命。”二王许之。于是送至公署安歇。二王别后，王取流苏宝帐一顶送入后堂，即带领二十名宫女来见尔朱后。宫女叩首侍立，偷眼往上一看，乃是尔朱娘娘，何为在此？后见宫女有曾经服侍过者，追思往事，不觉愀然。王曰：“此帐与宫娥皆今上所赐，特以赠卿，卿何转生不乐？”因命左右歌舞，后曰：“清淡可耳。”王自是迷恋后色，往往数日不出，即天子求婚一事，亦不提起。正所谓：

儿女多情欢爱重，君臣大义等闲轻。

以后情事，且待下回再说。

第二十六回

运神谋进兵元旦　追穷寇逼死深山

话说高王迷恋美色，把军国大事皆置不问。又将尔朱旧府添设楼台、殿阁，以为游乐之所。因号新府曰北府；旧府曰西府，独让尔朱后居住。一日，娄妃诸眷已近晋阳，文武官员皆郊外迎接。桐花闻知，亦要去接娄妃，正好迁住新府。王谓之曰："此处事情，你且瞒过娄妃。我已吩咐左右近侍，不许说知。如有泄漏，咎总在你。"桐花含笑而应。又进谓后曰："今日妃眷都到，我往北府看视一番，卿在此勿伤寂寞。"后曰："王自去，但我与你妻总要不相闻问，免我羞惭。"王曰："卿勿忧，各自为尊便了。"王来北府，娄妃车从已到。相见大喜，诸夫人及儿女一一拜见。府中铺设齐备，娄妃居于正宫，诸夫人各居一院。将山东采选的三百名女子皆宫样妆束，拨给各宫伺候。服御、器皿无不工巧华丽。娄妃曰："妾等今日受此荣华，皆叨大王之福。"高王笑曰："报卿俊眼能识人耳。"妃亦笑。至晚，排宴后堂，合家聚庆，灯烛辉煌，管弦齐奏，不让天家富贵。酒半，王顾端娥谓娄妃曰："天子屡次求婚，情难再却，我欲许之，未识卿意若何？"娄妃曰："昔孕此女，梦月入怀。月本后象，今天子欲纳此女为后，此亦前定之数，妾何敢违？"王大悦。筵毕，王宿正宫，诸夫人各归别院。明日，赵郡、华山二王来贺，说起帝命，欢不复辞。二王大喜，便欲进京复旨。此且不表。

且说天下事若要不知，除非莫为。高王纳了尔朱后，不许一人泄漏其事，哪知只瞒得北府眷属，外人却都晓得。二王在晋阳耽搁数日，早有人报他知道，故一到京中，喧传此事。复命对，言欢已肯纳女，帝大悦，即遣李元忠纳币于晋阳。元忠本欢旧人，今充大婚使，欢敬待有加。尝与之宴，酒酣论及旧事，元忠曰："昔日建义，轰轰大乐，比来寂寥，无人相问。"欢抚掌笑曰："此人逼我起兵。"元忠戏曰："若不与侍中，当更求建义处。"欢曰："建义不虑无人，止畏如此老翁不可遇耳。"元忠曰："止畏此翁难遇，所以不去。"因捋欢须大笑。欢悉其意，深重之。斯时天子娶妇，高王嫁女，富贵赫奕①，不待言表。端娥临行，牵衣恸哭，举家为之下泪，王亦挥泪不已，唯高澄在旁窃笑。王次日召澄问之，曰："端娥入宫，终身不得归宁②。尔独无姊弟情，而笑于旁乎？"澄曰："女子得为帝后，富贵极矣，有何不足，而为之戚戚？儿以天下可忧之事正多，父不之忧而乃忧此儿，所以笑也。"高王曰："你且说可忧者何事？"澄曰："尔朱兆尚在秀容，分兵守隘，出入寇掠，及今不除，酿成遗患。父王屡次出兵，旋又中止，未识何意。"王曰："尔何知，此兵机也。"澄悟曰："然则岁终可袭而取也。"王曰："汝勿言。"澄拜而退。高王自嫁女后，在娄妃前托言军事匆忙，要往营中料理，遂往西府安歇。命尉景为并州刺史，管理万民，厍狄干权管三军。自与尔朱后行坐不离，欢乐宴饮。诸将知之，皆不敢言。时至残冬，告后曰："吾为国事将东出数日，暂别卿

① 赫奕——光明显盛的样子。
② 归宁——回娘家。

去。”后不敢留。便从数骑来至军营，召集众将听令。又召世子高澄，私语之曰：“吾今夜起兵，去捉万仁。新春诸事，你当代吾为主。西府中元旦亦要贺节。库内有玉如意一只、金凤炉一座，你送去为贺礼，待之一如亲母，倘傲慢失礼，回必重责。但要瞒了你母及众夫人，你归只说吾军行要紧，不暇回府了。”高澄受命，直至大军起行，然后回府。细想父王吩咐，不知西府所宠何人，教我如此。因想恒山夫人曾在西府居住，必知其详。于是将行军之事禀过娄妃，悄步走入桐花宫来，向桐花道：“敢问姨母，西府居者何人？”桐花佯曰：“不知。”世子道：“父王命我元旦贺节，礼敬如嫡。故必问明，然后好去。”桐花曰：“大王嘱我勿泄，故不敢言。既命你去，我先说你知道。居西府者，乃尔朱荣之女，孝庄王后也。前日逃往秀容，被我擒回，大王纳之，宠幸非常。但你虽知之，不可泄漏于人，致触父怒。”世子连称不敢而退。

再说高王起军，虑大队行缓，命窦泰先将轻骑三千往前进发。泰一日夜行三百里，直抵秀容城下。兆是时因高王屡次起兵旋复中止，防守渐懈。况值岁首，隔夜除夕，军将皆欢呼畅饮，高家军来，全无消息。城门方启，泰兵一拥便入，把兆府前后围住。万仁正在中堂，观左右手搏为乐，忽报高兵杀进，已把府门围住，惊得魂飞天外，魄散九霄，急召诸将，诸将皆已逃窜。其妻李氏闻外面金鼓喧天，忙出问信。万仁一见，大哭道：“高兵已到，大事休矣。但不可留下妻女，再为人辱。”拔剑斩之。欲杀其女金婉，尚在内阁未出，不及寻觅。只得结束停当，带领亲军数骑，杀出府门。窦泰向前拦住，万仁不敢恋战，杀条血路，拍马而走。窦泰赶至城边，已被逃去。少顷，高王军到，闻兆已走，命窦泰留后，安抚城中。唯北乡府中，任其出入，不必设兵严禁。自率大军来赶万仁。忽遇高山挡住，不知万仁所向，便屯军山下，遣彭乐、斛律金二将各带百骑入山搜捉。山路崎岖，追寻半日，不见踪迹。忽见一壮士身衣豹皮，手执三股叉，高叫曰："你们要捉尔朱兆乎？我领你去。"二将大喜，随之而往。要晓得万仁逃入深山，心慌意乱，走到一绝径所在，前无去路，随身军士止存得张亮、陈山提两人，因谓二人曰："汝等以死相从，愧无以报，斩吾首去，可图富贵。"二人不忍，兆乃杀其所乘白马，自缢于树。那壮士在隔岭望见，故来报信。彭乐等兵至，遂斩其首，并执张、陈二人以归。高王见其首，不禁恻然，命收其尸葬之。并释张亮、陈山提罪。二将因言壮士报信之功，王问："其人何在?"对曰："在辕门外。"王召入。其人下拜，王细认之曰："汝莫非太安韩伯军乎?"其人曰："臣实韩轨也。"伏地不起。盖轨少时与王同学，轨有妹俊英，王曾求之为室，其母嫌王贫，不许，自此遂绝往来。王命之起，坐而问之曰："卿吾故人，何流落在此?"轨曰："自王别后，即遭拔陵之乱，家业荡尽，后为葛荣掳去。荣败，陷入逆党，应死。臣乘间逃脱，在此打猎为生。"王语以前事，轨惶惧谢罪，因曰："前者闻王建义，本欲相投，因负前罪，故不敢进谒。"王曰："今汝母妹何在?"轨曰："臣逃后，天柱将臣母妹没为官婢，现在拘于秀容织纴宫中。求王放出，使臣得骨肉相聚，则恩德无量矣。"王即发命，召他母女到营。赐轨冠裳，留住营中。盖王将晓谕边夷，故尚停军于此。次日韩轨母妹召到，入帐叩见。王见其母头白齿落，老态可怜；

俊英膏沐①不施，丰韵犹存。轨随后亦入。皆命之坐，问其母曰："你女何以不嫁贵人而憔悴若此？"韩母羞惭无地，乃谢曰："前日有眼不识，悔已无及。今女尚未嫁，愿充箕箒之役②，服事大王，以赎前愆③。"王曰："向不肯与我为妻，今乃肯与我为妾乎？"轨亦跪地求允，王笑而许之。是夜，遂纳俊英于营中。

不一日，王返秀容，慕容绍宗叩辕求见。王召入，起而迎之曰："我念将军久矣，何以今日才来？"绍宗曰："北乡公主尚在，不可弃之而去。"王曰："卿可谓忠于所事者矣。"因问："北乡公主安否？卿为吾致语北乡，后及公子文殊皆安乐。倘肯迁到晋阳，与后同居，则大好。即不然，富贵如故，可无忧也。"绍宗退，来见北乡，以欢言告之。北乡大疑。俄而，报有高王使者在外，遂召之入。问使者曰："后在并州居于何所？"使者曰："王建西府居之，荣华逾于前日。"北乡知后已失节，勃然变色，遂令使退，进内放声大哭曰："后竟若是，我何面目再立人世？"遂自缢。绍宗为之殡殓。高王闻之，亲临祭奠，召绍宗谓之曰："卿今而后可以一心事我矣，当令官爵如故。"绍宗拜谢。王出令，所有籍没万仁家产，载往晋阳，其家口④赏给诸将为奴婢。当面查点，只见一女子体态娇柔，形容出众，悲不自胜，因问曰："尔系万仁何人？"女对曰："妾名金婉，万仁女也。"王命置之。其余照簿发遣。是夜，王命金婉陪饮，又纳之为妾，即后所称小尔朱夫人是也。王将班师，命韩轨为都督，镇守秀容。于是

① 膏沐——妇女洗涤、润泽头发所用的油膏。

② 箕箒之役——洒扫、收拾家务的工作。代指妻子。

③ 愆（qiān）——错误，过失。

④ 家口——家中的人口。

三军齐发，下令兵将不许传说北乡自缢之事，违者有罪，恐后闻之而生怨也。军到晋阳，正值元旦，王入北府，命文武各散，进与娄妃相见。诸夫人闻之，都来拜贺。众方就坐，俄有两乘香车至殿下，两边侍女十余人，众妃见之皆愕然。见秀幔中走出两位美女，侍女拥之，从西阶上，入殿下拜。娄妃问王："何人？"王曰："此年长者韩轨之妹，前日不肯与吾为妻，故令今日与我为妾。此年幼者万仁之女，本已没为官婢，吾怜其娇好，故纳之。卿勿以为怪也。"娄妃笑曰："此皆吾王好色所致，妾何怪焉？"便令各居一院，拨给承值宫女各二十名。当夜大开筵宴，共赏元宵。王饮三爵，起谓妃曰："我有军务未了，不能在此宴赏。"说罢便出，盖王急欲往西府也。

且说尔朱后独居西府，正伤寥寂，半月来不知高王在于何所，转辗不乐，独自倚栏，看月长叹。宫女忽报王至，忙移莲步下阶相迎。王一见之，恍似嫦娥下降，喜逐颜生，便携手上阶，并坐而语之曰："吾因军旅羁身，累卿寂寞。"后问："半月何往？"王权辞以对，因问："岁首元旦，世子曾否来贺节。"后曰："来贺。世子聪明俊秀，谦下有礼，可称佳儿。"王曰："此儿颇识事机，能称吾心，故命之来见耳。"宫娥排宴上来，看月对酌，王自弹琵琶，以娱后意。左右宫女争相欢笑为乐。饮至更深，撤宴归寝。次日，报有建州刺史韩贤，遣人贡献蛟龙锦三百匹。发而视之，工织奇妙，五彩相间，皆是金龙玉蛟出没于五色祥云之间，盘旋屈曲，光彩夺目。每匹长五丈，阔七尺。王曰："蛟龙锦，中国①亦有，不能如此奇妙。"因问使者："锦从何来？"答

① 中国——上古时代，汉族文化发源黄河流域，以为居天下之中，故称其地为"中国"。后各朝疆土渐广，凡所辖境，皆称为"中国"。

曰："此锦番商赍来，每匹百金，吾主以为奇货，故买之来献。"王大悦，厚赏使者。以锦赐与尔朱后，为幔天帐一顶，坐卧其中为乐。自是高王深居西府，虽近臣亦罕见其面矣。此且按下不表。

再说孝武纳后以来，在高王面上，深加敬爱，后亦安之。而帝有从妹二人，一号明月公主，一号云阳公主，皆以色美为帝宠爱，留在宫中不嫁，而明月尤宠。高后闻之不悦，常欲谏阻，未敢出口。一日，内侍有言高王娶庄后事者，帝闻大愠，谓后曰："近闻卿父娶庄后为妃，未识信否。若果如此，大乱君臣之义矣。"后微笑曰："君臣之义不可紊，兄妹之间独可乱乎？陛下宠幸明月、云阳，外庭皆知，何以示天下后世？吾父果尔，正所谓有是君有是臣也。"帝闻之甚惭，由是与后外相亲爱，而内怀不睦。君臣嫌隙，亦从此生矣。且听下回分解。

第二十七回

乙弗氏感成奇梦　宇文泰获配良缘

话说高王纳了尔朱后，帝虽闻而恶之，然并无相图之意。朝臣中惟斛斯椿心怀反复，平素喜与术士剑客往来，好行机诈①。高王初入洛阳，椿已虑其权重欲图害之，赖贺拔胜言之而止。及欢杀乔宁、张子期，心益不安，因与南阳王宝炬、武卫将军元毗、侍郎王思政等结为一党，密于帝前言欢之短，劝帝除之。舍人元士弼亦言诏到并州，欢坐而听读，骄傲无礼。帝于是常怀不平，欲除之而计无所出。一日，忽接欢表，言尔朱兆已正杀君之罪，灭及全家，而太原王荣曾有大功于国，不应无后，其所遗幼子文殊年渐成人，理合赐之袭爵，以酬其勋。帝览奏大骇，欲许之，则封叛臣之子为王，心所不甘；欲不许，则虑触欢怒，致生不测。乃密召斛斯椿，以表示之。椿曰："陛下不可不许。欢之推恩于尔朱者，以纳庄后之故，在他面上用情，志在必得，不如许之以慰其心。然欢所为如是，未始非天朝之幸也。"帝曰："何幸之有？"椿曰："以欢之雄才大略而励精图治，经营大业，其势难制。近闻其自纳庄后为妾，日夕居于尔朱兆旧府，只图欢乐。诸将罕见其面，旧时姬妾亦置不问。以尉景为冀州刺史，委以政事，自己全不关心。又以北地已平，关西通好，以为天下无事，

① 机诈——机巧狡诈。

因此志骄气盈，唯酒色是娱。现在乘其昏惰之时，正好设计除之。欢若一除，其长子高澄年仅十二，余皆孩提，虽有谋臣勇将，蛇无头而不行，皆可以利诱也。如是则大权复归帝室，天下皆稽首归服矣。”帝曰：“除之若何为计？”椿曰：“陛下禁旅①单弱，先当广招武勇，添置阁②内都督部曲、值殿之将，每员以下增置数百人。又诸州行台管辖一方，皆欢私人为之，本以正讨反乱，故建其职。今托言天下已平，悉罢其兵，则欢势孤矣。关西贺拔岳士马精强，虽阳与欢合，未必心服。今遣辩士说之，使顺朝廷。其兄贺拔胜英雄无比，心地忠烈，现为侍中，可使都督三荆七州诸军事、荆州刺史，以为外援。及早行之，便足以制欢矣。”帝曰：“司空高乾，朕亦欲用之。”你道帝何以欲用高乾？先是乾在信都遭父丧，以军兴不暇终服。及帝即位，表请解职行丧，诏解侍中，惟不解司空之职。乾虽求退，不谓帝遽见许，既解侍中，朝政多不关豫③，居常怏怏。帝既贰④于欢，冀乾为己用，尝于华林园宴罢独留乾，谓之曰：“司空奕世⑤忠良，今日复建殊勋。朕与卿义则君臣，情同兄弟，宜共立盟约，以敦情契。”殷勤逼之。乾对曰：“臣以身许国，何敢有贰？”帝复申前说，乾唯唯。且事出仓促，不谓帝有异图，遂不固辞。与帝焚香订盟，誓终始不相负，因是帝欲用之。椿曰：“乾若为陛下用，其弟敖曹勇冠三军，雄武无敌，亦可结之，为陛下用矣。”帝大喜，由

① 禁旅——犹禁军。

② 阁——宫中小门。

③ 关豫——关心，过问。

④ 贰——变节，背叛。

⑤ 奕世——历世。

是朝政军谋，帝专与椿决之，群臣皆不得与。得与闻者，惟南阳王、王思政数人。然南阳虽与其谋，恐事无成，心甚忧之。

一日朝退，独坐阁中，其妃乙弗氏贤而色美，为王所爱敬，无事时，每与谈论世事。妃是日见王默默不乐，问其故。王曰："我忧高欢当国①，将来祸必及我。"妃曰："王承帝宠甚厚，何畏于欢？"王曰："天子是他扶立，国政军权皆他掌握。一旦有变，天子且不保，其社稷何有于我？我所以忧也。"妃曰："此非王一人事，且宽怀过去。"因问欢之宗祖是何等样人。王曰："我初不知。前日我同高道穆入景明寺闲玩，时欢随尔朱荣入都，与司马子如亦来寺中游玩，在左廊下相遇，欢与子如并肩而行。吾见其容貌特异，声音洪亮，目视久之。道穆谓予曰："殿下识此人否？"我曰："不识。"道穆曰："此人姓高，名欢，字贺六浑，渤海人也。其上祖名隐，出仕于晋。隐子庆，为燕吏部尚书。庆子泰，为燕都尹。燕亡，泰之子湖，以燕郡太守引兵降于本朝。吾世宗皇帝封为右将军。湖有四子，次子名谔，官为侍御史，犯法坐罪，削职为民，谪徙于怀朔镇。谔与吾家为同姓，与吾父、吾叔叙兄弟行。其去怀朔时，以祖宗神像寄与吾父，曰："门户衰败，未识流落何所，恐有遗失，幸弟为我留之。且言我父：为将常行仁义，未尝妄戮一人，我虽如此，或子孙尚有成人者，可以此示之。于是遂去，其后不相闻问。我父尝以此谕我兄弟。吾曾看其先像，此子容貌，宛似高湖，但少须耳，乃湖之曾孙也。"我曰："既有此事，何不以像还之？此子神姿秀异，所谓成人者，即其人欤②？"道穆乃进前相见，遂入讲室。欢与子如、道穆及我

① 当国——主掌国政。

② 欤——文言动词，表示疑问、反诘等语气。

同入共坐。道穆遂请姓氏，欢言之。再请其祖宗名号，欢又言之。道穆因以其祖犯法寄像之言，一一告之。欢整衣而起，向道穆再拜。道穆答拜。欢起，敛手拜曰："我祖不幸犯法流徙，以公父贤明，寄留先像。今欢幸遇明公，得悉原委。愿请遗像以归，亦公之德也。"因俯首洒泪。道穆曰："正以君是贤子孙，故欲奉还先像。将军不弃，可往寒家奉还。"欢固辞不肯。乃约次日仍于寺中取像，遂各别去。次日，道穆将遗像入寺，拉吾同往。欢设酒以待，见像展拜曰："我衣冠族①也，而沉沦至此。"因悲不自胜，洒泪如雨。见者皆为惨戚。是日虽置酒，略饮数杯而罢。去后，道穆深叹其孝，异日必成伟器。我自此方知其家世也。"妃曰："若如此，欢亦名家子也。且为人孝敬，安知其不为魏之纯臣也。"王曰："汝言儿戏耳。欢有奇才异相，安肯安分守己，久居人下？"妃又问欢之异相若何。王曰："欢身长八尺，体貌如神，龙行虎步。双眉浓秀，目有精光，长头高额，齿白如玉，肌肤细润，十指如初出笋尖一般。声如裂帛，又能终日不言，通宵不寐，喜怒不形于色，人莫能测其意。性既沉重，识又宏远，实天地异人也。乱阶②一作，天命有归③。欢若据有天位，我家宗社绝矣。"妃曰："此王之过虑，欢能终守臣节亦未可知。"王曰："智者见于未萌，何况已著。近闻一节事，已见欢之无君矣。"妃曰："何事？"王曰："欢素好色，姬妾无数。正妃娄氏宽厚贤明，即今上皇后之母。有一姬名桐花，能行妖法，颜色娇美，身体纤弱若不胜衣，而能冲围陷阵，所向披靡，战必大捷，

---

① 衣冠族——指士族、士绅。

② 乱阶——祸端，祸根。

③ 天命有归——上天所安排的归宿。

今上封为恒山夫人。从征尔朱兆，庄后逃归秀容，被他擒得，欢竟纳之为妾，宠爱异常。故尔朱文殊亦得袭封王爵。欢以帝后为妾，岂复知上下之分乎？”妃不觉失惊曰：“此事必非虚闻。妾昔与诸王妃入宫见孝庄皇后，其容色光艳，绝世无双，娇颜丽质，虽洛浦神女①、嫦娥仙子无以过之。今孝庄崩，后又年少，被欢得之，美色动心，后焉得不失节？但欢有此事，大亏臣节，后事不可量矣。”王曰：“所忧正在乎此。朝廷虽为之备，吾恐事属无成，反速②其祸耳。”妃亦为之不乐。

至晚，宴罢而寝。乙弗氏睡去，遂得一梦。梦见天子引兵出西阳门，俄而变为龙，鳞甲虽具，爪角不长，气象甚弱，乘紫云冉冉西去。护从人员一无所见，独南阳王跣足登云，亦化为龙，皆从西去，身亦不觉随之而行。须臾见北方一人，形貌非常，心以为高欢也。仗剑立于大树之顶，威容甚猛。视其树，高有七十余丈。又一人身披金甲，手持白刃，亦在树上，大声呼曰：“大家③高欢！”言未绝，欢足生青云，化为一条黄龙，长六十余丈，夭矫④于青云中。风雨骤至，金鳞耀目，火眼睁光，牙爪攫拿，翻覆有势，云雾已遮半天，南阳回避而行。望见西北上又有黑云一片，从地而起。一人仗剑立于云上，仪表非凡，衣服皆黑，发垂垂披于两肩，长与身等，气势甚盛。与南阳相遇，即化为白龙，鳞甲爪牙如玉，其黑云亦遮半天。王虽为龙，大有畏缩之

① 洛浦神女——指三国曹植《洛神赋》中的神女。
② 速——招致。
③ 大家——宫中近臣或后妃对皇帝的称呼。
④ 夭矫——飞腾的样子。

状。仰视红日无光，烟雾迷漫，细缊①不散。未几，有彩云一朵从西而来，中有仙花两朵，其大如盘。南阳乘云而去，衔得一朵，擎于爪中。妃心恶之，遂与王相失。随后又见黄龙乘云赶上，亦衔一朵而往。妃不见王，身所无依，甚是恐怖，低首视之，乃身在万仞高山之上，危险难行，不禁失足，惊出一身冷汗而醒。时正五鼓，南阳起身入朝，妃亦起来梳洗。细思梦中景象，国家必有大变，王即无恙，此身恐不得保，呆坐房中，郁郁不乐。少顷王归，以梦告之。王闻默然，既而谓妃曰："若应此梦，魏室江山必致倾覆。龙者，君象也。欢为黄龙，主有天下。况其父名高树，正应神人所言。白龙庚辛色，只怕西方别有真人为帝。我化为龙，或亦有人君之分，然奄奄②不振，亦必受制于强臣之手，徒拥虚名。至衔花一事，主我有重婚之兆。但我与卿结发情深，断无弃卿别娶之理。况高欢亦取一花，理不可解。因取花笺一幅，将梦中所见一一记之，付妃藏好，留为异日之验。后来王为西魏主，蠕蠕国有两公主，一嫁于王，一嫁于欢，而乙弗后遂废死，此梦始验也。正说间，报侍郎王思政来，接入密室相语。思政曰："今奉帝诏，往说贺拔岳，特来告别。"王嘱之曰："机不可泄，愿君慎之。"思政曰："吾改作贾客，潜入关西，相机行事便了。"王曰："如此最好。"遂别去。今且按下不表。

且说贺拔岳镇守关西，军政无缺，四民③乐业。岳以行台左丞宇文泰为腹心。泰有文武才，志度④深沉，特为岳所器重，言

---

① 细缊（yīnyūn）——同"氤氲"，烟雾迷茫的样子。
② 奄奄——气息微弱的样子。
③ 四民——旧指士、农、工、商。
④ 志度——志向气度。

无不听，计无不从。泰年二十有四，尚无正室，身边只有李姬一人，欲待其生子，然后册正。姬生一女，因生时云气满室，取名云祥，即后西魏废帝后也。一日，贺拔岳出长安游猎，驻军华阳城外。众将皆随，泰亦同往。泰见军中无事，私语部下头目三人，易服为游客，入华阳游玩。走过几处街方，忽见挂一算命卜卦招牌，便同三人走入店中，向术者拱手道："乞将贱庚一排。"术者写下八字，推算一回，便起身道："此处不便说话，请贵人里面坐谈。"四人走进，术者向泰作揖道："不知贵人下降，有失迎迓。"泰笑道："小子是经商的人，何敢当贵人之称?"术者道："休要瞒我，尊命极贵。目下虽有爵位，未足为奇。一遇风云①，飞升云表②，必为万民之尊。现在喜气重重，来春定生贵子。"泰又笑道："我尚未娶室，焉得来年生子?"那术者一闻未娶之言，拍手喜道："好，好，好，今日遇着了。"泰骇极，问故。术者道："老汉是成都府人，云游无定。所以耽搁在此者，只为受人之托，必成就其事方去。"泰问："何事?"术者道："此间有一长者，姓姚，名文信。积代名家，富而好礼，世居盘陀村。女名金花小姐，年方十八，才貌无双。前日推算其命，贵不可言，定当母仪天下，非寻常人可配。长者欲得贵婿，故留我在此算卜，看有可以配合者，为之作伐。无如所算之命皆非其耦，今贵人之命正是天生一对。既云未娶，老汉愿为执柯③，敢求名姓，好去通知。"泰大喜，便以名姓告之，订于明日来讨回音。泰出门嘱三人勿泄 。那术者自泰去后，即到姚文信家，言有八字在此，是一

① 风云——比喻高位。
② 云表——云霄
③ 执柯——指做媒。

极贵之婿，不可错过。其夜，金花小姐梦一金龙据腹，正在堂中告知父母，恰好术者到来为媒。文信大以为瑞，一诺无辞。术者报泰，泰即纳聘。贺拔岳知之，劝其即娶。遂停军三日，城内备下公署，共结花烛。合卺之后，泰见金花色美而慧，心下甚喜。于是拜别文信夫妇，共归长安。到家之后，宾朋毕贺，张乐设饮，忙了数日。一日，门上持帖来禀云："有一人商旅打扮，从洛阳来，要见主人。"泰见帖上名字乃是王思政，心下大骇，吩咐开门，亲自出外接进。施礼坐定，便问道："侍郎，天子贵臣，何以微服下顾?"思政曰："偶访亲友至此，特来奉候。"泰曰："莫非要见我元帅乎?"思政曰："贺拔公也要进候。深慕左丞才智不凡，识权达变，先来一谈。"泰知其意，便请入密室相语。但未识所语何事，且听下回分解。

第二十八回

思政开诚感贺拔　虚无作法病高王

话说宇文泰屏去左右，将王思政邀入密室，问其来意。思政曰："我今至此，特为国事起见。"泰曰："自渤海王当国，寇乱已平，天下安治，国家尚有何事烦公远出?"思政曰："左丞以渤海王为何如人?"泰曰："高王灭尔朱，扶帝室，大魏之功臣也。"思政曰："吾亦意其如此。孰知灭一尔朱，复生一尔朱。今欢身居并州，遥执朝权，形势之地皆其私人所据，天子孤立于上，国势日危。近欢又纳孝庄后为妾，败常乱纪，于斯为极，宁肯终守臣节哉？帝素知行台与左丞忠义自矢，士马足以敌欢，故特遣我来密相盟约，为异日长城之靠①，所以敢布②腹心。"泰曰："高欢之心路人皆知，吾元帅岂肯与之同逆。直以势大难敌，故阳为结好耳。请即同往，与贺拔公议之。"思政大喜，便与泰同来见岳。岳知思政至，忙即请入，下阶相迎。坐定，略叙寒温，思政便以告泰之言告岳，出帝密诏付之。岳再拜而受，因曰："国步将危，正人臣捐躯效节之日，况有帝命乎？岳敬闻命，不敢有二。"留入后堂，设宴相待。宴罢，思政不敢久留，起身辞去。岳曰："归奏天子，欢若有变，岳必尽死以报。倘有见闻，当使宇文左丞到京面陈。"思政既结好关西，星夜赶回京师，奏知孝武。孝武曰："贺拔岳谅无他意。但恐欢终

---

① 长城之靠——牢固的依靠。

② 布——宣告，对众陈述。

难制，奈何?”斛斯椿曰：“陛下勿忧，臣更有一计，足以除欢。”帝问：“何计?”椿密语帝曰：“有嵩山道士黄平信、潘有璋善行符魇之法，与臣往来亲善，臣尝试其法有验。据云能摄人生魂，用伏尸术，埋而压之，其人必死。只要本人生年月日，贴肉衣服，法无不灵。臣欲害欢，已托其行事。欢之年月日时已有，所少者贴肉衣服耳。又有一术士李虚无，自言能往并州盗之。臣俱留在家中，法物一备，便可动手。可安坐而制其命也。”帝曰：“此法若灵，胜于用兵数倍矣。卿善为之，勿使作事无成，徒人笑。”椿受命而退。

且说高乾与帝立盟之后，绝不知帝有他意，后见帝增加部曲，心甚疑之，私谓所亲曰：“主上不亲勋贤，而招集群小，数遣近臣往来关西，与贺拔岳计议。又出贺拔胜为荆州刺史，外示疏忌，实欲树党。祸难将作，必及于我。”乃密启欢。先是封隆之、孙腾皆有书报高王，言朝廷听任匪人，暗招刺客，潜入晋阳，欲害大王，宜谨防之。欢得书大怒，曰：“帝即忌我，其奈我何？唯刺客当防之耳。”于是日与尔朱后深居内室，侍侧者皆女子，外官非亲信不得常见。三五日一出，经理庶务，四方有要紧文书，皆侍女传递。十日一宴众官，亦不出府，自正厅至寝室共门十有八重，每门设监守官二员，查视出入。其堂内门户，皆妇女关守，莫敢乱行。旧时宴会，非至二更不散，自后日一沉西便即终席。最亲爱者惟孝庄后一人，刺客事亦唯后知之，余无知者。至是又是乾启，心益大怒，乃召乾至并州，面论时事。乾见高王，悉陈朝廷所为，不久定有变动，因劝王受禅，以弭其祸。王急以袖掩其口曰：“司空勿妄言。吾今以司空复为侍中，门下之事皆以相委。”言讫，即令记室作启，奏请乾为侍中。又谓乾曰："明日是花朝节①，当与司空宴于北城府中。"传令百官，明日皆集相府伺候。乾乃拜辞而出。次日，司马子如来见，便与子如偕往北府。正行之次，见一蓬头道人手持团扇，上写善观气色，预识吉凶。高王头踏到来，全不退避。军人拿住，送到马前，道人叩首道："不知王到，误犯虎威，伏乞释罪。"高王吩咐放去，道人立起身来，只把高王细看。一到北府，众官分班迎接。王入西园，宴已摆设。王坐南面，乾与百官依次坐下。笙歌迭奏，女伶乐妓纷纷进酒。斯时娄妃亦同众夫人在景春园中百娇亭上饮酒赏花，听得乐声嘹亮，问宫人："何处奏乐?"宫人禀道："大王在西园宴客。"娄妃暗忖："高王一月不见，宴罢之后，自然进宫。"便同诸夫人各归内阁。哪知高王一心只在西府，阶前方报未时，便即起身，谓高乾曰："司空早转朝去，今当复为侍中，诸事留心。明日我来饯送。"乾拜谢，王即去。娄妃闻之不悦。子如送王归府，行至中途，复见蓬头道人立在街旁，注视高王 。子如心疑，遂命从人带道人归府，问他何以两次冲道。这人曰："贫道深通相术，今观大王气色，主在今夜即有急病缠身，欲为大王寻一解救之术，故在旁偷视。"子如曰："你不可乱说，言若不验，定加重责。"吩咐左右将他锁在书房，不许放去。

且说高王回到西府，时已傍晚，便与尔朱后在春风亭上开筵对饮，宫女轮流斟酒，花香人美，十分快意，不觉沉醉。将近二更，月明如昼，思欲下阶闲步。袖拂金杯于地，亲自俯拾。忽一股黑气从地而起，直冲王面，回避不及，觉气冷如冰。后见王色异，慌问："何故?"王不应，遂与后联坐。再命进酒，连饮数杯，身渐

---

① 花朝节——我国古代的节日，在农历二月十二日，又叫"百花生日"。

不快，携后手同归寝室。坐方定，垂首大吐，乃就榻以寝，后侍坐榻旁。三更时候，大声呼痛，后急问之，谓后曰："我太阳①如斧劈，痛不可忍。"言未绝，又曰："我右胁左膝亦发奇痛，未识何故。"后即命宫女执烛，亲自看之。王体素白 ，是时三处皆青。后惊曰："乍痛乍青，症甚奇异，当召医者入视。"王曰："且待天明。"后曰："王旧日曾有是症否?"王忍痛言曰："吾自幼多疾，饮食少进，不能受劳。至十岁即能饮酒，赖尉氏姊调护，不至沉醉过伤。年二十始无病，然三十之内体尚瘦弱，不得丰厚。虽居高位，精神未能全美。一到晋阳，肌丰神壮，体日以强，虽应务纷繁，终夕不倦。自此五六年来，疾病全无，故敢恣情酒色，朝夕自娱。旧有值宿医官，吾以无病故，皆令去之。今于半夜出召医者，人必惊疑，故待天明不安，然后去召。"后见王愁眉蹙额，似有不胜痛楚之状，心甚惶急，巴不得天就明亮。一到五鼓，忙即传谕出宫，宣召医官二人。医者入视，诊过脉息，再看痛处，茫无治法。出外拟方，私语侍者曰："今按大王之脉，别无甚病，三处奇痛莫识所由。恐遇妖魅之物，以致此祸。当启妃主，问明大王，再商所以治之。"内侍曰："昨夜在后花园饮酒，皆宫女承应，归寝大吐，我问宫女方知。妃主之前不敢禀也。"看官，你道高王此症何来?缘道人即李虚无，欲识高王形像，故两次详视，当街不避，被子如锁在书斋。宿至二鼓，人皆熟寝，乃悄然而起，点灯焚香，念诵秘咒，将黄绢画成高王形像，以法针三只，刺其太阳、右胁、左膝三处，咒毕，藏于鞋履之中，凝神以坐。此处作法，高王三处就痛起来。医者那里识得，虽拟一方，服之其痛不止。

① 太阳——指人体脸部太阳穴。

却说司马子如绝早起身就往西府，一来谢酒，二来要验道人之言真假。斯时百官俱集，忽有内侍传令出来，大王昨夜中酒，不能劳动①，着刺史②尉景饯高司空入京，百官免见。子如心疑，留身入内，问门使曰："王在里面有何动静？"门使云："五更即传医官进去诊视大王，未识何病。医官云：'大王脉象无甚大疾，但太阳、胁、膝三处青肿，奇痛异常，疑为邪气所侵。得术士救解才可，恐非药石所能效。'"子如听了，暗想道人之言有验，遂令内侍请见。王召入，直至床前，见王有忍痛状，因问曰："王疾从何而起？"王以后园饮酒，黑气相触告之。子如曰："昨日送王回府，见那蓬头道人屡次顾王，我带归问之，据云观大王气色主在半夜发疾，我疑其谎，故禁之在室。今言黑气相犯，或有妖孽作祟，何不召之来治？"高王点头，子如遂出召之。未几，道人至，同入内宫。王努力坐起。道人见王再拜，请视痛处。王示之，道人曰："此无他故，盖中鬼毒也。请以神针，针其患处。"王不许，曰："吾痛尚不能忍，况又加针乎？且太阳、胁、膝等处，皆非可针之地。汝可别以良法治之。"道人曰："法虽有，但能暂止其痛，而疾不能除。"王命试之，道人讨净水一杯，画符念咒，以水喷于三处，痛果顿减，便命留之外阁。子如告退。其夜道人独宿阁中，将过半夜，复行邪法。高王痛又大作，倍加于前。后大惊，着令内侍问之，道人曰："此大王不许用针，故复发耳。"后又令内侍问曰："除用针而外，可有解救之术否？"道人答曰："王必不肯用针，尚有一术，但须明夜为之。"内侍问："何术？"道人曰："须得大王贴身衣服数件，在东南方捡一僻静

① 劳动——活动身体。
② 刺史——官名。

之处，待贫道作法，则鬼毒可解，大王便得安宁。”内侍进述于后。后见王闭目忍痛，不去告知，便唤宫女将王换下贴身衣服数件，放一匣内，付与内侍。便命明日与道人同往，捡一僻处，在内作法，不许放去。内侍领命，将衣服交与道人，道人大喜。次日，谓内侍曰：“我旅店正在东南方，与汝同去。”至店，内侍紧紧守定。是日，子如到府问候，知疾复作，大为忧疑。后亦时刻不安。那道人到夜托言作法，云：“外人不可窥伺。”令内侍宿在外边，闭户独处。半夜时候，将高王衣服藏起，取破衣数件放在匣内，书符数道，封固匣口。乃将高王所画形像拔去三针，取像焚之。天明，出谓内侍曰：“我法已施，大王自然安矣。”与内侍同到府中，交还衣服。果然王到三更其疾若失，痛患尽除，起身谓后曰：“此病速来速去，甚为可怪。”后乃以道人作法解救告之，王曰：“若是有验，道人之功不小。吾今日且出理政务，以解内外之惑。”梳洗方毕，内侍捧匣以进，言道人叮嘱，此匣不可轻开，开则恐疾复发。王命谨而藏之，因问：“道人何在?”内侍曰：“在外。”王命厚赏之，送往清霄宫居住。清霄宫者，晋阳第一道观也。道人辞曰：“我为解大王之厄而来，非贪赏也。吾事已毕，便渡江去矣。”内侍挽之不住，进报王，王益重之。

时段韶从京师回，到府求见。王命召入，细问朝事。韶言：“帝以斛斯椿为心腹，出贺拔胜为荆州，遣王思政到关西，皆为王故。其深谋密计，不能尽知。臣因定省久虚，上表回来。”王叹曰：“我不负帝，帝今负我。古人云‘功高震主者身危’，正我之谓矣。”又谓段韶曰：“汝在此受职，不必再往京师了。”段韶受命而退。次日，接得肆州文书，报有阿至罗引兵十万，来攻肆州，所过残破，乞发兵救援。诸将皆言宜救。王曰：“朝廷自有良谋，何烦我去征讨？”兵不发。俄而，朝廷亦有诏至，催王发兵，王故迟之。司马子如谏曰：“肆州与晋阳连界，肆州危，晋阳亦不得安。”王曰：“我岂不知，特恨朝廷急则用我，缓则忌我耳。至罗虽强，闻吾兵发，其心必怯，遣使谕以威福，可以不战而屈也。”乃发书于至罗，劝其归顺。至罗亲见使者，曰：“高王有命，我不敢抗。”引兵退归旧境，此话不表。

且说李虚无已回洛阳，备诉骗取衣服之事。斛斯椿及有璋、平信皆大喜，共入密室，推算年命，其年高王正三十八岁。平信曰：“欢今年别无大悔①，三月春残，主有小悔，可以助成吾术。过此则皆吉星临命，不可复制矣。”遂缚一草人，穿其衣服，又画一人形，压在草人身上，共埋地下。日夕书符作法，招其魂魄，相戒：“不可乱动，到三月十五子时三刻其命自绝。此伏尸之术，未有能免者。”正是：

擎天手段难逃死，盖世英雄即日休。

未识高王性命若何，且听下回细述。

① 悔——灾祸。

第二十九回

妖术暗侵凶少吉　神灵阿护死还生

话说高王因触黑气致疾，疑系尔朱旧第万仁在内为祟，择地东城另建新府。日夜督造，限在速成。然精神日减，寒热时作。隔三四日出理军情一次，不胜劳倦。医官时时进药，百无一效。一日，新府成，王自临视，庭院深沉，楼台重叠，金碧辉煌，各极土木之巧。择于三月初三，同尔朱后迁进。题其寝宫曰："广寒仙府"，珠帘绣户，仿佛瑶台曲室兰房，迥非人境。百官入贺，皆令免见。至晚，与后并坐对饮，笑谓后曰："卿是阿娇，此处可当金屋否?"后微笑。又曰："前日得病，以府第不安，因急过此，想得安静矣。"言未绝，王忽目闭口噤，鼻血如注，身坐不稳，渐下座来。后及左右皆大惊，急起扶之，已昏迷不省人事。后正无计，见神气将绝，且泣且呼。乃依时俗解救暴死之法，命宫女取外祠纸钱焚于庭下，取酒酬地，须臾鼻血少止。俄而口开，后遂取姜汤灌之。良久乃苏，瞪目视后，但不能出声。后即扶之入寝。约有两个时辰，王忽长吁，泣谓后曰："我几不复见卿。"后问："王何若此？令人惊绝。"王曰："我正与卿讲话，眼前只见一人，身长丈余，头裹黄巾，手执文书一纸，告我曰：'主司有请。'我问：'主司何人？你敢擅入。'方欲叱之，此人进步将我咽喉捻住，两目黑暗，不知南北。耳中闻卿唤我之声，开口不得。魂摇摇渐觉离身，忽有火光从顶门出，喉间才得气转，开目见卿。至今喉痛、眼疼，遍体无力，看来吾命不久矣。”后闻言泪下，勉强安慰曰：“大王神气虚弱，故见神见鬼。宜报知世子，召医下药，调理元气，自然平复①。”王点头。

天明，即召世子。世子闻召，即到新府拜见，又拜见庄后。王谓世子曰：“我二月中得病，淹留至今，昨夜更加沉重。你母在北府尚未知道，你归言之。”说罢，便令出宫。世子退立中堂，请见尔朱娘娘。娘娘移步出来，世子曰：“父王所犯何病？儿实不知，求娘娘细言其故。”后乃以前日若何发痛，若何得安，昨夜若何昏迷，一一告之。世子听罢，大惊失色曰：“父病深矣，当急医治。诸事全赖娘娘调护。儿且归报吾母，再来问候。”道罢告退。世子归见娄妃曰：“今日去见父王，卧病在床，十分沉重。”娄妃惊问：“何病？”世子备述后园饮酒，黑气相触，顿发奇痛。因疑尔朱兆作祟，迁居新府，不意昨夜鼻血如注，昏迷过去，半夜方醒，病势较前加重。娄妃闻知大惊，因问曰：“新府陪侍何人，乃尔流连忘返？”世子曰：“此事父王不许泄漏，故不敢告知。今日为母言之，新府美人乃是尔朱皇后。”娄妃曰：“后何以在此？”世子曰：“后被恒山夫人擒归，父王悦其色美，遂尔收纳，朝夕不离。”娄妃曰：“臣纳君妻，事干名义②，汝父奈何为此？汝今夜当在阁门外寝宿，病势轻重当告我知。”世子再拜而退。娄妃嗟叹不已。少顷，诸夫人闻王疾，皆来问信。娄妃以实告之，无不惊忧。妃乃谓桐花曰：“大王纳尔朱后，汝何以瞒我？”桐花曰：“大王有命，不许告知。但罪实在妾，若不擒之以归，何至为王所纳。”众夫人曰：“此女容貌若何？”桐花曰：“若

---

① 平复——痊愈。

② 名义——名誉节义。

说容貌，果然天姿国色。我见犹怜，大王焉得不爱?”忽有使至曰：“大王疾病少可①，已进汤药。”众心稍安。妃欲自往问病，先遣宫使启请。王命勿往，妃不悦。

要知高王并非疾病，特为妖术所制。一到黄昏，遂发昏迷，口鼻流血，遥见羽仪队仗停在翠屏轩侧，黄巾人等拥满床前，邀请同往，魂飘飘欲去。亏有两个力士似天丁模样，一个手持宝剑，一个手擎金瓜，侍立床前卫护，黄巾不敢近身。至四鼓方醒，夜夜如此，故肌肉消瘦，自惧不保。一日，召世子吩咐曰：“吾吉凶难料，但军务不可废弛。你传我命，叫窦泰引兵三千，去巡恒、肆二州，即慑服至罗；彭乐引兵五千，移屯平阳②；段韶权领镇城都督，领骁步五千，守御并州；韩轨镇守秀容，就令兼督东京关外诸军事；子如可参府事；张亮可令入直。其余头目诸将，各依旧日施行。明日，替我各庙行香，祭告家庙。”世子一一领命，才出阁门，忽报大王仍复昏迷，口鼻流血。世子大惊，忙问医官：“父王究何病症?”对曰：“臣等昨日诊王之脉，外冷内热。今日诊之，又外热内寒，此系祟脉，必有妖魅作祟，所以日轻夜重。”世子闻之，甚加忧虑。明日，王病小可，恐众心不安，强乘步舆，出坐听政。堂上设金床绣帐，旁列执事宫女十二人，皆典外内文书笺表之类。王既升堂，乃召合府大小文武官员参谒。谒罢，略谕数语，尽皆命退，独召天文官，问之曰：“卿观天象有何变异?”天文官对曰：“天象亦无大异，但台辅星不明，邪气蒙蔽，主上有不测之灾。”王曰：“此气起于何时?”对曰：“三月初三夜间已犯此气，近日或明或暗，未尝有定。疑

---

① 少可——指疾病稍愈。

② 平阳——地名。

下有伏尸鬼为祸，故大王不得安也。”王曰：“何为伏尸鬼？”对曰：“天上月孛、计都①两星为灾，此所谓伏尸也。今大王所犯，必有怨王者在暗中作魇魅之术，以乱气②相迷，使王精神日损。幸命中尚有吉耀相临，可无妨也。”

至酉时，王复升舆入内，因想：“内外左右莫敢作怨，止有恒山夫人素通妖术，未纳庄后时恩爱无间，今把她冷落，或生怨望，暗中害我，亦未可知。须召她到来，以夫妇之情动之，自然改心救我。”踌躇已定。其夜病发如故，明日往召桐花。桐花谓娄妃曰：“大王召妾，未识何意？”妃曰：“妹多才智，妹去我亦放心，宜即速往。”桐花至新府，王正高卧，庄后侍坐床前。桐花入，与后见过，便揭帐一看，见王形容憔悴，不觉泪下。王携其手，谓之曰：“卿来，娄妃知否？”桐花曰：“是妃命我来，未识大王何以消瘦至此？”王曰：“我病无他，据觇象者言，有人怨我，暗里行魇魅之术，使病日增。至昏迷时，有黄巾人等前来相逼。卿素有灵术，欲卿作法驱之，以解吾厄。不然，恐成长别也。”桐花曰：“妾等全靠大王一人，苟急难有救，虽粉骨碎身，亦所不辞，妾何敢违命？但恐非妾之术所能制耳。”说罢，泪如雨下。高王见其意诚，亦泣，因言：“前日道人救解，要我贴肉衣服三件，用为法物，方得痛止。”桐花问：“道人何在？”王曰：“已去。”桐花道：“大王莫非被他误了？既已解救，何又病根缠绵？且要王衣服，大有可疑。”王曰：“衣服已经交还，现在封固匣中，戒勿妄动，动则病发。”桐花曰：“既如此说，匣既未开，为何病发？妾意道人绝非好人，必有欲害王者使来盗王衣服，以

① 月孛（bèi）、计都——两星宿名。

② 乱气——人体中逆乱之气。

为魔魅之计。”王悟，遂命取匣开之，果破衣数件，并非王服。王与后皆大惊。王谓桐花曰：“非卿多智，不能破其奸也。为之奈何?”桐花曰：“妾请试之。”遂入密室，仗剑念咒，取净水一杯，埋于寝门之前。是夜，王方昏迷，逾时即醒，谓桐花曰：“顷睡去，见寝门前成一大河，无数黄巾隔河而望，不能过来，因此遂醒。此皆卿之功也。”

且说潘有璋在京日夜作法，不见高王魂魄摄到，乃召神使问之。神使道：“高王床前有九真宫游击二将军，奉九真之命，差来卫护，不容近前。又有一妇人在彼作法，寝宫前有大河阻路，因此不能摄其魂魄。”于是有璋复加秘咒，禁绝床前二曜①，使不得救护。又书符数道，焚化炉中，使黄巾力士前无阻路。吩咐道：“刻期已到，速将生魂拘至，不得有违。”力士奉命而去。果然妖术厉害，高王那夜血涌如泉，昏迷欲死。后及桐花守至半夜，渐渐气息将绝，惊惶无计，相对泣下。忙召世子进来，世子见王危急，悲痛欲绝，只得跪在庭前，对天祷告。时三月十五子时也。良久，口中渐有气出，血亦止，两眼微开微闭，渐能言语，见世子在前，谓曰：“我几不返人世矣。顷我冥目昏沉之际，见黄巾复来，各仗一剑飞渡大河。床前向有二将挡住，至此不见，遂被黄巾相逼，不得自主，只得随之而去。其行如飞，我亦自料必死。行至半途，忽有一队人从到来，马上坐一贵人，冠服俨如王者，当前喝住，赶散黄巾。牵过一骑，教我乘坐，送我归来，言：‘我是晋王，庙在城西，闻王有难，特来救护。明日有人在我西廊下，其事便见分晓。自后黄巾不敢来扰矣。’行至寝

① 曜——此处指日、月二神。

宫门口，把我一推，我便醒转。明日，你早去庙中行香，即带子如同往，细加察访。”众皆大喜。又谓世子道：“汝母处可令知之，以安其心。”世子道：“儿见父王危急已遣人去报。今幸得安，又遣人去矣。”时娄妃在北府，初闻王信，与众夫人相对哭泣，及后使至，言王可保无事，心下稍安。

世子坐至天明，召子如至，诉以王言，便同乘马到庙，只带亲随数人。道士接进，先向殿上焚香，参谒神像，世子跪下祷谢。拜毕起身，道士进茶，便同子如步入西廊。只见一人急急走避，子如视其人颇觉面善，忽然想着：“乃是斛斯椿家人张荀儿，为何在此？必有缘故。”即唤众人拿住，将他带到府中。世子不解，子如曰：“少顷便知。”遂同往子如府中密室坐定。带进鞫问道：“你姓甚名谁，来此何干？”那人道：“小人石方，到此买马。因有同伴二人住在庙中，故到庙相寻。”子如道：“你认得我么？”对曰：“不认得。”子如笑道：“你不识我，我却识你。你是斛斯椿家人张荀儿，何得瞒我。”那人听了失色，叩头道：“小人实是斛斯家人，因奉主命到此，下书于东陉关张信甫。”子如道：“皆是谎语。你是侍中亲信家人，差你到此，必有别故。快快招出，免你一死。”世子喝令左右：“拔刀侍候，倘有支吾，即行斩首！”荀儿坚口不承。子如吩咐锁禁，遣人到庙，押同庙主，拿他伴当二人。未几拿到。不令与荀儿相见，在内厅排列刀斧，将他绑缚跪下，喝道：“你们是斛斯椿家人，你主人情事张荀儿已经招承。你二人也细细供来，倘有一言不符，立时死在刀下。”那二人吓得面如土色，算来荀儿已供，难以抵赖，遂将斛斯椿留道人在家魇魅高王情事一一供出。然后带上荀儿问曰：“你家主暗行魇魅之术，欲害高王，我已尽知。你还敢隐否？”喝叫：“用刑！”荀儿见事已败露，受刑无益，只得吐实。世子问：“妖道何名？”苟儿说：“一名黄平信，一名潘有璋，一即来盗衣服之李虚无也。”又问：“所行何法？”苟儿曰：“闻说是伏尸之法，将王衣服穿在草人身上，埋压地下，云在三月十五子时王必命绝，故差小人来此打听。此皆主人之命，事不由己，伏乞饶死。”世子听罢，大怒道：“含沙射影①，小人伎俩！堂堂天朝而暗行毒害，宁不愧死！”子如曰：“若非大王有福，险遭毒手。”遂命将三人监下。世子急归新府，走进寝门，遇见桐花问：“王安否？”桐花曰：“大安。”遂同至帐前见王。遂将到庙拿获苟儿、审出朝廷暗行魇魅情事一一告知。王叹曰：“我何负朝廷，而必置我于死地？我今不得不自为计矣。”吩咐将苟儿等好行监守，勿令其死，以为异日对证。世子出，门吏进报恒州术士高荣祖、山东术士李业兴至。盖王病重时召来禳解②者也。世子见之，细述其故。二人曰：“此二妖道，吾等皆识之。平信法力有限；有璋善持符咒伏尸之术，实足害人性命。今幸法已破，除却此术，余法皆可禳解，不足虑也。”世子大喜，启知高王，将二人留住府中。王自此气体平复，精神渐强，事无大小皆专行之，不复禀命于帝矣。但未识平信、有璋在斛斯椿家再行何术，且听下卷分解。

① 含沙射影——传说有一种叫蜮的动物，在水里含沙喷射人的影子，使人生病。后用“含沙射影”比喻攻击或陷害人。

② 禳解——祭礼祈神以消解灾祸。

第三十回

宇文定计敌高王　侯莫变心害贺拔

话说斛斯椿自行魇魅之后，屡遣人到并州打听高王消息，闻王有病不能出理军政，深信法术有灵，暗暗奏帝，不胜欣喜。道士有璋尤日夕作法，摄其三魂六魄，等待三月十五功满，高王一定身亡。那知时刻已到，杳无动静，有璋惶急，谓椿曰："此人福命非常，暗中已得救护，事不济矣。"椿大惊失色曰："此人不死，吾辈终无葬身之地。为之奈何?"次日，帝召问，椿以实奏。帝不悦曰："为之无益，徒成画饼。倘为所知，益增仇恨矣。"椿曰："此事甚秘，欢何从知? 但其耳目甚广，恐在京勋贵有泄漏者。"帝曰："司空高乾前与朕立盟不负，今复贰心于欢，泄漏机密。欢奏之为侍中，朕不许。又求为徐州刺史，其意叵测。朕欲诛之何如?"椿曰："乾与欢乃同起事之人，往来常密，其泄漏朝廷机密无疑。今亦发其私盟事，告之于欢，则欢亦必疑有贰心，乾乃可诛矣。"帝从其计，乃下诏于欢曰："高乾尝与朕盟，数言王短。今在王前，复作何说? 王可直奏，以执离间之口。"高王见诏，以乾与帝盟，亦恶之。即取乾前后数启，遣使封上。帝乃召乾至殿，对欢使责之。乾曰："陛下自立异图，乃谓臣为反复。人主加罪，其可辞乎?"遂赐死。帝又密敕东徐州刺史潘绍业杀其弟敖曹。敖曹闻其兄死，知祸必及己，先伏壮士于路，执绍业，得敕书于袍领，遂将十余骑奔晋阳。王闻乾死，深悔负之，见敖曹，抱其首哭曰：“天子枉杀司空，令我心恻。”悲不自胜。敖曹兄仲密为光州刺史。帝敕青州刺史断其归路，仲密亦间行奔晋阳。王皆任之为将。王病愈，犹未至北府与娄妃相见。一日，桐花先归，妃见之，问王起居。桐花曰：“大王容颜如旧，当即来也。”俄而王至，执妃手，深谢①不安。众夫人及儿女皆来拜贺。王曰：“幸邀天佑，复得与卿等相见。然天下事尚未可知，我断不学尔朱天宝，受其屠割也。”妃曰：“天下谅无他变，王静守并州，且图安乐可耳。”是夜，王宿娄妃宫，私语妃曰：“吾纳孝庄后，谅卿已知，卿度量宽宏，定不怨我。但彼此各不相见，究非常理。今后怀孕将产，如得生男，欲屈卿往贺，彼此便可会面，未识卿意允否？”妃曰：“木已成舟，见之何害？临期妾自来贺也。”王大喜，作揖谢之。隔数日，后果生子，名潋，字子深，王第五子也。三朝，娄妃备礼往贺，与孝庄后相见，平叙宾主之礼而还。自此两府往来无间。今且按下慢表。

且说关西贺拔岳受帝密诏，共图晋阳，然惧高王之强，怀疑不安，乃与宇文泰议之。泰曰：“近闻高王有病，不能理政，未识信否。公当通使晋阳，一探消息，审其强弱何如，然后可以为计。”岳乃遣行台郎冯景诣并州。王闻岳使至大喜，曰：“贺拔公讵忆我耶？”乃即召景入见。景至殿下再拜，呈上岳书。王览毕，召上赐坐，谓之曰：“孤蒙行台不弃，烦卿至此。但破胡出镇荆州，何无一使相通？行台处曾有使至乎？”景曰：“无之。”遂命设宴外庭。宴罢，送归驿舍安歇。三日后，景辞归。王复召至殿上，与景歃血，约岳为兄弟。景归，言欢礼意殷勤，欲申盟好，

① 谢——认错，道歉。

相期行台甚厚，究未识其真假。宇文泰曰：“欢奸诈有余，未可遽信。”泰请自往观之。岳曰：“左丞去可得其真心，但使者亟往，恐动其疑，奈何？”泰曰：“欢纳尔朱后为妾，近闻生子，内外百官皆贺。今备礼仪数事，托言往贺，彼不疑矣。”岳曰：“善。”乃以泰充贺使而遣之。泰至晋阳，投馆驿安歇。明日，叩辕求见，将贺启礼仪先行呈进。王接启，知来使是宇文泰，即传进见。泰至阶下再拜，王见其相貌非常，眼光如曙，召上问曰：“君即宇文黑獭耶？虽未谋面，闻名久矣。”命坐，赐茶。泰曰：“前使回，贺拔行台知王有添子之喜，遣泰前来拜贺。薄具土宜①，乞王赐纳。”王曰：“此何足贺，劳卿跋涉，足感行台之念，我不忘耳。”遂命设宴堂上，亲自陪饮。暗忖：“黑獭形貌决非凡物，不若留之晋阳，庶免后患。”酒半酣，谓之曰：“卿北人也，宗族坟墓皆在于此，卿事贺拔公，何不事我？卿能屈志于此，定以高官相授。”泰下席再拜曰：“大王重念小臣，曷②敢违命。但臣奉行台之命而来，若贪富贵留此不返，则失事人之道。臣失事人之道，王亦何取于臣？愿还关西，复命后来事大王，俾臣去就有礼。”王见其言直，遂许之。宴罢，泰拜退，不回馆驿，带了从人，飞马出城逃去。王次日复欲执而留之，报言已去。差轻骑往追，泰已逃进关中。不及而返，王深悔之。泰回长安，复命贺拔岳曰：“高欢状貌举止，决不终守臣节，其所以未篡者，正惮公家兄弟耳。侯莫陈悦之徒非所忌也，公但潜为之备，图之不难。今费也头控弦之骑不下一万，夏州刺史斛拔弥俄突有胜兵三千余人，灵州刺史曹泥、河西流民纥豆陵伊利等各拥部众，未

① 土宜——土产，地方特产。
② 曷——怎么。

有所属。公若移军近陇，扼其要害，震之以威，怀之以惠，可收其士马，以资吾军。西辑氐羌，北抚沙塞，还军长安，匡辅魏室，此桓、文之功也。”岳闻其言大悦，复遣泰诣洛阳见帝，密陈其状。帝大悦，加泰武卫将军，使回报岳，许以便宜行事。八月，帝以岳为都督雍、华等二十州诸军事、雍州刺史，又割心前之血，遣使者赍以赐之。岳受诏，遂引兵西屯平凉，以牧马为名。斛拔弥俄突、纥豆陵伊利以及费也头、万俟受洛干、铁勒、斛律沙门等，皆附于岳。秦、南秦、河、渭四州刺史同会平凉，受岳节度。唯灵州曹泥素附晋阳，不从岳命。岳自是威名大振，兵势日强。又以夏州为边要重地，必得良刺史以镇之。非其人不可任，众皆举泰。岳曰：“宇文左丞吾左右手，何可离也。”沉吟累日，无一能胜此任者，不得已，卒表用之。

且说高王闻岳屯兵平凉，招抚边郡诸部落，乃使长史侯景往招纥豆陵伊利，使归顺晋阳。伊利新受关西之命，不从。景还报，王大怒，乃引兵三万，亲率诸将袭之。伊利拒战于河西，大败。生擒伊利以归，遂迁其部落于河东。帝闻，让之曰：“伊利不侵不叛，为国纯臣，讵有一介行人先请之乎?”王奏曰：“伊利外顺天朝，内实包藏祸心。及今不除，必为后患，臣所以不待上告而伐之也。专命之罪，臣何敢辞?”又欲探帝旨意，托言天下已定，表辞王爵，解军权。帝亦知其诈，不允所请，下诏慰谕。又请所封食邑十万户分授诸将佐，以酬建义讨贼之勋。帝乃从之，减其国邑十万户。

再说贺拔岳闻知伊利被擒大怒，谓诸将曰：“伊利新降于我，欢竟灭之，是使我不得有归附之徒也。今曹泥附彼，我亦起兵灭之，以报伊利之役何如?”众不欲行。乃使都督赵贵往夏州，与宇文泰谋之。泰曰："曹泥孤城阻远，未足为忧。侯莫陈悦贪而无信，宜先图之。"贵归，以泰之言告岳。岳曰："陈悦新受帝旨，许我同心为国，岂有他意？若不灭曹泥，是使人皆惧欢而不畏我，何以威众？"遂起师，召悦会于高平，共讨曹泥。

先是高王患贺拔岳、侯莫陈悦之强，右丞翟嵩曰："嵩乞凭三寸之舌间①之，使其自相屠灭。"王大喜，遣其潜入关西。嵩至渭州，假作江湖相士，赂门者求见陈悦。悦见嵩一表非俗，应答如流，深敬异之，遂留府内，与之日夕谈论，甚相得。因问嵩游历四方，所识贵人有几，而极贵者为谁。嵩曰："吾相人多矣，莫如高晋阳是一代伟人，非目前王侯辈所及。且相不徒在形貌间也，其人深沉有度，求贤若渴，有功必赏，故能纠合智勇，芟除②寇乱。以尔朱百万之众取之如拉朽，所谓'顺之者昌，逆之者亡'，此其人也。"悦闻心动，因曰："吾欲结好高王久矣，虑其不信我也。"嵩曰："将军果有意结好，吾为将军先容何如？"悦曰："君与高王有旧乎？"嵩曰："不惟有旧，吾实王之右丞翟嵩也。王慕公英名，故特遣我到此密订盟好。"悦大惊，起身致敬曰："不识右丞光降，连日多罪。如高王果有念我之心，敢不执鞭以从？"嵩又言高王许多好处，悦求附恐后。一日，忽报长安有文书至。悦视之，乃召其会兵高平，进讨灵州，暗想："吾欲附欢，而讨其所附不可。然违岳命，则先触恶于岳，又不可。"因与嵩商之。嵩问悦曰："制人之与受制于人孰善？"悦曰："制人善。"又曰："独据一方与分据一方孰善？"悦曰："独据善。"嵩曰："然则公可以无疑矣。为公之计，公承岳召，即引兵赴之，

① 间——挑拨使人不和。
② 芟（shān）除——除去。

使岳不疑。然后乘其间而图之，诛其帅，抚其众，内据关中之固，外得晋阳之助，称雄一时，天下畏服，何至鳃鳃①然受制于岳哉?”悦曰：“公言诚是，吾计决矣。”乃引兵三万进与岳会。岳不知其有异，闻其至大喜，坦怀待之，数与宴语。长史雷绍谏岳曰：“悦意叵测，宜谨防之。”岳不以为然，使悦将兵居前。行至河曲，悦诱岳入营商论军事。坐未久，悦阳②称腹痛而起，其婿元洪景猝起不意，拔刀斩岳。岳左右惶愕，皆散走。悦遣人谕之曰：“我别受旨，止取一人，诸君勿怖。”众疑出自帝意，皆不敢动。而悦既斩岳，以为大事已定，不即抚纳其众。一面遣嵩归报高王，一面引军入陇，屯兵水洛城。于是岳众散还平凉。岳将赵贵诣悦请岳尸，悦许之，贵乃葬之高冈。岳死时年二十八。悦军中皆相贺，行台郎中薛憕私谓所亲曰：“主帅才略素寡，辄害良将，吾属今为人虏矣，何贺之有?”

当是时岳众未有所属，诸将以都督武川寇洛年最长，推使总诸军事。洛素无威略，不能齐众，乃自请避位，另推贤者为主。赵贵曰：“宇文夏州英略冠世，远近归心，赏罚严明，士卒用命。若迎而奉之，大事济矣。”诸将或欲南召贺拔胜，或欲东告魏朝，犹豫未决。都督杜朔周曰：“远水不能救近火。今日之事，非宇文夏州无能济者。赵将军议是也。吾请轻骑告哀，且迎之来。”众乃从之。朔周驰至夏州，以岳死告泰，泰对众大恸曰：“此必晋阳有使，与悦通谋，以害元帅。若不杀悦报仇，非丈夫也。”朔周请其速行，泰乃与将佐宾客共议去留。前太中大夫韩褒曰：“此天授也，又何疑乎？侯莫陈悦井底蛙耳，使君往，必擒之。”

① 鳃鳃（xǐ）——同“葸”，忧惧的样子。

② 阳——古同“佯”，假装。

众以为悦在水洛，去平凉不远，倘若已有贺拔之众，图之实难，愿且留以观变。泰曰："悦既害元帅，自应乘势直据平凉，而退屯水洛，吾知其无能为也。夫难得易失者时也，若不早赴，众心将离。"时有都督弥姐元进阴谋应悦，泰知其谋，与帐下亲将蔡祐谋执之。祐曰："弥姐元进会当反噬，不如杀之。"泰乃阳召弥姐元进及诸将入计事，坐定，泰曰："陇贼逆乱，害我元帅，当与诸人戮力讨之。诸人似有不同者，何也？"言未毕，祐被甲持刀直入，瞋目谓诸将曰："朝谋夕异，何以为人？今日必断奸人首！"举座皆叩头曰："愿有所择。"祐乃叱弥姐元进下，斩之，并诛其党。因与诸将同盟讨悦。泰谓祐曰："吾今以尔为子，尔其以我为父乎？"祐字承先，高平人，勇冠三军，素有胆略，助泰成事者也。泰发夏州，令杜朔周引兵一千，先据弹筝峡。时民间惶惧，逃散者多，军士争欲掠之。朔周曰："宇文公方伐罪吊民①，奈何助贼为虐？"约束军士，秋毫无犯。于是远近悦附，兵行无阻。但未识泰到平凉，若何进讨陈悦，且听下卷再说。

① 伐罪吊民——讨伐有罪，拯救百姓，常用以作为发动战争的口号。

第三十一回

黑獭兴师灭陈悦　六浑演武服娄昭

话说高王闻贺拔岳死，军中无主，以为得计，便遣长史侯景领轻骑五百，前往平凉抚其余众，不许迟误。景受命，星夜赶行。行至安定郡，正与宇文军相遇。泰方午食，闻士卒报道："高王长史侯景引兵往平凉招抚。"泰食不及毕，吐哺上马，出与景会，厉声谓曰："贺拔公虽死，宇文泰尚在，君来何为？"景闻言失色，徐对曰："我犹箭耳，唯人所射。"遂不敢前，引军而还。泰见景退，急往平凉进发。至则易素服，拜岳灵前，放声大哭，泪流满面。三军之士无不悲哀。乃进诸将而谓之曰："陈悦敢害元帅者，晋阳实使之。诸君既推我为主，须用我命。一大仇宜报，一王命宜遵。不灭陈悦，无以伸主帅之恨；不拒晋阳，无以恤国家之难。诸将有不附国而附欢者，听使去。毋得心怀疑贰，以干大戮。"诸将皆拜伏曰："唯将军命。"泰于是权摄军事，号令严肃，众心始有所属。朔周回军见泰，泰知其严谕军士，不许掠民，大喜，握手劳之。朔周本姓赫连，因令复其旧姓，命之曰达。侯景回报高王，王复使景与代郡张华原、太安王基往平凉劳泰。泰不受，欲劫留之，谓三人曰："留则共享富贵，不留命尽今日。"华原曰："明公欲胁使者以死亡，此非华原等所惧也。"泰乃遣之。三人还，言于欢曰："黑獭雄杰，异日必为王患。请及其未定举兵灭之，庶无西顾之忧。"欢曰："卿不见贺拔、侯莫乎？吾当以计拱手取之。”时孝武帝闻岳死，大惊，谓斛斯椿曰：“岳忠心为国，朕方倚以敌欢，今为贼臣所害，朕失一助矣。”椿曰：“岳死军无主，悉召其兵将入京，以为禁卫，亦足壮吾国威。侯莫陈悦亦召赴洛，以弥后患。”帝从之，乃遣武卫将军元毗，慰劳岳军及侯莫陈悦之众，并召还京。毗至平凉，泰率诸将来见。毗宣帝旨，泰曰：“吾等得为天子禁旅，甚善。但陈悦既附于欢，害我元帅，恐其不受帝命。公且留此，遣使以帝命召之，看其去留若何。”毗从之，以诏往，悦果不应召，泰谓毗曰：“悦不奉诏，恃有欢也。吾军若去，关西非国有矣。此不可以不虑。”毗深然之。泰乃因毗归，附表以闻。其略云：

臣岳忽罹①非命，都督寇洛等令臣权掌军事，奉诏召岳军入京。今高欢之众已至河东，侯莫陈悦犹在水洛。士卒多是西人②，顾恋乡邑，若逼令赴阙，悦蹑其后，欢邀其前，恐败国殄民，所损更甚。乞少赐停缓，徐事诱导，渐就东引，庶几免祸于目前，而得图报于异日。

帝览表从之，即以泰为大都督，统领贺拔之军。

先是贺拔岳以东雍州刺史李虎为左厢。大都督岳死，虎奔荆州，说贺拔胜，使收岳众，胜不从。后闻宇文泰代岳统众，乃自荆州还赴之。至阌乡为人所获，送洛阳。帝方谋取关中，得虎甚喜，拜卫将军，厚赐之，使就泰。遂与泰共谋讨悦。泰方起兵，先以书责悦曰：

贺拔公有大功于朝廷，身受一方之寄。君名微行薄，贺拔公

---

① 罹（lí）——遭受困难或不幸。

② 西人——古时对山西、陕西人的称呼。

荐君为陇右行台，恩至渥①矣。又高氏专权，君与贺拔公同受密旨，屡结盟约，而君党附国贼，共危宗庙。口血未干，匕首已发。负恩反噬，人人切齿。今吾与君皆受诏还阙，今日进退惟君是视。君若下陇东迈，吾亦自北道同归。若首鼠两端②，吾则整率三军，指日相见。

时有原州刺史史归素为岳所亲任，河曲之变反为悦守。悦遣其党王伯和、成次安引兵二千助之，镇守原州。泰恶之，乃遣都督陈崇帅轻骑袭之。崇乘夜将十骑直抵城下，伏余众近路，约曰："俟吾进城则鼓噪以前。"归见骑少，全不为备。崇即入据城门。会高平令李贤及弟远、穆在城中为内应，于是中外鼓噪，伏兵悉起。史归败走，擒之。并执次安、伯和二将。解至平凉。泰遂令崇行州事。泰至原州，众军毕集。悦闻之大惧，问计于众将。南秦州刺史李弼谓悦曰："贺拔公无罪而公害之，又不抚纳其众。今宇文夏州率师以来，声言为主报仇，人怀怒心，其势不可敌也。为公计，宜解兵谢之，以求其退。不然必及于祸。"悦不从。是时泰引兵上陇，军令严明，秋毫无犯，百姓大悦，归附益众。军出木狭关，雪深数尺，众将欲止。泰曰："兵乘雪进，此正兵法出其不意，攻其不备，一举可灭之时也，奈何失此机会?"于是倍道兼行。悦闻之，退保略阳，留万人守水洛。及泰至，其兵即降。泰据水洛，遣轻骑数百趋略阳。悦又退保上邽，召李弼拒泰。弼知悦必败，阴使人诣泰，请为内应，泰大喜。悦方恐孤城难守，走保山险。弼诳其下曰："侯莫陈公欲还秦州，汝辈何不束装?"弼妻，悦之姨也，众咸信之，争取上邽。弼先

① 渥（wò）——优厚。

② 首鼠两端——犹豫不决、欲进又退的样子。

据城门以安集之，遂举城降泰。泰即以弼为原州刺史。其夜悦出军将战，军自惊溃。又悦素猜忌，既败，不听左右近己，与其二弟及子，并谋杀岳者七八人弃军迸走。数日之间盘桓往来，不知所趋。左右劝向灵州曹泥，悦从之。自乘驴，令左右皆步从，欲自山中趋灵州。泰使其将贺拔颖追之。悦过山岭，行六七里，望见追骑将近，遂缢死于荒郭。追兵至，斩其首以献于泰。泰入上邽，设岳位，以悦首哭而祭之。三军悲喜。引薛憕为记室参军，收悦府库，财物山积。泰秋毫不取，皆以赏士卒。左右窃一银瓮以归，泰知而罪之，取以剖赐将士，由是归附者益坚。

时豳州刺史孙定儿党于悦，有众数万，据州不下。泰遣都督刘亮袭之。定儿以大军去州尚远，不为备。亮先竖一纛①于近城高岭，自将二百骑驰入城。定儿方置酒宴客，猝见亮至，众皆骇愕，不知所为。亮麾兵斩定儿，遥指城外纛，命二骑曰："出召大军。"城中皆慑服，不敢动。泰闻捷，即命亮行豳州事。先是故氐王杨绍先降于魏，至是逃归武兴，袭执凉州刺史李叔仁，复称王。于是氐、羌、吐谷浑所在蜂起。自南岐以至瓜膳，跨州据郡者不可胜数。泰乃令李弼镇原州，拔也恶蚝镇南泰州，可朱浑元还镇渭州，赵贵行泰州事。征取豳、泾、东秦、南岐四州之粟，以给军。杨绍先惧，遂降于泰，送妻子为质，边土皆宁。高王闻泰已定秦陇，遣使甘言厚礼以结之。泰不受，封其书，使亲将张轨献于帝。斛斯椿问轨曰："高欢逆谋，行路皆知。人情所恃，唯在西方。未知宇文何如?"贺拔轨曰："宇文公文足经国，武能定乱，诚国家柱石之臣。"椿曰："诚如君言，大可恃也。"

① 纛（dào）——古代军队里大旗。

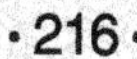

帝使轨归，命泰发二千骑镇东雍州，其大军稍引而东，助为声援。又加泰侍中、骠骑大将军、开府仪同三司、关西大行台、略阳县公，承制封拜。泰乃随才器使，拜诸将为诸州刺史，各守要地。有前岐州刺史卢待伯不受代，泰遣轻骑袭而擒之。长史于谨言于泰曰："明公据关中险固之地，将士骁勇，土地膏腴。今天子在洛，迫于群凶。若陈明公之恳诚，算时事之利害，请都关右，挟天子以令诸侯，奉王命以讨暴乱，此桓、文之业，千载一时也。"泰善之。今且按下不表。

且说帝有妹平阳公主，年及笄，才貌兼美。帝敕选朝臣中有才望姿仪者，招为驸马。时侍中封隆之、仆射孙腾皆丧妻，争欲尚主。帝问王思政二人谁可？思政曰："若选驸马，孙腾不如隆之。"帝曰："二臣皆欢心腹，朕自有处。"乃召二臣宴于御园，令公主从楼上观之。宴罢，二臣退。帝问公主曰："二臣孰愈①？"公主不答。再问，答曰："封隆之可。"帝遂选隆之为驸马，择日下降，腾怒隆之不让己。谓斛斯椿曰："隆之尝私启高王，言公在朝必构祸难。"椿闻大怒，即以奏帝，帝亦怒。隆之闻之惧，连夜逃归晋阳。会腾带仗入省，擅杀御史，惧罪亦逃。其时高王勋戚皆就外职，唯领军娄昭在朝。昭见形势孤立，亦辞疾归。帝以斛斯椿兼领军。由是图欢之志益亟。

却说昭归晋阳，王问何以遽归，昭以朝局有变，惧涉于祸，故以病辞。王曰："汝且安之。"当是时王正广选美色，专图佚乐②，全不以国事为意。昭窃怪之。你道高王何以如此？先是王在东府，伺候于听政堂者，宫女一百二十名，十二名一班，每日

---

① 愈——较好。

② 佚乐——纵情游乐。

一换。不值班时仍归于尔朱后宫。有宫女荀翠容，年十四，美而慧，为诸侍女之首。王颇爱之。一日王体不适，宿于听政之后院。半夜呼汤饮，诸侍女皆熟睡，唯翠容立于床侧，以汤进。王问："余人何在?"曰："已睡。"王复寝。明日责诸侍女，而赐翠容黄金钏一副。侍女皆怨翠容，言与王有私。后闻之大怒，剪去其发，欲置之死。王命送之北府，后益怒。当夜王归寝，后闭门不纳。王怒后，遂归北府，广求天下女色，思有以胜后之美者。有青州刺史朱元贵献一美人曰杜真娘，王纳之。晋阳赵氏有二女皆美色，长名兰娆，次名兰秀，王亦纳之。又闻龙门薛修文有女琼英，山东芦氏有女凤华，皆称绝色，聘娶以归。然色虽美，究不及后。尝访之陈山提，山提曰："臣目中只有一女，名董仲容，颍川人。除东府美人外，罕有其匹。"王大喜，遂命山提往聘。以故娄昭闻之不悦，乃乘间谏王曰："今君心有变，祸难方兴，大王乃一代英雄，何不务远图而耽于声色为?"王曰："人生贵适志耳，外何求焉?"昭默然。王见其色不怿①，笑曰："子知吾姬妾之盛矣，盍②亦观吾宫室之美乎?"遂携手同入宫来。

要知高王的府第，本晋阳白马寺基，又除四面民宅，以扩其址，因此宫院深沉。娄妃居正府，府有殿九间，廊宇二十四间，寝宫五间，左右四轩。后有迎春阁，阁外即花园，阁左右宫娥房五十余间，寝宫前有天街，街前宝廷堂是会亲戚之所。左有雕楼七间，右有画堂九间。楼左五十余步即锁云轩，小尔朱夫人所居。堂右五十余步即凤仪院，乃达奚夫人所居，是王征伊利时见其美而娶者。从柏林堂而入，又有偃月堂。堂后分二巷，巷内回

---

① 怿（yì）——欢喜。
② 盍（hé）——同"何"。

廊复道，皆众夫人所居。王夫人居左巷之首，次则恒山夫人，次则岳夫人之栖鸾院，再次乃韩夫人清凝阁也。每一处则隔一座花园。右巷居首则穆夫人，次则游夫人之天香院。其余别馆不可胜计，皆新娶美人居之。库藏仓廒一百余所，府中宫娥六百余人，珍宝罗绮皆如山积。娄昭随了高王游览一遍。诸夫人有相见者，有不相见者。在在①珠围翠绕，夺目移情。至晚留宴于娄妃宫中，开怀畅饮，王不觉沉醉。昭辞归，暗忖道："有如此乐境，怪不得他专事游乐了。"

时交五鼓，忽闻命召。来使云："大王已至西郊教场演兵，诸将皆集，特召领军同去一观。"昭大惊，忙乘马赶去。只见旌旗密布，兵马云屯。高王坐将台，诸将侍立，如负严霜，屏息听命。少顷，白旗一麾，诸将各施技勇。人如猛虎，马如游龙。箭及二百步外，莫不中的。诸将演毕，三军排开阵势，如临大敌，步伐进退不失尺寸。虽孙吴②用兵，无以逾此，昭见之竦然。少顷王回府，问昭曰："吾久不视师矣。汝今观之，比朝廷禁旅何如?"昭曰："禁旅那得及此。"王曰："不独此军然也，吾四境之兵无一不然。"昭乃拜伏。王又曰："吾岂与朝廷较强弱哉？吾之耽于娱乐者，欲使上不我忌，庶各相安于无事。奈何上之逼我太甚乎?"昭再拜，曰："大王所为，众人固不识也。"看官，要晓得怀与安实败名，高王是何等人而肯出此。即其儿女情长，莫非英雄作用。昭为心腹之戚，故微露其意。但未识晋阳之用果能不动否，且听下卷分解。

---

① 在在——各方面，处处。

② 孙吴——孙武与吴起，春秋战国时的军事家。

第三十二回

魏孝武计灭晋阳　高渤海兵临京洛

话说高王当日原非志在篡魏，即扶立孝武，大权在握亦不过政由宁氏，祭则寡人，其心已足。斛斯椿心怀反复，惧祸及己，日夕劝帝除之，遂成祸阶①。一日，椿语帝曰："建州刺史韩贤、济州刺史蔡俊皆欢党羽，各据要害之地，宜先去之。"帝乃改置都督，革除建州刺史缺以去贤。又使御史举俊罪，罢其职，以汝阳王叔昭代之。欢闻俊罢，上言："蔡俊勋重，不可废黜。若以汝阳有德，当受大藩，臣弟高琛猥任定州，妄叨②禄位，宜以汝阳代之，使避贤路。"帝不听。欢大怒，乃命俊据济州，勿受朝命。又华山王鸷在徐州，欢令大都督邸珍夺其管钥逐之。中外皆知欢必反矣。五月丙子，帝增置勋府将六百人，又增骑官将二百人。尽发河南诸州兵数十万，悉赴京师，大阅于洛阳城外。南临洛水，北际邙山，军容甚盛。帝与斛斯椿戎服观之。辛未戒严，云欲伐梁。又虑欢觉其伪，赐欢密诏，言"宇文黑獭、贺拔破胡各据形势之地，颇蓄异心，故假称南伐，潜为之备。王亦宜共形援"。欢得诏，大笑曰："朝廷为掩耳盗铃之计，吾岂受其愚乎？"乃即上表，以为"荆、雍既有逆谋，臣今潜勒兵马三万，自河东

① 阶——由来。
② 叨——古同"饕"，贪。

渡”。遣恒州刺史厍狄干等将兵四万，自来违津渡；领军将军娄昭等将兵五万，以讨荆州；冀州刺史尉景等将山东兵七万、突骑五万，以讨江左。皆勒所部，伏听处分。帝出表示群臣，皆曰：“欢兵一动，必直抵洛阳。其意叵测，宜急止之。”帝于是大惧。

且说高王自得诏后，以帝为椿党蒙蔽，异日定有北伐之举。不如先发制人，引兵入朝，除君侧之恶，奉迎大驾，迁都邺城，方可上下相安。筹划已定，乃发精骑三千，镇守建州。又发兵三千，去助蔡俊守济。再遣娄昭引三万人马，镇守河东一路，以防帝驾西行。又遣将把住白沟河，将一应地方粮储皆运入邺，不许载往京师。乃上表言：

臣为嬖佞①所间，陛下一旦见疑。臣若敢负陛下，使身受天殃，子孙殄绝。陛下若垂信赤心，使干戈不动，佞臣一二人愿斟量废黜。

斛斯椿见欢表，阳请退位。帝不许，曰：“欢言何可信也。”乃使大都督源子恭守阳湖，汝阳王暹守石济，又以仪同三司贾显智为济州刺史。

显智至济，见城门紧闭，先使人到城下，高叫道：“朝廷有旨到来，速即开门。”俊使人城上答云：“奉高王之命，不许开门纳人，有甚圣旨便当晓谕。”使云：“朝廷遣贾仪同来代行济州事，如何违旨？”城上答道：“奉高王之命，不得受代。甚么贾仪同，教他早早去罢。”使人回报显智，显智只得回京，以俊拒命奏帝。帝大怒，知由欢使，乃使舍人温子升为敕赐欢。其略云：

朕前持心血，远示于王，深计彼此共相体恤，而不良之徒坐

---

① 嬖佞——受君王宠爱的谗臣。

生间二。近者孙腾仓促来北，闻者疑有异谋，故遣御史中尉綦母俊具申朕怀。今得王启，言词恳恻，反复思之，犹有未解。以朕眇身①遇王，不劳尺刃，坐为天子，所谓生我者父母，贵我者高王。今若无故背王，自相攻讨，则使身及子孙，还如王誓。皇天后土，实闻此言。近虑宇文为乱，贺拔应之，故戒严誓师，欲与王相为声援。宇文今日使者相望，观其所为，更无异迹。贺拔在南，开拓边境，为国立功，念无可责。王欲分讨，何以为辞？东南不宾②，为日已久，先朝以来，置之度外。今天下减半，不宜穷兵黩武。朕以暗昧，不知佞人③为谁？可具列姓名，令朕知之。顷高乾之死，岂独朕意，王乃对其弟敖曹言朕枉杀之，人之耳目何可轻易？闻厍狄干语王云：本欲取懦弱者为主，何事立此长君，使其不可驾驭。今但作十五日行，自可废之，更立余者。如此议论，皆王间勋人言之，岂出佞人之口。去年封隆之叛，今年孙腾逃去，不罪不送，谁不怪王？王若事君尽诚，何不斩送二首，以伸国法？王虽启云西去，而四道俱进。或欲南渡洛阳，或欲东临江左，言者犹应自怪，闻者宁能不疑？王若守诚不贰，晏然居北，在此虽有百万之众，终无相图之意。王若举旗南指，问鼎轻重，纵无匹马只轮，犹欲奋空拳而死。朕本寡德，王已立之，百姓无知，咸谓实可。或为他人所图，则彰朕之恶，假使还为王杀，幽辱齑粉，了无遗恨。何者？王之立朕以德建，以义举，一朝背德害义，便是过有所归。本望君臣一体，若合符契，

---

① 眇身——微不足道之身。

② 宾——宾服、归顺。

③ 佞（nìng）人——巧言谄媚的人。

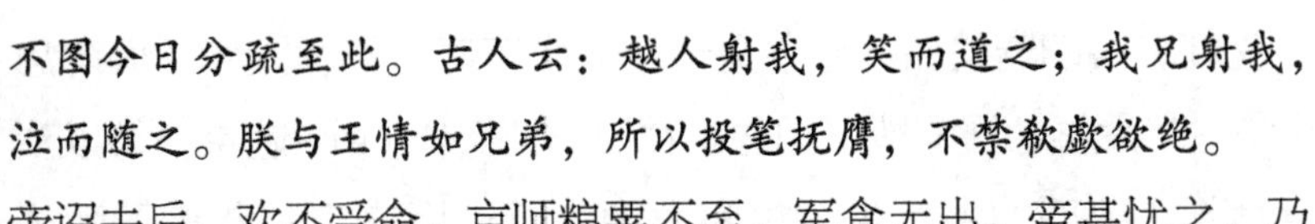

不图今日分疏至此。古人云：越人射我，笑而道之；我兄射我，泣而随之。朕与王情如兄弟，所以投笔抚膺，不禁欷歔欲绝。

帝诏去后，欢不受命。京师粮粟不至，军食无出。帝甚忧之，乃复降敕于欢。其略云：

王若压伏人情，杜绝物议，唯有罢河东之兵，彻建兴之戍，送相州之粟，追济州之军，使蔡俊受代，邸珍出徐，止戈散马，守境息民，则谗人之口舌不行，宵小①之交构不作。王可高枕太原，朕亦垂拱京洛矣。王若马首向南，朕虽不武，为宗庙社稷之计，不能束手受制。决在于王，非朕能定。其是非逆顺，天下后世必有能辨之者。为山止篑，相与惜之。

帝虽屡降明诏，欢不应如故。王思政言于帝曰："观高欢之意，非口舌所能喻，兵必南来。洛阳非用武之地，难与争锋，不如迁驾长安，以关中为根本。地险而势阻，资粮富足，兵革有余。况宇文泰乃心王室，智力又足敌欢，可恃以无恐。再整师旅，克复旧京，殄除凶逆。欢虽强，可坐而诛也。"帝虽然之，而犹恋旧都，怀疑不决。

时广宁太守任祥在洛，帝厚抚之，命兼尚书左仆射，加开府仪同三司。祥故欢党，弃官走，渡河据郡待欢。帝乃敕文武官北来者任其去留，遂下制书，数欢咎恶。又遣使荆州，召贺拔胜赴行在所。胜接帝诏，问计于太保掾卢柔。柔曰："高欢悖逆，公席卷赴都，与决胜负，死生以之，上策也。北阻鲁阳，南并旧楚，东连兖、豫，西引关中，带甲百万，观衅而动，中策也。举三荆之地，庇身于梁，功名皆去，下策也。"胜笑而不应。一日，

---

① 宵小——坏人、盗贼。

帝坐朝，黄门奏关西行台宇文泰，遣帐下都督杨荐入朝，面陈忠悃①。帝大喜，召荐殿下问之。荐曰："泰本卷甲②赴京，特以欢兵西指，深恐关中有失，故兵发中止。遣臣来者，恭请圣驾入关，以图后举。如合上旨，躬率将士出关候迎。"帝曰："行台既忠于朝廷，朕亦何辞跋涉。"时平阳公主驸马都尉宇文测在侧，亦劝帝西幸。帝即命测与荐同往，谓之曰："去语行台，朕至长安，当以冯翊长宫主妻之。速遣骑士前来迎我。"测受命而出。于是中外咸知帝将西去，王侯贵戚无不忧危。测至家，语平阳公主曰："帝将西幸，命我先见宇文。此后未识有相见日否。"公主曰："何不相携同去，免使室家离散？"测曰："帝命严迫，何能同往？"夫妇相对泣下。只见阶前走过一人，跪下道："驸马勿忧，倘有祸乱，小人情愿保护公主西归。"公主问测曰："此人有何才干，能保护吾家？"测曰："此人姓张名吉，为人忠直，勇敢当先。三年前曾犯死罪，吾救之，故愿为我仆。做事大有胆略。得其保护，公主可以无忧。"但恐家中人不服，因以亲佩宝剑一口赐之，吩咐众仆曰："若遇危难，凡事皆由吉主。"吉同众仆皆叩头受命。遂别公主而去。

先是帝广征州郡兵，东郡太守裴侠帅所部诣洛阳。思政问之曰："今权臣擅命，王室日卑，奈何？"侠曰："闻天子为西幸之谋，诚有之乎？"思政曰："有之。君以为可否？"侠曰："未见其可也。宇文泰为三军所推，居河山百二之地。所谓已操戈矛，宁肯受人以柄。虽欲投之，恐无异避汤而入火也。"思政曰："然则

① 悃（kǔn）——诚心。

② 卷甲——收起武装。指撤退或休兵。

若何而可？”侠曰：“图欢有立至之忧，西巡有将来之虑。且至关右，徐思其宜。”思政然之，乃进侠于帝，授左中郎将。当是时欢虽四道进兵，大军未发。乃召其弟高琛于定州，以长史崔暹佐之，镇守并州。亲自勒兵南出，告其众曰：“孤以尔朱擅命，建大义于海内，奉戴主上，诚贯幽明①。横为斛斯椿谗构，以忠为逆。今者南行，诛椿而已。明日五鼓，尔将士俱集辕门听令。”当夜，入宫语娄妃曰：“孤将入除君侧之恶，起行在即，来与卿别。”妃大惊曰：“大王身居王爵，儿受显职，弟为驸马，女为皇后，尊荣极矣，何复作此举动？”盖王做事深密，朝廷事娄妃全未知之，故不乐王行。王曰：“我能容人，人不容我。须得入朝整顿一番。”妃曰：“帝与后若何处之？”王曰：“迁驾邺城，仍扶为帝。彼虽以尔朱比我，我决不学万仁所为。”妃恐有妨于后，终不怿。少顷，诸夫人闻王出兵，皆来拜送。王命宫内事悉听妃主处分，又谓妃曰：“东府因他性刚，我不去辞别。五儿周岁，你须同诸夫人往贺，莫冷落他。”妃应诺。是夜，王宿营中，带高澄同往。五更勒兵齐出，马步一十三万，将帅三千余人。以敖曹为先锋，刘贵、封隆之为左右翼，彭乐、窦泰辅之，高隆之押后。其余能征惯战之将，皆聚于中军，临时调用。军声所至，无不望风畏惧。

其时宇文测亦至长安，召泰迎驾。泰接旨后，便点上将王贤，领人马一万，据住华州，以防晋阳兵至。遣都督骆超引兵一千，直抵洛阳接驾。又遣杨荐同了宇文测引兵一千，前出潼关，沿途候接。自领大军屯于弘农，以为声援。乃历数高欢之罪，移

① 幽明——有形与无形的现象，看不见的和看得见的。

檄四方。其略曰：

高欢出自舆皂①，罕闻礼义。一介鹰犬，效力戎行。靦冒②恩私，遂阶荣宠。不能竭诚尽节，专挟奸回③，乃劝尔朱荣行滋篡逆。及荣以专政伏诛，世隆以凶党外叛，欢乘其间，暂立建明，以慰天下，亦可勋垂不朽。孰意假推普泰，欲窃威权，称兵河北。以讨尔朱为名，黜陟自由，迹同谋逆。幸而人望未改，天命有归，魏祚方隆，群情翼戴④。欢因阻兵安忍，镇守边隅。然广布腹心，跨州连郡，禁闼⑤侍从，悉伊亲党。而旧将名贤，正臣直士，横生疮痏⑥，动挂网罗。故武卫将军伊琳、直阁将军鲜于康仁，忠良素著，天子爪牙，欢皆收而戮之，曾无闻奏。孙腾、任祥，欢之心膂，并使入居枢近，知欢逆谋将发，相继逃归。欢益加重待，亦无陈白。故关西大都督贺拔岳，勋德隆重，兴亡攸寄，欢忌其功，乃与侯莫陈悦等私相图害，以致大军星陨。幕府受律专征，便即讨戮。欢知逆状已露，惧罪见责，遂遣蔡俊拒代，窦泰佐之。又使侯景等阻绝粮粟，以弱王室。恶难屈指，罪等滔天。其州镇郡县，率土黎民，或为乡邑冠冕，或为勋戚世裔，并宜同心翼戴，共效勤王之举，毋贻从逆之诛。封赏之科，已有别格。檄到须知。

高王见檄大笑道："彼欲以言语耸动天下乎？此何足为吾害？"乃

---

① 舆皂——地位低微之人。
② 靦（tiǎn）冒——惭愧冒昧。
③ 奸回——奸恶邪僻的人或事。
④ 翼戴——辅助拥戴。
⑤ 禁闼——宫廷门户。亦指宫廷、朝廷。
⑥ 疮痏（wěi）——创伤，瘢痕。比喻疾苦。

令军士倍道进发，限在七月十三俱集黄河渡口，以便进取，毋失时刻。正是：

喑呜山岳尽崩颓，叱咤风云皆变色。

闻者寒心，见者丧胆。但未识朝廷若何相拒，且听后文再说。

第三十三回

逼京洛六浑逐主　奔长安黑獭迎君

话说孝武帝闻欢引兵向阙，亲勒十万人马，带领文官武将屯于河桥。以斛斯椿为前驱，屯于邙山①之北。椿言于帝曰："臣闻高欢之兵三日夜行一千余里，人马必乏。椿请率精兵一万渡河击之，掩其劳敝，可以得志。"帝然其计。黄门侍郎杨宽与椿不睦，说帝曰："高欢恃其兵强，遂至以臣伐君，何所不至。今假兵于椿，恐生他变。椿若渡河，万一有功，是灭一高欢，生一高欢矣。"帝遂敕椿停行。椿叹曰："今荧惑入南斗②，上信左右间构③之言，不用吾计，岂天道乎?"盖《五行志》云："荧惑入斗，天子不安其位。"又俗谣云："荧惑入南斗，天子下殿走。"故椿言及此。其时宇文泰闻之，亦谓左右曰："高欢兵行太速，此兵家所忌。当乘便击之，方可取胜。而主上以万乘之重，不能渡河决战，方缘津据守。且长河万里，捍御为难。若一处得渡，则大势去矣。"无如孝武当日，专以拒守为计，乃使斛斯椿、颍川王斌之共领一万人马，镇守虎牢；长孙子彦领兵一万，镇陕；贾显智、斛斯元寿引兵一万，镇滑台；汝阳王元暹领兵一万，镇石济。高王兵过常山，知四万，镇滑台；汝阳王元暹领兵一万，

① 邙山（máng）——位于河南省洛阳市北。
② 荧惑入南斗——荧、惑、南斗，俱为星名。
③ 间构——离间，构陷。

镇石济。高王兵过常山，知四面城池皆有兵守，遣上将韩贤以五千骑攻石济，窦泰引兵五千攻滑台，而自率所部直前。那滑台守将贾显智本系高王旧人，素有归降之意，闻泰至，谓元寿曰：“窦泰勇将也，不可与战。”元寿信之，遂闭城不出。显智阴遣人纳降于泰，许为内应。有军师元玄觉其意，乃私言于元寿曰：“贾将军恐有他图，宜备之。”元寿乃使元玄见帝，请益兵。帝遣大都督侯几绍引兵赴之。窦泰知有兵来，引军直抵城下，几绍出战，显智继之，元寿守城。战方合，显智在后呼曰：“军败矣。”遂退走，前军亦乱。几绍不能禁止，被泰掩杀过来一戟刺死。元寿闻之，惊得魂不附体，弃城而走。显智遂接泰军入城，报知高王，高王大喜。时有北中郎将田怡亦遣使约降于欢，愿为内应，请速进兵。事露被诛。帝见人心内变，于是益惧。欢至野王城，离河十里停车不进，遣使奏帝，自明非有叛志，特欲面申诚款，以明心迹，乞上勿疑。帝不答。颍川王斌之与斛斯椿争权不合，弃椿还，言于帝云：“滑台、石济皆不守，欢军已至。”帝大惧。丁未，遣使召椿还。遂帅南阳王宝炬、清河王亶、广阳王湛以五千骑宿于瀍西。沙门惠臻负玉玺，持千牛刀以从。众知帝将西出，其夜逃亡者过半。亶、湛二王亦逃归。帝遣人至宫中单迎公主数人，仓皇就道，从者绝少。武卫将军独孤信单骑追帝。帝见之，叹曰：“将军辞父母、捐妻子而来，方知世乱出忠臣，非虚言也。”

高王行至河津，知帝已西去，遂吩咐段韶飞马过河，安抚大小三军，各守营寨。大军忙即渡河，河桥军士未逃者皆迎拜马首。是夜，王宿河桥寨中，见一应表奏文书皆堆积案上，灯下翻阅，见有度支尚书杨机奏云：“高欢久失臣节，必无善意。宇文泰兵马精强，潼关险阻，不若西幸为上。”不胜[1]大怒。时高隆之素与吏部尚书崔孝芬、驸马都尉郑严祖有怨，欲乘间害之，入帐见高王倚床默坐，面有怒色，乃曰：“今天子西幸，实非本意，皆出数贼臣之谋。”王曰：“果如卿言。尚书杨机素号老臣，朝堂宿望，我甚重之。乃阅其表，暴我过恶，劝帝西出，岂不可恨。”隆之曰：“不独杨机然也，即吏部崔孝芬、驸马郑严祖亦每于帝前举大王之过，起西幸之谋，皆罪不容诛者。”王曰：“俟至京当尽诛之。”次日，王入洛阳，朝官跪道相接，百姓皆执香以迎。以永宁寺壮丽，作行署居之。乃遣领军段韶等率轻骑追帝，请驾东还。命世子高澄入宫见后。后见澄大恸，欲见王。澄曰：“父王有命，将亲自西迎帝归。帝归后，方来相见。”后益悲，澄以好言慰之而出。八月甲寅，高王于永宁寺正殿召集文武百官，责之曰：“为臣奉主，职在匡救危乱。若既不能谏争于平日，又不能随扈于临时，缓则耽宠争荣，急则仓皇逃窜，臣节安在？”众莫能对。尚书左仆射辛雄曰：“主上与近习图事，雄等不得与闻。若即追随，恐迹同逆党；留待大王，又以不从见责。雄等进退无所逃罪。”王曰：“卿等备位[2]大臣，当以身报国。群佞用事，卿等并无一言谏争，使国家之事一至于此，罪欲何归？”乃收雄及仪同三司叱列延庆、吏部崔孝芬、尚书刘廞、杨机、常侍元士弼，皆杀之。命执驸马郑严祖，数日前全家已逃。乃下令，朝臣西去者，不论王侯贵戚，悉收其家属拘于瑶光佛寺，还者放免。若有劝得帝回者，重加官爵，授以不次[3]之赏。唯斛斯椿妻黄氏、

---

① 不胜——经不起，忍不住。
② 备位——自谦充数之词。
③ 不次——犹言超擢，破格。

幼子斛斯演，发下天牢收禁。一日，拿到嵩山妖道潘有璋、黄平信、李虚无，王亲自严讯，审出实情，遂往斛斯椿宅搜取魇魅等物。直至深密之处名偃月堂，供奉九天使者，旁列黄巾数十，皆如病时所睹。问有璋伏尸埋于何处，有璋指出地方，遂令掘起。见有一三四岁小儿，身首异处。一草人穿王衣服，一百二十支节，皆用麻绳绑缚。身边有剑一口，剑锋上皆有血腥。王见之大怒，命即焚之。术士李业兴曰："不可造次，须将草人支节①逐一解散，焚之方妥。小儿尸必用棺木成殓，安葬入土，冤魂方解。"王命如言以行。有璋三人凌迟处死。监中吊出斛斯演一并斩首，妻囚子戮，皆椿自取之也。

且说孝武西行，事起仓促，刍粮②未备。又长孙子彦不能守陕，弃城而走，高兵日逼，势甚危急。于是星夜往龙门进发，糗③浆乏绝，三二日间从官唯饮涧水。至湖城有王思村民以麦饭壶浆献帝。帝悦，许复一村十年。至稠桑，潼关大都督毛鸿宾迎献酒食，从官始解饥渴。俄而斛斯椿至，稍有粮食，用以济军。然不见宇文泰来接，心甚疑惧。循河西行，人烟萧索，绝非东洛气象，因谓左右曰："此水东流，而朕西上。若得复见洛阳，亲谒陵庙，卿等功也。"左右皆流涕，帝亦悲不自胜。泰闻帝至，忙备仪卫迎帝。先遣赵贵、史宁来请帝安，然后亲率诸将谒见于东阳驿。叩头驾前，免冠流涕曰："臣不能武遏寇虐，使乘舆④播

---

① 支节——四肢骨节。
② 刍粮——粮草。
③ 糗（qiǔ）——干粮。
④ 乘舆——借指帝王。

迁①，臣之罪也。”帝慰之曰：“公之忠节著于遐迩，朕以寡德，负乘致寇②。今日相见，深用厚颜，方以社稷委公，公其勉之。”将士皆呼万岁。泰迎奉帝入长安，权以雍州廨舍③为宫。帝即授泰为大将军、雍州刺史、兼尚书令。别置二尚书分掌机事，以行台尚书毛遐、周惠达为之。二人悉心竭力，积粮储，治器械，简士马，朝廷赖之。帝欲结泰欢心，以冯翌长公主妻之，拜驸马都尉。维时④军国草创，从官皆无住处。初闻高王拘其家属，归者得免，逃回者过半。留者皆无妻小，权借民居以处。独宇文测一家，全亏张吉拥护平阳公主西来，夫妻重聚。人皆重张吉之义，而羡测之得人。

再说高王因朝中无主，权推清和王亶为大司马，掌理朝纲，自率大军追迎帝驾。正欲起行，忽尔体中不适，暂居永宁寺中静养。一夜睡去，梦一美女从左阶下冉冉而来，仪容绰约，光彩照人。虽尔朱后号称绝色，其美更甚。登阶而拜曰：“妾南岳地仙也，与王有夙世缘。奉上帝命，侍王衾枕。”王大喜，引之起。女又曰：“天机有数，此时未可造次。会合之期，当在弘农地方。”言讫，飘然而去。王惊醒，达旦不寐，袍上尚有龙涎香⑤气。目以巫山之梦⑥不过如此。因想大军西行，必从弘农经过，到彼有遇，亦未可知。不一日到了弘农，先遣仆射元子思往潼关追驾，大军暂歇城中。忽有游骑拿获郑驸马一家，前来报功。王

---

① 播迁——到处迁移，奔波不定。
② 负乘致寇——因才德不称其位而导致盗冠入侵。
③ 廨舍——廨署。
④ 维时——斯时，当时。
⑤ 龙涎香——一种香料。凝结如蜡，得自鲸鱼内脏。
⑥ 巫山之梦——即宋玉《高唐赋》中所述楚王与巫山神女欢合之事。

命收禁后营，回京发落。你道驸马严祖何以被获？盖严祖世为国戚，永熙朝又尚新宁公主，富贵无比。公主单生一女，名大车，号曰娥，年十四，有沉鱼落雁之容，闭月羞花之貌。父母爱如珍宝，已许字广平王元赞。当高王入洛时，严祖惧祸，又念与王无仇不至害我，故暂避河东，俟事平回京。后闻高王要治他罪，只得离了河东，逃往长安。哪知被高家游骑捉住，此时囚在营中，插翅难飞了。一日，高王闻报元子思叛去，已降于泰，不胜大怒，便命世子留守军营，亲自将兵来攻潼关。守将毛鸿宾出战，擒之，遂破潼关，进屯华阴。龙门都督薛崇礼以城降。长安大惧。

再说世子自王去后，日夜巡视各营。一夕月色微明，与段韶闲步营外，行至后幕，忽闻呜咽之声。世子问曰："何人在彼啼哭？"左右对曰："是郑驸马家眷。"世子即命开幕而入，见严祖曰："驸马何苦若此？"严祖泣而不言。遥见灯光之下，有一女子拥罗巾而泣，窈窕娉婷。进步视之，女子敛巾而起，娇容艳色，目所未睹。世子一见，顿觉神魂飘荡，目不转睛者久之，问段韶曰："此女何人？"韶曰："郑驸马之女也，子岂惊为神女乎？"世子微笑曰："恐神女不及。"因向严祖道："驸马勿忧，俟我父王回军后，余当禀请释放，官还旧职。"严祖再拜而谢。自是世子日夕探望，佳肴美酒络绎送进，时露贴恋之情，满拟日久情熟，好事必谐。讵[①]意高王以世子年幼，恐有疏失，屡使人至军查视。使人回报曰："世子在营别无他事，唯郑驸马一家大行宽纵。"王闻之，怒曰："孺子何知？敢纵反贼！"即日遣使收郑氏家属赴京

---

① 讵——岂，怎。

投狱，待后取决。世子大惊，然惧父威严，欲留其女而不敢启，怏怏而已。

再说贺拔胜闻帝西去，使长史元颖守荆州，自帅所部西赴关中。至淅阳，闻欢已屯华阴，欲还。左丞崔谦曰：“今帝室颠覆，主上蒙尘，公宜倍道兼行，朝于行在。然后与宇文行台同心戮力，倡举大义，天下孰不望风响应？今舍此而退，恐人人解体，一失事机，后悔何及？”胜不能用，遂还。高王退屯河东，使行台长史薛瑜守潼关，大都督厍狄温守封陵。发民夫一万，筑城于蒲津西岸，限十日告竣。以薛绍宗为华州刺史，使守之。以高敖曹行豫州事。王自发晋阳，至是凡四十启，帝皆不报，王乃东还。遣行台侯景引兵袭荆州，荆州民邓诞等执元颖以应景。又东荆州刺史冯景昭，帝在洛时曾遣都督赵刚召之入援。兵不攻发，帝已入关。景昭集府中文武议所从违。司马冯道和请据州以待北方处分，刚曰：“宜勒兵急赴行在。”景昭不对。刚抽刀投地曰：“公若欲为忠臣，请斩道和；如欲从贼，可速杀我。”景昭悟，即率众赴关。会侯景引兵逼穰城，东荆州民杨祖欢起兵应之，以其众邀景昭于路。景昭战败，刚没蛮中。由是三荆之地皆属高王。

且说破胡还至半途，闻荆州已失，大惊曰：“荆州吾根本地，今若失之，妻子皆为虏矣。”遂率军马星夜赶回。景知胜兵将至，虑其骁勇难敌，遣人求援于敖曹。敖曹曰：“大王使吾镇守豫州，正为今日。胜之勇非景能敌，吾当力战破之。”遂许发师。但未识两虎相斗胜负若何，且听下文分解。

第三十四回

娶国色适谐前梦　迁帝都重立新基

话说贺拔胜兵至荆州，离城不远，侯景引兵出御，相遇于鲁阳山下。胜问："来将何人？"景出马曰："是我。"胜曰："你是我故人，何为夺我城池？"景曰："此皆大魏土地，你取得，我也取得。今荆州既为我有，劝你莫想罢。"胜闻言大怒，拍马直取侯景。景迎战数合，哪里敌得胜之神勇，众将齐上，破胡枪挑数将，三军皆惧，一齐望后退走。胜挥兵直进，势如破竹，追下数里。忽见西北角上尘土遮天，金鼓振地，拥出一队人马，乃是豫州高敖曹引兵五千来救荆州。胜见有援师，暂即退下。景见敖曹曰："若非将军来救，几至失手。"敖曹曰："君勿忧，明日看吾破之。"当夜各归大营。天色微明，胜便讨战。敖曹出马，谓胜曰："我二人皆号善战，尔知吾勇，我知尔强。今日各睹本事，不许一人一骑帮扶。我输了还你荆州，你输了从此去罢。"胜点头道："好！"各挥军士退后。双枪并举，两骑相先，一往一来，浑如两道白光滚来滚去。清晨战至下午，不知几千回合。二人愈斗愈健，越战越勇，两边军士都看得呆了，直到天黑犹不住手。侯景便叫鸣金，那边亦鸣金收兵。胜回营饱餐一顿，想起一家性命都在人手，不斩敖曹焉能夺得城池，救得眷属，吩咐军士点起火把，出营高叫道："敖曹！你敢与吾夜斗么？"敖曹闻知，亦令军士点起火把，挺枪直出，喝道："来来来，退避者不算好汉。"

于是重又战起，火光之下各逞神威。正如棋逢敌手，你不让强，我不服弱。直至天明，二人恋战如故。侯景见破胡士卒皆荆州人，因生一计，令其父兄亲戚四面招呼，军心一动，遂皆散走。胜方酣战，见大势已溃，只得回马而走。敖曹拽满雕弓，一箭射来中胜右臂，遂负箭而逃。敖曹亦收兵归去。胜败下三十余里，无一骑相从。俄而将士稍集，只存残兵五六百人。胜愤极，欲拔剑自刎。左丞崔谦止之曰："将军不可轻生。今西归无路，不如暂投南朝，再图后举。"胜从之，遂奔梁。今且按下不表。

单讲高王回至洛阳时，清和王出入已称警跸①，以天子自居。王丑之，欲立其世子善见为帝，却未明言。有僧道荣孝武所信重，遣令奉表于帝曰：

陛下若远赐一制，许还京洛，臣当帅勒②文武，式清宫禁。若返正无日，则七庙③不可无主，万国须有所归，臣宁负陛下，不负社稷。

以故立帝之议未发。越一日，内史侍郎冯子昂偕西行文武十余人逃回洛阳，高王大喜，乃亲至瑶光寺点放其家属。子昂有女名严娘，年十九，貌美非常。曾嫁任城王为妃，王死孀居，归母家，今同拘寺中。王见之心动，次日，即着高隆之为媒往聘。子昂不敢违，遂纳于王。封为安德夫人，甚加宠幸。冯夫人又言："同拘于寺者有城阳王妃李氏，侍中李昱之妹，冰肌玉骨，雾鬓云鬟，可称绝色。城阳为尔朱兆所害，妃孀居已久，今年二十有一，王何不释而纳之？"王曰："果尔，当使与卿为伴。"次日，

---

① 警跸（bì）——帝王出行时的仪仗。

② 帅勒——统帅与管束。

③ 七庙——指朝廷。

即遣内侍王信忠至寺，特召侍中李昱之妹至府问事，以小车载之而来。王见李氏淡妆素服，绰约轻盈，飘飘若仙，仿佛与前梦所见相似。与之言，历数苦情，愁容戚态，愈觉动人，不胜大喜。是夜遂纳之，封为宏化夫人。凡李氏亲族皆得免放，宠爱更逾于冯氏矣。

一日，王与李夫人昼寝，司马子如有事欲启，同世子来见。内侍言与李夫人同睡，二人不敢入。子如谓世子曰："子亦畏大王耶?"世子曰："非畏也，惧惊同梦耳。"至晚王犹未起。二人不敢归，伺候至晓。天明王起，内侍禀司马尚书及世子在外求见。王召入，子如方欲言，忽宫官进报曰："今耆老①百官已集午门，候王议事。"王遂起，谓子如曰："汝且从我入朝，此时不必有所言也。"于是王至朝堂，告于众曰："永熙弃国而去，不赐一音。今欲于诸王中另立一人，以主社稷。谁其可者?"众皆曰："惟大王命。"王又曰："孝明以来，立帝不顺。孝庄以叔继侄，永熙以兄继弟。伦序失正，国家所以衰乱。今当按次而立。唯清和世子善见以序以贤，允协②人望。"因向清和曰："立王不如立王之子。"众莫敢违，大议遂定。清和回府，又羞又恼，心不自安，帅轻骑南走。高王闻之，亲自引兵赶往。追至于河中府及之，谓清和曰："天下焉有天子父而逃于外者?"与之并马而返，直送至府。王登堂索饮，清和设宴，呼世子出拜，王答拜。宴罢，又召其妃胡氏并长女琼姝出拜，谓王曰："吾家性命全在大王。"王遂与立誓，言必终始相保。又见琼姝端严美丽，王问："几岁?"曰："十三。"王谓清和曰："王女与吾子澄年貌相当，

① 耆老——年老而有地位的士绅。

② 允协——确实符合。

结为秦晋之好何如？”清和大喜曰：“若得世子为婿，吾之幸也。”王遂解下玉带一条为聘，清和亦取出紫金冠一顶为酬，极欢而别。丙寅，王率百官具仪卫迎清和世子善见为帝，即位于城东北。大赦，改元天平。时年十一，为魏孝静帝。欢实贪其幼而立之也。于是魏判为二，河以西曰西魏，河以东曰东魏。

再说郑驸马一家收禁在狱，世子高澄屡欲到监探望，畏王不敢。严祖忧惧无计，因想咸阳王坦是公主叔父，与我至亲，或肯援手。修书送去，求他救解。咸阳见书，次日至晚微服入狱，见严祖夫妇，相对下泪。咸阳曰：“我因君在狱，日夜打算相救，苦于计无所出。司马子如等，我曾恳求数次，皆不肯为援，将若之何？”夫妇闻而愈悲。只见其女大车亦从旁哭泣。咸阳一想，便向公主道：“要救一家性命，须在此女身上。”公主问：“何故？”咸阳道：“高王为人，人莫能测，唯美色可以动之。近日长史冯子昂女、侍郎李昱之妹，欢皆因其色美纳之后房。两家亲族，无不释免。吾观甥女容颜绝世，若使纳之，彼心必喜，可保无事矣。”公主曰：“大车年幼，况已许配广平王赞，如何使得？”咸阳曰：“我岂不知，但广平西去料无返日，且全家性命与一女荣辱孰重？若舍此计，难免刑戮，将来甥女更不知若何飘落矣。”夫妇闻言大哭，女亦泪下如雨。咸阳又曰：“哭她何益。尔朱后以帝后之尊，尚为之妾，何况你女。”公主曰：“既如此说，只要救得全家，任凭叔父主张便了。”咸阳见公主已允，严祖自然听从，遂相别而出归。至家已交二鼓，细想此计虽好，但高王前若何启口说合？辗转不寐。天明起身，走至堂上，见壁上挂《神女图》一幅，乃江南张僧繇所画，精妙绝伦，乃命内侍收下。午牌后，带了此画来见高王，高王召入留坐。略叙寒温，咸阳命内侍

送上画来，便道："此幅《神女图》是江东张僧繇笔，吾见画得好，特送大王把玩。"王曰："僧繇画可通神，吾亦闻其名久矣。"展卷视之，果然仙容若活。高王触起前梦，因谓咸阳道："世间女子有若神子之美者乎？"咸阳道："更有美于此者，特大王不知耳。"高王忙问："何在？"咸阳道："驸马郑严祖之女，美实过之。"高王曰："严祖弘农被获，现禁天牢，吾方诛之，难道他女有若斯之美？"咸阳道："此女乃新宁公主所生，年十四，名娥，至其容貌之美，盖世无双。大王舍此不求，是空有好色之名了。"王曰："果尔，吾当赦其全家。"咸阳辞出。王阴令画工到监，先图其貌来视。俄而画工绘 像以献。王一见，与梦中所遇南岳地仙容貌无异，惊喜欲狂，忙即下令到狱，放出郑氏一家，房产资财，悉行给还。斯时郑严祖依然富贵如故了。次日，即央咸阳为媒聘娶之。公主虽痛女年幼，不忍割舍，然权在人手，不敢不从，唯有含泪相送而已。高王娶了郑娥，真如天仙下降，不敢以妾礼相待，尝谓娥曰："睹卿画上芳容，已足令人神醉。今日得亲玉体，能不使我魂消？"娥亦婉转柔顺，王愈爱之，封为楚国夫人。唯世子闻王纳了郑娥，如有所失。王见其忽忽不乐，疑为思母，因命之曰："汝离母已久，可先归晋阳。吾将迁驾邺城，俟定都事毕，然后归耳。"世子受命而去。

一日，忽报西魏宇文泰引兵攻潼关，守将薛瑜阵亡，关已失守。诸将咸请救之，王曰："吾方迁都，未暇发兵，且渠亦不敢深入。进讨之期，且俟后日。"乃下令曰："洛阳建都已久，王气将尽。且西逼西魏，南近梁境，非据守之地。今将迁邺，文武军民俱限三日起发。"乃以赵郡王谌为大司马，咸阳王坦为太尉，高盛为司徒，高敖曹为司空，司马子如、高隆之、高岳、孙腾共知朝政。先日护驾迁邺，自己留后处分。丙子，东魏帝发洛阳，六宫从行。军民四十万户狼狈就道。时阙马，尚书丞郎已上非陪从者，尽令乘驴。改司州为洛州，以尚书令元弼为洛州刺史，镇洛阳。庚寅，帝至邺。越三日，高王亦至。时宫阙未就，帝居北城相州之廨。王乃命拆洛阳旧宫木料以济之，限日速成。又以新迁之民资产未立，不无嗟怨，出粟一百三十万以赈之，民始宁居。王部分已定，遂辞帝归晋阳。当时有童谣云：

可怜青雀子，飞来邺城里。

羽翮垂欲成，化作鹦鹉子。

此谣永熙年间已有，是时盛传邺下。盖青雀子者，谓孝静帝清和王子也；鹦鹉子者，后来高洋代帝年号神武之验。此是后话不表。

再说世子归去，只将洛下变迁事情诉知娄妃，王之连纳三美未尝言及。王归，娄妃接见问："女后若何?"王曰："永熙西去，后已迁邺。有吾在，人莫敢慢也。"俄而，报三位夫人至。妃问："何人?"王一一告之。时众夫人皆来参拜，俱不乐。王命升堂拜见娄妃，又命与众夫人相见。众见冯、李二夫人貌虽美，不以为异。及见郑娥皆大惊，疑非人世中人。娄妃亦笑道："大王得此美丽，莫怪不复念旧也。"王曰："亦赖卿不妒耳。"当夜，共宴于娄妃宫中。宴罢，各送一院居住。独飞仙院层楼画阁尤胜他处，命楚国夫人居之。盖院在德阳堂后，与王听政之所相近，朝暮尤便出入也。一日，王在娄妃宫见诸夫人皆在座，忽然想起尔朱后独居东府相隔已久，欲往见之，恐其尚记前恨，乃私语桐花曰："吾欲往东府，烦卿先行，叫他莫再拒我。"桐花笑曰："大王自不去耳，彼何尝拒大王也。"桐花遂往。斯时尔朱后正切幽

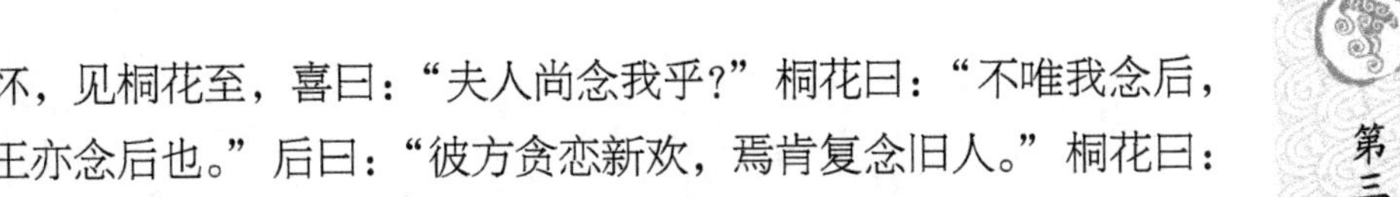

怀，见桐花至，喜曰："夫人尚念我乎？"桐花曰："不唯我念后，王亦念后也。"后曰："彼方贪恋新欢，焉肯复念旧人。"桐花曰："王不来者，虑后见怪耳。今日相聚，勿记前嫌也。"后闻，又喜又恨。未几王至，后乃和颜接之。王见后形容消减，顿生怜惜。时高攸已过周岁，抱出相见。王大喜，遂命设宴，三人共饮。至晚，桐花辞去，王遂留宿后宫，欢好如初。

且说世子高澄年虽幼，颇有恋色之意。高王觉知，谓娄妃曰："澄儿情窦已开，吾前在洛阳已聘定清和王女为室，今冬与之结婚可乎？"妃曰："妾亦有此意。"王遂命造世子府，务极华丽。一面修表以闻，一面启知清和王，将吉日送去。清和喜诺。临期世子到邺亲迎，帝与清和皆厚赐之。内外百官无不毕贺。迎至晋阳，在北府正殿成亲。拜见高王夫妇，然后送归新府。斯时世子年少尚主，加以郎才女貌，正是富贵无双，荣华莫比。人生得意之遭，莫逾于此。那知人心不足，内中又弄出事来，且听下文分解。

第三十五回

送密函还诗见拒　私宫婢借径图成

说这郑娥之母新宁公主，乃清和王从妹。娥与琼妹为姑舅姊妹，幼年最相亲密。今闻公主嫁来，不胜欣喜，告于高王，欲往见之。王欲不许，又不忍拂其意，但云："且缓。"娥见王不许，恳于娄妃。妃乃为王言之，王曰："我不令去者，盖有故也。儿方新婚，要他夫妇谐和。楚国之美，足令脂粉无颜，新妇远不及她。澄见楚国之美，必嫌妻貌不佳，是间①其欢心也。我故不放她往。"妃曰："王太多心，儿焉敢若此。"王遂许之。郑娥知王已允，大喜。次日起身，十分妆束，带领宫娥十人，上了香车，左右侍从，簇拥而行。有人报知世子，世子大喜曰："楚国来耶？"忙整衣相接。娥至堂前下车，女官二人引道与世子相见。遥闻环佩之声，乃是公主出接，一群宫女拥着而来。彼此相见大喜。礼毕，携手进入内宫，二人并坐。宫女献茶，世子亦来坐于其次。郑夫人年幼娇羞，进宫两月有余，见人未尝言语。至见公主，乃是旧游女伴，不胜欣悦。以世子在座，欲言不言者数次。世子觉，起身走出。夫人乃谓公主曰："愚姊一别贤妹，不觉半载有余。忆想我与妹共乘木兰舟游太液池，令侍儿采莲唱歌，正在洛阳上苑之中，不图相见乃在此处也。"公主曰："人事变迁，

① 间——空隙。

不堪回首。今日姊来恍如天降，真令人喜出望外。”夫人又曰：“自别父母，无日不念家乡，使人梦魂颠倒。未识吾父母安否？”公主曰：“皇姑前日来见，幸喜精神如旧，所念念不忘者唯贤姊一人。命妹寄言，勉进饮食，善保玉体。”于是两人促膝密语，欢笑不已。世子密从屏后窃听。声音呖呖，愈觉可爱。忙催宫女送进新果及佳肴美酒，夫人不饮。只见宫女报道：“午时已及，请夫人回宫。”郑娥起身告辞。公主不敢留，便道：“后日参谒公姑，来与贤姊聚话便了。”亲自送至宫门。世子已在香车旁等候，见夫人出，谢曰：“今日蒙夫人下降，仓促简慢，幸夫人勿怪。”郑娥道声：“不敢。”登车而去。世子见她去了，只管呆想。要晓得弘农相遇时，郑娥正在忧愁困苦之际，其天然秀色已爱不能舍，况今在欢悦场中妆束一新，此回相见，何异嫦娥下降。回视公主，真有仙凡之别。故虽宴尔新婚，世子一念一心只在郑娥身上。打听高王或往军营，或往东府，时时往来飞仙院外，冀得一遇。

一日，郑夫人在宫无事，忽有宫女报道：“今岁冬暖，宫墙外梅花盛开，高下如雪，微风一过，香气熏人。”娥素性爱梅，闻之大喜，遂引宫女五六人步出飞仙院外。哪知梅花开处去此尚远，因问：“梅花何在？”宫女指道：“就在前面翠薇亭外。夫人要看，须到亭上观望。”娥见宫院深沉，绝无人迹，信步走至亭上。果见四面皆梅，花光如玉，不觉大悦。忽闻画角之声起自林中，嘹亮可听，因问：“何人花下吹角？”有婢庆云者，为知院宫女，性颇伶俐，走出一望，回言：“世子在花下吹角。”娥道：“既是世子，莫去惊动，悄悄看一回罢。”哪知世子花下早已窥见亭上有人，料必郑娥看梅，遂放下画角上亭相见。郑娥见过，忙欲退避。世子觉其欲避，便道："请夫人自在观梅。"走下亭去了。郑娥命庆云问道："方才所吹画角是何宫调，声甚激越①。"世子道："是《落梅》腔也。若夫人爱听，再吹一曲何如？"于是世子复坐树旁石上，吹弄画角②，夫人凭栏而听，觉其声如怨如慕，忽触思乡之念，呆立不动。俄而，大王来到，世子仓皇走出。王见世子曰："尔不在宫中，来此何干？"世子曰："儿闻梅花盛开，特来一看。"王叱之退。郑娥见王来，移步相接。王曰："卿何在此？"对曰："妾闻此处梅花遍放，故走来一玩。适世子在梅下吹角，暂立听之。"王见其直言无讳，转不为异，便携手同归院中，谓之曰："我宫律甚严，诸夫人无事皆不许出宫，卿何擅自出外闲步？"娥闻之有惧色。王又慰之曰："卿年幼未知，我不怪卿。卿勿惧，后莫若此耳。"娥应曰："诺。"从此娥无故不出，世子亦不敢来窥矣。

且说石州有一豪户刘蠡升，乃伪汉刘元海之后。骁勇绝伦，民夷畏之。离州百里有一云阳谷，谷内周围四百里，蠡升据之。招兵买马，日益强盛。手下精兵数万，勇将百员。孝昌末建国曰汉，称天子，置百官、后妃，一如天家之制。石州一路，皆被扰害。尔朱荣、尔朱兆进兵征讨，俱为所败，奈何他不得。近又得番僧二人，能行妖术，教演弟子二三百人，专事兴妖作孽。女曰九华公主，美而勇，亦授番僧之术，能剪纸为马，撒豆成兵。窥见魏分为二，中原扰乱，遂引兵来夺石州。官兵不能抵敌，于是刺史杨天祐飞章告急。高王接得文书，乃于德阳堂召集诸将议曰："蠡升强暴已久，非吾自行，恐不能收服。"诸将咸请出师。

---

① 激越——声音，情绪等强烈、高亢。
② 画角——古代乐器名。

于是点选精骑三万，猛将二十员，即日起发。入宫谓娄妃曰："刘蠡升反，吾自往讨之。有一事托卿，卿勿负我。"妃问："何事？"屏去左右，私语妃曰："楚国年幼，卿当以儿女畜之，加意保护。但此女性好游嬉，当戒其静守宫中，勿纵出外。澄儿屡在飞仙院外闲行，吾屡次见之，其意叵测。卿主宫事，尤宜防微杜渐，勿使弄出事来，追悔无及。"妃笑曰："楚国吾亦爱之，何用王嘱？澄儿颇晓礼义，何敢妄行？吾自留心防之便了，大王不必挂念。"王曰："得卿如此，吾复何忧。"又至飞仙院中叮咛一番，然后至军，命世子曰："并州事尔自主之，倘有疏失，责在于尔。"世子再拜受命。王遂起兵星夜前往。按下不表。

再说世子自王出军后，深惑郑娥之色，邪心又起，每欲潜致殷勤，又恐泄漏，甚至废寝忘餐，幽怀①如结。一日，在瑞芝堂与私奴冯文洛谈论外事，忽见飞仙院宫女李庆云升阶再拜。世子问："何事至此？"庆云曰："奉夫人之命，送金樱于公主，兼问近安。"世子大喜，遂同庆云入宫，应云拜见公主，致了主人之命。公主亦问："夫人安否？"闲话一回，便即辞出。只见世子亦出宫来，手持一书，封固甚密，付之曰："公主有书送与夫人，你可带去。"庆云接书便去，回至飞仙院，把书呈上道："此公主送于夫人者。"郑娥见封面上写：楚国夫人手启。开函一看，乃是四句五言诗。诗曰：

金闺久无主，罗袂欲生尘。

① 幽怀——隐藏在内心的情感。

愿作吹箫伴，同为骑凤人。①

娥看罢大怒，问曰："此书谁与你的？"庆云曰："小婢出宫时，世子言是公主书，教我带归的。"郑娥曰："世子视我为何人，擅敢吟诗戏弄。我去诉知内主，看他何颜！"庆云跪下道："夫人且息怒，小婢有一言相告。若诉知内主，不过将世子责备一番，但合宫皆晓，议论蜂起，反若夫人无私有线了。不若还其书，绝其意，消磨于无事的好。"郑娥被庆云相劝，把怒气按下，便道："你将书去交于公主之手，说世子若再如此，决不干休！"庆云领命，复到世子府来，将书密呈公主，备说夫人见书大怒，命即送还。公主看了，果是世子亲笔，大惊失色，对庆云道："你去对夫人说，此事看奴薄面，切勿声张。"庆云去了。世子到晚入宫，公主道："楚国夫人最为大王宠爱，世子送书与她，何胆大乃尔，独不畏王知耶？"世子抢书，就火上焚之，曰："今生不得此女，有如此书。"公主骇然，再欲有言，世子已出宫去矣。

一日，郑娥在娄妃处夜宴而回，时已更深，行近院门，月明如水，四面无人。忽见世子独立阶下，向娥曰："请夫人少留片刻，我有一言欲达。"郑娥变色曰："世子前日无礼，我将诉于内主，隐忍而罢。今夜尚有何言？妾非路柳墙花，任人轻薄。世子亦有父子之义，岂可不自知过！"世子道："我自弘农相见，已致殷勤，夫人面上并非寡情，何拒我若此？"夫人道："高情虽有，大义难犯。"说罢便走。世子拦住去路，依依不舍。宫人皆惧，夫人发急下泪道："君若无礼，我当撞死阶前，以绝君意。"世子

① "愿作吹箫伴"二句——此用春秋时箫史与弄玉典故。箫史能吹箫，秦穆公的女儿弄玉也好吹箫，秦穆公就把弄玉嫁给箫史。后来二人各骑龙乘凤，升天而去。事见《列仙传》。

始惧，谢罪而去。娥至宫下泪不已，庆云再三劝慰，又嘱宫人莫泄，娥始寝。次日灯节，世子命造巧样新灯千百盏，送入娄妃宫中，结灯山一座。妃设宴于宝庆堂，召诸夫人赏灯。唯郑夫人不至，遣宫女庆云回说身有微疾，不能赴宴。娄妃道："既体中欠安，不必劳动她。明日我自来望。"庆云退立阶下，徘徊观望，半晌不去。世子遣宫女问之曰："你留此，不畏夫人责乎？"庆云曰："夫人性极善，不我责也。"时渐更阑，华筵已散。庆云回至翠薇轩，门户寂寂。忽闻廊下有人言曰："庆云何独行至此？"庆云大惊，看时乃世子也。庆云曰："从内府回来。"世子戏之曰："今阁门已闭，何以得入，不如从我去罢。"携其臂，至重林堂轩下，是高王安息之所，与之共寝。遂以郑夫人事托之，庆云笑诺。又付金珠一包，曰："诸侍女亦当结其欢心，使无阻碍。"庆云又诺。至晓遂别。庆云入宫，郑娥尚未起身，呼至床前问之。庆云曰："内主娘娘赐我看灯，故不及归。"娥遂置之。午后娄妃亲自来望，郑娥接见。妃问曰："夫人何疾不快？"娥不答。再问，娥曰："妾欲得二郡主来此同居，则疾尽释矣。未识娘娘允否？"妃曰："汝忧寂寞耶？我命他来伴你便了。"遂命宫女以步辇往接。

二郡主者，王之次女端爱，即后孝静帝后。年十二，伶俐明决，与郑娥最相得。故娥欲其来，以为拒绝世子之计。俄而端爱至。妃言："夫人思汝，要汝来伴。"端爱大喜，命移妆具过来。妃去，端爱遂留，娥忧疑尽释。庆云急报世子曰："事不谐矣。夫人请二郡主相陪，同床共榻。小婢有力难用，奈何？"世子大惊，遂至飞仙院请见郡主。郡主接见，郑娥托故不见。世子私语郡主曰："妹何在此？你年幼不知宫禁，诸夫人谁不寂寞，妹能

一一相伴乎？父王归，恐见责也。”端爱曰：“我奉母命居此，无畏也。”世子出。郡主隔帘望之，见其在宫门口与庆云窃窃私语，心甚疑之。入房，娥问：“世子来未识何意？”端爱以世子言告之。娥惊曰：“我恳郡主来，正畏世子耳。前以私书相戏，继又拦住无礼。本欲诉知内主，反恐见怪，故隐忍不发。今奈何欲令郡主舍我而去乎？”端爱曰：“我疑庆云必与有私，夫人当告知母妃，以重责之，庶彼有惧心。”郑娥曰：“我与郡主同往言之。”爱应诺，二人并辇而行。见娄妃，妃命共坐围炉以逼寒气，又命进膳。谈话良久，夫人起告曰：“妾有一事欲诉，乞娘娘屏去左右。”妃令左右各退，独郡主在侧。妃问：“何言？”娥乃泣诉世子事，娄妃大惊曰：“大王真神人也！世子果然不良，日后必遭大祸。”乃谓夫人曰：“我失教诲，致令畜生无礼于卿。卿放心，我自责之，以后自然不敢。大王归，切勿令知也。”娥拜谢，遂与端爱同退。

娄妃即召世子，责之曰：“汝不畏死耶？楚国你父所爱，何得以无礼相犯？若令父知，性命难保，我不能救也。”世子跪下，连称不敢。妃复戒饬再三，乃叱之使退。世子回府，闷闷不已，问计于宫官①冯文洛、田敬容。盖二人有巧思，多才干，皆世子心腹，故私与商之。文洛曰：“楚国执意不从，劝世子绝念的好。”敬容曰：“世子如欲图成，臣举一人相助，定有妙用。”世子忙问：“何人？”敬容徐徐说出。管教：

坚心冰洁终含垢，恣意风流卒受殃。

且俟下卷细说。

---

① 宫官——犹言宾僚。太子属官。

第三十六回

施邪术蛊惑夫人　审私情加刑世子

话说世子欲就私情，问计于田敬容。敬容不合说出一人，世子忙问："何人？"敬容曰："臣闻通直郎李业兴善为魇魅之术，男女苟合，能使仇雠化为亲爱，贞洁变而悦从。去年司马尚书得一美妇，是吴人被掳到此。尚书纳之府中屡欲犯之，其妇以死相拒。业兴为之施符一道，妇遂顺从，大相欢爱。若得其术，世子事不怕不成矣。"世子曰："业兴得宠于王，恐不肯为我用也。"敬容道："业兴近得人金，偷改文书，出人死罪。以此胁之，不怕他不为我用。"世子遂召业兴入见，据坐怒色责之曰："大王何等待你，你擅敢得人金，出人罪。吾方检点文书，知尔作弊。若禀知大王，只怕难免一死。"业兴大惧，伏地哀告曰："世子若饶我罪，定当衔环①报德。"世子道："既要我饶，我有一事托你，你肯依我么？"业兴曰："世子有事，敢不竭力？"世子遂携手入密室中，谓之曰："闻卿素有灵术，能成人好事。我有一心爱人，近之不得，烦卿为我图之。"业兴曰："图之甚易。但必得其姓名居止，然后可以行法。"世子沉吟曰："既要尔行事，不得不与尔说。我所心爱者，乃楚国夫人郑娥也。"业兴闻之，惧不敢答。世子曰："今日言出我口，入于尔耳。事在必成，否则杀尔以灭

① 衔环——传说汉代杨宝小时候救了一只受伤的小鸟，后小鸟叼了两块玉（环）来报答他。后即用衔环作为报恩典故。

口。”业兴怕死，便道：“世子休慌，但须近其人处，于密室行法，三日后有验。”世子曰：“飞仙院外深密处甚多，卿可安心居之。但院中尚有二郡主在内同宿，奈何？”业兴曰：“无妨，包管三日后郡主自去。”世子大喜，遂引之入宫，暗中行术。

且说郑娥自高王去后，甘心独守，虽世子屡次勾挑，毫无动念。自业兴行术后，顿起怀春之意。良宵漏永，又有一世子往来于中，转辗不寐。郡主连夜睡去，梦一狰狞猛虎前来扑噬，才得惊醒，略一合眼，猛虎复来相扰，惧不敢寐，起身谓夫人曰：“兄被母责，决不敢再行无礼。奴欲还宫，数日再来。”夫人也不坚留，竟听其去。世子闻知术有效验，大喜，乃招庆云于僻处问之曰：“近日夫人光景若何？”庆云曰：“夫人连日恹恹困倦，若有所思。”世子喜极，遂告之故，因曰：“吾计已成。今夜入宫，夫人必不拒我。但嘱咐诸婢临时各退，你独在门口相候，勿负吾托。”庆云受命而去。是夜月色微明，世子托故宿于外轩。人静后，潜至飞仙院叩门。庆云即忙启入。问：“夫人睡否？”庆云曰：“睡已半晌。”遂引世子入房，报云：“大王回来。”娥闻王回大喜，忙披衣而起，只见世子立在床前，惊曰：“君来何为？”连呼侍女不应。世子笑颜相向曰：“我慕夫人而来，今夜生死当在一处。”便挨身坐下。斯时夫人神迷意乱，如在梦中，见世子眉目如画，肌肤若雪，仪容秀丽，态度风流，不觉动情。于是世子就之，娥遂不复坚拒，而共赴阳台之梦①矣。漏交五下，庆云报道：“天将晓，世子起身罢。”二人并起。娥谓世子曰：“妾以陋质，过蒙大王宠爱，满拟洁身以报大德，怜君一点深情，遂至失

① 阳台之梦——即宋玉《高唐赋》中，楚王与巫山神女于阳台欢合故事。

身非义。幸君慎之，万勿泄漏。”世子曰：“感卿不弃，密相往来，无虑人知也。”遂起身珍重而别。自后郑娥不复来请郡主，而世子竟得朝夕出入。后人有诗讥之曰：

占得人间第一芳，游蜂堂下已偷香。
广寒宫里伦常乱，此日飞仙乱更狂。

广寒指尔朱后事，飞仙指郑娥也。今且按下不表。

再说高王兵到石州，时已冬底。正值刘蠡升手下大将刘涉同番僧二人领兵攻打石州。番僧播弄妖法，或黑雾迷天，或黄沙括地①，守城者皆惧。高王兵到，贼将退下十余里，以备征战。高王扎营城外，谓众将曰：“我军方至，贼即退下，有惧我心。今后出战只许败，不许胜，吾自有处。”次日，段韶领兵出马，刘涉敌住。战了数合，韶诈败而回。贼军掩杀过来，兵众尽逃。又差刘贵接战，正遇番僧二人，左右夹攻，贵亦败走。三日连战七阵，高兵皆败，于是尽收军马入城。寨中遗下军粮皆被抢去。贼兵笑以为怯。除夜，贼将开怀畅饮，又恃有妖法厉害，全不防备。王至二鼓，乃下令贺拔仁、刘贵引兵抄出贼后，截其归路。亲自带领勇将十员、轻骑一万，前去劫寨。及到贼营，正值半夜，贼兵尽在醉梦之中。官军齐声呐喊，四面杀入，浑如砍瓜切菜，个个束手受死。刘涉在中军帐中听见兵至，忙欲起敌，兵已杀到帐外，只得从帐后杂在乱军中逃命。番僧等醉不能起，皆被杀死。及至天明，尸横遍野，血流成河。逃去者又被刘贵、贺拔仁引兵截杀，斩首无数。刘涉被擒，解至军前，王命斩之。

于是乘胜而前，大兵直抵云阳谷下。把守谷口者，乃蠡升弟

---

① 括地——包容大地。

刘信明及大将万安，闻前军尽没，高兵已至，慌急报知蠡升，求请添兵。一面坚守关口，以防攻入。蠡升闻报大惊，谓其女九华曰："谷口若破，吾都城亦不可保。汝素通法术，可去协力守护。"九华引兵来至谷口，谓众将曰："吾兵新败，不可与战。"命军士各抬乱石，堆积关前，以便临敌施用。盖谷口壁立万仞，只有一路可上，真是一夫当关，万人莫敌所在。高兵初至，乘其锐气，鼓勇而登。九华作起法来，一阵狂风吹得乱石如雨点打下，逢着的头破脑裂，人人受伤，不能进步①，只得退至山下。王欲诱之出战，贼将坚守不出。屡次进兵，反伤无数军士。教人四面寻路，皆高峰峻岭，无别径可入。又降下一天大雪，弥漫山谷。相守半月，计无所出。忽一夕风雪飘扬，春寒殊甚。王独寝帐中，清怀落寞，遥闻更漏之声，归心顿起。三更睡去，梦一美人倚帐而立，吟诗曰：

君去期花时，花时君不至。

檐前双飞燕，动妾相思泪。

细视之，乃郑夫人也。王喜不自胜，问曰："卿从何来，乃至于此？"美人不答，又吟诗曰：

秋风一夜至，零落后庭花。

莫作经时别，风流有宋家。

王起就之，恍然惊醒，大以为异，转辗思之，达旦不寐。次日召众将，谓之曰："今天寒地冻，风雪不止，久留于此，徒劳军士。我欲暂且班师，待三月之后再图进取。"诸将皆曰："善。"乃命贺拔仁、康德二将领兵数千，屯于石州要处，遂回晋阳。

---

① 进步——行走。

世子闻王班师，带领府中文武出郊远迎，娄妃率领诸夫人、大小儿女在宫相接。王入宫一一见过，命众皆坐，便将杀退贼兵、全军大胜备说一遍。妃与诸夫人皆贺。俄而诸夫人退，王独与娄妃语曰：“宫中无事否？”妃曰：“无事。”又问：“飞仙院无甚事否？”妃曰：“无甚事。”王曰：“我不放心者，以其年幼耳。”妃曰：“妾承王托，早晚留意。元宵之夜，郑夫人因抱微恙，不能赴宴。次日妾自往看之，不过以王不在宫，自伤孤寂，欲请端爱作伴，妾即许之。端爱与之同床共宿，情若姊妹，起居遂安。”王闻妃言大喜。至晚，王至飞仙院，问娥别后之事，言与妃同。因念梦中诗句与听，娥曰：“此大王心不忘妾故耳。”王由是宠爱益甚。一日午后，王听政回来，行至玩芳亭，见奇葩异卉开放一庭，因召郑夫人同玩。夫人闻召，即带宫女徐步而来。世子在凝远楼上望见郑娥绕栏而行，飘若神仙，不知何往，便下楼拦住曰：“夫人何往？”娥曰：“赴大王之召。”世子曰：“夫人能少留片刻乎？”娥曰：“不可。”世子乃前执其手，夫人洒脱急走。王已在前，世子望外急避。王谓娥曰：“世子与尔何语？”娥曰：“妾不顾而走，未识何语。”王虽不疑郑娥，而甚怒世子。

有宫女穆容娥者，娥之从嫁婢也，素与庆云不睦。一日，在后阁与婢赵良霄下棋，夫人至，坐而不避。夫人怒，命知院庆云责之。容娥曰：“我虽无礼，不敢与人私通。”庆云怒，遂痛责之。容娥抱恨切齿，因思欲报此仇，不如将她勾引世子事诉知大王，教她死在目前。暗暗做就首状①，潜至德阳堂，见王坐观文书，便上阶首告。王取视之。状云：

---

① 首状——诉讼告状的文书。

飞仙院宫女穆容娥为首明事：今年正月初六日，夫人遣知院李庆云往世子府送金樱于公主，世子遂与之通，代送私书于夫人，夫人欲禀内主，庆云劝住。元宵夜与世子同宿于重林堂轩下，一夜不归。自后每引世子调戏夫人，遂成私合。婢欲进谏，苦被禁止。夫人失节，罪在庆云。党恶者良霄、定红。有谢玉瑞、孟秀昭为证。婢恐日后事露累及无辜，先行首告。唯大王鉴之。

王看罢大怒，问穆容娥道："汝言皆实否？倘有一字虚诳，立即处死。"穆容娥道："如虚，愿甘治罪。"便叫内侍召出良霄四人等。四人至，王分别勘问。先问孟秀昭，秀昭曰："正月初六日世子以私书相送，夫人怒，命庆云还之。后在飞仙院门口，世子拦住夫人不放，夫人欲撞死阶前，世子方去。夫人怕世子擅入院中，请二郡主来陪伴。后庆云以世子命，将金珠分给诸婢，婢等惧不敢违。二月初八日，郡主归去。初十夜，世子来叩门，说：'大王回来。'庆云开门，引世子到夫人卧房。夫人连呼侍女，庆云禁止婢等不许答应。世子遂宿于宫中，至晓方去。"再问良霄、定红、谢玉瑞，所供皆同。王怒曰："庆云可杀！"即召之来。庆云知事已败露，只得尽吐实情，但云："穆容娥无礼，夫人命我责之，故怀恨出首。"高王吩咐左右，尽行剥去衣服，赤体受杖。庆云打荆条一百，良霄等打荆条五十，穆容娥亦打二十。个个血流满地，苦楚不堪。打罢，皆上刑具，收入冷监。

然后走入飞仙院来。郑娥见宫女召去，尚不知所由来，只见高王怒容满面，上坐喝道："我待你不薄，我去后，擅敢与逆子私通。你且从实说来，一言隐瞒，教你立死！"郑娥又惊又羞，呆立半晌，乃诉出世子相逼之状，且曰："吾身边人皆与他一心，教我如何拒得?”王曰:“何以不禀内主?”娥曰:“吾同二郡主当面哭诉,娘娘不为奴做主,奈何?”说罢,泪如雨下。高王听见诉过娄妃,娄妃不管,因想:“我出门时,何等托付,竟置漠然,使娥孤立无援,陷于奸计,致我受逆子之辱。”不胜大怒。又见娥悲啼婉转,反生怜惜,乃曰:“逆子难饶,我不罪你便了。”立起走出,忙召世子。世子不知事露,挺身入见。王见之,怒气顿加,喝令跪下,以穆容娥之状示之。世子一看,惊得面如土色,哑口无言。王亦不复再问,令左右牵下,去其衣冠,痛杖一百,囚之内监,欲置之死。斯时世子打得皮开肉烂,满身血染,死去数次。田敬容以汤灌之方醒。泣谓敬容曰:“我囚于此,未识内主娘娘知否?”敬容曰:“大王吩咐,不许一人传说,内宫谁敢去报?”世子道:“你去传与公主,叫她速求内主救我。”敬容便去,报知公主。公主大惊,忙即来见娄妃。哪知世子事娄妃尚未知之,闻公主来,忙即召入,见其忧愁满面,因问曰:“公主何事不乐?”公主便将世子私通楚国、穆容娥首告、大王加责世子说了一遍,泣告道:“娘娘须念母子之情,救他一命。”娄妃大惊失色道:“我曾再三叮咛,彼依然不改。今深触父怒,如何解救?由他自作自受罢。”盖娄妃曾受王托,郑娥又来诉过,不能全她名节,知王必移怒于己,说也无益,故推辞不管。公主含泪回宫,以内主之言报知世子。世子见父母恩义俱绝,即偷得残生,必遭废弃,伤心一回,便起身悬梁自缢。正是:一生事业由今尽,数夜风流把命倾。未识有人救他还魂否,且听下文分解。

第三十七回

改口词曲全骨肉　佯进退平定妖氛

话说世子怨愤自缢，恰值田敬容进来撞见，慌即解救，世子得以复苏。敬容跪劝道："世子负不世之才，宜留此身以有为，奈何遽欲自尽?"世子不语。俄而，冯文洛至，谓世子曰："臣在外打听得司马尚书近回晋阳，得彼一言王心可转，世子何不以书求之?"世子遂修书一封，密令送去。其书曰：

知名故人恕不复具。近以事近彝伦①，有乖②风化，致触严亲③之怒，罪在不赦之条。身被羁囚，命悬汤火，血流枕席，死等鸿毛。痛援手之无人，欲求生而少路。忽闻君返，如遇春回，惟望施转圜④之智，上启王心，效纳牖⑤之忠，下全予命。苟使父子如初，敢不生死衔结。冒禁通书，幸不我弃。

子如接书看罢，对来使道："你回去教世子安心，我尚未见大王，见时自有道理。切不可泄漏机关⑥。"

其时子如方回，亦早略闻消息。因欲救世子，不敢久延，次

① 彝伦——天地之常道。
② 乖——不顺，不和谐。
③ 严亲——父母。
④ 转圜——调解挽回。
⑤ 纳牖——开导人为善。
⑥ 机关——计策、权术。

日绝早便来见王。王知子如回来，即召至德阳堂共坐细谈。子如略将朝事述了一遍，起身告曰："久不见内主娘娘，求入宫一见。"盖子如以乡闾之旧，每次自京回来，皆得进见娄妃也。王曰："汝勿往见。世子不堪承业，行将废之，其母恶①得无罪？"子如佯为不解，惊问曰："大王何为出此言也？"王乃告之故。子如曰："大王误矣。郑夫人有倾国之色，世子有过人之资。内主是大王结发之妇，又有大恩于王，以家财助王立业，患难相随，困苦历尽，情义何可忘也？且娄领军为腹心之佐，大功屡建，岂可与妃参商②？况此等暗昧之端，未定真假。王奈何以一宫婢之言，而欲弃此三人也？臣窃以大王妃嫔满前，郑夫人独邀宠幸，或有忌之者造言兴谤未亦可知。世子恃王亲子，在宫出入自由，不避嫌疑，理或有之，此事断无有也。宫婢们畏威惧刑，逞口妄供，何足为信？大王凭一时之怒，而失善后之图，窃为大王不取。"高王被子如一番言语，其怒稍解，渐有悔心，便道："既如此，卿为我勘问之。"

子如领命，随到监所，据案而坐。吊出宫女六人，跪于阶下。又召出世子，世子向子如再拜。子如道："奉敕追勘，世子莫怪。"子如见世子形容憔悴，满目忧愁，起携其手曰："男儿胆气宜壮，何畏威自怯若此？"命坐一旁。先叫穆容娥，喝道："你诬陷夫人，大王已经察出，罪该斩首。今亦不用你供。"喝叫左右将他绑起，推在一旁候死。乃叫谢玉瑞、孟秀昭、良霄、定红

---

① 恶——文言叹词，表示惊讶。

② 参（shēn）商——二星名。参在西，商在东，此出彼没，永不相见。比喻双方隔绝。

一齐跪上，喝道："穆容娥诬陷之罪，即刻正法。你等生死亦在一言，倘不诉出穆容娥诬陷实情，仍旧扶同污蔑上人①，一并处斩。"四人大惊，叩头曰："唯公相之命。"子如授以纸笔，令各自书供。良霄举笔先成。供云：

妾以蒲柳之姿，追随凤阁，趋承之职，朝夕鸾帏。夫人贞淑，大众皆知；宫禁森严，寸心常凛。何乃利口恶奴，以小愤而构成大祸，致令贱妾被牵连而陷入奇冤。是以含恨无穷，有口莫辩。今蒙提问，敢吐实情。所告皆属子虚，前供尽由饰说。幸垂明察，下鉴蚁忱②。

三人所供，亦与良霄无异。子如看罢大喜，乃叫李庆云，喝道："夫人被诬，你该力辩，何得直认不辞？你死不足惜，其如夫人、世子何？速速书供，免汝一死。"庆云便即写供呈上。供云：

贱妾初无令德，幼乏芳姿，得邀王选，入为护帐之姬；更辱主恩，拜受知院之职。但知畏法奉公，宁敢肆情纵欲。况我夫人以姮娥③而守月，岂同神女去行云。何乃奸诈之徒捏造谎言，横生奇祸，玷夫人之清德，累世子之芳名。直以力弱难争，一时屈认；苦于有冤莫诉，万死奚辞。今承庭讯，得睹云开。乞赐青天之照察，得超垂死之残生。

子如览毕，便道："众供已定，倘大王再问，不得更有他说。"众女皆叩首领命。子如吩咐左右，将穆容娥牵去，先令自尽，立等回报。俄而左右来报："穆容娥已死。"子如下笔判道：

---

① 上人——主人、居上位的领导者。
② 蚁忱——谦词，犹言微末的热忱。
③ 姮（héng）娥——即嫦娥。

穆容娥惧罪自缢，诬陷显然。良霄等众口相同，真情可据。云开雾散，宫禁本自肃清，射影含沙，谤迹皆由捏造。一人既死，无烦斧钺之加，余众无辜，旦释囹圄①之禁。

判毕，取了诸宫女口词来见高王。高王看了，大喜道："我知此事非公不能了也。"便命内侍召请娄妃出见。妃见召，未识何意，惊疑不安，却又不敢不来。乘辇至德阳堂下，王见妃至和颜相接，妃心稍安。子如亦上前拜见。坐方定，世子亦召到阶下，升堂再拜，悲不自胜，泪落如雨。妃见之欷歔。王亦恻然，指子如曰："全我父子者，尚书之功也。"世子拜谢。王赐黄金千两，以酬其功。是夕，留子如共饮，极欢而散。其后庆云、良霄等皆以他事赐死。王于是待娄妃如旧，而爱郑娥有加。

一日，接得石州文书，报称蠡升复出肆掠，其女九华妖法难破，请王发兵击之。王遂下令亲征，入谓桐花曰："刘蠡升恃妖法为乱，必得卿往，方能破其法。"桐花应命。乃命世子随行。兵至石州，贺拔仁、任祥来见。王问："贼势如何?"仁曰："贼将唯万安骁勇，其余皆非劲敌。但每战方合，便天昏地暗，飞沙迷目，咫尺难辨，故官兵屡退。此皆妖女九华所致。擒得此女，破蠡升不难矣。"王曰："彼若坚守谷口，攻之匪易。彼既引兵出战，擒之不难。"次日，命桐花守住大寨，嘱曰："俟其兵至，尔以法破之。"命诸将各领兵五百，乘便击贼："一遇妖法起时，勿与争锋，四散奔走，各择便地埋伏。俟其退回，处处截杀，必擒住九华方止。"又命段韶、任祥拥护世子，引兵一千去打头阵，诱之追下。众将皆依计而行。斯时九华闻高王又到，与诸将议

① 囹圄（língyǔ）——古代称监狱。

曰："前日吾军败没者，以彼黑夜劫营，法不及施耳。今后交战，吾但作法胜之。彼若败走，尔等尽力追杀，教他片甲不回，方报前仇。"贼将皆曰："仗公主之力。"议方定，军士报高将营前挑战。九华遂与众将同出，立马旗门之下，见来将中有一少年将军，美貌风流，头戴紫金冠，身穿红绣甲，手执画戟，坐白马上，分明潘安再世，宋玉复生。九华暗想："擒得此子回来，与奴作配，岂非一生大幸。"于是不发一令，只管呆看。段韶见对阵不动，大叫道："来将听者，你敢不用妖法，与我斗力么?"九华倒吃了一惊，遂令万安出马。战未数合，忽黑气罩地，沙石乱飞，空中如有千百万人马杀下。段韶、任祥保着世子便走。九华见了，便驱动神兵，亲自赶来。高兵遇着，四散奔开。九华一心要拿世子，别枝兵让他自去，单追着世子，紧紧不放。看看追近高寨，只见一员女将挡住，少年将躲在她背后，狂风顿息，天气开朗，空中神兵皆变为纸人纸马，纷纷坠下，九华大惊，忙欲再念真言。女将喝道："你法已破，还不下马受缚。"九华惶急，望后便逃。四面伏兵纷纷涌出，围得铁桶相似，喊道："降者免死。"贼兵一半杀死，一半跪地投降。后队兵将来援，又被刘贵、贺拔仁截住杀退。九华插翅难飞，早被桐花赶上，擒下鞍鞒，绑缚定了。王大喜，把九华囚于后营，长驱直进。蠡升闻女被擒，魂胆俱丧，自料不能相抗，只得遣将请和。王许之。又请还其女，然后出降。王对使者召九华至帐，指世子曰："蠡升若降，吾将以世子配之，今未能还也。"使者回报，蠡升信以为实，遂不设备。是夜王引兵袭破谷口，大军齐进，围其都城。其将刘信明、万安见官兵势大，惧同夷灭，斩蠡升之首以降。王入城，斩二人。掳得伪王公将相文武四百余人，库中珍宝无数，迁其人民三万余户，安插内地，班师以归。九华年幼貌美，桐花请赦其罪，王亦以蠡升乞降在先，命世子纳之。遂献俘于朝，帝以高王功大，赐殊礼，假黄钺①，剑履上殿，入朝不趋。诸将进爵有差。王辞殊礼，命下再三，卒不受。请追赠恒山王胡士达，以酬桐花之功。帝允奏，谥恒山王为武王。建立新庙。庙成，王同桐花亲往祭之。今且按下东魏事不表。

再说孝武帝迁都长安，大权皆泰掌握，生杀黜陟帝不得与。虽有天子之名，徒拥虚位。然泰方挟天子以令天下，故外面犹尽臣礼，上下相安。一日，丞相泰同广陵王元欣入宫奏事，直至内院。时帝正与平原公主在宫笑语，遂召二臣入宫。泰奏事毕，见帝侧一美人，色甚妖艳，出问广陵王曰："侍帝侧者是帝之妃耶？谁氏女也？"广陵王曰："此女乃南阳同母之妹，名曰明月，封为平原公主，为帝所宠。入关时，六宫皆弃，相随而来者唯此女耳。"泰讶曰："然则帝之从妹也，如何纳之为妃？"广陵曰："此实败伦之事，奈帝不悟何？"泰遂邀广陵同归，曰："大王少坐，吾已去请南阳诸王，到此共商。"停一回，诸王皆至，坐定。泰曰："今屈诸王到此，有一事相告。"诸王曰："丞相有何见谕？"泰曰："臣等奉戴一人，要使纪纲肃于上，信义彰于世，天下方服。孔子所谓'其身正，不令而行。其身不正，虽令不从'也。况今高欢据有山东，日夜窥伺。正当讨其不臣，而可自陷非义乎？今天子宠爱平原公主，以妹作妃，大乱人伦之道，何以摄四方而复旧都？吾意欲正君心之失，必先除其所惑之人，王等以为

① 假黄钺——黄钺，以黄金为饰，古代帝王所用，后世用为仪仗，借之以增威重。假，通"加"。

然否?”诸王闻之，尽皆失色。南阳曰：“此女系吾亲妹，秽乱宫闱，罪实当诛。但事出于至尊，今若除之，恐丞相有乖于臣礼，奈何?”泰曰：“杀之上正帝心，下洗王耻。若留之宫中，帝必不改前辙，以致纲常扫地，大事无成。皆臣下不能匡正之失也，罪何可辞?”诸王不得已，皆曰：“唯丞相命。”泰曰：“公等意见皆同，吾自有计除之。明日同会南阳府中。”皆应诺而去。南阳归言之乙弗妃，妃曰：“泰言虽当，但无君之心已露。只恐避一欢，又遇一欢，奈何?”南阳曰：“吾亦虑此。”相对叹息。次日饭罢，报泰与广陵至。俄而诸王俱至。南阳还疑入朝同谏，揖泰曰：“今日帝前全仗丞相力诤。”泰曰：“毋庸①。平原主亦将到也。”南阳曰：“彼安得来?”泰曰：“今早吾已遣人入宫，托言王犯危疾，欲一见之，帝已命之来矣。”

未几，果报公主到来。乙弗妃接进内堂，平原问妃曰：“吾兄何疾?”妃曰：“无甚疾，不过欲与皇姑一言耳。”南阳入，平原又问：“兄何言?”王不答，但见之下泪，乙弗妃亦掩袂避去。平原大疑。又见泰与诸王同入坐下，必益骇。泰怒目而视曰：“你本金枝玉叶，为帝从妹，如何不惜廉耻，陷君不义，你知罪么?”平原惧而泣曰：“奴诚有罪，但父母早丧，幼育宫中，孝明、孝庄俱未见面。今上即位，逼侍衾枕，事不由己。唯丞相鉴之。”泰曰： “事关伦纪，罪何可免?今日特请 一死，以绝君心。”回顾左右曰：“何不动手!”两个武士即雄赳赳走上，平原惊倒在地。武士执住手臂，即将白绫套在颈上，顿时缢死。诸王莫敢出声。后人有诗悼之曰：

---

① 毋庸——不必，无须。

冰肌玉骨本无瑕，一沐君恩万事差。

死等鸿毛轻更甚，悔教生在帝王家。

泰见平原已死，谓诸王曰：“不如此不能禁止君之邪心，王等莫怪也。”众皆唯唯。泰命于夜间载其尸入宫，遂别南阳而去。只因有此一番，庙廷从此参商起，主相犹如水火分，请于下文再讲。

第三十八回

黑獭忍心甘弑主　道元决志不同邦

话说孝武自平原去后，至夜不见回宫，正欲遣使去召，忽内侍报道："公主已经身故，现在载尸还宫。"帝大惊失色，曰："尸何在?"内侍曰："已入寝宫。"帝急入，走向尸旁一看，果见玉貌如生，香魂已断，放声大哭，慌问随去内侍："公主因何而死?"内侍备述丞相、诸王相逼之状，以致命绝。帝闻之怒气填胸，曰："此皆南阳欺朕，骗去逼死，誓必杀之。"次日视朝，文武皆集。帝见南阳，拍案大骂道："你诈病欺君，杀死亲妹，不忠不仁，留你何用!"喝令收禁南牢治罪，值殿武士便把南阳拿下。宇文泰出班奏道："陛下莫罪南阳，此皆臣之过也。平原秽乱宫闱，大干法纪。若不除之，有累帝德不浅。"帝曰："即欲治罪，何不奏闻?"泰曰："臣等知平原越分①承恩，陛下必不能割爱全义，故擅行处死，以绝陛下之意。专命之罪，乞陛下鉴之。"帝默然，拂袖而起，乘辇退朝。泰即传谕南牢，放出南阳，任职如故。盖斯时政在宇文，在廷文武宁违帝旨，不敢逆泰，虽帝亦无如之何。回到宫中，唯有切齿含怒。或弯弓射空，或拔剑砍柱，正所谓鸟啼花落，触处伤心。泰知帝怒不解，密置腹心于宫中，察帝动静，纤悉②必报。一夜，帝见月光如水，追念平原，

① 越分——超出本分。
② 纤悉——细致而详尽。

惨然下泪。因自吟曰：

明月依然在，佳人难再求。
香魂游浅土，玉骨葬荒丘。
把剑仇难复，吞声怨未休。
枉为天子贵，一妇不能留。

便有人抄他诗句，报知宇文泰。泰大惧，暗想："我不害他，他必害我，岂可复奉为帝。"密与心腹商议废立之计。侍中于谨曰："高欢负逐君之丑，天下非之。今若复行废立，恐丞相犯弑主之名，奈何?"泰曰："今祸难方兴，争战未已。欲御外患，必除内忧。吾以赤心奉之，彼反以我为仇。异日疆场有事，变从中起，则大势去矣。不若除此无道，另立贤明，庶国家长久之计。"谨曰："帝心诚不可保，但既奉之，而又害之，恐为欢所笑耳。"泰曰："笑者小事，今骑虎之势，正不得不尔。"因定计于长安城东，请帝游猎，暗行弑逆。泰遂入朝奏帝，帝许之。

适有天文官启帝云："臣夜观乾象，帝星不明。又客星侵帝座，黑气直入紫微垣，主陛下明日有不测之忧，慎勿出宫。"帝惊曰："丞相请朕出猎，奈何天象有此变异?"因降旨于泰曰："朕躬偶抱微疾，不能行幸。"泰复请曰："圣躬不安，乞明日君臣共宴于华林园，以遣帝怀。"帝许之。次日，泰于华林园摆设华筵，会集百官，恭迎帝驾临御，提炉引导，曲尽臣礼。筵前管弦齐奏，歌舞喧阗，山珍海错，无不毕陈。百官轮流上酒，帝不觉沉醉。泰又跪献金卮①，俯伏上寿。帝又饮之。宴罢，帝起回宫，文武皆退，乃召天文官问曰："今日已过，保无事否?"天文

① 金卮——金制酒器。

官奏曰："须过亥时，圣躬万福。"帝命之退，遂就寝。至半夜，腹痛如裂，知中毒，大呼曰："斛斯椿误我！斛斯椿误我！"不数声，遂崩。时正亥刻，年二十五岁。宫官忙报知宇文泰。泰尚未寝，即带腹心左右，先自入朝，问内侍曰："帝临崩有何言？"内侍曰："帝呼斛斯椿误我数声而绝。"泰于是约束御林军士，把守各处宫门，然后传召百官。天将明，百官皆至，闻帝崩，皆惊愕失色。然权归宇文，无一人敢出声者。泰命殓帝尸，俟新天子立始行丧礼。后人有诗悼之曰：

失江山不自持，避汤就火亦奚为。

不堪洛下沧桑变，又见长安似弈棋。

泰命群臣议所当立，众举帝兄之子广平王元赞，年虽幼，以序以贤，允协人望。泰疑未定。时独坐室中，侍中濮阳王元顺来见，泰迎入室中，问："王何言？"顺垂泪曰："下官为立君之事而来。"泰曰："王意中谁可者？"顺泣曰："高欢逼逐先帝，立幼主以专权。明公宜反其所为。广平幼冲，不足为帝。愿公立长君以安社稷。"泰曰："王言是也。吾欲奉太宰南阳宝炬为帝，王意以为可否？"顺曰："南阳素有仁义之风。奉以为帝，天人允服，足见公之赤心为国也。"泰即传谕百官，众皆悦服。乃备法驾，具冠冕，率文武耆老，皆至王府劝进。南阳辞不敢当，众皆伏地嵩呼。三让三请，王乃登车，即位于城西坛上，临大殿受朝。改元大统，颁诏大赦，追赠父京兆王为文景皇帝，母杨氏为文景皇后，立妃乙弗氏为皇后，长子元钦为太子。进丞相泰为都督中外诸军、录尚书事、大行台，封安定王。泰固辞王爵，乃封安定公。以尚书斛斯椿为太保，广平王赞为司徒。文武各官皆进爵有差。殡孝武于草堂佛寺，丧礼俱简。谏议大夫宋珠悲哀特甚，数

日水浆不入口，呕血数升。泰以名儒，不之罪也。

其时有渭州刺史可朱浑道元，本怀朔人，初与侯莫陈悦连兵相应，后悦为泰所杀，道元据州不从。泰攻之不能下，遂与连和，命守渭州。及孝武西迁，魏分为二，道元之母与兄皆在山东邺城，不能接归。又少在怀朔，与欢亲善，故家室在东，欢亦常抚恤之。道元每切思亲之念，特以孝武旧君，不忍背负，留关西不返。一旦，新君诏至，知孝武已崩，深为骇异。遣使长安，访得帝崩之由：因与泰不合，遂为所害。大怒，告众将曰："吾所以弃家离母而留此者，以欢犯逐君之罪，泰有奉主之功故耳。今泰擅行弑逆，其恶更甚于欢，岂可与之同事。吾今引兵东行，诸将愿去者随吾以去，不愿去者请归长安，吾不禁也。"众将皆曰："公不欲与逆臣为伍，某等亦生死从公。"要晓得可朱浑道元是关西虎将，素号万人敌。又抚下以恩，与同甘苦，能令士卒致死，用兵如神，泰亦畏之。故欲东行，士无异志。道元又曰："吾有书先达晋阳，谁堪使者？"阶下走上一将，年方二十，凛凛身材，骁勇无比，便道："小弟愿往。"乃道元之弟天元也。道元大喜道："弟既肯行，便领书去。但路上须要小心，不可有失。"天元领了兄命，带了家将十余人，飞马而去。行至乌兰关，关将不肯放行。盖其时灵州不服，泰遣李弼、赵贵二将正欲往征，关口谨防奸细出入，如无泰命，不许放出一人一骑。天元候至更深，便于关前四处暗暗放起火来。风烈火猛，沿烧甚炽。关上望见火势，开关救火。天元引十数骑，从闹中夺路而走。把关军士拦挡，天元连杀数十人，逃出关口，径往灵州飞奔而去。不一日到了灵州，备说投东之故。曹泥大喜，便差人护送前往。

再说把关将当夜擒得天元从者一人，审出情由，飞报长安。

泰大惊，谓诸将曰：“可朱浑道元勇冠三军，若令东去，关西又生一劲敌矣。必乘其未去，擒之以归，方免后忧。诸将中谁可往者？”众举侯莫陈崇可使。盖崇勇而善战，所向无敌，曾单骑擒丑奴于阵上，是泰麾下第一员健将，故众举之。泰遂授以精骑五千，往渭州截其去路。泰又思陈崇虽勇，恐不足以制之。又传谕李弼、赵贵大军勿往灵州，且于乌兰关截杀道元之军，勿使走脱。

且说陈崇兵至渭州，道元因急欲往东，已离渭州进发，闻有兵来，道元谓诸将道：“且住，吾当先破其军而去。”因回军以待。陈崇追及，大声喝道：“可朱浑道元，朝廷待你不薄，何故去投外邦？今日天兵已到，快快下马受缚，免汝一死。”道元出马道：“你是侯莫陈崇？堂堂汉子，何乃为逆臣效力？”陈崇喝道：“你乃反贼，谁是逆臣？”道元道：“吾为永熙之故，受其爵命。今永熙何在？你不念旧君之冤，忝颜事仇，是亦逆贼。还要摇唇鼓舌，宁不愧死。”陈崇听了，怒气直冲，把枪直刺过来。道元便与交锋。战有数十合，不分胜负。道元架住枪道：“我去了，谁耐烦与你战斗。”回马便走。陈崇只认他力怯，乘势赶上。那知道元暗藏飞锤在手，乘他追下，喝声道：“着！”一锤打去，正中陈崇前心，翻身落马，军士急忙救起，已经鲜血直喷，不省人事。副将见主帅身危，只得收兵。道元赶上，喝道：“你们听者，归语宇文泰，今暂且饶他，少不得有一日杀到长安，正他弑君之罪。”说罢，全军起行，谁敢拦阻。一日到了乌兰关，李弼、赵贵奉了宇文泰之命，早已引兵把住。遂驱兵大战，怎当得道元将勇兵强，人人致死，弼与贵不能抵敌，让他破关而出。道元行至灵州，曹泥接见，大喜。停军一日，便即进发，一路无话。将近云州地面，军士乏粮，众心未免慌乱。只见一支人马，旌旗耀日，扎在云州界上。问之，乃并州大将贺拔仁军也，众心始安。盖自天元到北，高王知道元来附，不胜大喜。一面命天元亲往山东迎母，一面便命贺拔仁引兵二千，赍送资粮来接。探得道元将到，故停军在此。道元便与贺拔仁相见。仁曰："大王知将军远来，资粮必竭，故先运军粮在此迎候。"道元道："高王真神人也。"两军合队而行，到了并州。王已遣人来接，道元入见。王握手相慰曰："喜故人远临如获天赐，屈卿来此，勿忧不得志也。"道元拜谢。即日封为车骑大将军。

先是孝武弃世①，东魏尚未晓得，自道元书来，方知帝崩。王乃遣使至邺，奏请旧君之丧若何服制。帝令群臣议之。有太学博士潘崇和奏曰："君遇臣不以礼则无服。是以商汤之民不哭桀，周武之民不服纣，礼宜无服。"有国子博士卫既隆、李同轨并奏曰："高王及众臣可以无服。独高后与永熙离绝未彰，断无妻不服夫之理。宜在宫中设位举哀，改服守孝。"帝是之。于是臣寮皆不服丧，高后独行丧礼。一日，高王至东府，意甚不悦。庄后问之。曰："孝武崩，娄妃痛女守寡，常郁郁②。故我亦为之不快。"继而叹曰："误他夫妻者，斛斯椿一人也。"后曰："何与斛斯椿事？王逼我失节，致使王女为后不终，他日未必不学我也。"王默然。其后孝武后旋卒，而王次女孝静后卒嫁杨遵彦，果如其言。此是后话，今且慢表。

再说时值端午佳节，王与郑夫人同宴于翠薇亭。王醉，贪其

---

① 弃世——离开人世，指人死亡。

② 郁（yù）——忧愁，愁闷。

地凉爽，就与夫人共宿亭上。宫人皆秉烛坐于帘外。将近三更，一宫人睡去。梦见空中有车马仪仗冉冉而至。忽有纱灯两对，隐隐前照。一美人身穿紫衣，手执金牌一面，上写：宣召南岳真仙云司夫人郑大车。径入寝室。俄而见紫衣人手挽夫人飘然升云而去，大惊而醒。至晓，王已起身。夫人安卧不动，呼之亦不应。王疑之，忙召宫人来视，昏默如故。王曰："夫人如此，病乎，睡乎？"众莫对。宫人因述夜间之梦，王大惊曰："如此，则夫人之魂仙去矣。"命守视勿动。次日，依然不醒。忙召娄妃来视，妃揭帐视之，红颜如故，抚其四肢，温软如玉，但口中仅有微息，似续似断。谓王曰："夫人病势甚急，可召医官视之。"王曰："医官已召来视过，皆不能识。但云此离魂之症，非药石所能效。为之奈何？"妃曰："何不出榜招贤？有能医得此症者，许以重赏。或有良医来救，亦未可知。"王从之。哪知即有应命而来者，皆不能治。延至七日，夫人依然若死。王日夜忧疑，寝食俱废。一夕偶步廊下，忽闻内侍们窃窃私语曰："大王要救夫人，何不召问世子？"王喝曰："汝等在此何言？"内侍跪禀曰："夫人之魂已归仙室。前夜世子曾经梦见，惧王怒，故不敢告。王若召世子来问，便知其详。"王即命召世子。但未识世子若何言说，果能救得夫人否，且听下卷细说。

第三十九回

梦游仙玉女传音　入辅政廷臣畏法

话说世子偶抱微疾，在府静养。郑夫人不醒已三四日，世子不知也。一夜世子外斋独宿，忽闻窗外叩户声，起而视之，见红光缭绕，香气氤氲，一女子穿杏黄衫，轻裾长袖，进前曰：“奉仙主命来召世子。”世子恍惚之中不知召者何人。女挽衣以行，全不是宫中路径。天气有似三春，奇花异卉开遍路旁。俄至一所，祥云霭霭，瑞气纷纷，经过朱门碧户，上有金字牌曰：“云龙洞府。”门半启，不入。登一山皆奇岩峭壁。有瀑布一条，从山顶飞下，水声潺潺。山侧有洞门紧闭，门上金书“南岳洞天”四字。女子叩门，有青衣女童开门出问。女子曰：“高世子已召到。”女童入报，请世子进内相见。世子走进，但见红芳满树，碧草鲜妍，阶下仙禽飞舞，一美人端坐堂上。世子升阶再拜，美人命侍女扶起。叙宾主之礼，分左右而坐。谓世子曰：“妾尘姓胡氏，号云翘夫人，主此洞天。有妹云司夫人，尘心未断，与君父有夙世姻缘。奉天曹①命，降生郑氏为女，年十四，得侍王宫。吾恐其失迷本性，故召来一见。不意君父大生忧疑，欲令世子归而告之。”又一美人从内走出，视之，乃郑夫人也。密语世子曰：“妾居处甚乐，然不忍贻大王忧，欲归又不能自主。世子归，寄

① 天曹——天上的官署。

语大王，接妾回去。”世子曰：“仙凡相隔，若何来迎?”夫人曰：“清霄观中有一老道姓徐，亦此处仙官也。求他表奏天庭，妾即回矣。”世子领命，又告云翘夫人曰：“仙主知尘世吉凶，未识吾前程若何，乞赐指迷。”云翘曰：“天机难泄，君能守正而行，便不至自误终身。”乃以云笺一幅，写上四句赠之。其词曰：

明月团团①，功成水澜。时来遇玉，事去逢兰。

其后世子娶玉仪公主，居别室，为兰京所杀，其言乃验。当时世子茫然不解。云翘仍命黄衫女子送回。行至中途，有一石桥跨在水面。世子见桥下金鱼游跃，凭栏而看。黄衫女曰：“此处非可久留。”把手一推，跌在水中，大惊而觉，乃是一梦。

天晓起身，便问内侍道：“飞仙院郑夫人有甚事否?”内侍曰：“闻夫人昏迷不醒已有数日，现在大王出榜求医。”世子知所梦非虚，进告公主。公主曰：“何不报知大王?”世子曰：“事涉嫌疑，不敢启齿。”哪知左右窃听者互相传说，连北府宫人亦皆晓得，故当夜内侍为王言之。王召世子来问。世子备述梦中所见，因曰：“必得清霄观中徐道，方能救得夫人还魂。未识果有其人否?”王命访之，观中果有一道人姓徐，来此不及一月，遂迎之入府。王见其丰神潇洒，大有仙气，深敬礼之。因求解救之术，徐道士曰：“王必虔修表章一道，结坛礼拜。待贫道行法，上达天听便了。”王如言而行。当夜道士拜伏坛中，王与世子皆在旁坐守。至晓不见起来，即而视之，只有衣冠在地，道士已不知去向。众皆骇异。忽报郑夫人已经醒转。王闻信急来看视，见夫人精神如旧，身已起坐，握手问故。夫人曰：“前夜与王宿此，

---

① 团团——圆圆的样子。

见有紫衣女子手执金牌，来召奴去。奴随之往，至南岳洞府，被云翘夫人留住。奴欲归不得。唯世子身有仙骨，可到洞天，故召来寄信于王。今天庭有旨放奴，奴得再返人世。此时更觉身轻骨健，不比前日。”王大喜，遂同归飞仙院中。府中传为奇事。世子辞出。娄妃及众夫人皆来相贺，桐花谓郑娥曰：“夫人居飞仙院中，果不负飞仙之名。但今后切莫飞去，贻大王忧也。”众皆笑。由是宫中群呼娥为仙夫人，王益宠之。太平二年，秋八月，娄妃怀孕将产，梦见一龙蟠屈膝下，觉后生男。为高王第六子，名演，字延安，即后北齐孝昭皇帝也。

且说高王因四境无事，思欲西征，祭祀凤陵。命司马李仪作檄，布告远近。文不称意。或荐行台郎孙搴，博学能文，命搴另作。天色已晚，搴于灯下援笔立就，其文甚美。王大悦，即授为丞相府主簿，专掌文笔。越数日，高王率将军厍狄干等，领兵一万，袭西魏夏州。身不火食①，四日至城。缚枪为梯，夜入其城，生擒刺史斛拔弥俄突，赦而用之。留都督张琼将兵镇守。迁其部落五千户以归。师至半途，灵州曹泥遣使告急，报称西魏李弼、赵贵引兵来攻灵州，决水灌城，城旁皆成巨河，城不没者四版，势甚危急。高王回军救之，犹恐不及，于是星夜遣使，以书求援于至罗国。令其速发人马，绕出西军之后，乘便击之，以解灵州之围。至罗国得书，果引兵袭破西魏军，获其甲马五千，西魏兵乃退。高王兵至，围已解。曹泥迎拜马首。王以灵州在西魏境内，不能久守，谓泥曰：“汝毋留此坐受其困也。”乃拔其遗户归北，别授曹泥官爵。其婿刘丰生有雄才，王爱之，授为南洛州刺

① 火食——指吃熟食。

史。朝廷以王平夏州功，封其次子高洋为骠骑大将军、开府仪同、太原郡公，食邑三千户。洋年七岁，已授显爵。王以杨愔为太原公司马，继又迁为大行台右丞。盖洋尚处宫内，不能出外理政，故又使之侍高澄也。

时澄年十七，阴有宰世①之志，闻朝中诸贵用事，贿赂公行，法度不肃，请于王曰："儿愿入邺辅政，以治臣寮之不法者。"王曰："小子何知，敢主朝政。岂不闻未能操刀而割，必伤其手乎？"世子不悦而退。孙搴告王曰："臣闻世子欲入邺辅政，王何以不许？京师诸贵恃王勋旧，横行无忌，以致人民嗟怨。不有以慑服而整饬之，国势日坏，恐为敌人所乘。世子天才自高，不可以年幼疑之。若使入朝，委以重权，上辅幼主，下肃百僚，大王无虑鞭长不及，群臣无不拱手听命，则内外同心，根本自固。王何舍此万全之计而不为也？"高王遂从其请。乃奏帝以高澄为尚书令，加领军左右京畿四面大都督，入辅朝政。世子得诏大喜，即日拜辞父母，带领宫眷，来京授职。在廷诸臣虽闻世子器识不凡，犹以年少轻之。及视事，尚书省积案如山。世子目不停览，手不停披，决当皆允。未及数日，其事悉了。又引并州别驾崔暹为吏部左丞，凡有参劾，不避权贵，世子亲任之。用法严峻，由是内外震肃，百官皆惧。虽子如、孙腾亦畏之矣。高王又以阿至罗有救灵州之功，遣使赍金帛送之，兼令起兵逼西魏秦州。秦州刺史万俟普性勇决有武力。其子万俟洛慷慨多气节，身长八尺，有万夫不当之勇，闻至罗兵将至，谓父曰："永熙之崩，实宇文之罪。观其为人，不及高王也。吾父子何可为之戮力？不如东

① 宰世——掌管、治理天下。

归，必获重用。”普从之，遂率部将三百人弃城东归。高王大喜曰：“万俟父子，关西虎将，今来，断泰一臂矣。”封普为西河郡公，洛为建昌郡公。

且说孙搴荐世子入朝后，父子俱宠，加为散骑常侍。一日，子如来晋阳，搴及高季式同饮于其家。搴醉甚，卒于席上。子如惶惧，报于高王。王亲临视之，谓子如曰：“卿杀我孙主簿，须还我一人。”子如荐魏收可用，王令代搴职。收才华虽美，行止浮薄。王黜之。高季式入见，王问：“司徒曾言一士，有才而谨密者是谁？”司徒者，高敖曹也。对曰：“莫非记室陈元康乎？”王曰：“是也。吾闻其暗中能作书，真佳士也。”遂召而用之。盖元康博学多能，通达古今。时军国多事，元康问无不知。王带之出行，在马上有所号令多至十余条，元康屈指数之，尽能记忆。性又严谨，终日不出一语。王甚爱之，曰：“如此人何可多得。”封为安平子。又丞相功曹赵彦深，亦以文学见幸。彦深少孤力学，为子如代笔。高王行文到邺，急要文吏一人。子如以彦深应召，大称王意，与元康同掌机密，并受异宠。时人呼为“陈、赵”焉。是时高王留意人才，广选文学之士，列之朝班。一日，传谕世子曰：“吾欲西讨黑獭，必先通好梁邦。南方多人物，非宏通博雅者，不足以胜此任。朝臣谁可使者？”世子因举散骑常侍李谐、吏部侍郎卢元明才通今古，学贯天人，可使致聘①。王遂命二人聘于梁。

梁帝素博学，善辩论。及召二人语，丰神秀爽，应对如流。既而辞出，梁帝目送之，谓左右曰：“卿辈常言北土无人物，此

① 聘——访问。

等从何处来?”由是深相敬重，亦遣使还报。哪知因此一番，却动了数臣疑惧。先是贺拔胜荆州失守，与卢柔、史宁相率奔梁。其后独孤信、杨忠在荆州亦被侯景所破，来降于梁。数人皆有北归之意，而恐梁见疑，不敢发。及见梁与东魏通好，各怀忧惧，因涕泣于梁主之前，求北归。梁主义而许之。遂带旧时兵将渡过江来。斯时侯景镇守河南，闻报，便选轻骑三千，扼其去路。胜等不敢敌，微服从小路徒步进关。及到长安，泰接见大喜，同入见帝。胜见孝武崩，又换了一代帝主，不胜伤感。时斛斯椿已死，正缺三公之位。帝即以贺拔胜为太师，封史宁为将军。泰以卢柔有文学，引入相府，为从事中郎。独孤信、杨忠引为帐下都督。

是年关中大旱，田禾尽死，人相食。高王闻之曰：“此天亡泰也，吾取之必矣。”于是调集人马，择日起征，分兵三路进攻。敕司徒高敖曹引精骑三万，趋上洛。敕大都督窦泰引兵三万，趋潼关。自率大军趋蒲坂。造三浮桥，欲以济河。当是时，关西大震，人心惶惧，皆以强弱不敌为忧。泰军于广阳，谓诸将曰：“高欢犄吾三面，作浮桥以示必渡。此欲羁留吾军，使窦泰西入耳。欢自起军以来，窦泰常为前锋。其下皆精兵锐卒，屡胜而骄，士志必怠。今以轻兵袭之必克，克则欢不战自走。若留兵在此，与之相持，胜负未可知也。”诸将皆曰：“贼在近不击，舍而袭远，脱有蹉跌，后悔何及？不如分兵御之为上。”泰曰：“不然。前欢再攻潼关，吾军不出灞上一步。今大举而来，谓吾亦只自守，有轻我之心。乘此袭之，何患不克？欢虽作浮桥，未能径渡。不过五日，吾取窦泰必矣。”左丞苏绰、参军达奚武皆赞成之。庚戌，泰还长安。诸将犹以为疑。泰乃隐其计，以问族子直事郎中宇文深。深曰：“窦泰欢之骁将，今大军攻蒲坂，则欢拒守而泰救之。吾表里受敌，此危道也。不如选轻锐，潜出小关。窦泰躁急，必来决战。欢持重，未即来救。吾急击之，泰可擒也。擒泰则欢势自沮。回师击之，可获大胜。”泰喜曰：“是吾心也。”乃声言欲保陇右。辛亥，入朝见帝，帝问：“敌势若何？”泰曰：“陛下勿扰，保为陛下破之。”帝曰：“却敌安邦，全赖丞相神算。”泰拜退，遂潜军东出。癸丑，至小关，过马牧泽，与窦泰军遇。正是：

兵行险处谋先定，师到奇时勇莫当。

未识此番交战果能败得东兵，擒得窦泰否，且俟下卷再讲。

第四十回

潼关道世宁捐躯　锁云轩金婉失节

话说窦泰，字世宁，官拜大都督行台，雄武多智。妻即娄妃之妹，为王勋戚重臣。故讨西之役，委以专征一面。先是未起兵时，邺中有谣云："窦行台，去不来。"市中小儿咸唱之。又起兵前一夜，三更时候，有朱衣冠帻数人，入台云收窦中尉。宿值者皆惊起，忽然不见，人咸异之，知其此去必败。而世宁意气正盛，方以生擒黑獭，平定长安自负。西趋潼关，只道宇文大军方拒高王，此处必不自来，长驱深入，可以无虞。哪知泰已潜出小关，结阵以待。世宁不虞①泰至，仓促出战。两军相合，未分胜负。忽后面喊声大振，冲出无数人马，杀入后队，勇不可当。前后夹攻，兵众乱窜，或走或降，一时尽散。世宁见大势已去，只得杀条血路，拍马而走。登一小山高处，招呼军士，无一应者。俄而四面围住，尽是黑衣黑甲，声声喊捉窦泰。泰回顾左右，竟无一人，仰天叹曰："吾起兵以来，未尝遭此大败，今日何颜复见高王。"遂拔剑自刎。西魏兵见泰已死，斩其首以去。要晓得泰在前军佯与为敌，暗令窦炽、窦毅二将率领精骑，从山后抄出，袭破后军，故东兵大败。又前过马牧泽，见西南上有黄紫气抱于日旁，从未至酉方散。占候吏蒋升曰："此喜气也。大军得

① 虞——预料。

喜气下临，乃窦泰授首之兆。”果如其言。泰送首长安。遂引大兵回广阳，与欢相敌。高王初闻窦泰被攻，以浮桥未完，不能往救。继闻窦泰自杀，一军皆没，即拆浮桥而退。都督薛孤进殿后，西军来追，且战且行，一日砍折十五刀，敌乃退，军无所失。高王还晋阳，痛泰阵亡，奏赠泰大司马、太尉、尚书事，谥曰忠贞，以其子孝敬嗣父爵。

再说敖曹一军由商山而进，连破西师，所向无敌。进攻上洛，城中守将泉企防御甚严，十余日不能下。时有上洛豪民杜窋暗结泉岳、泉猛、泉略弟兄三人，谋以城应东魏。事败，企收泉岳弟兄斩之，杜窋逾城走，投敖曹，请进师。敖曹用之为向导，还攻城。城上矢石如雨，敖曹连中三箭，洞胸穿骨，落马殒绝。良久复苏，血污满体，乃卸下甲胄，割征袍裹疮，上马复进，力杀数人。诸将皆感激，奋勇而登，城遂陷。执刺史泉企，企谓敖曹曰：“吾力屈，非心服也。”时敖曹疮甚，虑不能生，叹曰：“恨不见季式作刺史。”诸将密以闻，王即授季式为济州刺史，因谕之曰：“窦泰军没，人必摇动，卿宜速归。”敖曹乃以杜窋行洛州事，全军而还。

却说泉企有二子：长元礼，次仲遵，皆有智勇。企被执时，二子皆逃脱。大军去后，二人阴结死士，袭杀杜窋，复以城归西魏。泰封元礼世袭洛州刺史。于是东西各守旧境，暂皆罢兵，民得稍息。

看官也要晓得，欢与泰才智相等，其行事又各不同。泰性节俭，不纳歌姬舞女，不治府第园囿，省民财，惜民力，故西人感德，能转弱为强。欢则恣意声色，离宫别馆到处建造，然能驾驭英豪，善识机宜，远在千里之外烛照如神，故群臣效命，天下畏服。虽穷极奢靡，而国用不匮。尝于太原西南四十里外，建避暑宫一所，极林泉之胜。每逢夏月，同姬妾居之。又太原北有燕山，山上一大池，方一里，其水明澈澄清，俗谓之“天池”。夏日荷花最盛，高王造舟池内，载姬妾以游。曾于水中得一奇石，隐起成文，有四字曰：“六王山川”。王异之，携归，遍以示群臣，人多不解。行台郎中杨休之曰：“此石乃大王之瑞也。”王问：“何瑞?”休之曰：“六者，大王之讳。王者，当王天下。河、洛、伊为三川，泾、渭、洛亦曰三川，主大王膺受天命，奄有关洛。岂非大王之瑞乎?”王曰：“世人无事，常言我反，况闻此乎？慎勿妄言也。”时尉景在座，告王曰：“王不忆在信都时，僧灵远之言乎？其决尔朱氏败亡日月，一一不爽。又言齐当兴，东海出天子。王封渤海，应在齐地。天意如此，何患大业不成。”王曰：“士真尔亦不知我心耶？吾岂贪天位而忘臣节者。今后切勿作此议论，致被人疑。”二人不敢言而退。时有行台郎中杜弼，以在位者多贪污，罕廉洁，言于高王，请按治之。王曰：“卿言良是，但国家自孝明以来贪墨①成风，百官习弊已久，治岂易言。况督军战将家属半在关西，宇文泰常招诱之，人情去留尚未可定。江东又有梁主萧老翁，专尚衣冠礼乐，中原士大夫望之以为正统所在。今若厘正②纪纲，不少假借，恐战士尽投宇文，士子多奔萧衍，何以为国?”斥其言不用。而弼性迂执，妒恶尤甚。一日，又告于王曰：“王欲除外贼，当先除内贼。”王问：“内贼为谁?”曰：“满朝勋贵是也。”王不答，乃传甲士三千，分两行排列，自辕门起，直至堂阶，成一夹道。甲仗鲜明，剑戟锋利，

---

① 贪墨——贪图财利。

② 厘正——整理、整顿，使其趋于正道。

弓尽上弦，刀尽出鞘，如临大敌。乃谓弼曰："汝从此走入，并不相犯，无恐也。"弼如命以行，但见四面都是刀枪，两旁无非锋镝，吓得魂胆俱碎。走至堂阶，冷汗如雨，身体战栗，见王犹面如死灰。王笑曰："箭上弦不射，刀出鞘不砍，尔尚恐惧若此。今诸勋贵冲锋陷阵，大小百有余战，伤痕遍体，从万死一生中挣得功名。今享一日荣贵而遽责其贪鄙，弃大功而苛细过，人谁为我用乎？"弼乃服。故高王号令军民，每先安抚其心。其语鲜卑人曰："汉民是汝奴，夫为汝耕，妇为汝织，输纳粟帛，令汝温饱，汝为何凌之？"其语汉人曰："鲜卑是汝客，得汝一斛粟、一匹绢，为汝击贼，令汝安宁，汝为何疾之？"由是军民感悦。时鲜卑皆轻汉人，惟惧高敖曹。敖曹自上洛还，王以为军司大都督，统七十六部，宠遇日盛。但性粗豪，傲上不恭。一日来谒，值王昼寝，门者不敢报。敖曹怒，弯弓射之，门者惊散。左右奔告王，皆言敖曹反。王笑曰："岂有敖曹反耶？"忙即召入，慰而谢之。如驯猛虎然，不加束缚，自受节制。王在军中对诸将言皆鲜卑语，对敖曹则汉语，以故敖曹常切感激，誓以死报。今且按下不表。

且说高王弟高琛，字永宝，尚华山公主，为驸马都督。生一子，名须拔。永宝早失父母，娄妃抚养长大，故事嫂如母，常出入后宫。静帝即位，封南赵郡公。富贵无比，家蓄姬妾数人，正是朝欢暮乐时候。哪知美色易溺①，又生出一件事来。先是王在避暑宫，命永宝在府检校文书，与二世子高洋作伴，故永宝宿于德阳堂轩内。一日进见娄妃，坐谈半晌，退与高洋、高浚行至宝

① 溺——沉迷不悟，无节制。

庆堂，相为蹴踘之戏。俄而高洋去了，浚挽永宝手行至堂左。旁有雕楼七间，楼上下皆丹青图画，金碧辉煌。走过楼廊三五十步，见一宫院，朱帘翠幕，楼台缥缈，有双环侍女二人立于帘外。永宝问："此院何人所居？"浚曰："此锁云轩，小朱夫人之宫也。"永宝知是朱金婉所居，便欲退出。浚拖住不放，谓侍女曰："去报夫人晓得，叔叔驸马在此，快送些茶果出来。"侍女进去一回，果送出冰桃雪藕，请二人解渴。金婉亦走在帘内观望，见永宝年少风流，一表非俗，口虽不言，心中暗生羡慕。恰好一阵风过，把帘幕吹开。高浚见夫人在内，便走进作揖，招呼永宝道："夫人在此，叔叔进来相见。"永宝闻呼，便亦走进施礼。哪知不见犹可，一见金婉千般娇媚，万种风流，顿时神迷意乱，口称夫人不绝，加意亲热。金婉见他殷勤，便请入内堂，宽坐留茶，频以目视永宝，颇觉情动。高浚孩子心性，只贪顽耍，那管两下长短。少顷辞出，永宝回至外堂，转辗思量，夜不能寐。次日午后，吩咐侍者："二世子倘若问我，说我暂时回府去了。"遂不带一人，悄悄走入内府，经过雕楼，喜无一人撞见，直至锁云轩门口。女侍看见，忙报夫人。夫人未及回答，永宝已入宫来。夫人只得起身迎接，忙问："驸马到此何干？"永宝曰："昨日承赐香茗，特来拜谢。"金婉惊曰："大王不在宫中，昨君到此，本不敢邀坐留茶，以有二世子同来，故冒禁相见。今君独行至此，宫中耳目众多，恐涉瓜李之嫌①，致招物议。请君速返，毋为我累。"永宝曰："夫人果是天上神女，难道不容俗子一步芳尘么？"金婉见其言词婉昵，深寓相爱之意，便道："承君不弃，只好缘

① 瓜李之嫌——比喻置身于犯嫌疑的环境之中。

结来生，今生休想。”连催回步，永宝只得快快走出。才下阶，见守门宫娥飞步进来报道：“巫山府胡夫人、凝远楼穆夫人皆来探望，行将到也。”金婉大惊，向永宝道：“君出，定被她们撞见，恐惹人疑，不如权躲一边。俟她们去后，然后再行。”永宝闻言，便转身往后去躲。金婉接入两位夫人，逊坐献茶。闲谈一回，巴不得二人就去。因天气炎热，要等晚凉回宫，坐着不动。直至红日沉西，方起身作别。金婉见二人去了，就请驸马出院。永宝急急走出。宫娥道：“门吏专候二位夫人辇出，便已下锁，驸马不能出去了。”永宝重复退回。金婉道：“如此奈何？”永宝道：“今夜进退两难，只好借宫中一席之地，权宿一宵。明日早行，谅无妨碍。未识夫人肯赐曲全否？”金婉见他衷恳，也是无可奈何，只得整备夜膳，对坐共酌。始初尚怀顾忌，三杯入腹，渐渐亲热起来。此以语言勾挑，彼以眉目送情。坐至更深，不觉春心荡漾，遂同枕席。天将明，永宝潜身而出，暗思：“事虽从愿，怎得常相聚会。”因阅宫府全图，锁云轩墙外即是东游园，园中假山一座正靠墙边。若从背后掘一地道，便可直通里边，出入可以自由。打算已定，便向高洋道：“此地炎热，东园幽寂凉爽，吾欲借宿数日，不知可否？”高洋道：“叔父去住便了，何言借也？”永宝因即移居园内，命心腹内侍从墙外掘进，暗暗通知金婉。金婉大喜，亦命宫女在内帮助。地道遂成。从此朝出暮入，全无人觉。如是者已非一日。

先是高王闻世子在朝颇事淫乐，欲召他归来，考其朝政得失。忽报柔然①入寇，高王亲自引兵御之，遂召世子归，镇守晋

① 柔然——古族名。原为东胡族的支属。南北朝时政权中心在敦煌张掖北部。

阳。世子与永宝从幼相依，情最莫逆。一日将晚，欲与相见，寻之不获，有内侍张保财曰：“顷[①]见驸马不带一人，走入东园去了。”世子亦步入园来，问园吏道：“驸马在内否?”园吏曰：“在内。”及至园中，不见永宝。遂坐亭中，命保财寻觅。保财满园寻遍，毫无踪迹，走至假山背后，见一地洞，深有六尺，洞口泥土光滑，似有人出入其间。回报世子，世子亲自往看，果有一洞，命保财入内探视。回说：“内经十数步，通入墙内，洞口亦有树木遮蔽。遥望之，楼阁重重，回廊曲槛，绣幕朱帘，俨如图画。隐约有一美女与驸马共坐亭上笑语。”世子听罢大惊，暗想：“墙内已是宫府，与锁云轩逼近，难道叔父与朱夫人有私么?”吩咐保财：“汝今夜宿在园中伺候消息，明日禀我知道。”遂自回府。一等天晓，复往园中，问保财道：“驸马曾出来否?”曰：“尚未。”世子等了一回道：“驸马此时定将出矣，你说我候在千秋亭上，有秘事要商，速来相见。”正是：

私情虽密终须破，好事多磨切莫为。

未识世子等候亭上作何言说，且听后文分解。

---

① 顷——刚才，不久以前。

第四十一回

结外援西魏废后　弃群策东邺亡师

话说保财奉世子命，候在洞口。一会永宝出来，见了保财，大惊失色。保财道："驸马莫慌，世子坐等在亭子上，请驸马相见。"永宝只得走进亭来，世子接见道："叔非韩寿，奈何偷香①？"永宝跪下道："此事愿世子庇我，莫诉兄知。"世子扶起道："此事我何敢泄？但日久必败，倘被父王晓得，祸必不免。前日侄因一念不谨，几丧性命。叔何不以我为鉴？及早改之，犹可无事。"永宝唯唯，遂同至德阳堂。世子说了一番，只道永宝以后自然悔改，从此绝不提起。

一日，忽报柔然败去，高王奏凯而回。大军将到晋阳，遂同府中文武，郊外迎接。王归，犒赏三军已罢，回至娄妃宫中夜宴。是夜，宿于飞仙院。次日，即往东府，三日不出。有一夜回府，本欲往娄妃宫去，行至宝庆堂，见雕楼下月色甚明，忽思朱金婉处久已冷落，趁此良夜与她相聚一宵。走至锁云轩，见院门深闭，令人叩门。哪知其夕永宝正在里边，与金婉饮酒取乐，忽闻王来，彼此失色。永宝急走内阁躲避。夫人下阶相迎。夜宴之具不及收拾。王谓夫人曰："卿在此独饮乎？"夫人曰："因贪月色好，故在此小饮。"口虽答应，颇露惊慌之色，王心甚疑。遂

① "韩寿"句——韩寿，晋南阳人，于贾充府为司空掾；贾充女爱上韩寿，盗西域奇香赠寿。后二人结为夫妻。

解衣共寝，夫人不发一言，全不似旧日相叙光景。王心疑益甚，复起望月。夫人亦绝无一语，乃走出房外。微闻墙边有人窃窃私语，遂从帘内望之，月光如昼，见数宫人送一少年出去。一人道：“驸马今夜只好在园中耽搁。”又一人道：“驸马休慌，世子在飞仙院亦曾如此。”王知是永宝，心中大怒，且不声张，命值夜宫女开门径出。至雕楼下，有人言语，呼之，乃内侍王信忠，急命锁了锁云轩外门，便至柏林堂，倚床独坐。金婉见王已去，又报外门封锁，知事情败露，吓得魂飞魄散。宫娥们亦皆忧惧。王坐至天明，召园吏问：“昨夜何人在园？”答道：“驸马。”王问：“此时在否？”答道：“已去。”王喝道：“你们职司守园，如何纵人出入？”园吏道：“因是驸马，且大王亲弟，故不敢拒。”王曰：“几时留宿起的？”园吏曰：“往来时日皆有簿记。”王命取来，俄而呈上一簿，乃驸马留宿园中日月及世子寻见地道根由，备写在上。王知园吏无罪，遂叱令退。忙召永宝，永宝虽怀惊惧，不敢不到。世子不知永宝事发，亦随之入。王见之大怒，以园吏所书之簿示之。永宝伏地谢罪。王令左右去其衣冠，痛杖一百，血流满地，令人扶出。又怒责世子曰：“你亦罪难指数。”亦痛杖之，幽于柏林堂西庑。走到娄妃宫中，怒气满面。妃问：“大王为何如此着恼？”王将锁云轩事告之，妃曰：“永宝虽有罪，望王念手足之义，曲为宽宥。”话未毕，忽内侍报道：“驸马不堪受杖，到府即死。”盖永宝体素肥，外强中干，受杖既深，顿时痰涌，遂欲救无及。王得报大惊，娄妃闻之泪下如雨。继而王拔剑以走，妃问：“欲杀何人？”王曰：“永宝之死，皆金婉害之。我去杀此贱婢。”妃拦住道：“金婉不足杀也。王广收美色，纳之后宫，使她空守寂寞，为人所诱，此心焉得不乱？今驸马已死，岂可复杀金婉以重其罪。况金婉已生一子在宫，若杀之，教此小儿谁靠？王即不念其母，可不念其子乎？依妾所见，闭锁深宫，使不齿于诸夫人之列罢了。”王遂收剑坐下。

俄而，报世子杖后发晕数次，妃惊曰：“澄儿何罪而王杖之?”王叹曰：“此儿虽聪明，但旧性不改，在京纵欲败度。不痛责之，无以惩后，今日犹未尽法治也。”看官，你道高王何以甚怒世子？先是世子在朝大兴土木，广选佳丽。一日，朝罢回府，有妇人诉冤马前。视其状词，乃古监门将军伊琳之妻裴氏，见其姿容甚美，遂带入府中，亲自问话。盖伊琳奉命往洛阳运木，违误工程，侵盗运费，为侍中孙腾劾奏。侍中高隆之构成其罪，收禁在狱，三年有余。裴氏因泣陈冤枉，言孙腾在洛自盗内府金银，没入珊瑚树一枝、珠帘一顶，皆系伊琳亲见，欲灭其口，故问成死罪收禁狱中。世子大怒道：“孙侍中贪财怙势①，擅入人罪，吾当为尔伸冤。但事关权贵，你若出去，被他们暗行杀害，谁与质审？你且住我府中，等事情明白，然后出去。”裴氏拜谢。盖世子悦其美而欲私之，故不放之出也。次日，遂下文书于尚书省，提问伊琳一案。隆之知事关孙腾，乃使人送还文书，谓世子曰：“伊琳之狱定已三年，罪状甚明，不劳追摄。”世子大怒，必欲提问。司马子如亦劝世子勿究。世子不从，腾与隆之大怒，不放伊琳出狱。世子无从审问，因欲上诉高王。孙、高二人访知世子已与裴氏成奸，亦欲诉知高王。子如从中调停。赦了伊琳之罪，前事亦不追究，方各相安。其后世子奏复伊琳官爵，数往其家留宿。高王探知此事，心中甚怒，因军旅匆忙，未及责问。今

---

① 怙势——仗着自己的势力。

又闻其祖庇永宝，故并责之。然永宝已死，心甚不忍。乃命世子归府调养，幽金婉于冷宫，余皆不究。永宝之子须拔，以游夫人无子，命其抚养在宫，列于诸子之内，取名曰睿。今且按下不表。

且说宇文泰自潼关杀了窦泰，败高王于蒲坂，国中连年饥馑，兵食不足，常虑高王起兵复仇。时有蠕蠕国，土地广大，兵马强盛。闻与东魏相结，欲伐西魏，心甚忧之，因遣使通好，欲得其助，蠕蠕主曰："西魏若欲结好，必娶吾女为后，方肯为援。"使者复命，泰劝文帝废乙弗后为尼。帝不忍，曰："后乃结发之妇，岂可无罪而废？"因集群臣会议，群臣迎合泰意，皆言不废皇后，则难娶蠕蠕之女，不娶其女，恐外患之来，无人救援，社稷不安。帝迫于众议，叹道："吾岂以一妇而弃社稷大计。"乃废乙弗氏为尼，降居别院，后与帝大恸而别。有感别诗曰：

十载承恩一旦捐①，数行珠泪落君前。

良谋果得安天下，妾入空门也泰然。

其后蠕蠕以故后尚在，复欲伐魏。文帝遂赐后死，前日所梦，至此果然应了。是时帝既废后，乃遣扶风王元孚具金帛礼仪，往蠕蠕国迎头兵可汗公主为后。可汗大喜道："我女得与大魏皇帝为后，诚天缘也。"遂送女于西魏，车七百乘、马一万匹、橐驼②一千头、珍宝异物不可胜数。蠕蠕风俗以东向为贵，故公主行幕皆向东。将至长安，扶风王请公主南面，公主曰："我此时犹蠕蠕女也。魏自南向，我自东向，亦有何害？"西魏大统四

① 捐——舍弃，抛弃。

② 橐（tuó）驼——骆驼。

年三月丙子，立蠕蠕国公主郁久闾氏为后。丁丑，大赦天下，丞相泰自华州入朝称贺，旋还华州，闻弘农郡有积粟，遣兵袭而据之。

是年，东魏主年十五，亦立欢之次女为后。适边郡贡一巨象，改元元象，大赦天下。高王闻泰夺据弘农大怒，乃大举西讨，先命敖曹治兵于虎牢，调发各路人马，限日齐集壶口，进取蒲津。段荣谏曰："臣夜观星象，大军不利西行，宜俟来年进讨。"王曰："天道幽远，今军已戒严，不可阻将士之气，卿毋畏缩。"娄妃亦谏曰；"妾闻秦地有山河之固，地势险阻，大兵仰而攻之，主客相悬，劳逸不同。愿大王慎之。"王曰："吾筹之已熟，今行不灭，荡平无期。此行非得已也。"遂命世子入朝，率诸将进发。军至壶口，侯景引五万人马，自河南至；刘贵引三万人马，自山东至。连晋阳之兵，共号二十万，兵势甚盛。敖曹知大军已发，遂自虎牢起兵，围住弘农。右长史薛琡告王曰："西贼连年饥馑，故冒死来入陕州，欲取仓粟以养三军。今敖曹已围弘农，粟不得出。但置兵诸道，勿与野战。比及麦秋，收成又缺，其民自皆饿死，宝炬、黑獭何忧不降？愿勿长驱渡河。"王不听。侯景亦谓王曰："今日举兵形势极大，万一不捷，猝难收敛。不如分为二队，王统前军，臣统后军，相继而进。前军若胜，后军全力以赴；前军若败，后军乘而援之，万无一失。"欢亦不从。遂自蒲津渡河，全军尽登西岸。泰闻东魏兵至大惧，以华州当道冲，遣使至州，命刺史王罴严守。罴对使者曰："老罴当道，卧貉子那得过归。语丞相可无忧也。"俄而，高王兵至，谓罴曰："何不早降?"罴大呼曰："此城是王罴冢，生死在此，欲死者来。"诸将请攻之。王曰："毋庸，吾志在灭泰，此等碌碌，何足污吾兵刃？”遂涉①洛，军于许原之西，连营三十里。

先是泰发征书十余道，调集各路人马，皆未至。将士不满一万，欲进击欢，诸将皆疑众寡不敌，请待欢军更西，以观其势。泰曰：“欢若至长安，则人情扰乱，将何以济？今乘其远来，营伍未固，击之可图一胜。”贺拔胜亦以为然。即造浮桥于渭上，令军士赍三日粮，以示必死。轻骑渡渭，留辎重于后。自渭南夹渭而西，壬辰，至沙苑，距东魏军六十里。然见其兵势甚盛，将士皆忧难敌，泰亦惧不自安。宇文深独贺曰：“吾军胜矣。”泰问其故，对曰：“欢镇抚河北，甚得众心，以此自守，图之非易。今悬师渡河，非众所欲，独欢耻失窦泰，愎②谏而来。此所谓忿兵，可一战而擒也。何为不贺？愿假深一节，发王罴之兵，邀其走路，使无遗类。”泰喜曰：“闻君言使人胆壮十倍。”泰又遣达奚武觇欢军。武从三骑，效欢将士衣服，日暮去营数百步下马，伏地潜听，得其军号。因上马历营，若警夜然，有不如法者，往往挞之，俱知敌军情状而还。仪同李弼曰：“敌众我寡，平地不可与战。去此数里，地名渭曲，地狭势阻，多高芦长苇，可以全军埋伏。先据此处，以奇兵胜之。”泰从其计。乃命李弼为右拒，引兵三千，带领勇将五员，伏于渭曲之西；命赵贵为左拒，引兵三千，带领勇将五员，伏于渭曲之东。皆令闻鼓声而起。自主中军，背水布阵。

分拨方毕，东军已至。见宇文兵少，皆有轻敌之心。都督赵青雀请战，斛律美举曰：“黑獭举国而来，欲决一死战。譬如猘

① 涉——步行过水。
② 愎——固执任性。

狗①，或能噬人。且渭曲苇深土泞，不利驰骤，无所用力。为今之计，不如勿与交锋，密分精锐，掩袭长安，巢穴已倾，则黑獭不战成擒矣。”王曰；“彼伏兵芦内，以火焚之，何如?”侯景曰：“以大王兵力，何坚不破?今日当生擒黑獭，以示三军。若纵火焚之，虽杀之不足为勇也。”彭乐饮酒醉，盛气请战曰：“王何不速战?今日众寡悬殊，以百人而擒一人，何患不克?”王许之。彭乐大声呼曰：“能杀敌者，从吾来!”王立马高坡之上以督战，令于军中曰：“能生擒黑獭者，封万户侯。”于是兵将一拥而进，不成行列。泰率诸将死拒。俄而，战鼓三通，左右伏兵陡出，并力致死，将东军冲为两段。彭乐深入敌阵，正遇耿令贵交战，令贵败走。不料李标在后，一枪直刺过来，正中腰下，把肚肠拖出。段韶见了，急来救护。彭乐纳肠入腹，纳不尽者以剑截之，束创复战，勇气不衰。敌军见者皆为吐舌。斛律明月被围阵中，一枝画戟使得神出鬼没，连杀数将。贺拔胜出马相迎，力战数十合，明月全无惧怯。胜壮之曰：“谁家生此虎儿?”纵之去。斯时西军勇气百倍，东军前后不相顾，尽行溃散。正是：

廿里连营成瓦解，六军锐卒似冰消。

未识高王作何解救，且听下卷细讲。

---

① 瘈（zhì）狗——狂犬。

第四十二回

奔河阳敖曹殒命　败黑獭侯景立功

话说高王立马高坡，见东军大败，尚欲收兵更战，使张华原历营点兵，莫有应者。还报曰："众兵尽散，营皆空矣。"王未肯去，斛律金曰："众心离涣，不可复用。宜急向河东，再图后举。"俄而，娄昭、潘乐、段韶飞奔而来，皆曰："王何不去?"王曰："能复战乎?"韶曰："不能矣。赵青雀已降于泰。诸将只道大王已去，皆渡洛东归矣。此时不去，敌兵四合，恐自拔无路。"王犹据鞍未动，斛律金以鞭拂王马，乃驰去。数将拥之而行。王曰："全军尽没，吾何以返?"韶曰："臣父总锦衣军，有兵一万三千未动。侯景有五万人马，尚在河桥屯守。渡过洛水，便得济矣。"行至洛口，时已二鼓。只见前面火把大明，早有敌军拦住。段韶一马当先，刺死来将，众人杀散余兵，渡过浮桥。将近黄河，忽报西军抄截，河桥已断。王大惊，问："侯景人马何在?"曰："尚在迎敌西军。"俄而，天色渐明，侯景接着，慰王曰："王无忧，河桥虽断，臣已命刘贵、段荣在下流①处预备楼船五十号以待。王速登舟先渡，臣在此接应诸将便了。"王循河而行，果见段荣、刘贵舣舟②以候，但岸高舟远，不能即登。见一橐驼立在水滩，王下马，纵身一跃，立在橐驼背上，才得就

---

① 下流——河流的下游。
② 舣舟——停船靠岸。

船。诸将相继渡毕。丧甲士八万，弃铠仗十有八万。泰追至河边，选留甲士二万，余悉纵归。都督李穆曰；“高欢破胆矣，速渡河追之，欢可获也。”泰曰：“吾兵力未齐，且欢亦未能一举灭之也。”还军渭南，所征之兵甫①至，令于战所人种一柳，以旌武功。后人有沙苑诗一绝云：

冯翊南边宿露开，行人一步一徘徊。

谁知此地青青柳，尽是高欢败后栽。

西魏帝闻捷，加泰为柱国大将军，李弼等十二将皆进爵增邑有差。弼弟檦身小而勇，每跃马陷阵，隐身鞍甲之中，彭乐几丧其手。敌人见之，皆曰：“避此小儿。”泰叹曰：“胆决如此，何必八尺之躯耶？”耿令贵杀伤甚多，甲裳尽赤。泰曰：“观其甲裳，足知令贵之勇，何必数级纪功乎？”时高敖曹闻欢败，释弘农之围，退保洛阳。己酉，西魏行台宫景寿等向洛阳，洛州大都督韩贤击走之。又州民韩木兰作乱，贤击破之，一贼匿尸间，贤至战所，按收甲仗，贼倏起斫之，断胫而卒。泰闻贤死，以为洛州可图，复遣行台元季海与独孤信将步骑二万趋洛，杨忠、李显引兵趋三荆，贺拔胜、李弼引兵围蒲坂。先是高王西伐，蒲坂民敬珍谓其从兄敬祥曰：“高欢迫逐乘舆，天下忠义之士皆欲倳刃于其腹。今又称兵西上，吾与兄起兵断其归路，此千载一时也。”祥从之，纠合乡里，数日有众万余。会欢自沙苑败归，祥、珍率众邀之。欢恐关东人心有变，急欲赶回晋阳，镇抚四方，不顾而去。及贺拔胜、李弼至河东，祥、珍率猗氏等六县十余万户归之。泰以珍为平阳太守，祥为行台郎中。秦州刺史薛崇礼为欢守

① 甫——刚刚，才。

蒲坂，防御甚固。有从弟薛善为秦州别驾，欲降西魏，言于崇礼曰：“高欢有逐君之罪，善与兄忝衣冠绪余①，世荷国恩。今大军已临，而犹为高氏固守，一旦城陷，函首送长安，署曰逆贼，死有余愧。及今归款②，犹为愈也。”崇礼犹豫不决，善与族人斩关纳西魏师。崇礼出走，追获之。于是泰进蒲坂，略定汾、绛以西。凡薛氏族人预开城之谋者，皆赐五等爵。善曰：“背逆归顺，臣子常节，岂容阖门大小俱叨封邑？”与其弟慎固辞不受。泰善之。晋州刺史封祖业闻西魏兵至，弃城走。仪同三司薛修义追至洪洞，及之，劝其还守。祖业不从，修义曰：“临难而逃，非丈夫也。”还据晋州，安集固守。会西魏长孙子彦引兵至城下，修义开门，伏甲以待之。子彦不测虚实，遂退。王黜祖业，以修义为晋州刺史。又独孤信引兵逼洛阳，刺史、广阳王元湛弃城归邺，敖曹不能独留，亦引兵北渡。信遂据金墉。于是贺若统以颍川降魏。前散骑侍郎郑伟起兵陈留，据梁州降魏。前尚书郎中崔彦穆起兵荥阳，据广州降魏。泰皆即地授为刺史。东魏行台任祥闻颍川失守，率骁将尧雄、赵育、是云宝进兵攻之。贺若统告急于泰，泰使宇文贵将步骑二千救之。军至阳邑，雄等已退三十里，任祥率众四万继其后。诸将咸以为彼众我寡，不可争锋。贵曰：“雄等谓吾兵少，必不敢进。出其不意，进与贺若统合兵击之，蔑③不胜矣。若缓之，使与任祥兵合，进攻颍川，城必危矣。城若失，吾辈来此何为？”遂疾趋颍川，背城为阵，与雄等战于城下，大破之。赵育请降，俘其士卒万余人。任祥闻雄败，不敢

---

① 衣冠绪余——绪余：残余。世家大族的后代。

② 归款——犹投诚，归顺。

③ 蔑——无，没有。

进。贵复击之苑陵，祥军又败，是云宝亦降。又都督韦孝宽攻东魏豫州拔之，执其行台冯邕。独慕容俨为东荆州刺史，有西将郭鸾来攻，昼夜拒战二百余日，乘间出击，卒破走之。故河南诸州多失守，唯东荆州独全。高季式为济州刺史，有部曲千余人，马八百匹，铠仗皆备。会濮阳盗杜灵椿等聚众万人，攻城剽野。季式遣骑三百，一战擒之。又进击阳平贼路文徒等，皆平之。于是远近肃清。或谓季式曰："濮阳、阳平乃畿内之地，不奉诏命，又不侵境，而私自出军远战，万一失利，岂不获罪乎？"季式曰："何言之不忠也？我与国家同安共危，岂可见贼不讨？且贼知台军必不能来，又不疑外州有兵击之，乘其无备，破之甚易。以此获罪，吾亦无恨。"高王闻而嘉之。

先是王之败归晋阳也，意忽忽不乐。侯景曰："黑獭新胜而骄，必不为备。愿得精骑三万，径往取之。"王以告娄妃，妃曰："设如其言，景岂有还理？去一黑獭，复生一黑獭，王何利之有？不若藏锋蓄锐，待时而动，奚汲汲①为？"王乃止。于是抚夷②创，补军旅，修甲乘。阅一载，而兵力复振，乃分遣诸将，进复河南诸州。贺拔仁攻南汾州，刺史韦子粲降之。泰大怒，尽灭子粲之族。西将韦孝宽、赵继宗闻东军至，以孤城难守，皆弃城西归。侯景方攻广州，未拔，闻西魏救兵将至，集诸将议进退。将军卢勇请进观敌势，景许之。乃率百骑至大隗山，遇魏师。日已暮，勇乃多置旌旗于树巅，夜分骑为十队。鸣角直前，西魏兵不测多少，军大乱，勇擒其将程华，斩其帅王征蛮而还。广州守将骆超闻之大惧，遂以城降。于是汾、颍、豫、广四州复入东魏。

---

① 汲汲——忧惶不安的样子。

② 夷——同"痍"，创伤。

且说西魏大统四年，文帝知独孤信已据金墉，将如洛阳，展拜园陵。会信告急，言东魏高敖曹、侯景攻围金墉甚迫，乞发大军往救。泰因请銮驾幸洛，进观形势，帝从之。遂命尚书左仆射周惠达辅太子钦，镇守长安。命李弼、达奚武率三千骑为前驱。八月庚寅，至谷城，侯景闻援兵将至，谓诸将曰："西贼新来，兵锋必利。当敛兵以待，徐图进取。"莫都娄贷文曰："贼兵远来，当乘其未至击之。愿自引所部往挫其锋。"可朱浑道元以为然。景不可，二人遂不禀景命，各以千骑前进。夜遇李弼军于秀水，弼命军士鼓噪，曳柴①扬尘，东军不战而退。贷文走，弼追斩之。道元单骑获免。悉俘其众送弘农。侯景知贷文、道元私战失利，又闻泰兵至瀍东，乘夜解围去。辛卯，泰率轻骑追景至河上。景设阵为长蛇之势，北据河桥，南据邙山，与泰兵合战。西将冲入，兵皆散走。泰亦亲自陷阵。战久，鼓声大震，东军合力奋击，泰被围，诸将各自为战，不及相顾。泰乘间冲出，左右皆散。忽流矢中其马，马惊而奔，泰坠地。东魏兵追及之。李穆下马，以策抶泰背，骂曰："笼东②军士，尔曹王何在，而独留此?"追者不疑其贵人，舍之而过。穆以马授泰，与之俱逸。泰归营，鸣金收军，将士皆集，兵势复振。次日，进击东魏兵，东魏兵北走。高敖曹意轻泰，建旗盖以陵阵。泰曰："此敖曹也，急击勿失。"于是尽锐攻之，一军皆没，敖曹单骑走，唯一奴从，往投河阳守将高永乐。永乐，高王从兄子也，与敖曹有怨，闭门不纳。敖曹仰呼曰："门即不开，速以绳来援我。"永乐不应。敖

① 曳柴——古代作战用的一种诈敌方法。即以车曳柴起尘，造成众军奔驰的假象，以迷惑敌人。

② 笼东——摧败披靡之貌。

曹惶急，拔刀穿阖，未彻而追兵至，乃伏桥下。追者见其从奴持金带，问："敖曹何在?"奴指示之。敖曹知不免，奋头曰："来，与汝开国公。"以其杀己必获重赏也。追者斩其头去。又西兖州刺史宋显有众三万，与泰战，泰亦杀之。虏甲士一万五千，赴河死者以万数。敖曹首至，泰大喜，一军皆贺，赏杀敖曹者绢万匹，岁岁稍与之，比及周亡，犹未能足。

再说万俟普自归东魏，高王以尊且老特礼之，尝亲扶上马。其子洛免冠稽首曰："愿出死力以报深恩。"及邙山之战，诸军皆北渡，洛独勒兵不动，谓西魏人曰："万俟受洛干在此，能来可来也!"西魏人畏之而去。东魏名其下营地曰回洛。后隋之回洛仓，即其地也。侯景闻敖曹死，即欲进战。诸将皆曰："吾军新失大将，人有惧心，胜势在彼，未可遽与争锋。"景曰："不然，黑獭连胜数阵，有轻我心，其下将士必骄。彼骄我惧，正堪一战。且沙苑之败未复，今又丧师失将，耻辱甚焉。大王付吾侪以阃外之任，若不大破黑獭，何面目见之?吾计决矣，诸军勿疑。"于是整率诸军，尽渡河桥。将战，下令曰："今日之战有进无退，退者立斩!"乃命诸将分队进击。泰见东魏兵至，命右拒敌其左，左拒敌其右，中军敌于中路，自拥精骑一千，拥护帝驾，立马高处观之。当是时，两边置阵既大，首尾悬远。从旦至未，战数十合，彼此不相上下。或东军得利，西师败而复振。或西师得利，东兵却而复前。无不舍死忘生，互相对敌。俄而，氛雾四塞，风沙迷目，左右两拒，战并不利。景忽下令于东曰："西阵已获 黑獭矣。"东阵大呼。又下令于西曰："东阵已获黑獭矣。"西阵大呼。西魏军皆惊惧，遂大溃。独孤信等未识君相所在，弃军走。将军李虎、念贤等为后继，见信等败亦溃。泰见前军瓦解，不敢留，与帝烧营而遁。方战急时，王思政下马举长矟左右横击，一举辄踣数人，陷阵既深，从者尽死，身被重创，闷绝于地。会日已暮，敌亦收兵，帐下督雷五安于战处哭求思政，会其已苏，割衣裹创，扶之上马而归。盖思政每战，常着破衣弊甲，敌不知其将帅，故得免。将军蔡祐下马步斗，左右劝乘马以备仓促，祐怒曰："丞相爱我如子，今日岂惜一死？"帅左右十余人，合声大呼，击东魏兵，杀伤甚众。东魏人围之十余重，祐弯弓持满，四面相拒。有厚甲长刀者一人，直进取之，去祐可三十步。祐只存一矢在手，左右劝射之。祐曰："吾曹①之命在此一矢，岂可虚发？"将至十步，祐乃喝声道："着！"其人应弦而倒。东魏兵退却，祐徐徐引还。正是：

瓦罐险遭井上破，将军幸免阵前亡。

但未识西师败后竟得长驱入关否，且听下文分解。

① 吾曹——我辈，我们。

第四十三回

归西京一朝平乱 惧东邺三将归元

话说邙山之战，泰大败而遁，奉帝急走弘农。其时弘农守将闻大军败绩，已弃城而走。城中无主，所虏降卒在内结党聚乱，闻泰至，相与闭门拒守。泰进拔之，诛其魁首数百人，城中始定。时诸将在后者皆未至，泰惊不能寝。及夜，蔡祐至。泰曰："承先来，吾无忧矣。"枕其股，寝始安。盖祐每从泰战，常为士卒先，不避矢石，战还，诸将皆争功，祐终无一言。泰每叹曰："承先口不言勋，我当代其论叙。"故泰倚之如左右手。次日兵将稍集，泰留长孙子彦守金墉，王思政镇弘农，自引大军奉帝入关。

先是泰既东伐，关中留守兵甚少，前后所虏东魏士卒散在民间，闻东征兵败，共谋作乱。李虎等至长安，见贼势猖獗，计无所出，不得已，与太尉王盟、仆射周惠达奉太子钦出屯渭北。百姓互相剽掠，关中大扰。降将赵青雀与雍州于伏德聚众万余，进据长安子城。咸阳太守慕容思庆亦起兵从逆。各招降卒，以拒还兵。长安士民不从者，相率以拒青雀，日数十战。亏得侯莫陈崇进击破之，贼始畏惧不出。王罴镇河东，见人心惶惑，大开城门，悉召军士，谓曰："今闻大军失利，青雀作乱，诸人莫有固志。罴受委于此，以死报国。有能同心者，可共固守；不能者，任自出城。"众感其言，皆无异志。泰闻变，留帝驾于阌乡，以士马疲弊不可速进，且谓：“青雀等皆乌合之众，我至长安以轻骑临之，必皆面缚乞降，不足为患。”散骑常侍陆通谏曰：“贼逆谋久定，必无迁善之心。蜂虿[①]有毒，安可轻也？且贼诈言东寇将至，今若以轻骑临之，百姓谓为信然，益当惊扰。今军虽疲弊，精锐尚多。以明公之威，总大军以临之，何忧不克？”泰悟，乃引兵西入。父老士女见泰至，莫不悲喜相贺。又华州刺史宇文导知贼据咸阳，起兵袭之，杀慕容思庆及于伏德，然后南渡渭水，与泰合军，兵势益壮，进攻青雀，杀之。乃奉太子入朝，抚安百姓。九月朔，帝入长安，丞相泰还镇华州，内外始定。

且说高王闻敖曹之死，如丧肝胆。又闻众将败北，自晋阳发七千骑至孟津，未济，得侯景捷报，言泰已烧营而遁。西师悉退。斩获甲士、收得资粮不可计数。王大喜，遂济河。诸将相继来会，皆言高永乐不救敖曹之罪。王大怒，立召永乐，即于帐前杖之二百，罢其职，发回晋阳。赠敖曹太师、大司马、太尉，谥曰忠武公。众以永乐不杀，治罪犹轻也。后人有诗讥之曰：

地下敖曹目未瞑，头行千里血犹腥。

军前不斩河阳将，献武当年尚失刑。

时金墉犹未下，王进兵攻之，长孙子彦不能守，焚城中屋宇俱尽，弃城而走。王入洛，见人民荡析[②]，楼堞[③]无存，乃毁之而还。先是东魏迁邺，主客郎中裴让之留洛阳。及独孤信败归，其弟诹之相随入关。泰赐以官爵，为大行台、仓曹郎中。王怒其外畔，囚让之兄弟五人。让之谓王曰：“昔孔明兄弟分事吴、蜀，

---

① 虿（chài）——古书上说的一种蝎子之类毒虫。
② 荡析——离散。
③ 楼堞——城楼与城堞。泛指城墙。

各尽其心。况让之老母在此，不忠不孝必不为也。明公推诚待物，物亦归心。若用猜忌，去霸业远矣。”王皆释之。

斯时旧境悉复，边土皆安，乃加赏有功将士。进侯景为河南大将军、大行台，将兵十万，镇守河南，而身归晋阳。东魏元象二年，静帝以王功大莫赏，封其子高浚为永安郡公、高淹为平安郡公、高湝为长乐郡公、高演为常山郡公、高涣为平原郡公、高清为章武郡公、高湛为长广郡公，虽在孩提者并赐金章紫绶。欢于是入朝谢恩，兼察朝政得失，百官贤否。世子告王曰：“吏部尚书一缺掌天下铨选，关人才进退。得人则治，不得人则乱。昔闻崔亮为吏部时，不能评论人才，作停年之格①，以州、县、郡官年深者擢之上位，以故真才流落，士气不伸。次后选用以此为例，非用人之道也。孝庄即位，李仲隽为吏部，专引新进少年，朝廷乏经国之才。至尔朱世隆摄选，官以幸进，政以贿成，贤才屏迹，宵小满朝，纪纲大坏，天下骚然。后崔孝芬为之，亦华而不实，徒有斯文之称，究无安世之道。今迁邺②以来，三换其人，皆无可取，何以励人心而敦世道？”王曰：“汝能任此职乎？”世子曰：“儿才亦恐不胜。”王曰：“汝能留心人才，无徇己私，便可不负此职。吾今言于帝，命汝摄之便了。”于是世子摄选，百官皆贺。王于都堂召会文武，大宴三日，见座无敖曹，深加叹息，谓群臣曰：“吾欲遣使西魏，求还敖曹首级，恐伤国体，为黑獭所笑。弃之则于心不忍。诸君能为吾计乎？”陈元康曰：“易耳。若令侯景求之，首必可得。黑獭自邙山大败以来，畏景如

---

① 停年格——北魏自孝明帝后实行的选官制度。不问人才高下，专以年资浅深为标难。

② 邺（yè）——古地名，河北临漳县漳河河畔。

虎，必不吾逆也。”王归晋阳，遂以命景。景乃遣人扬言于西魏曰；“送还敖曹之首，则兵不动，不然将长驱入关，以报河阳之辱。”泰闻之，笑曰：“安有为死人首而动大兵者？不过景欲得敖曹之首耳。我方兵疲力乏，且欲闭关息民，不可激其怒。”因归高敖曹、窦泰、莫多娄贷文三人之首于景。景送至晋阳，王抚首大哭，悉加厚葬。

再说世子自摄选以来，迁擢贤良，黜逐不肖。凡清要之职，皆妙选人物以充之。其余量才授位，无不惬当。有未受职者，皆引置门下，讲论赋诗，以相娱乐。又好蔡氏八分书法，暇即习之。制金玉笔管，会集古今人文。府中书吏常有百人，给赐甚厚。士大夫以此称之。时南北通好，使命①相继，务以俊乂②相夸。每遣使至梁，必极一时之选，无才地者不得与焉。梁使至邺，邺下为之倾动，贵游子弟盛服聚观，馆门如市。宴会之日，世子使左右密往视之，一言制胜，为之抚掌。邺使至建康亦然。一日，世子入朝，见帝于内殿。帝曰：“朕有一事，欲与卿言。”世子问：“何事？”帝命召来，只听得屏后玉珮之声，走出一位女子，端严秀质，美丽绝人，向世子低头下拜。世子答拜，问帝：“此位何人？”帝曰：“此东光县主，名静仪，乃是朕姑，高阳王元斌之妹，侍郎崔恬之妇也。因有家难，乞怜于朕。朕不能主，故令求赦于卿耳。”世子敛容再拜，曰：“臣掌者，陛下之法。未识县主求赦者何事？”帝曰：“恬弟崔悛去年在洛，被宇文泰逼之西去，今臣于西。若正其外叛之罪，累及一门，恬亦当诛。卿父执法难违，欲卿曲宥耳。”世子曰：“帝命不敢不遵，父意恐难回

① 使命——指奉命办事的人。
② 俊乂（yì）——贤德之人。

转，此非臣所得主也。”静仪见世子不允，流泪不止，重向世子拜恳。世子见静仪面如梨花着雨，愈觉可人，不忍绝之，向帝曰：“陛下既有宽赦之情，小臣岂无哀怜之意？自当竭力援手。”遂再拜而退。静仪见世子允了，亦谢恩而出。世子归语公主曰：“卿知高阳王有妹静仪乎？”公主曰：“此奴之姑也，幼时亦曾见之。”世子曰：“可惜绝色佳人，未识将来性命若何耳。”公主问：“何故？”世子备述其事：“顷在帝前相见，屡次拜求，若父王不允，岂非灭门在即？”公主曰：“大王立法如山，未必肯宽恕也。”此时世子心中辗转寻思：“不赦静仪，则美色可爱；赦之，则惧父见责。”倒觉进退两难。一日，接得晋阳密札，果为崔悛一案。内云：“崔悛身投伪国①，理合全家正法。但崔氏世代名门，民望所属，汝宜细细斟量，方可行诛。”世子览之大喜，曰：“父王既有此言，欲宽崔氏之罪不难矣。”遂奏帝，凡崔氏连坐者皆赦之。以书复高王曰：

崔悛被掳入关，从逆非其本心。崔恬尽职郸中，为国尚无异志。诛及无辜，易招物议。免其连坐，可慰舆情。况恬妻东光县主，高阳之妹，今上之姑，帝本有意曲全，儿已特行宽宥矣。

高王见书，遂置不问。此时不唯崔恬夫妇感激，帝亦大悦。

一日，宴世子于内宫，后亦在座。静仪适来谢恩，帝召入，赐坐后侧，命静仪敬酒三爵，以酬世子之劳。世子亦回敬之，谓静仪曰：“县主与吾妇是至亲，少时常聚，至今每怀想念。异日当令来见也。”静仪曰：“妾于次日本拟登堂拜谢，敢劳公主下降。”世子佯称不敢，而心实暗喜。宴罢各退。世子归，知东光

① 伪国——称僭越，窃据者所建的国家。

县主次日必来，暗嘱门吏："县主若到，勿报公主，引其步舆，打从平乐堂直入绛阳轩中。"绛阳轩乃世子密室也。次日，静仪到府，门吏挽其步舆，直至密室深处，从人悉屏在外。静仪坐在车中，但见曲曲花街，两旁都是翠柏屏风，不像后宫模样。及至停车，回顾侍儿，不见一人。有一宫女走来开幔，道："公主在内轩相等，请县主入见。"宫女引路，静仪只得移步相随。及至内轩，不见公主。宫女又曰："在暖阁中。"及入，却见世子走来施礼，心上大疑，因问："公主何在？"世子曰："少停相见。因有秘事相告，先屈县主到此一叙。"宫娥摆宴上来，静仪辞退，世子曰："昨在帝前承赐三爵，今日少尽下情，县主莫辞。"静仪无奈，兢兢坐下，世子殷勤奉劝，宫女连送金樽。天色渐暮，侍女皆退。静仪欲回，世子笑谓之曰："昨夜梦与卿遇，今日相逢，乃天缘也。卿其怜之。"静仪曰："全家之德，没齿不忘。若欲污我，断难受辱。"说罢便走。门已紧闭，世子即上前拥逼，衣服皆裂。静仪力不能拒，遂成私合。是夜同宿阁中，侍女皆厚赏之，嘱令勿泄。在外从人疑为公主留住，初不料有他故。三日后，静仪坚意辞去，世子不得已送之回府。静仪归，对其夫流涕，微言世子无礼。崔恬不敢细问，仍善遇其妻，盖惧见怒于世子，祸生不测也。然世子日夜想念，欲图再会，苦于计无所出。乃召其奴张保财谋之，保财曰："易耳。世子超授崔恬爵命，出使在外，则可以潜游其家矣。"世子乃奏恬为散骑常侍，出使远去。夜间，屏去侍从，潜至崔家，与静仪相会。连宿数夜，形迹大彰①。

① 彰——明显，显著。

高阳王闻之大怒，奏于帝，请赐静仪死，以免狂童之侮。帝曰："此事实伤国体，但非静仪之罪，乃高世子之过也。高王功在社稷，大权在握，世子为所宠爱，朝事悉以相委。国家安危，系彼喜怒。若赐死静仪，澄必怀怨。何可以一女子而起大衅?"高阳见帝不允，默然而退。其后世子亦恐人觉，晏去早归，微服来往。时高岳、孙腾、子如、隆之四人闻知，皆担忧恐，相与议曰："王令吾等在此者，为辅世子也。今世子以万金之躯，夜出潜行，倘有小人从而图之，祸生不测，吾等死不足赎。今若谏之，彼必不听，反遭其怨。不若密启大王，使行禁止。"四人议定，遂将世子私通静仪之事禀知高王。王大怒，私语娄妃曰："子惠不克①负荷②，行将废之。"妃惊问，王悉告之。妃亦怒其荒淫，曰："此儿终不善死。"王于是立召之归。正是：

朝中不究贪淫罪，堂上犹施挞责威。

未识高王召归世子若何处治，且听下文分解。

---

① 不克——不能做到。

② 负荷——担任。

第四十四回

私静仪高澄囚北　逼琼仙仲密投西

话说高王怒世子放纵，召其夫妇同归，欲行废黜。犹惜其才美，诸子莫及，为之转辗不乐。一日，偶至仪光楼下，高洋兄弟四人在花荫蹋球为戏，见王至，皆进前跪拜。王欲观诸子志量，尚未发言。一内侍捧乱丝数缕而过。王问："何所用?"对曰："此织作坊弃下者。"王命诸子各取一缕治之。高浚、高淹等皆以手分理，洋独拔剑将乱丝斩断，王问："何为?"对曰："乱者必斩。"王大奇之。先是高洋内虽明决①，外若昏愚，澄甚轻之，且因其貌丑，每嗤曰："此人亦得富贵，相法何由可解?"弟兄常侍王侧，问及时事，世子应答如流，洋默无一语，故王亦不甚爱之。今见其出语不凡，遂加宠爱，私语娄妃曰："此儿志量②刚强，聪明内蕴，非澄所及，可易而代之也。"妃曰："澄辅政已久，朝野尽服，责其改过可耳。若竟废之，妾以为不可。"

未几，世子夫妇至晋阳，欲见王，王不见；见娄妃，妃独召公主入，以静仪事诘之。公主不敢隐。妃曰："归语尔夫，父怒不可回也。"公主涕泣求解，妃曰："汝且归府，俟其见父后图之。"公主归语世子，世子知静仪事发，大惧。次日，王坐德阳

① 明决——英明果决。
② 志量——志向和抱负。

堂，先召赵道德、张保财责问世子所为：“若一言不实，立死杖下。”二奴惧，遂以实诉。王怒其导主为非，各杖一百，下在狱中。继召世子，历数其罪，杖而幽之，不放入朝。澄知身且见废，忧惧成疾。娄妃为言于王，王曰：“俟能改过，而后复其职。”妃遣使密报，疾渐愈。其后王命杨休之撰定律令，命世子主其事，每日诣崇义堂检校一次，即入德阳堂，侍于王侧。高王天性严急，终日衣冠端坐，威容俨然，人不可犯。以世子多过，不少假颜色。世子朝夕兢兢，唯恐获罪。一日，王昼寝。世子欲进见娄妃，求放还朝。值诸夫人在柏林堂游玩，惧涉嫌疑，不敢前进，背立湖山书院帘幕之下。盖诸夫人每朝谒娄妃，过了七星桥，便下车步行。所经湖山书院、芙蓉楼、柏林堂，约百余步方至妃宫。芙蓉楼共七间，梁栋帏幔，皆画芙蓉，故以为名。湖山书院亦有十数间，内有洞庭湖、金芝亭、卧龙山，奇花异草，苍松翠柏，仿佛江南风景。又有沉香阁，高十余丈，藏庋①图书之所。柏林堂九间，内有古柏一株、小亭一座，景极幽雅。诸夫人谒退，常在此徘徊。有卢夫人者年尚幼，举止颇轻佻。在院观玩已久，回步走出，不知世子背立帘下，把帘一推，触落世子头上罗巾，见是世子，大惊，忙出帘外谢罪。世子未及回答，高王适至，见与卢夫人对立帘前，疑其相戏以致失帽，大怒曰：“尔在此何干？”诸夫人皆惊散。王将世子挥倒在地，拳打脚踢，无所不至。时陈元康最得王宠，适有事欲启，问：“王何在？”内侍言：“王在柏林堂毒打世子，恐世子性命不保。”元康闻之，冒禁奔入，果见世子血流遍体，在地乱滚，王犹踢打不已。于是向前

① 藏庋（guǐ）——收藏。

跪捧王足，涕泣哀告曰："父子至情，大王何忍行此？倘失误致死，悔之何及？"王鉴其忠诚，遂止。元康忙扶世子出，随王回至德阳堂。王告以世子之罪，元康曰："大王误矣。世子近甚畏敬，其入宫者不过入见内主耳。况诸夫人皆在，何敢相戏？失帽定出无心。大王细察，定知臣言不谬。且朝中权贵横行，非世子高才，无以制之，王何逞小忿而乱大谋？"王曰："卿言良是，吾性严急，不能止也。"元康曰："王自知严急，今后愿勿复然。"王不语。及入宫访诸众夫人，皆言并无相戏之事，怒乃解，然犹未肯遣其入朝也。娄妃以世子屡触父怒，通信高后，劝帝召之。及帝命下，王遂遣之，仍令辅政。临行，夫妇拜辞，王戒公主曰："汝夫倘有不谨，必先告我。"又以道德可赦，保财奸巧，必欲杀之。娄妃以保财之妻乃旧婢兰春，从幼贴身服侍，即前此嫁王，兰亦有功，不忍杀其夫。因言之于王，亦赦其死。令每月录府中事以报，隐而不报，必斩主仆。皆凛凛而去。于是世子归朝，绝迹崔氏之门，励精为治，政令一新，朝纲肃然。王闻之大悦。时四方少定，东魏改元武定，大赦天下。高王出巡晋、肆二州，直至边界。遣使蠕蠕国，诳称："宇文泰谋杀蠕蠕公主，其下嫁者皆疏属远亲，并非贵主。若肯与吾邦通好，则天子当以亲公主下嫁。"

你道蠕蠕公主若何身故？先是乙弗后废为尼，降居别院，郁闾后犹怀妒忌。文帝不得已，乃以次子武都王为秦州刺史，后随之而去。帝思念常切，密令蓄发，隐有追还之意。大统六年，忽报蠕蠕举兵来侵，众号百万，前锋已至夏州。声言：故后尚在，新后不安，故以兵来。群臣震恐。帝亦大惧，乃遣中常侍曹宠赍敕秦州，赐乙弗后自尽。后见敕泣下沾衣，谓宠曰："但愿天下常宁，至尊万岁，妾虽死何憾?”遗语皇太子，言极凄楚。左右皆感泣。遂饮鸩酒，引被自覆而崩，年三十二岁。宠复命，帝默默伤感，凿陇葬之，号曰寂陵。其后蠕蠕公主怀孕，迁居瑶光殿，宫女侍卫者百余人。忽见一美妇人后妃装束，盛服来前，问宫女曰：“此妇何人?”左右皆言不见，后遂惊迷，如此者数次，人皆知乙弗后为祸也。将产之夕，又见此妇在前，产讫而崩，所生子亦不育。故高王借此离间。蠕蠕果怨西魏，遣使东魏，愿求和亲。王奏之朝，帝乃于诸王宗室中选得常山王元隙之妹，姿容端丽，封为兰陵公主，下嫁蠕蠕。武定元年，蠕蠕遣使来迎，帝厚加赠送。公主过晋阳，欢又赠奁二百余万。以国家大事，亲送之楼烦郡北乃归。

泰闻之大惧，因思贺拔胜之兄贺拔允在晋阳，可结以图欢，乃私语胜曰：“高欢，国之贼，亦公之仇也。吾闻可泥在彼虽为太尉，亦郁郁不得志，公何不招之西归？倘能乘间诛欢，为国除害，此功不小。公以为然否?”胜曰：“兄之从欢非本心也，以公意结之，断无不从。”泰大喜，胜即写书寄允，嘱其暗害高王，乘乱奔西。允得书，大以胜言为是，遂起图欢之意。一日，王赴平阳游猎，召允同往，允执弓矢以从。王至平阳城外，见青山满目，麋鹿成群，令军士列围而进，亲自射兽。诸将皆四散驰逐。允独乘骑在王后，暗想：“乘此左右无人，若不下手害之，更待何时?”于是拽满雕弓，照定王背射来。哪知用得力猛，弓折箭落。左右见者大呼曰：“贺太尉反！”王惊顾，亦大声呼之。允方弃弓，以刃相向。诸将齐上，擒之下马。王问允曰：“贺卿何为反?”允曰：“今日弓折乃天意也，夫复何言?”王囚之，遂归晋阳。议允罪，诸将请戮其全家。王念故情，杀之，而赦其二子。

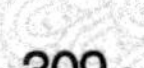

时高洋年十五，王为娶妇，右长史李希宗有女祖娥，德容兼备，遂纳为太原公夫人。百僚皆贺。成婚之后，夫人见洋体暗中有光，怪而问之。洋曰："由来如此，故常独寝。汝勿乱传。"自后，侍女皆令外宿，独与夫人寝处。盖洋以次长，父常誉之，恐兄有忌心，故每事谨退，示若无能。人尽笑其愚，唯高王深知之，命为并州刺史，杨遵彦为之副。要晓得高氏诸子皆聪俊。高浚幼时，出游外府，见祭神，而归问其师卢裕曰："人之祭神，有乎，无乎?"裕曰："有。"浚曰："既有神，其神安在?"裕不能答。高潋八岁，王使博士①韩毅教其学书，毅见潋书不工，因戒之曰："五郎书法如此，日后尚宜用心。"潋答曰："我闻甘罗十二即为秦相，未闻能书。何必勤勤笔墨?博士当今能书者，何为不作三公?"毅甚惭。世子于诸弟中尤爱浚，请于父，授职于朝，官为仪同三司，朝夕相随。今且按下不表。

且说御史中丞高仲密以建义功，身居显职，宠任用事。其妻为侍郎崔暹之妹，夫妇不睦。邺城李荣有一女年十八，号琼仙，生得容貌无比。仲密闻其美，欲娶之，其家不肯作妾，必为正室方允。仲密乃出其妻，而娶琼仙。崔氏气愤而死，暹由是怨之。又仲密为御史，多私其亲党，世子以任非其人，奏请改选。仲密疑暹谗构，亦怨之。先是世子于邺城东山建花庄一座，极宫室之美。内有五六处歌台舞榭，十余处珠馆画桥，四季赏玩，各有去处。燕游堂宜于春，临溪馆宜于夏，叠翠楼宜于秋，藏香阁宜于冬。又有步云桥、玩月台、木稚亭、荼蘼架、鹤庄、鹿坨等名，

① 博士——职官名，因其掌通古今，以备咨诣，为学术顾问的性质。

奇花瑶草，异兽珍禽，充满其中。见者皆叹为人间仙岛，世上蓬瀛①。内侍王承恩专司启闭，只有府中姬妾方容进内游玩，外人皆不得入。琼仙未嫁时，素慕园中佳景，苦于无路可入，今为高氏妇，借了丈夫声势，正好到彼游玩。况承恩与仲密又素来相熟，不怕他拦阻。于是带了女从，竟往花庄而来。承恩接进，任其游行。哪知是日午后，世子朝罢无聊，亦到园来。承恩大惊，诸女伴只得躲避一边。世子登叠翠楼，凭栏观望，忽见玩月亭中有一群妇女隐身在内，召承恩责之曰："汝掌园门，职司启闭，何从留闲人在内？"承恩跪告曰："此非闲人，乃中丞高仲密夫人，欲观园景。奴婢以仲密是王府至亲，不敢峻拒②，故容之入园。到尚未久，殿下忽来，故躲避亭中。"世子曰："既是仲密夫人，请上楼相见。"盖世子亦闻仲密新娶妇甚美，故欲见之。俄而，琼仙上楼，花容月貌，果是国色。世子一见，淫心顿起，向前施礼，殷勤请坐，道："夫人到此不易，欲观园中景致，稳便游行。吾与中丞本是一家，夫人便为至亲，不必嫌疑。"忙令内侍引路，请夫人遍游各处。其余妇女皆伺候在外。琼仙至此倒不好相却，只得轻移莲步，随内侍而行。过了几处亭台，不觉走入深境。旋至一室，锦帐银屏，罗帏绣幔，似人燕寝之所，忙欲退出。世子已到门口，拦住道："夫人闲步已久，敢怕足力劳倦，留此小饮三杯，少表敬意。"话未毕，内侍排上宴来。世子执杯相劝，琼仙坚不肯饮。世子曰："夫人畏仲密耶？或有所嫌耶？"琼仙曰："妾民家之女，仲密天朝贵臣，焉得不畏？"欲夺门走。

① 蓬瀛——蓬莱、瀛洲，古代神话中所称仙山。

② 峻拒——严厉拒绝。

世子遽执其手，琼仙洒脱，泣曰："世子淫人妇多矣。我义不受辱，今日有死而已。"见壁有挂剑，拔欲自刎。世子惧其竟①死，只得摇手止之，纵使去。

琼仙得脱归家，哭诉仲密曰："妾几不得生还。"备陈世子见逼之状。仲密由此深恨世子，遂萌异志。其后崔暹又劾仲密，非才受任，出为北豫州刺史，不授以兵，使之但理民务。仲密益切齿，遂通使宇文泰，以虎牢归西魏，请以兵应。泰大喜，许之。仲密乃杀镇北将军奚寿兴，夺其兵而外叛。反报至京，举朝大骇。高王以仲密之叛皆由崔暹，命世子械至晋阳杀之。世子匿暹府中，为之固请，乞免其罪。王见其哀恳，乃遣元康至邺，谓世子曰："我丐②其命，须与苦手。"世子乃出暹，谓元康曰："卿使崔暹得杖，勿复相见！"元康执暹至晋阳。王坐德阳堂见之，责其召衅，喝令加杖。暹方解衣就责，元康历阶③而上，告于王曰："大王方以天下付大将军，大将军有一崔暹，不能免其杖，父子尚尔，况于他人？"盖澄为四道行台，故称大将军也。王乃免之，且曰："若非元康，当杖暹一百。"仲密弟季式镇守永安，仲密反，遣使报之。季式单马奔告高王。王慰之曰："汝兄弟皆建义功勋，尽忠于吾。敖曹死，吾至今不忘。今仲密无故外叛，深为惋惜，与汝何涉？"仍令复职，待之如旧。

且表宇文泰知仲密为高氏心腹之臣，一旦来降，机有可乘，豫、洛一路地方，皆可并取。遂起大军十五万，以大将李远为前

---

① 竟——居然，表示出乎意料。

② 丐（gài）——给予。

③ 历阶——越阶，跨过台阶。

锋，直趋洛阳；仪同于谨攻破柏壁关，直趋龙门。亲自引兵，进围河桥南城，兵势甚盛。王得报，整集精兵十万，亲临河北拒之。正是：

干戈全为蛾眉[1]起，毒患偏从蜂虿生。

未识此番交战两下胜负若何，且俟下卷细说。

① 蛾眉——漂亮的女人，美女。

第四十五回

纵黑獭大将怀私　克虎牢智臣行计

话说高王以仲密外叛，西师入寇，命斛律金为前锋，亲自出御。将至河桥，西魏先备火船百只，从上流放下，欲烧断河桥，使不得渡。斛律金才至北岸，见有火船冲下，急令副将张亮以小艇百余只，都载长锁，拦住中流，以钉钉之，带锁引向南岸，桥遂获全。大军安然渡河，据邙山为营。欲暂休军事，不进者数日。泰疑之，乃留军装辎重于瀍曲，半夜，亲引人马将佐，登邙山以袭其营。候骑报王曰："西师距此四十里，熟食干饭而来。"王曰："如此，军士皆当渴死，何待吾杀也。"乃集诸将列阵以待。俄而，天色大明，泰知敌人有备，按兵数里之外。高王以五千铁骑付彭乐先进，必斩将搴旗而返。彭乐一马当先，便引铁骑直冲过来。西军莫当其锋，让他杀入深处，反从后裹来，密密围住。东军遥望，全不见彭乐旗号。有人飞报高王曰："乐已叛去。"王失色。俄而，西北尘起，呼声动地，乐兵在西阵中如蛟龙翻海，所向奔溃，西魏将士纷纷落马。掳得西军大都督、临洮王柬、蜀郡王荣、江夏王升、巨鹿王阐、谯郡王亮及督将僚佐四十余人，遣使报捷。王大喜，并令斛律金、段韶诸将乘胜进击，大破西师，斩首三万。当是时，西师一败，泰左右皆散，自出阵前收合余军。彭乐一骑蓦地赶来。泰知其勇猛难敌，拍马而逃。彭乐紧追数里，已近马尾，大呼曰："黑獭休走，快献头来！"泰窘极，还顾曰："汝非彭乐耶？痴男子！今日无我，明日岂有汝耶？何不急还营，收汝金宝？"乐遂舍之，获泰金带以归，言于欢曰："黑獭漏刃破胆矣。"王虽喜其胜，而怒其失泰，伏诸地，连顿其头，并数以沙苑之败，举刃将下者三，噤龂[①]良久。乐曰："乞假五千骑，复为王取之。"王曰："汝纵之何意，而言复取耶?"取绢三千匹，压其背上，因以赐之。泰得脱，归营，鸣角收军，兵将已集，军势复振，谓诸将曰："今日偶失提防，军威少挫。明日当决一死战，以破其军。诸君勉之。"乃秣马厉兵，分军为三队。自主中军，以李弼、独孤信、杨忠、窦炽、达奚武、贺拔胜六员勇将自随；赵贵为左军，若干惠为右军。命二军曰："东军来攻中坚，左右合击。"五更造饭，以备迎敌。

黎明，高王以昨日失泰，自率诸将亲为前锋，冲入西阵。西军以死抵战，左右兵皆起，奋力合攻。东魏兵败，步卒皆为所掳。王失马，赫连阳顺以己马授王，王上马走。西军四面围定，欲出不得。忽狂风大作，走石飞沙，天昏地黑，军士不能开眼，始脱重围。从者惟都督尉兴庆及步骑七人，诸将皆不知王所在。追兵至，兴庆曰："王速去，兴庆腰有百箭，足杀百人，王可脱矣。"王曰："事济，以尔为怀州刺史。若死，用尔子。"兴庆曰："儿尚少，愿用臣兄。"王许之。兴庆拒战，矢尽而死。先是王有小卒盗宰民驴，欲治其罪，以战故未治。小卒私奔西军，告于泰曰："王只一人一骑，走于邙山之后，追之可获也。"泰乃选勇敢士三千人，皆执短兵，令贺拔胜率以追之。胜识王于行间，执槊与十三骑逐之。槊刃垂及，因呼 曰："贺六浑，我贺拔破胡今日

① 噤龂（xiè）——禁口，不敢说话。

必杀汝也！”欢惊魂殆绝。适刘洪徽突至，见胜追王急，从傍放箭，毙其二骑。段韶亦从山后冲出，大呼曰：“勿伤吾主！”射胜马，洞腹。胜跳下换马，王已逸去。胜叹曰：“今日不执弓矢，天也。”

王回营，诸将齐集，以段韶、刘洪徽有救援之功，并赐锦袍玉带，封韶为长乐侯。洪徽即刘贵子，时贵已卒，洪徽已袭父爵，进封平成侯。王将复战，术士许遵告王曰：“贼旗号尚黑，水色也。王旗号尚红，火色也。水能克火，故不得利。当用黄色旗号制之。”王乃连夜造黄旗五千面，进与泰战。左军赵贵等五将战不利，泰令右军与战亦不利。东魏兵大振。会日暮，泰知不可胜，收兵夜遁。东兵来追，势甚危迫。会独孤信、于谨尚在后面，收散卒自后击之，东师扰乱。诸军由是得全。若干惠夜引去，东兵追之急，惠徐下马，顾命厨人营食。食毕，谓左右曰：“死于长安与死于此间，有以异乎？”乃建旗鸣角，驻马以待。追骑疑有伏兵，不敢逼。收败卒徐还。泰入关，屯于渭上。东兵至陕，泰使达奚武拒之。封子绘言于高王曰：“混一东西正在今日，昔魏太祖平汉中，不乘胜取巴、蜀，失在迟疑，后悔无及。愿大王不以为疑。”王犹豫，集众将议进止，皆曰：“野无青草，人马疲之，不可远追。当回晋阳，徐图进取。”陈元康曰：“两雄交争，岁月已久，今幸而大捷，天授我也。时不可失，当乘胜追之。”王曰：“深入之后，若遇伏兵，孤何以济？”元康曰：“王前沙苑失利，彼尚无伏。今奔败若此，何能远谋？若舍而不追，必成后患。”王久战意怠，无心入关，不从其言。独使刘丰生将数千骑追之，班师而归。

先是前一年，高王击西魏，入自汾、绛，连营四十里。泰使

王思政守玉壁，以断其道。王以书招思政曰：“若降，当授并州刺史。”思政复书曰：“可朱浑道元降，何以不得？”王围玉壁九日，会大雪，士卒饥冻，多死者，遂解围去。及仲密以虎牢降，泰召思政于玉壁，将使镇虎牢，未至，而泰败归。乃使守弘农，城中兵微粮寡，守御之具全无。思政大开城门，解衣而卧，示不足畏。后数日，丰生至城下，心疑不敢进，引军还。思政乃慰勉其下，修城郭，起楼橹①，营农田，积刍粟，由是弘农守御始固。是役也，从泰诸将皆无功，惟耿令贵力战功多。常陷敌中，锋刃交下，皆谓已死，俄大呼，奋刃而起，如是者数次。当其锋者，死伤相继。归语人曰：“我岂乐杀人？壮士除贼，不得不尔。若不能杀贼，又不为贼所伤，何异逐坐人也。”又都督王胡仁、王仲达亦力战功多，杀敌无数。泰欲以雍、岐、北雍三州授此三人，又以州有优劣，使三人探筹②得之。仍赐令贵名豪，胡仁名勇，仲达名杰，以旌其勋。初仲密将叛，阴遣人扇动冀州豪杰，使为内应。高隆之驰驿安抚，由是得安。世子密以书与隆之曰：“仲密枝党与之俱西者，悉收其家属。”隆之以“宽贷既行，理无改悔，若复收治，示民不信，脱致惊扰，所亏不细”，乃启高王罢之。侯景进兵虎牢，欲复其城。仲密与西将魏光守之，闻景兵至，以书求援于泰。泰复书令固守，言兵且至。使谍潜至虎牢报之，为景军士所获，搜出其书。景改之云：“兵未得发，宜速去。”纵谍入城，光得书，与仲密连夜弃城而遁。侯景引兵追之，掳仲密妻李氏以归，即送之邺。由是北豫、洛二州复入东魏。帝

---

① 楼橹——古代供守兵瞭望敌军动静的无顶盖高台。

② 探筹——制作多枚筹箸，各做出不同记号，使人抓取，再由筹箸上的记号，得知所求的事物。

以克复①虎牢，降死罪已下囚，唯不赦仲密一家。欢以高乾有义勋，高昂死王事，季式先自告，皆为之请免，唯其妻李氏坐罪当诛。帝从之。澄闻李氏擒归，方欲宠之专房，何忍加以刑诛，乃使杨愔言于帝曰："仲密妻李氏年少不预反谋，乞全其命。"帝亦赦之，命归父母家。世子迎之入府，居于迎春院，赐服饰、器用，侍女皆备。是夕，世子盛服见之，谓琼仙曰："卿前推阻，今日顺我否？"琼仙曰："前为仲密妇，今归世子家为婢为妾，曷敢有违？"世子大悦，当夜拥之而寝。号河南夫人。

再说宇文泰以丧师辱国请贬爵位，文帝不许。再镇同州，募关、陇豪俊以增军旅。泰有妾叱奴氏，生子名邕。术士蒋升密告王泰曰："丞相新生之子贵不可言，他日必登九五之尊。但府中不利长成，宜于吉地养之。"泰问："何地为吉？"升曰："秦州有紫气，宜令居之。"泰乃用李穆为秦州刺史，托之抚育。邕即周武帝也。泰又有女云祥，李夫人所生，年十四，容貌端严，性质不凡，好观古烈女传，绘图于房帏，左右朝夕浏览。泰甚爱之，常曰："每见此女，良慰人意。"文帝欲纳为太子妃，降诏求之。泰承帝命，送女于长安，与太子成婚。今且按下不表。

且说高王居于晋阳，稀入朝内。孙腾、司马子如、高岳、高隆之皆其心腹亲党，任政朝廷，邺中谓之"四贵"，势焰熏灼，倾动②朝野。然皆无经济之才，贪财纳货，不遵法纪。高王深知其弊，私语娄妃曰："今天下渐平，诸贵尚横，吾欲损夺其权，未识澄能胜任否？"妃曰："四贵之权，真可少损。但澄儿究属年少，大权独归，恐其志气骄满，还当以正人辅之。"王以为然。

---

① 克复——以武力收复失地。

② 倾动——轰动，惊动。

武定三年二月，王巡行冀、定二州，校算河北户口损益，出入仪卫必建黄旗于马前，号曰河阳幡，以邙山之役用黄旗得胜也。四月，入朝于帝。初西师退，帝加王以殊礼，辞不受。至是，帝谓曰："黑獭潜逃，虎牢克复，皆王大功，何以不受朕命？"王再拜曰："此臣分内之事，何敢言勋？"因奏以高澄为大将军，门下省中机务①悉归中书，刑赏一禀于澄，所司擅行者立斩。由是澄之权，廷臣莫敢与抗。越数日，王始归。

世子自得大权，务欲挫折朝贵之势。孙腾入谒，不肯尽敬，叱下，以刀环之，立于门外。高隆之入府，高洋呼之为叔。澄骂洋曰："小子辱祖，此何人而呼之为叔也？"厍狄干世子之姑夫，由定州来谒，候门下三日始得一见。时司马子如官尚书令，其子又娶桐花夫人之女华容县主为室，声势赫奕。尝出巡外属，擅杀县令二人，有犯之者动以白刃相加。官吏百姓惶骇窜匿。世子使崔暹劾其罪，系之狱。子如素恃王宠，不意②忽然得罪，大惧不能自全。入狱一夕，其须尽白，乃自书款词曰："昔在岐州，杖策投王，有驴在道而死，其皮尚存。此外之物，皆取诸人者也。"王怜而赦之，出为外州刺史。太保尉景恃恩专恣，所为多犯法。有司不敢问，暹亦劾之，严旨切责，收禁都堂。其妻常山郡君，高王姊也，致书于王求解。王曰："此景自招之祸也。虽然，我不可以坐视。"上表乞赦其罪。三请不许。皆世子意也。王乃亲自入朝，求赦于帝。帝允其请，始释还家。王率世子往见之，景坚卧不起。王至榻前，景怒目大叫曰："你父子富贵如此，竟欲杀我耶！"王逊言谢之。常山郡君曰："老人去死已近，何忍煎迫

① 机务——机要事务。

② 不意——没有想到

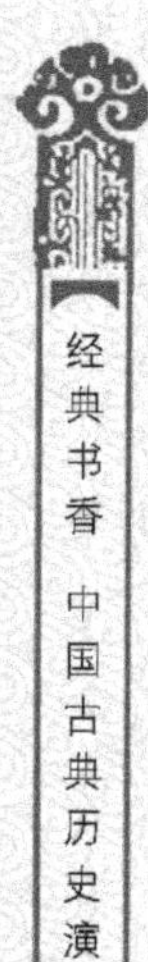

若此?”谓世子曰：“你年幼，未识当时贫贱苦况，然亦当知吾夫妇待尔父不薄。”因历数昔年抚养情节，执王手大恸。王亦泣曰：“非吾忘情，此乃国法，不可以私废公。不然，惧无以服天下。吾之星夜入朝者，亦为姊故耳。后日保使士贞不失其位，富贵如故也。”因置酒而别。自后景亦自敛，贵戚无不畏惧。世子造新宫一所，堂宇规模俨如太极殿。王责之曰：“汝年不小，何不知君臣之分?”着即速改，戒勿复尔。

一日，侍宴于华林园，百官皆集。酒半，帝命择朝臣忠贞者，劝之酒。王奏御史崔暹可劝，又请赐绢百匹，以旌其直。帝从之，赐酒三爵，崔暹跪而受饮，举朝以为荣。宴散，世子笑谓暹曰：“今日我尚羡卿，何况他人。”尚书郎宋游道为人刚直，不畏权势。王见之曰：“昔闻卿名，今识卿面。”奖谕久之。及还并州，百官送于紫陌宫，设宴饮酒，游道亦在座。王自举杯赐游道曰：“饮六浑手中酒者，大丈夫也。卿今饮之。”游道接饮，再拜谢，百官侧目。临行上马，又执其手曰：“我甚知朝贵大臣有忌卿忠直者，然卿莫虑也。纵世子有过，亦当直言。”于是请于帝，进游道为御史中丞。正是：

法加私戚朝纲肃，旌及孤忠士气伸。

但未识高王归北又有何事生出，且听下卷再讲。

第四十六回

玉仪陌路成婚媾　胜明誓愿嫁英雄

话说高王姬妾甚多，最爱者飞仙院郑夫人、东府尔朱后，皆已生子，宠荣无比。郑夫人有弟仲礼，年十八，以其姊故，亦加亲信，封为帐前都督，专掌王之弓箭，朝夕在旁。尔朱后弟文畅，亦因姊宠，官为仪同，常在王侧。又任祥子任胄亦年少俊秀，王以功臣子收为丞相司马。三人深相结纳①，皆恃王宠，骄纵不法。王入朝，三人留在晋阳，擅夺民财，所为益无状。王归，切责之，由是三人皆怨望，约党十八人，密谋弑王，立文畅为主。暗使人通书西魏，乞其救援。使方出境，被边将盘获，搜出私书，密以报王。王大骇，尚以娥与后故，不忍遽诛，含怒未发。三人亦知使者被获，事将败露，大为忧惧。时值岁暮，任胄谓文畅曰："事急矣，不行大事，将坐而待诛乎？"文畅曰："须速杀之。"相订明年正月望夜，王出东教场观打簇戏，三人皆随侍左右，乘间图之。正月朔日，王受贺毕，宴会文武三日。任胄有家客知之，密首其事。王匿其人，隐而不发。及元宵夜，王往东教场。场中灯火万炬，堆设锦帛三架，武士勇卒皆盛加装束，轮刀舞剑，驰骋上下。艺高者赐锦，其次赐帛。盖魏初京中即有此制，晋阳制同列国，故有此会。观者人山人海，举国若狂。时

---

① 结纳——结交。

世子亦在晋阳贺节，王以其事嘱之。及升场时，三人尚侍王侧。世子趋前，叱使下，搜其身边，皆有利刃藏于裤中，三人叩头请死。王命囚之。其党十八人一并拿下，皆监候取决。王罢会还宫。时妃与诸姬庆赏元宵，宴尚未罢，王遽反，皆大疑。俄而诸夫人退，王向娄妃语以故。妃大惊，谓王曰："仲礼、文畅罪实该死，但看其姊面，宜赐一生路。"王曰："不坐其罪足矣，何得宽宥本犯。"郑娥一闻此信，惊得魂不附体，次日求见王，王避不见；恳之娄妃，妃曰："大王法在必行，恐不能回也。"娥含泪而退。少顷王至，妃问："何以不见郑夫人？"王曰："见其貌，恐移吾情也。"尔朱后闻知此事，欲自见王，知王不见郑夫人亦必避己，忧惶无措，乃命高澈曰："尔去见父，若不能救尔舅之死，休来见吾。"澈不敢见王，求解于世子。世子领之入见，再拜乞哀。王曰："尔来何为？归语尔母，吾不能以私废法也。"澈曰："父王不赦舅罪，儿难见母面。"王曰："汝且居此可也。"世子亦为求宽，王不许，即日斩之。其党十八人亦伏诛。郑娥痛其弟死，惊悸成疾，王视之，执王手大恸。王慰之曰："汝莫忧，我终不令汝父无后也。"乃别求郑氏族子，嗣严祖后。尔朱后召澈归。澈不敢往，王与之同见后。后悲愤之色露于颜面，见澈怒曰："汝不能救舅氏之命，何面见我？"澈伏地不敢起。王不悦曰："澈，吾子也，何鼠伏若此？汝且去，我明日命汝为沧州刺史。"后下座，抱澈大哭曰："王前气死吾母，今杀吾弟，又使儿远我去耶？"王因赦尔朱文，略以慰之。任胄有妹名桃华，年十四，坐其兄罪没入歌姬院。王以其父任祥有功于国，命高洋纳之为侧室。越数日，世子将归朝，王命之曰："汝见帝有一事须要

奏知，近吐谷浑强盛，宜结婚姻以怀之。”澄入邺即以奏帝，帝于是纳吐谷浑之妹为容华夫人，边境得安。

且说魏自丧乱以来，诸王贵戚流离颠沛，遗失子女者甚多。高阳王元斌其父、祖皆死河阴之难，及迁都遭乱，有幼妹玉仪，他姬所生，年七岁，随母流落在途。其母为人掳去，与婢轻绡悲哭于路。孙腾带之回府，充为侍女，居其家者十年，追忆旧事，依稀记得。近知其兄元斌袭封王爵，富贵如故，向腾求归。腾不许，玉仪时时流涕。腾有妾贾氏见而怜之，乃于五更时纵之，令同轻绡自归认亲。时天色未明，二女逡巡道旁，莫知所投。恰值世子入朝，灯火引道而来。行至西御街，忽见二女携手相避。令人问之，言要往高阳王府，未识路径。世子曰：“此必逃奴。”吩咐从人带入府中究问。俄而，朝退归家，坐平乐堂，召二女来见。举目一看，幼者恍似静仪模样，心甚惊异。问其来历，对曰：“我主婢二人从孙太傅家来，要往高阳王府去。”因问：“高阳是尔何人?”对曰：“是妾兄也。”世子曰：“尔既是高阳王妹，曾识静仪否?”曰：“是妾姊也。”因泣诉落难本末，言词凄婉，娇弱可怜。又是静仪之妹，世子不胜欣喜，问：“何名?”曰：“玉仪，婢名轻绡。”世子曰：“尔且住我府中，待我与尔兄说明，教他来认便了。”便引其主婢安歇于月堂。堂在平乐堂东，其庭遍植桂树，养白兔于下，仿佛蟾宫景象，故堂以月名。内有寝室三间，罗帏绣幕、象枕牙床无不毕具。命侍女先送香汤，令其沐浴。世子潜往窥之，见体白如雪，喜出望外。浴罢，易以锦衣绣裳，妆束一新，容颜无异静仪，而娇柔更甚。是夕遂同衾枕，以为天赐良缘，如获至宝。轻绡亦有厚赐。次日，元公主闻之，谓世子曰："此孙家逃婢也，路柳墙花，何认为金枝玉叶?"世子大愠，思欲贵之以塞其口，乃邀高阳王至府，令玉仪出见，细诉情由，拜认兄妹。遂请于帝，封为琅琊公主，与正室不分尊卑，各居一院。崔季舒常为世子求丽人，未得。世子谓之曰："卿一向为吾选色，不若吾自得佳丽也。"季舒请见，誉不绝口。其侄崔暹谓宫臣曰："叔父谄佞①大将军若此，可斩也。"盖暹素以刚正自居，世子借其威福弹劾大臣，颇降气待之。及纳玉仪，礼同正嫡，恐其入谏，数日内不复以欢颜相接。一日暹入见，坠一刺于前。问："是何物?"对曰："欲通刺于新娶公主。"世子大喜，把暹臂，入见玉仪，再拜而出。季舒闻之，曰："暹常为我佞，今其为佞乃甚于我。"人以为笑。今且按下不表。

话说贺拔胜以欢有逐君之罪，不肯为之下。及归长安，视泰行事不让于欢，心郁郁不乐。又邙山之役追欢几死，诸子在晋阳者皆被欢杀，悲愤成疾，于西魏大统十年五月卒，年四十三岁。帝甚伤悼，谥曰真献公。泰语人曰："诸将临阵对敌，神色皆动，唯贺拔公临阵如平常，真大勇也。今遽夭卒，失吾一良将矣。"为之惋惜者数日。

时蠕蠕与东魏通好，数侵边境，泰甚忧之。宇文深曰："蠕蠕贪，可以利动。闻其王有三女，长入我朝为后，次已有配，第三女曰胜明公主，年十八，才貌无双，最为国王所爱，尚未适人。今厚赂金帛，以明公长子求之，如得其允，则一心附我，贤于百万师远矣。"泰乃令侍中杨荐使蠕蠕国，送金帛无算。蠕蠕

① 谄佞——奉承讨好。

贪其币重，厚加款待。荐因盛称宇文长子之贤，求婚公主。国王大喜，欲允其请。适东魏亦有使至，国王拒不见。使者访得其故，乃是西魏请婚，国王已有允意，故欲拒绝东使。使者归报高王，王谓诸将曰："蠕蠕反复若此，何以永结其心？"陈元康曰："泰以求婚悦之，不若亦以世子请婚其女，足夺其计。"王从之，乃遣行台郎中杜弼使蠕蠕，请以世子结秦晋之好①，亦厚赂其左右。左右劝王许之，王意未决。入宫，秘问公主曰："今两国遣使求婚，女欲何适？"公主曰："儿非天下英雄不嫁。宇文长子固不足道，即高王世子名不及其父，亦非儿匹。当世英雄唯高王一人而已。"国王会其意，乃谓弼曰："吾女当嫁天下英雄，高世子不足以当之，若王自娶则可。"弼请复命，然后来聘。国王遂令弼进见公主。宫中玉阶宝殿、锦幔银屏，一女子据床而坐，头戴飞凤金冠，身披紫霞绣服，面若满月，眼若流星。两旁宫女百余，皆佩剑侍立。弼再拜而出，乃辞归，致蠕蠕之命于王。王不欲就，集群臣商议。群臣皆劝王结婚，谓可以得其兵力，图黑獭不难。倘使与西连结，二寇交侵，恐力不暇拒。王曰："娄内主乃吾贫贱结发，今若另娶，置内主于何地？"娄昭曰："内主素怀大计，若为国事而屈，当不以为嫌也。王如不安，何不召内主决之？"王乃请娄妃赴德阳堂，共议其事。妃曰："妾虽深处宫中，亦知蠕蠕地大兵强，为中国患，与东则东胜，与西则西胜，其情之向背，实系国之安危。今欲以女嫁王，永结邻好，诚国之幸也。奈何以妾故而欲拒之？且妾求一国之安，敢惜一己之屈耶？

---

① 秦晋之好——春秋时秦、晋两国国君好几代都是互通婚嫁。后泛称联姻为"秦晋之好"。

愿王勿疑，妾请退处别室，让正宫与居可也。”群臣皆顿首称贺。

王大悦，乃命杜弼为正使，慕容俨为副使，奉礼往聘。蠕蠕受聘后，即择日启程，遣其弟三王秃突佳，以兵三千护送公主至晋阳，嘱曰：“不见外甥，汝勿归也。”以珍珠十斛、良马百匹、骆驼二千头、车八百乘、舞女五十名为赠嫁之礼。公主临行请于父曰：“儿此去回国无期，欲留一物为信。儿有神箭二枝，宝藏在宫，期以婚嫁之日留一以奉父母。乞借殿前老柏以留此箭。”国王许之。侍婢呈上二箭，公主左手把弓，右手执箭，弓弦响处，正中柏树上。左右无不喝彩。公主跪告曰：“父王见箭如见儿面。”蠕蠕主曰：“儿去勿忧，吾自后一心助高郎也。”公主再拜而别。东魏武定三年八月，高王亲迎蠕蠕公主于下馆城。番军一到，遣使报之，三王谓公主曰：“前即下馆城，乃南朝交界之地。高王自来亲迎，仪仗将到，公主宜换南朝服饰与之相见。”公主曰：“我别父母未久，服不忍改。俟至晋阳，改换未迟也。”高王盛服以往，秃突佳接见，同入内帐与公主相见。公主拜，高王答拜。礼毕同坐。公主斟酒为敬，高王亦送筵宴来，摆下同饮。公主自饮其国中酒。宴罢，王出。先是王临行谓尔朱后曰：“我为国家大计，往娶蠕蠕女。闻此女颇勇略，娄妃不便相见，欲烦卿去一接，使知我宫中非无人才也。”后受命。行至木井城，知王已见过，离番营不远，便即身坐飞骑，腰悬弓箭，带领女兵百人，戎装来迎。直至番营与公主相见，致礼而还。于是两营相继进发。一日，胜明公主坐在马上，见一群飞雁，弯弓射之，雁随箭落，军士欢呼振地。尔朱后闻之，知公主射雁，笑曰：“番女亦有此技乎？”正行之间，亦见一雁飞来，随手取箭射之，一发而中，军士亦齐声喝彩。高王闻之，喜曰：“吾有此二妇已足克敌矣。”娄妃知蠕蠕女将至，退居凤仪堂，乃宫中深避处，语诸夫人曰：“数月之中不与卿等相见，卿等善事新主可也。”桐花心不服，曰：“吾侍娘娘，不侍她人，愿一同退处。”妃许之。高王至晋阳，便迎公主入宫，同拜花烛。深感娄妃之贤，潜往长跪谢之。妃曰：“妾为社稷屈，非为番女屈，王勿复尔也。”妃有诗曰：

结好强邻壮帝基，此身退位亦权宜。

英雄莫道无情甚，赐死秦州更阿谁①。

高王既娶蠕蠕女后，常宿其宫，诸夫人处概不一过。一日，高洋回北省亲，见蠕蠕女俨居正宫，其母反居别院，心甚怏怏，请于父曰：“母已退处，儿愿奉母入京，稍尽膝下之欢。”王曰：“尔母退避，事出权宜。我自有计，当不使终屈人下。此时未可行也。”但未识其计若何，且听下文分解。

① 阿谁——何人。

第四十七回

攻玉壁高王疾作　据河南侯景叛生

话说蠕蠕公主貌虽美丽，性甚严急，在宫总行蠕蠕礼数。王欲得其欢心，于诸夫人尽皆疏远，待之独厚。然以旧宠相违，颇怀不乐。又三王秃突佳朝夕入宫请见，意甚厌之。一日，与公主同游南宫，设宴锦香亭上，小饮盘桓，谓公主曰："此间宫院若何？"对曰："山色如画，亭台幽雅，风景绝佳，真小洞天也。"王曰："果如卿言。我宫中不及此地，吾与卿移居于此可乎？"公主曰："大王爱此，妾亦爱也。"遂召秃突佳谓曰："北府宫廷深远，人数众多。公主居内，不能与王叔常亲。今欲居此，王叔出入亦便。且王叔独居无耦，就于左院中娶一美妇作伴何如？"三王喜曰："公主居此最好，但恐大王车马往来不便耳。"王见二人皆允，是夜遂留宿南宫。次日，将宫中所有尽行迁来。过了几日，自至凤仪堂迎娄妃还宫。诸夫人处亦时时过去，心中遂绝牵挂。时交初夏，王在飞仙院与郑夫人宴饮，夜深方寝，偶犯风露，次日疾作。忙召太医调治，娄妃亲奉汤药，如是者半月。公主怪王不至，疑其见弃，或以病告，仍疑不信，大怀怨望。王闻其怒，不得已以步舆遮幔，扶病①而来。公主迎入，见王真病，疑怨始解，病亦渐愈。今且按下不表。

---

① 扶病——带病、抱病。

且说宇文泰见东魏与蠕蠕通好，日夜虑其来寇。以玉壁地连东界，为关西障蔽，因厚集兵力，命王思政守之。继欲迁思政为荆州刺史，苦于无人替代，乃召思政问曰："公往荆州，谁可代玉壁者?"思政曰："诸臣中唯晋州刺史韦孝宽，智勇兼备，忠义自矢。使守其地，必为国家汤城之固。当今人才无逾此者。"泰曰："吾亦久知其贤，今公保举，定属不谬。"乃使思政往荆州，孝宽镇玉壁。孝宽之任，简练材勇，广积刍粮，悉遵思政之旧。高王闻之，谓诸将曰："前日不得志于玉壁者，以思政善守耳。今易他人镇之，吾取之如拉朽矣。"段韶曰："王欲西征，不如直捣关中，攻其不备，无徒顿兵坚城之下。"王曰："不然。泰以玉壁为重镇，吾往攻之，西师必出，从而击之，蔑不胜矣。"诸将皆曰："善。"乃召高洋归镇并州。大发各郡人马，亲率诸将，往关西进发。

武定四年九月，兵至玉壁城。旌旗蔽野，金鼓震天，城中皆惧。孝宽安闭自若，或请济师于朝，孝宽曰："朝廷委我守此，以我能御敌也。今有城可守，有兵可战。敌至，当用计破之，奚事纷纷求救，以贻朝廷之忧?诸君但遵吾令，以静制之，不久贼自退矣，何畏之有?"乃下令坚守，不出一兵。高王停军城外，屡来挑战，城中寂然不应。乃四面攻击，昼夜不绝。孝宽亲到城上，随机拒敌。城中无水，汲于汾。高王令绝其水道，城中掘井以汲。又于城南筑土山，高出城上，令军士乘之而入。孝宽连夜筑楼，高出土山以御之。王使人谓之曰："尔虽筑楼至天，我当掘地取汝。"乃凿穿地道，用孤虚①法以攻之。孤虚者取日辰相

① 孤虚——术数用语。戊亥称以"孤"，辰巳称为"虚"。

克，黄帝战法，避孤击虚，故王用之。引兵攻西北，而掘地道于东南。孝宽曰："西北地形天险，非人力所能攻，彼不过虚张声势耳，当谨备东南。"乃掘长堑邀绝地道，选能战之士屯于堑上。外军穿地至堑，即擒杀之。又于堑下塞柴贮火，用皮排吹之，在地内者皆焦头烂额，东军死者千余人。高王大怒，造冲车攻城。车之所及，声如霹雳，城墙砖石碎落如雨，无不摧毁，守军皆恐。孝宽缝布为幔，随其所向张之，布既悬空，车不能坏。东军又作长竿，缚松麻于上，灌油加火烧布焚楼。孝宽作长钩，利其刃，火竿将至，以钩遥割之，松麻尽落。东军又于城之四面穿地二十道，中施梁柱，纵火烧之，柱折城崩。孝宽随崩处竖木栅捍之，敌不得入。城外尽攻击之术，而城中守御有余。孝宽又夺据土山，东军不能制。王乃使仓曹参军祖珽说之曰："君独守孤城，西方无救，恐不能全，杀身无益，何不降也？"孝宽报曰："我城池严固，兵食有余，攻者自劳，守者自逸，岂有旬日之间已须救援？特忧尔众有不返之危。孝宽关西男子，必不为降将军也。"珽复谓城中人曰："韦城主受彼荣禄，或可复尔，以外军民何事相随入汤火中？"又射募格于城中云："能斩城主降者，拜太尉，封开国公，赏帛万匹。"人拾之以献孝宽。孝宽手题书背，也射城外云："能斩高欢者，准此。"东魏苦攻五十余日，士卒死者七万余人，共为人冢。高王智力①俱困，且惭且愤，因而疾发。又夜有大星坠于营中，枥马皆鸣，士卒惊恐。王知势难复留，十一月庚子，解围去。宇文泰初闻玉壁被围，诸将咸请出师，泰曰；"有孝宽在，必能御之，无烦往救也，且欢严兵而来，以攻玉壁，

① 智力——才智与勇力。

谓吾师必出，欲逞其豕突，侥幸一胜耳。此意孝宽能料之，故被兵以来，绝不遣一介行人求救于朝，正欲守孤城以挫其锋也。”于是不发一兵。及东魏兵退，孝宽报捷，泰喜曰：“王思政可谓知人矣。”乃加孝宽为骠骑大将军、开府仪同三司。其余守城将士晋级有差。

方高王舆病班师，军中讹言孝宽以劲弩射杀高王。孝宽令众唱曰：“高欢竖子，亲犯玉壁。劲弩一发，凶身自殒。”于是遍传人口。高王卧病，不与诸将相见。军士又闻讹言，皆怀惊惧。王知之，便命停军一日，扶病起坐外帐，召大小将士进见，将士皆喜。又集诸贵臣于内帐，开乐设饮。酒酣，使斛律金唱敕勒歌，其歌曰：

敕勒川，阴山下，天似穹庐罩四野。

天苍苍，野茫茫，风吹草低见牛羊。

王自和之，欷歔流涕，左右皆为挥泪。又谓金等曰：“今吾病甚，欲召子惠来此代总军事，而邺中又乏人主持。吾尝与孝先论兵，此子殊有才略，朝中事吾委孝先主之何如？”金曰：“知臣莫若君，韶之才足当此任，愿王勿疑。”王乃令韶飞往晋阳，同高洋入邺，而换取高澄至军。澄闻召，以朝事悉托孝先，辞帝起行。方出府门，一异鸟飞来，小鸟从之者无数，向澄哀鸣。澄射之，鸟坠马前，视其状特异，众莫能识。皆曰：“此妖鸟也。”恶而弃之。不一日，遇见大军，世子进营，拜王于帐下。王曰：“汝来乎？”澄应曰：“唯。”又曰：“汝来天子知乎？”曰：“天子但知儿归晋阳，不知父王有病也。”王令权主军事，星夜回去。至晋阳，舆疾入府。娄妃及诸夫人见王病重，无不忧心。妃劝王息心静养，诸事皆委世子处分，王从之。

且说司徒侯景右足偏短，弓马非所长，而胸多谋算，智略过人。东魏诸将若高敖曹、彭乐等皆勇冠一时，景常轻之曰："此属皆如豕犬，亦何能为?"又常言于王曰："愿假精兵三万横行天下，要须济江缚取萧衍老公，以为太平寺主。"王壮之，以其才略出众，使将兵十万，专制河南，倚任若己之半体。景又常轻高澄，谓司马子如曰："高王在，吾不敢有异。一日无高王，吾不能与鲜卑小儿共事也。"子如掩其口曰："毋妄言。"澄微闻之，殊以为恨。及高王疾笃，乃诈为王书召之。先是景与王约曰："今握兵在远，人易为诈，所赐书背请加微点，以别情伪。"王许之。澄不知也。景得书，翻视背无点，疑有变，遂不肯行。又闻王有疾，乃拥兵自固，以观天下之势。澄亦无如之何①。一日，侍疾王侧，王熟视之，谓曰："我病汝固当忧，但汝面更有余忧何也?"澄未及对，王曰："岂非忧侯景反耶?"澄曰："然。"王曰："侯景为我布衣交，屡立大功，引处台令，专制河南十四年矣。尝有飞扬跋扈之志，顾我能蓄养，非汝所能驾驭也。今四方未定，我死之后，勿遽发哀，徐俟人心稍安，成丧未晚。库狄干鲜卑老公，斛律金敕勒老公，秉性遒直，终不负汝。可朱浑道元、刘丰生远来投我，必无异心。潘相乐本学道人，性和厚，汝兄弟当得其力。韩轨少戆，宜宽假②之。彭乐心腹难得，宜防护之。堪敌侯景者唯慕容绍宗，我故不贵之，以遗汝。他日景有变，可委绍宗讨之，必能平贼。"又曰："段孝先忠亮仁厚，智勇兼全，亲戚之中，唯有此子，军旅大事可共筹之。我恐临危之时不能细嘱，故先以语汝。"世子涕泣受命。继又叹曰："邙山之

---

① 无如之何——无可奈何，没有办法。

② 宽假——宽容、宽恕。

战，吾不用陈元康之言，留患遗汝，死不瞑目，悔何及哉!”次日，蠕蠕公主来北府探病。娄妃恐王心不安，出外接见平叙姊妹之礼，携手而入。时尔朱后、郑夫人皆在王所，一一相见。公主见王病重，不觉泣下沾襟。王谢之曰：“缘尽于此，我死，汝归本国可也。”公主曰：“身既归王，王虽死，我终守此，不忍言归也。”王对之流涕而已。武定五年正月朔，百官入贺，王力疾①御前殿，大会文武。忽日色惨淡无光，问：“何故?”左右报曰：“日蚀。”王临轩仰望，日蚀如钩，欲下阶拜不能矣，叹息回宫，病势日重。至初五日丙午，集娄妃、诸夫人、世子、兄弟等于床前，以后事相嘱。修遗表自陈不能灭贼，上负国恩为罪。又嘱娄妃曰：“诸夫人有子女者，异日各归子女就养；无子女者，随汝在宫终身。汝皆善视之，无负我托。”言毕遂卒，时年五十有二。合宫眷属无不伤心恸哭，唯岳夫人不哭，悄步回宫。世子遵遗命，秘不发丧，戒宫人勿泄。至夜，忽报岳夫人缢死宫中。妃及诸夫人共往视之，已珠沉玉碎②，莫不伤感。遂以礼殓之。后人有诗吊之云：

大星忽殒晋阳尘，粉黛三千滴泪新。

碧海青天谁作伴？相从只有岳夫人。

且说侯景料得欢病不起，又与高澄有隙，内不自安，遣人通款于泰，以河南地叛归西魏。颍川刺史司马世云与景素相结，闻景叛，遂以城附。又豫州刺史高元成、广州刺史暴显、襄州刺史李密，景皆诱而执之，尽并其地。继又遣军士二百，潜入西兖州，欲袭其城。刺史邢子才觉之，掩杀殆 尽，遂散檄于东方诸

① 力疾——尽力支撑病体。

② 珠沉玉碎——比喻女子殒亡。

州，使各为备。以景反状闻于朝，澄得报大惧，集群臣问计。诸将皆言侯景之叛祸由崔暹，请杀之以谢景，则景不反矣。澄欲从之，陈元康谏曰："今四海未清，纪纲粗定。若以数将在外，苟悦其心，枉杀无辜，亏废刑典，岂直上负天地，何以下安黎庶？臣以为暹即有罪，不可因事杀之。晁错①前事可以为鉴也。"澄以为然，乃遣司徒韩轨督率大兵以讨景，诸将皆受其节制。澄自景反，颇怀忧惧，留洋守邺，而召段韶归北，谓之曰："侯景外叛，我恐诸路有变，当出巡抚之，然后入朝。留守事一以相委。"韶再拜。又令陈元康代作高王教令数十余条，遍布内外。临行，执韶手泣曰："我亲戚中惟子可受腹心之寄。今以母弟相托，幸鉴此心，慎勿误我。"言讫，哽咽良久。韶亦洒泪曰："托殿下洪福，保无他也。"正是：

大厦内倾忧未已，强藩外叛祸方兴。

未识世子入朝之后能使内宁外安否，且俟下文细说。

① 晁错——西汉政论家。汉景帝时为御史大夫，主张削夺诸侯王国的封地。吴楚等七国叛乱，晁错为袁盎所构害，被杀。

第四十八回

用绍宗韩山大捷　克侯景涡水不流

话说侯景通款西魏，未见西魏发兵，闻东魏兵至，虑众寡不敌；又遣行台郎中丁和来纳款于梁，请举函谷以东、瑕丘以西、豫广等处十三州以附。梁主纳之，以景为大将军，封河南王，都督河南南北诸军事、大行台，承制，如邓禹故事。遣司州刺史羊鸦仁、兖州刺史桓和等将兵三万，前往悬瓠，运粮应接。及韩轨引大军来讨，军锋甚锐，景避之，退守城中。梁之援师不能即来，轨遂围之。景惧，复割东荆、北兖州、鲁阳、长社四城，赂西魏以求救。泰将援之，仆射于谨曰："景少习兵，奸诈难测，不如厚其爵位，以观其变，未可遣兵也。"左丞王悦亦言于泰曰："景之于欢，始敦①乡党之情，终定君臣之契。任居上将，位重台司。今欢初死，景遽外叛，盖所图甚大，终不为人下也。且彼既背德于高氏，宁肯尽节于我朝？今益之以势，援之以兵，窃恐朝廷贻笑将来也。"唯王思政上言："吾朝图河南久矣，若不因机进取，后悔何及？愿以荆州步骑一万，从鲁阳向阳翟，名为救之，可以得志。"泰从之。乃加景大将军兼尚书令，命太尉李弼、仪同赵贵将兵一万，前往颍川。景恐纳地西魏梁主责之，又使人奉启于梁，其略云：

王旅未接，死亡交急，遂求援关中，自救目前。臣既不安于

① 敦——诚心诚意。

高氏，岂能见容于宇文？但螫手解腕①，事不得已，本图为国，愿不赐咎。臣获其力，不容即弃。今以四州之地，为弭敌之资，已令宇文遣人入守。自豫州以东，齐海以西，见有之地尽归圣朝。悬瓠、项城、徐州、南兖事须迎纳，愿陛下速敕境上，各置重兵，与臣影响，不使差误。昧死以闻。

梁主见奏，下诏慰纳之。

且说韩轨围颍川，昼夜攻击不能下，闻西魏援兵将至，谓众将曰："西师之来，必皆坚利，我人马疲劳，未可与战，不如班师回朝，再图后举。"遂解围去。轨至邺，正值晋阳发高王之丧，布告内外。静帝集文武于东堂，举哀三日，锡②以殊礼，谥曰献武王。诏加高澄为大丞相、都督中外诸军事、大将军，袭封渤海王，守丧晋阳。封娄妃为渤海王大妃。命高洋暂摄军国之政。以新丧元辅，停兵不发。其时侯景见东军已退，赵贵、李弼兵至，扎营城外，又起反魏之心。设宴城中，欲邀弼与贵赴饮而执之，以夺其军。二将心疑不往，贵亦欲诱景入营而杀之。弼曰："河南尚未易取，杀景反为东魏去一祸也。况梁兵已在汝州，留此则必与战，徒伤士卒，于大计无益，不如去之。"遂还长安。景复乞兵于泰，泰使都督韦法保、贺兰愿德将兵助之，且召景入朝。景是时虽欲叛西而计未成，因厚抚法保等，冀为己用。往来诸军间，侍从绝少，军中名将皆身自造诣③，示无猜间。长史裴宽谓法保曰："侯景狡诈，必不肯应召入关，欲托款于公，恐未可深信。若伏兵斩之，此亦一时之功也。如其不尔，即应深为之防，

---

① 螫手解腕——比喻为了顾全大局而忍痛牺牲局部。
② 锡——赏赐。
③ 造诣——前往拜访。

不可信其诳诱，自贻后悔。”法保深然之，但不敢图景，自为备而已。王思政亦觉其诈，密召法保、愿德等还，分布诸军据景七州十二镇。景于是决意归梁，以书遗泰曰：“吾耻与高澄雁行①，安肯与大弟比肩？”泰大怒，乃以所授景之官爵回授王思政。秋七月庚申，梁将羊鸦仁入悬瓠，景复请兵，梁以贞阳侯萧渊明为都督，进兵围东魏彭城。俟得彭城，进与侯景犄角。癸卯，渊明军于韩山，去彭城十八里，断泗流，立堰以灌之。彭城守将王则婴城固守。澄闻梁围彭城，欲遣高岳、潘乐救之。陈元康曰：“乐缓于几变，不如慕容绍宗善用兵，且先王之命也。公但推赤心于斯人，彼必尽忠效命，贼何足忧？”时绍宗在外，澄欲召之，恐其惊叛。元康曰：“绍宗知臣特蒙顾爱，新使人来饷金。臣欲安其意，受之而厚答其书，保无异也。”澄乃以绍宗为东南道大行台，先解彭城之围，然后讨景。高岳、潘乐副之。

先是景闻韩轨来，曰：“啖猪肠儿何能为？”闻高岳来，曰：“兵精，人岂我敌哉？”及闻绍宗来，叩鞍有惧色，曰：“谁教鲜卑儿解遣绍宗来？若然，高王定未死耶？”冬十一月乙酉，绍宗率众十万据橐驼岘，梁侍中羊侃劝渊明曰：“魏兵远来，须乘其未定击之。”渊明不从。旦日，又劝出战，又不从。盖渊明本非将才，性又懦怯，特以梁主介弟任为上将，进战非其志也。侃见言不用，自领所部出屯堰上。绍宗至城下，引步骑万人进攻梁将郭凤营，矢下如雨。渊明方醉卧不能起，众皆袖手。偏将胡贵孙谓赵伯超曰：“吾曹此来，本欲何为？今乃遇敌而不战乎？”伯超不能对。贵孙怒，独率麾下与东魏战，斩首二百级。伯超拥众数

① 雁行——比喻兄弟。

千，谓其下曰："虏盛如此，与战必败，不如全军自固。"遂不发一矢。先是景戒梁人曰："逐北勿过二里。"绍宗将战，以南兵轻悍，恐其众不能支，一一引将卒谓之曰："我当佯退让吴儿使前，尔击其背。"其时东魏兵实已败走。梁人不用景言，乘胜深入。东魏以绍宗佯退之言为信，争掩击之，梁兵大败。贞阳侯及胡贵孙、赵伯超等皆为东魏所掳，失亡士卒数万。郭凤退保潼州，绍宗进攻之，凤弃城走。

捷闻，举朝相贺。澄乃使军司杜弼作檄移梁朝曰：

皇家垂统①，光配彼天，惟彼吴越，独阻声教。元首怀止戈②之心，上宰薄兵车之命。遂解縶南冠③，喻以好睦。虽嘉谋长策，爰自我始。罢战息民，彼获其利。侯景竖子，自生猜贰④。远托关、陇，依凭奸伪。逆主定君臣之分，伪相结兄弟之亲。岂曰无恩，终难成养。俄而易虑，亲寻干戈。衅暴恶盈，侧首无托。以金陵逋逃之薮，江南流寓之地，进图容身，诡言浮说，抑可知矣。而伪朝大小，幸灾忘义。主荒于上，臣蔽于下。连结奸徒，断绝邻好。征兵拓境，纵盗侵邦。盖物无定方，事无定势。或乘利而受害，或因得而更失。是以吴侵齐境，遂来勾践之师⑤；

---

① 垂统——皇位的承袭。

② 止戈——平息战争。

③ 解縶南冠——南冠：代指囚犯。縶：捆。

④ 猜贰——因怀疑而产生异心。

⑤ "吴侵齐境"句——春秋末年，吴国大败齐兵，与晋争霸，邻国越国君勾践乘虚兴兵报仇，遂灭吴国。

赵纳韩城，终有长平之役①。矧②乃鞭挞疲民，侵轶③徐部。筑垒拥川，舍舟徼利④。是以援枹秉麾⑤之将，拔拒投石⑥之士，含怒作色，如赴私仇。彼连营拥众，依山傍水，举螳螂之斧，被蛣蜣⑦之甲，当穷辙以待轮，坐积薪而候燎。及锋刃暂交，埃尘相接，已亡戟弃戈，土崩瓦解。掬指舟中，衿甲鼓下，同宗异姓，缧绁⑧相望。曲直既殊，强弱不等。获一人而失一国，见黄雀而忘深穽，诚智者所不为，仁人所不向也。矧侯景以鄙俚⑨之夫，遭风云⑩之会，位班三事，邑启万家。揣身量分，久当知足。而周章⑪向背，离披⑫不已。夫岂徒然，意亦可见。彼乃授以利器，诲以嫚藏。使之势得容奸，时堪乘便。今见南风不竞，天亡有征。老贼奸谋，将复作矣。然摧坚强者难为功，摧枯朽者易为力。计其人虽非孙吴猛将、燕赵精兵，犹是久涉行阵，曾习军

① “赵纳韩城”句——战国后期，秦军包围韩国，韩以地献于赵国，赵出兵救韩。后秦赵于长平（今山西高平）大战，赵军将领赵括被杀，四十万赵军也被秦俘虏而坑死。

② 矧（shěn）——况且。

③ 侵轶——侵犯袭击。

④ 徼利——谋利。

⑤ 援枹秉麾——击打战鼓、执持战旗。

⑥ 拔拒投石——古代军中的习武练功活动。拔距：比腕力。投石：犹言练武。

⑦ 蛣蜣（jiéqiāng）——虫名，即“蜣螂”，俗名“屎壳郎”。

⑧ 缧绁（léixiè）——捆绑犯人的绳索。此处作“囚犯”。

⑨ 鄙俚——粗俗、浅陋。

⑩ 风云——比喻难得的机会。

⑪ 周章——惊恐的样子。

⑫ 离披——零落、分散。

旅，岂同剽轻①之众，不比危脆②之师。拒此则作气不足，攻彼则为势有余。终恐尾大于身，踵粗于股，倔将不掉，狼戾难驯。呼之则反速而祸小，不征则叛迟而祸大。会应遥望廷尉，不肯为臣，自据淮南，亦欲为帝。但恐楚国亡猿，祸延林木，城门失火，殃及池鱼。横使江淮士子、荆扬人物，死亡矢石之下，夭折雾露之中。彼梁主操行无闻，轻险有素。射雀论功，荡舟称力。年既老矣，耄又及之。政散民流，礼崩乐坏。加以用舍乖方③，废立失所，矫情动俗，饰智惊愚。毒螫满怀，妄敦戒业。躁竞盈朒④，谬治清净。灾异降于上，怨讟⑤兴于下。人人厌苦，家家思乱。履霜有渐，坚冰且至⑥。传险躁之风俗，任轻薄之子孙。朋党路开，兵权在外。必将祸生骨肉，衅起腹心。强弩冲城，长戈指阙。徒探雀鷇⑦，无救府藏⑧之虚；空请熊蹯，讵延晷刻⑨之命。外崩中溃，今实其时。鹬蚌相持，我乘其敝。方使骏骑追风，精甲耀日，四七并列，百万为群。以转石之形，为破竹之势。当使钟山渡江，青盖入洛。荆棘生于建业之宫，麋鹿游于姑

① 剽轻——军队强悍轻锐。
② 危脆——危险脆弱。
③ 乖方——违背法度，失当。
④ 躁竞盈朒（lǜ）——比高下、争权位、争盈亏。
⑤ 怨讟（dú）——诽谤、埋怨的言语。
⑥ “履霜有渐”句——《易·坤》：“履霜坚冰至”，意思是行于霜上而知严寒冰冻将至，比喻防微杜渐，及早警惕。
⑦ 雀鷇（kǒu）——幼鸟。
⑧ 府藏——即腑脏。
⑨ 晷（guǐ）刻——晷，日影。指很短时间。

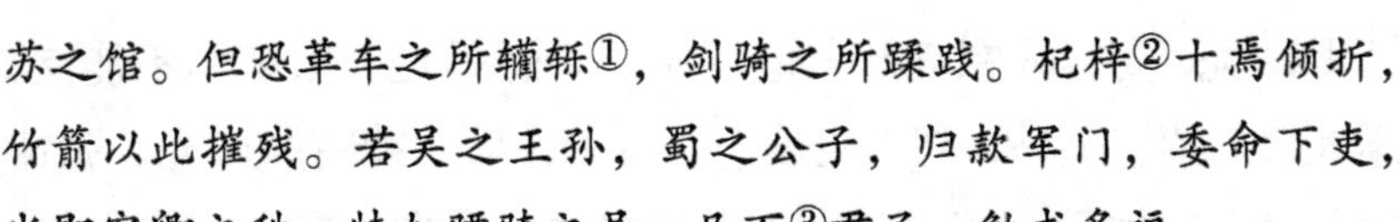
苏之馆。但恐革车之所辚轹①，剑骑之所蹂践。杞梓②十焉倾折，竹箭以此摧残。若吴之王孙，蜀之公子，归款军门，委命下吏，当即客卿之秩，特加骠骑之号。凡百③君子，勉求多福。

当时梁朝士大夫见此檄者，莫不竦然，以纳景为非，而梁主不悟。其后侯景扰乱江南，梁室祸败，皆如弼言。

先是侯景围谯城不下，退攻城父，拔之乃遣其党王伟诣建康，说梁主曰：“高澄幽废其主于金墉，杀诸元宗室六十余人。河北物情，俱念其主。邺中文武，无不离心。约臣进讨，请立元氏一人，以从人望。如此则陛下有继绝之名，臣景有立功之效。河之南北，为圣朝之郑、莒；国之士女，为大梁之臣妾。”梁主许之。时有太子舍人元贞，本魏宗室，仕于南朝。遂封之为咸阳王，资以兵力，使还北为帝，许以渡江后即位。一应仪卫，以乘舆之副给之。会韩山失律、渊明被掳乃止。萧渊明至邺，东魏帝升阊阖门受俘，让而释之，送至晋阳。澄见之，谓曰：“纳一人之叛，而失两国之欢，尔主何取焉？倘能复修旧好，当令汝还江南也。”渊明拜谢，澄厚待之。

且说绍宗既败梁师，移兵击景。当是时，景退保涡阳，辎重数千辆，马数千匹，士卒四万人，兵力尚强。绍宗乘胜势，鸣鼓长驱而前。士卒十万，旗甲鲜明，干戈森立，直逼贼营。景使人谓之曰：“公来送客耶，欲与我定雌雄耶?”绍宗曰：“欲与尔一决胜负。”遂顺风布阵。景以风逆，闭垒不战。绍宗戒军士曰：“侯景诡计多端，好乘人背，当谨备之。”俄而风止，景命军士披

① 辚轹（lìnlì）——车轮辗轧。

② 杞梓——原指两种木材名字，后指优秀的人才。

③ 凡百——总括一切。

短甲，执短刀，入东魏阵，但低视斫人胫马足。东魏军不能支，遂大败。绍宗坠马，刘丰生被伤，俱奔谯城。裨将斛律光、张恃显共尤绍宗怯敌。绍宗曰：“吾战多矣，未有如景之难克者也。君辈试犯之。”二人披甲将出，绍宗戒之曰：“即与争锋，勿渡涡水。”二人往，停 军对岸，光轻骑射之。景临涡水，谓光曰：“尔求勋而来，我惧死而去。我汝之父友，何为射我？汝岂不解不渡水南，慕容绍宗教汝耶？”光无以应。景使其徒田迁射光马，洞胸。光易马，隐于树间，迁又中树根，入于军。恃显违绍宗之言，恃勇深入，被景擒去。既而以无名下将，纵之使归。光走入谯城，绍宗曰：“今定何如而尤我也？”段韶闻绍宗败，引兵来助战，夹涡水而军，见敌营四旁荒草甚深，潜于上风纵火烧之。景率骑入水，出而却走，草尽湿，火不复然。人皆服景之急智。景与绍宗相持数月，其将司马世云来降，言景军食尽，将欲南走。绍宗乃以铁骑五千，分左右翼夹击景军。景临阵，诳其众曰：“汝辈家属皆为高澄所杀。”众信之，无不愤怒。绍宗遥呼曰：“汝辈家属并完，若归，官勋如旧。”披发向北为誓。景士卒皆北人，本不乐南渡，闻绍宗言，麾下暴显等各率所部降于绍宗。其众一时大溃，争赴涡水，涡水为之不流。景与数骑腹心走峡石，欲济淮。绍宗追之。正是：

胜来威力依山虎，败去仓皇漏网鱼。

但未识绍宗能擒景否，且俟后卷再述。

第四十九回

烹荀济群臣惕息　杖兰京逆党行凶

话说侯景大败之后，与心腹数骑自峡石济淮，重收散卒，得步骑八百人。南过小城，一人登陴①诟之曰："跛奴欲何为耶?"景怒，破其城，杀诟者而去。先是景叛后，澄曾以书谕之，语以家门无恙，若还，当以豫州刺史终其身，还其宠妻爱子。所部文武更不追摄。景使王伟复书曰：

今已引二邦，扬旌北讨，熊豹齐奋，克复中原，应自取之，何劳恩赐。昔王陵附汉，母在不归②；太上囚楚，乞羹自若。矧伊妻子，何足介意？脱谓诛之有益，欲止不能；杀之无损，徒复坑戮。家累在君，何关仆也？

澄得书大怒，誓必杀之。及景败逃，绍宗追之急。景前无援兵，后有追师，大惧，暗使人谓绍宗曰："高氏之重用公者，以我在故也。今日无我，明日岂有公耶？何不留我在，为公保有功名之地?"绍宗听了此言，暗思："我与高氏，本非心腹重臣。其用我者，不过为堪敌侯景之故。景若就擒，我复何用?"遂止而不追。景归梁，梁主以景为南豫州牧。是景日后乱梁张本③，今且按下

① 陴（pí）——城垛子。

② "王陵附汉"句——王陵，汉沛人，后属刘邦。项羽把他的母亲囚禁，命她招降王陵，她伏剑而死。

③ 张本——为了事情了发展而于预先所做的安排。

不表。

且说东魏平景之后，河南旧土皆复，唯王思政尚据颍川。澄乃命高岳、慕容绍宗、刘丰生三将引步骑十万攻之。兵至城下，思政命偃旗息鼓，示若无人者。岳等恃其强盛，四面攻击。思政挑选骁勇，骤然开门出战。东魏兵出于不意，遂败走。岳等更筑土山，昼夜攻之。思政随方拒守，乘间出师，夺其土山，置楼堞以助防守。岳等不能克。澄知颍川不下，益兵助之，道路相继，费资粮无数，而思政坚守如故。刘丰生建策曰："颍川城低，可以洧水灌之。既可阻援兵之路，城必崩颓。"岳与绍宗皆以为然。于是筑堰下流，洧水暴涨，水皆入城。东魏兵分休迭进。思政身当矢石，与士卒同劳苦。城中泉涌，悬釜而炊，下无叛志。泰知颍川危急，遣赵贵督东南诸州兵救之。奈长社以北皆为陂泽，一望无际，兵至水阻，不得前。东魏又使善射者乘大舰，临城射之。城垂陷，绍宗、丰生等以为必克。忽然东北尘起，风沙迷目，同入舰坐避之。俄而暴风至，舰缆尽断，飘船向城。城上人以长钩牵住其船，弓弩乱发。绍宗赴水溺死，丰生逃上土山，城上人亦射杀之。初术者言绍宗有水厄，故绍宗一生不乐水战，至是其言果验。高岳既失二将，志气沮丧，不敢复逼长社，以故相持不下。

先是孝武西迁，献武王自病逐君之丑，事帝曲尽臣礼。事无大小，必以启闻。每侍宴，俯伏上寿。帝设法会①，乘辇行香，执香炉步从。鞠躬屏气，承望颜色。故其下奉帝，莫敢不恭。及澄当国，倨慢顿甚。使崔季舒朝夕伺帝，察其动静，纤悉以告。

---

① 法会——说法或举行供佛，供僧及布施等佛教活动的集会。

常与季舒书曰：“痴人比复何似①？痴势小差，未宜用心检校。”痴人，谓帝也。帝美容仪，膂力过人，能拔石狮子逾宫墙，射无不中，好文学，从容温雅，人以为有孝文风烈，以故澄深忌之。帝尝与澄猎于邺东，弯弓乘马，驰逐如飞，澄见之不乐。都督乌那罗从后呼曰；“天子勿走马，大将军嗔。”帝为之揽辔而还。又澄尝侍帝宴饮，绝无君臣之分。酒酣，举大觞属帝曰：“臣澄劝陛下酒。”帝不胜愤曰：“自古无不亡之国，朕亦何用此生为！”澄怒曰：“朕！朕！狗脚朕！”使季舒殴帝。季舒见其醉，以身蔽之，假挥三拳。澄遂奋衣②而出。次日，酒醒，亦自悔，乃使季舒入宫谢帝曰：“臣澄醉后，情志昏迷，误犯陛下，乞恕不恭之罪。”帝曰：“朕亦大醉，几忘之矣。”赐季舒绢百匹。然帝不堪忧辱，每咏谢灵运诗曰：

韩亡子房奋③，秦帝鲁连耻④。

本自江海人，忠义动君子。

时有常侍侍讲荀济，少居江东，博学能文，与梁武有布衣之旧。知梁武素有大志，负气不服，常谓人曰：“会于盾鼻上磨墨檄之。”梁武闻而不平。及梁武即位，又屡犯其怒，欲集朝众斩之，济遂逃归东魏。澄重其才，欲用济为侍读。献武王曰：“我爱济，欲全之，故不用济。济入宫必败。”澄固请，乃许之。至是，知帝恶澄，密奏于帝曰：“昔献武王欢有大功于国，未尝失

---

① “痴人”句——皇帝比以前如何？痴癫情况好些了没？你可得给我用心盯着。

② 奋衣——振衣去尘。

③ “韩亡子房奋”句——子房，汉张良，字子房，为战国时韩国人。

④ “秦帝鲁连耻”句——鲁连，鲁仲连，战国时齐国人，曾以利害进说赵、魏大臣，反对、阻止尊秦昭王为帝。

礼于陛下。今嗣王悖乱已极，陛下异日必有非常之祸。宜早除之，以杜后患。”帝曰：“深知成祸，其如[1]彼何？”济曰：“廷臣怀忠义者不少，特未知帝意耳。臣请为陛下图之。”乃密与礼部郎中元瑾、长秋卿刘思逸、华山王大器、淮南王宣洪、济北王徽等歃血定盟，共扶帝室。帝从之。然欲纳兵，恐招耳目，乃定计于宫中假作土山，开地道通北城外，纳武士于宫，诱澄入而诛之。及掘至于秋门，守门者闻地下有响声，以告澄。澄曰：“此无他，必天子与小人作孽，掘地道以纳其党耳。”遂勒兵入宫，见帝不拜而坐，曰：“陛下何意反？臣父子功存社稷，何负陛下？此必左右妃嫔等所为。”欲杀胡夫人及李贵嫔。帝正色曰：“自古唯闻臣反君，不闻君反臣。王自欲反，何乃责我？我杀王则社稷安，不杀则灭亡无日。我身且不暇惜，况于妃嫔？必欲弑逆，缓速在王。”澄自知理屈，乃下床叩头，大啼谢罪。帝乃召后出见，为之劝解。留宴于九和宫，命胡、李二夫人进酒，宫女奏乐相与酣饮，夜久乃出。居三日，访知济等所为，乃幽帝于含章堂，执济等诸臣，将烹之。侍中杨遵彦谓济曰：“衰暮之年，何苦复尔。”济曰：“壮气在耳。”因书曰：自伤年纪摧颓，功名不立，故欲挟天子诛权臣，事既不克，粉骨奚辞？澄爱其才，尚欲全之，亲问济曰：“荀公何为反？”济曰：“奉诏诛高澄，何谓反耶？”澄大怒，挥使执去，与诸人同烹于市。澄疑温子升知其谋，欲杀之。方使之作献武王碑，碑成，然后收之于狱，绝其食，食弊襦[2]而死，弃尸路隅，没其家口。长史宋游道收葬之，人皆为游道危。澄不之罪，谓之曰：“向疑卿僻于朋党，今乃知卿真重

① 其如——无奈，怎奈。
② 弊襦（rú）——破短袄。

故旧、尚节义之人，吾不汝责也。”事平，复请帝临朝。

澄隐有受禅之志，将佐议加殊礼。陈元康曰：“王自辅政以来，未有殊功。虽破侯景，本非外贼。今颍川垂陷，反失二将，以致城久不下，愿王自以为功。”澄从之。武定七年五月戊寅，自将步骑十万攻长社。亲临筑堰，堰三决。澄怒，推负土者及囊，并塞之，堰成。水势益大。城中无盐，人病挛肿，死者十八九。六月，大风从西北起，吹水入城，城遂坏。澄下令城中曰：“有能生致王大将军者，封万户侯。若大将军身有损伤，亲近左右皆斩。”思政帅众据土山，告之曰：“吾力屈计穷，惟当以死谢国。”因仰天大哭，西向再拜，欲自刎。都督骆训止之曰：“公常训吾等：‘赍①吾头出降，非但得富贵，亦完一城性命。’今高相既有此令，公独不哀士卒之死乎？”左右遂共持之，不得引决。澄遣赵彦深就土山，遗以白羽扇，执手申意，牵之以下。见澄，澄不令拜，释而礼之。思政初入颍川，将士八千人，及城陷，才三千人，卒无叛者。澄悉配其将卒于远方，改颍川为郑州，礼遇思政甚重。祭酒卢潜曰：“思政不能死节，何足为重？”澄谓左右曰：“我有卢潜，乃是更得一王思政。”初，思政屯襄阳，欲以长社为行台治所，浙州刺史崔猷以书止之曰：

襄城控带②京洛，实当今之要地。如有动静，易相应接。颍川既邻寇境，又无山川之固，贼若潜来，径至城下。莫若顿兵③襄城，为行台之所，颍川置州，遣良将镇守，则表里胶固，人心易安。纵有不虞，岂能为患。

---

① 赍（jī）——拿东西送给别人。

② 控带——萦带。

③ 顿兵——犹屯兵，聚集军队。

思政得书，不以为然，乃将己与猷两说具以启泰。泰令依猷策。思政固请从己说，且约贼兵水攻期年，陆攻三年之内，朝廷不烦赴救。泰乃从之。及长社不守，泰深悔失策。又以前所据东魏诸城道路阻绝，皆令拔军西归。澄乃奏凯而还。静帝以澄克复颍川，进澄位相国，封齐王，加殊礼，入朝不趋，赞拜不名①。加食邑十五万户。澄欲不让，陈元康以为未可，澄乃辞爵位、殊礼。

有济阴王晖业，好读书，澄问之曰："比读何书？"对曰："数寻伊、霍②之传，不读曹、马③之书。"澄默然。又以其弟太原公洋次长，意常忌之。洋深自晦匿，言不出口，每事贬退，与澄言无不顺从。洋为其夫人李氏营服玩，小佳，澄辄夺取之。夫人或恚未与，洋笑曰："此物犹应可求，兄须何容吝惜。"澄或愧不取，洋即受之，亦无饰让。每退朝，辄闭阁静坐，虽对妻子，能竟日不言。时或袒跣跳跃，夫人问其故，洋曰："为尔漫戏。"其实盖欲习劳也。吴人有瞽者，能审人音以别贵贱。澄召而试之，历试诸人皆验。闻刘桃枝声，曰："此应属人为奴，后乃富贵。"闻赵道德声，亦曰："此人奴也，其后富贵却不小。"闻太原公声，惊曰："此当作人中之主。"及闻文襄王声，默不语。崔暹私捏其手，乃曰："亦人主也。"澄笑曰："吾家奴尚极富贵，而况我乎？"既退，暹私问之，瞽者曰："大王祸不远矣，焉有大

---

① 赞拜不名——臣子朝拜帝王时，赞礼官不直呼其姓。

② 伊、霍——商代伊尹和汉霍光。伊尹放太甲于桐，霍光废昌邑王，立宣帝。后常并称，泛指能左右朝政的重臣。

③ 曹、马——指三国时曹操及司马懿等。曹氏篡汉，司马氏篡魏，故王晖业言不谈关于他们之书。

福?”其时，太史令亦密启帝云：“臣夜观天象，西垣①杀气甚重，宰辅星微暗失位。主应大将军身上，祸变不出一月也。”帝曰：“尔不知李业兴之死乎，何乃蹈其辙?”盖业兴曾向澄言：“秋间主有大凶。”澄恶其不利而杀之。故帝引以为戒。

却说澄有膳奴兰京，系梁朝徐州刺史兰钦之子。韩山之役梁兵大败，东魏俘梁士卒万人。京从其父在军，亦被擒获。澄配为膳奴，使之供进食之役。后魏与梁通好，兰钦求赎其子，澄不许。京亦屡向澄诉，求赐放还。澄大怒，杖之四十，曰：“再诉则杀汝!”京怨恨切齿，密结其党为乱。先是澄在邺，居北城东柏堂，嬖琅琊公主，欲其往来无间，侍卫者常遣出外，防御甚疏。一日，澄召常侍陈元康、侍中杨遵彦、侍郎崔季舒共集东柏堂，谋受魏禅，署拟百官。兰京进食，澄却之，谓诸人曰：“昨夜梦此奴斫我，当急杀之。”元康曰：“此奴耳，何敢为患?”京立阶下闻之，遂与其党六人置刀盘下，冒言进食。澄怒曰：“我未索食，何为遽来?”京挥刀曰：“来杀汝!”贼党尽入。是时室中唯元康、遵彦、季舒三人侍侧，皆手无寸刃。左右侍卫防其泄漏机密，悉屏在外，非有命召不得入。澄见贼至，卒惶迫，以手格之，伤臂，入于床下。贼去床，澄无所匿。元康以身蔽之，与贼争刀，被伤肠出，倒于地。贼遂弑澄。遵彦乘间逸出，仆于户外，失一靴，不及拾而走。季舒狼狈走出，不知所为，奔往厕中匿。库直王纮、纥奚舍乐闻室中有变，冒刃而进。舍乐斗死，王纮仅以身免。众见贼势汹汹，皆莫敢前，飞报内宫，言王被害，众皆失色。元宫主一闻此信，惊得魂胆俱丧。时太原公洋居城

① 西垣——星名。

东，方退朝，闻之颜色不变，指麾部分入讨群贼，擒兰京等斩而脔之，徐出言曰："奴反，大将军被伤，无大苦也。"入见元公主。公主方抚膺大哭，洋慰之曰："大将军被害，事出非常。宜暂安人心，勿遽发丧也。"于是诸夫人皆暗暗悲哀。元康自知伤重必死，手书辞母，又口占①数百言，使参军祖珽代书，以陈便宜。言毕而卒。洋殡之第中，诈云出使。虚除元康中书令，以王纮领左右都督。又假为澄奏请立皇太子，大赦天下。除心腹数臣外，皆不知澄之死也。越数日，澄死信渐露，帝闻之，窃谓左右曰："大将军死，似是天意，威权当复归帝室矣。"左右相庆，咸呼万岁。但未识人心如此，天意若何，且听下文分解。

① 口占——口中念出而不用笔墨起草的诗文。

第五十回

陈符命群臣劝进　移魏祚新主登基

话说帝闻澄被害，私心窃喜，因念："权门无主，其党必离。虽有高洋，素称懦弱，不足为虑。群臣必来请命发丧，即可权归一己。"哪知洋惧人心惶惑，秘不发丧，托言养病在宫，命己代摄军政。又思重兵尽在并州，须早如①晋阳以固根本。乃夜召都护唐邕，部分将士镇遏四方。邕领命支配各军，斯须而毕。洋深重之。乃留高岳、高隆之、司马子如、杨愔四人守邺。时子如已复任在朝，职为仪同三司也。其余勋贵皆以自随。临行，谒帝于昭阳殿，从甲士八千人，登阶者二百人，皆攘袂扣刃，若对严敌。洋立数十步外，令主者传奏曰："臣有家事，将诣晋阳。"再拜而出。帝失色，目送之曰："此人又似不相容者，朕不知死在何日。"洋至并州，入见太妃，泣诉兄变。娄妃大惊，凄然下泪曰："此儿聪明晓事而不受训，宜②其有祸。然年未三十，遽弃我而逝，目前事业更靠何人?"言讫，悲不自胜。洋与左右皆为掩泪。时宋夫人与其子孝瑜依太妃住晋阳，闻澄遇害，母子大哭。孝瑜年十三，有至性，请奔父丧，洋许之，遂单骑至京。洋为太妃曰："兄暴亡，儿威名未立，恐人心有变，丧未敢发，尚祈秘之。"妃曰："今后大事任凭儿主，但

① 如——到

② 宜——应当。

期无负父兄之业。”洋再拜而出，遍召晋阳旧臣宿将，大会于德阳堂。旧臣素轻洋，见之不甚畏敬。洋是日英彩焕发，言词敏决，皆大惊。澄政令有不便者，洋悉改之。由是内外悦服，人尽畏而敬之矣。武定八年正月，距文襄之死已有数月，洋见威令已行，大权在握，乃遣使告哀于帝，请发澄丧。帝举哀于太极东堂，遣百官致祭，诏赠绫罗八百段，治丧一如献武王礼，谥曰文襄王。洋亦发丧于晋阳，令宫中、府中无不成服。朝廷议加洋爵以摄大政，乃进洋位丞相、都督中外诸军、录尚书事、大行台、齐郡王。诏使至，洋拜受，百官皆贺。二月甲申，葬文襄于献武王之墓。三月庚申，又进洋爵为齐王，食邑五郡。盖洋欲得其权，故令朝廷屡增爵位也。

一夜睡去，梦有人将朱笔点其额上，意忽忽不乐，谓管记王昙首曰：“我梦额上被点，得毋我身将黜退乎?”昙首拜贺曰：“此王大吉之兆也。‘王’字头上加了一点，便是‘主’字。王不日当居九五之尊，为人中主矣。”洋曰：“勿妄谈。”口虽拒之，而心窃自喜。又闻外间讹言上党出圣人，欲迁上党郡以应之。长史张思进曰：“王毋庸也。大王生于西宫，宫本上党坊基也，岂非上党出圣人之应乎？且童谣曰：‘一束藁①，两头燃，河边羖䍽②飞上天。’‘藁’字燃去两头则为‘高’字。羖䍽，羊也。河边，水也。水与羊，正大王之名。飞上天，是升为天子也。大王为帝奚疑?”洋喜益自负。光禄大夫徐之才、北平太守宋景业皆

① 藁（gǎo）——香草。
② 羖䍽（gǔlì）——黑羊

善图谶，共占天象，以为太岁①在午，当有革命，欲劝受禅而不敢言。时洋有宠臣高德政，言无不从。二人因德政以白洋，洋召二人问之。皆曰："天命已定，愿王勿违。"洋然之，进告太妃。太妃曰："汝父如龙，汝兄如虎，犹以天位不可妄据，终身北面。汝独何人，欲行舜禹之事乎？此皆诸官陷汝于不义，切勿信之。"洋唯唯而出，以太妃之言告之才。之才曰："正为不及父兄，故宜早升尊位耳。天与不取，反受其咎。王何失此机会？且谶文云：'羊饮盟津，角挂天津。'盟津、天津，皆水也。羊饮水，王之名也。角挂天，升大位也。近闻阳平郡皇驿旁有土一方，四面环水，常见群羊数百卧立其上，近而视之，却又不见。事与谶合。人事如此，天意可知。王岂可违天而受不祥？"洋未决。因念先王旧臣若尉景、娄昭、段荣等皆已物故②，唯斛律金在肆州，司马子如在邺，此大事必须与之商酌。因召诣晋阳，共议于太妃前，二人固言不可，且以宋景业首陈符命请杀之。太妃曰："我儿懦直，必无此心。高德政辈贪富贵、乐祸乱教之耳。"指金与子如曰："二卿之言实老成之见，儿宜从之。"洋不敢违，其事乃止。然自是忽忽不乐，常抚膺浩叹。又之才、景业等曰："陈阴阳杂占，劝其宜早受命。"洋使术士李密卜之，遇大横，曰："此汉文之卦也，吉孰利焉。"又使景业筮之，遇乾之鼎，曰："乾，君也。鼎，五月卦也。宜以仲夏受禅。"或曰："五月不可入官，犯之终于其位。"景业曰："王为天子，无复下期，岂得不终于其位乎？"洋大悦，谓之才曰："吾志决矣，但

---

① 太岁——古代迷信，认为太岁之神在地，与天上岁星（木星）相对而行，因此兴建工程等要避开太岁的方位，否则不吉。

② 物故——亡故，去世。

诸勋贵议论不一，必先有以折服其说，方可行事。吾今者集诸臣于德阳堂，卿为我明辩而晓谕之，使之无阻吾事。”之才领命。俄而，百官皆集，共议可否。洋从屏后窃听。之才进言曰：“今受魏禅，正上合天心，下从民望，舜禹之事复见于今矣。诸公卿不思助成大业，而反有异议，何哉?”司马子如曰：“子言诚是，但王受禅有三不可。王去文襄之亡未久，遽行大事，似以兄死为幸，有损王德，其不可一也。天子依王为腹心，开诚相待，不若孝庄猜嫌疑贰，致生变更，其不可二也。王秉政日浅，未有奇功大勋威服四方，其不可三也。吾以为守政居藩，自享无穷之福。倘贪天位，万一蹉跌，后悔何及。”之才曰：“不然，昔文襄本欲为帝，而中道暴亡，以致大业终亏。王若为帝，是偿文襄未竟之志，光大前业，垂裕后昆[①]。正先王有子，文襄有弟也，何嫌而不为？至帝虽安静无为，然政由宁氏，祭则寡人，究非本怀，荀济之事已可鉴矣。王不正位，人易生心，谚云‘骑虎之势难下’，正王今日之谓也。他若秉政以来，虽大功未建，而献武、文襄之功，皆王功也。天下孰不怀德而畏威？昔孟德未帝而丕帝[②]，师昭未帝而炎帝[③]，古今一辙，王何不可为帝?”子如无以应。长史杜弼曰：“关西国之劲敌，常有并吞山东之志，特以无衅，故闭关不出。若受魏禅，彼之师出有名，一旦挟天子称义兵，长驱东向，将何以待之？不若存魏社稷，整率文武，立功廊庙，剪除外寇。俟四海一统，然后受禅未迟。不然，纵令内难不作，其如外患何?”之才曰：“今与

---

① 后昆——后裔。

② “孟德”句——孟德，三国曹操字。曹操未称帝而其子曹丕称帝。

③ “师昭”句——三国司马师与司马昭未称帝而其子侄司马炎称帝。

王争天下者，只有宇文黑獭。但彼亦欲为王所为，纵令倔强，不过随我称帝耳。何畏之有？”弼语塞而退。洋出厉声曰：“吾闻‘筑室道谋，三年不成’，凡举大事，得一二人同心足矣。之才之言不可易也。”众人见王心已决，无敢异言。

洋遂入告太妃曰：“内外皆欲尊儿为帝，今将诣邺，暂违膝下。”太妃曰：“儿为帝固好，但天位难保，须好为之，帝系故君，后系汝妹，宜安置善地，勿失尊崇之典。”洋曰：“母勿忧，儿当待以杞、宋之礼①。”再拜而出。乃发晋阳，拥兵东向，令高德政预录所需事条以进，又令陈山提赍所录事条，手书一道，驰驿以往，密付杨愔。愔得书，知事不可缓，即召太常卿邢邵等议撰禅位仪注，秘书监魏收草九锡②、禅让、劝进诸文。凡魏室诸王皆引入北宫，闭之于东斋。五月甲寅，进洋位相国，总百揆③，备九锡。洋行至前亭，所乘马忽倒，意甚恶之。至平都城，不肯复进，欲还晋阳。仓丞李集曰：“王来为何事而欲还耶？非所以副臣民仰望之心也。”德政、之才亦苦谏曰：“山提先去，机关已泄，王今日岂可中止？”乃命司马子如、杜弼驰驿续入，观察物情。子如等至邺，在朝文武知事势已成，禅位在即，莫不俯首顺从。子如密以报洋，洋乃至邺。入居旧邸，百官皆来晋谒。洋辄下令，召人夫赍筑具，集于城南。高隆之请曰：“用此何为？”洋作色曰：“我自有事，君何问焉？岂欲族灭耶？”隆之惧而退。于

---

① 杞、宋之礼——杞，国名，夏禹的后代；宋，国名，商汤的后代。《论语·八佾》：“子曰：‘夏礼，吾能言之，杞不足征也；殷礼，吾能言之，宋不足征也。”此指上古之礼。

② 九锡——传说古代帝王尊礼大臣所给的九种器物。魏晋南北朝掌政大臣夺取政权，建立新王朝前，都加九锡。

③ 百揆——百度，即总部政务。

是作圆丘，备法物，一日一夜，无不毕具。

丙辰，司空潘乐、侍中张亮、黄门郎赵彦深等，求入宫启事，帝于昭阳殿见之。亮曰："五行递运，有始有终。齐王圣德钦明，万方归仰。愿陛下远法尧、舜，以让有德。"帝敛容曰："此事推挹①已久，谨当逊避。"又曰："若尔，须作制书。"中书郎崔秫、裴让之曰："制已作讫。"便向袖中取出，使侍中杨愔进之。帝提笔便署，因问愔曰："居朕何所？"愔曰："北城别有馆宇，帝可居之。"帝乃走下御坐，步就东廊，咏范蔚宗②《后汉书》赞曰："献生不辰，身播国屯。终我四百，永作虞宾③。"有司请帝起发，帝曰："古人念遗簪弊履，朕欲与六宫一别可乎？"高隆之曰："今日天下，犹陛下之天下，况在六宫。"帝步入与妃嫔已下别，举宫皆哭。赵国李妃诵陈思王④诗曰："王其爱玉体，俱享黄发期。"帝挥泪谢之。直长赵道德以故犊车一乘候于东阁，帝出登车，道德超上抱之。帝叱之曰："朕自畏天顺人，甘让大位，何物家奴敢逼人如此？"道德犹不下。出云龙门，王公百僚拜辞，独高隆之洒泣不已。遂入北城，居司马子如南宅，遣太尉、彭城王韶等奉玺绶禅位于齐。初帝出宫时，以后为高王之女，不见而出。后闻之，大哭曰："帝既退居北城，我何忍独处大内？"屏⑤去仪卫，只带宫女数人来至帝所。帝见之，下泪曰："卿来何为者？尔家正当隆盛，富贵自在，何恋此败亡之身为？"

---

① 推挹——推重尊敬。
② 范蔚宗——南朝宋范晔，字蔚宗。
③ 虞宾——古史称舜对待尧的儿子丹朱以宾礼，因称丹朱为虞宾。
④ 陈思王——即曹植。
⑤ 屏——除去。

后曰："妾侍陛下久矣，生死愿在一处，敢以盛衰易节？"于是相抱而哭，守帝不去。

五月戊午，群臣劝进。洋即帝位于南郊，是为显祖文宣皇帝，国号大齐，改元天保，大赦。是日，邺下获一赤雀，献于坛上。文宣大喜，以为受命之瑞。中外百官进秩有差，自魏敬宗以来，群臣绝禄，至是始复给之。已未，封帝为中山王，待以不臣①之礼。立九庙，皆冠以帝号。追尊献武王为献武皇帝，庙号高祖；文襄王为文襄皇帝，庙号世宗。凡魏朝所封爵号，皆降一等，本宣力于齐，为齐佐命②者不在降限。辛酉，册尊太妃娄氏为皇太后。命太保元修伯持节往晋阳，进玺绶册书于太后。太后受册，乃服韦衣③，升殿受贺。诸夫人皆行九叩礼。尔朱后平素与太后为敌体，至是亦跪拜如仪。六月，迎太后至邺，一应嫔妃眷属皆从行。齐主朝太后于崇训宫。太后曰："吾儿素有大志，今果然。然当念先帝当日苦争力战、经营创造之难，勿以得天下为易也。"齐主再拜受命。癸未，封弟浚为永安王，淹为平阳王，潋为彭城王，演为常山王，涣为上党王，淯为襄城王，湛为长广王，湝为任城王，湜为高阳王，济为博陵王，凝为华山王，润为冯翊王，洽为汉阳王，共十三人。又封宗室高岳等十人、功臣厍狄干等七人皆为王。尉景子尉灿官为仪同三司，性粗暴，见厍狄干等封王，其父不加王爵，大怒，十余日不朝。遣使召之，闭门不纳，隔门谓使者曰："天子不封灿父为王，灿何以生为？"使者回奏，帝鉴其直，乃亦封景为王。将立后，集群臣议之。盖帝为

① 不臣——不把（他）当作臣子对待。

② 佐命——辅助天子创业。

③ 韦衣——皮服。

太原公时娶长史李希宗女，伉俪相得，后又纳段韶之妹，更加宠爱。隆之、德政欲结勋贵之欢，以李妃汉人不可为天下母，请立段妃。帝不从，立李氏为后，其子殷为皇太子。赦畿内及并州死犯，余州死罪减等。是时政令一新，臣民悦服。惟虑关西有警，严设重兵以待。但未识泰闻东魏之亡，能兴师讨罪否，且听下文分解。

第五十一回

宇文后立节捐躯　安定公临危托后

话说宇文泰自颍川失守，师劳无功，只得退守关中，待时而动。一日闻报高澄身丧，以为天败高氏，不胜大喜。及闻高洋篡位，谓左右曰："高洋一竖子耳，料其才能不及父兄远甚，而敢行僭逆，是自取灭亡也。吾以大军临之，声罪致讨，何忧不克哉！"乃从同州至京，入见帝曰："高洋废君篡国，大逆无道。臣请兴兵讨之，以诛逆臣之罪，以复一统之模。"帝从其请。乃召秦州刺史宇文导为大将军，都督二十三州诸军事，镇守长安。泰自引军十万，上将千员，往关东进发。边臣飞报至邺，声言西兵百万，飞渡黄河，不日将到晋阳。举朝大惊，齐主集群臣问计。或曰："黑獭蓄锐有年，今倾国而来，其锋不可当。唯坚壁清野以待之，使之前无所获，力倦自退。昔先帝围玉壁，西师不出，亦此意也。"齐主曰："此懦夫之计也。"或曰："昔黑獭侵犯洛阳，先帝遣将拒之，皆获大捷。今宜调集诸路之兵，命一上将迎敌，贼兵自退，陛下可以高枕无忧也。"齐主曰："此未足以制黑獭也，诸卿之言但守成法，未识机宜①。黑獭之敢于深入者，以朕年少新立，未经战阵，有轻我心。若敛兵②遣之，示之以怯，益张其焰，吾兵将不战自乱。须乘其初至，朕猝然临之，彼不虞

---

① 机宜——依据当时情况处理事务的方针、办法等。

② 敛兵——收起兵器。

朕出，见朕必惊，彼势自沮。所谓先声有夺人之气也。转弱为强，实在此举。高德政请待各路兵齐集，然后出师。齐主不许，连夜驰往晋阳，贯甲乘马，号令三军，亲为前部。令段韶、斛律丰乐统大军为后继。行至建州，遇西魏前锋赵贵，有众万人，直攻其营。身自搏战，诸将奋击，贵兵大败。泰闻前锋军败大惊，问："来将何人？"探者报说："齐主自来，去大军不远，旗风浩大，人马精强，军威严整，行阵肃穆。"泰不信，曰："洋闻吾至，方奔逃之不暇，何敢来与吾敌？"是夜月明，泰与杨忠、达奚武等领数骑，易服潜往，登高阜以望齐军，果见军容威武，调度有方，与欢治军无异，叹曰："有子如此，高欢为不死矣。"归营后，因念洋未可轻，若与之战，未必能胜，徒损自己威名。又遽退而归，恐为所笑，转辗不决。恰好秋尽冬初，久雨不止，军中畜产多死，人心不安。乃托以天时雨湿，弓弦解胶，不如暂回西京，俟春暖再来。遂班师，从蒲州而去。齐主闻西师退，追至河口，不及而还。

一日，接得肆州文书，报称蠕蠕国太子罗辰兴兵十万，来犯吾疆。齐主召集诸将商议拒之。司徒潘乐曰："昔先帝以蠕蠕反复无常，难以力服，故娶其女为妃，岁赐金帛，以结其心，边境得安。今先帝崩，蠕蠕公主亦卒，聘问之礼遂绝，故兴兵而来。不若仍以重赂结之，复申旧好，庶干戈永息，而边土无虞。"齐主曰："昔先帝欲散西魏之谋，故赂以玉帛，结以婚姻，以致太后避位，此权宜之术，亦先帝所耻也。今日藐视吾邦，复行猖獗，不擒灭之，无以伸①吾之恨，何用通好？"段韶曰："陛下亲

① 伸——伸张。

征，臣请为先锋。”齐王大喜，乃引大兵直抵恒州，与蠕蠕兵遇。罗辰手下有勇将二员前来讨战，斛律丰乐挺枪迎敌，战未下，齐主亲自出马斩之。诸将见帝亲自临阵杀敌，孰敢居后，奋勇齐进，敌兵大溃，散走出境。左右请班师，齐主命众先发，自以三千骑押后。夜宿黄瓜堆，罗辰探得后队兵少，复领精骑数万连夜赶来，把三千兵四面围住。火把烛天，枪刀密布，将士皆失色，齐主安卧不动。天明方起，神色自若，立马阵前，指画形势，纵兵奋击。蠕蠕之众披靡，乃溃围而出。前军闻后有寇，亦来救援，遂大破之。伏尸二十里，擒得罗辰之妻叱奴氏及番人三万余口。斩叱奴氏于境上，罗辰超越岩谷，仅以身免。由是诸夷畏服，终帝之世，蠕蠕不敢来犯。今且按下不表。

且说西魏文帝痛东魏之亡，进讨无功，高氏既篡，黑獭亦必效尤，魏氏宗社不久将尽属他姓，郁郁成疾，渐至不起。泰闻帝不豫，入朝问安。帝谓之曰：“卿来甚好，朕生死有命，不足惜也。但太子年幼，未谙国政，托孤寄命，唯卿是任。卿善辅之。”遗诏太子元钦即位，与乙弗后合葬。是夜遂崩，年四十五岁。时西魏大统十六年三月庚戌也。帝为京兆王元愉之子，以父死非命，终身不乐，在位十六年，安静自守，国家大事悉决于泰，未尝自主。故处乱世，得保天年以终。辛亥，泰奉太子登基，立宇文氏为后，后即泰长女也。百官朝贺毕，然后发丧，颁示天下，谥帝曰文皇帝。泰复归镇同州，盖其地，当关河之险，北控诸蛮，东扼齐境，故泰常居之，犹齐之晋阳也。时有尚书元烈，帝室亲属，见泰专权，屡怀不平，欲杀之，以兴帝室。然性粗少密，大庭广众之会，言及国事，辄抚膺长叹，怒形于色，以故谋未成，而机已泄。泰杀之，没其家口，不复禀于帝也。少帝闻烈死，大怒，私谓左右曰："丞相擅杀大臣，绝不启知，目中岂复有我哉？我不杀泰，泰必害我。谁肯为我谋之？"一日，召临淮、广平二王，告以图泰之意。二人垂泪，泣谏曰："不可为也。丞相秉政已久，大权皆在其手，朝廷孤立久矣，奈何以赤手而捋虎须？事若无成，大祸立至，愿帝勿作此意。"帝不听，曰："吾实不能束手待死也。"二人危之。时泰诸子年幼，以诸婿为腹心。长女云英，已为帝后。次女云容，嫁清河郡公李远之子李基。三女云庆，嫁义成郡公李弼之子李晖。四女云瑞，嫁常山郡公于谨之子于翼。皆封武卫将军，分掌禁兵，以防朝廷有变。李基等探知帝欲害泰，临淮、广平二王止之不听，令人密以报泰。泰大怒，曰："孺子不堪为君。"旋即入朝，以帝居位无道，乏君人之度，不可作社稷主，告示百官，另立贤明。群臣莫敢违，遂废帝及后，皆为庶人，置之雍州。奉齐王元廓为天子，是为魏恭帝。文帝第四子也。立妃若干氏为后，大赦天下，以安人心。由是泰权愈重，虽魏之旧臣宿将，莫不屏息听命。少帝放废雍州，朝夕怨望，泰以其有英气①，恐生他变，乃令人赍鸩酒至雍州。使者至，少帝问："何为？"对曰："太师献寿酒一瓶，为陛下饮。"帝见之，不觉泪下，与后诀曰："因怜元命倾覆，故勉意为之。不图今日遭祸，乃至于此。吾命已矣，汝归母家，不须念我。"后抱住大哭，谓使者曰："太师既废帝为庶人，亦当使我夫妇相守以老。太师纵不念帝，何不怜我？烦卿一复我命。"使者道："太师之旨，谁敢有违？但令天子饮酒之后，便迎后归耳。"帝遂服毒而亡。时年二十四岁。后哀哭不食，亲与左右手殓之。使者欲

---

① 英气——英武、豪迈的气概。

迎以归，不从。泪尽继之以血，且出怨言。使者复命，泰大怒，复令使者赍鸩酒至雍州，命之曰："后倘执迷不改，即赐此酒。"使者至，后身衣重服，方哭泣于少帝灵前。使者致泰命，曰："后归无恙，否则饮此。"后曰："吾未亡人，视死如归久矣。意欲终百日之丧，然后就死。今见逼如此，何以生为！唯负吾母生育之恩，不见一面为恨耳。"言讫大哭。哭已，饮酒而死。年二十二岁。后志操坚贞，仪容明秀，少帝深敬重之，伉俪无间，不置嫔御。及帝崩，后以身殉。后人有诗美之曰：

皎皎冰霜性，亭亭松柏姿。
纲常谁倒置，节义独撑持。
一死随君去，重泉痛国危。
芳名垂信史，巾帼胜须眉。

是时魏静帝亦死于邺，年二十八岁。你道静帝若何而死？先是齐主每出入，常以静帝自随，高后恒为之尝饮食，护视之。又娄太后尝劝齐主勿杀，使之得保天年，故齐主欲害之未果。及天保三年，太后欲归故宫，遂还晋阳。齐主召后宫中赴宴，遣使以药酒鸩帝。及后归，帝已崩。痛哭数日，欲自尽，左右劝止之。齐主乃令人护丧事，谥曰魏孝静皇帝。葬于邺西漳水之北。送静后至晋阳太后所居之。其后封为太原公主，下嫁杨遵彦。故人以为欢之女不及泰之女也。

且说泰自弑少帝后，见人心不变，天位易取，大业将成，而嗣位尚虚，不可不先立定。正妃元氏生子觉，年尚十五。次妃姚氏生子毓，年最长。其妇大司马独孤信女。信居重任，为泰腹心。泰欲立觉为世子，恐信不悦，乃召诸公卿议之。众曰："公所欲立，则竟立之，谁敢有违？"泰曰："孤欲舍长立嫡，恐非大司马所乐。”左仆射李远曰：“臣闻立子以嫡不以长，古之道也。略阳公觉合为世子无疑，若以信为嫌，请先斩之。”泰笑曰：“何至于是。”信亦自陈曰：“立觉，信之愿也。岂可以毓为信婿而有嫌疑？”及退，远谢信曰：“公莫怪，临大事不得不尔。”信亦谢曰：“今日赖公决此大事。”遂立觉为世子。是年，泰巡行北边，至平凉郡，有建武将军史宁率其子侄来迎。泰见之大喜，曰：“吾欲于平凉城东校猎，卿可率子弟以从。”次日，猎于牵屯山。泰见众中有一小将，年尚幼而容貌出群，弓马娴熟，往来如飞，箭无虚发，召而问之，乃史宁之子史雄也。顾谓宁曰：“曾婚娶否？”对曰：“未也。”泰曰：“为汝佳儿，岂不可为吾快婿？”时泰有幼女云安未嫁，因配之为室。军留平凉逾月，一夜，忽有大星坠于营前，光烛四野，人马皆惊。又中军帅旗无故自折，泰甚恶之。俄而得疾，日加沉重，自知必死，因念大权不可付于他姓。兄子宇文护常掌家政，可托以后事，乃于半途驰驿召之。护至泾州见泰，泰谓之曰：“吾诸子幼弱，外寇方强，天下之事，属之于汝，宜努力以成吾志。”护再拜受命，遂统大军进发。十月癸亥，泰卒于云阳，时年五十，泰性好质素①，不尚虚饰，能驾驭英豪，得其力用。明达政事，人莫能欺。崇儒好古，凡所设施，皆依仿旧章。先是恭帝之立，泰请去年号，称元年，复姓拓跋氏。其九十九姓改为单姓者，皆复其旧。又请如古制，天子称王，宗室诸王皆降为公。故已，虽勋业隆重，只以安定公号终身也。及泰没，护抚柩还，至长安而后发丧。奉世子嗣位，为太师柱国、大冢宰，袭封安定郡公。镇同州。自天子以迄，大小臣

---

① 质素——质朴。

僚、府中将士，皆素服举哀。

当是时，元辅新丧，举朝惶惶，中山公护虽受泰命，而名位素卑，未尝预政，不厌①人望。在朝群公有共图执政之意，莫肯服从。护忧之，乃问计于大司寇于谨。谨曰："仆早蒙先公非常之知，恩深骨肉。今日之事，必以死争之。若对众定策，公必不得谦让。"次日，群公会议。太傅赵贵对众曰："丞相亡，谁主天下事？盖阴以自命也。"众莫发言。谨独曰："昔帝室倾危，非安定公无复今日。今公一旦违世。嗣子虽幼，中山公其亲兄子，兼受顾托，军国之事理须归之，有何议焉?"辞色抗厉，听者皆为悚动。护曰："此乃家事，护虽庸昧②，何敢有辞?"谨素与泰等夷，护常拜之，至是谨起而言曰："公若统理军国，谨等皆有所依。"遂下拜。群公迫于谨，亦下拜。于是众议始定。护纲纪内外，抚循文武，人心遂安。旋封世子觉为周公，为谋禅也。但未识后事若何，且听下文分解。

---

① 不厌——不憎恶，不厌弃。

② 庸昧——谓资质愚钝，才识浅陋。常用作谦词。

第五十二回

晋公护掌朝革命　齐主洋乱性败常

话说宇文护当国，以周公觉幼弱，欲使早正大位，以定人心。十二月甲申，葬安定公于长安之原；庚子，以魏恭帝诏禅位于周。使大宗伯赵贵持节奉册，济北公元迪奉皇帝玺绶，送至周公之府。恭帝出居别第。正月辛丑，周公即天子位。柴燎告天，朝百官于露门，追尊王考文公为文王，妣为文后，大赦。封恭帝为宋公，旋即弑之。以木德承魏水德。行夏之时，服色尚黑。以李弼为太师，赵贵为太傅，独孤信为太保；中山公护为大司马，都督内外诸军事，加封晋公。凡文武百官皆进爵有差。旋有御正中大夫崔猷建议以为圣人沿革，因时制宜。"今天子称王，不足以威天下。请遵秦、汉旧制，称皇帝，建年号。"从之。周王始称皇帝，追尊文王曰文皇帝，改元武成。今且按下不表。

且说齐主登极之后，神明转茂，留心政术，务存简靖①，切于任使，人得尽力。又能以法驭下，或有违犯，虽勋戚不赦，内外莫不肃然。至于军国机策，独决怀抱。每临行阵，亲当矢石，所向有功，四夷钦服。西人亦畏其强，人呼之谓"英雄天子"。

① 简靖——简约清静。

数年后，渐以功业自矜，嗜酒淫泆①，肆行狂暴。太保高隆之，高祖义弟。帝少时常被轻侮，及受禅时，隆之又言不可，心常恨之。崔季舒怨隆之前劾其罪，配徙远方，乃谗于帝曰：“隆之每理一事，辄云非已莫能为，是令人上薄朝廷也。”帝积前怨，令武士筵之百余拳而卒。清河王岳，帝从父弟。屡立战功，有威名，而性好豪侈，耽于声色。平秦王归彦自幼抚养于岳，岳待之甚薄，归彦怨之。及帝即位，归彦为领军大将军，大被宠遇。密构其短，奏言岳造城南大宅，制为永巷，僭拟宫禁。帝闻不平。又帝纳娼妇薛氏于后宫，岳先通其姊，亦尝迎薛氏至第。一夜，帝游薛氏家，淫其姊。其姊恃爱，为父乞司徒之职。帝大怒，悬其体，锯而杀之。岳以帝杀无罪，有后言。帝益不平，遂让岳以奸，使归彦鸩岳。岳自诉无罪，归彦曰：“饮之，则害止一身；不饮，则祸及全家。”岳遂饮之而卒。薛嫔始大宠幸，久之，忽思其曾与岳通，无故斩其首，藏之于怀。集群臣于东山宴饮，劝酬始合，忽探出其首，投于席上。肢解其尸，弄其髀骨为琵琶。一座大惊，帝方收取，对之流涕曰：“佳人难再得。”载尸以出，披发步哭而随之。

自是杯不离手，淫暴益甚。或身自歌舞，尽日通宵。或散发披肩，杂衣锦彩。或袒露形体，涂傅粉黛。或乘牛驴橐驼，不施鞍勒。或令崔季舒、刘桃枝负之而行，担胡鼓拍之。勋戚之家，朝夕临幸。游行市里，街坐巷宿。或盛夏日中暴身，或隆冬去衣驰走。从者不堪，帝居之自若。于邺中构三台，即魏武所建旧

① 泆（yì）——放纵。

址。更名铜爵曰金凤，金兽曰圣应，冰井曰崇光。方构时，木高二十七丈，两栋相距二百余尺。工匠危怯，皆系绳自防。帝登脊疾走，殊无怖畏。又复雅舞，折旋中节。旁人见者，莫不寒心。尝于道上问一妇人曰："天子何如?"妇人曰："颠颠痴痴，何成天子?"帝杀之。太后以帝饮酒无节，举杖击之，曰："如此父，乃生如此儿。"帝曰："即当嫁此老母。"太后大怒，遂不言笑。帝欲太后笑，自匍匐伏于太后所坐床下，太后坐，举床坠太后于地，颇有所伤。既醒，愧悔欲死。使积柴炽火，欲入其中。太后惊惧，亲自持挽，强为之笑曰："向汝醉耳，毋自残。"帝乃设地席，命平秦王归彦执杖，脱背就责，谓归彦曰："杖不出血，当斩汝。"太后前自抱之，帝流涕苦请。乃笞脚五十，然后衣冠拜谢，悲不自胜。

因是戒酒一旬，又复如初，淫酗转剧。征国中淫妪娼妇，悉去衣裳，赤其下体，吩咐从官共视。又聚棘为马，纽草为索，逼令赤身乘骑，牵引来去，流血洒地，以为娱乐。一日，幸李后家，以鸣镝射后母崔氏，骂曰："吾醉时尚不识太后，何况老婢!"马鞭乱击一百有余。虽以杨愔为宰相，使进厕筹①，以马鞭鞭其背，流血浃袍。置之棺中，载以輀车②，欲下钉者数四，久而释之。又尝持槊走马，以拟左丞相斛律金之胸者三，金神色不动，乃赐帛千段。一日，谓文襄后曰："吾兄昔奸吾妇，我今须报。"乃淫于后。其高氏妇女，不问亲疏，多与之乱；或以赐左

① 厕筹——擦洗厕所的工具。
② 輀（ér）车——丧车。

右，使乱交于前，不从者斩。彭城王太妃者，即尔朱后也。本有绝世容，年长矣，美丽如故。帝至其宫，欲犯之，太妃辞以异日，盖惧害其子也。帝去，泣谓左右曰："昔吾失节，已为终身之辱，今何可以再辱？但不死无以绝其心。前梦孝庄帝向我言，吾曾枉杀赵妃，不获善终，今果然矣。"遂缢而死。有遗言启太后，以其子彭城为托，故太后常保护之。又乐安王元昂妻李氏，即李后姊，入宫朝后。帝见其色美，逼而幸之，大肆淫乐，不令出宫，谓后曰："吾欲纳尔姊为昭仪可乎？"后以其有夫对。帝乃召昂至前，令伏于地，以鸣镝射之百余下，凝血将及一石，竟至于死。后惧，乞让位于姊，太后以为言乃止。

作大镬长锯、剉碓之属，陈之于庭。每醉，辄手自杀人以为戏乐。所杀者多令肢解，或焚之于火，或投之于水。杨愔乃简应死之囚，置之仗内，谓之供御囚。帝欲杀人，辄执以应命。三月不杀，则宥之。参军裴让之上书极谏。帝谓愔曰："此愚人，何敢如是？"对曰："彼欲陛下杀之，以成名于后世耳。"帝曰："小人哉，我且不杀，尔焉得名？"帝与左右饮，曰："乐哉！"都督王纮曰："有大乐，亦有大苦。"帝曰："何苦？"对曰："长夜之饮不止，一旦国亡身陨，所谓大苦。"帝怒其不逊，使燕子献反缚其手，长广王捉头，欲手刃之。纮呼曰："杨遵彦、崔季舒逃难来归，位至仆射尚书。臣于世宗，冒危效命，反见屠戮，旷古未有此事！"帝投刃于地，曰："王师罗不得杀。"乃舍之。

尝游宴东山，以关、陇未平，投杯震怒。召魏收于前，立作诏书，宣示远近，将事西行。西人震恐，常为拒守之计。实皆酒后空言，逾时辄亡。一日，泣谓群臣曰：“关西不受我命，奈何?”刘桃枝曰：“臣得三千骑，请就长安，擒其君臣以来。”帝壮之，赐帛千匹。赵道德进曰：“东西两国，强弱力均，彼可擒之以来，此亦可擒之以往。桃枝妄言应诛，陛下奈何滥赏!”帝曰：“道德言是。”回绢赐之。帝乘马欲下峻岸，入漳水，道德揽辔回马。帝怒，欲斩之。道德曰：“臣死不恨。当于地下启先帝，言此儿无道，酣酒癫狂，不可教训。”帝默然而止。他日，又谓道德曰：“我饮酒过多，汝须痛杖我。”道德以杖扶之，帝走，道德逐之曰：“何物①天子，作如此行为?”典御丞李集面谏，比帝于桀、纣。帝令缚置中流，沉没久之，复令引出问曰：“吾何如桀、纣?”集曰：“迩来②弥不及矣。”帝又沉之，引出更问。如此数四，集对如初。帝大笑曰：“天下有如此痴人，方知龙逢、比干③未为俊物④。”遂释之。俄而，被引入见，又若有言，挥出腰斩。其或杀或赦，莫能测焉。内外睢睢⑤，各怀怨毒。然能默识强记，加以严断，群下战栗，不敢为非。又委政杨愔，以为心膂⑥。愔总摄机衡，百度修敕，纲纪肃然。故时言主昏于上，政清于下。

---

① 何物——什么。

② 迩来——近来。

③ 龙逢、比干——龙逢，关龙逢，夏代末年大臣，夏桀暴虐，龙逢多次劝谏，被桀囚禁杀死；比干，商纣王的叔父，屡次劝谏纣王，被剖心而死。

④ 俊物——杰出人物。

⑤ 睢睢——大眼睛。

⑥ 心膂——心与脊骨。比喻亲信的人。

一日，帝将出巡，百官辞于紫陌，使矟骑围之，曰：“我举鞭即杀之。”旋复饮酒，醉而倦卧，至于日宴方起。黄门郎连子畅乘间言曰：“陛下如此，群臣不胜恐怖。”帝曰：“大怖耶？若然勿杀。”遂如晋阳，筑长城三千余里。秋七月，河南北大蝗，帝问崔叔瓒曰：“何故致蝗？”对曰：“五行志，土功不时，蝗虫为灾。今外筑长城，内兴三台，殆以此乎？”帝大怒，使左右殴之，擢其发，以溷沃其顶，曳足以出。先是齐有术士言：亡高者黑衣。故高祖每出，不欲见沙门①。其实应在周尚黑，后灭齐也。帝在晋阳，问左右何物最黑，对曰：“无过于漆。”帝以上党王涣，于兄弟中行第七，误“七”为“漆”。使都督韩伯升至邺征之。涣疑其害己，至紫陌桥，杀伯升而逃，浮河南渡。行至济州，为人所执，送于邺都。又帝为太原公时，与永安王浚同见世宗，帝有时涕出，浚责帝左右曰：“何不为二兄拭鼻？”帝心衔之。及即位，浚为青州刺史，聪明矜恕②，吏民悦之。浚以帝嗜酒，私谓亲近曰：“二兄因酒败德，朝臣无敢谏者，大敌未灭，吾甚以为忧。欲乘驿至邺面谏，不知用吾言否。”或密以其言白帝，帝益衔之。其后浚入朝，从幸东山。帝裸裎③为乐，浚进谏曰：“此非人主所宜。”帝不悦。浚又召杨愔于背处，责其不谏。帝是时，不欲大臣与诸王交通，愔惧帝疑，因奏之。帝大怒曰：“小人由来难忍。”遂罢酒还宫。浚寻还州，又上书切谏。帝益

① 沙门——指和尚。

② 矜恕——怜悯宽恕。

③ 裸裎（chéng）——裸衣露体。

怒，诏征之，浚托疾不至。帝遣人驰驿收浚，老幼泣送者数千人。至邺，与上党王涣，皆盛以铁笼，置于北城地牢。饮食溲秽，共在一所。

常山王演，高祖第六子，帝之同母弟也。幼而英特，有大成之量，笃志好学，所览文籍，探①其指归，而不尚词彩。读《汉书》至《李陵传》，独壮其所为。聪明过人，所与游处者，一知其家讳，终身未尝误犯。性至孝，太后常病，心痛如不堪忍。演立侍床前，以指甲掐其手心，为太后分痛，血流出袖，故太后爱之特甚。于诸王中最贤，帝亦深重之。以帝沉湎无度，忧愤形于颜色。帝觉之，谓曰："但令汝在，我何为不纵乐!"演唯涕泣拜伏，竟无所言 。帝亦大悲，抵杯于地曰："汝嫌我唯此，自今敢进酒者斩之。"因取所御杯盘，尽皆坏弃。人皆谓帝之戒饮，演实有以格之。不数日，沉湎如故。或于诸贵戚家相戏角力，不限贵贱。唯演至，则内外肃然。演将进谏，其友王晞以为不可。演不从，苦口极言，遂逢大怒。先是演性颇严，尚书郎中等办事有失，辄加捶楚。令史奸慝②，即考竟不贷。帝欲实演之罪，疑其僚属必怨 ，乃立演于前，以刀铋③拟胁。凡令史曾受演罚者，皆临以白刃，使供演短。诸人俱甘一死，不忍诬。王乃释之。又疑演假辞于晞，欲杀晞。演私谓晞曰："王博士，明日当作一条事，欲为相活，亦图自全，宜深体勿怪。"乃于众中杖晞二十。帝欲

① 探——寻求。
② 奸慝——邪恶。
③ 铋（pī）——一种似刀剑的兵器。

诛之，闻晞得杖，以故不杀。髡①其首，配甲坊。其后演又谏争，大被殴挞②，伤甚，闭口不食。太后日夜涕泣。帝不知所为，曰："倘小儿死，奈我老母何？"于是数往问疾，曰："努力强食，当以王晞还汝。"乃释晞罪，令侍演。演抱晞颈曰："吾气息脆③然，恐不能久活。"晞流涕曰："天道神明，岂令殿下遂毙此舍？至尊亲为人兄，尊为人主，安可与计？殿下不食，太后亦不食。殿下纵不自惜，独不念太后乎？"言未卒，演强坐而饭。晞由是得免，还为王友。帝欲悦太后，进演爵位。命录尚书事。除官者皆诣演谢，去必辞。晞言于演曰："受爵天朝，拜恩私第，自古以为不可。"演从之，一切谢绝。久之，演又谓晞曰："主上起居不恒，吾岂可以前逢一怒，遽尔结舌。烦卿撰一谏章，吾当伺便极谏。"晞遂条列十余事以呈。因为演曰："今朝廷所恃，臣民所望者，唯殿下一人。乃欲学匹夫耿介④，以轻一朝之命？谚云：'狂药令人不自觉，刀箭岂复识亲疏。'一旦祸出理外，奈殿下家业何？奈皇太后何？"演欷歔不自胜，曰："祸至是乎？"明日见晞，曰："吾长夜久思，卿言良是，今息意矣。"即将晞稿付火焚之。帝亵渎之游，遍于宗戚。所往流连，惟至常山第，不逾时即去。

太子殷自幼温裕，心地开朗，礼士好学，关览⑤时政，甚有

① 髡（kūn）——古代剃去头发的刑罚。
② 殴挞——殴打，鞭挞。
③ 脆（chī）——剖腹。
④ 耿介——有操守、气节，刚正不阿。
⑤ 关览——浏览涉猎。

美名。帝常嫌其得汉家性质，不似己，欲废之。帝登金凤台，使太子手刃重囚。太子恻然有难色，加刃再三，不断其首。帝大怒，亲以马鞭捶之。太子由是气悸语吃，精神昏扰，帝益嫌之。酣宴时，屡云太子性懦，社稷事重，终当传位常山。太子少傅魏收谓杨愔曰："太子国之根本，不可动摇。至尊三爵之后，每言传位常山，令臣下怀二。若其实也，当决行之。不然，此言非所以为戏，徒使国家不安。"愔以收言白帝，帝乃止。但未识后日入下，究属太子否，且听下卷分解。

第五十三回

烧铁笼焚死二弟　弃漳水杀尽诸元

话说文宣末年，耽酒渔色①，淫虐之事无所不为。用刑更极残忍，有司逢迎上意，莫不严酷。或烧车釭，使犯人立于其上。或烧车釭，使犯人以臂贯之。每有冤陌，不胜痛苦，皆自诬服。唯郎中苏琼以宽平为治。有告谋反者，付琼推验，事多申雪。尚书崔昂谓之曰："若欲立功名，当更思其余。数雪反逆，身命何轻?"琼正色曰："所雪者，冤枉耳，非纵反逆也。"昂大惭。帝怒临漳令嵇晔、舍人李文师，以赐臣下为奴。侍郎郑颐问尚书王昕曰："自古无朝士为奴者。"昕曰："箕子②为之奴。"颐以白帝，曰："王元景以嵇、李二臣为奴，同于箕子，是比陛下于桀、纣也。"帝衔之。俄而，帝与朝臣酣饮，昕称疾不至。帝遣骑召之，见昕方摇膝长吟，骑以白帝，帝益怒。及昕至，遂斩于殿前，投尸漳水。

帝如北城，就视永安、上党二王于地牢，临穴讴歌，令二王和之。二王惧怖且悲，不觉声颤。帝怆然为之下泣，将赦之。长广王湛素与浚不睦，进曰："猛虎安可出穴?"帝默然。浚闻其

① 耽酒渔色——耽酒：沉迷于酒。渔色：猎取美色。
② 箕子——商代贵族，曾劝谏纣王，被纣王囚禁。

言，呼湛小字曰："步落稽，与汝何仇，而必杀我？但汝之忍心，皇天见之！"帝亦以浚与涣皆有雄略，恐为后害，乃自刺之。又使刘桃枝就笼乱刺，槊每下，浚、涣辄以手拉折之，号哭呼天。于是薪火乱投，烧杀之，填以土石。后出其尸，皮发皆尽，尸色如炭。远近为之痛愤。仆射崔暹卒，帝亲临其丧，哭之，谓暹妻李氏曰："颇忆暹乎？"其妻曰："结发义深，实怀追忆。"帝曰："既忆之，自往省。"手斩其头，掷于墙外。高德政与杨愔同相，愔常忌之。帝狂于饮，德政数强谏。帝不悦，谓左右曰："德政恒以精神凌逼人。"德政惧，称疾不朝。帝谓愔曰："我大忧德政病。"对曰："陛下若用为冀州刺史，病当自差①。"帝从之。德政见徐书，即起。帝大怒，召德政，谓曰："闻尔病，我为尔针。"亲以小刀刺之，血流沾地。又使曳下，斩去其足。桃枝执刀不敢下，帝责桃枝曰："尔头即落地。"桃枝乃斩其足之三指。帝犹怒，囚之门下，夜以毡舆载还家。明日，德政妻出珍宝四床，欲以寄人。帝奄至其宅，见之，怒曰："我内府犹无是物，尔乃有此。"诘所从得，皆诸元所赂，遂曳出斩之。妻出拜，又斩之，并杀其子伯坚。

先是齐受魏禅，魏之宗室诸王，虽皆降爵为公，仍食齐禄，未尝摈弃。是年五月，太史令奏称天文有变，理当除旧布新。帝因问彭城公元韶曰："汉光武何故中兴？"对曰："为诛诸刘不尽。"帝曰："尔言诚是。"乃诛始平公元世哲等二十五家，因韶

① 差——即"瘥"，痊癒。

等十九家。其后将如晋阳，乃尽杀诸元。或祖父为王，或身尝贵显，皆斩于东市。其婴儿投于空中，承之以矟。前后死者七百二十一人，咸弃尸漳水。剖鱼者往往得人指甲，邺下为之久不食鱼。又登金凤台，使元黄头①，与诸囚各乘纸鸱②以飞，能飞者免死。独黄头飞至紫陌乃坠，仍付御史狱，饿杀之。初，韶以高氏婿，宠遇异于诸元。美阳公元晖业当于宫门外骂之曰："尔不及一老妪，负玺与人，何不击碎之！我出此言，知即死，尔亦讵得几时？"帝杀晖业。剃元韶鬓须，加之粉黛以自随，曰："我以彭城为嫔御。"言其懦弱如女也。韶欲昵帝，故一言起祸，致诸元尽死，身亦幽于地牢，绝食，啖衣袖而死。定襄令元景安欲请改姓高氏，其从兄景皓曰："大丈夫宁可玉碎，何用瓦全！安有弃其本宗而从人之姓者乎？"帝收景皓诛之，而赐景安姓高氏。

帝嗜酒，体日瘠，李后忧之。帝谓之曰："我尝问太山道士：'为天子几年？'答我三十年。吾思之，得非十年十月十日乎？"又帝初登祚，改年为天保。识者曰："'天保'二字，剖之为一大人只十，帝其不过十乎？"太子取名殷，字正道，帝视之不悦，曰："殷家弟及，'正'字一止。吾身后儿不得为帝也。"左右请改之，帝曰："天也，奚改为？"及疾甚，自知不能久，谓李后曰："人生必有死，何足致惜？但怜正道幼弱，人将夺之耳。"又谓常山王曰："夺则任汝，慎勿杀也。"遗诏传位太子。尚书令杨愔、平秦王归彦、侍中燕子献、侍郎郑颐受命辅政。遂崩。帝居

① 元黄头——魏废帝元朗的儿子。
② 纸鸱（chī）——纸鸢，即风筝。

位十年，其崩时，果十月十日甲午也。癸未发丧，群臣无下泪者，唯杨愔涕泗①横流，呜咽不已。太子即位，大赦。谥帝曰文宣皇帝，庙号显祖。尊娄太后为太皇太后，李后为皇太后。

先是高阳王湜，滑稽便辟②，有宠于显祖。常在左右，执杖以挞诸王，太皇太后深恨之。及显祖殂，湜有罪，太后杖之百余，扶归而卒。方显祖杀上党王涣，以其妃李氏配家奴冯文洛。至是太后赦妃还第，而文洛尚怀恋恋，故意修饰，盛服往见。李妃出坐堂上，旁列左右，引文洛跪于阶下，数之曰："遭难流离，以致身受大辱，志操寡薄，不能捐躯自尽，有愧先王。蒙恩诏得反藩闱，汝是谁家下奴，犹欲见侮！"喝令左右去其衣冠，杖之一百，流血洒地。太后闻之，髡鞭文洛，配甲坊③。

先是显祖崩，常山王居禁中护丧事。太子即位，以天子谅阴④，诏演居东馆，军国之事，皆先咨决。杨愔以二王地位亲逼，恐不利于嗣王，心忌之。未几，演出归第，诏策施行，愔独主之，多不关预。或谓演曰："鸷鸟离巢，必有探卵之患，王不可出居私第。"杨休之诣演，演不见。休之谓王晞曰："昔周公朝读百篇书，夕见七十士，犹恐不足。王何所嫌疑，乃尔拒绝宾客？"晞以告王，王曰："昔显祖之世，群臣皆不自保。今一人垂拱⑤，

---

① 涕泗——眼泪和鼻涕。
② 便辟——逢迎谄媚。
③ 甲坊——古时制造铠甲的作坊。
④ 谅阴——古代天子居丧，政事全权委托大臣办理，默而不言。
⑤ 垂拱——多指帝王的无为而治。

吾曹亦保悠闲，何用汲汲①。”因言朝廷宽仁，真守文良主。晞曰：“新帝春秋②尚富，骤揽万几，易为人蔽。殿下以朝夕先后，亲承音旨，若使他姓出纳③诏命，大权必有所归。殿下虽欲守藩，其可得乎？借令得遂，冲退④自审，家祚得保灵长否？”演默然久之，曰：“何以处我？”晞曰：“周公抱成王，摄政七年，然后复子明辟。唯殿下处之。”演曰：“我何敢自比周公？”晞曰：“殿下今日地望⑤，欲不为周公得乎！”演不应。二月己亥，帝奉显祖之丧至邺，太皇太后、皇太后皆行，众议常山王必当留守根本之地。时执政已生疑忌，乃敕二王俱从至邺。外朝闻之，莫不骇愕。演既行，晞出郊送之。演恐有觇察者，命即还城，执晞手曰：“努力自慎。”因跃马而去。领军可朱浑，尚帝姑东平公主，谓执政曰：“主少国疑，若不去二王，少主无自安之礼。”杨愔、燕子献等皆以为然，乃谋处太皇太后于北宫，使归政皇太后，出二王于外。

先是愔恶天保以来，爵赏多滥，欲加澄汰⑥。先自表解开府，诸凡叨窃恩荣者，皆从黜免。由是嬖宠失职之徒，尽归心二叔。又高归彦总知禁旅，发晋阳时，杨愔敕留从驾五千兵，阴备非

① 汲汲——形容急切的样子。
② 春秋——年龄。
③ 出纳——传达君王的命令。
④ 冲退——谦让。
⑤ 地望——地位与名望。
⑥ 澄汰——甄别、挑选。

常[1]。至邺数日，归彦方知，大愠。故初与杨燕同心，既而中变，尽以疏忌之迹告二王。侍中宋钦道尝侍东宫，教太子吏事，以旧臣侍侧，奏于帝曰："二叔威权既重，宜速去之。"帝曰："可与执政共商其事。"愔等乃议出二王为刺史。以帝慈仁，恐不听，乃通启皇太后，乞主其事。有宫嫔李昌仪者，即高仰密妻，旧名琼仙，文襄尝纳之为夫人。文襄殁，有宠于娄太后，常居宫中。李太后以其同姓，亦相昵爱，遂以杨愔所启示之。昌仪阳以为可，而密启太皇太后。太皇太后大怒，即报知二王，令自为计。演乃谋之贺拔仁、斛律金，二人皆曰："主上幼弱，今欲出大王于外，愔等之心未可问也。异日权归他姓，国事正不可料。为大王计，不如收而杀之，以除后患。"演曰："政自彼操，党恶者众，事若不成，反自速祸奈何?"金曰："此时彼方得志，不以大王为意，乘间猝发，除之匪难。"演然之，会愔等又议不可令二王并出，奏以湛镇晋阳，演录尚书事，留邺。

二王乃密结诸勋贵，伏壮士数十人于尚书省后室。拜职日，大会百僚，约曰："行酒至愔等，我各劝双爵，彼必致辞[2]。我一曰'执酒'，再曰'执酒'，三曰'何不执'，尔等即执之。"及期，愔等将往。郑颐止之曰："事未可量，不宜轻赴。"愔曰："吾等至诚体国[3]，岂常山拜职有不赴之理?"遂会于尚书省。设宴堂上，坐定，二王殷勤劝酒，连呼执者三，伏遂起。愔被执，

---

① 非常——意外的事变。
② 致辞——不接受。
③ 体国——体念国家。

大言曰："诸王反逆，欲杀忠良耶？尊天子，削诸侯，赤心奉国，何罪之有！"常山王欲缓之，湛曰："不可。"于是拳杖乱殴，愔及可朱浑、宋钦道皆头面破血。各以十人持之。燕子献多力，头又少发，握其首脱去，排众走出门，斛律光逐而擒之。子献叹曰："大丈夫为计迟，乃至于此。"又使薛孤延执郑颐于尚药局，颐叹曰："不用智者言，以至于此，岂非命也。"演乃与湛、归彦、贺拔仁、斛律金执缚愔等，掖入云龙门。都督叱利骚、仪同成休宁皆拔刃呵演。归彦谕之，不从。归彦久为领军，军士素服，谕之皆弛仗，休宁叹息而退。叱利骚挺立如故，遂杀之。演同群臣入至昭阳殿，湛及归彦监愔等在朱华门外。内廷闻变，帝与太皇太后、李太后并出。太皇太后坐殿上，太后及帝侧立。演伏阶前叩头，进言曰："臣与陛下，骨肉至亲。杨遵彦等独擅朝权，威福由己，自王公以下，皆重足屏气，共相唇齿，以成乱阶。若不早图，必为宗社之害。臣与湛为社稷事重，贺拔仁、斛律金惜献武皇帝大业，不忍丧于权臣之手，共执遵彦等入宫。未敢刑戮，请俟圣裁。专擅之罪，诚当万死。"当是时，庭中及两庑卫士二千余人，皆被甲待诏。武卫娥永乐武力绝伦，素为显宗所厚，叩刀仰视，帝不一睨。太皇太后喝令却仗，不退，又厉声曰："奴辈即今头落乃却？"永乐内刃而泣。太皇太后因问："杨郎何在？"贺拔仁曰："一眼已出。"太皇太后怆然曰："杨郎何所能为，留使岂不佳耶？"乃让帝曰："此等怀逆，欲弑我二子，次将及我，尔何为纵之？”帝素吃讷①，仓促不知所言。太皇太后怒且悲曰：“岂可使我母子受汉老妪斟酌！”太后拜谢，演叩头不已，誓言：“臣无异志，但欲去逼，免死而已。”太皇太后谓帝曰：“何不安慰尔叔？”帝乃曰：“天子亦不敢为叔惜，况此汉辈？但丐儿命，此属任叔父处分。”太皇太后命演复位，演遂传帝旨，皆斩之。湛恨郑颐昔尝谗己，先拔其舌，后斩其首。又斩娥永乐于华林园。娄太后本不忍杀愔，临其丧，哭曰：“杨郎忠而获罪，惜哉！”以御金为之一眼，亲内之，曰：“以表吾意。”演亦悔杀之，乃下诏，罪止一身，家属不问。以赵彦深代愔总机务。杨休之私语人曰：“将涉千里，杀骐骝而策蹇驴，良可悲也。”

戊申，演为大丞相、都督中外诸军、录尚书事。湛为太傅、京机大都督。段韶为大将军，平阳王淹为太尉，归彦为司徒，彭城王浟为尚书令。政无大小，一禀大丞相主持。三月甲寅，演以晋阳重地，自往镇守。既至，以王晞为司马，谓之曰：“不用卿言，几至倾覆。今君侧虽清，终当何以处我？”晞曰：“殿下往时地位，犹可以名教②自处。今日事势，遂关天时，非复人理所及。”演默然。又以晞为文士，恐不允武将之意，昼则不接，夜则载入与语，尝在密室谓晞曰：“比王侯诸贵每相敦迫③，言我违天不祥，恐有变起，吾欲以法绳之，可乎？”晞曰：“朝廷比者疏

① 吃讷——说话迟钝且结结巴巴。
② 名教——名分与教化。指以儒家所定的名分与伦常道德为准则的礼法。
③ 敦迫——催逼。

远骨肉，殿下仓卒所行，非复人臣之事。芒刺在背，上下相疑，何由可久！殿下虽欲谦退，秕糠神器①，实违上天之意，坠先帝之基。”演曰：“卿何敢发此言？亦将致卿于法。”晞见其言厉而色和，乃曰：“天时人事，皆无异谋，是以冒犯铁钺，抑亦神明所赞耳。”演曰：“拯难匡时②，方俟圣哲，吾何敢私议。子其慎之，幸勿乱言。”谈至更深，晞乃退。但未识言者纷纷，常山能终守臣节否，且俟下文再说。

① 秕糠神器——指自贱帝位。

② 匡时——匡正时弊，挽救时局。

第五十四回

齐肃宗叔承侄统　周武帝弟继兄尊

话说常山执政，诸臣纷纷劝进，演亦心动，谓王晞曰："若内外咸有此意，赵彦深朝夕左右，何无一言？"晞曰："彦深非不欲言，特不敢言耳。"彦深闻之，因亦劝进。时太皇太后、太后及帝皆回晋阳，演遂言于太皇太后，请主齐社。赵道德谓太皇太后曰："相王不效周公辅成王，而欲骨肉相夺，不畏后世谓之篡耶？"太皇太后曰："道德之言是也。"事乃止。未几，演又启云：天下人心未定，恐奄忽变生，须早定名位，以副四海之望。太皇太后乃从之。八月壬午，太皇太后下令，废帝殷为济南王，出居别宫；以常山王演入继大统，且戒之曰："勿令济南有他也。"演遂即皇帝位于晋阳，是为孝昭皇帝。大赦，改元皇建。太皇太后还称皇太后，皇太后称文宣皇后，宫曰"昭信"。乙酉，下诏诏封功臣，礼赐耆老，延访直言，褒赏死事，追赠名德。盖帝少居台阁，明习吏事，即位尤自勤励，大革显祖之弊，中外大悦。尝谓王晞曰："卿何自同外客，屡自远我？自今凡有所怀，随宜作牒送进。"因敕与杨休之、崔劼二人，每日职务罢，并入东廊，共录历代礼乐职官及田市征税。有合于古不合于今者，悉令详思，以渐条奏。曾问舍人裴泽："外边议朕得失若何？"泽对曰："陛下聪明至公，自可远侔三代①，而有识之士，咸言伤细，于帝

① 侔三代——侔：相等，齐。三代：指夏、商、周三个朝代。

王之度，颇为未弘。”帝笑曰：“诚如卿言。朕初临万几，虑不周悉，故若是耳。但此事安可久行?”厍狄显安侍坐，帝曰：“显安我姑子，与朕为至亲，可言朕之不逮①。”显安曰：“陛下太细，天子乃更似吏。”帝曰：“朕甚知之，然势非得已，俟政清敝革，将易之以宽大耳。”故帝临治一年，国日富而兵日强。

一日，边臣奏报，西魏宇文护连弑二主，人情大扰。帝欲征之，谓群臣曰：“昔我献武皇帝欲灭宇文，有志未遂。今宇文篡魏以来，国家多故，弑逆时闻。朕将整率六师，平定关西，以讨乱臣之罪，以伸先帝之志。诸臣其共襄厥功。”于是颁谕四方，各练兵以待。西人闻之大恐。

你道宇文护如何连弑二君？先是周闵帝即位，年十六，朝政皆决于护。有楚公赵贵、卫公独孤信，二人功劳勋望，群臣莫及，太祖尝倚为腹心。及护专政，威福自由，二人怏怏不服。贵谋杀护，信止之曰：“不可。此乃先王之意，又其至亲，吾等杀之不祥。”贵乃止。其时二人密语室中，有帝幼弟宇文盛自窗外闻之，遂以告护。护曰：“事不先发，必贻后悔。”乃伏壮士于殿内，贵入朝，擒而杀之。免独孤信官，以其名重，不欲显诛之，逼令自杀。仍令其子独孤善袭封卫国公。祭葬如礼，盖以上蒙天子，下安人心也。闵帝性刚果，本恶护之专权，及闻贵与信死，大怒曰：“晋公不遵朝命，擅杀大臣，直目中无我也，我何帝为！”有一朝臣姓李名植，乃阳平郡公李远之子。植自太祖时为相府司录，参掌朝政。又有司马孙恒，亦久居权要。日在帝侧，二人见护杀戮大臣，亦恐不容于护，思欲除之，乃与宫伯乙弗

① 不逮——不及，不足之处。

凤、贺拔提共谮于帝曰："护自诛赵贵以来，威权日盛，谋臣宿将争往附之。以臣观之，将不守臣节，陛下天位难保，愿早图之。"帝以为然。乙弗凤又曰："以先王之明，犹委植与恒以政，今以事付二人，何患不成！且护常自比周公，臣闻周公摄政七年，然后返政。无论护心叵测，未必能如周公，就令如约，陛下安能七年悒悒如此乎？"帝愈信之，遂欲杀护。数引武士于后园讲习，为执缚之势。植等又约宫伯张光洛同谋。光洛以大权在护，帝孤立于上，事必无成，乃阳许植，而阴以告护。护曰："上何能为？废之恐骇物听①，不如先离其党。"乃出植为梁州刺史，恒为潼州刺史。植等既出，帝思之不置，每欲召之。护泣谏曰："天下至亲，无过兄弟。若兄弟尚相疑贰，他人谁可信者？太祖以陛下富于春秋，属臣后事。臣情兼家国，实愿竭其股肱。若陛下亲揽万几，威加四海，臣死之日，犹生之年。但恐除臣之后，奸回②得志，非唯不利陛下，亦将倾覆社稷，使臣无面目见太祖于九泉。且臣既为天子之兄，位至宰相，尚复何求？愿陛下勿信谗人之言，疏弃骨肉。"帝乃止。乙弗凤大惧，谓帝曰："事不速断，反受其乱。陛下不杀护，不唯臣等不免，弑逆之祸，即在目前。"帝又信之。于是密谋滋甚，定计于次日，召群臣入宴，因执护诛之。

护寄腹心于光洛，朝夕伺帝，纤悉必报，闻帝有密谋，乃召柱国贺兰祥、领军尉迟纲，诉以朝廷见害之意。二人劝护废之，曰："公欲自全，不若另立贤明。"护曰："主少国疑，遽行废立，人心不服，奈何？"贺兰祥曰："嗣子可辅则辅之，不可辅则废

① 物听——众人的言论。
② 奸回——邪恶。

之。昔先王废魏少主亦然。机在速为，前事可师也。以公今日位望，废昏立明，谁敢不服！”护从其言。时尉迟纲总领禁兵，护使以兵入宫，先收其党。纲至外殿，召乙弗凤、贺拔提议事，二人不知事露，同来见纲。纲即执之，送入护第。因罢散殿前宿卫兵。时帝在宫中，尚以机事甚密，功成在即，谓左右曰：“诛护之后，某也贤，为宰相；某也才，为行台。凡属护党，尽行诛之。”众皆称善。及闻宿卫皆散，大惊曰：“此必有变，须防兵入。”忙集宫人数十，环卫左右，执兵自守。俄而，贺兰祥奉护命，入宫见帝。甲士从者二百人，皆露刃上阶。祥厉声奏曰：“陛下昵近小人，不行正道，无人君之度。贺拔提等欲杀晋公以危社稷，今已收讫。公卿大臣恐陛下不能守太祖之业，有负臣民之望，请陛下归略阳旧府。另立新主，管理万民。”因斥左右宫人曰：“尔等死在目前，尚何为者！”宫人皆惊走。帝自投于地①曰：“为事不密，害至于此。”祥乃逼帝出宫，以车一乘，送入旧第，使兵士围守之。护既幽帝，悉召公卿会议，废帝为略阳公。迎立岐州刺史宁都公毓以承大业。众曰：“此公家事，废立由公，群臣何敢有违！”遂斩乙弗凤、贺拔提于宫门之外，杀孙恒于潼州。

时李植父李远为柱国大将军，镇弘农。护欲诛植，征之梁州，并召远入朝。李远见召，疑必有变，欲不就征，沉吟久之，乃曰：“大丈夫宁为忠臣而死，岂可作叛臣而生乎！”遂就征。至长安，植已被囚。护以远功名素重，犹欲全之，引与相见，谓曰：“公儿遂有异谋，非止屠戮护身，乃是倾危社稷。叛臣贼子

---

① 自投于地——投：抛掷。自己一下子仆伏在地上。

理宜同疾，公可早为之所。”乃以植付远，令自杀之。远素爱植，不忍加诛。植有口辩，自陈初无此谋。远信之，诘朝将植谒护，欲为申雪。护谓植已死，左右报曰：“植亦在门。”护大怒曰：“阳平公不信我。”乃召入，仍命远同坐，迎略阳公至，令与植相质于远前。植辞穷，谓略阳公曰：“本为此谋，欲安社稷，利至尊耳。今日至此，何事云云。”远闻之，自投于床曰：“若尔，诚合万死。”护遂杀植，并逼远自杀。初，李远弟穆官开府仪同三司①，知植非保家之子，每劝远除之，远不能用。及临刑，泣谓穆曰：“不用汝言，以至于此。”穆当从坐，以前言获免，除名为民。植弟基尚义归公主，亦当从坐，穆请以二子代基命，护并释之。

九月癸亥，宁都公至长安，百官迎之入宫。甲子，即皇帝位，是为世宗皇帝。太祖长子也，时年二十五岁。大赦，改元武城。朝群臣于太极殿，进护为太师。立夫人独孤氏为后，即独孤信女也。略阳既废，护犹怨之，使人赍鸩酒，弑之于旧第。年十六。黜王后元氏为尼。武城二年正月，护上表归政，阳为退让，其实军务大权仍自总理。周有处士②韦敻，孝宽之兄也，志尚夷简。魏、周之际，十征不屈。太祖甚重之，不夺其志。明帝立，敬礼尤厚，号曰逍遥公。护延之至第，访以政事。时护盛修第舍，极土木之巧，敻仰视堂屋，叹曰：“酣酒嗜饮，峻宇雕墙，有一于此，未或不亡！”护不悦，听之使去。其立明帝也，以帝

① 开府仪同三司——开府：建公府。仪同三司：非三司的官职而享受三公的待遇。三公（司徒、司寇、司空）官名都有“司”字，故称三司。开府仪同三司，是魏晋献北朝时期的一种高级官位。

② 处士——有才学而隐居不愿做官的人。

必德己，故无疑忌。及帝即位，明敏有识量，每日亲揽万几，生杀黜陟，辄自决断，渐欲夺护之权。护复谋废之。有李安者，本以鼎俎有宠于护，擢为膳部下大夫，因谓安曰："近上做事，令人不可耐①。子能暗行毒害，终身当共富贵。"安曰："此大事，若以相付，易犹反掌，保为公图之。"护大喜。一日，安上食，置毒于糖䭔而进之。帝食时不觉，俄而疾作，次日大渐②，叹曰："我堕奸计，不能活矣。"乃召左右侍臣，口授遗诏五百余言。且曰："朕子年幼，未堪当国。鲁公，朕之介弟，宽仁大度，海内共闻。能宏我周家者，必此子也。可使入继朕后。"言毕遂殂。后人有诗哀之曰：

黑獭当年连弑主，君臣大义等闲看，
两儿命绝他人手，千古收场总一般。

明帝暴崩，廷臣皆知中毒，为宇文护所使。然畏其势，皆求自保，莫敢推问③。遂遵遗命，奉鲁公即皇帝位，是为周武帝。帝名邕，字祢罗突，太祖第四子也。生于同州，有神光照室。幼而孝敬聪明，有器质，仪度不凡，特为明帝所亲爱。朝廷大事，每与参议。性深沉，非因顾问④，终不辄言。明帝每叹曰："夫人不言，言必有中。"故弥留之际，舍其子而立之。当是时，护于魏、周之际，秉政不越五年，于魏则弑恭帝，于周则弑闵帝，又弑明帝，威权震于一国，大逆彰于四方。故齐主闻之，欲代周以讨其罪，出兵有日矣。而望气者言，邺中有天子气，帝虑有内

① 不可耐——无法忍受。
② 大渐——病危，弥留。
③ 推问——追问。
④ 顾问——谘商询问。

变，遂不暇外讨。

初，帝之谋诛杨、燕也，许长广王湛曰："事成，当立尔为太弟①。"既而立太子百年。湛心不平。时留守邺中，济南王亦在邺，命湛掌之。及讹言起，帝命厍狄伏连为幽州刺史，斛律丰乐为领军，以分湛权，湛愈不安。而平秦王归彦则以天子气应在济南，恐其复立，于己不利，劝帝除之。帝乃使归彦至邺，征济南王如并州。湛益疑惧，问计于高元海。元海曰："皇太后万福，至尊孝友异常，殿下不须疑虑。"湛曰："此岂我推诚相问之意耶?"元海因乞还省②，静夜思之。湛即留元海于后堂。元海达旦不寐，绕床徐步，夜漏未尽，湛遽出曰："神算如何?"元海曰："有三策，恐不堪用耳。一请殿下如梁孝王故事，从数骑入晋阳，先见太后求哀，后见主上，请去兵权，不干朝政，必保泰山之安。此上策也。次则当具表，云威权太盛，恐取谤众口，请为青、齐二州刺史，沉靖自居，必不招物议，此中策也。最下一策，发言即恐族诛，不敢闻于殿下。"湛曰："卿之下策，焉知非我之上策乎？汝但说之，断不汝罪。"元海曰："济南世嫡，主上假太后令而夺之。今集文武，示以征济南之敕，执斛律丰乐，斩高归彦。尊立济南，号令天下，以顺讨逆，此万世一时③也。"湛大悦。然性怯多疑，心虽善之而未敢发。使术士郑道谦卜之。曰："不利举事，静则吉。"有林虑令潘子密者，湛之旧人，晓占候④之术，潜谓湛曰："主上当即晏驾，殿下不日登大位矣。"湛

① 太弟——古代皇帝称其弟为太弟。
② 还省——返归台省。
③ 万世一时——万世才有这么一个机会，形容机会难得。
④ 占候——视天象变化以附会人事，预言吉凶。

欲验其言，拘之内第以候之。又令巫觋[①]卜之，多云不须举兵，自有大庆[②]。湛乃奉诏，令数百骑送济南王至晋阳。但未识济南此去生廷若何，长广王果得大庆否，且俟下文再讲。

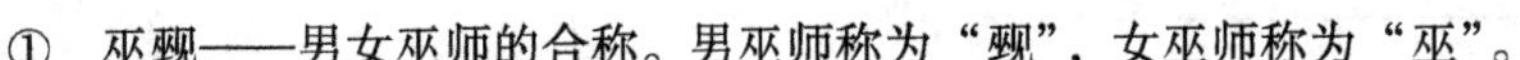
① 巫觋——男女巫师的合称。男巫师称为“觋”，女巫师称为“巫”。
② 大庆——大可庆贺的事。

第五十五回

弃天亲居丧作乐　归人母惧敌求成

话说济南初废，帝于太后前涕泣誓言，许以终始相保，决无害意。虽征至晋阳，初意幽之别第，终其天年。归彦等数陈利害，日夜劝帝除之。帝乃遣人密行鸩毒，济南不从，扼而杀之。时年十七岁。其后孝昭颇自愧悔，忽忽若失。有晋阳令史至邺，早行，路遇仪仗甚都，有一王者坐马上，酷似文宣，心甚疑之。有一骑落后，问之，骑曰："文宣帝也。今往晋阳复仇耳。"倏忽不见。令史归，不敢言。后闻帝疾，谓人曰："帝必不起。"其时宫中诸厉①并作，或歌呼梁上，或叱咤殿中。帝恶之，备行禳魇之事，而厉不止。时有巫者，言天狗下降大内，不利帝躬，乃于其所讲武以禳之。帝自强作精神，乘马射箭。马忽绝缰而奔，有兔从草中窜出，马惊逸，帝坠地绝肋。左右救之，昏迷良久乃苏。扶至宫，发晕数次。太后闻之，来视疾，问曰："汝征济南至此，今何在？"帝不答。连问，皆不答。太后怒曰："杀之耶？不用吾言，死其宜矣！"遂不顾而去。一月甲辰，诏以嗣子冲眇，弟长广王湛统兹大宝，遣赵郡王睿至邺征之。又与湛书曰："百年无罪，汝可以乐处置之，勿效前人也。"是日，殂于晋阳宫。临终，但言恨不见太后山陵。睿至邺，宣帝遗命，使继大统。湛

① 厉——邪气、鬼蜮。

犹疑其诈，使所亲先诣嫔所，发而视之，使者复命，乃大喜。驰赴晋阳，使河南王孝瑜先入宫，改易禁卫，然后入。癸丑，湛即皇帝位于南宫，是为武成皇帝。大赦，改元大宁。立妃胡氏为皇后，子纬为皇太子，封太子百年为乐陵王。

初，孝昭事太后惟谨，朝夕定省①，常得亲欢。武成每多不顺，太后常恶之。孝昭崩，太后思之致疾。又旧时老伴，若恒山楚国游夫人、穆夫人、王夫人等，或随子就封，或已去世。满目非旧，郁郁不乐，故疾势日重，而武成行乐自若，大宁元年四月遂崩，时年六十二岁。五月庚午，合葬于高祖献武之陵，谥曰武明太后。后有大识，高明严断，雅遵俭约，往来外舍，侍从不过十人。性宽厚不妒，高祖姬侍，咸加恩待。高祖尝西讨，方出师，后夜孪生一男一女。左右以危急，请追告高祖。后不许，曰："王出统大兵，何可以我故轻离军幕。死生命也，来复何为！"高祖闻之，嗟叹称善。弟昭，以功名自达。其余亲属，未尝为请爵位。每言官人以才，奈何以私乱公。先是童谣曰："九龙母死不作孝。"及后崩，武成不改服，绯袍如故，登高台，置酒作乐。宫女进白袍，帝怒，投诸台下。归彦时在座，请撤乐。帝大怒曰："何与汝事，敢阻吾兴！"叱之使去。盖帝为高祖第九子，童谣其先验也。初，归彦为孝昭所厚，恃势骄盈，凌侮贵戚。廷臣高元海、毕义云、高乾和常切齿②之，因与帝前数言其短，且云："归彦久掌禁兵，威权震主，必为祸乱。"帝寻其反复之，迹渐忌之，下密诏，除归彦冀州刺史，令速发，不听入宫。时归彦在家纵酒为乐，经宿尚未之知，至明入朝欲参。门者不

① 定省——子女早晚向父母请安问好的礼节。
② 切齿——上下牙齿紧紧地咬住，表示极端愤怒。

纳，曰："领军已除冀州，无容擅入。"归彦大惊，遂即拜退。群臣莫敢与语。七月，归彦至冀州，大怀怨望，欲待帝如邺，乘虚入晋阳。其郎中令吕思礼密告于朝，帝诏大司马段韶、司空娄睿讨之。归彦闻有军至，将讨己罪，即闭城拒守。长史宇文仲鸾不从，杀之。乃自称大丞相，有众四万。朝廷闻其拒守不下，以尚书封子绘，冀州人，其祖父世为本州刺史，得人心。使乘传至信都，巡于城下，谕吏民以祸福，于是降者相继。城中动静，小大皆知之。归彦自料必败，登城大呼曰："孝昭皇帝初崩，六军百万，悉在臣手。投身向邺，奉迎陛下，当时不反，今日岂反耶？正恨元海、义云、乾和等诳惑圣聪，嫉忌忠良，逼臣至此。陛下若杀此三人，臣即临城自刎。"既而城破，单骑奔走，至交津被执，锁之送晋阳。乙未，载以露车，衔木面缚，刘桃枝临之以刃，击鼓随之，并其子孙十五人皆弃市①。又以归彦在文宣时，谮杀清和王岳，以其家良贱百口悉赐岳家。赠岳太师。丁酉，以段韶为太傅，娄睿为司徒，平阳王淹为太宰，斛律光为司空，赵郡王睿为尚书令，河间王孝琬为左仆射。命封子绘行冀州事，人民始安。今且按下不表。

且说北有突厥一部，其君木杆可汗。自蠕蠕衰弱，突厥日强，周人欲结之以伐齐。许纳其女为后，遣御伯大夫杨荐往结之。齐人闻之惧，亦遣使求婚于突厥，赂遗甚厚。木杆贪齐币重，欲执荐送齐。荐知之，责木杆曰："我太祖昔与可汗共敦邻好，蠕蠕部落数千来降，太祖悉以付可汗使者，以快可汗之意。如何今日遽欲背恩忘义，独不畏鬼神乎！"木杆惨然良久，曰：

---

① 弃市——古代于闹市执行死刑，并将尸体弃置衔头示众。

“君言是也，吾意决矣。当相与共平东贼，然后送女。”荐归复命。公卿请发十万人击齐，柱国杨忠独以为得万骑足矣。戊子，忠将步骑一万，与突厥自北道伐齐；大将军达奚武帅步骑三万，自南道出平阳，期会于晋阳城下。忠进，拔齐二十余城。齐人守陉岭之隘，忠击破之。突厥木杆以十万骑来会，自恒州三道俱入。时大雪数旬，南北千余里，平地数尺。时齐主在邺闻之，恐并州有失，倍道赴晋阳，令斛律光将步骑三万屯平阳，以为声援。已未，周师逼晋阳，突厥从之，声势甚盛。齐主惧，戎服率宫人欲东走避之。赵郡王睿、河间王孝琬叩马谏曰：“陛下勿畏，有臣等在，足以御贼。”孝琬请委睿处分，必得严整。帝从之，命六军进止，皆受睿节度，而使段韶总之。

睿本高祖侄，赵郡公永实之子。幼孤，聪慧夙成，为高祖所爱。养于宫中，令游夫人母之，恩逾诸子。年四岁，未尝识母。其母魏华山公主，与楚国夫人郑氏为姑舅姊妹。一日，宫人领了来至飞仙院游玩。郑夫人抱诸膝，戏谓之曰：“你是我姨之儿，何倒认游娘为母？”睿愕然问故。夫人悉告所以，且曰：“此事大王不许与你说，待你长成，然后去认亲母。”睿默然下泪，回宫，思念不已，遂失精神。高祖疑其感疾，睿曰：“儿无疾，欲识我生耳。”乃迎华山公主至宫，与之相见。睿趋膝下跪拜，抱住大哭。公主亦泣。自后，高祖常令往来无间。母有疾，昼夜侍床前不去。及母没，哀戚毁形，不茹荤者三载。人称其孝。高祖尝谓平秦王曰：“此儿至性①过人，吾子皆无及者。”文宣时，尝为定州刺史，领兵监筑长城。时遇炎天，屏盖障，亲与军人同劳苦，

① 至性——诚挚纯厚的性情。

或以冰进，却不用，曰：“三军皆热，吾何独进寒冰？”人皆感悦。以故军士受睿节制，莫不踊跃争奋。睿部分既定，乃请齐主登北城观战。军容整肃，敌人望之失色。突厥咎①周人曰：“尔言齐乱，故来伐之。今齐人眼中亦有铁，何可当耶？”周人以步卒为前锋，从西山下，鼓勇而前。去城二里许，诸将咸欲进击之，韶曰：“步卒力势，自当有限。今积雪既厚，逆战非便，不如坚陈②以待之。彼劳我逸，破之必矣。”既至，齐悉其锐兵，鼓噪而出，突厥震骇，引兵上山，不肯战。周师遂大败，弃营而遁。突厥引兵出塞，纵骑大掠，自晋阳以往七百余里，人畜无遗。段韶追之不敢逼。突厥还至陉岭，地冻滑不可走，乃铺毡以度。马皆寒瘦，膝以下毛尽落。北至长城，马死且尽。截矟杖之以归。达奚武至平阳，未知忠已败走，犹进兵不已。斛律光与书曰：“鸿鹄已翔于寥廓，罗者③犹视于沮泽④，尔何不知进退耶？”武得书，知北道兵已败，亦还。光逐之，入周境，获二千余口以归。光见帝于晋阳，帝以新遭大寇，抱光头而哭。任城王湝进曰：“何至于此，陛下苟无忘今日，平西贼不难。”乃收泪而止。初，显祖之世，周人常惧齐兵北渡，每至冬月，守河椎冰以守。及武成即位，嬖幸用事，朝政渐紊，齐人反椎兵以备周兵之逼。斛律光叹曰：“国家常有并吞关、陇之志，今日至此，而唯玩声色乎！”

且说齐主志图苟安，不以军国为事，性又懦怯，周师虽退，

---

① 咎——怪罪。

② 坚陈——亦作“坚阵”。坚守阵脚或营垒。

③ 罗者——捕鸟之人。

④ 沮泽——水草丛生的沼泽地带。

犹虞复来，妨其为乐之事，因问计于群臣曰："吾欲与周通好，永息干戈，未识周其许我乎？"侍中和士开曰："臣有一策，可使宇文护感恩听命。"武成急问何策，开曰："昔日护奔关中，其母阎氏及姑宇文氏并留晋阳，皆被幽絷，至今尚羁中山宫内。臣闻边人云，护为宰相后，每遣间使入齐，访求其母消息。若示以通好之意，许归其母，有不乐从者哉？且其母与姑在彼则重，住此不过一老妪耳，不久将归地下，何关轻重？"帝以为然，乃遣使者至玉壁，求通互市，微露护母尚在，通好则归。护闻之大喜，密托勋州刺史韦孝宽致书齐朝，欲申盟好。齐乃先遣其姑归国，为阎氏作书寄护。其书曰：

吾年十九入汝家，今已八十矣。凡生汝辈一男一女。今日眼下不见一人，兴言及此，悲缠肌骨。幸属千载之运，逢大齐之德，矜老开恩，许得相见。今寄汝小时所着锦袍一领，宜自检看。禽兽草木，母子相依。吾有何罪，与尔分隔？今复何福，还获见汝？言此悲喜，死而更苏。世间所有，求皆可得。母子异国，何处可求？假汝贵极王公，富过山海，不得一朝暂见，不得一日同处，寒不得汝衣，饥不得汝食，汝虽穷荣极盛，光耀世间，汝何用为，于吾何益？吾今日之前，汝既不得申其供养，事往何论。今日以后，吾之残命，唯系于汝。尔戴天履地，中有鬼神，勿云冥昧①而可欺负。

护得书，捧之涕泣，悲不自胜。亦以书报母云：

区宇②分崩，遭遇灾祸，远离膝下，忽忽三十五年。受形禀

---

① 冥昧——神灵。

② 区宇——疆域。

气，皆知母子，谁同萨保①，如此不孝！子为公侯，母为俘隶。暑不见母暑，寒不见母寒。衣不知有无，食不知饥饱。泯如天地之外，无由暂闻。昼夜悲号，继之以血。分怀冤酷，终此一生，冀奉见于泉下耳。不谓齐朝解网，惠以德音。摩敦、四姑，已蒙礼送。初闻此旨，魂胆飞越，号天叩地，不能自胜。草木有心，禽鱼感泽。况在人伦，而敢不铭戴齐朝霈然之恩。既已沾洽②，有家有国，信义为本。伏度来期，已应有日。一得奉见慈颜，永毕生愿。生死骨肉，岂过今恩。负山戴岳，未足胜荷。伏纸呜咽，言不宣心。蒙寄萨保别时所留锦袍，年岁虽久，宛然犹识，对此益抱悲泣耳。

齐人留护母，使更与护书，邀护重报。往返数次，护徒以卑词致乞。

时段韶拒突厥于塞下，齐主使人以护书示之，问其可否。韶作书报曰：

周人反复，本无信义，比晋阳之役，其事可知。护外托为相，其实主也。既为母请和，不遣一介之使到此来求，而徒作哀怜之语，形诸楮墨③，其情可知。若据移书，即送其母，恐示之以弱。得母之后，彼必益无忌惮。为今之计，不如且外许之，待和亲坚定，然后遣之未晚。

齐主得书，犹豫未决。

时又传言木杆可汗以前攻晋阳不得志，谋与周兵再举伐齐。齐主大惧，急欲与周通好，以免干戈之扰。因不待周使来迎，即

① 萨保——宇文护的小字。
② 沾洽——恩泽广布。
③ 楮墨——纸与墨。借指诗文或书画。

送其母归。阎氏至周，举朝称庆，周主为之大赦。护与母暌隔多年，一朝聚处，凡所资奉，穷极华盛。每四时伏腊①，武帝率宗室亲戚至其家，行家人礼，称觞上寿。尊荣之典，振古未闻。俄而，突厥留屯塞北，更集诸部兵，遣使告周，欲与共击齐，如前所约。护因新得其母，未欲东伐，又恐负突厥约，更生边患；不得已，征二十四军及散隶，及秦、陇、巴、蜀之兵，并羌夷内附者凡二十万人，率以伐齐。但未识周师之出，胜负若何，且听下卷分剖。

① 伏腊——古代两种祭祀的名词，“伏”在夏季伏日，“腊”在农历十二月。

第五十六回

争宜阳大兵屡却 施玉珽天诛亟行

话说宇文护惧违突厥之意，出师伐齐。周主授护斧钺，亲劳军于沙苑。护军至潼关，遣大将尉迟迥帅精骑十万为前锋，趋洛阳；大将权景宣帅山南之兵，趋悬瓠①；少师杨㯹出轵关；亲率大军屯弘农。命齐公宪、达奚武、都督王雄军于邙山。齐主震恐，悔不听段韶之言。乃遣兰陵王长恭、大将军斛律光救洛阳，太尉娄睿拒杨㯹。㯹出轵关，恃勇深入，军不设备②。娄睿将兵奄至，大破其军。㯹被执，遂降。权景宣围悬瓠，豫州刺史王士良、永州刺史萧世怡并以城降。尉迟迥等围洛阳，为土山地道以攻之。城中守御甚固，三旬不克。护命诸将堑断河阳之路，以遏救兵，引师共攻洛阳。诸将以为齐兵必不敢出，唯斥候而已。兰陵王 斛律光畏周兵之强，未敢遽进。齐主召段韶，谓曰："洛阳危急，今欲遣公救之。但突厥在北，复须镇守，奈何？"对曰："北虏侵边，事等疥癣③，不足为国深害。今西邻阚④逼，乃腹心之病，请奉诏南行。"齐主曰："朕意亦尔。"韶乃率精骑一千发晋阳，星夜赶行，五日济河行近洛阳，与诸军会。值连日阴雾，

---

① 悬瓠——古城名。在今河南汝南。

② 设备——设置军备，设防。

③ 疥癣——比喻祸患微不足道。

④ 阚（kuī）——同"窥"。监视、窥探。

乃帅帐下三百骑，与诸将登邙坂观周军形势。至太和谷，与周军遇，韶即驰告各营，追集骑士，结阵以待之。韶为左军，兰陵王为中军，光为右军。周人不意其至，皆恟①惧。韶遥谓周人曰："汝宇文护才得其母，遽来为寇，何也？"周将曰："天遣我来，有何可问！"韶曰："天道赏善罚恶，当遣汝送死来耳。"周将曰："吾不与汝斗口，特与汝斗战耳。"乃以步兵在前，上山迎战。韶命军士且战且却以诱之，待其力弊。然后下马共击，冲坚陷锐，万众齐奋。周师大败，一时瓦解，主将禁之不能止，投溪坠谷，死者无数。兰陵王以五百骑突入周军，所向披靡，遂至洛阳城下，呼门求入。城上人弗识，乃免胄示之面，始开门纳之。城上欢呼震地。周师在城下者亦解围遁去，委弃②营幕，自邙山至谷水三十里中，军资器械弥漫川泽。唯齐公宪、达奚武及王雄在后，勒兵拒战。王雄驰马冲斛律光阵，光退走，左右皆散，唯余一奴一矢。雄按矟刺之，不及光者丈余，谓光曰："吾惜尔不杀，当生擒尔去见天子。"光回身反射，中雄额。雄抱马走，至营而卒。军中益惧，齐公宪拊循督励③，众心少安。至夜，收军欲待明更战，达奚武曰："洛阳军败，人情震骇，若不乘夜速还，明日欲归不得。武在军久，备见形势，公年少未经事，岂可以数营士卒，委之虎口乎？"乃还。权景宣亦弃豫州还。齐主亲至洛阳劳军，以段韶为太宰，斛律光为太尉，兰陵王为尚书令。兰陵王，文襄第四子，姬荀氏翠容所出。荀氏本尔朱后婢，性慧巧，年十四，常侍献武，后疑其与献武有私，欲置之死。献武送之娄

① 恟（xiōng）——忧惧。
② 委弃——丢弃。
③ 拊循督励——拊循：安抚、抚慰。督励：督率策励。

后处养之。娄以其眼秀神清，日后必生贵子，乃赐文襄为妾，而生兰陵。美丰姿，状貌如妇人好女。每临阵，恐无以威敌，带面具出战，匹马直前，万人辟易。是役也，功最著。奏凯后，齐人作兰陵王乐以荣之。

再说周杨忠引兵出沃野，应接突厥。军粮不给，诸军忧之，计无所出。乃招诱稽夷，宴其酋长于军中，诈使河州刺史王杰，勒兵鸣鼓而至，曰："大冢宰①已平洛阳，欲与突厥共讨稽夷之不服者。"酋长皆惧。忠尉谕而遣之曰："速以粮助大军，保无他害。"于是诸夷相率馈输，军赖以给。后闻周师罢归，忠亦还。越一年，周又遣齐公宪，将兵围齐宜阳，筑崇德等五城，以绝粮道。斛律光将步骑三万救之，筑统关、丰化二城，以通宜阳运粮之路。当是时，周、齐争宜阳，大小数十战，互有胜负。韦孝宽谓其下曰："宜阳一城之地，不足损益。两国争之，劳师弥年②。彼若有智谋之将，弃崤东，图汾北，我必失地。今宜速于华谷、长秋二处筑城，以杜其意。脱其先我为之，后悔无及。"乃画地形以陈于护。护谓使者曰："韦公子孙虽多，数不满百。汾北筑城，遣谁守之?"事遂不行。光果以争宜阳不若图汾北，遂于阵前遥谓孝宽曰："宜阳小城，久劳争战。今既舍彼，欲于汾北取偿，幸勿怪也。"孝宽曰："宜阳，尔邦之要冲；汾北，我国之所弃。我弃尔取，其偿安在?君辅翼人主，位望隆重。不抚循百姓，而极武穷兵，苟贪寻常之地，涂炭疲弊之民，窃为君不取也。"光进围定阳，筑南汾城以逼之。孝宽释宜阳之围，以救汾北。光与战，大破之，遂筑十三城于西境。马上以鞭指画而成。

---

① 冢宰——太宰的别称，为百官之长。

② 弥年——终年，经年。

拓地五百里，而未尝伐功。齐公宪督诸将拒齐师，段韶、兰陵王引兵袭破其军，唯定阳一城犹为周守。进而围之，刺史杨敷固守不下。韶屠其外城，内城将拔，而韶忽卧病，因谓兰陵王曰："此城三面重涧，皆无走路，唯虑东南一道耳。贼必从此出，宜简精兵专守之，此必成擒。"兰陵乃令壮士千余人，伏于东南涧口。城中粮尽，齐公宪来救，惮韶不敢进。敷突围夜走，伏兵起而擒之，尽俘其众，遂取周汾州及姚襄城。斛律光又与周师战于宜阳，取周建安等四戍，捕掳千余人而还。

护兵屡败，归朝后，与诸将稽首谢罪。周主仍慰劳之，下诏："大冢宰晋国公，亲则懿昆①，任当元辅，自今诏诰及百司文书，并不得称公名。"护大悦。周主深知二兄之死，皆为护弑，常惧及祸，故即位以后，深自晦匿，事无巨细，皆令先断。后闻生杀黜陟，一无关预，于左右近习前，屡称其忠不置。护闻之大安，异志少息。先是文帝为魏相立左右十二军，总属相府。文帝殁，皆受晋公护处分。凡所征发，非护命不行。护第屯兵侍卫，盛于宫阙。诸子僚属皆贪残恣横，士民患之。护常问下大夫庾季才曰："比日天道何如？"季才曰："荷恩深厚，敢不尽言。顷上台有变，公宜归政天子，请老私门②。此则享期颐之寿③，受旦奭之美④，子孙常为藩屏。不然，非复所知。"护沉吟久之，曰："吾本志如此，但辞未获免耳。公既王官，可依朝例，无烦别参

① 懿昆——皇亲的后裔。

② 私门——家门。

③ 期颐之寿——古代指百的岁数。

④ 旦奭（shì）之美——旦，指周公旦；奭，指召公奭；二人均是周初功臣。这里是说能得到像名臣周公旦、召公奭一样的美誉。

寡人也。”自是疏之。

卫公直，帝之母弟，深昵于护，及沌口之败，坐免官，由是怨护，劝帝诛之，冀代其位。帝谋之宇文孝伯，孝伯与帝同日生，幼相同学。及即位，欲引置左右，托言欲与孝伯讲习孝经，故护弗之疑也。孝伯亦劝诛护。又中大夫宇文神举、下大夫王轨皆与帝同心，欲共诛之。计乃定。帝每见护于禁中，常行家人礼。太后赐护坐，帝立侍于旁，绝无忤意。一日，护自同州还长安。帝御文安殿见之，引护入谒太后，蹙额谓之曰：“太后春秋高，颇好饮酒，虽屡进谏，未蒙垂纳。兄今入朝，愿更启请。”因出怀中《酒诰》授之，曰：“愿兄以此谏太后，太后必听。”护诺而入，见太后，如帝所戒，向前起居毕，曰：“愿有闻于太后。”执卷读之。读未竟，帝猝起不意，以玉珽①自后击之。护不及防，遂踣于地。此亦天意使然，护恶已满，一击适破其脑，血涌如泉，顿时闷绝。太后愕然，左右大骇。帝令宦者何泉以御刀斫之。泉惶惧，斫不能伤。卫公直匿户内，跃出斩之。神举等候门外，闻内有变，急趋入，见护已死，皆额首称贺，谓帝曰：“急收其党。”帝乃召宫伯张孙览等，告以护已诛，令收其子弟家属，又其党侯龙恩等数人，于殿中杀之。

初，龙恩为护所亲，护杀赵贵等皆与其谋。其从弟仪同侯植谓龙恩曰：“主上春秋既富，安危系于数公，若多所诛戮，以自立威权，岂惟社稷有累卵之危，恐吾宗亦缘此而败，兄安得知而不言？”龙恩不能从。植又乘间言于护曰：“明公以骨肉之亲，当

---

① 玉珽（tǐng）——玉笏。

社稷之寄。愿推诚①王室，拟迹伊、周②，则率土③幸甚。”护曰：“吾誓以身报国，卿岂谓吾有他志耶?”阴忌之。植以忧卒。及护败，龙恩诛，周主以植为忠，特免其子孙。齐公宪为护所亲任，赏罚之际，皆得参预。护欲有所陈，多令宪奏。其间或有可否，宪恐主相嫌隙，每曲而畅之。帝亦察其心。及护死，召宪入，宪免冠谢罪。帝慰勉之，使往护第收兵及诸文籍，杀膳部下大夫李安。宪曰：“安出自皂隶，所典庖厨而已，未足加戮。”帝曰：“汝不知耳，世宗之崩，安所为也。”帝阅护书记，有假托符命，妄造异谋者，皆坐诛。唯得庾季才书两纸，极言纬候灾祥，宜返政归权。叹以为忠，赐粟三百石，帛二千段，迁大中大夫。丁巳，大赦，改元。以尉迟迥为太师，窦炽为太傅，李穆为太保，宪为大冢宰，直为大司徒，陆通为大司马，辛威为大司寇，神举为大司空，孝伯、王轨并加仪同三司、车骑大将军。齐公宪虽迁冢宰，实夺之权。又谓宪侍臣裴文举曰：“昔魏末不纲④，我太祖辅政。及周室受命，晋公复执大权。积习生常，愚者咸谓法应如是，岂有年三十天子而可为人所制乎？诗云：‘夙夜匪懈，以事一人⑤。’一人为天子也。卿虽陪侍齐公，不得遽同，为臣欲死千所，事宜辅以正道，劝以义方，辑睦我君臣，协和我兄弟，勿令自致嫌疑。”文举退，以帝言白宪。宪指心抚几曰：“吾之夙心，公宁不知？但当尽忠竭节耳，知复何为?”卫公直心贪狠，意望

---

① 推诚——以诚心相待。
② 伊、周——伊尹、周公。二人为商、周时的辅命大臣。
③ 率土——指境域之内。
④ 不纲——指朝廷失去纲纪，政治混乱。
⑤ “诗云”句——出自《诗经·大雅·烝民》。意谓早早晚晚不懈怠，侍奉帝王献忠诚。

大冢宰，既不得，殊怏怏，更请为大司马，欲据兵权。帝揣知其意，曰："汝兄弟长幼有序，岂可反居下列？"由是用为大司徒。庚寅，追尊略阳公为孝闵皇帝。帝自是亲揽万几，大权独擅。赏功罚罪，悉秉至公，虽骨肉无所宽借①。群臣畏法奉上，而朝政一新。或有劝之伐齐者，帝曰："我岂忘之？但齐主虽懦，旧臣宿将犹在。况我初政未遑②，兵力尚弱，且待内治有余，外敌自灭。与其取果于未熟，不若取果于既落之为易也。"遂敕边将，谨守疆界，勿遽生事。由是两河之民，少得休息。今且按下不表。

且说武成为帝，好昵小人，倦理政事。始因周师再来，犹寄腹心于旧臣，稍知畏勉。既而外患不至，四境少安，遂恃为无恐。嬖幸日进，大肆淫乐。有嬖臣和士开者，自帝为长广王时，以善握槊、弹琵琶有宠，辟为开府参军。及即位，累迁给事、黄门侍郎，或外视朝，或内宴赏，须臾之间，不得不与士开相见。尝在宫累日不归。一入数日，才放一还，俄顷即遣骑督赴。宠爱之私，日隆一日。前后赏赐，不可胜记。士开每侍左右，奸谄百端，言辞容止，极其鄙亵，以夜继昼，无复君臣之礼。常谓帝曰："自古帝王，尽为灰土。尧、舜、桀、纣，竟复何异？陛下宜及少壮，极意为乐，纵横行之。一日取快，可敌千年。国事尽付大臣，何虑不办，无为自勤约③也。"帝大悦。于是委赵彦深掌官爵，元文遥掌财用，唐邕掌外骑，冯子琮、胡长粲掌东宫。三四日一视朝，对群臣略无所言，书数字而已。须臾罢入。

---

① 宽借——宽纵。

② 未遑——没有闲暇。

③ 勤约——勤劳、节俭。

先是乐陵王百年，孝昭时立为太子，帝素忌之。今虽退居藩位，疑其心怀怨望，留之必为异日之患。百年亦觉帝意，每事退抑，常托病不朝，故得苟延旦夕。时有白虹①围日，再重赤星昼见。太史令奏言不利于国，帝欲禳免其殃，思杀百年以厌之。乃嘱其近侍之臣，密伺其短，纤悉必报。一日，百年习书，偶作数“敕”字。宫奴贾德胄封其奏上，帝大怒，使召百年。百年自知不免，泣谓妃斛律氏曰：“帝欲杀我久矣，此行恐不复相见。”因割带玦与之，曰：“留此以为遗念。”妃涕泣受命。遂入。但未识百年此去吉凶若何，且听后卷细说。

① 白虹——白色的虹霓。多指兵。“日”多指君主。白虹围日，则有君主受围之象。

第五十七回

和士开秽乱春宫　祖孝征请传大位

话说乐陵王入宫，见帝于凉风堂。帝使书“敕”字，与德胄所奏字迹相似，大怒曰：“尔书‘敕’字，欲为帝耶？”喝左右乱捶之，又令曳之绕堂行，且曳且捶。所过血皆遍地，气息将尽，乃斩之。弃诸池中，池水尽赤。其妃闻之，把玦哀号，昼夜不绝声。月余亦卒，玦犹在手，拳不可开。父光擘之，其手乃开。中外哀之。

却说士开常居禁中，出入卧内，妃嫔杂处，虽帝房帏之私，亦不相避，胡后遂与之通。帝宿别宫，后即召与同卧，甚至白日宣淫，宫女旁列不顾。或帝召士开，后与之同来，帝不之疑也。一日，帝使后与士开握槊于殿前，互相笑乐。河南王孝瑜进而谏曰：“皇后天下之母，岂可与臣下接手？”后及士开皆不乐而罢，因共谮之。士开言孝瑜奢僭，山东唯闻河南王，不闻有陛下。帝由是忌之。后又言孝瑜与尔朱御女私语，恐有他故。帝益怒。未几，赐宴宫中，顿饮孝瑜酒三十七杯。孝瑜体肥大，腰带十围，醉不能起。帝使左右载以出，鸩之车中。至西华门，烦躁投水而绝。诸王侯在宫中者，莫敢发声。唯河间王孝琬大哭而出。

文宣后自济南被废，退居昭信宫。一日，帝往见之，悦其美，逼与之私。后不从。帝曰：“昔二兄以汝为大兄所污，故奸大嫂以报之。汝何独拒我耶？”后曰：“此当日事。今我年已长，儿子绍德渐大，奈何再与帝乱！”帝曰：“若不许我，当杀汝儿。”后惧从之，遂有娠。绍德至阁，不与相见。绍德愠曰：“儿岂不知‘家家’腹大，故不与我相见耶！”呼母为‘家家’，盖鲜卑语也。后闻之大惭，由是生女不举。帝横刀诟曰：“汝杀我女，我何为不杀汝儿！”召绍德至，对后斩之。后大哭。帝愈怒，裸后赤体，乱挝挞之。后号天不已。盛以绢囊，流血淋漉，投诸渠水，良久乃苏，命以犊车一乘，载送妙胜寺为尼。人谓此文宣淫乱之报云。

再说齐臣中有祖珽者，字孝征，性情机警，才华赡美①，少驰令誉②，为当世所推。高祖尝口授珽三十六事，出而疏之，一无遗失，大加奖赏。但疏率无行，不惜廉耻。好弹琵琶，自制新曲，招城市少年游集诸娼家，相歌唱为乐。曾于司马世云家饮，偷藏铜叠③三面。厨人请搜诸客，于珽怀中得之，见者皆以为耻，而珽自若。所乘老马一匹，常称骝驹。私通邻妇王氏，妇年已老，人前呼为娘子。裴让之嘲之曰：“策疲老不堪之马，犹号骝驹；奸年已耳顺之妇，尚呼娘子，卿那得如此怪异！”于是喧传④人口，尽以为笑。高祖宴群僚，于坐上失金叵罗⑤，窦泰疑珽所窃，令饮客皆脱帽，果于珽髻上得之，高祖未之罪也。后为秘书丞，文襄命录《华林遍略》。珽以书质钱樗蒱⑥，文襄杖之四十。

① 赡美——富丽优美。
② 令誉——美好的声誉。
③ 铜叠——铜制的碟子。
④ 喧传——哄传，盛传。
⑤ 叵罗——古代酒器。
⑥ 樗（chū）蒱——古代的一种赌博游戏。

后又诈盗官粟三千石，鞭二百，配甲坊。会并州定国寺成，高祖谓陈元康曰：“昔作《芒山寺》碑文，时称妙绝。今《定国寺碑》，当使谁作也?”元康因荐珽才学，并解鲜卑语。乃给笔札，使就配所具草。二日文成，词采甚丽。高祖喜其工而且速，特赦其罪。文宣即位，以为功曹参军，每见之，常呼为贼。然爱其才，虽数犯刑宪，终不忍弃，令直中书省。武成未即位时，珽为胡桃油献之，且言：“殿下有非常骨法，臣梦殿下乘龙升天，不久当登大宝。”武成曰：“若然，当使卿大富贵。”既即位，擢拜中书侍郎，迁散骑常侍，与和士开共为奸谄。帝宠幼子琅琊王俨，拜为御史中丞。先是中丞旧制体统①最重，其出也，千步外即清道，与皇太子分路而行，王公皆遥住车马以待其过。倘或迟违，则赤棒棒之。虽敕使不避。自迁邺后，此仪遂废。帝欲荣宠琅琊，乃使一依旧制。尝同胡后于华林门外张幕，隔青纱步障观之。琅琊仪仗过，遣中贵②驰马，故犯其道，赤棒棒之。中贵言奉敕，赤棒应声碎其鞍，马惊人坠。帝大笑以为乐。观者倾京邑。后尝私谓士开曰：“太子愚懦，吾欲劝帝立琅琊代之，卿以为可否?”士开曰：“臣承娘娘不弃，得效枕席之欢。然帝与太子，须要瞒过他。太子愚懦易欺，琅琊王年虽幼，眼光奕奕，数步射人，向者暂对，不觉汗出。他日得志，必不容臣与娘娘永好也。”后乃止。祖珽虽为散骑常侍，位久不进，思建奇策，以邀殊宠，因说士开曰：“君之宠幸，振古③无比。但宫车一日晏驾，

---

① 体统——体制，规矩。

② 中贵——显贵的皇帝侍从宦官。

③ 振古——自古。

君何以常如今日？”士开因从问计，珽曰：“君今日宜说主上，云文襄、文宣、孝昭之子，俱不得立者，皆未早为之图也。今宜使皇太子早践①大位，以定君臣之分。帝为太上皇，以握大权。如此，根本既固，万世不摇。帝必以君言为是，若事成，中宫少主必皆德君，此万全计也。君且微说主上，令其粗解，珽当自外上表论之。”士开许诺。会有彗星见，太史令奏称，彗者除旧布新之象，今垂象于天，当有易主之事。珽于是上表言：陛下虽为天子，未为极贵。宜传位太子，以上应天道，则福禄无穷。并上魏显祖禅位于子故事。帝遂从之。丙子，使太宰段韶持节奉皇帝玺绶，传位于太子纬。纬遂即帝位于晋阳宫。大赦，改元天统，立妃斛律氏为皇后。于是群臣上帝尊号为太上皇帝，军国大事咸以闻。使黄门侍郎冯子琮、尚书左丞胡长粲辅导少主，出入禁中，专典敷奏②。子琮，胡后之妹夫也，故有宠。祖珽拜秘书监，加仪同三司，大被亲幸，见重二宫。河间王孝琬痛孝瑜之死，祸由士开，常怨切骨，为草人而射之。士开闻其怒，谮于上皇曰：“草人以拟圣躬也。又前日突厥至并州，令以兵拒，孝琬脱兜鍪③抵地曰：‘我岂老妪，须着此物！’此亦言大家懦弱如老妪也。又外有谣言云：‘河南种谷河北生，白杨树端金鸡鸣。’河南北者，河间也。孝琬将建金鸡而大赦，非为帝而何？陛下不可以不防。”上皇颇惑之。会孝琬得佛牙一具，置之第内，黑夜有光，喧传为神。上皇责其妖妄，使搜第中，得镇库矟幡数百，指为反具，收

① 践——特指皇帝登临皇位。
② 敷奏——向君主报告。
③ 兜鍪（móu）——古代战士戴的头盔。

其宫属讯之。有姬陈氏者，素无宠，诬孝琬云：“常挂至尊像而哭之，其实文襄像也。”上皇大怒，使武卫倒鞭挝之。孝琬呼叔，上皇曰：“何敢呼我叔？”孝琬曰：“臣献武皇帝之嫡孙，文襄皇帝之嫡子，魏孝静皇帝之嫡甥，何为不敢呼叔！”上皇愈怒，命左右乱挝，折其两胫而死。安德王延宗哭之，泪尽出血。又为草人而鞭之曰：“何故杀我兄？”其奴告之。上皇召延宗，覆之于地，以马鞭鞭之二百，几死。

初，上皇许祖珽有宰相才，欲迁其官，既而中止。珽疑彦深、文遥、士开等阻之，欲去此三人，以求宰相，乃疏三人罪状，令黄门侍郎刘逖奏之。逖惧三人之权，不敢通。彦深等闻之，先诣上皇自陈，上皇怒，执珽诘之。珽陈三人朋党害政，卖官鬻狱事，且言：“宫中取人女子，皆士开所诱，致陛下独受恶名。”上皇曰：“尔乃诽谤我。”珽曰：“臣不敢诽谤陛下，陛下实取人女。”上皇曰：“我以其饥馑，收养之耳。”珽曰：“何不开仓赈给，乃买入后宫乎？”上皇益怒，以刀环筑其口，鞭杖乱下，将扑杀之。珽呼曰：“陛下勿杀臣，臣为陛下合金丹。”遂得少宽。珽曰：“陛下有一范增不能用。”上皇又怒，曰：“尔自比范增，以朕为项羽耶？”珽曰：“项羽布衣，帅乌合之众，五年而成帝业。陛下借父兄之资，才得至此，臣以为项羽未易可轻。”上皇令左右以土塞其口，珽且吐且言。乃鞭二百，配甲坊，寻徙光州，敕令牢掌。别驾张奉礼恶其为人，谓：“牢者，地牢也。”乃置地牢中，桎梏不使离身，夜以芜菁子①为烛，眼为所熏，由是失明。

---

① 芜菁子——芜菁，蔬菜名，俗称大头菜。

齐天统二年，上皇有疾，左仆射徐之才善医，治之渐愈。士开欲得其位，乃出之才为冀州刺史，而自迁中书监。俄而上皇疾作，驿追之才，路远不获即至。欲宣诸大臣入，胡后厌诸大臣居中，碍与士开相亲，遂不召。独留士开侍疾。上皇疾亟①，以后事嘱士开，握其手曰："勿负我也。"遂殂于士开之手。明日，之才至，复遣还州。士开秘丧，三日不发。冯子琮闻其故，士开曰："献武、文襄之丧，皆秘不发。今至尊年少，恐王公有二心者，意欲尽追集凉风堂，然后议之。"时士开素忌赵郡王睿及领军娄定远，子琮恐其矫遗诏出睿于外，夺定远禁兵，乃说之曰："大行皇帝先已传位于今上，群臣百工，受至尊父子之恩久矣。但令在内贵臣，无一改易，王公岂有异志？世异事殊，岂得与霸朝相比？且公严闭宫门，已数日矣。升遐之事，行路皆传。久而不举，恐有他变。"士开惧，乃发丧。尊太上皇后为皇太后，大赦天下。少帝以士开受顾托之命，深委任之，威权益重，人皆侧目。独赵郡王以宗室重臣，常与之抗，深恶其所为，乃与冯翊王润、安德王延宗、大臣娄定远、元文遥等，皆言于后主，请出士开于外。后主以告太后，太后不许。一日，太后宴朝贵于前殿。睿面陈士开罪恶，且言："士开先帝弄臣，城狐社鼠②，受纳货赂，秽乱宫掖，臣等义难杜口，冒死陈之。"太后曰："先帝在时，王等何不言，今日欲欺孤寡耶？且饮酒，毋多言。"睿词色俱厉，安吐根曰："赵王之言实忠于国，不出士开，朝野不安。"太后曰："异日论之，王等且散。"睿等或投冠于地，或拂衣而

① 疾亟——疾革。

② 城狐社鼠——比喻倚仗别人的权势，为非作歹的坏人。

起。明日，睿率诸王大臣复诣云龙门，令文遥入奏。三返，太后不听。左丞相段韶使胡长粲传太后言曰："梓宫在殡，事太匆匆，欲王等更思之。"睿等遂各拜退。长粲复命，太后曰："成妹母子家者，兄之力也。"

士开自被劾后，不便留禁中，太后乃召之入，使以危言恐帝曰："先帝于群臣之中，待臣最厚。陛下谅阴始尔，大臣皆有觊觎。今若出臣，正是剪陛下羽翼，使主势日孤于上，彼得弄权于下也。今宜谓睿等云：'文遥与臣，并为先帝任用，岂可一去一留？宜并用为州。'今且出纳如旧，待过山陵然后遣行，彼亦再无他说矣。"帝从之，以告睿等，睿等皆喜。乃以士开为兖州刺史，文遥为西兖州刺史。葬毕，睿促士开就路。太后欲留过百日，睿不可。数日之内，太后屡为睿言，且缓士开之行。睿执如故。有中贵知太后密旨者，谓睿曰："太后意既如此，殿下何苦违之？"睿曰："吾受委不轻，今嗣主幼冲，岂可使邪臣在侧？若不以死争之，何面戴天！"乃戒门者勿纳士开。更见太后，极口言之。太后令酌酒赐睿，睿正色曰："今论国家大事，非为后酒。"言讫遽出。士开知睿意难回，而定远贪利易惑，因载美妇珠帘送于定远，登堂谢曰："诸贵欲杀士开，蒙王大力，得全微命，用为方伯①。今当奉别，谨上美女二名，珠帘一具，少酬大德。"定远喜，谓士开曰："欲还入否？"士开曰："在内久不自安，今得迁外，本志已遂，不愿更入。但乞大王保护，长为大州刺史足矣。"定远信之，送至门。士开曰："今当远行，愿得一辞二宫。"定远遂与入朝。士开由是得见太后及帝，因奏曰："先帝

① 方伯——一方诸侯之长。后泛指各地方的长官。

一旦登遐，臣愧不能自死。观诸贵意，欲使陛下不得保其天位。臣出之后，必有大变，臣何面目见先帝于地下！”因伏地恸哭。帝及太后皆泣，问计安出。士开曰：“臣已得入，复何所虑，正须数行诏书耳。”帝从之，乃下诏出定远为青州刺史，严责赵王睿以不臣[①]之罪。举朝震惧。正是：

奸佞一施翻手计，忠良难免杀身危。

未识赵王被责之后，能委曲图存否，且俟后文再说。

---

① 不臣——人臣不守臣道。

第五十八回

琅琊王擅除宵小　武成后私幸沙门

话说赵王以太后不用其言，将复进谏，妻、子咸止之曰：“事关太后，徒拂其怒，谏复何益?”睿曰：“吾宁死事先王，不忍见朝廷颠倒。”拂衣而入，至殿门，又有人谓曰：“殿下勿入，入恐有变。”睿曰：“吾上不负天，死亦无憾。”入见太后。太后复以士开为言，勿使出外。睿执之弥固，太后命且退。出至永巷，武士执之，送入上林园，刘桃枝拉而杀之。睿久典朝政，清介自矢，朝野闻其死，无不呼冤。士开遂为侍中、尚书右仆射。定远大惧，不唯归其所遗，且以余珍赂之。

且说后主年少，多嬖宠。有宫婢陆令萱者，其夫骆超坐谋叛诛，令萱配掖庭，其子提婆亦没为奴。后主在襁褓，令萱保养之。性巧黠，善取媚，有宠于胡太后，以为女侍中。宫掖之中，独擅威福，封为郡君。幸臣和士开、高阿那肱等，皆为之养子。引提婆入侍，与后主朝夕戏狎，累迁至开府仪同三司、武卫大将军。又有宫人穆舍利者，其母名轻宵，本穆子伦婢，后转卖于侍中宋钦道家，私与人通，而生舍利。莫知其父姓，小字黄花。钦道以罪诛，籍其家口，黄花因此入宫。后主爱而嬖之，令萱知其有宠，乃为之养母，封为宏德夫人，赐姓穆氏。先是童谣云：“黄花势欲落，请觞满杯酌。”盖言黄花不久。后主得之，昏饮无度也。黄花以陆为母，故提婆亦冒姓穆氏。一日，后主忽忆祖斑，问其人何在，左右言配光州，乃就流囚中除为海州刺史。珽得释，因遗令萱弟陆悉达书云：赵彦深心腹阴沉，欲行伊、霍事。君姊弟虽贵，岂得平安，何不早用智士耶？悉达为姊言之，令萱颇以为然。士开亦以珽有胆略，欲引为谋主，乃弃旧怨，言于帝曰："襄、宣、昭三帝之子，皆不得立。今至尊独在帝位者，祖孝征之力也。人有大功，不可不报。孝征心行虽薄，奇略出人，缓急可使。且其目已盲，必无反心，请复其官。"后主从之，召为秘书监。士开与胡长仁不睦，谮之后主，出为齐州刺史。长仁怨愤，谋遣刺客杀士开。事觉，欲治其罪。士开以帝舅疑之，谋于珽。珽引汉文帝诛薄昭①故事，遂遣使就本州赐死。

琅琊王俨素恶士开、提婆专横，形于词色。二人忌之，奏除俨为太保，余官悉解，出居北宫。五日一朝，不得时见太后。俨益不平。时御史王子宜、仪同高舍洛、中常侍刘辟疆共怨士开，因说俨曰："殿下被疏，正由士开间构，何可出北宫，入民间也！"俨因思不杀士开，无以泄忿，乃谓冯子琮曰："士开罪重，儿欲杀之，姨夫能助我乎？"子琮素附士开，然自以太后亲属，士开每事不让，心常忿之，思欲废帝而立俨，因对曰："殿下欲杀士开，足洗宫闱之耻，敢不竭力！"俨乃令王子宜上表，弹士开罪，请禁推②。子琮杂他文书上之，帝不加审省，概可其奏。俨见奏可，谓领军库狄伏连曰："奉敕，令领军收士开。"伏连以告子琮，且请复奏。子琮曰："琅琊受敕，何必更奏！"伏连信之，发京畿军士伏于神武门外。次早士开依常早参，门者不听

① 汉文帝诛薄昭——薄昭，汉薄太后之弟，文帝之舅，文帝时为大将军，因杀汉使者，按律自杀。

② 禁推——拘禁犯人加以推究审问。

入，伏连前执其手曰：“今有一大好事，御史王子宜举公为之。”士开问何事，伏连曰：“有敕令公向台。”因令军士拥之而行，至台，俨喝左右斩之。士开方欲有言，头已落地。俨本意唯杀士开，入朝谢罪。其党惧诛，共逼之曰：“事已如是，不可中止，宜引兵入宫，先清君侧之恶，然后图之。”俨遂帅京畿军士三千人，屯千秋门。后主闻变，怒且惧，使桃枝将禁兵八十召俨。桃枝遥拜，俨命反缚，将斩之，禁兵散走。帝又使冯子琮召俨，俨辞曰：“士开比来实合万死，谋废至尊，剃家家发为尼，臣为是矫诏诛之。尊兄若欲杀臣，不敢逃罪，若舍臣，愿遣姊姊来迎，臣即入见。”姊姊，谓陆令萱也。俨欲诱出斩之。令萱执刀在帝后，闻之战栗。帝又使韩长鸾召俨，俨将入。刘辟疆牵衣谏曰：“若不斩提婆母子，殿下无由得入。”广宁王孝珩、安德王延宗自西来，曰：“何不入?”辟疆曰：“兵少。”延宗谓俨曰：“昔孝昭杀杨遵彦，不过八十人。今有众数千，何谓少!”俨不能决。孝珩谓延宗曰：“此未可与同死。”遂去之。后主召俨不入，泣谓太后曰：“有缘复侍家家，无缘永别。”急召斛律光。俨亦召之。光闻俨杀士开，抚掌大笑曰：“龙子所为，固自不凡。”入见帝于永巷，帝率宿卫者步骑四百，授甲将出战。光曰：“小儿辈弄兵，与交手即乱。鄙谚云：‘奴见大家心死。’至尊宜自至千秋门，琅琊必不敢动。”帝从之，光步随及门，使人走出连呼曰：“大家来！大家来!”俨众骇散。帝驻马桥上，遥呼之。俨犹不进。光步近，谓俨曰：“天子弟杀一夫，何所苦?”执其手，强引之前，请于帝曰：“琅琊王年少，肠肥脑满，轻为举措，稍长自不复然，愿宽其罪。”帝拔俨所带刀钚，筑其头，欲下者数次，良久乃释。收库狄伏连、高舍洛、王子宜、刘辟疆肢解之，暴其尸于都街。

帝欲尽杀王府文武官吏，光曰：“此皆勋贵子弟，诛之恐人心不安。”赵彦深亦曰：“春秋责帅。”遂并释之。太后责问俨：“尔何妄行若此？”俨曰：“冯子琮教儿。”太后怒子琮，就内省杀之，载尸还其家。自是太后置俨宫中，每食必自尝之。令萱说帝曰：“人称琅琊聪明雄勇，当今无敌。观其相表，殆非人臣。自专杀以来，常怀恐惧，宜早除之。”帝尚犹豫，因问之祖珽。珽举周公诛管叔，季友鸩庆文①以对。帝乃决，密使赵元侃杀俨。元侃辞曰：“臣昔事先帝，见先帝爱王，何忍行此？”帝乃托言明旦出猎，欲与琅琊同去。夜四鼓，即召之。俨疑不往，令萱曰：“兄呼儿，何为不去？”俨乃往。出至永巷，刘桃枝反接其手。俨呼曰：“乞见家家、尊兄。”桃枝以袖塞其口，反袍蒙头，负至大明宫，鼻血满面，拉而杀之。时年十四。裹之以席，埋于室内。帝使启太后，太后临哭十余声，宫女即拥之入内。遗腹四男，皆幽死。

却说太后性耽淫逸，出入不节，自士开死后，益觉无聊，数游寺观，以寻娱乐。有定国寺沙门昙显，体态轩昂，仪度雄伟，为一寺主僧。外奉佛教，内实贪淫。善房术，御女能彻夜不倦。寺中密构深房曲院，为藏娇之所。以广有蓄积，交结权贵，故人莫敢禁。太后至寺行香，见而悦之，假称倦怠，欲择一深密处少息片时，命昙显引路，至一秘室中。太后坐定，谓昙显曰：“闻僧家有神咒，卿能为我诵乎？”昙显曰：“有，但此咒不传六耳，乞太后屏退左右，臣敢诵之。”太后令宫女皆退户外。显见旁无

① 季友鸩庆文——季友，春秋鲁桓公季子，庄公弟，号成季；庆文，即公子牙。鲁庄公病重，公子牙将谋反，季友用毒药和酒使公子牙饮，把他诛杀。事见《公羊传·庄公二十八年》。

一人，乃伏地叩头曰："臣无他术，愿得稍效心力，以供太后之欢。"太后微笑，以手挽之起，遂相苟合。太后大悦，回宫后，即于御园中建设护国道场，召昙显入内讲经，昼夜无间，大肆淫乐。赏赐财帛，不可胜记。众僧至有戏呼昙显为太上皇者。丑声狼籍，而帝不觉。一日，谒太后，见有二尼侍侧，颜色娇好，心欲幸之，乃假皇后命召之。二尼欣然欲往，太后不好却，但嘱二尼小心谨慎。及至前宫，帝挽之入室，逼以淫乱。二尼惊惧，抵死不从。使宫人执而裸之，则皆男子也。宫女各掩面走。你道两个假尼从何而来？一昙显之徒，名乌纳，年二十，状貌如妇人好女。因昙显不得长留禁中，使充女尼，得以长侍太后。一市中少年，名冯宝，美丰姿，而有嫪毐之具①。昙显尝与之狎，戏其具曰："吾为正，尔为副，天下娘子军不足平也。"宝欲求幸太后，以图富贵。昙显亦令削发充女尼，荐之太后。除一二心腹宫女外，人莫之知也。不意今日帝前，当面败露。严讯入宫之由，遂各吐实，于是昙显事亦发。帝大怒，立挞杀之，并诛昙显。籍其寺中，有大内珍宝无数，皆太后所赐者。帝益怒，遂幽太后于北宫，禁其出入。太后亦无颜见帝，两宫遂睽②。祖珽见太后被幽，欲尊令萱为太后，为帝言魏代保太后故事，且曰："陆虽妇人，然实雄杰，自女娲以来未之有也。"令萱亦谓珽为国师国宝，珽由是得为仆射。

时斛律光为宰相，深恶之，遥见辄骂曰："多事乞索小人，

---

① 嫪毐（lào ǎi）之具——嫪毐，战国末年秦国宦官，因得太后宠幸，权势很大。秦王政时封为长信侯。后因起兵叛乱，被处死。嫪毐之具，指嫪毐之生殖器大。

② 暌（kuí）——隔离。

意欲何为!”又谓诸将曰:“边境消息,兵马处分,向来赵令恒与吾辈参论。盲人掌机密以来,全不与吾辈语,正恐误国家事也。”又旧制,宰相坐堂上,百官过之,皆下马行。光在朝堂常垂帘坐,珽不知,乘马过其前。光怒曰:“小人乃敢尔!”后珽在内自言,声高慢,光过而闻之,愈怒。珽觉光不悦己,私赂其从奴问之。奴曰:“自公用事,相王每夜抱膝叹曰:‘盲人入,国必破矣!’”珽由是怨之。穆提婆求娶光庶女,不许。帝赐提婆晋阳田,光言于朝曰:“此田神武帝以来,常种禾,饲马数千匹,以拟寇敌。今赐提婆,则阙军务矣,不可。”穆亦怨之。光有弟丰乐为幽州行台,善治兵,士马精强,阵伍严整。突厥畏之,谓之南可汗。光长子武都为梁、兖二州刺史。光虽贵极人臣,性节俭,不好声色,罕接宾客,杜绝馈饷。每朝廷会议,常独后言,言辄理合。行兵仿其父金法,营舍未定,终不入幕,或竟日不坐。身不脱甲胄,常为士卒先,爱恤军士,不妄戮一人。众皆争为之死,自结发从军,未尝败。北周韦孝宽屡欲伐齐,而惮光不敢发。密为谣言以间之,曰:“百升飞上天,明月照长安。”又曰:“高山不摧自崩,槲木不扶自举。”令谍人传之于邺。邺中小儿相歌于路。珽因续之曰:“盲老公背受大斧,饶舌老母不得语。”使其妻兄郑道盖奏之。帝以问珽,珽曰:“实闻有之。”又问:“其语云何?”珽因解之曰:“百升者,斛也。盲老公,谓臣也。饶舌老母,似谓女侍中令萱也。且斛律累世大将,明月声振关西,丰乐威行突厥,女为皇后,男尚公主,谣言甚可畏也。盍早图之。”帝以问韩长鸾,长鸾力言光忠于国,未可以疑似害之,事遂寝。珽又见帝言之,唯何洪珍在侧,帝曰:“前卿所言,即欲施行,长鸾以为无此事,劝朕勿疑。”珽及未对,洪珍进曰:

"若本无意则可，既有此意而不行，万一泄露如何?"帝曰："洪珍言是也。"然犹未决。珽因贿嘱光之府吏封士让，密首云："光前西讨还，敕令散兵，光不从，引兵逼都城，将行不轨，见城中有备乃止。家藏弩甲，僮仆千数，每遣使丰乐武都，阴谋往来，约期举事。若不早图，恐变生目前，事不可测。"珽以士让首状呈帝，帝遂信之。恐即有变，便欲召光诛之。又虑光不受命，复谋之珽。珽请遣使赐以骏马，语之云："明日将游东山，王可乘此同行。光必入谢，至即执之，一夫力耳。"帝如其计。明旦，光入凉风堂，才及阶，刘桃枝自后扑之，不动，顾曰："桃枝常为此事，我不负国家。"桃枝与三力士齐上，以弓弦罥①其颈，拉而杀之。血流于地，后铲之迹终不灭。于是下诏，称其谋反，尽杀其家口。珽使郎中邢祖信簿录光家。问所得物，对曰："得弓十五，宴射箭百，刀七，赐矟二。"

珽厉声曰："更得何物?"曰："得枣杖二十束。拟奴仆与人斗者，不问曲直，即杖之一百。"珽大惭，谓曰："朝廷既加重刑，郎中何宜为雪。"祖信既出，人尤其言直。祖信慨然曰："贤宰相尚死，我何惜余生!"旋杀武都于兖州，又遣贺拔伏恩捕诛丰乐。伏恩至幽州，门者启羡曰："使人衷甲马有汗，宜闭城门。"羡曰："敕使岂可疑拒?"遂出见。伏恩执而杀之。初，羡常以盛满为惧，表解所职，不许。临刑叹曰："女为帝后，公主满家，家中常使三百兵，富贵如此，焉得不败!"及其五子皆死，斛律后亦坐废。周主闻光死，喜曰："此人死，齐其为我有乎!"为之赦于国中。珽既害光，专主机衡。每入朝，帝令中贵扶持，出入同

① 罥 (juàn) ——挂，缠绕。

坐御榻，论决政事。委任之重，群臣莫比。

先是胡太后自愧失德，欲求悦帝意，饰其兄长仁之女置宫中，令帝见之。帝果悦其美，纳为昭仪。及斛律后废，太后欲立昭仪为后，力不能得之帝。知权在令萱，乃卑辞厚礼以结之，约为姊妹。令萱因亦劝帝立之。然其时黄花已生子，令萱欲立之为后，每谓帝曰："岂有男为皇太子，而身为婢妾者乎？"因胡后宠幸方隆，未可以言语离间。因于宫中暗行魇魅之术以惑之。正是：

当面明枪犹易躲，从旁暗箭最难防。

未识胡后能保帝宠，常得立位中宫否，且听下文细述。

第五十九回

齐后主自号无愁　冯淑妃赐称续命

话说陆令萱欲立黄花为后，暗行魇魅之术，以间胡后之宠。旬日间，胡后精神恍惚，言笑无恒，帝渐恶之。一日，令萱造一宝帐，枕席器玩，莫非珍奇。坐黄花于帐中，光彩夺目，谓后主曰："有一圣女出，大家可往观之。"及见，乃黄花也。令萱指之曰："如此人不作皇后，遣何物人作？"帝纳其言，而未忍废胡后也。又一日，令萱于太后前作色而言曰："何物亲侄，作如此语！"太后问其故，令萱曰："不可道。"固问之，乃曰："后语大家云：'太后行多非法，不可以训，有忝①大家面目。'"令萱知太后最恶人发其隐私，故以此言激之。太后果大怒，立呼后出，剃其发，载送还家，废为庶人。于是立穆氏为后，而令萱之权，太后亦受其制。

且说齐自士开用事以来，政体大坏。及珽执政，颇收举才望，内外称美。左丞封孝琰谓珽曰："公是衣冠宰相，异于余人。"珽益自负，乃欲增捐庶务，沙汰②人物，官号服章，并依故事。又欲黜诸阉竖③及群小辈，为致治④之方。令萱、提婆、长

---

① 忝——有愧于。
② 沙汰——选精汰秽。
③ 阉竖——即宦官。
④ 致治——使国家在政治上安定清平。

鸾等不以为然，议颇同异。乃嘱御史丽伯律劾主书王子冲纳赂，事连提婆，欲使赃罪相及，而并坐令萱。令萱觉之大怒，传帝敕，释王子冲不问，而斥伯律于外。由是事事与珽相左，诸宦者更共谮珽。帝不得不疑，因问令萱曰："孝征果何如人?"令萱默然不对。三问，乃下床叩头曰："老婢应死。老婢始闻和士开言，孝征多才博学，意谓善人，故举之。比观其行事，大是奸臣。人实难和，老婢应死。"帝命韩长鸾检省中案牍，尽得其奸状。帝大怒，然尝①与之重誓，故不杀。解去内职，出为北兖州刺史。珽求见帝，长鸾不许，遣人推出柏阁。珽坐地不肯行，曳其足以出。穆提婆遂代其任。未几，珽以恶疾死。

先是后主言语涩纳，不喜见朝士，自非宠私狎昵，未尝交语。唯国子祭酒张雕，以经授后主为侍读，呼为博士，大见委重②。雕亦自以出于微贱，致位人臣，欲立效以报德，议论抑扬，无所回避。帝尝动容改听，朝政得失，因之稍加留意。其后触怒群小，共构杀之。自是正言谠论③，遂绝于帝耳。又帝承世祖奢泰之余，以为帝王当然。后宫宝衣玉食，一裙之费，值至万匹。盛修宫苑，无时④休息。夜则然火⑤照作，寒则以汤化泥。凿晋阳西山为大像，一夜然油万盆，光照宫中。好自弹琵琶，为无愁之曲，近侍和之者以百数。民间谓之"无愁天子"。于华林园立贫儿村，自衣蓝缕之服，行乞其间以为乐。庶姓封王者以百数，

① 尝——曾经。
② 委重——任用倚重。
③ 谠（dǎng）论——正直的言论。
④ 无时——没有一刻。
⑤ 然火——即"燃火"。

开府千余人，甚至狗马及鹰，亦有仪同、郡君之号。赏赐左右，动逾巨万，既而府藏空竭，乃赐二三郡，或六七县，使阉竖辈卖官取值。由是为守令者，率皆富商大贾，竞为贪纵。赋役繁重，民不聊生矣。今且按下不表。

且说弘农华阴县生一异人，姓杨，名坚，汉太尉杨震十四代孙。其父名忠，美须髯，状貌瑰伟，武艺绝伦，识量深重，有将帅之略。周文帝召居帐下，尝从猎龙门，有猛兽突至，忠赤手搏之，人服其勇。以功历云、洛二州刺史，除大都督，赐姓普六茹氏，进封隋国公。夫人吕氏于周大统七年六月，生坚于冯翊波若寺。紫气充庭，异香满室，人皆以为贵征。时有一尼来自河东，谓吕曰："此儿所从来甚异，不宜与俗间抚育。"吕以儿托养之。尼乃舍于别馆，躬自抚育。一日，尼不在舍，吕往视抱儿于怀，忽见头上生角，遍体起鳞，惧坠之地。尼自外来，忙抱而起之曰："何惊我儿，致令晚得天下！"貌龙颔，额上有五柱透入顶门，目光外射，有文在手成"王"字。性沉深严重①，少入太学读书，虽至亲昵，不敢相狎。周文帝见之，叹曰："此儿风骨，非世间人。"及武帝时，忠已卒，坚袭爵为隋国公。见天下分裂，阴有削平四海②之志，尝启武帝曰："臣世受国恩，愧无以报。愿陛下成一统之业，百世之治，臣得垂名竹帛，私愿足矣。"因言齐政乱，一举可灭，劝帝伐之。帝从其请，乃命边镇益储积，加戍卒。齐人闻之，亦增修守御。柱国于翼谏曰："疆场相侵，互有胜负，徒损兵粮，无益大计。不如解严修好，使彼懈而无备，

---

① 严重——严谨、持重。

② 削平四海——四海：泛指全国各地。削平四海，意为平定全国各处叛乱。

然后乘间出其不意，一举可取也。”韦孝宽上疏，陈灭齐三策：

其一曰：臣在边有年，颇知间隙，不因际会，难以成功。往岁出军，徒有劳费，功绩不立，由失机会。何者？长淮之南，旧为沃土，陈氏以败亡余烬，犹能一举平之；齐人历年赴救，丧败而还，内离外叛，计尽力穷。仇敌有衅，不可失也。今大军若出轵关，方轨而进，兼与陈氏共为犄角；广州义旅出自三鸦，山南骁锐沿河而下；更募关河劲勇，厚其爵赏，使为前驱。岳动川移，雷骇电激，百道俱进，必当望旗奔溃，所向摧殄。一戎大定，实在此机。

其二曰：若国家更为后图，未即大举，宜与陈人分其兵势。三鸦以北，万春以南，广事屯田，预为贮积。募其骁勇，立为部伍。彼既东南有敌，戎马相持，我出奇兵，破其疆场。彼若兴师赴援，我则坚壁清野，待其去远，还复出师。常以边外之军，引其腹心之众。我无宿舂之粮①，彼有奔命之劳，一二年中，必自离叛。且齐氏昏暴，政出多门，鬻狱卖官，唯利是视，荒淫无道，阖境嗷然。以此而观，覆亡可待。乘间电扫②，事等摧枯。

其三曰：昔勾践下吴，尚期十载；武王取纣，犹烦再举。今若更存遵养③，且复相待，臣谓宜还崇邻好，申其盟约。安民和众，通商惠工，蓄锐养威，观衅而动。斯乃长策远驭，坐自兼并也。

书奏，武帝以问伊娄谦谏。对曰：“齐氏沉溺倡优，耽昏曲

① 宿舂——本指隔夜舂米备粮，后指少量的粮食。

② 电扫——迅速扫荡净尽。

③ 遵养——谓顺应时势而积蓄力量。

蘖①。其折冲②之将，明月已毙于谗口。他若段韶、兰陵等，亦皆死亡。上下离心，道路以目，此易取也。”帝大笑，乃下诏伐齐。以陈王纯、司马消难、达奚震为前三军总管，越王盛、侯莫陈琼、赵王招为后三军总管。齐王宪率众二万，趋黎阳。隋公杨坚率舟师三万，自渭入河。侯莫陈芮率众二万，守太行道。李穆帅众三万，守河阳道。帝自将大军，出河阳。民部大夫赵煚曰：“河南洛阳，四面受敌，纵得之不可以守。请从河北直至太原，倾其巢穴，可一举而定。”下大夫鲍宏亦曰：“我强齐弱，我治齐乱，何忧不克！但先帝往日屡出洛阳，彼既有备，每用不捷。如臣计者，进兵汾、洛，直扼晋阳，出其不虞，似为上策。”帝皆不从，帅众六万，直指河阴③。都督杨素请帅其父麾下先驱，许之。周建平元年八月，师入齐境。禁军士伐树践稼，犯者皆斩。丁未，攻河阴大城，拔之。齐王宪进围洛口，拔东西二城。齐永桥大都督傅伏闻西寇近，自永桥夜入中潬城，为拒守计。周师既克南城，进围中潬。伏闭城坚守，二旬不下。独孤永业守金墉，周主亦攻之不克。永业欲张声势，通夜办马槽二千。周人以为大军且至而惮之。九月，齐高阿那肱自晋阳将兵拒周，至河阳。会周主有疾，引兵还所，拔城皆不守。阿那肱以捷闻，齐主大喜，以阿那肱有却敌功，厚赐之。

明年，周主谓群臣曰：“朕去岁属有疹疾，不得克平逋寇，然已备见其情。彼之行师，殆同儿戏，岂能敌吾大兵。前出河

---

① 曲蘖（niè）——酒曲，此指酒。

② 折冲——使敌人的战车后撤，此处指冲锋陷阵。

③ 河阴——黄河南岸之地。

外①，直为拊背②，未扼其喉。晋州，本高欢所起之地，镇摄要重，今往攻之，彼必来援。吾严军以待，击之必克。然后乘破竹之势，鼓行而东，足以穷其巢穴，混同文轨。”遂复自将伐齐，以越王盛、杞公亮、隋公杨坚为右三军，谯王俭、大将军窦恭、广化公邱崇为左三军，齐王宪为前军，陈王纯为后军。周主至晋州，军于汾曲，遣齐王宪守雀鼠谷，陈王纯守千里径，达奚震守统军川，韩明守齐子岭，辛韶守蒲津关，宇文盛守汾水关，各领步骑一万，分据要害。大军直攻平阳。齐行台尉相贵婴城拒守，周主亲至城下督战。城中窘急，齐将侯子钦出降于周。刺史崔景嵩守北城，亦乘夜遣使请降，约为内应。周主大喜，命王轨帅众赴之。天未明，轨偏将段文振杖槊与数十人先登，景嵩迎入，引至相贵帐，拔刃劫之。城上鼓噪，守兵大溃，遂克晋州。虏相贵及甲士八千人。

是时齐主方以外内无患，朝野皆安，日夕淫乐，置边事于不问。有冯淑妃者，名小怜，穆后从婢也。穆后爱衰，以五月五日进之，号曰：“续命”。慧而黠，能弹琵琶，工歌舞，妖艳动人。后主惑之，宠冠一宫，坐则同席，出则并马，誓愿生死一处。周师之取平阳，方与淑妃猎于天池。放鹰纵犬，驰骋平林，搏取禽兽以为快。告急者自日至午，驿马三至。阿那肱曰：“大家正为乐，边鄙小小交兵，乃是常事，何急奏为？”至暮，使更至，言平阳已陷，乃奏之。后主将还，淑妃止之曰：“大家勿去，请更杀一围。”后主从之。周师既得平阳，齐王宪复拔洪洞、永安二城，乘胜而进。齐边将焚桥守险，军不得前，乃屯永安。癸酉，

① 河外——古地域名，黄河之西为河外。

② 拊背——捺住背部。比喻控制要害。

齐师来援，分军万人向千里径，又分军出汾水关，后主自帅大军上鸡栖原。使阿那肱将前军先进。乙卯，诸军齐会平阳城下。周主以齐兵新集，声势方盛，且欲西还以避其锋。宇文忻谏曰：“以陛下之圣武，乘敌人之荒纵①，何患不克！若使齐得令主，君臣协力，虽汤、武之兵，未易平也。今主阍臣愚，士无斗志，虽有百万之众，实为陛下奉耳。”军正王韶亦谏曰：“齐失纪纲，于兹②累世。天翼周室，一战而扼其喉。取乱侮亡，正在今日。释之而去，臣所未喻。”周主虽善其言，竟引军还。以大将梁士彦为晋州刺史，留精兵一万镇之。齐乘周师退，欲复平阳，进兵围之，昼夜攻击。城中楼堞俱尽，崩隳③之处，或短刀相接，或交马出入，众皆危惧。士彦慷慨自若，谓将士曰：“死在今日，我为尔先！”于是勇烈齐奋，齐兵少却。厥后，齐作地道攻城，城陷十余步。将士乘势欲入，齐主敕且止。召冯淑妃观之，妃方对镜妆点，不即至。城中以木拒塞之，兵不得入，城遂不下。又淑妃闻晋州城西石上有圣人迹，欲往观之。中道有桥，去城墙不远。齐主恐有弩矢及桥，乃抽攻城木，别造一桥以度。及度，桥坏，至夜乃还。周主还长安，以晋州告急，复率大军来援。王寅济河，遣齐王宪帅所部先向平阳。戊申，诸军毕至。凡八万人，进逼齐军。置阵东西三十余里。

先是齐人恐周师猝至，于城南穿堑，自乔山属于汾水，皆以堑为之隔。齐兵至，因结阵于堑北。齐王宪驰马观之，复命曰：“易与耳，请破之而后食。”周主大悦，乘马巡阵，辄呼主帅至

---

① 荒纵——荒淫纵欲，形容君王的昏庸无道。

② 于兹——至今。

③ 崩隳——崩毁。

前，劳勉之。将士喜于见知，咸思自奋。将战，左右请换良马。周主曰："朕独乘良马，欲何之?"进薄，齐师有堑，碍于前。自旦至申，相持不决。后主谓阿那肱曰："战是耶，不战是耶?"阿那肱曰："吾兵虽多，堪战者少。昔攻玉壁，援兵来即退。今日将士，岂胜高祖时耶？不如勿战，却守高梁桥。"安吐根曰："一撮许贼，马上刺取，掷之汾水中耳。"齐主意未决，诸内参曰："彼亦天子，我亦天子，彼尚能远来，我何为守堑示弱?"齐主曰："此言是也。"于是引兵填堑而出。周主大喜，勒诸军击之。兵才合，齐主与淑妃并骑观战。东偏小却，妃怖曰："军败矣。"穆提婆曰："大家去，大家去!"齐主即以淑妃奔高梁桥。正是：

将士阵前方致死，君王马上已逃生。

未识后事若何，且留下文再讲。

第六十回

拒敌军延宗力战　弃宗社后主被擒

话说齐主战尚未败，即以淑妃奔往高梁桥。武卫奚长谏曰："半进半退，战之常体。今兵众全整，未有亏伤，陛下舍此安之。马足一动，人情慌乱，不可复振。愿速还安慰之。"武卫张常山亦自后赶上曰："军寻收讫甚完整，围城兵亦不动，至尊宜回。不信，臣乞将内参往视。"齐主欲从之，提婆引齐主肘曰："此言难信。"齐王遂以淑妃北走，师大溃。死者万余人，军资器械，数百里间，委弃山积。奔至洪洞，以去敌军既远，暂少休息。淑妃重施新妆，方以粉镜自玩。后喧声大震，唱言贼至，于是复走。先是后主以淑妃有功，将立为左皇后，遣内参往晋阳取皇后服御、袆翟①等件。至是遇于中途。为之缓辔，命淑妃着之，然后去。

再说周主入平阳，梁士彦接见，持帝须而泣曰："臣几不见陛下。"帝亦为之流涕。周主以将士倦疲，欲引还。士彦叩马谏曰："今齐师遁散，众心皆动，因其惧而攻之，其势必举。陛下奚疑?"周主从之，执其手曰："余得晋州，为平齐之基，卿善守之。"遂率诸将追齐师。或请西还，周主曰："纵敌患生，卿等若疑，朕将独往。"诸将乃不敢言。于是星夜疾驰。后主入晋阳，

---

① 袆翟——皇后的一种服御。

忧惧不知所为，向朝臣问计，皆曰："宜省赋息役，以慰民心，收遗兵①，背城死战，以全社稷。"后主以为难。是役也，安德王延宗独全军而还。后主壮之，因曰："吾欲留安德守晋阳，自向北朔州。若晋阳不守，则奔突厥以避之，再图后举。"群臣皆以为不可。时阿那肱有兵一万，尚守高壁。周师至高壁，阿那肱望风退走。后主遂决意遁去，密遣左右先送皇太后、太子于北朔州，以安德王为相国、并州刺史，总山西兵，谓曰："并州兄自取之，儿今去矣。"延宗曰："陛下为社稷主，幸勿动。臣为陛下出死力战，必能破之。"提婆曰："至尊计已成，王勿阻。"乃夜斩五龙门而出，欲奔突厥。从官皆散，不得已，仍向邺。穆提婆西奔周军，令萱见其子降周，惧诛，遂自杀。周主以提婆为柱国、宜州刺史，下诏谕齐臣曰："若妙尽人谋，深达天命，官荣爵赏，各有加隆，一如提婆爵赏。"或我之将士，逃逸彼朝，无问贵贱，皆从荡涤。自是齐臣降者相继。延宗知周师将至，同诸将固守，诸将请曰："王不为天子，诸臣实不能为王出死力。"延宗不得已，戊午，即皇帝位。下诏曰：

武平孱弱，政由宦竖②。斩关夜遁，莫知所之。王公大臣，猥见③推逼。忝为宗藩，祗承宝位。呜呼，痛大厦之将倾，唯恃背城借一。回狂澜于既倒，庶几转弱为强。勖哉卿士，无负朕怀。

于是大赦，改元永昌。以唐邕为宰相，莫多娄敬显、和阿于

① 遗兵——残兵。
② 宦竖——对宦官的贱称。
③ 猥见——错误地。

子、段畅、韩骨胡为将帅。众闻之，不召而至者前后相属。延宗发府藏及后宫美女，以赐将士，籍没内参十余家。后主闻之，谓近臣曰："我宁使周得并州，不欲安德得之。"左右曰："理然。"延宗见士卒，皆亲执手称名，流涕呜咽。于是众争为死。周主至晋阳，引兵围之，四合如黑云。延宗命敬显、韩骨胡拒城南，和阿于子、段畅拒城东，自率兵拒齐王宪于城北。延宗体素肥，前如偃，后如伏，人常笑之。至是奋大矟，往来督战，劲捷若飞，所向无前。俄而，和阿于子、段畅奔降周军，周主遂自东门入，焚烧民室佛寺，合城慌乱，喊声震天。延宗知周兵入，率数十骑自北来，以死奋击。娄敬显见东路火起，亦从南路来援，率兵搏杀。城中儿童妇女，皆乘屋攘袂，投砖石御敌。周师大乱，相填压塞路，不得进。齐人从后斫刺之，死者二千余人。周主杂乱军中，自投无路。左右皆惶急，宇文忻牵马首，贺拔伏恩拂马后，崎岖得出。齐人奋刃几及之。时已四更，延宗疑周主为乱兵所杀，遣人于积尸中求长鬣①者，遍索不得。然以敌既败去，冀其不复来攻，军心渐懈。将士烧肉饮酒，多倦卧。延宗苦战一日，亦退而少息。

再说周主回营，腹已饥甚，欲遁去。诸将亦劝之还。宇文忻勃然进曰："陛下自克晋州，乘胜至北，今伪主奔波，关东响震，自古行兵，未有若此之盛。昨日破贼，将士轻敌，微有不利，何足为怀？大丈夫当死中求生，败中取胜。今破竹之势已成，奈何弃之而去？"齐王宪亦以去为不可。降将段畅极言城内空虚，再往必克。周主乃驻马，鸣角收兵，俄顷复振。及旦，还攻东门，

---

① 鬣（liè）——原指兽类颈上的长毛，此处作须发。

克之。延宗挺身搏战，左右散亡略尽，力屈被执。周主见之，下马握其手。延宗辞曰："死人手，何敢迫至尊。"周主曰："两国天子，非有怨恶，直为百姓来耳。终不相害，勿怖也。"使复衣帽而礼之。唐邕等皆降于周。娄敬显奔邺。齐主闻并州破，惧周师来逼，立重赏以募战士，而竟不出物①。广宁王孝珩进曰："为今之计，莫若使任城王将幽州道兵入土门，扬声趋并州；独孤永业将洛州道兵入潼关，扬声趋长安。臣请将京畿兵，出滏口，鼓行逆战。敌闻南北有兵，自然逃溃。陛下出宫人珍宝，以赏将士，庶克有济②。"齐主不从。斛律孝卿请齐主亲劳将士，为之撰辞。且曰："宜慷慨流涕，以感激人心。"齐主既出，临众不复记所受言，遂大笑，左右亦笑。将士怒曰："身尚如此，我辈何苦为之效死！"由是皆无战志。朔州行台高劢将兵卫太后、太子还邺，宦官苟子溢犹恃宠纵暴民间，劢斩以徇。太后救之不及。或谓劢曰："子独不畏太后怒耶？"劢攘袂曰："今西寇已据并州，达官率皆委叛。正坐此辈浊乱朝廷，若得今日斩之，明日受诛，亦无所恨。"

延宗在周军，周主问以取邺之策。辞曰："此非亡国之臣所及。"强问之，乃曰："若任城王据邺，臣不能知。若今上自守，陛下兵不血刃。"癸酉，周师趋邺，齐王宪为先驱。是时齐人汹惧，望风欲走，朝士出降者昼夜相属。齐主计无所出，复召群臣议之。言人人异，莫知所从。高劢曰："今之叛者，多在贵人。至于卒伍，犹未离心。请追五品已上家属，置之三台，因胁之以

① 不出物——拿不出（募赏的）东西。

② 有济——才能成功。

战，若不捷，则焚台。此曹顾惜妻子，誓当死战。且王师频北，贼徒轻我，背城一决。理必胜之。”齐主不能用。望气者言，当有革易①。乃依天统故事，禅位于太子恒，自称太上皇帝。恒生八年矣，孝珩乞兵拒周师，不许，出为沧州刺史。孝珩谓阿那肱曰：“朝廷不遣赐击贼，岂畏孝珩反耶？孝珩若破宇文邕，遂至长安，反亦何预国家事！以今日之急，犹如此猜忌耶？”洒涕而去。齐主使尉世辨率千余骑拒周师，世辨本非将才，性又懦怯，出滏口，登高阜四望，遥见群乌飞起，谓是西兵旗帜，即驰还北，至紫陌桥，不敢回顾。左右谓曰：“敌兵未至，顷所见者，群乌耳，走尚可缓。”世辨曰：“乌亦欺我耶？我已为之胆落矣。”归报后主曰：“周兵势大，不可抗也。”壬辰，周师至邺。后主及太后、幼主、穆后、淑妃等，率千余骑东走，使慕容三藏守邺宫。周主破城入，齐王公以下皆降。三藏犹拒战，周主引见礼之，拜仪同大将军。三藏，绍宗子也。执莫多娄敬显，周主数之曰：“汝有死罪三，前自晋阳归邺，携妾弃母，不孝也。外为伪朝戮力②，内实通启于朕，不忠也。送款③之后，犹持两端，不信也。用心如此，不死何待？”遂斩之。使将军尉迟勤追齐主。邺有处士熊安生，博通五经，闻周主入邺，遽令家人扫门。家人怪而问之，安生曰：“周帝重道尊儒，必将见我。”俄而，周主幸其家，不听拜，亲执其手，引与同坐。给安车驷马以自随。又遣使至李德林宅，宣旨慰谕曰：“平齐之利，唯在于尔。”德林来

① 革易——革除改变。
② 戮力——齐心协力。
③ 送款——归降。

见，引入帐中，访问齐朝风俗政教、人物善恶，语三宿不倦。

再说齐主渡河，入济州，使阿那肱守济州关，觇候周师。自帅百余骑奔青州，即欲入陈。而阿那肱密召周师，约生致齐主，屡启云周师尚远，已令烧断河桥。齐主由是淹留①自宽。周师至关，阿那肱迎降，尉迟勤奄至青州，获太后、幼主、后妃等。齐主系囊金于鞍后，从十余骑南走。周兵追至南邓村及之，执以送邺。庚子，周主诏齐故臣斛律光等，宜追加赠谥；家口田宅没官者，给还其子孙。指其名曰："此人在，朕安得至此？"又诏齐之东山南园三台，皆竭民脂膏为之，令皆毁拆。瓦木材料，并以给民。山园之田，各还其主。东民大悦。二月丙午，齐主纬至邺，复其衣冠。帝以宾礼见之。会报广宁、任城二王起兵信都，集众四万，共谋匡复。帝曰："此可谕之使来也。"令后主作书招之，许以若降，富贵如故。湝不从，乃命齐王宪、隋公杨坚引兵平之。军至赵州，湝遣谍觇之，为周候骑所执。解至营中，宪命释其缚，集齐旧将遍示之，谓曰："吾所争者大，不在汝曹。今纵汝还，即充吾使。"乃与湝书曰：

足下谍者，为候骑所拘。军中情实，具诸执事。战非上计，无待卜疑；守乃下策，或未相许。已勒诸军分道并进，相望非远，凭轼②有期，不俟终日，所望知机③，勿贻后悔。

宪及杨坚至信都，湝同孝珩军于城南以拒之。其将尉相愿诈出略阵，遂以众降。相愿，湝之心腹将也。众皆骇惧。湝怒，收

① 淹留——长期逗留。
② 凭轼——倚在车前横木上。谓出征。
③ 知机——谓有预见。

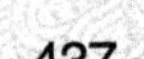

其妻子，即阵前斩之。明日进战，湝与孝珩亲自出马，冲坚陷锐。齐王宪敌于前，杨忠率劲骑横击之，分其军为二，遂大破之。俘斩三万人，执湝及孝珩。宪谓湝曰："任城王何苦若此？"湝曰："下官献武皇帝之子，兄弟十五人，幸而独存。逢宗社颠覆，今日得死，无愧坟陵。"宪壮之，归其妻子。宪问孝珩齐亡所由。孝珩自陈国难，辞泪俱下，俯仰有节。宪为之改容，亲为洗疮敷药，礼遇甚厚。孝珩叹曰："李穆叔言齐氏二十八年天下，今果然矣。自献武皇帝以来，吾诸父兄弟，无一人至四十者，命也。嗣君无独见之明，宰相非柱石之寄。恨不得握兵符，受斧钺，展我心力耳。"初，任城母朱金婉，以失节被幽。幼时献武不甚爱之。及齐亡，而湝建义信都，独以忠孝著。广宁王，文襄第二子，好文学，工丹青，尝于厅事堂画苍鹰，见者皆疑为真。又作朝士图，妙绝一时。今以兵弱被执，盖不愧高氏子孙云。以故宪皆重之。先是周主破平阳，遣使招东雍州刺史傅伏。伏不从。既克并州，获其子，使以上将军、武乡公告身，及金马脑二酒盏赐伏为信。并遣韦孝宽致书招之。伏复孝宽曰："事君有死无二，此儿为臣不忠，为子不孝，愿速斩之，以令天下。"及周主自邺还至晋阳，遣降将阿那肱等百余人临汾水招伏。伏隔水见之，问："至尊何在？"答曰："已被擒矣。"伏仰天大哭，率众入城。于厅事前北面，哀号良久，然后出降。周主曰："何不早下？"伏流涕对曰："臣三世为齐臣，食齐禄，不能自死，羞见天地。"周主执其手曰："为臣当如此也。"引使宿卫，授为仪同大将军。他日，又问伏曰："前救河阴得何赏？"对曰："蒙一转，授特进、永昌郡公。"时齐主在座，周主顾而谓曰："朕三年习战，决取河阴，政为傅伏善守，城不可动，故敛军而退。公当日赏功，何其薄也!”是时周主方欲班师，忽北朔州飞章告急：有范阳王绍义进据马邑，号召义旅，自肆州以北，从而叛者二百八十余城，兵势大振。又有高宝宁者，齐之疏属，有勇略，久镇和龙，甚得夷夏之心，亦起兵数万，与绍义遥为声援，势甚猖獗。遂遣大将军宇文神举率兵十万讨之。大驾暂驻晋州。正是：

全齐已属他人手，一旅犹为宗国谋。

你道范阳王何以得据北朔州？且听下文分解。

第六十一回

捋帝须老臣爱国　扪杖痕嗣主忘亲

话说北朔州原是齐之重镇，风俗强悍，士卒骁勇。既降于周，周主遣齐降将封辅相为其地总管。有长史赵穆智勇盖世，心不忘齐，会任城王起兵瀛州，谋执辅相，以城迎之。辅相逃去，及任城被执，乃迎定州刺史高绍义。绍义据马邑，引兵南出，欲取并州。至新兴而肆州已为周守，又闻宇文神举大兵将到，还保北朔州。神举进兵逼之，绍义谓赵穆曰："我兵新集，敌皆劲旅，将何以战？"穆曰："战也，胜之，可以席卷并、肆；不胜，则北走突厥，再为后图。"遂进战，连战数阵，绍义皆败，穆战死。绍义北奔突厥，犹有众三千人，下令曰："欲还者听。"于是辞去者大半。突厥佗钵可汗常谓齐神武英雄天子，以绍义重踝①似之，甚见爱重。凡齐人在北者，悉以隶之。高宝宁自和龙劝进，绍义遂称皇帝。以宝宁为丞相，欲延齐一线之脉。而窜身异域，不敢与周相抗。于是除和龙外，齐地皆入于周。凡得州五十，郡一百六十二，县三百八十五，户三百三十万二千五百二十八。

帝命班师，驾至长安，置高纬于前，列其王公等于后，车舆、旗帜、器物，以次陈之。备法驾，布六军，奏凯乐，献俘于

① 重踝（huái）——踝，踝子骨，脚腕两旁凸起的部分。重踝，指有两块踝子骨。

太庙。观者夹路①，皆称万岁。爵赏有功，大赦天下。封高纬为温公。齐之诸王三十余人，咸受封爵。一日，宴于内廷。齐君臣皆侍饮，帝令温公起舞，折旋②中节。延宗在座，悲不自持。又命孝珩吹笛，辞曰："亡国之音，不足上渎王听。"固命之，才执笛，泪下呜咽。帝不复强，以李德林为内史上士，自是诏诰格式及用山东人物，并以委之。帝从容谓群臣曰："我往常唯闻李德林名，欲见其面不可，得复见其为齐朝作诏书移檄，正谓是天上人。岂意今日得其驱使。"纥豆陵毅对曰："臣闻骐驎凤凰为王者瑞，可以德感，不可力致。然骐驎凤凰，得之无用，岂如德林为瑞，且有用哉?"帝大笑曰："诚如卿言。"未几，有诬告温公与定州刺史穆提婆谋反者，遂同日诛之。其宗族皆赐死。众人多自陈冤，欲求免诛，独延宗攘袂③不言，以椒塞口而死。纬弟仁英以清狂，仁雅以瘖疾得免。其亲属不杀者，散配西土，皆死于边裔。先是温公至长安，向帝求冯淑妃。帝曰："朕视天下如敝屣，一女子岂为公惜。"仍以赐之。及温公遇害，妃归代王达。王甚嬖之，偶弹琵琶，弦断。妃有诗曰：

虽蒙今日宠，犹忆昔时怜。

欲知心断绝，应看膝上弦。

任城王有妃卢氏，任城死，赐大将斛斯征。卢妃蓬首垢面，长斋不言笑，征怜而放之，乃为尼。其后，齐之宫妃嫔御流落在外者，贫不能存，至以卖烛为业。此皆后话不表。

且说帝自灭齐后，节己爱民，亲贤远佞，殷殷求治，人皆喜

---

① 夹路——列在道路两旁。

② 折旋——形容舞姿。

③ 攘袂——捋起衣袖。形容奋起貌。

太平可致。时帝生七子，太子赟最长，故以储位归之。但性顽劣，好昵近小人。大臣皆忧其不才。于是左宫正宇文孝伯言于帝曰：“太子者，国之根本，天下之命悬于太子。今皇太子为国储贰，德义罕闻，臣忝宫官，实当其责。且太子春秋尚少，志业未成，伏乞陛下妙选正人，为其师友，调护圣质，犹望日就月将，如或不然，恐后悔无及。”帝敛容曰：“卿世代耿直，竭诚所事。观卿此言，有家风矣。”孝伯拜谢曰：“非言之难，受之难也。”帝曰：“正人岂复过卿，吾将使尉迟运助吾子。”于是，以运为右宫正。又尝问内史乐运曰：“卿言太子何如人？”对曰：“中人。”帝顾谓齐王宪曰：“百官佞我，皆称太子聪明仁恕，惟运所言，不失忠直耳。”因问辅翼中人之状。运曰：“如齐桓①是也。管仲②相之则伯，竖貂③辅之则乱。可与为善，可与为恶。”帝曰：“我知之矣。其使之亲君子，远小人乎？”遂擢运为京兆丞。太子闻之，意甚不悦。太子妃杨氏，隋公坚女。坚姿相奇伟，时辈莫及，见者皆惊为异人。畿伯大夫来和善相人，私谓坚曰：“吾阅人多矣，未有如公之相者。眼如曙星，无所不照。后日当王有天下，愿忍诛杀。”坚曰：“公勿言此，以速予祸，得不失职足矣。”齐王宪与坚友善，然谓帝曰：“普六茹坚形貌异常，非人臣相。臣每见之，不觉自失。恐为宗庙忧，请早除之。”帝亦颇以为疑，因使来和相之。和诡对曰：“坚相不过位极人臣，正是守节人，可镇一方。若为将领，收江南如拉朽。”盖帝本有平陈之

① 齐桓——春秋齐桓公，为当时诸侯霸主。

② 管仲——齐桓公之相，协助齐桓公改革，富国强兵。

③ 竖貂——即竖刁，管仲死后，同易牙等共同管理齐国朝政，齐国遂乱。

意，闻之大喜，待坚愈厚。时吐谷浑入犯，帝命大将军王轨辅太子讨之。吐谷浑退，大兵至伏俟城而还。太子在军中多失德，苦役士卒，耗损军粮，嬖臣郑译等相助为非。轨谏不听。军还，轨言之帝。帝大怒，杖太子一百；并杖译，除其名；宫臣亲幸者咸被遣。越数日，太子潜召译等，戏狎如初。译因曰："殿下何时得据天下，臣得一心事主。"太子曰："且有待。"益昵之。帝遇太子甚严，每朝见，与群臣无二。虽隆寒盛暑，不得休息，以其嗜酒，禁不得至东宫。有过辄加捶挞。尝谓之曰："古来太子被废者几人，余儿岂不堪立耶！"乃命东宫官属录太子言语动作，每月奏闻。太子畏帝威严，矫情饰说，由是过不上闻。王轨尝与内史贺若弼言，太子必不克①负荷。弼深以为然，劝轨陈之。轨后侍坐帝旁，共谈国政，色若不豫者。帝怪之，问曰："卿何为尔？"轨对曰："皇太子仁孝无闻，恐不了陛下家事，奈何？愚臣庸昧，不足深信。陛下尝以贺若弼有文武才，亦每以此为忧。"帝召弼问之，弼曰："皇太子养德深宫，未闻有过也。"既退，轨让弼曰："平生言论，无所不道。今者对扬②，何得乃尔反复？"弼曰："此公之过也。太子国之储贰，岂易发言？事有蹉跌，便至灭族。本谓公密陈臧否③，何得遂至昌言？"轨默然久之，乃曰："吾专心国家，遂不存私计。向者对众，良实非宜。"后轨因内宴上寿，捋帝须曰："可爱好老公，但恨后嗣弱耳。"先是帝问孝伯曰："吾儿比来何如？"孝伯曰："太子比惧天威，更无过失。"及闻轨言，罢酒责孝伯曰："公尝语我，云太子无过。今轨

① 不克——不胜。

② 对扬——凡君受赐时多用，兼有答谢、颂扬之意。

③ 臧否——褒贬。

有此言，公为诳矣。”孝伯曰：“臣闻父子之际，人所难言。臣知陛下必不能割慈忍爱，遂尔结舌①。”帝默然久之，乃曰：“朕已委公矣，公其勉之。”后王轨又言于帝曰：“太子非社稷主，若为帝必败，普六茹坚有反相，若不除之，必为后患。”帝不悦曰：“必天命有在，将若之何？”坚闻之甚惧，深自晦匿。帝亦深以轨言为然。但汉王次长素有过，余子皆幼，故得不废。又屡欲除坚，不果而止。俄而，帝不豫，越数日，疾益剧。六月丁酉朔，遂殂。时年三十六。

戊戌，太子即位，是为周宣帝。尊皇后阿史那氏为皇太后，立妃杨氏为后。以后父坚为上柱国、大司马。宣帝始立，即逞奢欲，大行在殡，曾无戚容，扪其杖痕，大骂曰：“死晚矣！”武帝宫人有美色者，即逼为淫乱。超拜郑译为开府仪同大将军、内史大夫，委以朝政。出王轨为徐州总管。葬武帝于孝陵，庙号高祖。既葬，诏内外公除帝及六宫，皆议即吉。或以为葬期既促，事讫即除，太为汲汲不从。以齐王宪属尊望重忌之，谓孝伯曰：“公能为朕图齐王，当以其官相授。”孝伯叩头曰：“先帝遗诏，不许滥诛骨肉。齐王，陛下之叔，功高德茂，社稷重臣。陛下若无故害之，臣又顺旨曲从，则臣为不忠之臣，陛下为不孝之子矣。”帝不怿，由是疏之。有嬖臣于智为帝设计曰：“此事臣能任之。臣请往候宪，归即诬其谋反。陛下召而诣之。臣与面质，教他有口难辩，则杀之不患无名矣。”帝从其计，乃使于智语宪，欲以为太师，且召之曰：“晚与诸王俱入。”宪至殿门，有旨诸王皆退，独被引进，方升阶，有壮士数人从内出，见而执之。宪

① 结舌——不敢说话或说不出话来。

曰："我何罪而执我？"帝在上厉声曰："躬图反逆，焉得无罪？"宪问："何据？"于智从旁证之。宪目光如炬，与智争辩不屈。或谓宪曰："以王今日事势，何用多言？"宪曰："死生有命，宁复图存。但老母在堂，留兹遗憾耳。"掷笏于地，众遂缢之。帝复召宪僚属，使证成其罪。参军李纲誓之以死，处以极刑，终无挠辞①。有司以露车载宪尸而出，故吏皆散，唯纲抚棺号恸，躬自瘗之，哭拜而去。又杀大将军王兴、仪同独狐熊、大将军豆卢绍，皆素与宪亲善者也。杀宪既属无名，兴等无辜受诛，时人谓之"伴死"。以于智为有功，加柱国，封齐郡公。

正月癸巳，帝受朝于露门②，始与群臣服汉、魏衣冠。大赦，改元大成。置四辅官：以大冢宰越王盛为大前疑，总管蜀公迥为大右弼，申公李穆为大左辅，隋公杨坚为大后丞。先是帝初立，以高祖《刑书要制》为太重而除之。又数行赦宥，既而民轻犯法，奸宄不止。又自以奢淫多过，恶人规谏，欲为威虐，慑服群下，乃更为《刑经圣制》，用法益深。大醮于正武殿，率群臣拜于殿下，告天而行之。密令左右伺察百官，小有过失，辄加诛谴，以为彼方救死不暇，安敢规③我。于是人莫敢言。日恣声乐，鱼龙④百戏，常陈殿前，累日继夜，不知休息。多聚美女，以实后宫。衣服宫室，俱穷极华美。高祖节俭之风，于斯荡尽。游宴沉湎，或旬日不出。群臣请事者，皆因宦官奏之。以至百弊丛

① 挠辞——屈服的言辞。
② 露门——即路门，通往宫殿之门。
③ 规——谋划。
④ 鱼龙——百戏杂耍名。

生，朝政多阙。于是京兆丞乐运舆榇①诣朝堂，陈帝八失。其略云：

大尊比来事多独断，不参诸宰辅与众共之，非询谋佥②同之道，政事焉得无缺？一失也。广搜美女，以为嫔御；仪同以上女，不许出嫁。贵贱同怨，非所以慰人心而光君德，二失也。大尊一入后宫，数日不出，所须闻奏，多附宦者。君门等于万里，上下情意不孚③，三失也。即位之初，下诏宽刑，未及半年，更严前制。非法之加，害及无辜，四失也。高祖斫雕为朴④，率民以俭。崩未逾年，而遽穷奢丽，财用不恤，五失也。徭赋下民，以奉俳优角抵，六失也。上书字误者，即治其罪。杜献书之路，塞忠言之入，七失也。天象垂诫，不能谘诹善道，修布德政，八失也。唯兹八失，臣知而不言，则死有余责。陛下知而不改，臣见周庙不血食⑤矣。

书上，帝览之大怒，立命绑赴市曹斩之。朝臣恐惧，莫有敢救者。内史中大夫元岩叹曰："臧洪⑥同死，昔人犹且愿之，况比干乎！若乐运不免受诛，吾将与之同死。"乃谓监刑者曰："且缓须臾，予将见帝言之。"岩即诣阁请见，帝怒容以待。岩从容谓

---

① 舆榇（chèn）——榇，棺材。运载棺材随己同行，表示报必死之心。

② 佥（qiān）——全，皆，都。

③ 不孚——不能使人信服。

④ 斫（zhuó）雕为朴——去掉浮华，崇尚质朴。

⑤ 周庙不血食——血食，古时在宗庙祭祀，杀牲以取血。不血食，指被人侵夺领土或被亡国，不得在社稷祭祀。

⑥ 臧洪——汉末人，广陵太守张超属下。曾说服张超起兵讨伐董卓，后归附袁绍，官东郡太守，因袁绍不发兵救张超而愤然与袁绍绝。袁绍攻东郡，臧洪誓死图守，粮尽城破而被杀。

帝曰："乐运不顾其死，欲以求名。陛下遽以为戮，适遂其志。不如劳而遣之，以广圣度。是运不得名，而陛下得名矣。"帝颇感悟，遂令勿杀。明日召运谓曰："朕昨夜思卿所奏，实为忠臣。"运再拜曰："大尊能不忘臣言，社稷之福也，天下幸甚。"赐以御食而后出，举朝闻之，群相庆贺，谓帝有悔悟之机。但未识自是以后，帝能顿改前过否，且听下文分解。

北史演义

经典书香 中国古典历史演义小说丛书

第六十二回

修旧怨股肱尽丧　矫遗诏社稷忽倾

话说王轨为徐州总管，闻郑译用事，自知必及于祸，私谓所亲曰："吾在先朝，实申社稷之计，见恶于嗣主。今日之事，断可知矣。此州控带淮南，邻接强寇，欲为身计，易如反掌。但忠义之节，不可有亏。况荷先帝厚恩，岂可以获罪于后君，竟相背弃？只可于此待死，冀千载之后，知我此心耳。"轨自是无日不切忧死。

却说帝虽免乐运之诛，淫暴如故。一日，问郑译曰："我脚上杖痕，谁所为也？"译曰："事由乌丸轨，以致帝与臣皆受先帝杖责。"宇文孝伯因言轨捋须事。帝大怒曰："彼岂乐吾为君哉！不杀此奴，无以泄吾恨。"即遣敕使往徐州杀之。元岩不肯署诏，御史大夫颜之仪力谏不听。岩复进谏，脱巾顿颡，三拜三进。帝曰："汝欲党①乌丸轨耶？"岩曰："臣非党轨，恐陛下滥诛大臣，失天下之望。"帝怒，使阉竖搏其面，曳之出。使至徐州，轨见敕，神色不动，曰："早知此事矣。"引颈受刃。远近闻之，知与不知，莫不流涕。岩亦废死于家。初，帝为之太子也，上柱国尉迟运为宫正，数进谏，忤帝意。又与王轨、宇文孝伯、宇文神举，皆为高祖所亲厚。帝尝疑其党同毁己，见之色屡不平。及轨

① 党——与……结党。

死，运惧，谓孝伯曰：“帝旧恨不忘，吾徒终必不免，为之奈何?”孝伯曰：“今堂上有老母，地下有武帝，为臣为子，知欲何之？且委质事人，本徇名义，谏而不入，死焉可逃？足下若为身计，不如远之。”于是运求出，外迁①为秦州总管。他日，帝以齐王宪事让孝伯曰：“公知齐王谋反，何以不言?”对曰：“臣不知其反也，但知齐王忠于社稷，为群小所构。臣欲言之，陛下必不用，所以不言。且先帝嘱咐微臣，唯令辅导陛下为尧、舜之主。今谏而不从，实负先帝顾托，以此为罪，是所甘心。”帝大惭，俯首不答，令且退，俄而下诏赐死。时宇文神举为并州刺史，亦遣使就州杀之。尉迟运至秦州，亦以忧死。

辛巳，帝以位为天子，犹非极贵，遂传位于太子阐，是为静帝。大赦，改元大象。自称天元皇帝，欲贵同于天也。杨后称天元皇后，妃朱氏为天皇后，元氏为天右皇后，陈氏为天左皇后。杨名丽华，朱名满月，元名乐尚，陈名月仪。至是并称皇太后。所居称天台，制曰天制，敕曰天敕，冕二十四旒，车服旗鼓，皆倍前王之数。置纳言、御正等官，皆列天台。国之仪典，率情改更。务自尊大，无所顾忌。每对臣下，自称为天。用樽彝圭瓒②以饮食，令群臣朝天台者，致斋三日，清身一日，然后进见。既自比于上帝③，不欲臣下同己。常自带绶，冠通天冠，加金附蝉，顾见侍臣冠上有金蝉及王公有绶者，并令去之。不许人有天高上

① 外迁——京官调任地方官。

② 樽彝圭瓒——樽、彝，都是古代盛酒用的器具。圭、瓒，是古代帝王、诸侯祭祀或举行典礼时手持的玉器。圭上圆（或剑头形）下方，瓒像勺。

③ 上帝——天帝。

大之称。禁天下妇人不得施粉黛，自非宫人，皆黄眉墨妆。每召群臣论议，唯欲兴造变革，未尝言及政事。游戏无常，出入不节，羽仪仗卫，晨出夜还，陪侍之官，皆不堪命。自公卿以下，常被楚挞①。每捶人，皆以百二十为度，谓之“天杖”。其后又加至二百四十，宫人内职亦如之。后妃嫔御虽被宠幸，亦多杖背。以故内外恐怖，人不自安，皆求苟免，莫有固志。又忌诸弟，乃以襄郡为赵国，济南郡为陈国，武当、安富二郡为越国，上党郡为代国，新野郡为滕国，邑各万户。令赵王招、陈王纯、越王盛、代王达、滕王逌并之国。汝南公庆私谓杨坚曰：“天元实无积德，视其相貌，寿亦不长。又诸藩微弱，各令就国，曾无深根固本之谋。羽翮既翦，何能及远哉?”坚深然之。

有杞公宇文亮，于天元为从祖兄，其子西杨公温，妻尉迟氏，天元之侄妇也，有美色。一日，以宗妇入朝，天元悦其美，欲私幸之，谓其妃司马氏曰：“朕爱尉迟夫人娇好，欲使从我。卿盍②为我言之。”司马妃曰：“尉迟夫人面重③，直言之，恐其羞怯，不能如陛下意。不如醉以酒而就之，一任帝所欲为矣。”天元称善，乃赐宴宫中，命司马妃陪饮。尉迟氏不敢辞，只得坐而饮。司马妃命宫女轮流劝盏，又请以大觥敬之。尉迟氏酒量本浅，又连饮数杯，不觉沉醉，坐不能起，倚桌而卧。司马妃命宫女卸其妆束，扶上御榻安寝，报帝曰：“事谐矣。”天元大喜，搴④帏视之，益觉可爱，遂裸而淫之。及尉迟氏醒，身已被污，

① 楚挞——鞭打，杖打。

② 盍（hé）——何不。

③ 面重——犹言爱面子。

④ 搴（qiān）——拔取。

只索无奈，跪而乞归。天元曰：“尔不忘家耶？我将杀尔一家，纳尔为妃。”尉迟氏惧且泣曰：“妾体鄙陋，本不足以辱至尊。若以妾故，而戮及一门，妾亦不能独生矣。乞至尊哀之。”天元见其有怖色，慰之曰：“汝勿惧，吾言戏耳。今后召汝，慎毋违也。”尉迟氏再拜而出，归语其夫。夫大惊，密以其事报于父。时值淮南用兵，亮为行军总管，韦孝宽为行军元帅。两军前后行，相违数里。亮闻报大惧，曰：“天元无道若此，不唯辱我家风，且将灭我门户，我岂可坐而待死！”乃与左右心腹谋之。或曰：“朝廷暴政横行，臣民解体，危亡可待。不如暂投江南，以观其变。”亮曰：“我家在长安，弃之不忍。且一出此境，安能复返？”或曰：“乘其无备，杀入长安，废此无道，另立有德，此不世之功也。”亮曰：“此固吾志，但吾与孝宽并行，势若连鸡①。必与之俱西，方可成事。而彼方得君，安肯与我同反？吾朝叛，彼夕讨矣。为今之计，必先袭而执之，并其众，然后可以鼓行而西。”左右皆称善。乃定计于是夜之半，先袭破孝宽营。有偏将茹宽素与孝宽善，知其谋，遣人密报孝宽。孝宽知之，设伏以待。亮至半夜，率精骑二千，衔枚疾走②，直奔孝宽营。遥听营内更鼓无声，巡锣不作，以为军皆睡熟，正好乘其不备。而才至寨口，忽闻寨中震炮一声，营门大开，火把齐明，照耀如同白日。孝宽全身披挂，挺枪出马，左右排列将士，皆雄赳赳横刀待战。孝宽马上高声曰：“杞公，汝来偷营耶？我待汝久矣。”亮大

① 连鸡——用绳绑缚在一起的鸡，比喻互相牵制，行动不能自如、一致。

② 衔枚疾走——衔枚：用嘴含住像筷子的东西，防止说话，以免敌人发觉。疾走：快走。形容夜晚秘密急行军。

惊，手下将士不战自退。孝宽把枪一指，将士皆奋勇而进。亮拍马急走，及回至大营，已被孝宽潜从侧路遣兵袭破，据守寨门。亮此时进退无路，因遂拔刀自刎。孝宽枭其首，号令三军，众皆慑服。遂飞章告变，天元大喜，杀亮一门，孩稚无遗。单留尉迟氏，纳之宫中，拜为长贵妃，宠幸无比。

越一日，天元将如同州，增侯正、前驱、戒道等官，为三百六十重。自应门至于赤岸泽，数十里旛旗相蔽，音乐俱作。又令虎贲持钑①马上，称警跸。仪卫之盛，从古未有。及还长安，诏天台侍卫之臣，皆着五色及红紫绿衣，名曰“品色服”。有大事，与公服相间服之。又诏内外命妇皆执笏，其拜宗庙及天台，皆俯伏如男子。后宫增置位号，不可胜录。复欲立尉迟氏为后，共成五后。以问小宗伯辛彦之曰：“古有之乎？”对曰：“皇后与天子敌体②，不宜有五。”又问太学博士何妥，对曰：“昔帝喾四妃，虞舜二妃，先代之数，何常之有？”天元大悦。免彦之官，下诏曰：“坤仪比德，土数唯五，四太皇后外，可增置天中太皇后一人，以长贵妃尉迟氏为之。”造锦帐五，使五后各居其一。实宗庙祭器于前，自读祝版③而祭之。又以五辂④载妇人，自帅左右步从。又好倒悬鸡鸭，及碎瓦于车上，观其号呼以为乐。性之所好，往往有不可解者。

杨后性柔婉，不妒忌。虽事暴主，人有犯，曲为劝解。以故

---

① 钑（sè）——铁把短矛，古时的一种兵器，天子或诸侯王出行时，卫队持之以护驾。

② 敌体——谓彼此地位相等，无上下尊卑之分。

③ 祝版——祭祀时粘贴祝文的方版。

④ 辂（lù）——古代大车，多指帝王用的。

四后及嫔御等，皆爱而仰之。天元昏虐滋甚①，尝无故怒后，欲加之罪。后进止安闲，辞色不挠。天元见无惧容，大怒，遂赐后死，逼令引决。嫔御皆为之叩头求免。后母独孤氏闻之，诣阁②陈谢，叩首阁外，流血满面，然后得免。后父坚位望隆重，天元忌之，尝忿谓后曰："必族灭尔家。"后长跪求饶，候其怒解乃起。一日，召坚入宫，戒左右曰："尔等视坚色动即杀之。"坚至，留与久语。坚应对无失，神色不动，乃免之。内史郑译与坚少同学，奇坚相表③，以其后必有非常之福，倾心相结。坚亦知其为帝所宠，每与友善。及闻帝深忌，屡欲杀害，情不自安，因私谓译曰："吾与子相善，一国莫不知。子于帝前，岂不能庇我以生？但帝意难测，倘遇卒然之诛，子欲救无及。不如出外图全。又恐面陈取祸，愿子少留意焉。"译曰："以公德望，天下归心。欲求多福，岂敢忘也。有便当即言之，保无害耳。"会天元欲伐江南，使译引兵前往。译自言无将才，请得一人为元帅。天元曰："卿意谁可者？"对曰："陛下欲定江东，自非懿戚重臣，无以镇抚。臣意大臣中唯普六茹坚，以椒房之戚，具将帅之才，为国尽忠，事君不贰。若命为将，必能平定江南，混一四海。且寿阳地控邻邦，使坚为总管，以督军事，徐图进取，则陈氏之土地可坐而有也。"天元从之，以坚为扬州总管，使译发兵会寿阳。命下，坚大喜，谓其夫人独孤氏曰："吾今庶可免矣。"遂诣阙辞帝，帝命速发。将行，忽起足疾，不能举步，欲停留数日，惧帝见责。正怀疑虑，忽报郑译来谒，忙即留进密室，诉以足疾之

① 滋甚——越来越严重。
② 诣阁——前往朝廷官署。
③ 相表——相貌、体形。

故。译曰："公疾即愈，且缓南行。有一大事报公，焉知非公福耶?"坚问何事，译屏退左右，抚耳语曰："昨夜帝备法驾，将幸天兴宫，去未逾时，不豫而还。今者进内请安，病势沉重，殆将不起。帝若晏驾，主少国疑，秉衡①之任，非公谁能当之？我故先以语公。倘有片纸来召，公即速来，慎勿徘徊，坐失机会。"言讫辄去。坚自是足疾若失。又御正刘昉素以狡谄得幸于天元，而心亦向坚。以坚负重望，又皇后父，欲引之当国，遂与译同心戴之。

却说天元身抱重疾，自知不起，召郑译、刘昉入侍，又召御正大夫颜之仪并入卧内，欲嘱以后事。而口已瘖②，不复能语。译遂令昉召坚。昉至坚第，语以故。坚尚犹豫，辞不敢当。昉曰："公若为，速为之；不为，昉自为也。"坚曰："公等有意，坚敢不从!"乃入宫。帝已不省人事。自称受诏，居中侍疾。是日，帝殂于天台。秘不发丧，矫诏以坚总知中外兵马事。颜之仪知非帝旨，拒而不从。昉等草诏署讫，逼之仪连署。之仪厉声曰："主上升遐③，嗣子冲幼，阿衡④之任，宜在宗英⑤。方今赵王最长，以亲以德，合膺重寄⑥。公等备受国恩，当思尽忠报国，奈何一旦欲以神器假人？之仪有死而已!"昉等知不可屈，乃代之仪署而行之。于是诸卫受敕，并受坚节度。坚虽得政，犹以外

---

① 秉衡——主持公正、公平。代指皇位。

② 瘖——同"喑"，哑，不能说话。

③ 升遐——古时称帝王的死为升遐。

④ 阿衡——商代官名，取在王左右，倚而平衡之意。后指辅导帝王、主持国政的大官。

⑤ 宗英——皇帝中才能杰出的人。

⑥ 重寄——重大的托付。

戚专权，须防宗室之变，乃谓译等曰："今者诸王在外，各有土地兵力，吾以异姓当国，彼必不服，定生他变。不若征之来京，尊其爵位，使无兵权。苟不顺命，执之一夫力耳。"译等皆以为然。乃以千金公主将适突厥为辞，矫帝诏，悉征赵、越、陈、代、滕五王入朝。草诏讫，将用玉玺。玺在之仪处，坚向之仪索之。之仪正色曰："此天子之物，宰相何故索之?"坚大怒，命引出，将杀之，以其民望，出为边郡太守。丁未，发宣帝丧，迎静帝入居天台，受群臣朝贺。尊杨后为皇太后，朱后为帝太后，其陈后、元后、尉迟后，诏并为尼。诏敕皆坚为之。正是：

三世经营方建国，一朝事业属他人。

未识坚得政之后，若何措理庶务，且俟下文再述。

第六十三回

隋公坚揽权窃国　尉迟迥建义起兵

话说天元晏驾，杨坚当国，以汉王赞为上柱国、右大丞相，尊以虚名，实无所综理①。坚自假黄钺，为左大丞相。百官总己以听，大小政事，皆禀坚而行，无得专决。先是坚以李德林负天下重望，欲引为同心，乃使邗国公杨惠谓之曰：“朝廷赐令总文武事，经国重任，自惭德薄，不能独理。今欲与公共事，以安邦国，公其无辞。”德林曰：“公如不弃，誓愿以死奉公。”坚大喜。初，刘昉、郑译议以坚为大冢宰，译摄大司马，昉为小冢宰。坚私问德林曰：“何以见处，群工②始服？”德林曰：“宜作大丞相，假黄钺，都督中外诸军事。不尔③，无以压众心。”及发丧，即以此行之。以正阳宫为丞相府。时众情未一，往往相聚偶语，欲有去就。坚乃引司马上士卢贲置左右，潜令部伍仗卫，以兵威慑之。贲骁勇，号万人敌，众皆畏之。因谓公卿曰：“欲富贵者，宜相随。”公卿皆唯唯。有徘徊观望者，贲严兵而至，皆悚息听命，莫敢有异。坚尝至东宫，门者拒不纳。贲谕之不从，瞋目叱之，门者遂却，坚始得入。贲遂典丞相府宿卫，以郑译为丞相府内史，刘昉为司马，李德林为府属内史。

---

① 综理——总揽，整理。
② 群工——群臣。
③ 不尔——不这样，不然。

再说下大夫高颎，渤海人。少明敏，有器局①。略涉书史，工于词令。孩稚时，家有柳树，高百尺，亭亭如盖。里中父老曰："此家当出贵人。"年十七、齐王宪引为记室，益习兵事。多计略，坚素重之。及得政，欲引入府为腹心之佐，乃遣人谕意。颎承旨欣然曰："愿效驰驱，纵令公事不成，颎亦不辞族灭。"遂谒坚。坚闻其来大喜，下阶迎之，握手相慰曰："愿与子同立功名，富贵共之。"乃以为相府司录。时汉王赞居禁中，每与静帝同帐而坐。刘昉饰美妓进之，以供娱乐，赞大悦，因说赞曰："大王先帝之弟，时望所归。孺子幼冲，岂堪大事。今先帝初崩，群情尚扰，王且归第，待事宁后，入为天子。此万全计也。"赞年少，性识庸下，以昉言为信，遂归旧邸，朝政不复预闻。

初，宣帝时，刑政繁虐，冤死者众，人情恐惧。又工作不休，役民无度，畿内②骚然。坚为政，停洛阳工作，以舒民力。尽革酷虐之政，更为宽大，删略旧律，作《刑书要制》，奏而行之。躬履节俭，以率百官。由是公私不扰，中外大悦。郎中庾季才通《易》数，好占玄象；决人成败不爽③。坚尝夜召，问之曰："吾以庸虚④，受兹顾命⑤，天时人事，卿以为何如？"季才曰："天道精微，难可意察，窃以人事卜之，符兆已定。季才纵言不可，公岂得为箕、颍⑥之事乎？"坚默然久之，曰："如公

---

① 器局——器量、度量。

② 畿内——古称京城管辖的地区。

③ 不爽——没有差错。

④ 庸虚——自谦之词。指才能低下，学识浅薄。

⑤ 顾命——临终遗命。

⑥ 箕、颍——指隐居之地。古时许由退耕于箕山之下，颍水之阳，后人因此谓隐者所居之地为箕、颍。

言，吾今日地位，譬升百尺楼上，诚不得下矣。”因赐以彩帛，曰：“愧公此意。”独孤夫人亦谓坚曰：“大事已然。骑虎之势，必不得下，公宜勉[①]之。”坚以相州总管尉迟迥位望隆重，恐有异图。其子尉迟惇为朝官，乃使奉诏召迥入京会葬，而以韦孝宽为相州总管代之。又使叱列长义为相州刺史，先命赴邺，孝宽续进。时陈王纯镇齐州，闻召不赴。坚复使上士崔彭征之。彭以两骑往，止传舍，召纯接旨。纯亦轻骑来，彭请屏左右，密有所道，遂执而锁之，因大言[②]曰：“陈王有罪，诏征入朝，左右不得辄动。”其从者皆愕然而散。因挟之入京。六月，五王皆至长安。迥闻之，大怒曰：“坚将不利于帝室，故欲削弱诸王，先使不得有其国也。宗社将倾，吾奚忍不救！”乃谋举兵讨之。孝宽至朝歌，迥遣大将贺兰贵赍书候孝宽。孝宽留贵与语以审之，觉其有变，乃称疾徐行，且使人求医药于相州，密以伺之。孝宽有兄子艺为魏郡守，在迥属下。迥使之迎孝宽，且问疾。孝宽询迥所为，艺党于迥，不以告。孝宽怒，将斩之。艺惧，遂泄迥谋。于是孝宽携艺西走，每至驿旅，尽驱传马而去，戒驿吏曰：“蜀公将至，宜速具酒食。”迥寻遣大将奚子康将数百骑追之。每至驿亭，辄逢盛馔，从者皆醉饱，又无马，遂迟留不进。孝宽由是得脱。坚又使韩裒诣迥谕旨，劝其入朝。密与其长史晋昶等书，令为之备。迥探得坚有私书与昶，召昶问之。昶讳言未有，乃搜其私室，得坚书，遂杀昶及裒。于是会集文武士民，择日起师，登城北楼，谕于众曰：

杨坚借后父之势，挟幼主以作威福。阳托阿衡，阴图篡逆。

---

① 勉——自勉；努力。

② 大言——大声地说。

变更遗诏，削弱诸藩。上负宗庙之灵，下违臣民之望。窃国之心，暴于行路；废君之祸，即在目前。帅府与国家亲属舅甥，任兼将相。先帝处吾于此，本欲寄以安危。当此国祚将倾，奚忍坐视不救？帅府纠合义勇，大张挞伐。凡吾将士，共伸报国之怀，誓灭强臣，各效捐躯之志。俾①大权一归帝室，宗庙赖以永存。庶几名著旂常②，功在社稷。倘有心怀疑贰，及畏懦不前者，军有常刑，毋贻后悔。

令出，众咸从命。迥乃自称大总管，承制署置官司。时赵王招入朝，留少子守国。迥乃奉以号令。坚闻变大惧，高颎曰："迥，前朝宿将，麾下多精锐，鼓行而西，兵势浩大，非小寇可比。若酿成之，必为宗庙忧。须乘其初叛，众心未一之时，急发关中兵击之耳。"坚从之，乃以韦孝宽为行军元帅，梁士彦、元谐、宇文忻、宇文述、崔宏度、杨素等，皆为行军总管以讨迥。

初，天元使计部中大夫杨尚希抚慰山东，至相州，闻天元殂，与尉迟迥同发丧。既罢，尚希出谓左右曰："蜀公哭不哀而视不安，将有叛志。吾不去，惧及于难。"遂夜从径路而遁。迟明，迥始觉，追之不及，尚希遂归长安。坚使将宗兵三千人镇潼关。青州总管尉迟勤，迥之犹子也。初得迥书，表送于朝，明无叛意。坚大奖赏。后迥使人说之，晓以大义，毋为贼用，勤复从迥。当是时，迥统相、卫、黎、洛、贝、赵、冀、瀛、沧九郡，勤统青、齐、胶、光、莒五州，皆从之。胜兵③数十万，并号义旅，天下响应。于是荥州刺史邵公宇文胄、申州刺史李惠、东楚

---

① 俾（bǐ）——使。

② 旂（qí）常——旗名。古代诸侯用旂，以作纪功授勋的仪制。

③ 胜兵——指能充当士兵参加作战的人。

州刺史费也利进、潼州刺史曹孝远，各据本州应迥。前徐州总管席毗罗据兖州起兵，前东平郡守毕义绪据兰陵起兵，皆从迥命。永桥镇将讫豆惠陵、建州刺史宇文弁亦各以城降。俄而，其将韩长业拔潞州，执刺史赵威；讫豆惠陵袭陷巨鹿，进围恒州；宇文威攻汴州；乌丸尼率青、齐之众，围沂州；檀让攻拔曹、亳二州，屯兵梁郡；席毗罗众号八万，军于蕃城，攻陷昌虑、下邑；李惠自申州攻拔永州。各路攻城掠地，无不得利，先后告捷。迥大喜，以为天下指日可定，遣使赍书招并州刺史李穆。穆锁其使，封书上之。穆子士荣以穆所居天下精兵处，阴劝穆从迥。穆深拒之。时穆次子浑仕于朝，坚使诣穆，深布腹心。穆使浑还朝，奉熨斗①于坚曰："愿公执威柄以安天下。"又以十三镮金带遗坚。十三镮金带者，天子之服也。坚大悦，遣李浑诣孝宽营，述其父意。穆有兄子崇为怀州刺史，初欲起兵应迥，后知穆已附坚，慨然太息②，曰："阖家富贵者数十人，值国有难，竟不能扶倾继绝，复何面目处天地间乎！"不得已，亦附于坚。迥又招东郡守于仲文，欲使附己，仲文不从，乃遣大将宇文胄自石济、宇文威自白马济河，分二道以攻仲文。仲文不能拒，弃郡走还长安。迥杀其妻、子，又使檀让徇地河南。坚乃以仲文为河南总管，诣洛阳，发兵拒之。司马消难，子如子也，齐亡，降于周，为郧州总管，闻迥举事，亦起兵应之。举朝震骇。坚命王谊为行军元帅，以讨消难。

再说诸王中唯赵王招见坚当国，深怀忧惧，虽欲有为，苦于孤掌难鸣。因阳与之匿，邀坚过其第饮酒，欲乘间杀之。或劝坚

---

① 熨（yùn）斗——火斗，用以熨平衣物器具。

② 太息——即叹气。

勿往，言赵王必无好意。坚曰："彼不过于酒中置毒耳，我防之可也。"乃自赍酒肴就之。招迎坚，引入寝室，促坐与语。其子员、贯及妃弟鲁封侍左右，佩刀而立。又藏刃于帷席之间，伏壮士于室后。坚左右皆不得从，惟仪同杨弘、大将军元胄坐于户侧。二人皆有勇力，为坚爪牙。酒酣，招以佩刀刺瓜，连啖①坚，欲因而刺之。元胄从户外遥望，觉招意不善，进谓坚曰："相府有事，不可久留。"招叱之曰："我与丞相言，汝何为者？"胄瞋目愤气，扣刀入卫。招赐之酒曰："我岂有不善之意耶，卿何猜警如是？"俄而，招伪吐，将入内阁。胄恐其为变，扶之上坐，如此再三。招又称喉干，命胄就厨取饮，胄不动。会滕王逌至，坚降阶迎之。胄耳语曰："事势大异，可速去。"坚曰："彼无兵马，何能为恶？"胄曰："兵马皆彼家物，彼若先发，大势去矣。胄不辞②死，恐死无益。"坚复入座。胄闻室后有被甲声，遽请曰："相府事殷，公何得如此。"因扶坚下床趋走，招将追之，胄以身蔽户，招不得出。盖招以趋入为号，得一脱身，伏兵便起，而为胄所制，伏不敢发。坚出，环卫已众，胄亦趋出。坚遂登车而去。招恨失坚，弹指出血，曰："天也，周氏其灭矣！"坚归，即诬招与越王盛谋反，以兵围二王第，皆杀之，及其诸子。赏赐元胄不可胜纪。由是宗室诸王皆束手③矣。

当是时，孝宽军至永桥，有兵守城，不得入。诸将请攻之，孝宽曰："城小而固，攻之旦夕不能下。倘顿兵坚城之下，攻而不拔，徒损兵威。吾疾趋而进，破其大军，此何能为？"于是引

---

① 啖——吃或给人吃。

② 不辞——不躲避。

③ 束手——捆住了手，比喻毫无办法。

兵趋武涉。迥闻兵来，遣其子惇帅众十万入武德，军于沁东。会沁水暴涨，军不得进。孝宽与迥隔水相持。长史李询与诸将不睦，密启坚云："梁士彦、宇文忻、崔弘度并受尉迟迥金，军中慅慅①人情大异。"坚深以为忧，欲召三人归，使他将代之，求其人不得。李德林曰："公与诸将，皆国家重臣，未相服从。今正以挟令之威，控御②之耳。前所遣者，疑其乖异③；后所遣者，安知其克用命耶？又取金之事，虚实难明，一旦代之，或惧罪逃逸。若加縻絷④，则自郧公以下，莫不惊疑。且临敌易将，此燕、赵之所以败也。如愚所见，但遣公一心腹之将，明于智勇，素为诸将所信服者，速至军所，观其情伪。纵有异意，必不敢动，动亦能制之矣。"坚大悟，曰："微⑤公言，几败乃事。"乃命内史崔仲方往监诸军，为之节度。仲方以父在山东，惧为迥害，辞不敢往。又命刘昉、郑译，昉辞以未尝为将，译辞以母老。坚不悦。高颎进而请曰："军事纷纭，人心危惧，不敢东行。颎虽不武，愿效驰驱。"坚大喜曰："得公去，吾无忧矣。"乃加以监军之号遣之。颎受命即发，遣人辞母而已。自是措置军事，皆与德林谋之。时羽书叠至，烽檄交驰，德林口授数人，文不加点，无不曲当⑥。司马消难之反也，虑势孤少援，以所统九州八镇南降于陈，遣子为质以求助。陈以消难为司空，都督九州八镇诸军事，赐爵隋国公，许出兵相援。又益州总管王谦亦不附坚，起

---

① 慅慅（sāo）——同"骚骚"，指动荡不安。
② 控御——控马使就范。亦比喻治人。
③ 乖异——特异反常。
④ 縻絷——拘禁。
⑤ 微——假如不是，如果不是。
⑥ 曲当——完全恰当。

巴、蜀之兵以应迥。坚谓德林曰："山东未平，蜀乱又起，将若之何？"德林曰："无害。外难虽作，人心不摇。一处得胜，余皆瓦解，指日可定也。"乃命梁睿为行军元帅以讨谦。今且按下慢表。

再说周朝有一附庸之国，在江陵地方，乃前梁昭明太子的后裔，号为后梁，称藩于周。你道梁室既亡，何以尚延此一线？说也话长。先是梁武帝纳侯景之叛，封他为河南王。后因贞阳侯渊明被东魏掳去，又欲与魏通好，致书高澄，许以贞阳旦至，侯景夕返。景闻之惧，遂反于寿阳。探得临贺王正德与朝廷不睦，阴蓄异志，遣使约与同反，事成扶他为天子。正德大喜，许为内应。景兵临江，无船可济，正德阴具大船，诈称载荻，密以济之。景众既渡，长驱直前。是时江东承平日久，人不习战，一见景军皆着铁面，守兵望风奔溃。景于是直掩建康，正德帅众迎景于张侯桥，马上交揖，遂与景合。进围台城，百道并攻。赖有尚书羊侃率众守城，随机拒之，连挫贼锋，危城得以不破。景见屡攻不克，乃决玄武湖水以灌之。阙前皆为洪流，城中益危，援兵不至，城破。景遂入朝，幽帝于净居殿，自为大丞相。纵兵掠取服御、宫人皆尽。溧阳公主年十四，有美色，景纳而嬖之。未几，梁武饮膳皆缺，忧愤成疾，口苦求蜜不得，再呼"荷荷"而殂。景复立太子为帝，后又弑之，立豫章王栋。未一月，遂禅位于景。景登太极殿，即帝位。其党数万，皆吹唇鼓噪而上。改国号曰"汉"，杀梁子孙。正德本欲图位，为景内应。景亦薄其为人，台城破，遂夺其军。至是并数其叛父之罪而寸斩之。是时湘东王绎在江州，士马强盛，全无入援意。及景弑帝自立，乃命大将王僧辩、陈霸先东击侯景。亏得二将智勇兼备，连败贼将，进攻石头。景亲自迎战，又大败之。景惧，回至阙下，不敢入台，责其党王伟曰："尔令我为帝，今日误我。"伟不能对。景欲走，伟执鞚谏曰："自古岂有叛走天子耶？宫中卫士犹足一战，弃此将欲安之？"景曰："我昔破葛荣，败贺拔胜，败宇文黑獭，扬名河朔。渡江平台城，降柳仲礼如反掌。今日天亡我也。"因仰观石阙，叹息久之。以皮囊盛其江东所生二子，挂之鞍后，帅骑东走。僧辩入台诚，令侯瑱帅五千精骑追景。景众叛降相继，遂大溃。景与腹心数十人单舸走，推坠二子于水，下海欲向蒙山。有羊侃之子羊鹍，景纳其妹为小妻。以鹍为库直都督。鹍随景东走，约其党图之。值景醉寝，鹍语舟师曰："海中何处有蒙山？汝为我移船向京口。"舟师从之。至湖豆洲，景觉，大惊，鹍拔刀向景曰："吾等为王效力多矣，今终无成。欲乞王头，以取富贵。"景未及答，白刃交下。景欲投水不及，走入舱中，以佩刀抉船底求出。鹍以矟刺杀之，遂以盐纳景腹中，送其尸于建康。僧辩传首江陵，暴其尸于市。士民争取食之，并骨皆尽。溧阳公主亦预食焉。侯景既灭，王僧辩等上表湘东劝进。湘东即位于江陵，是为元帝。群臣皆劝还建康，帝以建康彫残①，江东全盛，遂不许。诏王僧辩镇建康，陈霸先镇京口。那知外患虽平，家祸未息。先是元帝性残刻②，与河东王誉、岳阳王詧交怨构兵。誉既为所杀，詧恐不能自存，遣其妃王氏及世子嶚为质于魏，乞兵以伐湘东。时西魏本有图取江陵之志，遂遣常山公于谨、大将军杨忠将兵五万，助詧伐绎。杨忠帅精骑五千先据江津，断其东路。谨率大兵扬帆济江，梁君臣望之失色。时强兵猛将皆东出，

---

① 彫残——凋残、残败。

② 残刻——凶暴狠毒。

城中留兵单弱，西魏乘间攻之，城遂破。执元帝付詧，囚于乌幔之下，以土囊[①]陨[②]之。魏遂立詧为梁主，资以荆州之地，使之自帝一方，为魏藩臣。是为梁宣帝。其后周继魏禅，复称藩于周，宣帝卒，子岿立，是为梁明帝。明帝时，周朝杨坚当国。尉迟迥以讨坚为名，起兵邺城，山东之众相率降附。郧州司马消难、益州王谦皆同心举义。迥喜天下响应，因念“江陵梁氏亦我朝外臣，得他起兵助我，取坚益易”，乃遣使江陵，劝其以兵相应。但未识梁主从与不从，且听下文分解。

① 土囊——大穴

② 陨——同“殒”。

第六十四回

代周家抚临华夏　平陈国统一山河

话说尉迟迥欲求多助，遣使致书梁主，约其起兵。具言：杨坚当国，周室将倾。梁主世受周恩，当同心举义，以诛贼臣。梁主得书，语左右曰：“昔我朝倾覆，寡人得延兹宗社者，实藉周家之力。今迥建义匡扶，理合助之。但坚居中制外，势大难摇，图之不成，反受其害，奈何？”诸将竞劝梁主与迥连谋，谓进可以尽节周氏，退可以席卷山南。梁主狐疑未决，使中书舍人柳庄，奉书入周觇之。庄至周，坚极意抚纳，执庄手曰：“孤昔以开府从役江陵，深蒙梁主殊眷。今主幼时艰，猥蒙顾托。梁主奕奕委诚，朝廷倚为屏藩。当相与共保岁寒，幸勿惑于异说，致违素志也。”庄归复命，具道坚语，且曰：“昔袁绍、刘表、王陵、诸葛诞等，皆一时雄杰，据要地，拥强兵，然功业莫就，祸不旋踵者，良由魏、晋挟天子，保京都，仗大顺以为名故也。今尉迟迥虽曰旧将，昏耄已甚。司马消难、王谦等，皆常人之下者，非有匡合①之才。周朝诸将多为身计，竞效节于杨氏。以臣料之，迥等终当覆灭，隋公必移周祚。未若保境息民，以观其变。”梁主深然之，遂绝尉迟迥，一心附坚。

---

① 匡合——纠合力量，匡正天下。

且说高颎至军，勉励将士，众心益奋。因为桥于沁水，尉迟惇于上流纵火栰①焚之。颎于军中豫作土狗②以御之，火不得施。惇布阵二十余里，麾兵小却③，欲待孝宽军半渡而击之。孝宽因其却，鸣鼓齐进。军既渡，颎命焚桥，以绝士卒反顾之心。于是西兵死战，无不一以当百。惇兵不能支，遂大败。惇单骑走，孝宽乘胜进追，直抵邺下。迥闻兵败，大怒曰："孺子败吾事。"乃命其二子惇与祐，悉将步骑十三万陈于城南；亲统万骑别为一阵，皆绿巾锦袄，号曰"黄龙兵"。战急时，用以摧坚陷锐，当之者无不披靡。又尉迟勤闻敌军至邺，亦帅众五万，自青州来会，以三千骑先至。迥素习军旅，老犹披甲临阵，亲自搏战，匹马所向，万人辟易。麾下军士皆百战之余，无不骁勇。交战良久，孝宽军不利而却。邺中士民乘高观战者数万人。宇文忻曰："事急矣，吾当以诡道破之。"乃先射观者，观者皆走，转相腾籍④，声若雷霆。忻乃传呼曰："贼败矣！"众复振，敌军闻之，遂相扰乱。孝宽因其扰而乘之，迥军大败，走保邺城。孝宽纵兵围之，下令曰："先登者有重赏。"骁将李询、恩安伯贺娄子干率行登城，城遂破。迥窘迫，升楼自守。先是崔弘度有妹，适迥子为妻。迥升楼时，弘度直上追之。迥弯弓将射，弘度脱兜鍪谓迥曰："颇相识否？今日各图国事，不得顾私。以亲戚之情，禁约乱兵，不至侵辱家室，所以报公也。事势如此，公复何待？"迥

① 栰（fá）——同"筏"，渡水用的竹木排。

② 土狗——堵水的土袋，前尖后宽，前高后低，形状像蹲坐的狗，故名。

③ 小却——稍稍后退。

④ 腾籍——奔腾践踏。

因掷弓于地，极口骂坚，而自杀。弘度顾其弟弘升曰："汝可取迥头。"弘升斩之。军士在小城中者，孝宽尽坑之。勤及惇、祐东走青州，未至，大将郭衍擒之以献。坚以勤初有诚款，特不之罪，独杀惇与祐。李惠自缚归罪，坚复其官爵。盖迥末年衰老，及兵起，以崔达拏为长史，文士无筹略，举措失宜，凡六十八日而败。

于仲文进讨檀让军，至蓼堤，去梁郡七里。檀让拥众数万，仲文以弱卒挑战而伪北。让不设备，仲文还击大破之，生获五千余人，斩首七百级。进攻梁郡，守将刘子宽弃城走，檀让以余众屯城武，仲文袭破之，遂拔城武。席毗罗拥众十万，屯沛县，将攻徐州。其妻、子在金乡。仲文诈为毗罗使者，谓金乡城主徐善净曰："檀将军明日午时至金乡，奉蜀公令赏赐将士，速备供具。"金乡人皆喜。仲文简精兵，伪建迥旗帜，倍道而进。善净望见，以为檀让，出迎谒。仲文执之，遂取金乡。诸将欲屠其城，仲文曰："此城乃毗罗起兵之所，当全其家室，其众自归。如即屠之，彼望绝矣。"众皆称善。于是进击毗罗，其军大溃，争投洙水，积尸蔽江，江水为之不流。获檀让槛送京师，斩毗罗于阵。山东悉平。梁主闻迥败，谓柳庄曰："若从众人之言，社稷已不守矣。"先是坚封刘昉为黄公，郑译为沛公，委以心膂，言无不从。朝野侧目，称为"黄沛"。二人恃功骄恣，溺①于财利，不亲职务。及辞监军，坚始疏之，恩礼渐薄。高颎自军所还，宠遇日隆。时山东虽服，而王谦未平，司马消难外叛，坚忧之，忘寝与食。而昉逸游纵酒，相府事多遗落。坚解其职，乃以

---

① 溺——无节制。

高颎为司马。不忍废译，阴敕官属，不得白事于译。译坐厅，事无所关预，惶惧，顿首求免。坚念旧情，犹以恩礼慰勉之。王谊兵至郧州，司马消难奔陈，遂复郧州。梁睿将步骑二十万讨王谦，谦分兵据险拒守，睿奋击破之，蜀人大震。谦遣其将达奚惎、高阿那肱、乙弗虔帅众十万攻利州，堰江水以灌之。城中战士不过二千，刺史豆卢勣昼夜拒守，势甚危急。会睿兵至，惎等遁去。睿乃自剑阁入，进逼成都。谦令达奚惎城守，亲率精兵五万，背城结陈以战。睿佯败而退。谦追之，遇伏，遂大败。及至城，城上已遍插敌军旗帜。谦众见之，皆溃。盖万战时，达奚惎潜以城降，而睿军已入据之也。谦惶急，单骑走新都。新都令王宝执之，斩其首以献睿。复录其余党，剑南亦平。于是群臣论功，以大丞相坚为相国，总百揆①。去都督、大冢宰之号，进爵为王，以安陆等二十郡为隋国，赞拜不名，备九锡之礼。建台置官，进妃独孤氏为王后，世子勇为太子。静帝二年二月，庚季才上言："今月戊戌平旦，青气如楼阙，见于国城之上，俄而变紫，逆风西行。《气经》云：'天不能无云而雨，皇上不能无气而立。'今王气已见，须即应之。又周武以二月甲子定天下，享年八百；汉高以二月甲午即帝位，享年四百。今二月甲子，宜应天受命。"群臣亦争劝进。于是假周王诏，逊居别宫。甲子，命太傅杞公椿奉册，大宗伯赵煚奉皇帝玺绂②，禅位于隋。隋王冠远游冠，受册玺，改服纱帽黄袍，入御临光殿。服衮冕如元会之仪。大赦，改元开皇。命有司奉册祀于南郊。以相国司马高颎为尚书左仆射兼纳言，相国司录虞庆则为内史监兼吏部尚书，相国内郎李德林

① 总百揆——总管百官。

② 玺绂（xǐfú）——亦作"玺韨"。玺绶。

为内史令。其余内外功臣，皆进爵有差。追尊皇考忠为武元皇帝，庙号太祖；皇妣吕氏为元明皇后。立独孤氏为后，世子勇为太子。

初、刘、郑矫诏以隋主辅政，杨后虽不预谋，然以嗣子幼冲，恐权在他族，闻之甚喜。后知其父有异图，意颇不平，形于言色。及禅位，愤惋逾甚。隋主内甚愧之，改封为乐平公主，欲夺其志。后以死誓，乃止。又息州刺史荣建绪与隋主有旧，将之官，隋主谓曰："且踌躇，当共取富贵。"建绪正色曰："明公此旨，非仆所闻。"及即位来朝，帝谓之曰："卿亦悔否？"建绪稽首曰："臣位非徐广①，情类杨彪②。"帝笑曰："朕虽不晓书语，亦知卿此言不逊。"虞庆则劝帝尽灭宇文氏，高颎、杨惠依违从之。李德林固争，以为不可。隋主作色曰："君书生，不足与议此。"于是周太祖以下子孙无遗。德林品位不进。旋弑静帝，葬于恭陵。以其族人洛为嗣。

且说隋主既受周禅，而江南尚属陈氏，时怀并吞之志，因问将帅于高颎，颎荐贺若弼、韩擒虎可任。遂以弼镇广陵，擒虎镇庐江，使处分南边，潜为经略。唯是时，难初平，民力未复，故与陈氏犹敦邻好之谊。及后主荒淫日甚，内宠张、孔二妃，外昵嬖臣狎客，酣歌达旦，百务皆废，民不聊生，阖境嗟怨。隋主闻之，谓高颎曰："东南之民，困于乱政久矣。我为民父母，岂可限一衣带水而不拯之乎！卿有何策足以平之？"颎乃进策曰："江

---

① 徐广——晋末人，字野民，恭帝时官至秘书监。晋亡，宋武帝刘裕受禅，徐广为之哭泣。

② 杨彪——汉末人，字文先，累官太仆、卫尉，杨修之父。杨彪见曹操有篡汉之意，遂称脚疾，隐居在家。

北地寒，田收差晚；江南土热，水田早熟。量彼收获之际，微征士马，声言掩袭①。彼必屯兵守御，废其农时。彼既聚兵，我便解甲。再三如此，彼以为常。后更集兵，彼必不信。犹豫之顷，我乃济师，登陆而战，兵气益倍。又江南土薄，舍多茅竹，所有储积，皆非地窖。密遣行人，因风纵火，待彼修立，复更烧之。不出数年，自然才力俱尽。”隋主用其策，陈人始困。开皇八年三月戊寅，帝数陈主二十罪，散写诏书二十万纸，遍谕江外。其略云：

陈叔宝据手掌之地，恣溪壑之险，劫夺闾阎②，资产③俱竭，驱逼内外，劳役弗休。穷奢极侈，俾昼作夜④。斩直言之客，灭无罪之家。欺天造恶，祭鬼求恩。盛粉黛而执干戈，曳罗绮而呼警跸。自古昏乱，罕或能比。君子潜逃，小人得志。天灾地孽，物怪人妖。衣冠钳口，道路以目。重以违言背德，摇荡疆埸，昼伏夜游，鼠窃狗盗。天之所覆，无非朕臣，每关听览，有怀伤恻。可出师授律，应机诛殄，一朝荡平，永清吴越。

于是置淮南行台于寿春，命晋王广、秦王俊、清河公杨素皆为行军元帅。广出六合，俊出襄阳，素出永安，韩擒虎出庐州，贺若弼出广陵，凡总管九，士兵五十一万八千，皆受晋王节度。东接沧海，西距巴、蜀，旌旗舟楫，横亘数千里。又命高颎为晋王元帅长史，一应军事，皆取决焉。十二月，隋军临江。颎问薛

---

① 掩袭——突然袭击。

② 闾阎——乡里，亦泛指民间。

③ 资产——财物、田地、房屋的总称。

④ 俾昼作夜——不分昼夜地寻欢作乐。

道衡曰："今兹大举，江东必可克乎？"道衡曰："必克。郭璞①有言：'江东分王，三百年后与中国合。'今此数将周，一也。主上恭俭勤劳，叔宝荒淫骄侈，二也。国之安危，在所寄任。彼以江总为相，唯事诗酒，拔小人施文庆委以政事，任萧摩诃、任蛮奴为大将，皆一夫之勇耳，三也。我有道而大，彼无道而小。量其甲士，不过十万。西自巫峡，东至沧海，分之则势悬而力弱，聚之则守此而失彼，四也。席卷之势，事在不疑。"颎忻然曰："得君一言，成败之理，令人豁然。"

九年正月朔，陈主朝会群臣。大雾四塞，入人鼻皆辛酸。陈主昏睡，至晡时乃起。是日，贺若弼自广陵引兵济江，韩擒虎自横江宵济②，采石守者皆醉，遂克之。晋王广率大军屯于六合镇姚叶山。杨素帅水军东下，舟舻被江，旌甲耀日。素坐平乘大船，容貌雄伟，陈人望之，皆惧曰："清河公即江神也。"于是贺若弼自北道，韩擒虎自南道，二路并进。缘江诸戍，望风尽走。弼进据钟山，顿兵③白土冈之东。总管杜彦率步骑二万，与擒虎合军，屯于新林。时建康甲士，尚有十万。后主素懦怯，不达军事，台内处分，一任施文庆。文庆惧贻帝忧，凡外有启请，率皆不行。于是诸将解体，出降者相继。擒虎自新林进兵，陈将任忠迎降于石子冈，导擒虎入朱雀门。城中文武皆逃，无一拒者。后主闻城破，与张、孔二妃避匿于井。军士搜得之，遂与二妃同被执。陈遂亡。三月己巳，大军班师，发陈君臣及后宫嫔御皆诣长安。辛亥，帝幸骊山，亲劳旋师。奏凯歌入都，献俘于太庙。帝

① 郭璞——晋人。博学多识，喜好经术，尤通阴阳历算、卜筮之术。
② 宵济——夜间渡水。
③ 顿兵——驻屯军队。

坐大殿，引叔宝于前，及太子诸王二十余人，司空消难以下，至尚书郎二百余员，责以君臣不能相辅，乃至灭亡。叔宝及其群臣并愧惧伏地，屏息不敢对。既而宥之。先是消难降周，与帝有旧，情好甚笃。天元时，帝引而用之，得为陨州总管。及平陈，消难被执，特赦其死，斥为乐户，二旬而免。犹以旧恩引见，寻卒于家。庚戌，大封功臣。御广阳门赐宴，自门外夹道，布帛之积，达于南郭。颁赐各有差，凡用三百余万段。给复江南十年，蠲免馀州一年租赋。又诏宇文洛已承周后，而齐、梁、陈宗祀废绝，命高仁英、萧琮、陈叔宝以时修祭。所需器物，有司给之。盖自晋代以来，南北分裂，东西割据，垂三百余年。至隋氏聿兴①兴，而禅周灭陈，天下遂成一统云。歌曰：

晋武龙兴并吴蜀，上规秦汉统五服②。武号森列兵未戢，南风烈烈翻地轴。为谁驱除膺大命，诸王先自残骨肉。渊曜猖狂勒虎继③，凉秦燕夏争逐鹿。杀气飞扬天地昏，青衣执盖憨怀辱。一马渡江守半壁，君臣无志中原复。天开元魏平诸戎，佛狸④威震江之东。献文孝文皆英主，精勤庶务劳宸衷⑤。平城⑥奋志⑦莅

---

① 聿（yù）——古汉语中的助词，用于句首或句中，无义。

② 五服——古代王城周围，每五百里为一区划，共分侯、甸、绥、要、荒五等，称为“五服”。

③ 渊、曜、勒、虎——分别指十六国时汉刘渊、前赵刘曜、后赵石勒和石虎。

④ 佛狸——北魏拓拔焘（世祖太武帝）的小名。

⑤ 宸衷——天子的心意。

⑥ 平城——地名，北魏天兴元年在此定都，孝昌二年废，这里代指北魏君臣。

⑦ 奋志——奋发立志。

中土，衣冠礼乐何雍容。天未厌乱女祸起，春宫秽乱招狼烽①。秀容酋长清君侧，百万大兵手自勒。黄河万里阵云高，满朝文武皆失色。可怜玉石焚仑冈，河阴荒草埋骨殖。天祸人乱于斯极，未卜江山属谁得。草泽②英雄大有人，六浑才略超等伦。少年落拓困怀朔，蛟龙失水旁人轻。闺中巨眼有娄氏，邂逅一见心相倾。吁嗟③六镇总群盗，尔朱势败功难成。高王得志罗英俊，朝权遥执朝臣惊。荧惑④摇摇入南斗，君臣疑忌生谗口。晋阳兵至百官逃，天子下堂向西走。关中黑獭人中杰，轻骑迎銮气飘撇。势均力敌各争雄，分据东西魏土裂。欢终洋及魏鼎移，秦亡觉立国亦窃。无愁天子乐未央，天池猎罢平阳失。周师长驱入邺都，百年强敌一朝灭。老公虽好后嗣弱，乱政纷纷心太劣。齐人已灭躬蹈之，前后荒淫同一辙。大权旁落归椒房，赵王弹指空流血。天心已改可奈何，钟陵王气亦销磨。东西南北大一统，隋文功业何巍峨。呜呼！君不见三代之君以德昌，卜年卜世⑤时久长。

① 狼烽——古代戍守边境的军士用来传达警讯的烽烟。代指战争。
② 草泽——荒野、穷僻之地。亦指乡野民间。
③ 吁嗟——有所感触的嗟叹词。
④ 荧惑——使人迷惑。
⑤ 卜年卜世——卜年：占卜预测统治国家的年数，亦指国运之年数。卜世：占卜预测传国的世数，亦泛指国运。